고스팅

그 가 사 라 졌 다

고스팅

그가 사라졌다

리사 엉거 장편소설
이은선 옮김

황금시간

———

1
부

———

잠수

.
.
.
.
.
.
.
.
.
.

우리는 어린 시절부터 변장을 하고
주변의 말과 불안과 소소한 즐거움을 되는대로 그러모은
가면을 쓰고 성인이 된다.

라이너 마리아 릴케

미아

Mia

미아 소프는 차를 몰고 달렸다. 도로는 길고 구불구불하고 어두컴컴했다. 이틀째 짬짬이 쉬어가며 운전하는 중이라 팔다리가 뻣뻣하고 눈이 침침했다. 간밤에는 모텔에서 이리저리 뒤척이며 오지 않는 레이프의 연락을 기다렸다. *나한테서 아무 연락이 없더라도 걱정하지 마. 그는* 이렇게 말했었다. *휴대전화가 터졌다 안 터졌다 하거든. 내가 시킨 대로만 해. 거기 도착하면 내가 기다리고 있을 거야.*

그녀는 그를 믿었다. 철석같이 믿었다.

담배 연기와 독한 세제 냄새가 풍기는 모텔 방의 매트리스는 딱딱하고 불편했다. 간신히 잠이 들려고 할 때마다 지나가는 자동차 전조등이 얇은 커튼을 뚫고 침대 옆 벽을 비춰 잠을 깨웠다. 제대로 눈을 붙인 것이 두 시간은 될까 싶었다.

그래도 미아는 날이 밝기도 전에 길을 나섰다.

"나, 그 사람을 사랑하는 것 같아요, 엄마." 미아는 큰 소리로 외쳤다.

어머니가 세상을 떠난 지 오래지만 그래도 자기 말을 듣고 있을 거라고
장담할 수 있었다.

···

미아는 여섯 살 때 이름을 레인보우 공주로 바꾸고 싶었다. 아빠는
어른이 되면 이름을 마음대로 바꿀 수 있다고 했다. 하지만 꼬맹이일 때
는 엄마와 아빠가 지어준 이름을 그냥 썼으면 좋겠다고 했다.
"이름은 선물이랑 비슷하거든." 아빠는 말했다. "엄마랑 아빠가 엄청
고민하고 고민해서 너만큼 예쁜 이름을 고른 거야." 미아 벨 소프. "그리
고 따지고 보면 벨도 공주 이름이잖니?"
맞는 말이었다. 하지만 같은 반에는 미아가 세 명이나 더 있었고 벨
도 한 명 있었다. 또한 벨라와, 자기를 이지라고 불러달라는 이사벨라도
있었다. 미아 벨 소프는 구석 자리에 인상을 쓰고 앉아 툭하면 울어대는
빨간 머리 미아와는 달랐다. 수학을 엄청 잘해서 선생님이 칠판 앞으로
나와 문제 풀 사람을 찾으면 항상 번개처럼 손을 드는 미아와도 달랐다.
그리고 얼굴은 백지장처럼 하얗고 절대 입을 열지 않으며 결석하는 날
이 많은 소심한 미아와도 180도 달랐다.
그녀는 그냥 미아였다. 같은 반에 있는 네 명의 미아 중 한 명이 되고
싶지 않았다. 선생님은 헷갈리지 않게 이름과 성을 같이 불렀다. 미아
소프. 그녀는 그게 싫었던 기억이 있다. 이유는 모르겠지만.
어쩌면 자신만의 '특별함'을 강조하고 싶은 마음이 그때부터 시작됐
는지도 모른다.
엄마는 미아에게 항상 특별하다고 했다. 예쁘고 똑똑하고 환한 햇살
같다고 했다. *세상에 너 같은 아이는 없어, 꼬마별. 너는 엄마의 특별한*

딸이야. 하지만 그녀의 반에만 미아가 세 명이나 더 있는데 어떻게 그럴 수 있을까? 그 당시 미아 벨 소프는 이름이 레인보우 공주인 사람은 세상에 아무도 없을 거라고 확신했다.

그녀가 화를 내며 문을 쾅 닫을 때 느껴지는 짜릿한 쾌감에 대해 알게 된 것도 비슷한 무렵이었다. 어느 날, 오후 간식을 앞에 두고 미아는 자기와 이름이 같은 친구가 세 명이나 더 있는 게 그날 얼마나 짜증났고 불편했는지 나열하며 또다시 엄마와 실랑이를 벌였다. 그러자 엄마는 이렇게 말하며 종지부를 찍었다. "미아 벨 소프, 이 얘기는 앞으로 그만하자. 네 이름을 레인보우 공주로 바꿀 수는 없어. 이제 가서 숙제하렴."

미아는 씩씩대며 계단을 올라가 있는 힘껏 문을 닫았다. 온 집안이 그녀의 분노로 진동하는 것처럼 느껴졌다. 그런 다음 침대에 누워서 울다 깜빡 잠이 들었는지, 눈을 떠보니 해가 뉘엿뉘엿 지고 있었다. 낯선 어스름이 방 안을 덮었다.

미아는 엄마와 싸울 일이 거의 없었다. 아빠에게는 이래라저래라 한다고, 클랙슨을 누른다고, 잘 알지도 못하면서 수학을 가르쳐주겠다고 한다고 엄청 화를 낸 적은 있었을지도 몰랐다. 하지만 엄마는 다정하고 나긋나긋했고, 안 된다고 하는 경우가 거의 없었고, 뭐가 잘못되면 바로 잡을 수 있는 방법을 알았고, 항상 꽃향기를 풍겼다. 그래서 미아는 눈을 떴을 때 씩씩대며 계단을 올라와 문을 세게 닫은 것을 후회했다.

방문을 나서보니 집 안이 고요했다. 이상한 일이었다. 대개는 엄마가 부엌에서 요리를 하거나 친구와 전화 통화를 하거나 저녁 준비를 하며 라디오를 듣는 소리가 났다. 집에서 나는 익숙한 소음은 한두 개가 아니었다. 하지만 정적은 익숙하지 않았다.

그녀는 살금살금 계단을 내려갔다. 엄마에게 미안하다고 하는 게 어려울 일은 없었다. 미안하다고 하면 엄마는 안아주며 모든 게 미아가 원하는 대로 될 수 없는 이유를 설명해줄 것이다. 쿠키를 한 개 먹을 수 있게 해준다든지, 아니면 서로 의견이 엇갈렸던 다른 문제에 대해서 엄마가 양보를 한다든지 하는 식으로 미아를 위로해줄 것이다.

그런데 부엌으로 들어가 보니 엄마가 바닥에 누워 있었다. 신고 있던 빨간색 벨벳 플랫슈즈 한 쪽이 벗겨져서 조그만 발이 드러나 있었다. 누워서 잠을 자는 것처럼 보였다.

"엄마." 미아는 그 옆에 앉으며 말했다. "엄마, 죄송해요."

하지만 엄마는 꿈쩍하지 않았고, 미아는 엄마의 가슴에 머리를 기대며 옆에 누웠다. 뭔가가 끔찍하게 잘못됐다는 걸 알 수 있었다. 하지만 그녀는 그 생각을 머릿속 아주 깊숙이 밀어 넣고 눈을 질끈 감고서 절대 뜨지 않았다. 엄마는 주무시고 계신 게 분명했다. 금방 일어날 것이었다.

얼마 안 있어 퇴근한 아빠가 부엌 바닥에서 그들 모녀를 발견했다. 아빠의 대성통곡을 미아는 평생 잊지 못할 것이다.

너 때문에 그렇게 된 게 아니야.

그날 이후로 그녀가 가장 많이 들은 말이 이거였다. 아빠에게, 심리 상담사에게, 이모와 삼촌들에게. 하지만 미아는 자기가 문을 쾅 닫으면 엄마가 얼마나 싫어했는지 알고 있었다. 솔직히 그래서 평소보다 더 세게 문을 닫았다. 그러니까 사람들이 뭐라 하건 그렇게 된 건 그녀 때문이었다.

미아의 어머니는 천식을 앓았다. 얼마 전에 불가피하게 약을 바꿨는데, 호흡 곤란이나 현기증과 같은 경고 신호를 무시하는 바람에 심장마비가 발생했다. 사실 어느 누구의 잘못도 아니었다. 하지만 미아는 흥분하면 천식이 악화될 수 있다는 걸 알았다.

"엄마는 흥분하지 않았어." 아빠는 이렇게 말했다. "너랑 싸운 뒤에 나한테 전화해서 레인보우 공주 타령이 또 시작됐다고 그랬어. 우리가 보기에는 재밌고 귀여운 짓이었거든. 엄마는 너 때문에 화나지 않았어. 엄마는 절대로 너 때문에 화나지 않았어."

미아는 아빠의 말을 믿지 않았다.

그녀는 아빠를 사랑했지만 사실 엄마만큼 사랑하지는 않았다. 그리고 엄마가 세상을 떠나자 미아의 삶과 그녀의 집을 비추던 아주 특별한 빛이 꺼져버린 것도 사실이었다. 아직 빛이 남아 있기는 했지만 엄마의 사랑에서 뿜어져 나오던 그 빛과는 전혀 달랐다. 그리고 노상 좀 엉뚱하고 재미있고 웃음이 헤펐고, 왕성한 식욕에 근사한 아이디어와 놀러 다닐 계획이 넘쳐나던 아빠도 기가 꺾인 듯 얼굴이 핼쑥해지고 말수가 없어졌다.

그대로 세상이 끝났어야 했다. 미아와 아빠에게는 모든 면에서 세상이 끝난 거나 다름없었다.

하지만 남들 입장에서는 그렇지 않았다. 두 사람은 그 낯설고 칙칙한 빛 속에서 엄마나 아내만큼 사랑하지는 않았던 가족과 계속 살아가야 했다.

오랜 시간이 지나 처음으로 중독재활센터에 들어간 다음에서야 미아 벨 소프는 이 시기에 맺힌 응어리를 풀어내기 시작했다. 이후에 어긋난 모든 것이 어떤 식으로 그 시점에서부터 시작됐는지, 어머니를 잃은 것이 이후의 모든 순간에 어떤 식으로 영향을 미쳤는지. 그녀는 그로 인해 특별해졌다. 그녀는 수학 잘하는 미아도 소심한 미아도 뚱한 미아도 아니었다. 엄마가 돌아가신 미아였다.

'미아 벨'이란 이름은 '나의 예쁜이' 또는 '나의 사랑스러운 사람'이라는 뜻이었다. 엄마가 지어준 이름이라 특별했다. 이제는 이 이름이 특별하다는 걸 알겠다고 엄마에게 말할 수 있다면 얼마나 좋을까.

이제는 정말 알겠다고.

이제 어두컴컴한 도로를 달릴수록 과거와 점점 멀어졌다. 지금까지 거쳐왔던 모습들과 점점 멀어져갔다. 응석받이 꼬마 숙녀, 엄마 없는 아이, 성난 10대, 중독자, 회복 중인 중독자, 엄마 눈에 비친 그런 특별한 존재가 되기 위해 늘 발버둥치는 사람.

"너는 엄마에게 특별한 존재였어. 지금은 내게 특별한 존재고." 아빠는 그런 말을 했다. "그 둘한테 특별하면 된 거 아니냐."

미아는 인생의 닻이었던 모든 걸 두고 떠났다. 아빠에게 전화로 작별 인사를 전하지도 않았다. 아빠는 레이프를 탐탁지 않게 여겼고 두 사람의 관계를 이해하지 못했으니 그녀의 계획을 공개하며 실랑이를 벌일 필요가 없었다. 나중에 편지로 설명하면 될 것이다.

어느 정도 거리가 생기면 미아와 아빠, 양쪽 모두에게 잘된 일이지 않을까 싶었다. 아빠에게는 여자친구가 생겼다. 괜찮아 보이는 여자고 미아에게도 숱하게 손을 내밀었다. 하지만 싫었다. 그냥 싫었다. 미아와 아버지가 서로 조금 떨어져 지내면, 함께 나눈 상실의 기억에서 조금 떨어져 지내면 당분간이나마 각자 행복하게 지낼 수 있을지도 몰랐다. 그녀는 아버지를 사랑했다. 하지만 아버지와 같이 있는 것이 행복하지는 않았다. 아버지도 마찬가지이지 않을까 싶었다.

독에 찌든 현대 사회는 잠깐 떠나 있자. 영원히는 안 될지 몰라도 당분간 자유롭게 지낼 수 있는 곳을 내가 알아. 레이프가 그녀를 거기로 부르며 한 말이었다.

귀가 솔깃했다.

편의점에서 산 일회용 핸드폰만 하나 챙겨서 어두컴컴한 이 길을 달리자 온갖 소음이 잠잠해졌다. SNS 알림도, 흉악한 뉴스 헤드라인이나 스팸메일이 떴음을 수시로 통보하는 소리도 들리지 않았다. 친구들이 밈이나 저녁 계획을 시도 때도 없이 문자로 보내지도 않았다. 팟캐스트도 뜨지 않았다. 시리에게 날씨나 기타 등등을 물어볼 일도 없었다.

레이프가 알려준 대로 주차장에서 갈아탄 차에는 AM/FM 라디오밖에 없었다. 차를 타고 달리다 보면 들을 수 있는 방송이 수시로 달라졌다. 컨트리 음악 채널이 점점 희미해지면서 지직거렸다. 이리저리 채널을 돌리다 말 많은 DJ가 진행하는 클래식 록 방송을 찾았지만 결국에는 이것마저 백색 소음으로 바뀌었다. 화염과 유황이 난무하는 어느 목사의 설교 말고는 아무것도 잡히지 않을 때도 있었다. 미아는 문득 정적이 무서워졌기에 그 설교나마 계속 들으면서 운전했다.

레이프가 지도를 놓고 갔고 그녀는 지도 보는 법을 터득했다. 그가 어디에서 기름을 넣어야 하는지 지도에 표시해놓았다. 보안 카메라가 없는 곳. 현금으로 계산할 것.

하지만 미아는 자신을 감싼 정적에 서서히 익숙해졌다. 불안해서 시끄럽던 머릿속도 마침내 잠잠해졌다.

몇 시간 동안 다른 차는 한 대도 보이지 않았다. 무수한 별빛만 밤하늘을 수놓고 있다가 떠오르는 태양이 지평선을 밝혔다.

미아는 목적지가 어딘지 알지 못했다. 거기까지 얼마나 걸릴지도 알지 못했다. 하지만 난생처음으로 자유를 맛볼 수 있다는 건 알았다.

1
현재

요즘 데이트? 솔직히 인정하자. 구리다는 걸.

온라인에서 만난 사람을 실제 현실에서 기다리는 것만큼 어색하고 긴장되는 일이 세상에 어디 있을까?

이건 잘못된 선택이었다. 내가 지금 앉아 있는 이스트빌리지의 술집은 북적거리는 손님들로 너무 후끈했다. 텔레비전 화면은 너무 많고 사람들 말소리는 너무 시끄러워서 정신이 하나도 없었으며, 어디에선가 들리는 음악 소리는 아무리 기를 써도 이 소음을 이기지 못했다.

나는 일찍 도착한 탓에 애초에 원하던 바였는지도 잘 모르겠는 순간을 어색하게 기다리고 있다. 처음에는 그냥 나갈까 말까 망설이며 문가에 서 있다가, 결국 인파를 헤치고 사방이 트인 바 카운터로 자리를 옮겼다.

그 결과 불편한 스툴에 이렇게 앉아서 기다리고 있다.

그만 나가는 게 좋겠는데.

핫핑크로 염색한 머리와 자석 같은 눈썹과 문신이 인상적인 미모의 바텐더는 탄산수를 주문한 내게 관심을 주지 않는다. 큼지막한 잔을 내 앞에 쿵 내려놓은 것을 끝으로 코빼기도 보이지 않는다. 그럴 만도 하다. 술도 마시지 않을 거면 해피아워 때 이런 잘나가는 술집에 온 이유가 뭐란 말인가. 이런 술집을 분위기 때문에 찾는 사람은 없을 것이다. 하지만 맑은 정신 상태를 유지해야 한다.

이 술집은 처음이다. 절친 잭스가 자주 가던 데라며 여길 추천했다. 손님이 많아서 익명을 유지할 수 있다고 했다.

모르는 남자는 사람 많은 데서 만나는 편이 더 안전하지 않겠어?

모르는 남자는 아예 안 만나는 편이 더 안전한 거 아냐? 이것이 내 대답이었다.

잭스는 걱정하는 표정으로 미간을 찌푸렸다. *그럼 어쩌려고? 아무도 안 만날 거야?*

그게 뭐 그렇게 나쁜 일도 아니지 않나? 고독. 그게 이 세상을 살아가는 동안 맞닥뜨릴 수 있는 가장 끔찍한 사태도 아니다.

온라인 데이트 자체가 잭스의 아이디어였다.

내 어렸을 때 친구이자 기본적으로 잭스와 180도 다른 로빈은 이 계획에 반대했다. *사랑은 알고리즘이 아니잖아,* 라며.

맞는 말이다.

그런데 요즘 세상에 누가 사랑을 찾아다닐까?

모두가 그렇지. 로빈이라면 분명 이렇게 대답할 것이다.

나는 차가운 탄산수를 한 모금 마시고 문 쪽을 흘끗 쳐다본다. 뒤쪽 테이블에 단체로 앉아 있는 사람들이 요란하게 웃음을 터뜨린다. 나는 잠깐 그들을 구경한다. 여자 셋, 남자 넷인데 젊고 돈이 많고 헤어스타일에서부터 세련된 분위기를 풍긴다. 같은 회사 동료인가? 여유롭고 느긋하고 편안해 보인다. 지금의 내 기분과 정반대다. 이제 보니 내 어깨에는 힘이 잔뜩 들어가 있다. 억지로 긴장을 풀고 심호흡을 한다.

옆자리 남자가 불편할 정도로 가깝게 앉아서 자기 어깨로 벌써 세 번째 내 어깨를 치고 있다. 일부러 그러는 걸까? 남자를 돌아본다. 덩치가 크고 머리는 벗어져가고 있으며 이마가 땀으로 번들거린다. 일부러는 아니다. 그는 심지어 내가 있는 줄도 모른다. 핸드폰에 코를 박고 여자들 사진을 넘겨보느라 정신이 없다.

다른 데이트 앱이다. 원 나이트 상대를 연결해주는 '파이어스타터'다. 근처에 아무 부담 없이 가볍게 만날 상대를 찾는 사람이 있는지 알려준다. 이미 남자 주변에는 사람들 천지다. 바 카운터 저쪽 끝에는 검은 머리의 매력적인 여자가 혼자 앉아 역시 핸드폰을 들여다보고 있고, 바로 뒤편 하이 스툴에는 맥주 피처 그림과 함께 뉴 스쿨이라고 적힌 맨투맨을 입고 있는 걸로 보아 학생인 듯한 젊은 아가씨들이 앉아 있다. 가득 채운 잔 옆에 놓여 있는 빈 잔으로 미루어 볼 때 이 남자는 스카치를 적어도 두 잔째 마시는 중인 것 같다. 그런데도 그는 핸드폰에 코를 박고 사진만 계속 넘기고 있다.

이상하다. 세상이 정말 이상한 곳이 되어버렸다.

문 쪽을 다시 한 번 흘끗 쳐다보니 젊은 남자 셋이 들어오고 있다. 너풀너풀하게 기른 머리에 면도를 하지 않고 스키니 진을 입었는데, 그중 한 명은 요즘 유행인가 싶은 턱수염을 풍성하게 길렀다. 그래서 얼굴에 덤불을 달고 다니는 것 같다. 하지만 왠지 모르게 남성미 넘치게 보이기도 한다. 정말이지 〈왕좌의 게임〉에서 튀어나온 캐릭터 같다.

오늘은 토치 데이트 앱을 통해 세 번째로 남자를 만나는 자리다. 잭스가 요즘은 데이트 앱이 아니면 아무도 만날 수 없다며 내 프로필을 설정하고 남자들이 올린 사진 보는 법을 알려주었다. 잭스는 머리가 빈 몸짱을 좋아한다. 나는 괴짜라면 사족을 못 쓴다. 책을 좋아하는 안경 쓴 남자, 읽고 생각하고 걷고 명상하는 남자.

두말하면 잔소리지만 토치에 그런 남자는 별로 없다.

맨 처음 만난 드루는 계리사였고 러시아 문학 애호가였다. 만나서 초밥을 먹고 사케를 조금 마셨다. 나는 로어이스트사이드에 있는 엘리베이터 없는 건물에 위치한 그의 집에서 그날 밤을 같이 보내고 날이 밝자 요란하게 코를 골고 있는 그를 남겨두고 살그머니 빠져나왔다.

잭스가 보기에 이건 성공적인 데이트였다. 하지만 나는 조금 공허했다. 내가 이용을 당한 건지 아니면 그 반대인지 알쏭달쏭했다. 그는 연락을 하지 않았고 안타깝지만 나 역시 그의 연락을 기다리지 않았다.

잔이 비었다. 나는 바텐더와 눈이 마주치자 잔을 가리킨다. 그녀는 퉁명스럽게 고개를 끄덕인다.

"이번에도 탄산수요?" 그녀가 빈 잔을 치우며 묻는다.

내가 끈적끈적한 바 카운터 위로 20달러를 내밀자 바텐더의 태도가 확 달라진다. 이러니저러니 해도 팁이 그녀의 생계 수단인데, 내가 귀한 자리를 차지하고 앉아서 소다수만 마시는 건 염치없는 짓이다.

그녀가 이번에는 라임을 잔뜩 넣어서 잽싸게 탄산수를 가져다주자 나는 인사를 건넨다. "고맙습니다."

토치에서 만난 두 번째 남자는 요가 강사 겸 명상 전문가인 브라이스였다. 그는…… 아주 유연했다. 우리는 소호에 있는 채식 식당에서 만났고 윌리엄스버그의 맨 꼭대기 층에 있는 그의 휑한 집에서 그날 밤 같이 잤다. 그는 한 번도 아니고 두 번도 아니고 세 번 연락했다.

우리 서로 잘 통하는 것 같아요. 그는 이런 문자를 보냈다.

나는 아니었다.

고백하기 부끄럽지만 나는 답장조차 하지 않았다. 잭스는 이 세계가 원래 그렇다고 했다. 다들 다시는 연락하지 않는 걸 당연시 여긴다고 했다.

잭스는 말했다. *따져보면 너 지금 지난 2년 동안 한 일보다 지난 2주 동안 한 일이 더 많아.*

안타깝지만 맞는 말이다.

다시 한 번 문 쪽을 흘끗 확인한다. 늘어나는 손님들 때문에 문이 점점 가려지고 있다. 정말이지 이제 그만 일어나야겠다.

오늘 저녁에 나는 애덤을 기다리고 있다. 릴케와 융을 좋아하는 IT 전문가.

이 남자를 만나겠다고? 잭스는 경악하며 물었다.

솔직히 화면상의 흐릿한 사진은 그저 그렇다. 눈썹은 짙고 코는 너무 크다. 자기소개는 퉁명스럽다 싶을 만큼 간단하다. 싫어하는 것: 얄팍한 사람들. 좋아하는 것: 고독. 좋아하는 문구: 시간만 허락하면 뉴욕 전부를 도보로 커버할 수 있다. 마지막 한마디: "너는 폭풍의 위력에 놀라지 않는다." 릴케 덕후만이 그 문장을 알고 이해할 수 있었다. 그것이 내게는 남다른 매력으로 다가왔다.

당신은 어떤 사람일까, 애덤? 당신을 직접 만난다는 게 이렇게나 설레다니.

하지만 당신은 오지 않을지도 모른다. 약속 시간까지 아직 5분 남았지만 어쩌면 이제 그만 일어나야 할지도 모르겠다.

나는 잭스에게 문자를 보낸다. 이번이 마지막이야.

밥맛이야? 어쩐지 그럴 것 같더라니. 그런 예감은 대개 잘 맞잖아.

아직 안 왔어.

너 얼마나 일찍 도착했는데?

30분.

잭스는 눈알을 굴리는 이모티콘을 보낸다.

느긋하게 기다려봐. 혹시 모르잖아. 탄산수나 한 잔 더 마셔, 이 술꾼아.

답장을 보내려는 순간 문이 열린다.

드디어 왔군. 한눈에 알아보겠네.

당신 얼굴을 본 순간 내 명치가 묘하게 찌릿하다. 알겠다는 느낌이 확 든다. 그렇다. 사진을 봤기 때문이다. 하지만 그게 다가 아니다. 당신은 이 술집 안에 있는 대부분의 남자들보다 키가 크고, 어깨가 넓고 근육질이다. 옅은 청회색 티셔츠 위에는 짙은 회색 블레이저를 입었다. 당신은 반신반의하는 표정으로 잠깐 서서 어깨 길이로 깔끔하게 자른 새까맣고 숱이 많은 머리카락을 큼지막한 손으로 쓸어넘긴다.

왔어. 나는 잭스에게 얼른 문자를 보낸다. 이제 그만 끊는다.

섹시해?

섹시한가? 잘 모르겠다. 멀리서 보면 코는 너무 크고 눈은 묘하게 까맣다. 술집 안을 둘러보던 당신의 눈이 내 눈과 만난다. 나는 미소를 짓지만 손을 흔들지는 않는다. 전형적인 의미에서 섹시하지는 않다. 하지만 내 안에서 잠자고 있던 뭔가가 눈을 뜬다.

바로 그 순간, 세상이 얼어붙는다. 우리 주변의 모든 것이 잠깐 숨을 죽이듯 동작을 멈춘다. 당신이 인파를 헤치며 나를 향해 다가오는 동안 허파에 담긴 내 숨결이 느껴진다.

당신이 나를 향해 손을 내밀자 신기하게도 옆에 앉아 있던 남자가 자리에서 일어나고, 자리가 생기자 당신은 거기 앉는다.

당신의 미소가 마음에 든다. 살짝 삐딱하고 달달하다.

"미녀와 야수네요." 당신이 인사 삼아 말을 건넨다.

나는 바보처럼 얼굴을 붉힌다. "애덤?"

우리는 악수한다. 당신의 손은 따뜻하고 든든하며 시선은 강렬하다.

"만나서 반가워요, 렌." 당신의 목소리는 천둥소리에 가까운 저음이다. 바 카운터를 휙휙 둘러보더니 다시 묻는다. "원래 이런 데를 좋아해요?" 신기하다는 듯이 반짝이는 눈빛에 장난기가 담겼다.

희한하다. 오래전부터 알던 사이인 듯 이렇게 스스럼없을 수가 없다. 가볍고 산뜻한 체취가 당신에게서 풍기고 옷에는 늦가을의 쌀쌀한 바깥 공기가 남아 있다.

"아뇨." 나는 실토한다.

"그럼 왜 여길 골랐어요?" 짜증을 내며 따지고 드는 것이 아니라 순전히 궁금해서 묻는 것이다.

"내가 고른 게 아니라 잭스라는 절친이 있는데…… 모르는 사람은 이런 데서 만나야 안전하다고 해서요."

당신의 시선이 내 얼굴 위에 머물며 뭔지 모를 것을 찾는다. 잠시 후. "그래서, 이런 데서 모르는 사람을 만나면 안전한가요?"

"아닐지도요."

당신은 더욱 짙게 미소를 지으며 가볍게 손을 든다. 바 카운터 저편에 있던 바텐더가 잽싸게 달려온다. 자연스럽게 풍기는 권위. 당신이 부르면 누구든 달려올 듯한 느낌이다. 당신은 우드퍼드 리저브 위스키를 온더록스로 주문한 다음 묻는 표정으로 나를 본다. 나는 고개를 저으며 잔을 들어 보인다.

"하지만 우리는 모르는 사이가 아니잖아요?" 바텐더가 사라지자 당신이 묻는다.

나는 망설임이 살짝 밀려오는 것을 느낀다. "그런가요?"

당신은 수염이 까칠하게 자란, 각이 진 턱을 문지른다. "절대 모르는 사이처럼 느껴지지 않아요."

"맞아요." 나는 인정한다. "나도 그래요."

주문한 술이 나오자 당신은 나를 향해 잔을 들고 나는 내 잔을 들어 부딪친다. 내가 짓는 미소는 진짜다. 모든 긴장과 불안이 스멀스멀 사라지고 있다.

"어찌저찌 이미 아는 사이인 모르는 사람을 위하여." 당신이 말한다. 당신의 말투는 여유롭고 자세는 느긋하다. 꾸밈없이 편안하고 자연스럽다.

"그거 좋네요."

"나도요."

하도 시끄러워서 대화를 나누려면 소리를 질러야 한다. 당신은 사이버보안 쪽에서 어떤 일을 하는지 간단하게 설명한다. 나는 작가라고 내소개를 한다. 맞는 말이긴 하지만 100퍼센트 진실은 아니다. 우리는 몸을 앞으로 숙이고 서로 뭐라는지 듣는다. 소리를 지르느라 내 목이 아프기 시작한다.

마침내 당신이 말한다. "우리, 여기서 나갈까요?"

"어디 가고 싶어요?"

또다시 토치에서 추구하는 가벼운 만남이 되려나? 그건 두 번 다시 하고 싶지 않다. 잭스 말마따나 요즘은 그런 식일지 모르지만, 만약 그렇다면 나는 차라리 혼자 지내는 쪽을 선택하겠다.

"여기만 아니면 어디든 상관없어요." 당신은 말한다.

우리는 당신의 집이나 내 집으로 가지 않고 그냥 걷는다. 나는 날이 서늘하고 도시의 하늘이 그토록 보드랍게 파랄 때 걷는 것을 가장 좋아한다. 우리는 이스트빌리지를 구불구불 관통해 라파예트로 건너가서 조스 펍과 인도차인 레스토랑 앞을 지나친다. 휴스턴을 가로지르며 요란한 조명과 차이나타운의 문 닫힌 상점 사이를 배회하다 결국 그 옛날 뉴욕의 사랑스러운 유물이라 할 수 있는 브루클린 다리에 다다른다.

우리는 하염없이 걸으며 가끔 대화를 나눈다. 여행을 자주 다녔던 당신의 어린 시절에 대해, 외롭고 불행했던 내 어린 시절에 대해. 하지만 가끔은 편안한 침묵을 즐긴다. 나를 가장 흥분시키는 것이 그 침묵이다. 누군가와 침묵할 수 있을 때 느껴지는 달콤한 친밀감이 있다. 우리는 브루클린 하이츠를 돌아다니다 애덤스 근처의 조용한 술집 앞에서 걸음을 멈춘다. 나지막이 재즈가 흐르고 사람들은 어두컴컴하고 아늑한 부스석에 옹기종기 모여 조용히 대화를 나누는 곳이다.

"나는 이런 데를 더 좋아해요." 나는 말한다.

"나도요."

당신은 다시 일 얘기를 꺼낸다. 사이버보안업체를 운영하는데 어렸을 때부터 아버지의 근무지를 따라, 커서는 당신 일 때문에 여기저기 떠돌아다니다 이 도시로 온 지 얼마 되지 않았다고 한다. 지금까지 다닌 곳이 미국, 유럽, 아시아 도처라. 나는 세세한 부분들을 눈에 담는다. 마감과 소재가 고급스러워 보이는 재킷. 깔끔하게 정리된 손톱. 내가 말을 하면 당신이 어떤 식으로 빤히 쳐다보며 열심히 귀를 기울이는지. 내 얘기가 끝나면 당신은 길게 한 박자 쉬고 나서 대답을 하거나 자기 생각을 밝힌다. 이렇게 바짝 붙어 앉아 있는데도 심지어 무심하게나마 내 몸에는 절대 손을 대지 않는다.

"내일 아침 일찍 일이 있어서요." 나는 마침내 말한다. 좋았던 분위기를 깨고 싶지 않지만 분위기에 취해 후회할 짓을 저지르고 싶지도 않다.

그 본능적인 충동은 거부하기가 쉽지 않다. 초장에 자르는 편이 낫다.

당신은 실망했거나 기분이 상했더라도 티를 내지 않는다. 손목시계를 확인하는데, 하얀 바탕에 검은색으로 로마 숫자가 적힌 시계다. 디지털 시대의 아날로그다. 당신은 IT 전문가라면서, 사이버보안업체 사장이라면서 휴대전화조차 한 번도 들여다보지 않았다.

"어디 사세요?" 당신이 묻는다.

"실은 이 근처에 살아요."

"집까지 바래다드릴까요?" 당신은 손바닥을 펴서 들어 보이며 어쩌면 내 표정을 읽는다. "다른 의도는 없어요."

나는 고개를 끄덕인다. "좋아요."

밖으로 나가자 당신은 팔을 내밀고 나는 팔짱을 낀다. 웃기고 구식이지만 이런 식으로 팔짱을 끼고 예쁜 가로수가 늘어선 브루클린의 거리를 한가롭게 걷는 것이 이보다 더 편안할 수가 없다. 당신의 따뜻함과 강인함에는 자석 같은 매력이 있다. 한참 동안 느낀 적 없는 감정이 느껴진다. 우리는 몸을 꼭 붙이고 말없이 걷는다. 마침내 내가 사는 적갈색 석조 건물 앞에 도착한다.

당신은 건물을 올려다본 다음 나를 쳐다본다. "여기가 다 당신 집이에요?"

나는 살짝 민망해하며 고개를 끄덕인다. 다 쓰러져갈 때 매입해 몇 년째 수리하는 중이다. 하지만 그렇다. 이 동네에 있는 이런 연립주택의 소유주라니 상당히 엄청난 일이다.

"작가라고 하지 않았어요?" 다들 알다시피 작가들은 대개 무일푼이다.

"그냥 운이 좋았어요."

당신은 아무런 평가 없이, 그냥 알겠다는 듯이 서글서글하게 미소를 짓는다. "당신은 아주 여러 가지 면모가 있네요, 렌 그린우드. 그건 이제 알겠어요."

아주 맞는 말이다.

"인간은 누구에게나 아주 여러 가지 면모가 있죠, 애덤 하퍼."

당신은 잠깐 중간 어디쯤을 멍하니 바라보다가 내게로 시선을 돌린다. "저기, 그런데 말이죠."

아, 시작하려는 모양이군. 이제 그만 바이바이하자는 멘트. 어쩐지 이렇게 훌륭한 남자가 현실에 존재할 수 있나 했다.

"나는 밀당 잘 못해요." 당신은 손으로 머리카락을 쓸어넘긴다. 가로등 불빛을 받고 머리카락이 검은지뻐귀 깃털처럼 푸르스름하게 반짝인다. 나도 이미 간파했다시피 이건 당신이 어색할 때 하는 행동이다.

당신은 헛기침을 하고 나는 계속 아무 말도 하지 않는다. 당신은 말을 잇는다. "나는 당신이 맘에 들어요. 그리고 오늘 밤에 영혼 없는 토치 스타일의 원 나이트는 하고 싶지 않고요."

그렇군. 와우. 뜻밖의 발언이다. 나는 또다시 침묵을 선택한다. 그것이 나의 기본 자세다.

"그래서 말인데, 내일 저녁 같이 먹을 수 있을까요?" 당신은 다시 손목시계를 흘끗 확인한다. "음, 오늘 저녁이 되겠네요."

도로 어딘가의 다른 적갈색 석조 건물에서 피아노 선율이 쏟아져 나온다. 종종 들리는 소리인데 들릴 때마다 밤에 신비로운 기운이 더해진다. 밤공기가 서늘하지만 내일은 푹푹 찔 거라고 한다. 이런 걸 글로벌 위어딩(지구온난화로 인해 날씨가 갈수록 이상해지는 현상: 옮긴이)이라고 한다나?

잭스라면 스케줄을 체크해봐야겠다고 대답하라고 할 것이다.

하지만 로빈이라면 자연스럽게 나답게 행동하라고 할 것이다.

"좋아요." 나도 밀당을 좋아하지 않는다. "어디서 몇 시예요?"

"여기로 7시에 데리러 올까요?"

나는 고개를 끄덕인다. "완벽해요."

당신은 주머니에 손을 넣고 뒷걸음질 치기 시작하고 나는 미소를 감추지 못한다.

"잘 자요, 렌 그린우드."

"잘 자요, 애덤 하퍼."

마침내 당신은 몸을 돌려서 씩씩하게 걸어가고 잠시 후에는 모퉁이 너머로 사라진다.

토치. 얄팍하고 영혼 없는 인간 관계의 한심한 복사판. 하지만 그 안에 뭔가가 있을지도 모른다.

나는 돌계단을 올라가 전자 도어록을 누르고 내가 가꾼 집의 정적 속으로 들어가 등 뒤로 문을 잠근다. 아까 만들어 먹은 수프 냄새가 아직까지 남아 있다. 보금자리로 돌아오면 늘 안심이 된다. 나는 아무리 좋은 사람이라도 누군가를 만나면 항상 긴장이 된다.

사실 나는 대학생 때 이후로 아무도 진지하게 만난 적이 없다. 그리고 대학생 시절은 당황스러울 정도로 오래전 얘기다. 나는 누군가와 가까워지는 데, 사람을 믿는 데 문제가 있는 성격이라고 해두자.

나도 내 마음을 고백했어야 하는 걸까. *나도 당신이 맘에 들어요, 애덤.*

어떻게 보면 우리는 서로를 전혀 모르고, 어쩌면 데이트를 끝낼 때마다 지키지 않을 다음 약속을 잡는 것으로 그 순간을 수월하게 넘기는 것이 당신의 수법일 수도 있다.

어쩌면 당신은 내일 나를 바람맞히고, 나는 당신을 두 번 다시 만나지 못할 수도 있다.

이것이 오늘날 데이트의 관례다.

이럴 수도 있고 저럴 수도 있는 것이.

2

"그래서…… 섹시해, 안 섹시해?"

다음 날 아침에 1층으로 내려가 보니 잭스가 벌써 부엌에서 커피를 끓이고 있다. 나는 잠을 설쳤다. 늘 그렇듯 밤새 생생한 꿈에 시달렸고 대부분 악몽이었다. 나는 그녀를 보고 놀라지 않는다. 잭스는 도어록 비밀번호를 알고 있고, 나는 그녀가 들어오는 소리를 들었다.

새까만 곱슬머리를 단단히 땋았고 까무잡잡한 피부가 발그스레하며 티셔츠가 축축한 걸 보니 첼시에 있는 자기 집에서 달려온 모양이다. 그녀는 죽기 살기로 달리는 선수다. 실내에서는 러닝머신으로, 밖에서는 다리를 건너 외곽 동네까지. 누가 뒤에서 쫓아오기라도 하는 것처럼 빠르고 힘차게 달리며 절대, 정말이지 절대 나가떨어지지 않는다. 어쩌다 한 번 나도 따라나설 때면 자기가 일으킨 먼지 구름 속에서 숨을 헐떡이는 나를 두고 쌩하니 먼저 가버린다.

"섹시하냐고?" 나는 반문하며 아일랜드 식탁 앞에 놓인 스툴에 올라앉는다.

부엌은 아직 공사가 끝나지 않았다. 원래 있던 가전제품들은 마지막 숨을 몰아쉬고 있다. 벽에는 페인트칠이 되지 않았고, 천장에 매달린 전구는 전등갓을 기다리는 중이며, 수납장은 한창 개조 중이라 문짝은 떨어지고 칠은 벗겨졌다. 수납장 공사를 진행하던 목공업자가 난데없이 사라진 게 2주 전이다.

달랑 이런 문자 하나 보내고 끝이었다. 다른 일을 맡게 됐어요. 조만간 다시 연락할게요.

연락을 하긴 할까? 알 도리가 없다. 능력은 어마어마한데 희한하게 몸값은 싼, 눈곱만큼도 믿을 수 없는 그 목공업자가 잠수 탔을 가능성도 있다.

이 엉망진창의 한복판에서 반짝이는 새 에스프레소 머신과 우유 거품기는 웅웅 칙칙 열심히 일하고 있다. 아무도 나를 보고 뭐가 중요한지 순서를 모르는 사람이라고 하지는 않았으면 좋겠다.

"되묻는 건 대답이 될 수 없지." 잭스가 말한다. 내가 어정쩡하게 반문한 걸 두고 하는 말이다.

이럴 때 보면 잭스의 어머니이자 지난 8년 동안 내 어머니 역할을 해줬던 미란다와 말투가 똑같다. 하지만 그걸 그녀에게 이야기할 만큼 생각이 없지는 않다. 잭스가 아몬드 밀크를 거품기에 붓고 버튼을 누른다. 잔에 내려놓은 에스프레소 향이 사방으로 번진다.

"그건 너무 이분법적인 질문인데." 나는 말한다. "섹시한가, 안 섹시한가. 인터넷에서 논란을 일으키고 싶을 때 쓰는 수법 아냐?"

그녀는 초록색이 섞인 적갈색의 아름다운 눈으로 나를 쩨려본다. 자메이카인 어머니와 영국인 아버지 사이에서 태어난 잭스는 자칭 진정한 미국인이다. 조상은 전 세계 각지 출신이지만 그녀는 브루클린에서 나고 자랐다. 그래서 일단 뉴요커라는 것이 가장 중요하고 나머지 설명은 곁가지이다.

"그 남자가 여기서 자고 있는 건 아니지?"

잭스는 나를 지나 계단 쪽으로 시선을 옮긴다.

나는 고개를 젓고, 그녀가 석영 상판 위로 건네는 커피 잔을 고맙게 받아든다. 이 석영 상판은 아직 공사가 끝나지 않은 아일랜드 조리대 위에 얹혀 있을 뿐 제대로 붙어 있지는 않다. "다시는 그럴 일 없을 거라 그랬잖아. 토치 스타일의 원 나이트 말이야."

그녀는 말도 안 되는 소리라도 들은 사람처럼 어깨를 으쓱하고 눈썹을 쫑긋 세우며 커피를 한 모금 마신다. "그래서 어쨌는데?"

어쨌느냐고? 무슨 일인가가 벌어졌다. 나는 다른 남자들과의 지난 몇 번의 만남에서는 느끼지 못했던 뭔가를 느꼈다.

나는 애덤, 당신 생각을 하며 일어났다. 오늘 저녁을 정말 같이 먹을 수 있을지 궁금해하면서.

"별 거 없었어." 나는 말한다. "얘기하고 같이 걸었어. 그랬더니…… 좋더라."

"사진 찍었어?"

나는 그 말을 듣고 웃음을 터뜨린다. 잭스는 온라인 세상 속에서 산다. 아직 오전 8시밖에 안 됐지만 아침에 뛴 사진을 이미 인스타그램에 올렸을 것이다. 나는 사생활 노출을 훨씬 꺼리는 편이다. "셀카 찍는 스타일이 아니었어."

"그렇구나아." 잭스는 끝을 길게 늘이며 말한다. "그럼 어떤 스타일이었는데?"

"아마도 다시 만나게 될 스타일? 그 남자가 오늘 저녁 같이 먹자고 했어."

그녀는 이번에는 놀라서 다시 눈썹을 쫑긋 세우며 내 옆자리에 앉는다. 우리는 다정한 침묵 속에서 잠깐 동안 진한 커피를 마신다. 잭스가 휴대폰 화면을 스크롤하고 있다. 흘끗 들여다보니 당신 프로필을 띄워놓았다.

정말 못 찍은 사진이다. 실물이 훨씬 나은데.

미간을 찌푸린 걸 보니 잭스는 당신이 마음에 들지 않는 눈치다. "다른 남자는 어땠어?" 그녀가 묻는다.

"다른 남자라니?"

"문학도 말이야. 네가 괜찮다 그랬잖아. 능력 있다면서." 그녀는 섹시한 척 어깨를 흔들며 웃음을 터뜨린다.

나도 모르게 잭스를 빤히 쳐다보게 된다. 나는 그녀의 미모에 넋을 잃을 때가 많다. 우뚝한 광대뼈, 반짝이는 두 눈, 도톰한 입술. 내 친구는 자기가 예쁜 줄 모르지만 예쁘다.

"드루?" 나는 그 남자를 떠올린다. 탄탄한 몸과 숱이 많은 검은 머리, 그리고 음흉한 눈빛의 소유자. 그를 능력 있다고 생각한 기억은 없는데. 그와 함께 보낸 밤은 아무리 좋게 포장해도 그럭저럭 나쁘지 않은 수준이었다. "그쪽에서는 연락이 없었어."

잭스는 고개를 한쪽으로 기울이고 곰곰이 생각한다. "너도 연락하지 않았잖아."

"맞아. 연락할 이유가 없었거든." 나는 말한다. 이로써 끝난 얘기인 줄 알았건만 그녀가 나를 계속 쳐다보고 있다. "왜?"

잭스는 땋은 머리를 잡아당기며 당신의 사진을 한참 동안 쳐다본다. "이 남자는 말이야, 너무…… 진지해 보여. 나는 네가 뭐랄까, 재밌게 살았으면 좋겠어."

내 친구의 생각을 말할 것 같으면 토치에서 만나는 사이는 가볍고 편안해야 한다. 나이트클럽에 가고, 마이애미로 주말 여행을 떠나고, 샴페인을 곁들인 브런치를 먹고, 잠자리로 마무리 짓는 그런 관계. 잭스는 그게 될지 몰라도 나는 아니다.

그녀는 할 얘기가 남은 눈빛으로 나를 보지만 입을 꾹 다문다.

"왜?" 나는 묻는다. 자신을 너무 잘 아는 사람 앞에서는 이렇게 방어적인 자세를 취하게 된다.

그녀는 손바닥을 들어 보인다. "아무것도 아니야. 그냥 한 남자한테 너무 빠지지 말고 이 사람, 저 사람 만나보라고."

이 사람, 저 사람 만나보라니. 잭스는 데이트 앱을 앞으로 원 나이트를 할 수 있는 남자 명단처럼 활용한다. 한 남자를 두 번 이상 만난 적이 있는지도 잘 모르겠다. 여기가 원래 그렇다. 싫으면 화면을 왼쪽으로, 좋으면 오른쪽으로 민다. 이 세상은 넓고 얕다. 현실이 SNS보다 못하면 (매번 그렇지 않나?) 차단, 친구 끊기, 삭제, 다른 사람에게로 이동.

그녀가 얘기하고자 하는 바는 바깥 세상으로 나가보라는 것이다. 너무 일만 하지 말고 방탕하게 인생을 좀 즐겨보라는 말이다.

"뭘 그리 걱정해?" 어깨로 잭스를 치자 그녀는 내 손을 잡고 꾹 누른다. "그 남자가 나한테 연락하지 않을 수도 있어. 다시 안 만날 수도 있다고."

"흠. 이 남자는 어때?"

그녀가 어떤 사진을 보여주며 묻는다. 염소수염을 기르고 머리를 반들반들하게 빗어 넘긴 군살 하나 없는 남자가 근육을 뽐내며 도발적인 눈빛으로 카메라를 응시하고 있다. 우리는 동시에 폭소를 터뜨린다.

"음, 패스." 나는 말한다.

개수대 위에 달린 창문을 누가 톡톡 두드리는 소리가 들리기에 고개를 들어보니 검은지빠귀 한 마리가 뭔가를 묻는 듯한 표정으로 집 안을 들여다보고 있다. 내가 먹으라고 창가에 씨앗을 좀 놓아두었다. 이 연립주택 뒤편에는 손바닥만 한 마당이 있고 나는 거기다 뭘 잔뜩 심어놓았다. 이 검은지빠귀는 뒷문 뒤 홈통 안에다 둥지를 튼 것 같다. 나는 개수대 앞으로 다가가 녀석을 내다본다. 검은지빠귀의 몸이 아침 햇살을 받고 푸르스름하게 반짝인다.

그리고 바로 그 순간, 나는 그곳으로 돌아간다.

아버지의 집. 넓고 얼기설기하며 돈이 없어서 못 고치고 내버려둔 데가 한두 군데가 아니었던, 다 쓰러져가던 그곳. 조상 대대로 살아온 광활한 땅에 혼자 자리 잡은 그곳. 아버지는 내가 10살이었을 때 가족을 데리고 자기가 어린 시절을 보낸 그 집으로 들어갔고, 그 당시 나는 아버지가 왜 그랬는지 이해하지 못했다.

유리창에 손을 얹자 오래된 부엌의 부연 유리창과 레인지에서 풍기던 따뜻하고 고소한 오트밀 냄새, 나지막이 흥얼거리던 어머니, 온갖 것에 화가 나서 부루퉁해 있던 제이 오빠가 생각난다. 그 집에도 어머니가 놓아두는 씨앗을 먹으려고 부엌 창문을 드나들던 검은지빠귀가 있었다. *새들은 세상의 전령이야.* 어머니는 이렇게 말했다. *세상의 노래를 부르지.*

"렌."

나는 움찔하며 잭스가 있는 현재로 돌아온다. "정신 차려, 렌. 어디 다녀온 거야?"

집. 나는 생각한다. *집에 다녀왔어.*

"내가 하고 싶은 말은 뭔가 하면," 잭스가 말을 잇는다. "너무 급하게 마음을 정하지 말라는 거야. 네가 원하면 그 남자 다시 만나. 하지만 다른 사람도 몇 명 더 만나봐. 재밌게 즐기면서. 만사가 항상 그렇게 무겁고 진지할 필요는 없잖아."

내 연애, 우리의 연애를 두고 하는 말이지만 그게 다는 아니다. 내 인생을 두고 하는 말이기도 하다.

나는 씨앗을 쪼아 먹는 검은지빠귀를 구경한다. 녀석은 고개를 모로 꼬고 나를 보다가 청회색 하늘 위로 푸드덕 날아간다.

3

나는 79번가와 브로드웨이가 만나는 사거리 모퉁이에서 가로등에 기대서서 사람들을 구경하며 기다린다. 혼잡한 퇴근시간. 하늘은 멍이 든 것처럼 파랗고 겨울 공기가 아리다.

큼지막한 토트백을 움켜쥐고 새빨간 코트를 입은 젊은 여자가 향수 냄새를 확 풍기며 허둥지둥 지나간다. "야, 이씨, 너 지금 제정신이야?" 여자가 화가 나서 뻣뻣하게 굳은 얼굴로 휴대전화에 대고 외친다. 잠시 후에는 머리가 희끗희끗하고 호리호리한 남자가 몸에 딱 맞는 검은색 양복을 입고 미끄러지듯 지나간다. 에어팟으로 뭘 듣고 있는지 모르겠지만 음악에 푹 빠져서 다른 행성에 있는 듯이 평온한 표정을 짓고 있다.

차량의 물결이 양 방향으로 천천히 움직인다. 클랙슨이 어쩌다 한 번씩 무의미하게 빽 울리고, 맨홀 뚜껑이 덜커덩거리고, 버스들이 쉭쉭대며 정차한다. 한 택시기사는 화가 나서 창밖으로 고함을 지르는데, 어느 나라 말인지 못 알아듣겠다.

내가 번잡한 도시의 인도에 서 있는 동안 100명, 어쩌면 그보다 많은 사람이 지나간다. 얼굴색, 민족, 성별이 제각각이라 아름답고 어지러운 모자이크 같다. 나는 그 에너지에 몸을 맡기고 서로 다른 3개 국어를 듣는다. 후줄근하건 스타일리시하건, 돈이 많건 가난하건, 보수적이건 자유분방하건 우리 인간은 모든 것의 조합일 수 있다. 내가 이 도시를 사랑하는 가장 큰 이유가 그거다. 모든 계층의 인간을 수용한다는 것.

그리고 그건 표면에 불과하다. 그 이면은 어마어마하게 깊고 풍성하고 복잡하다. 사람들의 음성, 그들의 걱정과 불안, 희망과 꿈, 밤잠을 설치게 만드는 고민이 들리는 것만 같다. 내가 하는 일이 그거다. 사람들이 고민을 해결할 수 있게 돕는 것. 잘 듣는 것이 내게 주어진 특출한 재능이다.

손목시계를 흘끗 확인한다. 늘 그렇듯 내가 약속시간보다 일찍 왔다. 그리고 늘 그렇듯 배가 고파서 쓰러질 것 같다.

내가 좋아하는 푸드 블로거에 따르면 뉴욕 일대에서 가장 맛있는 피자를 파는 곳이 뉴저지에 있는 '라자'라고 한다. 두말하면 잔소리지만, 내 안의 잘난 뉴요커 본능은 그럴 리 없다고 주장한다. 뉴욕이 아닌 다른 데에 더 훌륭한 뭔가가 있을 수 있다고? 그래도 우리가 3개월에 걸쳐 만나는 동안 기본적으로 뉴욕 일대 맛집 탐방을 하고 있으니 직접 가서 확인해봐야 할 것만 같다. 오늘 저녁에는 시 경계를 넘는 험난한 여정이 우리를 기다리고 있다. 하지만 굴하지 않을 것이다.

이제 우리를 '우리'라고 해도 되겠지? 어떻게 생각해, 애덤?

우리는 토치를 통해 첫 데이트를 한 뒤로 하루도 빠짐없이 만나고 있다. 같이 밥을 먹고, 커피를 마시고, 한낮에 예술 영화관에서 밀회를 즐기고, 소호의 갤러리를 구경하고, 하이라인 공원을 따라서 걷는다. 어디에서 만나든 대개는 서론일 뿐, 본론은 기나긴 밤(또는 짧고 은밀한 오후) 동안 펼쳐지는 애정 행각이다. 우리의 정사는 때로는 부드럽고 때로는 격하다. 항상 나는 어지럽고 지치고 떨린다.

상황이 빠르게 전개되고 있다. 잭스에 따르면 너무 빠르다고 한다. 로빈의 반응도 떨떠름하다. 로빈은 원래 잔걱정이 많은 성격이다.

렌, 이 남자에 대해서 네가 제대로 아는 게 하나라도 있어? 이 남자가 네 삶을 지배하고 있는데.

천천히 알아가는 중이야. 연애라는 게 원래 그런 거잖아.

로빈은 그냥 질투가 나는 거다. 어렸을 때부터 로빈은 내 관심을 독차지하고 싶어 했다.

잭스는 내가 좀 더 가볍게 인생을 즐기고 좀 더 자주 밖에서 시간을 보내길 바랐는데, 그녀의 생각이 옳았다. 솔직히 나는 요즘 행복하다. 행복하다는 생각이 든 게 태어나서 처음이라고 하면 너무 이상하게 들릴까?

다시 몇 분이 지나고, 나는 좌우로 두리번거리며 사람들의 물결 위로 보일 당신의 얼굴을 찾는다. 고백하기 민망하지만 당신의 회사 이름이 기억나지 않는다. 블랙 볼트? 락트 박스? 보안을 연상시키는 뭐 그런 식의 이름이었다. 건물 앞에 검은색 차양이 달렸다며 당신이 도로명 주소도 알려주었는데. 하지만 사거리 모퉁이에서 만나기로 했기에 나는 금세 잊어버렸다. 모두 비슷하게 생긴 사무용 건물 로비를 들여다보아야 하나? 층별 안내판을 본들 회사 이름이 생각날지 잘 모르겠다.

아니다, 그냥 길에서 기다리는 편이 낫겠다. 살짝 거리를 두고.

토치를 통해 처음 데이트를 한 뒤로 거의 매일 만나고 있지만 우리는 서두르지 않고 있다. 나는 당신이 어떤 일을 하는지 잘 모른다. 일의 성격상 개인적으로 사이버보안을 필요로 하는 고객을 상대하기 때문에 전반적인 내용만 알 뿐이다.

우리는 서로의 친구도 아직 만나지 않았다.

잭스에게 장난 아니게 시달리고 있지만 나는 아직 마음의 준비가 덜 됐다. 내가 하는 일에 대해 당신이 아는 건 음, 상식적인 수준이다. 내가 작가고 익명으로 아주 잘나가는 고민 상담 칼럼을 운영하고 있다는 것 정도이다.

둘이서 함께 보낸 첫날밤에 당신은 나의 수많은 베일을 벗겨냈다. 뭐, 아직까지 벗기지 않고 그대로 남겨둔 베일이 훨씬 많긴 하지만.

하지만 내가 로빈에게 말했던 것처럼 연애라는 게 그런 거 아닐까? 우리는 자기 자신을 한 꺼풀씩 공개한다. 시간을 두고 천천히.

아니면 상황에 따라 전혀 공개하지 않을 수도 있다.

"렌."

당신이 내 앞에 서서 당신답지 않게 벌게진 얼굴로 숨을 살짝 헐떡이고 있다.

당신은 몸을 숙여 내게 입을 맞추며 다정하게 말한다. "완전히 딴 데 정신이 팔렸네. 늦어서 미안해. 고객한테 문제가 생겼다고 아까 문자 보냈는데."

그랬나? 나는 휴대전화에 재깍재깍 반응하지 않는다. 지금도 내 메신저 백 깊숙이 묻혀 있다. 끊임없이 울려대는 그 조그만 폭군은 질색이다. 문자가 오면 항상 실눈을 뜨고 조그만 자판을 들여다본다. 그러다 대개 답문을 보내는 대신 전화를 건다. 잭스는 이렇게 말한다. *요즘은 아무도 전화하지 않아. 시간을 너무 많이 잡아먹거든.*

나는 차갑고 군더더기 하나 없는 요즘의 소통 방식이 싫다. 사람들 음성을, 말투에 깃든 의미의 미묘한 차이를 듣고 싶다. 눈을 들여다보며 살을 만지고 유대감을 느낄 수 있으면 더 좋고. 남들과 다르게 나는 최첨단 기기와 더불어 어린 시절을 보내지 않았다. 아버지는 우리 집에 텔레비전도 허락하지 않았다. 컴퓨터, 비디오 게임, 휴대전화도 마찬가지였다.

테크노 시대의 아날로그 걸이군. 내가 당신을 좋아하는 이유 중에 그것도 있지. 내가 그 사실을 고백했을 때 당신은 이렇게 말했다.

그래서 당신은 문자를 보내지 않고 전화를 한다. 내가 그걸 원한다는 걸 알기 때문에. 나는 그래서 당신이 좋다. 남을 배려할 줄 알아서. 만나지 않는 날 저녁에도 가끔 우리는 몇 시간씩 통화한다. 할 얘기가 바닥나도 전화를 끊지 못한다.

눈부시게 하얀 태양이 건물 아래로 저물어가는 오늘 저녁, 당신의 태도는 어딘지 모르게 평소와 다르다. 레이저빔처럼 내게 관심을 집중하지 않고, 뭘 찾는 사람처럼 사방을 두리번거리며 시선을 분산한다.

"무슨 일 있어?" 나는 묻는다.

당신은 까만 눈을 내게 집중한다. 그 눈이 자리한 당신의 얼굴은 밋밋하지 않다. 숱이 많은 눈썹, 눈꼬리에 잡히는 주름살, 까칠하게 자란 수염, 볼록한 광대뼈에 남은 희미한 흉터.

"그냥 좀…… 하루 종일 일이 많았어. 미안."

그게 다가 아닌 것 같지만 나는 캐묻지 않는다. "배고파 죽겠다."

"나도. 얼른 가서 밥 먹자."

우리는 택시를 타고 저지시티로 향한다. 타락한 커플이다.

나는 검소하다. 택시가 아니라 지하철을, 바닷가재가 아니라 닭고기를, 니먼 마커스보다 메이시스 백화점을 좋아한다. 하지만 애덤, 당신은 사람이 많고 혼잡한 것을 질색하며 이 도시의 거대한 지하철을 못 미더워한다. 걸어갈 수 있는 곳은 걸어가고 아니면 택시를 탄다.

조용한 우리 택시 옆으로 혼잡한 길거리가 꾸물꾸물 지나가다 터널로 진입하자 빠르게 지나간다. 우리는 어두컴컴한 뒷자리에서 파티장에 가는 고등학생처럼 서로의 몸을 더듬는다. 모든 게 사라지고 관음증 환자처럼 백미러를 흘끗거리는 기사의 시선과 차량의 소음, 우리 택시가 터널을 쌩하니 달리는 소리만 남는다.

잠시 후에 우리는 저층 건물들로 이루어진 동네에 도착한다. 아직 고급 주택지로 재개발되지 않아서 후줄근함과 세련미가 공존하는 재밌는 곳이다. 이 도시에는 겉보기와 다르게 알고 보면 딴판인 그런 동네가 있다. 우리들 인간처럼.

아담하고 따뜻한 가게 안으로 들어가 한 입씩 먹어볼 수 있게 피자를 여러 조각 주문한다. 음식을 기다리며 대화를 나누는데, 대부분 내 얘기다. 당신이 전에 없이 신경을 곤두세우고 누굴 기다리는 것처럼 내 뒤편의 출입문을 계속 흘끗거리지만 나는 모르는 척한다. 마침내 김이 모락모락 나는 피자가 한 조각씩 등장한다.

행복하다. 폭신하면서도 바삭한 도우, 줄줄 흐르는 크리미한 치즈, 이보다 더 신선할 수 없는 토마토, 아주 살짝 뿌린 따뜻한 꿀. 감칠맛 나는 프로슈토(향신료가 많이 들어간 이탈리아 햄: 옮긴이), 폭발하는 마늘의 풍미.

맙소사. 정신을 못 차리겠다.

"당신은 잘 먹어서 좋아." 풀어야 하는 어려운 문제를 대하듯, 이제는 익숙해진 강렬한 눈빛으로 당신이 나를 구경하며 하는 말이다.

나는 순간 당황하며 우리 둘 사이에 놓인 거의 남지 않은 피자를 흘끗 내려다본다. 하지만 당신 말이 맞다. 나는 열심히, 전투적으로 먹는다. 우리는 둘 다 맛있는 음식이라면 사족을 못 쓴다.

"먹는 게 사는 재미잖아. 먹는 걸 좋아하지 않는 사람은 삶의 의욕이 없는 사람이야." 나는 말한다.

당신이 미소를 짓자 아주 심각하고 음울해 보이기까지 했던 얼굴이 어린애처럼 환해진다.

"아멘."

우리는 배가 터질 때까지 먹고 남은 건 포장해달라고 한다. 음식이, 예술 작품을 먹는 쾌감이 우리에게는 일종의 전희와도 같다.

...

다시 브루클린으로 돌아갔을 때 우리는 내가 사는 연립주택 문을 박차고 들어가 서로의 옷을 뜯어 발기며 계단을 올라간다. 당신 집도 몇 번 갔지만 기본적인 선택지는 내 집이다. 첼시에 있는 당신 집은 차갑다. 모던한 분위기에 가구는 스타일리시하지만 딱딱해서 무슨 미술관 같다. 우아하고 인테리어도 훌륭하지만 개인적인 취향이 결여되어 있는 느낌이다.

사람이 살지 않는 집 같아. 맨 처음 그 집에 갔을 때 나는 이렇게 말했다.

어쩌면 그럴지도. 출장이 잦아서 여기 없을 때가 많거든. 당신은 이렇게 답했다.

그럼 당신 집은 어디야?

묘한 표정이 당신의 얼굴을 스치고 지나갔고, 그때 처음으로(하지만 마지막은 아니었다) 당신도 나만큼이나 여러 겹의 베일을 두르고 있을지 모르겠다는 생각이 들었다. 당신은 명치를 손끝으로 두드렸다. *아마도 여기?*

나는 그 말을 듣고 왠지 모르게 슬퍼졌지만 당신에게 말로 표현하지는 않았다.

내 집은 당신 집과 정반대다. 당신 집이 깔끔하다면 내 집은 어수선하고, 당신 집이 차갑다면 내 집은 따뜻하다. 편안함이 목적인 큼지막한 가구, 최고로 보드라운 쿠션과 담요. 지금 우리가 덮고 있는 푹신푹신하고 하얀 오리털 이불도 마찬가지 맥락이다.

우리의 육체 관계는 지난주를 기점으로 달라졌다. '이래도 괜찮겠어? 당신 괜찮아?' 이렇게 다정하고 세심하고 설명이 추가됐던 것이 다급하고 간절해졌다. 말투가 바뀌고 분위기가 달라졌다.

내 허리를 감싼 당신의 팔은 힘차고, 내 목에 대고 토하는 당신의 숨은 깊고 절박한 으르렁거림이다. 잠시 후에 당신이 너무 깊숙이 들어오자 나는 고통과 희열이 뒤섞인 비명을 터뜨린다. 당신은 멈추지 않는다. 우리는 거칠게 원초적으로 한데 뒤엉키고 욕망과 희열이 나를 깨운다.

당신이 내 이름을 토한다. *렌. 아, 렌.*

당신의 격정이, 당신의 당혹감이 느껴진다. 내 심정도 마찬가지다. 사랑을 나눌 때마다 당신에 대해 알아가는 느낌이다. 당신이 말 한마디 없이 자신을 한 꺼풀 더 공개하는 것 같다.

정사가 끝나고 우리의 숨소리와 어둠밖에 남지 않는다. 나는 당신이 깜빡 잠이 들었나 보다고 생각한다. 하지만 잠시 후에 당신은 자세를 바꿔서 두 팔로 나를 감싸고 속삭인다. "당신이 아무한테도 하지 않은 얘기를 듣고 싶어."

지금까지는 모든 걸 철저한 계산 하에 당신과 공유했다. 나의 일부분과 단편적인 진실과 본모습의 몇 꺼풀과 엄선한 추억과 가장 평범한 호불호만 공개했다. 하지만 감춰온 것들이 있다. 지금까지는 모든 걸 공개할 필요가 대두된 적이 없다. 요즘 시대의 남녀 관계는 그때까지 지속되는 경우가 거의 없다. 나는 다짜고짜 잠수 탈 수 있는 사람에게 내 모든 걸 폭로할 수 있는 입장이 아니다.

그 남자도 알아? 내가 당신을 얼마나 좋아하는지 고백했을 때 잭스가 물었다.

아니.

언제 얘기할 건데?

지금. 나는 생각한다. 지금이 그때다. 지금 털어놓지 않으면 거짓이 된다. 여태껏 숨겨온 비밀이 된다. 그래서 자정이 지난 캄캄한 새벽, 따뜻한 당신의 품속에서 나는 지금까지 아무에게도 하지 않은 이야기를 한다.

4

"오늘 저녁에 만날 수 있어?"

당신은 거의 매일 아침마다 이렇게 답이 정해져 있는 질문을 한다.

"당연하지." 나는 항상 이렇게 대답한다.

당신은 벌써 짐 가방에서 새 옷을 꺼내 갈아입었다. 좀 전에 내가 일어났을 때 샤워하는 소리가 들렸다. 시계를 확인해보니 당신은 지각하게 생겼고 나는 늦잠을 잤다. 대화를 나누고 또 나누며 긴긴 밤을 보내다 내가 먼저 깜빡 잠이 든 모양이다. 간밤의 기억이, 내가 당신에게 한 이야기가 계속 떠오른다. 날이 밝고 보니 후회가 된다. 간밤에는 안심이 됐는데, 환한 아침이 되자 벌거벗은 기분이다. 수치심이 내 온몸을 간질인다.

"오늘 저녁에 물어보고 싶은 게 있어." 당신이 군살 하나 없는 허리춤을 벨트로 조이며 말한다.

"지금 물어봐."

당신은 희미하게 미소를 지으며 고개를 젓는다. "참을성 없는 사람 같으니라고."

나는 옆으로 몸을 돌려서 팔꿈치를 딛고 몸을 일으켜, 당신이 서랍 장 위 거울을 커다란 덩치로 채우고 젖은 머리를 빗는 것을 지켜본다. 숱이 많고 수북한 당신의 머리는 모든 여자에게 선망의 대상이다. 하지만 당신은 거울에 비친 자기 모습을 보고 마음에 들지 않는다는 듯 미간을 찌푸린다.

"언제, 어디서 만나지?" 나는 묻는다.

"근처에 가보고 싶은 데가 있어. 문자로 주소 보내줄게."

침대로 다가와 내 옆에 앉은 당신에게서 세이지와 민트 향이 난다.

"고마워." 당신이 말한다.

"뭐가?"

"당신 속을 나한테 다 보여준 거. 후회하지 않게 해줄게."

"기회가 있을 때 떠나." 나는 없는 자신감을 끌어 모아 익살을 떤다.

당신은 한참 동안 진하게 입을 맞추고 한 손을 내 허리춤에 얹은 채 마지못한 듯 몸을 뗀다.

그러고는 앓는 소리를 낸다. "늦었다. 오늘 저녁에 만나."

이 말을 끝으로 당신은 떠나고, 간밤의 고백과 과거와 머릿속에서 들리는 온갖 말소리와 함께 나 혼자 남는다.

...

나는 하루 종일 일을 한다. 일은 내 자신과 모든 고민거리를 묻어두는 도피처다. 하루가 금세 지나간다. 당신은 점심시간에 전화하지는 않지만 오후 2시쯤 어떤 주소가 문자로 날아온다. 내가 모르는 음식점이다.

첫 데이트를 앞둔 사람처럼 심장이 두근거린다. 어떻게 보면 이번이 진정한 첫 데이트일 수도 있다. 이제는 당신이 알게 됐으니.

애덤, 나한테 뭘 물어보고 싶은 거야?

...

음식점에 도착했을 때 내 두근거림은 최고조에 달한다.

음식점 안은 어둡고 은은하게 반짝거린다. 촛불이 칸막이 테이블을 밝히고 있다. 연꽃이 떠다니는 어두컴컴한 분수대 한가운데에 금부처가 앉아 있다. 당신을 찾아보지만 없다.

늦다니 당신답지 않다.

까맣고 커다란 눈과 조각 같은 생김새를 자랑하는 가게 사장이 검은색 쓰리피스 정장을 입고 웃는 얼굴로 나를 맞이한다. 그의 표정을 보니 가슴골이 부각되고 눈빛에 생기를 더하는 이 원피스를 입고 오길 잘했다는 걸 알겠다. 나답지 않게 충동 구매한 새 옷이다.

"먼저 오셨네요. 테이블로 안내해드릴까요?"

"네, 감사합니다."

그의 시선이 내게 잠깐 머문다.

나는 빤히 쳐다볼 만한 특별한 구석이 없다. 뭐, 그럭저럭 괜찮은 외모이긴 하다. 하지만 다리는 마음에 들지 않는다. 그리고 비가 오는 날이면 머리카락이 말을 듣지 않는다. 풀 메이크업은 아직 터득하지 못했다. 스타일리시하고 화려한 미녀들이 넘쳐나는 이 도시에서 나는 주로 청바지와 가죽 재킷, 티셔츠와 닥터 마틴 신발로 이루어진 도시 여전사룩을 고수한다. 나는 드레드록스로 머리를 따거나 제모를 하고, 눈썹을 뽑고 매니큐어를 바르고, 굶어가며 몸매를 관리하는 타입이 아니다. 당신은 '요즘 같은 시대에 보기 드문 자연미'라는 표현을 썼다. 나는 그걸 칭찬으로 받아들였다.

하지만 길고 몸에 딱 붙는 이 감청색 랩 원피스는 정말이지 나의 장점을 강조한다.

오늘 저녁에 왜 이렇게 차려입고 나왔을까? 나도 모르겠다.

그 남자가 너랑 헤어질 작정이라면 적어도 자기가 뭘 놓치게 생겼는지 깨달을 수는 있겠다. 외출 준비를 하는 나를 보고 로빈이 이런 식으로 도움이 안 되는 말을 늘어놓았다. 평소처럼 내 침대에 느긋하게 누워서 뭐든 덤비라는 듯이 자신만만하게 한 말이다.

나는 자리에 앉아서 메뉴를 구경한다.

우와. 엄청 비싸다.

데이트 비용은 항상 당신이 계산한다. 처음에는 그게 불편하게 느껴졌다. 계산서를 두고 우리 둘이 싸운 적도 있다. 당신은 이렇게 말했다. *내가 구닥다리인지 몰라도 저녁을 먹으면 남자가 계산해야지 안 그러면 무식한 거야.* 하지만 나는 당신의 이런 점을 점점 사랑하게 됐다. 당신의 넉넉한 마음씨. 따뜻한 배려. 당신은 아무 대가도 바라지 않고 퍼준다.

나는 문이 열릴 때마다 그쪽을 계속 흘끗거린다. 깔깔대며 웃는 젊은 커플, 바리톤 음성의 좀 더 나이 지긋한 신사. 당연하게도 배가 고프다. 웨이트리스가 와서 음료를 주문하겠느냐고 묻는다. 하지만 나는 당신이 올 때까지 참기로 한다. 두근거리던 심장이 이제는 쿵쾅거린다.

어젯밤의 기억이 계속 되살아난다.

당신은 연민을 가득 담아서 이렇게 말했다. *이제 보니 엄청 많은 일을 겪었네. 지금까지 잘 버텼어.*

그게 전부는 아니다. 수많은 겹의 베일. 우리에게는 항상 얘기하지 않고 보여주지 않는 부분들이 있다. 하지만 나는 최대한 많은 걸 공유했다. 충분히 나를 노출했다.

그래서 당신 문자를 받고 좋아하는 부티크로 쌩하니 달려가 원피스를 샀다. 이른바 쇼핑 치료다. 원래 내 취향은 아니지만. 그래도 새 옷을 입어보니, 내게 밝고 신선한 매력이 있는 걸 알겠다.

문이 열리면서 키가 크고 어마어마하게 세련된 여자가 경쾌하게 들어온다. 피부는 까무잡잡하고 아주 근사한 검은색 랩 원피스를 입었다. 여자가 바 카운터에 자리를 잡고 앉자 잠시 후에 딱 떨어지는 암회색 슈트를 입은 아시아계 남자 둘이 가세한다. 그들은 서로 허리를 숙이고 나지막이 격한 대화를 나눈다.

나는 속으로 중얼거린다. 당신이 금방 올 거라고. 오는 중일 거라고.

하얀 테이블보.

꽃병에 담긴 난초.

나지막이 웅웅대는 사람들 말소리, 플루트 연주.

나는 기다린다.

30분이 지났다. 정말이지 당신답지 않다.

마침내 나는 핸드백에서 전화기를 꺼낸다.

이런.

부재중 전화가 3통이 와 있다. 나는 그 번호로 전화하지만 당신은 받지 않는다. 가슴이 기분 나쁘게 욱신거린다. 불안해서 심장이 펄떡거린다. 나는 나쁜 일이 얼마나 슬금슬금 들이닥칠 수 있는지 안다. 방금 전까지만 해도 삶이 충분히 견고하고 예측 가능하게 느껴졌는데, 갑자기 온 세상이 발밑에서 와르르 무너지고 허공을 부유하는 느낌이다. 무중력 상태.

나는 문자를 보낸다. 무슨 일 있어? 전화했는데 안 받네.

몇 분이 지난다. 다른 사람들은 쿵쾅거리는 내 심장은 아랑곳하지 않고 즐겁게 식사한다. 우리 테이블에 배정된 웨이트리스가 계속 내 쪽을 흘끗거린다. 다른 서빙 담당이 음식이 담긴 쟁반을 들고 옆을 쌩하니 지나간다. 냄새가 끝내주지만 나는 거의 느끼지 못한다.

10분이 더 지나도록 당신은 연락도 없고 내 전화나 문자에 답을 하지 않는다. 결국 나는 소지품을 챙겨 든다.

당신은 오지 않을 것이다.

예감이 좋지 않다.

5

내가 물방울이 맺힌 물잔을 두고 쭈글쭈글해진 냅킨을 테이블 위에 떨어뜨리며 자리에서 일어나자 여기저기서 쳐다본다. 목구멍이 조여오고 뺨이 벌게진다. 민망함. 내 뱃속 깊숙한 곳에 뱀처럼 똬리를 틀고 있던 것이 달려들어 물 준비를 하고 있다.

너무 일찍 당신에게 이야기해버리고 말았다. 서로 그만큼 잘 아는 사이도 아니었는데. 내가 추악한 과거를 묻어놓은 데에는 이유가 있었다. 잭스에게도 털어놓기까지 몇 년이 걸렸고, 심지어 그녀는 전부 아는 것도 아니다.

하지만 당신은.

사랑이라는 게 그런 거 아닌가? 자신의 본모습을 보여주고 싶어지는 거. 주변에서 기대하는 모습이 아니라 있는 모습 그대로 사랑받길 바라는 헛된 꿈을 꾸며.

내가 나가려는 걸 보고 무슨 일인지 살피러 온 웨이트리스에게 말한다. "갑자기 일이 생겼어요. 정말 죄송해요."

웨이트리스와 가게 사장은 이보다 더 친절하고 배려심이 넘칠 수 없다. 그래서 마음이 아프다. 친절한 사람을 보면 나는 가끔 마음이 아프다. 이유는 모르겠지만.

나는 밖으로 나가서 다시 당신에게 전화하지만 녹음된 메시지만 나올 뿐이다. *죄송합니다. 지금 거신 번호는 음성 사서함이 설정되어 있지 않습니다.*

이상하다.

당신 집이 이 근처다. 택시를 타고 꾸물꾸물 교통체증을 헤치며 가느니 걸어가는 편이 더 빠를 것이다. 게다가 걷다 보면 마음이 가라앉고 머릿속이 맑아질 것이다.

이 도시는 숲 비슷한 곳이 될 수도 있다. 안에 들어가 침묵을 지키면 그 소음에 몸을 담글 수 있다. 경적과 사람들 말소리, 덜커덩거리며 발밑을 지나가는 지하철. 거기에는 일종의 리듬이, 평화로운 불협화음이 있다. 어떤 흐름이 있어서 그 안에 몸을 맡기면 그대로 실려갈 수 있다. 빨간불에서 초록불로 바뀌는 신호등, 길을 내는 사람들. 나는 그 흐름에 몸을 맡기고 이스트빌리지를 출발한 지 겨우 20분 만에 첼시에 있는 당신 집에 도착한다.

당신이 사는 건물 앞에 다다랐을 무렵에는 내가 가장 어두운 과거를 폭로한 직후에 당신이 나를 바람맞힌 이유를 간단하게 설명할 방법이 있을 거라 확신한다. 어둠 속에서 내가 조그맣게 고백했을 때 당신은 나를 안아주었다. 정말 힘들었겠다고 몇 번이고 속삭여주었다. 나를 봐주고 들어주고 이해해주는 사람이 생긴 느낌이었다.

하얗고 깨끗한 당신 건물 입구에 도어맨은 없다. 번드르르한 모니터와 인터폰만 있을 뿐이다. 12 B, 옆에 이름이 적혀 있지 않은 버저는 거기 하나뿐이다. 나는 뻑뻑하고 하얀 그 버저에 손끝을 얹는다.

모르는 사람들에게 12층 B호에 누가 사는지 알릴 필요는 없잖아. 다들 그런 식으로 보안에 신경을 쓰지 않는다니까? 당신은 이렇게 말했다.

그게 당신이 하는 일이다. 보안 유지. 회사와 개인의 보안 시스템을 책임지는 것. 당신은 카메라와 무음 경보기와 모션 센서를 설치한다. 사이버보안, 방화벽 설치, 웹사이트 암호화에 대해 가르친다. 당신은 사기꾼, 범죄자, 해커들이 어떤 식으로 시스템 안으로 파고들어가 훔치고 방해하고 뒤엎는지 내게 알려준 적이 있다. 당신은 그 방면에 진심이다. 나는 자기 일에 진심인 사람이 좋다. 내가 당신을 맨 처음에 좋아하게 된 이유 중 하나가 그거였다.

응답이 없다. 나는 다시 버저를 누른다.

마침내 반응이 온다. "누구세요?"

조심스럽게 묻는 젊은 여자의 목소리를 듣고 나는 충격을 받는다. 이제 여자의 얼굴이 화면에 뜬다. 피부는 까무잡잡하고 머리가 곱슬곱슬한 미녀다. 나는 순간 말문이 막힌다. 누구일까?

"여기…… 애덤 집 아닌가요?" 나는 묻는다. 목이 칼칼하다.

그녀는 고개를 젓는다. "미안하지만 그런 사람 안 살아요."

어린애 목소리가 들린다. "엄마, 누구예요?" 여자가 화면에서 사라졌다가 빨간색 티셔츠를 입은 어린 남자애를 안고 다시 등장한다. 아이가 통통한 손을 내밀어 손바닥으로 카메라를 가린다. 내 안에서 새장에 갇힌 새가 미친 듯이 날개를 퍼덕인다. 이 여자는 누구일까? 이 아이는 또 누구일까?

나는 헛기침을 하고 정신을 가다듬는다.

"제 친구가 여기 살거든요. 그 친구 만나러 왔어요."

나는 버저를 다시 확인한다. 맞는 호수다. 나는 여기 두 번 왔었다.

한 번은 저녁을 먹으러, 또 한 번은 하룻밤을 같이 보내러.

이후에는 주로 내 집으로 갔다. 사실 여길 찾아온 것은 몇 달 만이다. 당신의 집은 차갑다. 당신과 함께 여기서 보낸 시간을 더듬어본다. 소파는 뻣뻣했고 침대는 너무 딱딱했다. 냉장고에는 아무것도 없었다. 당신의 옷은 참전 준비를 마친 병사처럼 뻣뻣하게 일렬로 걸려 있었다. 사진은 없었다. 심지어 화장실에도 데오도란트, 칫솔, 치약, 치실, 그리고 샤워기 옆에 놓인 비누 하나. 그게 전부였다. 가족은 물론 다른 여자의 흔적은 전혀 없었다.

"그 친구 여기 없나요?" 아이가 손을 치우자 나는 다시 묻는다.

"네." 여자가 대답한다. 좋은 사람 같아 보인다. 말투가 차분하고 눈빛은 이해심 넘치는 천생 엄마 타입이다. "미안한데 여긴 공유 숙소예요. 이번 주에는 우리 가족이 쓰고 있고요."

뭐라고 답을 하면 좋을지 모르겠다. 꾸밈없는 표정을 보면 여자의 말이 진짜인 것 같다. 아주 솜씨 좋은 거짓말쟁이일 수도 있겠지만 그런 경우는 드물다. 나는 건물 입구와 버저와 인터폰을 다시 한 번 확인한다. 우리가 같이 있었던 장소가 맞다. 확실하다.

"고맙습니다." 달리 뭐라고 할 수 있겠는가?

"친구분 잘 찾으세요." 이 말을 끝으로 화면이 꺼진다.

휴대전화를 확인해보지만 부재중 전화가 더는 없고, 전화를 걸어보지만 당신은 여전히 받지 않는다. 나는 다시 문자를 남긴다.

나를 바람맞힐 수밖에 없었던 이유가 있을 거라고 생각해. 전화해줘. 나는 걱정하지 않아. 불안하지도 않고. 전혀.

조그만 점이 깜빡거리지 않는다. 당신이 답장을 쓰고 있지 않다는 뜻이다. 물론 당신은 문자 수신 확인 기능을 꺼놓았다. 그러니까 내 문자를 받았는지 알 수가 없다. 우울이라는 너무나 익숙한 감정이 나를 두드린다. 연결이 끊겼을 때 찾아오는 무력감. 사람들은 자기들이 원하는 동안에만 내 삶에 머문다. 그러다 종종 말도 없이 사라져버린다. 거기에 대해서 내가 어쩔 방법은 없다.

나는 길거리에 하릴없이 서서 어떻게 할지 고민한다. 당신이 나타날지 모르니 여기서 기다릴까? 그건 아니다. 다시 전화해볼까? 그것도 아니다. 한 번 더 그랬다가는 히스테리로 진화할 수 있다. 당신은 나를 바람맞혔다. 당신 집인 줄 알았던 아파트에는 어떤 여자와 아이가 지내고 있다. 이제 와서 생각해보니 우리에게는 공통의 친구가 없다. 당신도 알고 나도 아는 친구가. 그래서 아무렇지 않게 전화해 혹시 애덤 봤느냐고 물어볼 사람이 없다.

이게 이상한 일인가?

나는 길바닥에 엉거주춤하게 서서 잠잠한 휴대전화를 들여다본다. 그러다 처음부터 선택의 여지가 없었기에 그냥 집으로 향한다.

지하철 승강장으로 내려가 보니 열차가 잠시 정차해 있다. 나는 성경을 읽고 있는 노파 옆에 자리를 잡고 앉는다. 원래 책을 들고 있거나 공책에 뭘 끼적이고 있거나 멍하니 허공을 쳐다보고 있는 사람 옆자리를 선택하는 편이다. 이런 사람들이 더 안전해 보이고 왠지 모를 동질감이 느껴진다. 승강장을 출발한 열차가 비명을 지르며 흔들흔들 질주한다. 발 디딜 틈이 없을 정도는 아니지만 그래도 승객이 많다. 열차는 브루클린 하이츠를 구불구불 관통하고, 나는 보로홀에서 내린다.

밖으로 나가자 그새 한랭 전선이 확연하게 이 일대를 덮은 듯이 느껴진다. 집까지 걸어가는데 기온이 그야말로 뚝 떨어져 있다. 원피스가 너무 얇다.

난 왜 재킷을 입지 않았을까?

당신은 어디 있을까?

고개를 숙이고 발걸음을 재촉한다. 브루클린은 맨해튼과 리듬이 다르다. 좀 더 느리고 편안하다. 그래도 특유의 두근거림이 있다.

당신이 현관 앞 계단에 앉아서 나를 기다리고 있을지 모른다는 생각이 언뜻 든다. *휴대전화를 잃어버렸어.* 당신은 이렇게 말할 것이다. 아니면 *내가 무슨 일을 당했는지 알아?* 이렇게 말하던가. 우리는 모든 면에서 당신 집과 180도 다른 내 집으로 들어갈 테고, 나는 와인을 두 잔 따르고 거실 벽난로에 불을 지필 것이다. 그러면 당신은 어떻게 된 일인지 설명할 것이다. 처음 보는 여자가 당신 집에서 지내며 거기가 공유 숙소라고 주장하는 이유도 그럴 듯하게 설명할 방법이 있을 것이다. 사랑을 나누면 오늘 일은 잊힐 것이다.

당신의 살결을 느낄 수 있다. 숱이 많은 당신 머리카락이 내 손끝에 닿던 느낌도, 당신이 어떤 식으로 나를 끌어안고 나와 눈을 맞추고 많은 것을 느끼게 했는지도. 갈망과, 높은 데서 떨어지는 느낌과, 두려울 정도로 강렬했던 욕망도.

하지만 당신은 현관 앞에 없다. 집 안은 어두컴컴하고 고요하다.

나는 1층 불을 켜고 등 뒤로 문을 잠근다. 여기 이곳, 내가 건설한 이 집은 안식처다. 문 옆에 핸드백을 떨어뜨리고 푹신한 소파에 몸을 묻고 캐시미어 담요로 몸을 감싼다. 그러는 내내 휴대전화를 들고 있지만 화면에는 아무것도 뜨지 않는다.

당신의 연락을 기다리며 거기서 그렇게 얼마나 웅크리고 있었는지 모르겠다. 한참을 기다리다 깜빡 잠이 들었는지 휴대전화 진동에 화들짝 놀라서 깬다.

일이 생겨서 가야 하게 됐어. 미안해, 렌.

나는 엄지손가락으로 재빨리 자판을 두드린다. 무슨 말인지 모르겠어.

알아. 미안.

무슨 일인지 얘기해줘.

하지만 내 문자를 전송할 수 없다는 에러 메시지가 뜬다. 나는 가만히 앉아서 그 빨간색 메시지를 빤히 들여다보며 재전송을 누르고 또 누른다.

머리를 식힐 겸 텔레비전을 켠다. 황당한 헤어스타일에 얼굴은 부자연스러운 남자가 뉴스를 전한다. 어째 인조인간 같다. 진짜 사람일까? 어쩌면 뉴스캐스터에 걸맞은 이미지를 컴퓨터로 구현한 아바타일지도 모른다. 하지만 아니다. 고화질 화면상으로 화장이 뭉친 부분이 보인다. 두말하면 잔소리지만 모두 안 좋은 소식밖에 없다. 바이러스가 엄청난 속도로 중국을 휩쓸고 있어서 방호복을 입은 남자들이 쇼핑센터 같은 곳을 소독하는 장면이 대형 텔레비전 화면을 가득 채운다. 지난 몇 년 동안 개나 소나 뛰어들었던 주식시장이 내림세를 보이기 시작했다. 커다랗고 새빨간 지그재그가 내리막길로 접어든 이 나라 경제 상황의 궤적을 대변한다. 중동에서는 비행기가 추락해 탑승객 전원이 사망했다. 이제 불길에 휩싸인 참사 현장이 화면 가득 소개되고 뉴스캐스터가 못마땅한 말투로 나지막이 보도한다. "이 신형 항공기는 기계적인 결함이 있었던 것으로 알려졌습니다. 현재 수사가 진행 중입니다."

듣고 싶지 않은 아버지의 음성이 들린다. 저런 뉴스 프로그램에는 아버지가 출연해 쩌렁쩌렁 외쳐야 하는 건데. 인간들의 세상이 조만간 멸망할 거라고. 하느님의 몸체에서는 우리 인간도 바이러스일 수밖에 없으니 결국에는 퇴출당할 거라고. 아버지는 진짜로 흥분하면 식탁을 주먹으로 내리치곤 했다. 사기 그릇이 덜거덕거리던 소리가 귓전에 생생하다.

검은 장막이 나를 덮는다. 아버지의 호통보다 뉴스가 더 황당하게 느껴질 때면 늘 그렇다. 내 휴대전화는 고집스러우리만치 감감무소식이다.

우리의 연결고리가 끊기자 내 명치가 진짜로 찌릿찌릿하다.

내가 무슨 수로 이걸 아는지 모르겠지만, 확신으로 온몸이 욱신거린다.

당신은 떠났다.

6
과거

고물 밴의 공기는 우울로 짓눌려 답답했다. 뒤에 연결된 트레일러 하우스가 금방이라도 부서질 듯 쿵쾅대고 끽끽거렸다. 나는 이리저리 휘청거리는 트레일러 하우스를 돌아보며 그 안에 실린 상자 속 인형과 책 더미를 떠올렸다. 만약 그게 떨어져나가 박살 나면 인형과 책들이 어떤 식으로 고속도로 위로 흩뿌려질지 상상했다.

나는 울음을 그쳤고 고속도로를 몇 시간 달리는 동안 눈물도 말라버렸다. 내가 고향으로 여겼던 마을은 백미러 안에서 점점 멀어졌고, 이내 나무와 하늘과 어디로 향하는지 모를 길고 구불구불한 도로만 이어졌다. 듣고 있던 라디오 방송 소리가 희미해지더니 지직거렸다. 나는 친구들에게 이사 갈 거라고 얘기했지만, 언제 가는지는 몰랐기 때문에 날짜는 알리지 않았다. 우리는 한밤중에 떠났다. 그래서 친구들에게 작별 인사를 하지 못했다. 어린아이로 사는 데 따르는 가장 큰 문제가 이거다. 인생의 중요한 결정은 어른들이 내리고 나는 그들이 결정하는 대로 이리저리 끌려다녀야 한다는 것. 에이버리. 그레이스. 소피. 그 친구들은 내가 어디로 갔는지, 왜 작별 인사도 없이 떠났는지 궁금해하지 않을까? 나는 엄마에게 물어보았다.

"거기 도착하면 모두에게 편지를 보내자. 그럼 이해해줄 거야. 이사야 누구나 다니는걸. 그렇다고 이제 친구가 아닌 건 아니야."

두 번 다시 못 만날 사람과 어떻게 계속 친구일 수 있을까?

나는 오빠의 손을 잡으려고 했지만, 오빠는 손을 빼고 창문 쪽으로 고개를 돌렸다. 10대 특유의 뚱한 표정을 짓고 있었다.

"우리가 가는 곳의 가장 큰 장점이 뭔가 하면 땅이야." 앞자리에서 아버지가 말했다. 아버지의 시선과 나의 시선이 백미러 안에서 만났다.

"멋져, 여보. 얼마나 평화로울까." 엄마가 병원에 갈 일이 있을 때 쓰는 애써 명랑한 목소리로 맞장구쳤다.

아버지가 좌석 너머로 손을 뻗어 엄마의 허벅지에 올려놓고 하던 이야기를 계속했다. "인간들의 세상이 무너지고 있어. 지금 가는 곳에서 우리는 자유롭게 지낼 수 있을 거야."

오빠가 말했다. "인간들의 세상은 멀쩡해요. 무너지고 있는 건 아빠지. 아빠가 회사에서 잘리고 우리 집은 은행에 넘어가서 거기 말고는 갈 데가 없는 거잖아요."

내 몸이 뻣뻣하게 굳는 게 느껴졌고 엄마가 숨을 들이마시는 소리가 들렸다. 지금 여기가 식탁 앞이었다면 지금 이 순간 폭탄이 터졌을 것이다. 식탁 밖에서 추격전이 벌어졌을 테고 오빠가 아버지에게 붙들렸다면 두들겨 맞았을 것이다. 오빠는 덩치가 커지면서 성격도 점점 거침없어졌다. 게다가 빨랐다. 요즘 들어서는 아버지보다 빠를 때가 많았다.

"입 다물어라, 아들." 아버지는 추격전을 벌이는 대신 서글서글하게 말했다. 지금 아버지는 운전 중이었고 술도 마시지 않았다. 맥주를 몇

병 마셨거나 숙취에 시달릴 때와는 다른 사람이었다. "나는 네가 모르는 걸로 책 한 권을 쓸 수도 있어."

오빠는 인상을 쓰며 입을 다물었다.

"우리 쨱쨱이는 진실을 알지. 그렇지?" 아버지가 나와 다시 시선을 맞추며 물었다.

엄마가 나를 돌아보며 미소를 지었다. 엄마는 바닷가 유리처럼 파란 눈은 반짝거리고 다정한 표정이 얼굴에 새겨진 눈부신 미녀였다. 나는 엄마와 손잡고 아버지를 진정시키고, 아버지가 화를 내지 않게 듣고 싶어 하는 말만 골라서 하는 공범이었다.

"거기가 우리 조상이 살던 집이잖아요. 그러니까 우리가 있어야 할 곳은 거기죠."

나는 이렇게 대답함으로써 오빠를 배신했다. 오빠가 표독스러운 눈빛으로 나를 노려보자 나는 최대한 멀찌감치 떨어져 앉았다. 그런 식으로 대답하는 건 엄마와 나뿐 아니라 오빠를 위한 배려이기도 한데, 말로 설명할 방법이 없었다. 오빠가 아버지에게 맞을 때마다 나도 같이 아팠다.

"그렇지. 우리가 있어야 할 곳이 거기지." 아버지가 눈을 반짝이며 말했다.

마침내 그곳에 도착해 자갈이 깔린 기다란 진입로에 차를 댔을 때는 땅거미가 질 무렵이었다. 앞에 거대한 집 한 채가 우뚝 서 있었다. 마치 안에서 조명이라고는 한 번도 켠 적 없는 것처럼 생긴 집이었다. 사방을 에워싼 나무는 그림자를 감춘 시커먼 테두리였다.

집은 사람과 비슷해서 저마다의 추억과 기운이 있다. 집은 기다린다. 방치하면 시든다. 병이 나고 썩는다. 유령을 붙잡기도 하고 유령에게 붙들리기도 한다. 이 집은 너무 컸고, 무질서하게 이리저리 뻗은 오래된 공간 속에 잠들지 못하는 유령과 나쁜 추억이 득시글거렸다. 점점 다가가자 집이 나무들 사이에서 몸을 일으킬 것만 같았다.

창문이 눈이었다. 처마는 놀라서 음흉하게 쫑긋 세운 눈썹이었다.

수만 제곱미터에 달하는 땅은, 나도 나중에 알게 된 사실이지만 어설픈 계획과 깨진 희망으로 이루어진 숲이었다.

하지만 밴에서 내린 아버지는 내가 그때까지 한 번도 본 적 없는 미소로 얼굴을 환히 빛내고 있었다. 심지어 오빠마저 차에서 내려 기지개를 켤 때는 투덜이 갑옷을 벗은 듯했다.

엄마는 팔을 벌린 아버지의 품속에 안겼다. 오빠는 그 옆에 서 있다가 내가 그쪽으로 걸어가자 한 팔로 나를 감싸안고 내려다보았다. 차에서 그렇게 못나게 굴어서 미안하다는 표현이었다. 나는 동생답게 오빠에게 기대며 그 따뜻하고 단단한 느낌에 감사했다.

이렇게 우리 넷은 불확실한 미래의 시작점에 서 있었다.

"저 소리 들려?" 아버지가 환하게 웃으며 물었다. 나는 부들부들 떨다가 두 팔로 배를 감싸안으며 오빠에게 몸을 바짝 붙였다.

"아니. 아무 소리도 안 들리는데." 엄마가 잠깐 동안 귀를 기울이다가 말했다.

"바로 그거야." 아버지는 웃음을 터뜨렸다. "아무 소리도 들리지 않는다는 게 핵심이지."

온 사방이 나뭇잎을 흔드는 바람 소리뿐이었다. 그리고 솔향기.

아버지가 엄마를 놓고 한 번 손뼉을 치자 그 소리가 쩌렁쩌렁하게 울렸다.

"내일 당장 발전기를 돌려야겠다. 오늘은 뒷마당에 불을 피워서 저녁을 만들어 먹고. 읍내에서 찬거리랑 땔감을 사오길 잘했네." 나는 그때 10살밖에 안 됐음에도 맥주 궤짝을 떠올렸다. 인간은 우울할 때뿐 아니라 너무 흥분했을 때도 술을 마실 수 있다는 걸 나는 본능적으로 알았다. 그리고 술을 마시면 무슨 일이든 벌어질 수 있다는 것도.

아버지는 현관 앞 계단을 뛰어서 올라갔고 오빠가 그 뒤를 따랐다.

엄마는 나를 돌아보며 미소를 지었다. 나는 반짝이는 엄마의 눈빛과 환한 미소에서 희망을 보았다. 나도 엄마와 같은 기분을 느끼고 싶었다.

가족들 모두 어디가 잘못된 걸까? 내 눈에는 보이지 않는 뭔가가 그들 눈에는 보이는 걸까? 엄마가 내 손을 꼭 잡고 집 쪽으로 데리고 가며 조그맣게 속삭였다.

"너희 아버지가 여기서 병을 고칠 수 있을지도 몰라. 집안 대대로 내려오던 집이 이 넓은 땅과 함께 우리 것이 됐잖아. 우리, 이걸 모험이라고 생각하자."

모험이라고 하면 신이 나야 하는데, 나는 돌덩이가 얹힌 것처럼 가슴이 무거웠다.

"이건 모험이야." 다시 한 번 반복하면 참말이 되기라도 하는 듯 엄마가 했던 말을 되풀이했다. 기쁨의 눈물로 엄마의 눈이 어른거렸다.

내가 아무 말도 하지 않자 엄마가 말했다. "두고 봐. 우리는 여기서 행복해질 거야."

나는 엄마가 이끄는 대로 안으로 따라 들어갔다.

7
현재

창밖으로 보슬비가 내리는 잿빛 새벽이 밝았다. 창가에 찾아온 새는 없고 빗방울이 창문을 두드리는 소리뿐이다. 소파에서 잤더니 목이 결린다.

밤새 뒤척인 참이라 피곤하고 기운이 하나도 없다. 전화기를 집어 든다. 당신은 물론이고 어느 누구에게서도 연락 온 게 없다. 배터리가 거의 바닥이다.

어제 그대로 입고 잔 원피스 위로 캐시미어 담요를 두르고 창밖으로 나무 꼭대기를 내다본다. 브루클린에서도 새벽에는 새소리를 들을 수 있는데 지금은 들리지 않는다. 나는 담요를 머리 위로 뒤집어쓰고 눈을 질끈 감는다. 잠깐 동안 여기 이대로 가만히 있어야겠다. 어쩌면 하루 종일.

하지만 잠시 후에 카페인 금단 현상이 나타나자, 나는 부엌으로 건너가 휴대전화를 손에 쥔 채 커피를 내린다.

커피를 내리며 잭스에게 전화해 무슨 일이 있었는지 알린다.

"완전 쓰레기네." 내 얘기가 끝나자 그녀가 말한다.

"무슨 일이 벌어진 거라고 생각해?" 나는 계속해서 당신이 마지막으로 보낸 문자 중 하나를 곱씹고 있다. *일이 생겨서 가야 하게 됐어. 미안해, 렌.*

잭스가 말한다. "말도 안 되는 구라 친 거 같은데? 자기가 겁쟁이라는 걸 감추려고 혹할 만한 이야기를 지어낸 거라고 봐."

잭스는 러닝머신을 타느라 헉헉대고 있다. 쿵쾅대는 발소리와 벨트가 요란하게 돌아가는 소리가 들린다. "남자들은 전부 겁쟁이야. 그 남자는 지금이 아니더라도 언젠가는 도망쳤을 거야. 아니면 사기를 쳤든지. 아니면 아무도 모르는 도박 중독이 있었을지도. 누가 알겠어."

잭스는 대부분의 남자를 좋아하지 않는다. 그녀가 아직 어린 나이였을 때 아버지가 집을 나갔고 어머니 혼자 투잡을 뛰어가며 잭스 남매를 아등바등 키웠다. 그런가 하면 잭스는 대부분의 여자도 좋아하지 않는다. 사실 나 말고 좋아하는 사람이 두 명밖에 없지 않을까 싶다.

"그럴지도." 나는 인정한다. 솔직히 우리 둘 다 남자 운이 따르는 편은 아니다.

"현실을 받아들이자." 그녀의 발소리가 느려지고 러닝머신이 윙윙거리며 멈춘다. "우리 둘 다 혼자일 때가 낫잖아. 그냥 너랑 나랑 결혼하고 연애는 접는 게 어때?"

잭스는 전에도 이 말을 한 적이 있다. 하지만 우리 둘 다 이성애자인데 무슨 수로 그게 가능할지 모르겠다. 어쩌면 잘될지도 모른다. 결국 우리에게 필요한 건 흔들리지 않는 우정뿐일지도 모른다. 나도 모르게 미소가 지어진다.

"고민 좀 해보고 대답해도 될까?" 나는 말한다. 이건 전에도 나누었던 대화다.

"물론이지." 그녀의 목소리는 허스키하고 섹시해서 팟캐스트용으로 완벽하다. "아, 그리고 그거 알지? 심란해할 필요 없다는 거."

"응. 당연하지." 나는 이렇게 대답하지만 속마음은 다르다. 전혀 다르다.

잭스는 계속 숨을 헐떡거리고 있다. 그녀가 물을 꿀꺽꿀꺽 마시는 소리가 들린다.

"오늘 밤에 나가서 놀자. 술 마시고 춤추고 다른 남자도 만나고. 데이트 앱이 유행하기 전처럼 옛날 옛적 스타일로 놀아보는 거야."

지금 내 심정으로는 그보다 내키지 않는 일도 없다.

"오늘 밤은 됐어. 그냥 집에서 입이나 삐죽 내밀고 있을래."

잭스는 쉰 목소리로 걸걸하게 웃음을 터뜨린다. 그녀는 어떻게 해서든 나를 밖으로 불러내는 데 실패한 적이 없고 자기도 그렇다는 걸 안다.

"과연 그럴 수 있을지는 두고 보면 알겠지." 그녀는 이 말을 끝으로 전화를 끊는다.

마감해야 하는 일이 있기에 걱정과 실망은 저 깊이 묻어버리고 커피를 들고 작업실로 들어간다. 엄마가 쓰던 책상 앞에 앉아 허리가 아파서 산 인체공학 의자를 뒤로 기울인다. 노트북을 열고 일에 집중하려고 한다. 하지만 당연히 휴대전화와 이메일도 수시로 확인한다.

어쩌면 내가 오버하는 것일 수도 있다.

당신이 하는 일은 조금 비밀스러운 구석이 있다. 어떤 고객을 상대하는지, 그들을 위해 어떤 일을 하는지 함구해야 한다. 만약 당신이 갑작스럽게 호출돼서 이유를 설명할 수 없는 상황이라면? 그럴 수도 있지 않을까? 당신이 사라진 건 내가 간밤에 한 고백과는 아무 상관없는 건지도 모른다.

하지만 아침이 다 지나도록 당신은 감감무소식이다.

아니다, 사실 나는 잠수 이별을 당한 거다. 내가 아른거리는 신기루 속으로 사라지고 당신은 지평선 위의 한 점으로 멀어지는 광경이 벌써 부터 그려진다.

잭스의 어머니에게서 전화가 온다. 잭스의 오빠들과 어머니가 내게 는 가족에 가장 가까운 존재지만 그래도 죄책감을 누르며 전화를 받지 않는다. 그러자 그녀는 문자를 보낸다.

얘기 나눌 상대가 필요하면 연락해. 남자들이란 다 그렇다니까. 걱정 마. 그 남자가 아니더라도 사막에 남은 콜라는 많아.

문자 마지막에는 남자 이모티콘을 여러 개 달아놓았다. 소외되는 부 류가 없게 신경 쓰는 성격이라 피부색과 직업이 다양하다. 금발, 검은 머리, 흑인, 동양인, 콧수염을 기른 남자, 형사, 의사, 영국 근위병, 펑크 족. 내 웃음보를 터뜨릴 줄 안다는 것이 그녀의 특출한 재능이다. 잭스 와 통화했을 때 그랬듯이 그녀의 문자를 보고 기분이 좋아진다. 이들 없 이 내가 어떻게 살아갈 수 있을까?

점심시간이 가까워오자 나는 내적 갈등을 접고 당신의 SNS를 살펴 보기 시작한다. 당신은 포스팅을 거의 하지 않는다. 어쩌다 한 번씩 보 안 관련 기사를 올리고 그만이다. 새로 글이 올라온 곳이 없다.

클릭, 클릭. 알록달록한 토치 홈페이지가 화면을 가득 채우고 다시 연달아 클릭하자 당신 프로필이 뜬다. 그것도 달라진 게 없다. 여전히 맨 처음 내 호기심을 자극했던 최소한의 정보만 적혀 있다. 당신 프로 필 사진은 남들과 영 딴판이다. 다른 남자들은 웃통을 벗고 근육을 뽐내 거나 잡은 월척을 들고 있거나 비싼 차에 기대고 있다. 엽총을 든 남자와 마라톤을 뛰는 남자도 있다. 그들은 이 초현대적인 사이트에 가장 고전적인 메시지를 전송하면서 자기가 그러는 줄도 모른다. 나는 힘이 세. 나는 맹수 같은 인간들을 무찌를 수 있어. 나는 너를 먹여 살릴 수 있어.

당신은 아니다. 당신 프로필 사진은 눈싸움을 거는 듯 카메라를 똑바로 응시하고 있는 당신을 흐릿하게 찍은 것이다. 왠지 모르겠지만 이제는 당신이 진짜 같지 않게 느껴진다. 당신은 내가 만든 허구다. 우리의 만남이라는 허술한 암호 말고는 우리를 연결하는 끈이 아무것도 없다.

당신의 다른 계정을 두어 군데 더 체크해본다.

SNS 스토킹. 이거 별로인데.

좋다. 다시 일어나 하자.

...

내 칼럼과 팟캐스트의 이름은 〈디어 버디(버디에게)〉다.

나는 독자들에게 이렇게 말한다. 다른 데에는 들고 갈 수 없는 게 있으면 여기로 들고 오세요. 나는 산전수전을 다 겪었고 상상할 수 없을 만큼 어두운 길도 걸어봤어요. 그때 터득한 걸 토대로 당신이 이 땅에서 인간으로 살아가기라는 끔찍한 숙제를 잘 수행할 수 있게 도와드릴게요. 너무 어마어마하거나 너무 추악하거나 너무 이상하거나 너무 끔찍한 고민 같은 건 없어요. 어떤 고민이든 들고 오세요. 여기에서는 안전해요.

처음에는 대학을 졸업하자마자 블로그로 시작한 일이었는데 이상하게 점점 인기가 많아졌다. 무명에 가까웠던 내게 1년도 안 돼서 컬트 비슷한 팬이 생긴 이유는 유명한 상담 칼럼니스트가 세상을 떠나자 디어 버디를 좀 더 젊고 힙한 후계자 중 하나로 선정한 기사 덕분이었다.

블로그 규모가 점점 커지자 광고 수익이 목돈으로 쏟아져 들어왔다.

어느 정도 기간 동안 혼자 블로그를 운영하고 있었을 때 한 편집자가 연락해 《뉴욕 크로니클》로 지면을 옮기지 않겠느냐고 했다. 온라인과 종이 신문 양쪽 모두에 싣겠다고 했고 조건이 내가 생각한 수준 이상으로 훌륭했다. 다른 매체는 잘 읽지 않는 사람들도 어디서든 상담은 간절한 모양이다. 나로서는 거부할 수 없었다.

나중에 녹음하기 시작한 팟캐스트도 어마어마한 성공을 거두었다. 팟캐스트의 성공에 다들 놀라워했지만 가장 놀란 사람은 나였다. 이제는 가장 인기 있었던 회차 몇 개를 짧은 상황극으로 만들어 텔레비전 시리즈로 내보내자는 이야기까지 나오고 있다. 그동안 번 돈이 그야말로 어마어마하다.

그리고 디어 버디 이면의 실제 나는 아무도 모르는 익명으로 남아 있다.

나는 인터뷰를 하지 않고 어떤 방송에도 출연하지 않는다. 한동안은 담당 편집자 리즈와 로빈, 잭스만 나의 실체를 알았다. 지금은 관련 스태프가 늘어나 디어 버디가 렌 그린우드라는 걸 아는 사람이 많아졌다. 하지만 모두 비밀 유지 서약에 사인했고 보수가 두둑한 이 일을 계속하고 싶어 한다. 우리는 생긴 지 비교적 얼마 되지 않은 팀이라 아직까지 누굴 자르거나 불만을 품은 직원이 내 비밀을 누설하거나 하는 일은 없었다.

사실 애덤, 당신조차 디어 버디에 대해서는 모른다. 그것이 나를 둘러싼 또 한 겹의 베일이다. 다행히 누설하지 않는 쪽을 선택한 베일.

이제는 《뉴욕 크로니클》에 디어 버디 앞으로 수신된 이메일을 선별하는 직원이 있다. 블로그의 인기가 하늘을 찔렀고 나 혼자 그걸 운영하고 있었을 때는 절망과 충격, 불행, 희망, 인정, 두려움, 진정한 사랑, 정신적인 질환, 의협심, 분노를 담은 사연의 분량만으로 압도당하기에 충분했다. 인간 군상의 홍수 속에 하마터면 빠져 죽을 뻔했다.

로빈은 전부터 내 직업의 이런 측면에 대해 걱정했다. *이게 잘하는 일일까? 그 정도면 이제 접어도 되지 않아?*

"남을 돕는 게 나를 돕는 것일 때도 있어." 나는 이렇게 말했고 처음에는 진짜 그랬다.

그러다 발목 잡힐 때도 있고. 로빈은 이렇게 경고했다.

《뉴욕 크로니클》이 등장하기 직전에는 하마터면 그렇게 될 뻔한 적도 있었다.

이제는 편집자가 나름의 기준을 적용해 너무 무겁지도, 너무 가볍지도 않은 적당한 사연을 선별한다. 불행을 추리고 정리할 수 있다니 특출한 재능이다. 나라면 가장 절박한 사연, 거의 모든 걸 잃게 된 사람들, 조만간 길을 잃게 생긴 사람들의 사연을 택했을 것이다.

절박한 마음으로 디어 버디를 찾은 사람들에게는 내가 생명줄이고 그들을 돕고 싶은 내 마음은 여전하다. 이러니저러니 해도 대개는 그들에게 내가 최후의 보루니까.

머리가 빠지고 있다며 시가 식구들에게 독살당하고 있는 건 아닌지 겁이 난다던 여자.

사라진 아버지를 찾던 여자아이. 그 아이는 새어머니가 아버지를 죽였을지 모른다고, 자기가 다음 차례일지도 모른다고 했다.

사람들 사이에서 죽은 아들이 보인 것 같아서 자기 아들일 리 없다는 걸 알면서도 그 남자를 쫓아다니지 않을 수 없다는 엄마. 그 남자는 접근 금지 명령을 신청했다.

나는 그들이 걱정된다. 가끔 그들의 꿈을 꿀 때도 있다. 당신도 그런 꿈을 꾼 적 있는지 모르겠다. 내가 출연하지는 않고 지켜보기만 하는 꿈을. 어쩌면 나만 그런 꿈을 꾸는 것일 수도 있겠다.

정신을 추스르며 편집자가 보낸 이메일을 꼼꼼히 살펴본다. 칼럼 마감일은 내일이다. 그리고 나는 칼같은 성격이라 마감을 어긴 적이 없다. 내가 송고하는 원고는 항상 완벽하다. 오타도 어색한 문장도 없다. 담당 편집자가 피드백을 할 때 가장 잘 쓰는 단어가 완벽하다는 말이다. *완벽해요, 늘 그렇듯.*

당신과 헤어진 것 때문에 궤도에서 이탈할 수는 없다.

늘 하던 대로 한다. 리즈가 보낸 편지를 출력해서 한데 포갠다. 눈을 감고 잘 섞은 다음 아무거나 하나 골라서 읽는다.

버디에게

나는 과부예요. 온 마음을 다해 사랑했던 남편은 4년 전에 세상을 떠났어요. 아이들에게 등 떠밀려 얼마 전부터 남자를 만나기 시작했어요. 솔직히 처음에는 시늉만 냈어요. 온 마음을 다해 사랑할 수 있는 사람은 평생 한 명뿐이라고 생각하는데, 나는 이미 그런 사람을 만났으니까요. 하지만 내가 외로울까 봐 걱정한 아이들이 데이트 앱을 깔아주었죠. 나는 아직 젊은 편이고 충분히 매력적이에요. 적어도 내가 생각하기에는 그래요. 남자를 두어 명 만났지만 영 아니었어요. 내가 문제였을까요? 아니면 요즘 사람들이 재미없고 자기밖에 모르는 속 빈 강정이 된 걸까요? 내가 보기에 이건 시간 낭비였어요.

그러다 어떤 남자를 만났어요. 똑똑하고 재밌고 다정하고 나를 웃게 만드는 남자였죠. 그와 같이 있으면 뭔가가 느껴졌어요. 그 사람 앞에서는 솔직해질 수 있을 것 같았어요. 오랫동안 느끼지 못했던 희망이 느껴졌어요. 아직 사랑할 시간이 남아 있을지 모른다는 희망이.

그런데 어느 날 저녁에 그 사람이 전화를 하더니 문제가 생겼다고 하더군요. 출장을 갔다가 강도에게 지갑을 빼앗기는 바람에 해외에서 오도 가도 못하게 됐다는 거예요. 지금 병원에 입원했다며 나더러 돈을 좀 보내줄 수 있겠느냐고 하길래 당연히 보내줬죠. 우리가 만난 지 제법 됐을 때였거든요. 그는 항상 점잖은 사람이었고 선물 공세도 끊이지 않았어요. 항상 데이트 비용을 전부 부담했고요. 나는 망설이지 않았어요. 액수가 많다 싶었지만 나는 경제적으로 여유로웠고 그 사람이 돈을 갚으면 그만이라고 생각했죠.

이후에 어떻게 됐는지는 말하지 않아도 알겠죠? 그 사람은 사라졌어요. 내가 송금한 돈을 받은 뒤로 연락을 딱 끊었어요. 모든 온라인 프로필은 물론 데이트 앱에 있던 프로필까지 지우고. 휴대전화도 해지하고. 그의 집으로 찾아갔더니 에어비앤비라더군요. 그는 거기에 살지도 않았어요.

너무 창피해요. 내가 어쩌면 그렇게 멍청했을까요? 당연히 경찰에 신고하지는 않았어요. 아이들에게 얘기하지도 않았고요. 얼마나 바보 같아 보이겠어요! 인터넷으로 검색해보았더니 아주 흔한 사기더군요. 나처럼 돈 많고 외로운 과부가 가장 흔한 타깃이고요. 하지만 세상이 이보다 더 우울하게 보일 수가 없고 이보다 더 외로울 수가 없어요. 그의 모든 거짓말을 나는 깡그리 믿었어요. 가장 친한 친구에게는 털어놓았죠. 그 친구는 이대로 물러나지 말라고 하더군요. 경찰에 신고하고 사설탐정을 동원해서 내 힘을 되찾으래요. 그게 무슨 말인지는 모르겠지만. 하지만 나는 너무 암울하고 슬퍼요. 그냥 덮어버리고 싶어요. 버디, 그 남자를 잡아야 할까요? 아니면 그냥 잊고 지나가야 할까요?

– 영원히 외로울 운명인가 싶은 여자

세상 돌아가는 이치가 참 재미있다. 내가 고른 편지가 내가 고민 중인 문제와 상징적으로나마 연관이 있는 경우가 많긴 하다. 하지만 이건 너무 내 일 같아서 분노가 치밀어 오른다.

영원히 외로울 운명인가 싶은 여자분께

먼저 바보라고 자학하지 마세요. 사랑에 도전하는 사람은 누구든 희망을 놓지 않는 용감한 사람이에요. 사랑을 하면 아프죠. 정말 뼈저린 상실과 실망을 느낄 때도 있어요. 당신도 이미 알겠지만요. 남편분을 잃고 다시 사랑을 시도한 것만으로도 대단하다고 생각해요. 대부분의 사람들은 상실을 경험하면 사랑의 싹을 아예 잘라버리는데, 당신은 그러지 않았잖아요! 씩씩하게 전장으로 뛰어들었잖아요. 제발 포기하지 말아요. 이 세상에는 사기꾼과 범죄자도 많지만 당신처럼 친구, 동반자, 약간의 로맨스를 원하는 선하고 정직한 사람들이 훨씬 많거든요. 그러니까 포기하지 말아요!

맞아요, 연애 사기는 흔한 범죄죠. 거기에 걸려든 사람이 당신 혼자만은 아니고요. 안타깝게도 선하고 친절한 사람, 뭐든 주지 못해 안달인 사람들이 사기를 당할 가능성이 가장 커요. 그런 사람들은 남들도 자기들처럼 정직할 거라고 생각하거든요.

이 남자는 겁쟁이고 바보예요. 그걸 넘어서 범죄자예요. 친구분이 어떤 뜻에서 힘을 되찾으라고 했는지 알 것 같아요. 그리고 나도 그 말에 동의해요. 최소한 경찰에 신고라도 해야 한다고 생각해요. 그리고 그럴 마음이 있고 능력이 된다면 사람을 써서 그 남자를 찾아야 한다고 생각해요. 원하시면 사설탐정을 무료로 소개해드릴 수 있어요. 사기꾼들이 자기 흔적을 지우는 데 워낙 재주가 있기 때문에 잡지 못할 수도 있지만 그래도 해볼 만한 일일지 몰라요. 그리고 잘되면 정의를 구현하고 다른 피해자가 생기는 걸 막을 수 있잖아요. 돈을 빼앗기고 사랑에 대한 희망을 빼앗기는 사람이 더는 생기지 않도록.

기운 내세요. 희망을 잃지 마시고요. 진정한 사랑이 당신을 기다리고 있어요.

— 사랑과 존경을 담아서, 버디

이렇게 답장을 완성한 뒤에 다듬고 고치고 다시 조금 더 생각해본다. 여기 살짝, 저기 살짝 손을 본다. 전송 버튼을 클릭하자 한숨이 나오고, 일종의 해방감이 온몸을 관통한다. 이제 아까보다 기분이 많이 좋아졌다. 원래 그럴 때가 많다. 내가 애초에 이 일을 시작한 이유도 그 때문이 크다. 그런가 하면 목적의식도 충만하다. 내가 답장에서 한 말들이 내 귓전을 울린다.

그거 알아, 애덤? 그렇게 어둠 속으로 슬그머니 도망칠 생각은 안 하는 게 좋을 거야.

그렇게 잠수 탈 생각은 하지도 말고.

8

거실 벽난로 앞에 앉아서 다시 당신에게 전화를 건다. 이번에는 신호가 가지도 않는다. 귀에 거슬리는 신호음과 함께 지금 거신 번호는 없는 번호라는 녹음된 메시지가 흘러나온다.

없는 번호라고? 말도 안 돼.

몇 번 더 시도해본 결과 내가 번호를 잘못 누른 게 아닌 것으로 확실하게 결론 난다.

당신의 페이스북에 다시 들어갔다가 계정이 없어진 걸 발견한 순간 내 가슴속에는 구멍이 생긴다. 새로고침을 두어 번 눌러본다. 오늘 아침까지만 해도, 두어 시간 전까지만 해도 있었는데.

하지만 지금은 회색 바탕에 흰색 볼드체로 이렇게 적혀 있을 뿐이다. 본 계정은 휴면 상태입니다.

내 손가락이 자판을 탁탁 두드려 다시 토치로 돌아간다.

우리는 토치 앱에 올린 당신 프로필 사진이 주파수가 통하지 않는 사람을 쫓아내는 용도로 쓰이고 있으니 진정한 프로필 사진이라고 볼 수 없다고 농담을 주고받은 적이 있었다. 당신이 침울한 표정을 짓고 있고 얼굴에 비해 코가 너무 커 보이는, 실물보다 못 나온 셀카 사진을 보고 말이다. 실제로 당신은 코가 얼굴에 비해 크긴 한데, 그 점이 묘하게 매력적이다.

두 번째로 만난 날 당신은 물었다. *그럼 당신은 어떤 사람이 되는 건지 모르겠네요?* 안티인가 싶을 정도로 대충 올린 프로필 사진을 보고 매력을 느꼈으니 말이죠.

우리는 그때 매디슨 스퀘어 가든에서 쉐이크 쉑 햄버거를 먹고, 놀이터 앞 벤치에 앉아 소리 지르며 뛰어노는 아이들을 구경하고 있었다.

릴케를 진심으로 좋아하는 사람? 나는 초콜릿 셰이크를 마시며 반문했다.

당신은 불안한 동시에 짜릿하게 나를 쳐다보는 습관이 있다. 꼭 눈으로 내 몸수색을 하는 것처럼. 내게 눈을 맞추게 하고는 깊이 들여다본다. 당신은 딴 데 정신을 팔지 않는다. 요즘은 그런 사람이 많지 않다. 우리 아버지는 요즘 사람들이 몽유병 환자라고 했다. 아버지의 말에 동의하긴 싫지만.

당신은 셰이크를 마시며 시선을 돌렸다. 장난꾸러기 같은 미소가 당신 입가에 어른거렸다. *당신이 좋아하는 타입은 혼자 있고 싶어 하는 침울한 우울증 환자죠.*

나는 어깨를 으쓱했다. *아이러니하다고 생각했어요. 거기다 당신이 프로필 사진을 올리는 수고를 아끼지 않았으니 뭔가를 찾고 있을 게 분명하잖아요.*

당신은 조그맣게 쿡쿡 웃으며 맞다는 뜻에서 고개를 끄덕였다. 그러고는 손을 내밀자 나는 내 손을 그 위에 얹었다. 우리는 손깍지를 꼈다.

아직 키스는 하기 전이었는데, 요즘 들어 만난 원 나이트 상대를 비롯해 그 어떤 만남보다 왠지 모르게 더 친밀하게 느껴졌다.

인간은 누구나 뭔가를 찾고 있지 않나요? 내가 물었다. 당신은 대답하지 않았지만 미소가 더 짙어졌다. 그간 있었던 일에 비추어보니, 이게 무슨 일인지도 확실히 모르겠지만 그때의 기억이 우울해진다. 당신은 정확히 뭘 찾고 있었을까?

이제는 프로필 사진 답지 않은 당신의 그 사진도 안 보인다.

나는 그림자를 좇고 있다. 당신은 허공 속으로 더욱 멀리 사라진다.

수색을 마치고 나니 심장이 쿵쾅거리고 목이 칼칼하다. 새로운 걱정이 내 머릿속을 비집고 들어와 서로 밀치고 부대낀다.

당신은 여기 내 집에서 많은 시간을 보냈다. 나는 당신을 믿거라 하고 샤워를 하고 볼일을 보았다. 당신은 내 파일과 컴퓨터를 열어볼 수 있었다. 내가 방금 전에 읽고 답한 편지의 내용이 내 귓전을 울린다.

그의 모든 거짓말을 나는 깡그리 믿었어요.

연애 사기. 나 같은 사람도 걸려들 정도면 엄청 대단한 거다. 나로 말할 것 같으면, 인간이 어떤 끔찍한 짓까지 저지를 수 있는지 너무 잘 아는 사람이라고 할 수 있는데.

나는 얼른 인터넷에 접속해 금융 계좌를 체크하지만 전부 멀쩡하다. 디어 버디로 번 돈은 대부분 조그만 개인 회계사무소에 맡겼다. 아버지는 주식이야말로 궁극의 사기라고 여겼지만 나는 지금까지 훌륭한 실적을 거두었다.

그러니까 누가 내 입출금 계좌를 해킹했더라도 한 달 생활비 정도밖에 가져가지 못할 것이다. 브루클린에 자기 집이 있는 사람치고는 놀라울 정도로 얼마 안 되는 금액이다. 디어 버디가 거둔 성공 덕분에 이 집은 오래전에 온전히 내 것이 되었다. 그리고 다시 한 번 강조하지만 나는 인색하다. 아니 검소하다.

기본적인 생활비를 제외한 나머지 돈은 전부 회계사 마티에게 관리를 맡긴다. 그는 나이가 많은 뉴욕 토박이로 대공황 시대 사고방식의 소유자라 구두쇠 같은 내 성향을 칭송한다. *뭘 사든 통장에 찍힌 액수보다 사람을 기분 좋게 하는 건 없어요.*

나는 가진 것이 별로 없는 어린 시절을 보냈다. 그 별로 없는 것마저 잃었을 때의 심정을 안다. 그래서 악착같이 돈을 모으는 것 같다. 아니면 너무 풍족한 삶에 익숙해지고 싶지 않은 것일 수도 있고. 모르겠다. 복잡하다.

아니면 아버지에게 들은 말 때문일 수도 있다. *이 세상은 원하는 게 많을수록 숨통이 조여지게 되어 있어.*

웹 브라우저를 띄워놓고 있어서 화면 상단에 주기적으로 뉴스 배너가 뜬다. 대개는 배너가 사라지기 전에 앞부분밖에 읽지 못한다.

바이러스 확산으로 중국 정부는—

옥시코돈 과다복용으로 인한 사망자 수가 역대 최고치—

주식시장이 붕괴 조짐을—

오스트레일리아 화재로 수백 명이—

모든 배너가 당면 과제를 잊도록 나를 유혹하지만 모두 차단한다.

또 어디를 뒤져야 할까?

우리가 갔던 곳, 함께 했던 일, 당신이 자신을 두고 한 말을 되짚어본다. 그러다 당신 아파트 인터폰을 눌렀을 때 처음 보는 여자가 했던 말을 떠올린다.

여긴 공유 숙소예요. 이번 주에는 우리 가족이 쓰고 있고요.

그녀가 말한 공유 숙소 홈페이지로 들어가 주소별 목록을 검색한다.

클릭, 클릭, 클릭. 몇 군데를 넘기자 당신 아파트가 등장한다.

세련되고 모던하며 뷰가 좋은 첼시의 투룸. 제목이 이렇다. 거의 모든 곳을 도보로 이용 가능!

사진을 훑어본다. 우리가 처음으로 사랑을 나누었던 침대. 당신이 매콤한 칠레 농어, 마늘을 뿌려서 구운 햇감자를 만들어준 부엌. 내 평생 그렇게 맛있는 요리는 처음이었다. 우리는 과일 맛이 선명한 카베르네 소비뇽 와인을 마셨고 웃고 또 웃었다. 첫눈에 반한 사랑에 가까웠다. 느슨한 관계, 즐겁지만 짧은 만남. 이런 걸 기대했던 나의 예상을 훌쩍 뛰어넘었다.

게재된 사진을 넘기다 보니 화장실 사진이 있다. 우리는 돌과 유리로 만들어진, 엄청 감각적이고 거대한 그곳에서 뜨거운 물을 틀어놓고 같이 샤워를 했다. 서브웨이 타일, 대리석 세면대.

이제 와 생각해보니 그곳은 누가 봐도 공유 숙소였다. 어딘지 모르게 딱딱하고 차가웠다.

페이지 하단에 집주인 이름과 연락처가 적혀 있다. 집주인 조는 '슈퍼호스트'인 것 같고 한 시간 안으로 연락을 주겠다고 호언장담한다. 그래서 나는 이메일을 보낸다.

안녕하세요. 이상하게 들릴 수 있겠지만 사라진 제 친구를 찾고 있는데, 마지막 주소지가 첼시에 있는 사장님 소유의 공유 숙소라서요. 사진을 첨부할게요. 혹시 이런 사람 보신 적 있나요? 그 사람이 연락처를 남겼을까요? 도움을 주시면 정말 감사하겠습니다.

그러고는 기다린다. 전화번호는 없다. 요즘은 대개 그렇다. 아무도 수화기에 대고 상대방의 질문과 생각과 걱정에 실시간으로 답을 주지 않는다. 온기가 효율이라는 단어로 대체됐다. 나를 감싼 정적이 점점 커져간다.

마침 이메일이 도착하자 알림을 듣고 나는 화들짝 놀란다. 담당 편집자가 보낸 것이다.

완벽해요. 나중에 스튜디오에서 뵈어요.

디어 버디 팟캐스트 녹음실에서 만나자는 말이다. 팟캐스트에서는 잭스와 내가 각자 편지를 세 통씩 낭독하고 서로 대화를 나눈다. 한 통은 실연, 한 통은 섬뜩한 미스터리, 나머지 한 통은 현대인의 에티켓이나 소셜 네트워크에 대한 가볍고 재미있는 질문으로 사연을 선정한다. 잭스는 강경 노선을, 나는 좀 더 온건한 노선을 대변한다. 필요한 경우 잘 아는 심리상담사나 사설탐정을 초대해 실질적인 조언을 청하기도 한다. 그러니까 기본적인 수준의 정보를 말이다.

솔직히 고백하자면 칼럼과 팟캐스트의 폭발적인 인기에 가장 놀란 사람은 나다. 심지어 텔레비전 시리즈로 만들어질 가능성도 있다니. 이 현대 사회에서 길을 잃고 연결고리를 찾아 헤매는 사람들이 이렇게나 많은 것이다. 그들은 디어 버디를 통해 연결고리를 찾는다. 절대 편지를 쓰지 않거나 음성 메시지를 남기지 않는 대다수에 속할지라도.

혼자서 칼럼을 읽거나 팟캐스트를 듣고 있을지라도.

초인종이 울린다. 워낙 골똘하게 생각에 잠겨 있던 터라 그 소리가 전기 충격처럼 나를 관통한다. 나는 소파에 웅크리고 앉아 있다가 말 그대로 벌떡 일어나 달려간다. 당신이 꽃을 들고 왔을 거라고, 이 황당한 상황을 설명할 방법이 있을 거라고 워낙 확신했기에 누군지 확인하지도 않고 문을 연다. 당신은 그 삐딱한 미소를 짓고 있겠지. 우리는 이 일을 깔깔대며 웃어넘기겠지.

하지만 당신이 아니다.

모르는 남자다. 회색이 도는 초록색 눈은 얼음처럼 차갑고 금발은 짧게 쳤다. 초인종을 누른 다음 깍듯하게 거리를 두기 위해 다시 내려간 듯 계단 중간에 비스듬히 서 있다. 한 손을 항공 점퍼 주머니에 넣고 난간에 기대고 선 남자가 희미하게 미소를 짓는다.

"렌 그린우드 씨?"

나는 문 뒤로 살짝 뒷걸음질 친다. 그는 나로 인해 생긴 거리를 좁히려고 앞으로 다가오지 않는다. 지금까지는 디어 버디의 실체를 알아내려고 한 사람이 없었지만 언젠가는 이런 날이 올 줄 알고 있었다. 편지가 쓰나미처럼 쏟아지는 데다가, 그중 일부는 단골이 보낸 것이다 보니 상황이 꼬일 수도 있다. 어떤 사람들은 고마워하지만 또 어떤 사람들은 화를 낸다. 내 조언이 도움이 됐다는 사람들이 많지만 일부는 자기들 나름대로 해석한 내 조언대로 했다가 일을 망쳤다며 나를 증오하고 원망한다. 살인 협박도 몇 차례 있었다. 디어 버디의 익명성을 유지하는 편이 낫겠다고 우리 모두 의견을 모은 이유가 그 때문이기도 하다.

"무슨 일이시죠?"

남자는 청바지 뒷주머니에서 너덜너덜한 갈색 지갑을 꺼내 내게 신분증을 보여주며 말한다. "제 이름은 베일리 커크. 뉴욕 주 면허를 소지한 사설탐정입니다."

"그런데요?" 나는 경계하며 묻는다. 그는 지갑을 넣고 앞으로 다가와 휴대전화를 내민다.

"이 남자를 아십니까?"

호기심에 이끌린 나는 휴대전화 속의 사진을 좀 더 자세히 들여다보려고 안전한 집 밖으로 몸을 내민다.

애덤, 당신 사진이라는 걸 알아차린 순간 숨이 멎는다.

머리는 지금보다 짧고 색이 좀 더 옅다. 휴가라도 다녀왔는지 까무잡잡하게 탔다. 느긋하고 행복한 표정을 짓고 있다. 나는 그 낯선 표정을 보며 어디서 찍은 사진일지 궁금해한다. 내가 옆에 없었다는 데, 나는 그 표정을 실시간으로 보지 못했다는 데 묘한 질투를 느낀다.

나는 모르는 남자로부터 물러난다. 이름은 들었지만 벌써 잊어버렸다. 이번에는 그가 계단을 올라온다. 나는 그가 묻는 말에 답하지 않았지만 대답한 거나 다름없다. *너는 감정이 표정으로 다 드러나.* 엄마는 항상 이렇게 말했다. 나는 엄마한테는 물론이고 어느 누구에게도 속마음을 절대 숨기지 못했다.

"잠시 이야기 좀 나눌 수 있을까요, 그린우드 씨?" 그가 묻고는 한 손바닥을 들어 보인다. "집 안으로 들어가지는 않겠습니다. 저기 모퉁이에 있는 카페에서 이야기해도 좋습니다."

그는 내가 맨해튼으로 갈 일이 있을 때면 거의 날마다 아침에 들러서 커피를 사는 가게를 턱으로 가리킨다. 태도며 말투가 부드럽고 깍듯하다. 하지만 그 자리에 못 박힌 듯 서 있고 미소도 흔들림이 없다. 어딘지 모르게 냉철하고 단단한 구석이 있다. 이대로 물러나지 않을 사람이다. 나는 옴짝달싹할 수가 없다. 마음의 결정을 내리지 못하겠다. 귀로 피가 쏠린다. 내가 계속 아무 말도 하지 않자 그가 말을 잇는다.

"저한테 이 남자를 찾아달라고 의뢰한 분이 계셔서요. 그분 따님이 이 남자와 만나고 있었는데, 9개월 전에 실종됐습니다."

그는 전화기를 손끝으로 두드린 다음 다시 내민다.

이번에는 호리호리한 여자 사진이다. 적갈색 눈동자는 다각도로 반짝이고 주근깨가 살짝 있고 금색 곱슬머리는 탱글탱글하다. 미소가 환한 동시에 슬퍼 보인다. 두 눈은 거의 애원하는 눈빛이다. 당신이 좋아할 만한 타입이라는 걸 알겠다. 그녀와 나는 닮지 않았다. 그녀가 싱그럽고 발랄해 보인다면, 나는 냉정하고 조용하다. 내 머리는 검은색이고 눈은 짙은 파란색이다. 하지만 거울 속 나를 보면 느껴지는 뭔가가 그녀에게 있다. 그게 뭘까?

심장이 다시 쿵쾅거리고 공포가 뱃속에서 똬리를 틀자 신물이 올라온다.

"외투 들고 나올게요." 나는 대답하지만 속삭이는 거나 다름없다. 그는 고개를 끄덕이고 계단을 내려가 팔짱을 끼고 양 다리를 벌리고 선 채 기다린다.

"천천히 하세요." 그가 말한다. 먼저 카페로 출발하려나? 나는 소파에서 휴대전화를, 현관 앞 붙박이장에서 핸드백과 외투를 챙긴다. 잭스에게 문자를 보내 무슨 일이 벌어졌는지 알릴까 하다가 관두기로 한다. 문을 잠그고 몸을 돌려보니 그가 아까 그 자리에 그대로 서 있다.

"가실까요?" 그가 묻는다.

나는 문고리에 손을 얹은 채 움직이지 않는다.

"터너 앤드 아이브스 사무소의 베일리 커크입니다. 그쪽에 제 신원을 확인하고 싶으시면 기다릴 테니까 하셔도 됩니다." 그는 내가 이미 잊어버렸을 거라고 생각하는지 어색한 침묵에 대고 지나가는 말처럼 툭 던진다.

당신의 사진. 나는 아직 당신과 아는 사이라고 시인하지 않았다. 사실 말 자체를 거의 하지 않았다. 그냥 다시 안으로 들어가 문을 걸어 잠그고 이 남자와 대화를 거부해도 된다. 그는 경찰도 아니다. 내게 이래라저래라 할 권리가 없다.

그는 천천히 걸음을 옮기며 내가 따라오는지 확인하느라 흘끗 뒤를 돌아본다. 나는 머뭇거리며 어떻게 할지 고민한다. 하지만 결국에는 호기심을 이기지 못하고 계단을 내려가 그를 따라간다.

9

카페 안은 너무 덥고 평일 오전 손님들로 북적거린다. 손님들은 브루클린의 예술가들이라 여기저기서 에어팟, 펼친 노트북, 머리를 틀어 올린 남자들이 보인다. 심지어 얼굴에서 덤불이 자란 것처럼 무성하게 수염을 기르고 플란넬 셔츠를 입은 남자까지 있다. 정말이지 저 수염만큼은 유행이 얼른 끝나면 좋겠다.

베일리 커크가 뭘 마시겠느냐고 묻는다. 나는 트리플 에스프레소 아몬드 밀크 라테라고 대답한다. 그는 내가 내미는 돈을 사양하고 고개를 끄덕이고 가서 줄을 선다. 창가 쪽 테이블로 다가가는데, 손이 덜덜 떨린다. 다양한 커피 향이 허공에 묵직하게 깔려 있고, 컵과 숟가락은 쨍그랑거리며, 사람들 말소리는 나지막하고, 우유 거품기는 칙칙거린다. 나는 자리를 잡고 앉아서 남자를 지켜본다.

이 사람은 누굴까?

베일리 커크는 주변의 다른 사람들과 다르다. 남들이 산만하다면 그는 목적의식이 뚜렷하다. 남들이 헐렁하고 말랑말랑해 보인다면 그는 힘이 세고 몸이 떡 벌어졌고 단단하다. 그가 카운터 앞으로 다가가 커피를 내리는 여직원에게 나지막이 말을 건다. 그녀는 박력이 넘치는 남자 앞에서 젊은 여자가 지을 법한 미소를 짓는다. 그가 뭐라고 하자 이번에는 그녀가 웃음을 터뜨린다. 잠시 후에 그가 내 쪽을 돌아본다. 어디 가지 않고 잘 있는지 확인하려는 걸까? 나는 지켜보고 있던 게 들켜서 민망해지자 눈을 돌린다.

다시 속으로 중얼거린다. *일어나서 가도 돼. 이 사람이랑 대화 나누지 않아도 돼.*

그의 신분증을 흘끗 확인한 게 끝이었다. 사실 헬스클럽 회원증일 수도 있었다. 나는 휴대전화를 집어서 웹 브라우저에 '터너 앤드 아이브스'라고 입력한다. 번지르르한 모바일 친화적인 사이트와 함께 표정이 심각하지만 미인에 가까운 나이 많은 여자 둘이 선명한 문구와 함께 뜬다.

성실 ★ 도의 ★ 성과.

안내 문구에 따르면 이 회사는 보험 사기, 경찰 수사 지원, 미해결 사건, 실종자 수색 전문이라고 한다.

'직원'이라고 쓴 곳을 클릭하자 그가 뜬다. 웃음기 없는 얼굴과 이글거리는 눈빛의 베일리 커크. 뉴욕 경찰서 강력계 형사 출신으로 존레이 대학을 졸업했고 거의 100퍼센트의 성공률을 자랑하는 이 회사의 '최우수 수사관'이라고 한다.

'거의'라는 단어가 내 호기심을 자극한다. 성공담보다 실패담이 훨씬 흥미진진하다. 그 사람에 대해 더욱 많은 정보를 입수할 수 있는 방편이기도 하다. 탐정 일에서 성공률은 정확히 뭘 말하는 걸까? 해결한 사건? 찾은 실종자? 체포한 범죄자?

베일리 커크가 보여준 사진이 내 머릿속에 언뜻 떠오른다. 당신과 만났다는 예쁘장한 아가씨.

누구일까?

말이 나온 김에 따지자면, 당신은 도대체 누구일까?

지난 3개월 동안 내 침대와 내 몸과 내 삶을 공유했던 남자. 3개월이면 그리 긴 시간도 아니다. 나도 안다. 하지만 느낌상으로는 길다. 요즘 기준으로는 진지한 관계다. 엔조이하는 사이도, 썸타는 사이도 아니다. 잭스가 내린 정의에 따르면 꾸준히 만나지만 성욕 해소와 즐거운 시간, 그 이상은 기대하지 않는 사이가 엔조이하는 사이라고 한다. 나는 성욕 해소와 즐거운 시간, 그 이상을 기대했다. 당신도 그러지 않았을까?

이 탐정은 당신에 대해 어디까지 알고 있을까? 그걸 알고 싶은 호기심이 나를 붙잡아놓는다.

사실 내가 아는 건 당신에게 들은 이야기뿐이다. 당신의 이름은 애덤 하퍼. 2월이면 마흔 살이 된다. 원래 고향은 뉴욕 주 북부지만 한 직장을 오래 다니지 못하는 아버지 때문에 한참 동안 떠돌이 생활을 했다. 부모님은 이혼하셨다. 당신은 아버지와도 어머니와도 가깝게 지내지 않는다. 남동생과는 완전히 남남처럼 지낸다. 사이버보안 전문가이고 MIT를 졸업했다. 요리를 잘한다. 워커홀릭인 것 같다. 코는 골지 않는다. 사실 잠을 거의 자지 않는 것 같다.

당신의 감촉이 아직까지 내 살결에 남아 있다.

이런저런 소소한 것들이 당신의 얘기를 뒷받침한다. 낡아서 너덜너덜한 MIT 맨투맨 티셔츠, 맛있는 음식을 향한 애착, 인터넷과 그 뒷골목에 대한 전문 지식, 눈가의 잔주름, 가족 얘기를 할 때면 긴장하는 어깨.

나는 단 한 순간도 당신의 얘기를 의심한 적이 없었다.

이제는 당신에 대해 좀 더 알아내고 싶을 때 찾아볼 수 있는 SNS 피드, 데이트 앱 프로필, 기타 등등이 모두 사라졌다. 처음 보는 이 남자 말고는 우리 둘의 연결고리가 하나도 남지 않았다. 둘이 서로 아는 친구도 없다. 동네 술집에서 어쩌다 우연히 마주칠 가능성도 없다.

베일리 커크는 내가 있는지 확인하느라 다시 돌아보지 않는다. 내가 걸려들었다는 사실을 아는 것이다. 두말하면 잔소리다. 나는 온라인에서 남자를 만났다. 그 남자가 사라졌다. 알고 보니 그는 내 생각과 다른 인간이었다. 버디 앞으로 이런 내용의 편지가 얼마나 쇄도했던가. 우리가 나눈 대화, 둘이서 함께한 친밀했던 순간을 복기하느라 내 머리에는 과부하가 걸린다. 어딘지 아귀가 안 맞았던 부분이, 적색 신호로 간주할 만한 부분이 있었나? 아니다. 없었다.

탐정이 커피를 들고 우리 테이블로 와서 자리에 앉지만 검은색 항공 점퍼를 벗지는 않는다. 그에게서 비누 냄새인가 싶은 깔끔한 향이 풍긴다. 하루 새 자란 금색 수염이 턱을 까칠하게 덮고 있다. 홈페이지 사진은 보정을 거친 것이다. 실제로는 입가에는 잔주름이, 미간에도 깊은 주름이, 눈 밑에는 피곤해서 생긴 다크 서클이 자리 잡고 있다.

"그 남자는 온라인에서 만났죠?"

그가 대화의 포문을 열며 커피 잔을 내 쪽으로 밀어준다. 그도 같은 걸 주문했다. 딱 보니 알겠다. 나를 안심시키려는 따라하기 작전일까? 아니면 나처럼 유당 불내증과 카페인 중독증이 있을 수도 있다.

나는 고개를 끄덕인다. "토치에서요."

그는 나를 쳐다보며 재미있다는 듯이 한쪽 눈썹을 쫑긋 세운다. "거긴 가볍게 만날 상대를 찾는 사이트 아닌가요?"

나는 어깨를 으쓱한다. "그럴지도요. 어차피 진지하게 만날 상대를 찾을 생각도 없었어요."

요즘 사람들은 다들 그렇게 말한다. 이건 사실이기도 하고 아니기도 하다. 마음속 깊은 곳을 들여다보면 누구나 사랑할 사람을 찾고 있지 않을까? 우리가 진심으로 원하는 건 그것뿐인데, 언제 그걸 잊어버린 걸까?

"그럼 뭘 찾을 생각이었는데요?"

모르는 게 없어 보이는 전문가들 말로는 온라인 데이트 앱이 21세기 짝짓기 의식의 가장 큰 변화라고 한다. 옛날 옛적에는 예컨대 50명에서 100명 정도 되는 소규모의 사람들 중에서 데이트 상대를 골라야 했다. 수는 적을지 몰라도 같은 동네, 마을, 학교, 교회 사람들로 서로 가까운 집단이었다. 농업이 부흥하고 도시와 마을이 성장하면서 1차적으로 대대적인 변화가 일어났다. 집단의 반경이 넓어졌지만 어딘가에서, 아니면 아는 사람을 통해야 누군가를 만날 수 있다는 점에서 관계를 맺는 방식에는 변함이 없었다. 가족, 친구, 같은 지역의 긴밀한 관계.

그 이후에 인터넷이 등장하고 데이트 앱이 유행하면서 그 집단이 전 세계의 다른 모든 이로 확대됐다. 그들이 찾는 건 무제한이다. 섹스. 사랑. 다른 취향과 욕구, 욕망의 충족.

이 새로운 선택의 시대, 풍요의 시대를 긍정적으로 평가하는 사람들도 있을 것이다. 하지만 사실 이와 같은 느슨한 관계는 오래 유지되는 경우가 거의 없다. 남을 친절하게 대할 사회적 책임도 없다. 토치에서 만난 사람의 할머니와 일요일에 교회 신도석에 나란히 앉을 일도 없지 않은가. 따라서 누군가와 헤어지면 그 남자를 잠재적으로 폐기 처분하고, 그 남자나 그가 아는 사람을 두 번 다시 만날 일이 없기를 현실적으로 바랄 수 있다.

이제 디어 버디의 외로운 사람들 대열에 나도 합류할 수 있을 것 같다. 영혼을 말살하는 온라인 데이트에 심하게 데인 사람들 말이다.

당연히 나는 이 모든 걸 전부터 알았다. 우리 모두 그렇지 않을까? 하지만 잭스에게 토치에 가입하라고 등 떠밀렸을 즈음에는 내가 마지막으로 누군가를 만나고 누군가와 육체적인 접촉을 한 것이 당황스러울

만치 오래전 일이었다. 그래서 외로웠다고 볼 수도 있겠다. 외로웠다고 시인하면 내가 절박해 보일까? 외로운 사람들은 많다.

"아마도 그냥 즐거운 시간을 보낼 생각이었던 것 같아요." 나는 결국 이렇게 대답한다. 어째 가식처럼 들린다. 베일리 커크는 입꼬리를 올리며 아주 희미하게, 알겠다는 다정한 미소를 짓는다.

나는 휴대전화를 손에 쥐고 슈퍼호스트 조에게 연락이 왔나 싶어 이메일을 계속 새로고침한다. 규정이 어떻게 되는지 모르겠다. 내 문의에는 그가 답을 하지 않을 수도 있다. 아니면 그런 정보는 공개할 수 없다고 답장이 올 수도 있다. 하지만 그 사람이 마음먹기에 달린 일 아닐까? 인터넷은 개척 시대의 거친 서부와 비슷하다. 무슨 일이든 가능하고 규칙이 노상 바뀐다.

"그래서 토치는 어떤 식으로 운영되는 앱인가요?" 그는 묻지만 모를 리 없다. 모르는 사람이 없지 않을까?

"프로필을 작성하고 질문에 답을 하고 사진을 올려요. 그런 다음 앱에 들어가서 쭉 훑어봐요. 마음에 드는 사람이 있으면 더블 클릭하고. 아니면 패스. 매치가 이루어지면, 그러니까 내가 마음에 든 사람도 내가 마음에 든다고 하면 앱을 통해서 그 사람과 연락할 수 있어요."

그는 커피를 한 모금 마시고 좌우를 흘끗거린다.

"그런 식으로 지금까지 몇 명을 만났어요?"

"몇 명 안 돼요. 세 명이요."

"세 명이라." 그는 중얼거린다. 나를 평가하는 게 아니라 아무 감정 없는 말투다.

나는 다시 어깨를 으쓱하고 라테를 한 모금 마신다. 온도가 딱 알맞다. "내가 까다롭거든요." 나는 사실 그 단어를 좋아하지 않는다. 어째 잘난 척 오만하게 들린다. 그래서 말을 바꾼다. "그렇다기보다는, 원하는 타입이 딱 정해져 있는 것일 수도 있고요."

"이 남자의 경우에는 어땠는데요?"

커크의 몸에서 풍기는 분위기를 보면 힘을 뺀 상태지만 경계하고 있다. 두 눈으로 카페 안을 살피며 시선을 한 곳에 잠깐 두었다가 다른 곳으로 옮긴다. 그런 식으로 분석하고 평가한다.

"그 사람은 달랐어요." 나는 말한다. 잭스와 나눈 대화가 되살아난다. 잭스는 애덤의 사진을 보고 표정이 너무 진지하다고 했다. 하지만 나는 그 점이 좋았다. 잭스는 입 밖으로 표현하지 않았지만 나도 알다시피 우리 아버지와 약간 닮았다는 생각을 하고 있었을 것이다. 이목구비가 아니라 눈빛이, 분위기가.

"달랐다니 어떻게요?" 이제 그의 시선이 내게 머문다.

"그 앱에서는 다들 빼기고 가식을 부리거든요. 대부분 얄팍하고 그냥 같이 잘 상대를 찾는 것처럼 보여요. 토치에는 정말 한심한 인간이 얼마나 많은지 몰라요. 모든 앱이 그렇죠. 알맹이라고는 없어요. 그는 전형적인 토치 스타일과는 정반대인 것 같았어요."

"알맹이는 있고 복근은 없는?"

나는 미소를 짓는다. 커크의 말투는 밋밋하지만 놀리는 투가 느껴진다. 불쾌한 상황에 유머를 부여하려는 다정한 시도다.

"비슷해요."

그는 커피를 한 모금 마신다. 나도 따라한다. 그는 재미있게 생겼다. 잔주름이 개성을 더하고 눈빛은 신중해 보이고 입술은 도톰하다. 미소를 지을 때도 눈빛은 진지하고 예리하다. 나는 그의 나이를 짐작해본다. 아마도 40대 초반? 결혼반지는 없다. 점퍼 소매 아래로 문신 자국이 언뜻 보이자 거기에 어떤 문신을 새겼는지 궁금해진다.

"그자가 자기 이름이 뭐라고 하던가요?"

나는 당신에게 연연하느라, 진짜라고 여겼던 우리 둘의 관계에 연연하느라 하마터면 함구할 뻔한다. 그게 당신 본명이 아니었단 말인가? 그것조차 거짓이었다면 그럼…… 당신은 모르는 사람이다. 내 침대, 내 심장에 깃든 모르는 사람. 내가 당신 본명도 아닌 그 이름을 얼마나 수많은 방식으로 불렀던가? 물으며, 웃으며, 즐거워하며.

"애덤 하퍼요."

그는 카페 안을 계속 훑으며 고개를 끄덕인다. 아무것도 받아적지 않아서 이상하다는 생각이 든다. 사설탐정은 원래 뭐든 받아적지 않나? 조그만 수첩이나 그런 걸 들고 다니면서?

"그자를 마지막으로 만난 게 언제였습니까?" 그가 묻는다.

"저기요. 대체 무슨 일 때문에 그러시는 건데요?"

그는 한숨을 쉬고 몸을 살짝 앞으로 숙인다. 문신이 조금 더 드러나지만 뭘 새긴 건지는 아직 모르겠다. "수사를 의뢰한 분의 따님 미아 소프가 9개월째 행방불명이에요. 문제가 있고 예민한 상태였을 때 온라인 데이트 앱에서 이 남자를 만났고요."

그는 다른 사진을 화면에 띄우고 휴대전화를 우리 사이에 있는 테이블 위에 올려놓는다.

다시 애덤 하퍼, 당신 사진이지만 다른 사람 같아 보인다. 좀 더 가볍고 행복하고 젊은 사람. 피부가 황금색으로 따뜻하게 빛난다. 손을 내밀어 당신을 만지고 싶어서 못 견딜 지경이다.

"제 의뢰인은 이 남자, 미아는 레이프 맨스인 줄 알았던 이 남자가 딸이 행방불명이 된 것과 연관이 있다고 생각합니다."

"그냥 그렇게 생각한다는 거죠?"

"맨스도 사라졌어요."

어떤 남자가 수술용 마스크를 쓰고 카페 안으로 들어온다. 전에도 이런 사람을 본 적 있다. 사실 점점 많아지고 있다, 특히 지하철에서. 뉴스를 듣자 하니 중국 바이러스가 이쪽으로 전파되고 있다고 믿는 사람들도 있다고 한다. 마스크를 쓴 사람을 보면 마음이 불편해진다. 저들은 내가 모르는 뭔가를 아는 걸까? 공기 중을 떠다니는 바이러스에 대해서? 아니면 저들이 감염돼서 병을 옮기지 않으려는 걸까? 아버지라면 이 사태를 두고 야단법석을 떨었을 것이다. 아버지가 장담하길 종말은 요란하게 들이닥치지 않고 독가스처럼 조용히 스멀스멀, 아무도 모르게 찾아온다고 했다.

아무도 마스크를 쓴 남자에게 신경 쓰지 않는 눈치다. 다들 휴대전화와 노트북 화면을 들여다보느라 여념이 없다. 어떤 사람들은 이어폰으로 연결된 사람들에게 초점 없는 눈빛으로 나지막이 웅얼거린다. 사실 마주보고 앉아서 서로 대화를 나누는 테이블은 우리뿐이다.

"좋아요." 나는 다시 정신을 집중한다. "그러니까 내가 애덤이라고 알고 있는 이 레이프라는 남자가 당신 표현에 따르면 '문제가 있는' 상태였던 미아를 만나고 있었단 말이죠? 미아는 사라졌고 레이프도 마찬가지고요. 그리고 당신에게 수사를 의뢰한 미아의 아버지는 자기 딸이나 그 남자나 아니면 양쪽 모두를 찾고 싶어 하고요."

"그렇습니다."

"저는 그 문제가 있었다는 표현이 듣기 불편하네요."

"어째서요?"

"왜냐하면 그녀의 상태가 안 좋았다는 것처럼 들리거든요. 인간은 누구나 이런 면에서 아니면 저런 면에서 문제가 있지 않나요?"

그는 곰곰이 생각하는 눈치다. "평가를 내리겠다는 게 아닙니다. 맹수 같은 인간들의 공격에 남들보다 취약한 사람이 있다는 뜻이죠. 안 그런가요?"

"맹수 같은 인간들이라." 그 표현에 내 살갗이 따끔거린다.

"타인의 약점을 이용해 자기가 원하는 것을 손에 넣는 사람들도 있고요."

거기에 대해서는 반박할 방법이 없다. "그의 정체를 그렇게 보시나요? 맹수 같은 인간이라고?"

사진을 흘끗 내려다보자 당신이 두 팔로 나를 감싸안았을 때의 느낌이 생각난다. 사실 나는 당신과 같이 있을 때만큼 안심한 적이, 사랑을 받는다고 느낀 적이 없다. 어떻게 당신이 내가 생각한 그런 사람이 아닐수 있을까? 분명 무슨 착오가 있는 거다.

커크가 대답한다. "제가 아는 건 한 여자가 실종됐고 그 여자가 만나던 남자도 마찬가지라는 것뿐이에요. 그자는 자기 정체를 속였어요. 미아의 계좌는 모두 털렸고요. 그리고 그녀는 아버지, 친구들, 아파트, 휴대전화를 두고 아무 말 없이 떠났어요."

나는 할 말을 찾아보지만 말문이 막힌다.

그는 설명을 계속한다. "그러더니 9개월 뒤에 그 남자의 프로필이 다른 이름으로 토치에 다시 등장했죠."

애덤, 당신과 나는 지금까지 만난 다른 상대에 대해 이야기를 했었다. 당신은 고등학교 때 사귄 여자친구가 있다고 했다. 진정한 첫사랑은 1년 동안 런던에서 살았을 때 만난 영국 여자였고. 다른 여자 얘기도 했었다. 좀 더 최근에 만난, 정서적으로 문제가 있었던 여자. 질질 끌다가 추하고 어렵게 헤어졌다고 했다. 그리고 그 뒤로는 아무도 만난 적이 없다고. 2, 3년은 된 것처럼 얘기했는데. 나도 다는 아니고 대학생 때 사귄 남자친구, 그 뒤로 잠깐 만난 남자와 원 나이트 상대에 대해 이야기했다. 아마도 멋쩍어 하면서. 20대 후반의 여자들은 대부분 결혼을 했거나 아이가 있거나 아니면 진지하게 만나는 사람이 있다. 아니면 적어도 과거에 진지하게 만났던 사람이 있다. 나는 아니다. 내가 나를, 나의 모든 베일을 드러낼 수 있을지 모르겠다고 생각한 사람은 당신밖에 없었다.

너는 폭풍의 위력에 놀라지 않는다. 릴케. 나를 낚은 게 그 문구였다.

"그럼 어떤 경로로 저를 찾아내셨나요?" 나는 묻는다.

"제가 하는 일이 그거니까요. 탐정이잖습니까. 하나 아셔야 하는 게, 프라이버시는 과거의 유물이에요. 나처럼 알맞은 연줄이 있으면 누구의 정보든 살 수 있어요."

"대답이 아니라 설교처럼 들리네요."

베일리 커크는 커피를 다 마시고 잔을 테이블 위에 내려놓는다. 그가 하는 손버릇이 있다. 한 손은 주먹을 쥐고 다른 손으로 그 주먹을 감싸고 꾹 누르는 것이다.

"토치에 프로필을 두어 개 등록해놨어요. 우리 회사의 다른 직원들도 그렇고. 그 상태로 그자의 사진이 등장하길 기다렸죠. 그자가 이런 식으로 작전을 짠다고 보았거든요. 온라인 데이트 앱에서 여자들을 찾는다고."

그가 쓴 표현이 마음에 들지 않는다. *그자가 이런 식으로 작전을 짠다고 보았거든요.*

"여자들이요? 그 말은…… 다른 여자도 있다는 건가요?"

그는 대답을 하지 않는다. "마침내 그자의 사진이 떴을 때 매치 상대가 누군지 찾는 건 식은 죽 먹기였어요. 토치에 알맞은 연줄이 있었으니까."

"그의 매치 상대가 몇 명이었는데요?" 나는 궁금해진다. 당신은 오므린 입술과 드러낸 가슴골의 바다에서 선택한 여자가 나 하나였다고 했다. 창백한 얼굴 위에서 파랗게 반짝이는 내 눈과 새까만 머리 때문이었다며 최면 효과가 있었다는 표현을 썼다.

커크는 다시 특유의 알쏭달쏭한 미소를 짓는다. "딱 한 명이요. 당신한 명만 선택했어요."

나는 불안해서 안절부절못하며 몸을 앞으로 내민다.

"그 정보는 어떻게 입수하셨어요?"

"우리 회사가 제법 막강하거든요. 여기저기 돈을 많이 뿌려요."

그렇게 쉽게 알아낼 수 있다고? 의심스러워진다. 이 세상은 모든 게 돈이면 될까? 아버지라면 물론이라고, 당연한 소리라고 할 거다. 돈이 모든 악의 근원이라고.

"저는요? 저는 매치 상대가 몇 명이었는데요?" 나는 불쑥 물어본다.

이 얼마나 얄팍한 질문인가? 하지만 누구든 기회가 생기면 똑같이 물어볼 거다. 자기를 보고 귀엽다고 생각한 사람이 몇 명이나 되는지 궁금하지 않은가 말이다. 그는 다시 특유의 재미있어하는 표정을 짓는다.

"당신은 딱 세 사람에게 '좋아요'를 눌렀고 그들도 당신에게 '좋아요'를 눌렀죠. 하지만 정확히 따지면 매치의 기회는 많았어요. 그런데 당신이 우리 친구를 비롯해서 몇 명만 선택한 모양이더군요. 당신 말마따나 까다로워서. 아니면 원하는 타입이 정해져 있어서."

우리 친구라. 하지만 애덤, 당신은 내 친구가 아니잖아? 나는 심지어 당신 본명조차 모른다.

왠지 모르겠지만 모든 기억이 물밀듯이 밀려든다. 어제 저녁에 당신이 나를 바람맞혔던 것, 당신 집을 찾아갔다가 공유 숙소라는 사실을 알게 된 것, 당신이 보낸 아리송한 문자. 물론 내가 당신에게 어떤 비밀을 공개했는지는 나만 알고 있다.

커크가 공유 숙소 주소를 묻자 나는 알려주면서 슈퍼호스트 조에게 이메일을 보냈다는 이야기도 한다.

"그 사람이 답장을 보냈나요?" 커크가 묻는다.

나는 핸드백에서 휴대전화를 꺼내 이메일을 확인한다. "아직이요."

나는 아래에 시선을 고정하고 엄지손가락으로 화면을 밀고 또 밀며 답장이 왔는지 본다.

"자, 애덤을 마지막으로 만났던 게 언제인가요?" 그가 다그치며 나를 다시 대화로 끌어들인다.

"월요일이요. 일요일 밤을 나랑 같이 보내고 아침에 출근했어요."

내가 털어놓은 비밀이 허공을 감싼 가운데 우리는 알람이 울리기 전 비몽사몽간에 사랑을 나누었다. 당신은 눈빛으로 내게 필요한 모든 것을 주었다. 뜨거운 애정, 이해, 위로. 두려워하지도 서먹하게 굴지도 않았다. 오히려 두 팔로 나를 으스러져라 감싸안았고 내 안 저 깊숙이 들어오며 전보다 더 간격을 좁혔다. 당신이 아직까지도 느껴진다.

"그 남자가 자기 회사가 어디 있다고 하던가요?" 커크가 묻는다.

"업타운이요."

"회사 이름이나 주소는요?"

나는 살짝 당황하며 고개를 젓는다. 당연히 당신에게 들었을 텐데. 아닌가? "기억이 안나요. 포츠인가 락스인가 볼츠인가 뭐 그런 단어가 들어갔던 거 같은데."

그는 조금 미심쩍어하며 이마를 찡그린다.

"애덤의 사무실에 간 적이 없었나요?"

"요전 날에 처음 그쪽으로 가봤어요. 안으로 들어가지는 않고 밖에서 기다렸지만."

이제 와 생각해보니 아파트도 그랬다. 당신이 어떤 데서 사는지 머릿속으로 그릴 수 있을 만큼만, 집의 진실성에 의문을 제기하지 않을 만큼만 첼시의 그 집에 드나들었다. 아직 당신 회사 동료를 만나거나 당신 회사에서 열리는 크리스마스 파티에 참석할 때는 아니었다. 따지고 보면 당신도 나와 같이 일하는 사람을 아무도 만난 적 없었다. 사실 나는 잭스에게조차 당신을 소개하지 않았다.

"위치가 어떻게 됩니까?" 그는 진득하니 구슬리는 투로 묻는다.

"업타운이요. 브로드웨이하고 콜럼버스 사이에 있는 79번가. 아마도요."

"주소는요?"

"몰라요. 죄송해요."

"차를 타고 거기까지 같이 가주실 수 있을까요? 혹시 회사를 찾을 수 있나 보려고요."

나는 몇 시인지 확인한다. 스튜디오로 건너가야 하는 시간이다. "나중에 거기서 만나요. 지금은 일을 해야 해서요."

그는 어디에서 무슨 일을 하느냐고 묻지 않고 그저 고개만 끄덕인다. 베일리 커크는 나에 대해 얼마나 알고 있을까. 생각이 거기에 미치자 조금 불안해진다. 나는 내가 잘 숨어 있는 줄 알았다. *프라이버시는 과거의 유물이에요.* 진짜 그럴까?

"몇 시에 다시 만날 수 있을까요?" 그가 묻는다.

"4시까지 갈 수 있어요. 79번가와 브로드웨이가 만나는 사거리 모퉁이에서 만나죠."

"좋습니다. 그럼 약속하신 겁니다?"

내가 약속을 지킬 거라고 무슨 수로 장담할 수 있을까? 어쩌면 장담할 필요조차 없을지 모른다. 내 착각과는 별개로 나를 쉽게 찾을 수 있었던 모양이니까. 뭘 배송 받느라 아니면 이런저런 사이트에 가입하느라 숱하게 주소를 입력해놓고 사적인 정보가 안전하게 보호받을 거라고 생각했다니. 토치에는 어떤 정보를 제공했더라? 아, 잠깐. 내가 아니라 잭스가 전부 처리했다. 하지만 내 비밀을 나보다 더 신중하게 다룰 사람이 한 명 있다면 잭스다. 그리고 로빈도.

아니면 커크는 내가 자기를 만나고 싶어 한다는 것을, 그와 당신과 실종됐다는 여자에게 이미 내가 낚였다는 것을 알아차렸을 수도 있다. 이러니저러니 해도 사람들과 그들의 고민거리는 내 전문 분야다. 어쩌면 이게 다 무슨 일인지 알아내고 싶은 마음이 내가 훨씬 더 크다는 걸 커크가 알아차렸을 수도 있다.

우리는 연락처를 교환한다. 카페에서 나와 지하철 역을 향해 걸어가는 동안 그의 시선이 느껴진다. 지하로 내려가기 전에 휴대전화에서 알림이 울린다. 슈퍼호스트 조가 이메일을 보냈다. 이메일 내용은 간단하다. 전화번호와 이 한 문장뿐이다. 연락 주세요.

10

"버디에게." 나는 마이크에 대고 말한다.

전에는 내 아파트에 임시로 스튜디오를 설치해 팟캐스트 녹음을 했었다. 하지만 《뉴욕 크로니클》로 지면을 옮긴 뒤로 수준이 엄청나게 업그레이드됐다. 방음실, 마이크가 여러 개 놓인 길고 높은 테이블, 큼지막하고 편안한 의자, 내 머리를 폭 감싸는 와이드 헤드폰.

오늘은 잭스가 내 맞은편에 앉아 있다. 새까만 고수머리를 정신 사납게 정수리에 쌓고, 기본적으로 하와이안 룩인 원피스와 같은 무늬의 알록달록한 스카프로 머리를 감쌌다. 큰 키에 이런 원피스를 입으니 아주 끝내준다. 애쓰지 않아도 풍겨나오는 매력. 어떻게 그럴 수 있을까?

잭스는 인플루언서다. 그녀의 구호는 이렇다. '인생을 바꾸자! 내 삶을 책임지고 내 세상을 창조하자. 나쁜 습관이 있다고? 깨부수자! 나쁜 습관을 쉽게 없앨 수 있는 10가지 방법이 여기 있다. 불행하다고? 정신 차리고 기운도 차리고 남들이 나를 두고 하는 이야기를 믿지 말자. 내

이야기는 내가 쓰는 거다!'

잭스의 조언은 일정 조건이 갖추어졌을 때 효과 만점이다. 그녀는 자기 팟캐스트를 운영하는 한편 내 팟캐스트에 고정 출연하며 거액의 도서 출간 계약을 맺었다. 책 제목은《남들 눈깔 신경 쓰지 말고 나를 위한 인생을 사는 법》인가 그렇다. 잭스의 전공은 말과 시각효과, 그러니까 인상적인 한마디와 설정이 완벽한 사진이라서 내가 원고 쓰는 걸 돕고 있다. 그녀에게 글쓰기는 고문과도 같다. 최대한 미룰 수 있을 때까지 미루고, 한 쪽을 쓸 때마다 불평과 욕을 있는 대로 퍼붓는다. 현재 우리가 쓰고 있는 챕터는 '아니, 당신은 엄마처럼 될 운명이 절대 아니다!'이다.

그게 참말이면 좋겠다.

잭스의 책은 내 친구처럼 똑 부러지고 재미있다. 또한 자아를 찾으려는 젊은 층을 위한 든든한 충고가 가득 담겨 있다. 잭스는 목소리가 크지만 마음은 따뜻하다. 자기가 조언하는 대로 살려고 노력한다.

그리고 오늘은 벤도 함께 참석했다. 가족 치료 상담사이자 선불교 신도이다. 진짜 둥글둥글한 성격이라 잭스의 뾰족한 모서리를 누그러뜨리는 역할을 한다. 스튜디오에 벤이 있으면 잭스도 훨씬 부드러워진다. 희끗희끗해져가는 옅은 갈색머리를 한 그는 손깍지를 끼고 입가에 평화로운 미소를 머금으며, 잭스의 강렬한 옷차림과 정반대인 회색 셔츠에 카키색 바지를 입고 따뜻한 눈빛으로 앉아 있다. 나는 꽤 오래전부터 그 둘이 서로에게 호감을 느끼고 있을지 모른다고 의심하고 있다. 서로 빤히 쳐다보거나 가벼운 스킨십을 주고받는 경우가 허다하다. 둘은 음과 양이다.

나는 헛기침을 하고 다시 읽는다. "버디에게."

팟캐스트상의 목소리는 내 진짜 목소리가 아니다. 내 진짜 목소리는 어린애 같고 조용하다. 스튜디오에서는 나의 다른 면모를 끄집어내 허스키한 목소리로 달래듯이 말한다. 디어 버디는 렌 그린우드가 아니다. 디어 버디는 냉정하고 침착하며 모르는 게 없고 짜증을 내지 않는다. 현명하며 신중하다. 렌 그린우드는 별로 그렇지 않다.

나는 오전에 답장을 쓴 편지를 읽는다. 잭스와 벤은 둘 다 마이크를 켜놓고 기다린다.

"힘드시겠어요." 편지 낭독이 끝나자 잭스가 말한다.

"풀어내야 할 게 많겠는데요." 벤이 말한다.

나는 말한다. "저는 그 친구분 말씀이 맞다고 생각해요. 정의를 구현할 방법을 찾으셔야 해요. 목적을 달성하지 못하더라도 시도만으로도 그 남자에게 빼앗긴 것들을 일부 되찾는 데 도움이 될 거예요. 금전적인 게 아니라 다른 부분에서요."

잭스가 맞장구쳤다. "맞아요. 이런 남자들은 여자들이 어둠 속에 몸을 움츠리고 수치심에 입을 다물 거라고 생각하거든요. 그래서 몇 번이고 같은 짓을 저지를 수 있는 거예요. 갑자기 생각났는데…… 청부 살인 어때요?"

우리는 동시에 웃음을 터뜨린다. 나는 말한다. "그렇게 극단적인 방법은 좀 그렇죠."

벤이 조심스럽게 끼어든다. "정의 구현까지는 그렇다 쳐도 눈에는 눈, 이에는 이, 이런 식이면 곤란하죠."

"하지만 그것도 일종의 정의 구현 아닌가요?" 잭스는 몸을 앞으로 숙이며 그에게 딴죽을 건다. 그녀의 주특기다.

"상대가 어떤 범죄를 저질렀건 간에 사적인 복수는 정의 구현이 될 수 없어요." 벤이 말한다.

"사적으로 복수하지 않아도 자기 자신을 지킬 수 있지 않을까요? 도

덕적인 틀 안에서 진실을 폭로하고 상대방에게 보상을 요구할 수도 있죠." 내가 의견을 낸다.

잭스는 열심히 고개를 젓는다. 이게 그녀에게는 작동 버튼과도 같은 주제다. "착한 사람들이 사적인 복수를 피하기 때문에 나쁜 인간들이 활개치고 다니는 거예요. 이 사회를 보세요. 나쁜 인간들이 득세하고 있잖아요."

"하지만 우리가 계속 착한 사람일 수 있는 길이 그거예요." 벤은 말한다. 그의 미소는 평화롭고 인정이 넘친다.

이런 식으로 계속 티격태격하다가 결국 내가 오전에 답장을 썼던 대로 결론을 내린다. 이 문제를 놓고 이메일이 쇄도할 게 분명하다.

다루어야 하는 편지가 두 통 더 있다. 상심을 이기지 못하고 광장공포증이 생겨버린 여자의 사연이다. 이걸 놓고 우리는 두려움에 대해, 우리를 두고 변화하는 세상에 대해, 그 단절을 극복하는 방법에 대해 이야기를 나눈다. 벤은 침수 요법을 거론하며 세상 안으로 한 발짝씩 다시 들어갈 수 있게 도와줄 사람을 찾으면 좋겠다고 한다. 우리는 상심 전문 상담사를 한 명 소개해준다.

그런 다음에는 분위기를 가볍게 바꿔서 다수의 MZ세대들과 같이 근무하는데, 이모티콘 쓰는 법을 잘 몰라서 애를 먹고 있다는 어느 나이 많은 관리자의 사연으로 넘어간다. 문자에 스마일이나 하트 이모티콘을 넣지 않으면 나를 성격 나쁜 사람으로 간주해요!

나는 말한다. "언어는 유동적이라 해마다 새로운 단어가 출현하고 일상적인 회화에 변화가 생기죠. 세월이 흐름에 따라 단어의 뜻이 달라지기도 하고요. 좋든 싫든 이모티콘도 그런 변화의 일부예요. 한심해 보일 수도 있지만 하트 눈으로 따뜻한 마음과 호의를 표현한다고 해서 어디가 어떻게 되는 것도 아니잖아요?"

벤이 호응하는 소리를 낸다. "아니면 직원들에게 이모티콘은 자기 취향이 아니라고 얘기하는 방법도 있죠. 그런 다음 서로를 좀 더 알아나 갈 수 있는 자리를 마련하세요. 실질적인 대화를 나누고 나면 다른 직원들이 당신의 의사소통 방식을 좀 더 분명하게 이해할 수 있을 겁니다."

이번에는 잭스가 나선다. "아니면 그냥 스마일이 됐건 하트 세 개짜리 스마일이 됐건 시그니처 이모티콘을 하나 선택해서 그걸 계속 쓰세요. 당신이라는 브랜드의 일부가 되게."

이 모든 게 나를 덮치고 지나간다. 스튜디오에서 디어 버디에 몰두해 있으면 내 삶의 다른 부분은 애초에 존재하지도 않았던 것처럼 사라진다. 다른 사람들의 고민을 듣고, 그들이 어느 누구도 이해하지 못하는 듯한 이 세상 속에서 살아갈 수 있도록 돕느라 정신이 없다. 이 시간을 끝내기가 싫지만 결국에는 마무리해야 하는 시간이 다가온다.

잭스가 가려고 외투를 입으며 묻는다. "너 괜찮아? 그 사람한테서 연락 왔어?"

나는 고개를 젓는다. 베일리 커크에 대해서, 실종됐다는 여자에 대해서 이야기할까 고민하지만 벤의 표현을 빌자면 그걸 '풀어낼' 마음의 준비가 아직 되지 않았다.

"나 잠수 이별 당했나 봐."

"어떡해." 잭스는 말하며 나를 끌어안는다. 티트리 향이 풍기고 그녀의 품에는 사랑의 에너지가 충만하다. 나는 그 에너지를 온몸으로 받는다.

"괜찮아." 나는 그녀의 어깨에 대고 거짓말을 한다.

잭스는 포옹을 풀고 나를 바라본다. "괜찮다는 거 알아. 너는 원더우먼이니까. 그나저나 제이슨을 만나보지 그래? 남들한테 추천만 할 게 아니라." 제이슨은 우리가 디어 버디에 사연을 보낸 몇 사람에게 소개한 사설탐정이다. 사실상 컴퓨터 안에서 사는 IT 천재다.

"뭐, 그러게. 그래도 애덤이 나한테서 빼앗아간 건 아무것도 없는데 뭐."

잭스는 내 어깨에 손을 얹는다. "과연 그럴까?"

잭스와 벤이 같이 나가고 나 혼자 스튜디오에 남는다. 유리 저편에서는 제작팀이 벌써부터 편집에 돌입했다. 나는 창문 없는 이 따뜻한 공간이 좋다. 모든 소리가 조그매지고 불빛은 어두침침하다.

마이크가 꺼졌는지 확인한 다음 슈퍼호스트 조에게 전화한다. 그는 신호 한 번 만에 전화를 받는다.

"조입니다." 나이 많은 남자의 거칠고 걸걸한 목소리다.

"안녕하세요, 렌이에요. 제 친구 일로 이메일 드렸던 사람이요."

그는 삭막한 웃음을 터뜨린다. "아, 네, 그쪽 친구라는 사람이 나한테 5천 달러 빚을 졌어요."

"어쩌다가요?"

"처음에는 그 집을 연휴 동안 빌리고 깔끔하게 요금을 송금했어요. 추가로 한 주 더 있어도 되느냐길래 그러라고 했죠. 비수기라 예약 손님이 없었거든요."

전화기 너머로 사이렌 소리가 들린다. 그는 헛기침을 한다.

"아, 네." 나는 말한다.

"다시 계좌 이체하겠다길래 그러겠거니 했어요. 처음에 재깍 입금을 했으니까. 그런데 이삼일 지난 뒤에 드디어 돈이 들어왔는데 일주일 치의 일부분밖에 안 보냈더란 말이죠. 그런 식으로 한 2주를 버티더라고요. 집에서 나가지도 않고. 결국 내쫓으려고 사람을 보냈더니 이미 나가고 없더래요."

그의 말이 내 머릿속에서 이리저리 부딪친다. 내가 아는 당신과 전혀 들어맞지 않는다.

"그게 언제였는데요?" 나는 묻는다.

"지금으로부터 두세 달 전이요." 컴퓨터를 두드리는 소리가 난다. "10월 1일에 그 집에 들어왔고, 내가 11월 1일에 내쫓으려고 사람을 보냈더니 없었어요."

그러면 그동안 어디서 지냈을까? 사무실에서? 다른 공유 숙소에서? 그게 당신이 하는 일인가? 여기저기 떠돌아다니는 게?

"경찰에는 신고하셨어요?" 나는 묻는다.

조는 콧방귀를 뀐다. "그럴 리가. 경찰은 이런 일에 관심도 없어요. 뉴욕은 숙소 임대업을 하기에 좋은 곳이 아니에요. 사람들이 좋아하지 않거든. 하지만 은퇴 후에 생활비를 이걸로 충당하고 있단 말이지요."

"그 사람이 자기 이름이 뭐라고 하던가요?"

"애덤 그로브요. 맙소사, 맙소사, 본명이 아니더군요. 어떤 사람들이 신용카드만 받는 이유도 이런 경우가 있기 때문이에요. 하지만 나는 사람들을 믿고 싶었어요. 적어도 예전에는. 이제는 선불로 신용카드만 받고 환불은 사절하겠어요."

"이런 일을 겪으셔서 속상하시겠어요." 이렇게 말하고 나서 문득 생각해보니 내가 디어 버디에서 쓰는 말투를 쓰고 있었다.

놀랐는지 수화기 저편에서 정적이 흐른다.

잠시 후에 그가 한숨을 내쉬고는 말한다. "친구를 찾기 바랄게요. 찾으면 이 늙은이한테 진 빚을 갚으라고, 그러면 짐을 돌려받을 수 있다고 전해줘요. 그리고 아가씨한테는 내가 충고 한마디 할게요. 새로운 친구를 찾는 데 에너지를 써요."

희망의 불씨가 희미하게 어른거린다. "그러면 짐을 돌려받을 수 있다니요?"

"그 사람이 아파트에 두고 간 잡동사니 상자가 있거든요. 버릴까 하다가 그냥 두기로 했어요."

"제가 가서 좀 살펴봐도 될까요?"

노인은 한숨을 쉰다. 무뚝뚝하긴 해도 좋은 사람이라는 걸 알겠다. 하지만 어째서인지는 모르겠다. 말투 때문인가?

그가 대답하지 않자 나는 말한다. "저기, 그 사람이 진 빚을 제가 대신 갚을게요."

그런 말을 꺼낼 생각은 없었다. 게다가 정신 나간 짓이기도 하다. 하지만 나도 모르게 불쑥 내뱉고 말았다. 윤리와 사적인 복수를 놓고 벌인 토론 때문이었을까? 당신이 이 노인에게 상처를 주었다는 데 내가 책임감을 느낀다. 이유가 뭘까?

"왜요?" 그가 묻는다.

"그럴 만한 여력이 되니까요. 그리고 어르신께서 그런 일을 당한 건 부당하고요. 현금으로 들고 갈게요."

다시 정적이 흐르다 마침내 조가 입을 연다. "그럽시다. 몇 시가 좋겠어요?"

휴대전화로 시간을 확인한다. 베일리 커크를 만나기 전까지 두어 시간이 남아 있다. "지금 어떠세요? 상자가 어디 있나요?"

"10번가에 있는 임대 창고에요. 한 시간 뒤에 거기서 만납시다."

통화를 마치자 임대 창고 주소가 문자로 날아온다. 한 시간 안으로 은행에 들렀다 이 도시 반대편으로 날아가야겠다.

뉴욕에서 어디로든 빠르게 이동하고 싶으면 방법은 하나뿐이다. 바로 시티 바이크. 하지만 이 공유 자전거를 탄다는 건 목숨을 걸어야 한다는 뜻이기도 하다.

11

과거

"가자."

오빠가 내 어깨를 건드리며 선잠에서 깨웠다.

그 이상한 방은 떠오르는 태양으로 물든 황금빛이었다. 나는 친구들, 예전 내 방, 영어를 가르쳤고 나더러 '비범한 작가'라고 했던 페니 선생님 꿈을 꾸느라 거의 잠을 자지 못했다. 그 모든 것에 대한 아픔이 몸으로 느껴졌다. 배가 아프고 심장이 아팠다. 이제는 여기가 우리 집인데도 향수가 꼬리에 꼬리를 물고 이어졌다.

"어딜?" 나는 물었다. 따뜻한 침대 안에 계속 있고 싶었다.

도망치려는 걸까? 궁금해졌다. 내 친구 그레이스와 함께 예쁜 친구네 집에서 살 수 있을지도 몰랐다. 안 될 것도 없어 보였다. 하지만 엄마 생각이 나자 나는 이곳에, 이 새로운 삶에 붙들린 몸이 되었다. *아자아자, 우리 강아지.* 엄마가 힘내라고 응원할 때 하는 말이었다.

오빠가 음모를 꾸미는 듯한 투로 말했다. "숲속에서 내가 뭘 발견했거든. 너한테 보여주고 싶어서."

오빠는 문 앞으로 자리를 옮겨서 기다렸다. 내 방은 단출했다. 있는 게 침대, 서랍장, 조그만 벽장뿐이었다.

아버지는 전날 밤에 내 짐이 든 상자를 옮기며 말했다. *여기는 우리 누나가 쓰던 방이야. 전에 쓰던 네 방보다 크지? 이제 여기가 네 방이야. 네 마음대로 꾸며봐.*

나는 한 번도 본 적 없는 고모. 엄마는 두 사람 사이가 소원해졌다고 했다. 성격이 잘 안 맞았다고. 그러다 고모가 죽었다. 그러니까 나는 죽은 사람이 쓰던 방에서 잠을 자고 있었던 셈이다. 적어도 내가 상상하기로는 그랬다. 나는 벽장이나 침대 아래에서 새하얗고 뻣뻣한 고모가 기어나오는 상상을 하며 무서워서 벌벌 떨다가 엄마에게 정신 차리라고 혼이 났다.

오빠는 이미 외출복을 입고 있었다. 나는 침대에서 일어났고, 오빠가 기다리는 동안 유니콘 잠옷 윗도리 아래에 청바지를 입고 운동화를 신었다. 오빠를 따라 삐걱거리는 계단을 내려가 현관 문 밖으로 나서보니 이미 아침이 밝았다. 새소리가 들렸고 나뭇잎은 파릇파릇했고 공기는 벨벳처럼 서늘했다. 숲속의 좁은 오솔길을 따라가자 키가 큰 오크나무의 굵은 나뭇가지 안에 아슬아슬하게 얹힌 오래된 나무집이 보였다.

"저기 위험하지 않을까?"

오빠는 어깨를 으쓱했다. "아마도. 저 사다리가 내 몸무게는 버티지 못할 거야. 하지만 너는 괜찮을지 모르니까 올라가서 한번 살펴봐."

나는 나무집 바닥의 뚜껑 문 밖으로 늘어뜨려진 밧줄 사다리를 잡아당겨보았다. 충분히 튼튼한 것 같았다. 나는 천생 여자인 적이 없고 항상 말괄량이과에 한 발 걸치고 있었다. 오빠 곁에 조금이라도 붙어 있으려면 그래야 했다. 나는 오빠에게 공 던지는 법, 축구에서 골 넣는 법, 자전거 타는 법, 무릎이 까져도 참고 걷는 법, 화가 나도 계집애처럼 울지 않는 법을 배웠다.

나는 맨 아래 단을 밟고 올라가 살짝 뛰어보았다. 무너지지 않는 걸 그런 식으로 확인하고 사다리를 기어올라 갔다.

와, 그곳은 황홀했다. 햇빛이 지붕널 사이로 쏟아져 들어왔고, 나무와 낙엽과 썩은 냄새가 났다. 오래돼서 다 떨어진 매트리스가 한쪽 구석에 놓여 있었다. 습기 때문에 불룩해진 책 더미도 있었고, 테이블에는 조개껍데기와 깃털이 있었다. 한참 동안 방치됐는지 전부 지저분했다.

"거기 뭐가 있어?" 아래에서 오빠가 외쳤다.

아무것도 없지만 모든 게 있었다. 나는 뭣 때문에 그렇게 멋지다고 생각했을까? 그곳은 은밀한 공간, 세상과 동떨어져 모든 시간이 멈추는 공간이었다. 새소리와 나뭇잎을 흔드는 바람 소리가 들렸다. 잠깐 동안이지만 아버지가 여길 사랑하는 이유를 알 것 같았다. 평화로움이 나를 감쌌다.

바닥은 충분히 단단한 것 같았다. 나는 깨끗하게 청소하고 관리해서 내 공간으로 만들겠다고 다짐했다. 거기에 영원히 머물고 싶었다. 하지만 오빠가 내려오라고 불렀다.

"거기 어땠어?"

"완벽해."

오빠는 나무집을 흘끗 올려다보았다. 햇빛과 바람이 오빠의 옅은 금발을 간질였다.

"다행이다." 이렇게 말하고 나를 쳐다보는 오빠의 눈빛이 진지했다. "상황이 심각해지면 너는 여기로 오는 거야, 알겠지?"

그게 무슨 말이냐고 물을 필요도 없었다. 어젯밤은 충분히 평화로웠다. 우리는 아버지가 뒷마당에 피운 모닥불로 저녁을 만들었고 프라이

팬에 핫도그와 콩을 구워 먹었다. 아버지는 심지어 기타까지 꺼내 엄마를 위해 만든 사랑의 노래를 불렀다. 하지만 오빠의 얼굴에는 자주색으로 희미해져가는 멍이, 턱 모서리에는 희미한 그늘이 있었다. 며칠 전날 밤, 어젯밤처럼 평화롭다가 분위기가 험악해졌을 때 생긴 거였다.

"그리고 내가 데리러 올 때까지 여기 있어."

나는 계속 아무 말도 하지 않고 고개만 끄덕였다. 오빠는 한 팔로 나를 잠깐 감싸안았고 우리는 같이 나무집을 올려다보았다. 잠시 후에 오빠가 나를 살짝 밀치며 머리카락을 헝클어뜨렸다.

낙엽이 부스럭거렸다. 처음에 나는 키가 크고 덩치 좋은 사람이 거기 쥐 죽은 듯 서서 얼룩덜룩한 햇빛이 비치는 나무 사이로 우리를 쳐다보는 줄 알고 오빠의 팔을 붙잡았다. 하지만 오빠는 웃으며 한 손가락을 자기 입술에 갖다 댔다. 그러고 나서 보니 암사슴이었다. 사슴은 까만 유리 같은 눈으로 우리를 물끄러미 바라보다 숲속으로 깡충깡충 뛰어 사라졌다.

12
현재

사랑을 찾아 헤맬 때 우리가 찾으려는 건 뭘까?

나는 토치에 프로필을 올리며 뭘 찾을 수 있길 바랐을까?

내가 당신을 선택한 이유는 뭐였을까?

나는 이런 생각을 하며 평소처럼 자폭기 스타일로 무모하게 도로를 달린다. 위아래로 까딱거리며 지그재그로, 치킨 게임을 하듯 열리는 차문 앞을 쌩하니 지나고 멈춰 서 있는 차량 행렬을 뚫고 골목길을 찾아가며.

자전거로 이동하면 이 도시는 클랙슨 소리와 바뀌는 신호등, 줄줄이 이어지는 인파와 출입문과 골목길과 공원과 창문이 한데 뭉뚱그려진 곳으로 바뀐다. 나는 그 모든 것의 한복판에 있는 동시에 완전히 혼자다. 잭스와 잭스의 어머니는 공공 자전거를 그런 식으로 타는 습관을 고치라고 귀 따갑게 잔소리를 늘어놓는다. 잭스의 오빠 피트가 차에 치여서 거의 10주 동안 드러누워 있다가 지금도 물리치료를 계속 받고 있기 때문이다. 나도 두 번 나자빠진 적이 있다. 한 번은 팔꿈치에 박힌 핀으로,

다른 한 번은 다리의 흉터로 흔적이 남았다. 그래도 그때는 두 번 다 헬 멧을 쓰고 있었는데 오늘은 아니다.

길을 건너려던 사람 앞을 너무 가깝게 지나가자 그 사람이 화를 내 며 고함을 지른다. 나는 사과하는 뜻에서 손을 들지만 망가져버린 오늘 날의 데이트와 사랑에 대해 계속 생각한다.

하지만 누군가를 온라인에서 만나는 게 술집에서 누군가와 눈이 맞 는 것과 뭐 그리 다를까? 아니면 공원이나 공연장이나 사람들이 많이 모이는 곳에서 우연히 만나는 것과는? 그냥 노는 물만 좀 더 넓어진 거 아닌가? 인위적일지 몰라도 맨 처음에 공감대가 느껴진 뒤에는 다 똑같 지 않을까? 상대를 만난다. 스파크가 튀고 공감대가 느껴지면 다시 만 나고 천천히 한 겹, 두 겹 베일을 벗으며 자신의 다른 부분들을 조금씩 드러낸다.

아버지라면 이런 행태를 세상의 종말이 멀지 않았다는 또 다른 증거 로 여겼을 것이다. 요즘 우리는 서로에게서 점점 멀어지고 있으며, 인간 적인 면모와 공감하는 능력을 상실하고 있다. 전자기기를 통해 그 어느 때보다도 끈끈하게 연결되어 있다고 착각하면서.

자전거를 타고 가는 내내 바지 안에 쑤셔 넣은 현금 봉투가 내 배를 불편하게 누른다. 마지막으로 이렇게 현금을 많이 들고 다닌 게 언제였 는지도 모르겠다. 그런 적이 있기는 한지도. 요즘에는 돈과 관련된 일도 대부분 전자화되었다. 현금이 필요할 때는 카드를 긁고 화면에 숫자를 입력하면 기기가 지폐를 토해낸다.

나는 디지털이 우리를 잠식하기 전, 우리 삶이 화면과 기기에 좌우 되기 전을 기억하는 세대다. 시침과 분침이 달린 시계, 지폐, 벽에 걸린 유선전화, 열쇠로 잠그는 문, 카메라가 달리지 않은 초인종을 기억하는 세대다. 애덤, 당신도 그걸 기억한다. 우리는 둘 다 아날로그에 향수를 느낀다.

자전거를 거치대에 반납하고 남은 길은 걸어간다. 한 블록을 독차지한 임대 창고는 사람들이 쓰지는 않지만 버리지는 못하는 쓰레기들을 보관하는 데 온전히 바쳐진 거대한 괴물이다. 버리지 못하는 강박장애. 어렸을 때 살던 집이 일순 떠오르지만 나는 얼른 지워버린다. 지금은 추억 여행을 떠날 때가 아니다.

로빈은 오늘 아침에 집으로 가자고 했다. 그냥 집으로 가자고.

로빈에게 계속 상처를 주긴 싫지만 지금 당장은 집으로 돌아가기 싫다.

종종걸음으로 나를 지나치는 사람들 중에 두어 명이 아까 카페에서 본 남자처럼 마스크를 쓰고 있다. 사스나 조류독감처럼 저 멀리 어딘가에서 이름도 이상한 병이 발생한 모양이지만 우리에게 별 영향은 미치지 않을 것이다. 사람들은 언제든 공포에 굴복할 자세가 되어 있지만 나는 뜨뜻미지근하게 반응하는 편이다. 아버지라면 나를 '세속적'이라고 비난할 것이다. 아버지에게 세속적이라는 건 물질에 얽매여 있다는 뜻이었다. 그것이 영원하다는 착각 속에서 허우적거린다는, 내가 볼 수 있고 만질 수 있는 것에 의미가 있다고 착각하고 있다는 뜻이었다. 아버지는 마스크를 쓴 사람들을 징조로 해석할 것이다. 역병을 상징하는 요한계시록의 백기사라고.

내 과거를 공개하고 그걸 입 밖으로 표현하면 아버지에게 내 머릿속으로 난입해도 좋다고 허락을 내리는 거나 다름없다. 과거를 전부 저 아래 깊숙한 데 묻어둔 이유가 그 때문이다. 그걸 언급하면 원치 않는 기억이 살아 있는 것처럼 생생하게, 바로 눈앞으로 소환된다. 당신에게 얘기하지 말았어야 하는데. 과거를 끄집어낼 필요조차 없도록 내 삶을 구축해놓는데. 말하자면 무덤까지 가지고 갈 수 있도록. 하지만 이제 와서 후회해봐야 소용없는 일이다. 이미 엎질러진 물이다.

체크무늬 모자를 쓰고 투박한 신발을 신은 호리호리한 영감님이 코트 주머니에 손을 넣고 창고 입구에 서 있다. 키는 나와 비슷하다. 그는 다가오는 나를 보며 턱을 문지른다. 얼굴은 주름살과 그늘투성이다.

"조 씨세요?"

노인이 고개를 끄덕이고 손을 내밀자 나는 그 손을 잡는다. 피부가 얇고 따뜻하다. 그는 간을 보는 듯한 눈빛으로 나를 물끄러미 바라보다가 거기서 뭘 봤는지 몰라도 살짝 미소를 짓는다.

"저는 렌이에요."

"생각했던 것보다 젊네요."

"보기보다는 나이 많아요." 나는 서른 직전이지만 그보다 더 어려 보인다. 요즘도 신분증을 보여달라는 소리를 듣는다. 연륜에서 느껴지는 중후함과 품위를 갈망하지만 아직은 먼 나라 얘기다.

조는 다시 고개를 끄덕이고 몸을 돌려서 입구 안쪽으로 향한다. 나는 그를 따라 콘크리트 통로와 간간이, 하지만 끝없이 등장하는 철문으로 이루어진 미로를 누빈다. 39호에 다다르자 그가 걸음을 멈춘다. 허리를 숙여 맹꽁이자물쇠를 열고 문을 열자 철커덩하는 소리가 긴 통로를 쩌렁쩌렁하게 울린다.

당신이 어떤 흔적을 남기고 갔는지 궁금해하느라 몸에 힘이 들어가서 어깨가 아프다. 축축하고 퀴퀴한 냄새가 훅 하고 풍기자 콧속이 따끔거린다.

조가 불을 켠다. 꼼꼼히 표시한 상자들이 질서 정연하게 쌓여 있다. 세무 관련 서류, 침구, 마티의 미술품, 밀리 옷, 사진, 편지, 이런 식이다. 오래된 윙체어, 서랍장, 납작한 트렁크, 스탠딩 램프도 있다. 그 속을 뒤지고 싶은 충동이 인다. 살아가고 있는 삶의 파편. 그것들이 어떤 식으로 쌓이고, 우리가 어떤 식으로 거기에 집착하며, 그것들은 우리를 어떤 식으로 규정하는가. 여기에는 이야기가 담겨 있고 나는 사람들이 들려줄 수밖에 없는 이야기를 사랑한다. 조를 이해하고 싶은 열망, 그가 어떤 삶을 살았는지 알아내고 싶은 열망을 느낀다. 하지만 창고 한복판에 아무 표시도 없는 상자가 한 개 놓여 있다.

조가 허리를 숙여 상자를 든다. 가벼워 보인다. 안에 든 게 별로 없는 모양이다. 그래도 나는 당신의 흔적이라면 뭐든 욕심이 난다.

흰 봉투에 두툼하게 담아온 돈을 주머니에서 꺼낸다.

"5천 달러라고 하셨죠?" 나는 묻는다.

조는 미간을 찌푸리고 뒤로 한 걸음 물러난다. "정말 이래도 괜찮겠어요? 남자친구 빚을 대신 갚아도? 아가씨가 내 딸이면 빚 떼먹은 놈팡이 뒤치다꺼리는 하지 말라고 말릴 텐데."

나는 손에 쥐고 있던 돈 봉투를 내려다본다. 그 말에도 일리가 있다.

"그 사람이 아니라 어르신을 생각해서 드리려는 거예요."

그는 눈가에 자글자글하게 주름을 지으며 미소를 짓는다. 재미있어하며 나라는 인간에 대해 파악하고 싶어 하는 듯한 표정이다. "아가씨는 나를 알지도 못하잖아요."

어느 정도는 맞는 말이다. 하지만 나는 한 사람을 대하는 태도가 세상을 대하는 태도, 자기 자신을 대하는 태도와 연결된다고 생각한다. 이 돈으로 잘못을 바로잡을 수 있다면 5천 달러보다 훨씬 가치 있는 일이다. 이로써 조가 믿음을 회복할 수도, 그가 나중에 다른 사람에게 선의를 베풀 수도 있지 않은가. 사람들이 내게 고민을 털어놓으며 해결해달라고 부탁하는 이유도 이 때문일 거라고 생각한다. 나는 항상 그걸 해결하고 도움을 주려고 노력할 사람이기에.

그가 돈을 받지 않자 나는 말한다. "받아주세요. 좋은 마음에서 드리고 싶어요."

결국 그는 손을 내민다. 이제 보니 손을 떤다. "고마워요."

그는 내게 상자를 건넨다.

"여기서 열어봐도 될까요?"

"좋을 대로 해요." 조는 윙체어에 자리를 잡고 앉는다.

나는 바닥에 앉아서 상자를 뒤지기 시작한다. 하얗고 큼지막한 바탕에 로마 숫자가 적혔고 검은색 가죽 끈이 달린 손목시계. 전에 이 시계의 소박함에 감탄한 적이 있었다. 당신은 아버지가 할아버지에게 물려받은 거라 당신에게 의미 있는 시계라고 했다. 그걸 왜 두고 갔을까? 어쩌면 그것도 거짓말이었을지 모른다.

당신이 제일 좋아하는 후드 스웨터는 가볍고 촉감이 부드럽다. 가격이 제법 나가는 예쁜 감색 캐시미어 스웨터. 당신은 별 거 아닌 것처럼 보이지만 대부분의 사람들은 엄두도 낼 수 없는 캐주얼한 아이템을 선택하는 조용한 명품족이다. 옷에 코를 대고 당신의 체취를 마시자 내몸이 찌릿찌릿해진다. 순간 나는 다시 당신 곁으로, 침대에서 마지막으로 함께 보낸 순간으로 이동한다. 당신의 살결. 당신의 팔. 손가락을 파묻으면 실크 같았던 당신의 머릿결. 나는 당황하며 조를 흘끗 넘겨다보지만 그는 자기만의 생각에 빠진 듯 허공을 멍하니 응시하고 있다.

검은색의 얇은 몰스킨 수첩이 내 손바닥 위로 떨어져 펼쳐진다. 모든 면이 백지다. 뭐라도 끼적인 글씨가 있길 바라며 한 장, 두 장 페이지를 넘겨보지만 아무것도 없다.

반짝이는 새 몽블랑 만년필은 뚜껑 부분에 흰색 별이 박혀 있고 펜대는 은은하게 빛나는, 마찬가지로 소박하면서도 우아한 소품이다. 나는 작가라 뚜껑을 열고 펜촉을 종이에 대보고 싶은 유혹에 저항할 도리가 없다. 애덤 하퍼, 당신은 누구일까? 이렇게 정성스럽게 적어본다.

마지막으로 면도용품 세트가 있다. 가죽 파우치에 깔끔하게 넣어둔 면도칼과 면도솔. 당신 집 화장실에서 이걸 보고 당신의 모든 소지품은 큐레이터가 디자인을 따져가며 선택한 오브제 같다는 생각을 했던 기억이 난다. 여기 있는 그 어떤 물건도 당신의 새로운 면모를 드러내지는 않는다.

실망과 좌절이 내 가슴속에서 서로 싸운다.

상자 안에 더는 아무것도 없겠지만 그래도 마지막으로 안을 들여다본다.

그때 무언가가 내 눈에 들어오자 심장이 덜덜 떨리고 창고 바닥이 빙글빙글 돈다. 꾸깃꾸깃하니 접혀 있는, 10년도 더 된 신문기사다. 사본도, 프린터로 출력한 것도 아니다. 실제 종이로 된 신문기사. 희미한 사진 속에서 낯익은 얼굴이 나를 응시한다. 만년필 잉크가 내 손가락에 묻는다.

"무슨 일 생긴 거 아니지요?" 조가 묻는 말에 나는 화들짝 놀란다.

"네." 나는 거짓말을 한다. 식도를 타고 신물이 올라온다. "아무것도 아니에요."

"원하던 걸 찾았어요?"

"그런 것 같아요."

그는 일어나 내 쪽으로 손을 내민다. 나는 그 손을 잡고 일어난다. 그는 뜻밖에도 힘이 세다. 나는 그가 지켜보는 가운데 메신저 백에 당신의 소지품을 챙기고 빈 상자는 그대로 둔다. 온몸이 부들부들 떨린다. 귀가 울린다.

"꼭 유령을 본 것 같은 얼굴인데." 조가 걱정하는 투로 말한다.

맞는 말이다. 나는 유령을 보았다. 나는 거울 속을 들여다볼 때마다 유령을 본다.

13

다시 공유 자전거를 타고 이번에는 업타운으로 질주한다. 내 운을 시험하고 운전자들의 클랙슨 공격을 유도해가며 열심히 달리는 데 몰두할 수 있어서 좋다. 차량 운전자들은 대체로 자전거족을 질색한다. 자기들은 상자 안에 갇혀서 멈춰버린 시간 동안 이 복잡한 도시를 정처 없이 꾸물꾸물 기어가는데, 우리는 자유롭게 달리니 얼마나 분할까.

온몸의 말초신경이 쭈뼛하게 서 있다. 당신의 소지품을 하나씩 속으로 체크해본다. 손목시계, 후드 스웨터, 면도용품 세트, 만년필, 수첩. 그리고 하마터면 못 보고 지나칠 뻔했던 신문기사. 단단한 줄 알았던 내 발 아래 땅이 사람을 삼키는 모래였다. 그 밑으로 빨려 들어가고 있는데 잡을 게 아무것도 없다.

이번에도 한 블록 일찍 자전거를 반납하고 다음 약속 장소까지 걸어간다. 어지러운 머리를 계속 달래며 이 퍼즐을 맞춰보려고 한다.

나는 내 가장 어두운 부분을 당신에게 공개하고 있다고 생각했다.

거의 모두에게 감추고 있었던 부분을.

하지만 당신은 이미 알고 있었다.

어떻게 그럴 수 있었을까?

있을 수 없는 일이다. 과거의 그 사건은 외부의 협조 아래 오래전에 잊힌 과거가 되었다. 아주 예전에 작은 마을에서 우리 가족에게 벌어진 일이었다. 당시에는 언론에서 요란하게 다루었지만 세월이 흐르는 동안 그보다 더 극악무도한 참사가 수도 없이 등장해 대중의 관심을 앗아갔다. 축제 퍼레이드 참가자처럼 으스대며 꼬리에 꼬리를 물고 이어지는 참사와 금세 바뀌는 관심사 덕분에 우리 가족의 추악한 사연은 대중의 기억에서 완전히 지워졌다.

뭘 찾아야 하는지 알면, 인터넷에서 끔찍한 범죄와 사건을 샅샅이 뒤지면 알아낼 수 있기는 하다. 하지만 이미 오래전에 지나간 이야기다. 범죄 전문 블로그나 실제 사건을 전문으로 다루는 팟캐스트에서 다룬 적도 없다. 어둠 속을 안전하게 배회하며 그 안에 뭐가 있는지 살피기 좋아하는 사람들이 끄집어낸 적도 없다.

나는 심지어 사람까지 썼다. 누군가의 이름을 구글에 입력하면 뜨는 검색 결과를 관리하는 검색 엔진 해결사. 이제 내가 쓰는 이름을 입력하면 엄선한 SNS 게시글과 내 홈페이지, 뉴스쿨 졸업생 명단이 뜬다. 기억에 남지 않는 재미없는 존재다. 내 과거를 렌 그린우드와 연결하거나 렌 그린우드를 디어 버디와 연결하는 고리는 없다.

나는 과거에서 탈출해 현재를 보호할 수 있길 간절히 바라며 용의주도하게 행동해왔다. 그런데 그 정도로는 충분하지 않았던 모양이다.

베일리 커크는 도시인의 물결이 넘실대는 길모퉁이 가로등에 편안하게 기대서서 기다리고 있다. 처음에는 그쪽에서 나를 보지 못한다. 누가 자기를 지켜보고 있다는 걸 모르는 사람을 구경하면 재미있다. 그는 카페에서 그랬던 것처럼 느긋하지만 경계 태세를 갖추고 있다. 지나가는 사람들을 무감정하고 아무 평가도 하지 않지만 예의 주시하는 눈빛으로 바라본다. 스마트폰을 들여다보거나 멍하니 있거나 생각에 잠겨 있거나 넋을 놓고 있지 않는다. 정신을 바짝 차리고 있는, 보기 드문 존재다. 그가 나를 알아차리고 손을 흔들자 나도 마주 손을 흔든다.

베일리 커크처럼 수단이 좋은 사람은 나에 대해 얼마나 알고 있을까? 조를 만났고 당신 소지품이 담긴 상자를 받았다는 얘기를 해야 할까? 아니다. 베일리 커크와는 얼른 헤어지는 것이 상책이다. 아마도.

"당신이 안 올 수도 있다고 생각했어요." 내가 다가가자 그가 말한다.

"나는 약속을 지키는 사람이에요."

우리는 보조를 맞춰가며 번잡한 인도를 걷는다. 델리 숍, 명패가 없는 철문, 으리으리한 주거용 건물 로비, 상점 몇 개, 조그만 채소가게를 지난다. 지난번에 왔을 때는 당신 사무실로 들어갈 생각이 없었기에 별로 주의를 기울이지 않았다. 그래서 주소가 맞는지 자신은 없지만, 검은색 차양이 달린 건물이라고 당신에게 들은 기억이 난다. 하지만 걷다 보니 어느 건물이었는지 잘 모르겠다. 그때 당신이 어디에서 나오는지 보지 못했다.

우리는 반대편으로 건너가 아무 대화 없이 출발 지점까지 되짚는다. 그는 공유 숙소에 대해서나 집주인에게서 연락이 왔는지 묻지 않는다. 그래서 나도 먼저 얘기를 꺼내지 않는다. 아직 베일리 커크가 어떤 사람이고 어디까지 알고 있으며 내가 어디까지 공유할 생각이 있는지 잘 모르겠다.

마침내 나는 좀 전에 지나쳤던 차양 아래에서 걸음을 멈춘다.

"여기인 것 같아요."

"회사로 찾아간 적은 없다고 했죠?" 그가 묻는다. 못 미더워하는 투다.

"네. 서로 천천히 알아나가는 단계였거든요." 나는 변명을 해야 할 것 같은 기분을 느낀다.

그가 문을 잡아주고 우리는 안으로 들어간다. 크기나 분위기 면에서 특별할 게 없는 로비를 두리번거리던 키크의 시선이 로비 저쪽 모서리에 달린 카메라에 닿는다. 동그랗고 하얀 눈에 파란색 렌즈가 달렸다. 도어맨은 없다.

반대편 벽에 회사 이름들이 죽 적힌 층별 안내판이 달려 있다. 찾았다. 블랙박스 사이버보안. 11층.

나는 검은색 판에 하얀색 플라스틱 글자를 붙여서 만든 명단을 가리킨다. "저기예요."

그는 엘리베이터 버튼을 누르지만 여전히 말을 최대한 아낀다. 엘리베이터를 기다리는 동안 그의 시선이 느껴진다. 내가 돌아봐도 시선을 피하지 않는다. 그의 표정은 해석이 되지 않는다.

"어디 불편한 건 아니죠?" 그가 묻는다. 놀랍게도 다정한 말투다.

"네. 괜찮아요." 나는 거짓말을 한다. 사실은 11층에서 뭘 맞닥뜨리게 될지 겁이 난다.

엘리베이터가 도착하자 같이 올라탄다. 내 어깨에 힘이 들어가고 맥박이 빨라진다. 카드키 보안시스템이 갖추어져 있어서 우리의 수색이 갑작스럽게 막을 내릴 수도 있다. 사실 나는 겁이 나서 펄떡거리는 심장을 느끼며 그러길 바라고 있다.

하지만 그가 11층 버튼을 누르자 엘리베이터가 움직이기 시작한다. 우리는 어색하게 나란히 선다. 유쾌한 종소리와 함께 숫자 버튼이 하나씩 차례대로 빨갛게 바뀐다. 그는 공간이 많은데도 내 옆에 바짝 붙어서 있다. 우리 둘 사이의 거리가 3센티미터 정도밖에 되지 않는다. 그의 체온과 체취가 느껴진다. 따스한 백단향인 것 같다.

엘리베이터가 느려서 체감상으로는 한참을 올라가는 느낌이다.

문이 열리면 어떤 광경이 우리를 맞이할까?

당신은 책상 앞에 앉아서 열심히 일하고 있다가 나를 보고 당황할까? 사라진 게 아니라 그냥 나랑 끝낸 거라서?

어쩌면 당황해서 소리를 지를 수도 있겠다. 화를 낼 수도 있겠다. 당신과 만나다 실종됐다는 아가씨에 대해 물으러 온 이 탐정을 보고 허둥지둥 도망칠 수도 있겠다. 내가 궁금해하는 수천 개의 질문에는 무슨 수로 대답할 수 있을까?

사무실이 분주할까? 똑똑한 사람들이 커다란 컴퓨터 화면 앞에 앉아 있는 으리으리한 곳일까? 형광등은 깜빡거리고 가구는 삐그덕거리는, 칙칙하고 허름한 곳일 수도 있다.

하지만 나의 모든 예상이 빗나가고 불이 모두 꺼진, 아무도 없는 공간이 우리를 맞이한다. 안내 데스크가 보이고, 조그만 사무실 안에 하얀색의 모던한 책상과 인체공학적으로 설계된 회전의자와 파일 캐비닛이 듬성듬성 놓여 있다. 우리가 조그만 로비에 내리자 뒤에서 엘리베이터 문이 닫힌다. 버려진 공간이라는 느낌이 고요하게 뿜어져 나온다.

"여기 맞아요?" 커크가 미간을 찌푸리며 묻는다.

"그러게요. 자신이 없네요." 나는 시인한다.

"아무도 안 계십니까?" 그가 큰소리로 외치지만, 목소리만 빈 공간에 메아리친다.

그는 업무용 공간으로 들어가 책상을 뒤지기 시작한다. 달리 뭘 하면 좋을지 알 수 없기에 나도 침입자가 된 기분을 달래며 따라 들어간다.

새로 산 책상답게 상판이 반짝인다. 얕은 서랍 안에는 아무것도 없고 깨끗하다. 모든 게 사용된 적이 없는 것처럼 보이고 의자 하나는 압축 포장용 비닐 쪼가리가 아직 달려 있다. 커피 잔이나 액자 같은 개인적인 용품은 없다. 심지어 쓰레기통마저 완전 새것이다. 나는 잠깐 넋을 잃고 당신이 남긴 흔적이 있는지 찾는다. 나는 당신의 손목시계를 차고 있다. 내 손목에 비하면 너무 크다. 귀에 갖다 대면 심장 박동처럼 요란하게 째깍거리는 소리가 들린다.

우리는 벽장 문을 열어보고 아무도 없는 회의실을 들여다본다.

그 기사를 보고 신문을 만진 뒤로 온몸이 따끔거린다. 나는 과거로부터 도망쳤고 예전의 나와 절대 엮이고 싶지 않다. 예전의 나는 죽어서 사라졌다. 오랜만에 내 뒷덜미에 대고 숨을 토하는 어둠과 무덤에서 뻗어나오는 손이 느껴진다.

나는 그녀의 어둠에서 벗어나 빛 속에 구축한 삶으로 이동했다. 물론 조금 외롭긴 하다. 그래도 사람들을 도울 수 있고, 친구들도 있고, 잭스 덕분에 제2의 가족이 생겼고, 집도 있다. 디어 버디라면 이렇게 말할 것이다. 당신은 원하는 삶을 스스로 선택하고 만들어나갈 수 있어요. 당신의 현실은 당신이 써나가는 거예요.

당신이 등장하기 전에는 그런 현실로 충분했다. 당신으로 인해 나를 알아주는 사람을 향한 갈망이 깨어나기 전에는.

가방 안에서 휴대전화가 진동으로 울린다. 그냥 무시하지만 신호가 끊기자마자 다시 울린다. 이리저리 둘러보니 베일리 커크가 보이지는 않지만 발소리와 닫힌 문 뒤에서 캐비닛을 열었다 닫았다 하는 소리가 들린다. 휴게실에 있는 모양이다.

휴대전화가 계속 진동으로 울린다. 나는 휴대전화를 꺼내려고 가방에 손을 넣으며 계속 걸어가다, 뒷벽이 전면 유리창이고 유일하게 문이 달린 사무실의 책상 옆에서 걸음을 멈춘다. 모르는 번호지만 그래도 받는다.

"여보세요?"

전화선을 타고 정적만 흐르다 잠시 후에 누군가의 숨소리가 들린다. 나는 전화기를 움켜쥐고 귀에 더욱 바짝 갖다 댄다. "누구세요?"

유리창 너머로 맞은편 사무용 건물을 바라본다.

그 건물 창가에 커다랗고 시커먼 형체가 있다. 나는 당신의 어깨 각도와 자세를 안다. 키가 크고 살짝 뻣뻣하며 통증을 유발할까 봐 걱정하는 사람처럼 느리고 조심스러운 움직임.

당신일까?

"당신이야?" 나는 큰소리로 외치며 창가로 다가간다. 하지만 시커먼 형체는 반대편으로 멀어진다. 나는 차가운 유리창에 손을 얹는다.

무슨 소리가 들린다. 지직거리는 말소리다. 하지만 뭐라는지 알아들을 수가 없다.

"애덤."

맞은편 건물에서 불이 꺼진다. 전화가 끊긴다. 숨이 턱 막힌다.

"저기요." 베일리의 말소리에 화들짝 놀란 나는 펄쩍 뛰며 홱 돌아본다.

"헉. 미안해요. 뭐 찾은 거 있어요?" 그가 한 손을 들어 보이며 묻는다. 나는 고개를 젓는다. 목이 막혀서 아무 말도 할 수가 없다.

"누구였어요?" 그가 묻는다.

"그 사람이었어요. 그 사람 봤어요. 저기서. 아마도요."

그는 미간을 찌푸리고 나를 보다가 내가 뭘 쳐다보고 있었는지 확인하려는 듯 창밖을 내다본다. 하지만 바쁘게 돌아가는 사무실만 있을 뿐이다. 여기도 전에는 그랬을지 모르지만. 사람들이 일을 하고 하루를 살아가는 전혀 다른 세상이다. 그 사람이 서 있던 창문은 어두컴컴하다. 아까는 그 앞에 분명 사람이 서 있었는데. 아닌가? 하지만 말이 안 된다. 어째서? 왜?

"그 사람을 봤다고요? 맞은편 건물에서?" 베일리가 묻는다.

"그런데…… 사라졌어요." 실망한 것처럼 들리는 내 목소리 때문에 부끄러워진다. 공감인지 연민인지 모를 표정이 그의 얼굴을 언뜻 스치고 지나간다.

우리는 잠깐 서로 쳐다보다가 밖으로 뛰쳐나간다. 엘리베이터를 기다리지도 않고 요란한 발소리로 콘크리트 벽을 쩌렁쩌렁하게 울려가며 11층에서 1층까지 계단으로 달려내려가 건물 출입문을 박차고 나간다.

베일리가 손을 들고 도로로 뛰어들자 운전자들이 클랙슨을 누르며 급정거한다. 나도 그 뒤를 따라간다. 반대편 인도에 도착하자 이리저리 살피며 당신을 찾는다. 당신은 대부분의 사람들보다 키가 크다. 여기 있다면 인파 속에서 금세 눈에 띌 것이다. 당신을 만나고 싶은 마음이 간절하다. 당신을 쫓아가 손을 붙잡고 이게 도대체 어떻게 된 일이냐고 묻고 싶다. 하지만 당신은 보이지 않는다. 길거리 가득 모르는 사람들뿐이다. 다른 모르는 사람들.

커크는 어렵지 않게 11층 출입 허가를 얻는다. 신분증을 보여주며 볼일이 있다고 큰소리친다. 나도 예외는 아니었다시피 상대방을 조종하는 데 재주가 있는 것 같다.

건장한 중년의 보안요원이 우리를 엘리베이터에 태워서 으리으리한 광고회사로 안내한다. 온통 회색과 하얀색으로 이루어진 공간이다. 근사한 화장품과 의류 광고가 흘러나오는 대형화면에서 모델들이 반질반질한 입술, 폭포처럼 쏟아지며 반짝이는 머리카락, 하늘거리는 옷자락을 뽐내며 으스댄다. 사우스 비치의 호텔을 연상시키는 듣기 좋은 전자 비트가 배경 음악으로 나지막이 흐르고 있다.

다들 말도 안 되게 젊고 차림새가 번듯해 보인다.

나는 머리카락을 뱅뱅 돌리며, 입고 있는 후줄근한 청바지와 가죽 재킷, 메신저 백을 흘끗 내려다본다. 나만의 도시 여전사 룩이다. 잭스는 자전거 배송기사 룩이라고 부르는데, 후지게 들리기는 하지만 그쪽이 진실에는 더 가까울지 모른다. 하지만 나는 잭스처럼 패션에 통달하지 못했다. 그래서 180센티미터에 육박하는 키에 하와이안 원피스를 입거나 우아하게 호리호리한 내 몸매를 고스란히 드러내는 검은색 시프트 원피스를 입지는 못한다.

베일리가 돌아다니며 당신의 사진을 보여주지만 아무도 알은 체하지 않는다. 다들 무심한 표정으로 올려다보고는 고개를 젓는다. 나는 안쪽으로 들어가 당신이 서 있었던 것 같은 자리로 다가가 본다. 사람들이 은색 노트북 앞에 앉아서 헤드폰에 대고 말을 하고 있다. 웅웅거리는 말소리와 울리는 전화벨 소리가 들린다. 누더기를 걸친 낯선 사람이 으리으리한 사무실 한복판을 지나가자 몇 명은 빤히 쳐다본다.

빈 사무실로 들어간다. 창가에 서 보니 방금 전까지 내가 서 있던 맞은편 건물의 자리가 보인다.

어떻게 된 걸까? 이건 무슨 게임일까? 원하지 않는 기억이 떠오른다. 다시 밀어 넣는다.

베일리의 목소리가 들린다. 신중하고 침착하다. "실종된 아가씨를 찾고 있어서요."

그가 방 안으로 들어오자 나는 돌아본다. 보안요원이 우리 뒤를 계속 졸졸 따라다니고 있다. 표정이 심각하고 미간에 주름살이 많다. 결혼반지가 보인다. 열차로 출퇴근하고 외곽에 살며 결혼했고 아이가 많고 일요일에는 스포츠 중계를 보는, 그런 남자인 것 같다. 이제 우리의 의도가 의심스러운지 점점 짜증을 부린다.

"어느 업체 소속이라고요?" 그가 묻는다.

"터너 앤드 아이브스요." 베일리가 대답한다. 나는 그 업체에 대해 좀 더 알아보기로 마음먹는다.

"그 사람이었던 거 확실해요?" 베일리가 내 쪽으로 다가오며 묻는다.

확실하지만 장담은 하지 못하겠다. 좀 전의 만남에 묘한 색이 덧입혀졌다.

"모르겠어요." 나는 실토한다.

"뭘 보고 뭘 들었는지 모르겠다고요?" 그의 미간에 왜 깊은 골이 생겼는지 알겠다. 눈살을 찌푸릴 때마다 더 깊어진다.

내가 대답을 하지 않자 베일리는 한 팔로 내 어깨를 감싸고 문 쪽으로 데려간다. 의외로 남자다움을 강조하는 제스처라 싫어할 여자도 있을 것이다. 마치 그는 힘이 센 사람이고 나는 부축이 필요한 연약한 갈비씨 같지 않은가 말이다. 하지만 베일리의 체취, 그가 풍기는 분위기에 뭔가가 있다. 아니면 내가 문제일 수도 있다. 당황스럽고 혼란스러워서 그에게 그냥 몸을 맡겨 버린 것이.

"나갑시다. 꼭 유령을 본 것 같은 얼굴이에요." 그가 말한다.

"오늘 그 소리를 두 번째로 듣네요." 나는 말한다.

그는 나를 보며 다시 미간을 찌푸리지만 재미있어하는 눈빛이다. 강물처럼 맑고 푸른 시선이 내 위로 쏟아지고 내 몸을 관통한다. 우리는 해답을 찾지 못하고 거기서 나온다. 당신과 가까워지지도 못했고 궁금한 것만 늘었다.

14
과거

야생으로의 귀환.

아버지가 쓴 표현은 그거였다. 우리에게 원하는 것, 우리를 데리고 오지로 이사 온 이유가 그거였다. 아버지는 우리가 독에 찌든 현대 사회와 단절하고 자연으로, 원래 있어야 하는 그곳으로 돌아가길 바랐다.

오빠는 나무집을 보여준 이후로 다시 나를 무시했다. 그래서 엄마는 청소하고 찬장을 채우고 짐을 풀고, 아버지가 오빠를 조수 삼아 여기저기 고치러 다니는 동안 나는 낯선 방의 딱딱한 침대에 누워 소리 없이 울었다. 예전 집에서의 생활, 연락할 방법이 없는 친구들, 심지어 학교마저 그리웠다.

눈물이 마르자 집 안 답사에 나섰다. 이제 우리 부모님이 쓰게 된 안방은 할아버지, 할머니가 쓰던 곳이었다. 큼지막한 황동 침대가 놓여 있었고 나무들이 내다보이는 창가에는 흔들의자가 있었다. 오빠는 아버지가 예전에 쓰던 방을 차지했다. 천장에는 오래된 모형 비행기가 달렸고 책꽂이에는 미식축구 트로피가 몇 개 있었다. 책상 서랍에는 오빠처럼 생긴 남자아이가 말쑥한 양복 차림으로, 꽃무늬 원피스를 입은 예쁘장한 여자를 한 팔로 감싸안고 현관 앞에 서 있는 사진이 있었다.

"이 사람 누구예요?" 나는 그 사진을 들고 가 엄마에게 물었다.

엄마는 미소를 지으며 말했다. "너희 아버지야. 잘생기지 않았니?"

천하태평하게 웃고 있는 남자아이와 지금의 아버지가 동일인물이라니. 그럴 리 없어 보였다.

거실 궤짝에는 앨범이 보관돼 있었고 사진이 많았다. 아버지는 앨범을 일일이 들여다보며 자신의 어린 시절과 오래전에 죽은 사람들 이야기를 들려주었다. 하지만 나는 귀담아듣지 않았다. 사진 속의 사람들은 삶과 상황에 찌들어 초췌하고 삶의 낙이 없어 보였다. 누가 너무 시끄럽게 굴면 소리를 지를 사람들 같았다.

얼마 안 있어 나는 서재를 발견했다. 책상과 커다란 의자밖에 없고, 먼지를 뒤집어쓴 책들이 책꽂이 가득 꽂힌 방이었다. 나무, 꽃, 새, 이 지역에 사는 동물 소개. 사냥감을 추적해서 잡고, 음식을 저장하고 준비하는 법을 가르쳐주는 안내서도 있었다. 총기 및 폭탄 제조와 생존의 기술을 다룬 큼지막한 책도 있었다. 《미개척지에서 사는 법: 초보자편》, 《응급 처치 길잡이》, 《전기가 끊기면 어떻게 해야 할까》.

나는 삐걱거리는 의자에 앉아 에밀리 디킨슨, 로버트 프로스트, 윌리엄 카를로스 윌리엄스, 예이츠, 소로의 작품 속으로 사라졌다. 그리고 두말하면 잔소리지만 릴케에도. 나는 독서에 남다른 재능이 있었다. 가끔 무슨 뜻인지 몰라도 표현에서 공감을 느꼈다.

혼자 가족과 떨어져 책을 읽고 또 읽으며 우리가 살게 된 땅과 세상의 종말에서 살아남는 법, 어마어마하게 아름다운 자연과 그곳의 선물, 언어의 마술에 대해 배웠다.

날마다 저녁 먹을 때가 되면 아버지는 그날 우리가 이곳에서 뭘 발견했는지 궁금해했다.

나는 침묵은 답이 될 수 없다는 걸 이미 알고 있었다. 오빠는 공구가 있는 헛간과 오래된 묘지를 보았다고 했다. 오빠가 나무집은 비밀로 하라고 했기 때문에 나는 침대 아래에서 인형을 찾았고, 창밖 나무에 앉아서 유구한 지혜가 담긴 눈으로 나를 쳐다보던 올빼미가 있었다고 했다. 그리고 서재에서 본 책에 대해서도 이야기했다.

아버지가 말했다. "그건 우리 아버지가 읽으시던 책이야. 너처럼 책을 어마어마하게 좋아했지."

아버지의 말투로는 그래서 좋다는 건지 나쁘다는 건지 알 수가 없었다.

끝으로 아버지가 한 말은 이거였다. "밖으로 나가서 땅이 하는 얘기를 들어봐. 책에서 배울 수 있는 지식에는 한계가 있거든."

나는 그냥 고개를 끄덕였다. 괜히 왈가왈부해서 아버지의 노여움을 살 이유가 없었다.

옛날 집에 보관된 사진을 보면 우리 아버지는 얼굴이 매끈했고 턱은 각이 졌다. 눈웃음을 짓고 있었고 제복이 아주 잘 어울렸다. 하지만 현실에서는 머리는 산발이고 수염은 덥수룩했다. 눈빛은 아무 감정이 없거나 멍하거나 자기에게만 보이는 무언가를 응시할 때가 많았다.

"한번 내 말대로 해봐."

"그렇게 할 거야." 엄마가 내 팔에 손을 얹으며 말했다. 엄마는 아버지가 폭발하는 순간을 미연에 방지하려고 항상 전전긍긍했다.

"나가볼게요. 여기 예뻐요." 나는 엄마를 힘닿는 데까지 돕고 싶었다.

무서워서 내뱉은 그 말이 내 입 속에서 금방이라도 바스라질 것처럼 느껴졌다.

아버지는 흡족한 듯 고개를 끄덕이며 엄마가 만든 스튜를 먹었다.

"심지어 여기서는 똑같은 걸 먹어도 더 맛있는 것 같지 않니?"

우리는 모두 맞장구쳤다. 그 말은 맞을지도 몰랐다.

...

다음 날 아침에 동이 트는 것과 거의 동시에 아버지가 내 방으로 들이닥쳤다.

"오늘도 또 책에 코만 박고 있으면 안 된다. 나랑 같이 나가자." 아버지의 어두컴컴한 형체가 문간을 가득 채웠다.

나는 얼른 옷을 갈아입었다. 청바지, 오빠에게 물려받은 맨투맨, 학교에서 잘나가는 애들이 신고 다녔던 것처럼 딱 알맞게 너덜너덜한 빨간색 컨버스 척 테일러. 대개는 오빠가 아버지를 따라나갔고, 나는 둘을 지켜보며 소외감과 안도감을 동시에 느끼곤 했다. 하지만 그날 아침에는 내가 집 밖으로 아버지를 따라나갔다.

아버지가 현관 앞 계단에 앉자 나도 그 옆에 앉았다.

"들어봐라."

"뭐를요?"

"그냥 들어봐."

거기 그렇게 앉아 있는 동안 떠오른 태양이 하늘을 분홍색으로 물들였고, 나무들이 새소리와 함께 깨어났다. 나는 각각의 울음소리를 구분할 수 있게 됐다. 다홍색의 풍금조는 노래하듯 지저귀었고, 검은턱푸른솔새는 웅웅거렸고, 붉은깃찌르레기는 '카카리!' 하고 울었다. 바람도 나뭇잎을 부스럭거리게 하고 처마를 따라 휘파람을 불며 자기만의 음악을 연주했다.

아버지가 한 손으로 머리카락을 쓸어 넘기고는 그 손을 묵직하게 내 어깨 위에 얹었다.

"귀청 때리는 알람 소리, 길거리의 소음, 사이렌, 텔레비전 속의 재잘거림이 아니라 저 소리를 들어야 해. 여기가 진짜 세상이야. 저 밖의 다른 모든 건 독에 찌든 가짜야."

내 안에서 뭔가가 달라지는 게 느껴졌다. 매달리며 저항하고, 노발대발하며 날뛰던 것이 풀려났다. 참고 있었던 숨이 터졌다.

"오늘은 텃밭 가꾸는 법을 가르쳐주마."

그날 아침 나는 그 아이를, 숲속의 소녀를 처음 보았다. 채소를 직접 길러서 먹으려고 땅을 일구어놓은 곳으로 아버지를 따라가는데, 나무 사이로 어떤 여자아이가 보였다. 그녀는 나를 보며 미소를 지었지만, 내가 인사하려고 손을 들자 몸을 돌려서 도망쳐버렸다.

"누가 보였어요." 나는 아버지 옆으로 달려가며 말했다. 아버지가 성큼성큼 저만치 앞서갔기 때문에 보조를 맞추려면 잰걸음으로 걸어야 했다. 오빠는 덩치나 힘에서는 아직 달리지만 키는 이제 아버지만큼 컸다. 둘이 같이 걸을 때는 나란히 속도를 맞출 수 있었다. "숲속에서요."

"나는 아무도 못 봤는데." 아버지가 우리 뒤를 돌아보며 말했다.

"여자아이였어요."

아버지는 고개를 저었다. "토끼였겠지."

갈색머리는 산발이었고 체구가 작았고 지저분한 청바지 위에 너덜너덜한 꽃무늬 티셔츠를 입은 아이였다. 나는 토끼가 아니라고 할까 하다가 입술을 깨물었다.

아버지가 말했다. "이 근처에 사람들이 살긴 해. 우리처럼 자기들끼리 살기로 마음먹은 사람들이지. 아마 조만간 만날 수 있을 거다."

상상만 해도 기운이 났다. 다른 사람들이 있다니 어쩌면 새 친구도 사귈 수 있을지 몰랐다.

아버지는 내 뒤편을 다시 한 번 돌아보았다. "하지만 지금은 너랑 나, 둘뿐이다."

그날의 남은 시간은 이런저런 일들을 하느라 정신없이 지나갔다. 땅을 마저 일구는 것을 돕고, 괭이질을 해서 흙에 공기가 통하게 하고, 개울에서 물을 길어다 아버지가 읍내에서 사온 씨앗과 묘목을 심었다. 햇볕이 따뜻했지만 그늘은 시원했고 바람이 불어서 상쾌했다. 일을 하느라 땀이 났고 손톱 아래가 시커메졌다. 하지만 더럽다거나 힘들다는 생각은 들지 않았다. 왠지 모르게 흙이 지금까지 내가 만졌던 그 어떤 것보다 깨끗하게 느껴졌다.

점심시간이 되자 커다란 오크나무 그늘에 앉아 아버지가 배낭에 싸온 땅콩버터 샌드위치와 사과를 먹고, 양철 수통에 싸온 물을 마셨다. 이제 보니 아버지는 인식표를 목에 계속 걸고 있었다. 그 쇠붙이가 햇빛을 받고 반짝였다. 아버지 말이 맞았다. 여기서 먹는 음식이 더 맛있었다.

아버지가 말했다. "이제 보니 성실하구나. 좋은 현상이야. 일이 쉽지 않을 텐데 강단이 있네."

나는 우쭐한 마음에 아버지를 올려다보며 용감하게 미소를 지었다. 아버지도 같이 미소를 지었다. 우리는 서로 잘 아는 사이가 아니었다. 이제 막 이해하기 시작한 남남이었다. 내가 지금까지 살아온 거의 모든 날 동안 아버지는 참전 중이었다. 오빠는 아버지와 함께 보낸 시간이 나보다 훨씬 많았다. 아버지의 얼굴을 보면 오빠의 얼굴이 있었지만, 내 얼굴은 아버지와 닮지 않았다.

나는 아무 말이라도 하고 싶었지만 그냥 아버지를 물끄러미 바라보며 얼굴 위의 굴곡, 지푸라기 같은 수염, 반짝이는 두 눈을 눈에 담았다. 아버지는 신경 쓰지 않는 눈치였다.

오후에 공부를 마친 오빠가 합류하자 일의 속도가 더 빨라졌다. 나는 누군가가 우리를 지켜보고 있는 듯한 느낌을 떨쳐버릴 수가 없었다. 아까 분명 보았던 여자아이를 다시 볼 수 있길 바라며 나무 사이를 계속 흘끗거렸다. 하지만 다시는 그 아이를 보지 못했다. 그날은 그랬다.

우리는 해가 저물기 시작할 때까지 거기서 일하다가 집으로 돌아갔다. 사이좋고 행복하게 보낸, 보기 드문 순간이었다. 우리는 푸짐한 저녁을 평화롭게 같이 먹었다. 나는 엄마를 도와 주방을 치우며 아버지의 말이 맞다는 생각을 했다. 여기가 우리 집이었다.

그날 밤에는 아무 꿈도 꾸지 않고 단잠을 잘 수 있었다.

15
현재

베일리와 나는 열차를 타고 브루클린으로 가는 동안 붙어 앉지만 대화는 나누지 않는다. 침묵. 이것이 그의 주특기인 것 같다. 그가 나를 집까지 바래다주겠다고 고집을 부렸다. 나는 그 말을 듣고 기분 나빠했어야 옳았다. 나를 집 앞까지 안전하게 모셔다줄 남자가 무슨 필요 있을까? 여태껏 한참 동안 나 혼자 잘 지내왔는데.

하지만 해가 저물어 검은색과 주황색의 호랑이 무늬가 하늘을 덮고 차가운 바람이 불고 있었다. 이런 저녁에는 혼자 있고 싶지 않았다. 그래서 그가 역까지 따라와 열차에 같이 올라탔을 때 말리지 않았다.

이제 나는 덜커덩거리는 열차에 몸을 싣고 집으로 가는 동안 건너편 건물 창가에서 보았던 형체를 계속 떠올린다. 하지만 당신이 아니었다. 어떻게 그럴 수가 있을까? 내 머리가 농간을 부리고 있다.

이번이 처음도 아니지만.

같은 질문이 머릿속에서 무한 반복된다. *당신 정체가 뭐야?*

베일리의 어깨가 내 어깨와 맞닿아 있다. 그에게는 끌어당기는 힘이 있다. 그의 물리적인 존재가 주는 위안이 있다. 나는 몸을 멀찌감치 떼지 않는다. 이제 보니 그도 그러지 않는다.

그의 턱 근육이 움직인다. 발은 바닥을 두드린다. 생각에 잠겼을 때 나오는 습관인가 보다. 휴대전화가 주머니 안에서 계속 웅웅거리는데, 그는 전화기를 꺼내 누구 전화인지 확인하지 않는다.

열차가 아직 덜커덩거리며 질주하고 있을 때 그가 드디어 말문을 연다. "나는 지금 이 상황을 이해하려고 하는 중이에요. 전화가 왔는데 모르는 번호였고 당신은 전화를 받았죠."

"맞아요."

"사람 목소리를 들은 것 같지만 확실하지는 않고요."

나는 아무 말도 하지 않고 맞다는 뜻에서 고개를 끄덕인다. 우리 맞은편 자리에서는 묵직한 외투를 입은 나이 지긋한 여자가 표지가 뜯긴 페이퍼백을 읽고 있다. 신발은 흠집투성이다. 다리 사이 바닥에 내려놓은 가방은 잡동사니, 인형, 신문, 알록달록한 숄로 터질 지경이다. 그녀의 사연은 뭘지 궁금해진다. 인간은 누구에게나 사연과 문제와 궁금한 것이 있다.

"당신은 길 건너편 건물에서 누군가를 봤다고 생각했죠. 당신을 지켜보던 사람을요. 그 사람이 애덤일지 모른다고 생각했고요." 베일리가 하던 이야기를 계속함으로써 내 사연, 내 문제로 내 관심을 돌린다.

이번에도 말없이 고개만 끄덕인다. 그가 재현하는 경과를 듣고 있자니 마음이 흔들리고 불안해진다.

"그게 말이 안 된다는 건 알죠?"

나는 발끈한다. 이 남자는 왜 이럴까?

"사실이 그런걸요. 당신이 생각하기에 말이 되는지, 안 되는지는 상관없어요." 내 말투는 내 귀에도 짜증이 섞인 것처럼 들린다.

그러자 그는 다시 걱정하는 표정으로 미간을 찌푸린다. 내 정신 상태를 의심하는 것이다. 자기가 찾고 있는 여자처럼 나도 '문제가 있는' 거라고 생각하고 있을지도 모를 일이다. 하지만 그에게는 아닐지 몰라도 내게는 진짜처럼 느껴졌던 순간을 무슨 수로 설명할 수 있을까. 지각은 매우 개인적인 심리 현상이다.

목적지에 도착하자 베일리는 나를 따라 열차에서 내리고, 보조를 맞춰가며 나란히 걷는다. 길을 구불구불 지나 우리집 근처에 다다르니 장작 타는 냄새가 허공에 감돌고 집집마다 불을 환히 밝히고 있다. 피아노 연주가 다시 시작돼 가는 쇳소리가 멀리서 들린다. 이래서 나는 우리 동네가 좋다. 부글거리는 늪 같은 이 도시 안에 자리 잡은 조그맣고 고풍스러운 한 뼘짜리 공간 같아서.

나는 계단을 밟고 올라가며 묻는다. "잠깐 들어왔다가 가실래요?"

거의 예의상 묻는 거다.

그는 분명 그냥 가겠다고 하고 사설탐정의 본업으로 돌아갈 것이다. 뒤를 밟고, 감시하고, 삶의 어두컴컴한 뒷골목을 깊숙이 파헤치고, 사람들이 감추려는 걸 끄집어내고, 없어진 걸 찾는 일로.

그는 머뭇거리며 두리번거리다가 길거리를 이쪽, 저쪽 차례로 살핀다. 그러더니 놀랍게도 얼른 고개를 끄덕이고는 계단을 올라가 내가 문을 열 때까지 기다린다. 안으로 들어와 그는 현관 앞 갈고리에 내 외투와 나란히 자기 점퍼를 건다. 내가 신발을 벗자 그도 따라 벗는다.

"커피 드릴까요?" 나는 묻는다.

"네, 고맙습니다." 그가 대답한다.

내가 건설현장 같은 주방에서 커피를 내리는 동안 그는 이리저리 돌아다니며 살핀다. 그래도 나로서는 상관없다. 그는 벽에 걸린 사진을 본다. 제이 오빠와 엄마가 키 큰 오크나무 옆에 서 있는 흐릿한 사진에 잠시 시선을 둔다. 창턱과 웨인스코팅 몰딩을 만지고, 내가 조리대 위 칼꽂이에 꽂아놓은 독일제 나이프 세트를 쳐다본다.

"아주 엄청난 집에 사시네요."

"고맙습니다." 나는 이렇게 말하지만, 베일리 커크 같은 사람이 엄청난 집이라고 하면 여러 가지 의미가 있을 수 있다. 칭찬이 아닐 수도 있다.

뉴요커들은 항상 부동산에 관심이 많다. 어떻게 매물을 찾았는지, 무슨 수로 자금을 마련했는지, 엘리베이터가 있는지 없는지, 도어맨이 있는지 없는지. 브루클린 하이츠의 연립주택이 자기 집이라고? 한 층만이 아니라 전체가? 다들 눈썹을 쭝긋 세울 만한 일이다. 이 도시에서 그만한 재력을 갖추다니, 신비롭고 상상하기 힘든 머나먼 우주와도 같은 일이다.

렌, 당신 무슨 아랍 왕자님이라도 돼? 맨 처음 이 집에 데려왔을 때 당신은 이렇게 물었다.

"여기서 산 지 얼마나 됐어요?" 이제 베일리가 묻는다.

나는 아몬드 밀크 거품을 내서 커피에 붓고 그에게 잔을 건넨다. 그는 고맙다는 뜻에서 고개를 숙인다. 나는 그의 취향이 나와 같았던 걸 기억한다.

"이제 3년쯤 됐어요. 맨 처음 샀을 때는 거의 폐가였어요. 지금도 여전하지만. 천천히 수리해나가는 중이에요. 끝나려면 아직 멀었죠."

나는 부동산업자로 일하는 친구를 통해 알게 된 부실 부동산 경매를 통해 운 좋게 이 집을 차지했다. 그럼에도 불구하고 거의 전 재산을 쏟아부어야 했다. 첫 해에는 철거 판정을 받기 직전이라 보험 가입도 할 수 없는 데서 수많은 친구들과 함께 지냈다. 바퀴벌레, 다락방에 사는 쥐, 심지어 마당으로 아예 이사 온 길고양이까지. 남는 시간마다 유튜브를 보며 어떤 식으로 수리하면 좋을지 연구했고, 내가 할 수 없는 일은 전문가의 손을 빌렸다. 나는 망가지고 방치된 걸 고쳐서 멀쩡하게 만드는 일을 좋아한다. 이제는 시끄러운 배관, 울퉁불퉁한 바닥, 조잡한 페인트칠, 이 모든 게 내 것이다.

당신이랑 느낌이 비슷해. 애덤, 당신은 내 집을 두고 이렇게 말했다. *따뜻하고 포근하고, 우아하지만 엄청나게 고급스럽지는 않고, 매력적이지만 질리지는 않는다는 점에서.*

당신은 이 집에 완벽하게 적응했다. 소파에 편안히 몸을 묻었고 주방을 접수했다. 그리고 침실도. 그렇다, 당신은 침실의 주인이었다. 우리가 대부분의 시간을 보낸 곳이 거기였다. 욕조에 몸을 담그고 한참 동안 같이 샤워도 했다. 당신 생각만 해도 몸이 후끈 달아오른다.

나는 베일리의 입에서 남들과 비슷한 말이 나오길 기다린다. *집값이 어마어마할 텐데요.* 아니면 좀 더 배짱 좋은 사람 같으면 이렇게 묻겠지. *무슨 돈으로 이런 집을 샀어요?* 하지만 그는 이런 말을 하지 않고, 내가 준 커피를 고마워하며 마시기만 한다.

거실로 들어가 불을 지핀다. 베일리는 창가 자리에 앉아 길거리를 내다본다. 나는 그에게 궁금한 것이 남아 있나 보다고 생각한다. 그렇지 않으면 따라 들어올 이유가 없지 않은가. 하지만 그는 곧바로 묻지 않는다. 탁탁거리며 장작불이 타오르자 나는 잠깐 커피를 들고 그 앞에 앉아서 멍하니 불길을 들여다본다.

이게 어떻게 된 일인지 파악해보려고 하지만 잘 되지 않는다. 베일리 커크에게 들은 이야기, 모르는 사람처럼 보였던 당신 사진. 이것들은 내가 지난 몇 달 동안 알고 지낸 남자와 들어맞지 않는다. 당신 정체가 뭐야, 애덤?

당신은 거짓말을 했다. 거짓말쟁이다. 당신의 실체는 내가 생각한 것과 전혀 다르다. 나도 거짓말을 했고 나 자신과 내 삶의 중요한 부분들을 숨겼다. 하지만 내가 당신에게 품은 감정은 진심이었다. 그 시간은 진짜였다. 충격과 슬픔 아래에서 처음으로 분노가 요동친다.

나는 마침내 입을 연다. "애덤이 아파트에 소지품을 몇 개 두고 갔더라고요. 공유 숙소 주인한테 받았어요."

베일리가 놀라며 눈썹을 쫑긋 세운다. "어떤 소지품을요?"

나는 조와 만나서 어떤 대화를 나누었고, 상자 안에 뭐가 들어 있었는지 알려준다. 가방에서 모두 꺼내 하나씩 들여다볼 수 있도록 커피 테이블 위에 한 줄로 나란히 늘어놓는다. 베일리는 소파로 자리를 옮겨 내 옆에 앉는다. 우리는 다리를 맞대고 앉아 펼쳐진 물품을 바라본다.

당신의 후드 스웨터. 수첩. 만년필. 면도용품 세트. 나는 차고 있던 손목시계도 풀어서 내려놓는다.

신문기사는 아니다. 그건 공유할 필요가 없지 않을까?

우리가 이 남자를 믿는 이유가 뭐야? 로빈이 말한다. 그녀는 그림자, 춤추는 불빛, 조그맣고 가느다란 가닥이다. 다리는 꼬챙이 같고 머리카락은 지푸라기 같다. 정강이는 상처와 멍으로 뒤덮였고 청바지는 찢어졌다. 그녀는 새이고 다람쥐이고 바람에 실려 휘몰아치는 낙엽이다.

로빈, 내 어린 시절 친구. 내게 그녀는 실존인물이나 다름없다. 어쩌면 애덤, 당신보다 더 실존인물에 가까울지도 모른다. 내 눈에만 보인다는 게 문제일 뿐.

지금은 모르는 사람과 한 공간에 있으니 로빈이 묻는 말에 대답하지 않는다. 안 그래도 이 남자는 나를 제정신이 아니라고 생각하고 있지 않은가.

우리가 이 남자를 믿는 이유가 뭐냐고? 나도 모르겠다. 어쩌면 그를 믿지 않는 거일 수도 있다.

그가 묻는다. "이거 내가 들고 가도 될까요? 우리 회사에 검사실이 있거든요. 거기 맡기면 DNA 증거를 입수할 수 있을지도 몰라요. 물론 여러 사람의 손을 거쳤겠지만."

당신의 흔적과 헤어지고 싶지 않다. 하지만 나는 고개를 끄덕인다. 특히 스웨터는 놓고 싶지 않지만 정신 차려야 한다. 뭐든 우리가 가지고 있을 수는 없다.

내 본심이 표정으로 드러났는지 베일리가 저음의 부드러운 목소리로 말한다.

"미안해요. 그 사람 때문에 상처 입었다는 거 알아요."

나는 손사래 치며 아무렇지 않은 척한다. "그냥 온라인에서 만난 남자였어요."

제이 오빠를 닮아서 이 남자를 믿는 거야. 오빠랑 똑같이 생겨서. 로빈이 말한다.

그렇다. 금색 머리와 회색이 섞인 초록색 눈, 문제를 찾고 해결하는 남자 특유의 쿨하고 패기만만한 분위기. 그녀의 말대로다. 로빈은 보는 눈이 예리하다.

베일리는 수첩을 뒤적인다. 내가 놓친 걸 그는 찾을 수 있을까? 내 글씨가 적힌 페이지에 다다르자 그가 수첩을 내 쪽으로 내민다. 내가 잘못한 걸지 모른다. 증거 훼손, 뭐 이런 거에 해당하지 않을까?

"내가 쓴 거예요." 나는 시인한다. 그는 그냥 고개를 끄덕이고 계속 페이지를 넘긴다.

"미아에 대해서 들을 수 있을까요? 의뢰인의 따님이요." 나는 묻는다.

베일리는 아무것도 적힌 게 없는 검은색 몰스킨 수첩에서 흘끗 시선을 든다. 그 눈. 진짜다. 그는 오빠를 닮았다. 너무 닮았다. 나는 숨이 가

빠지는 것을 느끼며 눈을 돌린다.

"뭘 알고 싶은데요?" 그는 수첩을 내려놓는다.

"그 여자의 사연이요."

그는 한숨을 쉬고 고민하는 표정을 지으며 뒤로 기대앉는다. 잠시 후 그가 입을 연다. "미아의 사연이요? 어렸을 때 어머니가 돌아가셨는데, 아버지의 말에 따르면 그때 충격을 극복하지 못했대요. 처음에는 우울증, 고등학교 때는 약물중독, 그러다 섭식장애로 고생했고요. 결국에는 도움을 받기로 하고 중독재활센터에 입소했어요. 그동안 아버지는 딸의 곁을 지키며 의무를 다했죠. 미아는 대학에 진학했고 정신을 차렸는지 작가가 되겠다고 했어요. 블로그를 시작해 어느 정도 성공을 거두고 있었고요."

어째 어디서 많이 듣던 이야기다. 좋아하는 타입이 있는 거야, 애덤 하퍼? 아니 애덤 그로브? 그게 아니라 레이프 맨스라고 해야 하나? 이름이 도대체 몇 개야?

"그러다 친구의 추천으로 토치에 가입해 이 남자, 저 남자와 만나기 시작했어요. 진지하게 사귄 적은 없었고 아버지에 따르면 그냥 원 나이트 스탠드였다고 해요. 아버지로서는 못마땅했지만 다 큰 딸을 어쩌겠어요."

그는 몸을 앞으로 숙이고 만년필을 집어 이리저리 돌리다 조심스럽게 커피 테이블 위에 다시 내려놓는다.

"사실 소프 씨가 할 수 있는 건 많지 않았죠. 그러다 레이프, 또는 애덤이 등장했어요. 이름이 뭐였건 간에 아버지 말로는 딸이 거의 하룻밤새 달라졌다고 하더군요. 다시 약을 하나 싶을 정도였다고 해요. 글쓰기를 접고 학교를 때려치우고. 그러더니 그냥 사라져버렸어요. 그리고 레이프 맨스는 유령이 되어버렸죠. 프로필이 모두 사라지고, 휴대전화는 해지되고, 주소는 가짜로 밝혀지고. 소프 씨의 딸은 9개월째 감감무소식이에요."

베일리는 다시 소파에 기대고 앉아 관자놀이를 문지른다. "한참 만에 등장한 실마리였는데. 타깃이 또 사라져버렸다고 그분께 말씀드려야 하는 이 상황이 싫네요."

"미아에게 어떤 일이 벌어졌다고 생각해요?"

그는 어깨를 으쓱하고 남은 커피를 마저 마신다. "멀쩡히 있다가 그냥 사라져버리는 사람들이 얼마나 많은지 알아요? 수천 명이, 대개는 남자들이지만, 하던 일과 가족을 버리고 사라져버려요. 통장에 있던 돈을 탈탈 털어서 허물을 벗듯 자기 삶을 벗어던지죠."

그래, 그거야 나도 익히 알지. 나는 속으로 생각하며 대신 이렇게 묻는다. "미아도 그랬나요? 통장에 있던 돈을 탈탈 털었어요?"

"있던 돈을 모두 인출했어요. 그녀가 그랬는지, 제삼자가 그랬는지는 알 수 없고요."

그는 수첩 대신 손목시계를 든다.

"당신은요? 그 남자에게 털린 게 있나요?" 그가 묻는다.

"아뇨. 확인해봤는데 없어요."

"계속 체크하세요."

나는 알겠다는 뜻에서 고개를 끄덕인다.

"미아의 휴대전화는요? 블로그, SNS, 신용카드는요?" 나는 캐묻는다.

나는 사라진 사람들, 제 발로 자취를 감춘 사람들을 찾는 부분에 있어 일가견이 있다. 디어 버디에는 그런 사연이 노상 쏟아져 들어온다. 부모를 찾는 아이, 남편을 찾는 아내, 돈과 마음을 빼앗긴 외로운 영혼들. 끌려간 사람보다 제 발로 사라진 사람이 더 많다. 우리 코너의 고문을 맡고 있는 사설탐정 제이슨에게 듣기로는 그렇다고 한다. 자기 손으로 건설한 삶을 빼앗긴 사람보다 스스로 내팽개치는 사람이 더 많고, 그건 범죄가 아니다.

그야 너도 잘 알지. 로빈이 말한다. 그녀는 이제 벽난로 옆에 쭈그리고 앉아 땔감을 장작불에 쑤셔 넣고 있다. 나는 그녀의 말을 못 들은 체한다.

베일리가 말한다. "미아는 휴대전화, 핸드백, 지갑을 아파트에 두고 갔어요. 사라진 뒤로 신용카드를 쓴 적도, SNS나 블로그에 글을 올린 적도 없고요."

"미아가 제 발로 사라졌다고 생각하세요? 아니면 그 사람이…… 해쳤다고 생각하세요?"

애덤, 당신은 나를 조심스럽게 대했다. 존중하고, 사랑하며, 다정하게. 그런 당신이 누굴 해칠 리 없다. 그런 식으로 해칠 리는 없다. 당신은 괴물이 아니다.

하지만 당신은 이제 존재하지도 않았던 사람처럼 사라져버렸다. 당신의 정체는 뭐든 될 수 있었다. 나는 당신에 대해 아는 게 거의 없었다.

하지만 아니다. 어두운 방 안에서 서로 끌어안고 보낸 마지막 몇 시간. 그때 이름, 하는 일, 사는 곳을 초월하는 이해와 애정이 싹트지 않았던가? 나는 그랬다고 확신한다. 적어도 내 쪽에서는 그랬다고.

나는 하마터면 베일리에게 내가 어떤 삶에서 제 발로 걸어 나왔는지 고백할 뻔한다. 내가 발견한 신문기사에 대해서, 그리고 당신이 내게 그 이야기를 듣기 전부터 거기에 대해 알고 있었다는 사실의 의미에 대해서도. 디어 버디라는 내 이중생활도 폭로할 뻔한다.

왜 그러려는 걸까? 잘 알지도 못하는 이 남자에게 내 정체를 폭로하려는 이유가 뭘까?

물론 나는 함구한다. 미아 소프와 당신을 찾는 베일리의 이 일과는 무관한 사안이니까.

과연 그럴까? 로빈이 묻는다.

망나니처럼 굴지 좀 마. 나는 속으로 생각한다. 그녀가 나를 흘끗 노려본다.

애덤, 당신에게 디어 버디 이야기는 한 적이 없다. 결국에는 했을 테지만 아직 그 커튼 너머까지 공개하지는 않았다. 내 안에는 수많은 베일이 있다. 하지만 당신은 더 많을지 모른다. 당신은 살인범일까? 맹수 같은 인간일까?

베일리 커크를 피해 도망치지 않았다면 당신은 내게서 무엇을 빼앗아갔을까?

내 짐작이 맞지 않을까? 당신은 베일리 커크에게 꼬리를 밟혔다는 걸 알아차렸다. 그래서 도망쳤다. 그럴 수밖에 없었다.

베일리가 우리 둘 사이에서 점점 자라나고 있던 정적을 깬다. "미아가 제 발로 사라졌을 수도 있고 그자가 해쳤을 수도 있어요. 하지만 증거가 없어요. 혈흔도 시신도 두 사람의 흔적도. 미아의 돈이 전부 인출됐어요. 적지 않은 금액이라 미아가 원한다면 아껴 써가며 당분간 어딘가에서 숨어 지낼 수 있었을 거예요."

당신이라면 어디로 갈까? 남아메리카? 멕시코? 돈을 아껴 써가며 익명으로 살 수 있는 곳이 어디 있을까? 내가 아는 사람 중에 절대 찾을 수 없는 곳으로 완전히 사라지는 법을 책으로 쓴 작가가 한 명 있다. 텔레비전 프로그램에도 출연했다. 그가 말하길 사람들은 온갖 이유에서 지금까지의 삶을 뒤로 하고 떠난다고 했다. *그중에는 이해가 되는 이유도 있죠. 빚, 불륜, 불행한 결혼생활, 법적 처벌. 그 외에는 개인적인 이유예요. 이유를 절대 알 수 없는 경우도 있어요.*

"다른 여자들도 있었다고 했죠." 나는 말한다.

밖에서 울부짖으며 도로를 질주하는 사이렌 소리가 들린다. 거실이 1층이라 시끄럽다. 베일리는 잠깐 기다렸다가 대답한다. "네, 토치에서 남자를 만난 뒤로 사라진 여자들이 있어요. 미아 소프에 대한 수사를 시작한 이래, 그 데이트 앱의 정보원을 통해 알아낸 바에 따르면 두 명 더 있어요."

"그 사람, 애덤을 만나고서요?"

"사진은 좀 달라요. 아주 오래전에 찍은 사진이거나 그가 외모를 확 뜯어 고쳤거나 다른 사람 사진을 프로필에 쓴 걸 수도 있죠. 하지만 정보상에 유사한 부분이 있어요. 릴케의 시, 데이트 앱에 반발하는 듯한 아이러니한 분위기, 책을 좋아하는 음울한 이미지."

"그 사진들 가지고 계신가요?"

그는 주머니에서 휴대전화를 꺼낸다. 이제 보니 부재중 전화가 5통, 읽지 않은 문자가 11통이다. 저걸 무슨 수로 견딘담?

그는 사진 앱을 열어서 보여준다. 사진들마다 선명하지 않고, 움직일 때 찍은 거라 형체가 흐릿하다. 어느 사진에서는 호리호리한 젊은 남자가 호숫가에 서서 웃으며 고개를 돌리고 있다. 당신일 수도 있다. 지금보다 마르고 행복했던 10대 시절의 당신. 다른 사진에서는 나풀거리는 갈색 머리를 늘어뜨리고, 큼지막한 코에 미러 선글라스를 얹고, 수염을 무성히 기른 젊은 남자가 지하철 승강장에 서 있다. 당신의 모습이 살짝 보이긴 하지만 양쪽 사진 모두 얼마든지 다른 사람일 수 있다. 하지만 내가 토치 라인업에서 이 둘의 사진을 보았다면 선택했을지도 모른다. 그 앱에서 당신 사진을 처음 보았을 때처럼 찌르르한 전기가 느껴진다.

"다른 여자들은 어디 살았나요?"

"미아 소프는 필라델피아에 살았어요. 보니 카트라이트는 시카고. 멜리사 패로는 뉴욕 북부의 할로스라는 조그만 마을에 살았죠."

내 등골이 쭈뼛해진다. 할로스. 내가 너무나 잘 아는 곳이다.

"아는 곳이에요? 할로스?" 내가 아무 말도 하지 않자 그가 묻는다.

나는 어떤 목소리가 나올지 자신이 없기에 고개를 젓는다. 베일리의 따가운 시선이 느껴진다. 그를 쳐다본 순간 희미한 미소에 불안해진다. 나에 대해서 어디까지 알고 있을까?

그는 캐묻지 않고 하던 이야기를 계속한다.

"세 사람 모두 우울한 과거가 있었어요. 보니는 학교에서 벌어진 총격사건의 생존자였고, 멜리사는 화재로 양쪽 부모님을 잃고 할아버지와 할머니 손에 컸죠. 미아는 어머니를 잃고 중독으로 고생했고요. 세 사람 모두 어느 정도 재산이 있었어요. 보니는 소송을 통해 엄청난 보상금을 받았어요. 미아는 외가에서 받은 신탁금이 있었고요. 멜리사는 부모님의 생명보험금을 상속받았죠. 셋 다 엄청난 트라우마의 후유증으로 고생했어요. PTSD, 중독, 정신병. 그들이 사라졌을 때 돈도 없어졌죠."

그는 이제 나를 예의 주시한다.

"당신은 어떤가요? 당신에게도 어두운 과거가 있나요?"

나는 발끈한다. "나는 탐정님의 프로필에 들어맞지 않는데요."

"그래요?"

"나는 사라지지 않았잖아요."

그는 어깨를 으쓱하고 고개를 끄덕인다. "맞네요."

우리는 앉은 자리에서 잠깐 눈싸움을 벌이지만 내 쪽에서 먼저 시선을 떨군다. 베일리는 주머니에서 명함을 꺼내 우리 앞 테이블에 놓는다. 나는 그에게서 떨어져 앉는다. 그의 긴 소맷단 밖으로 문신이 조금 더 드러난다. 가시덩굴인 것 같지만 안경을 벗고 있어서 잘 모르겠다.

"어쩌면 그 남자는 당신에게 미련이 남았을지 몰라요." 그가 말한다.

그의 말투를 듣고 왠지 모르게 내 뱃속이 서늘해진다.

"그자가 다시 접촉하면 나한테 연락 부탁할게요. 당신이 그의 정체가 뭐라고 생각할지 몰라도, 그가 어떤 사람이라고 생각할지 몰라도 틀렸어요. 그 남자를 보호하려고 하지 말아요."

나는 어이없다는 듯이 웃음을 터뜨리려고 하지만 조금 크게 웃고 만다.

"그 사람은 그냥 내가 만나던 남자였어요. 그렇게 심각한 사이도 아니었고요. 나한테서 아무것도 가져간 것도 없고 그냥 잠수를 탔어요. 토치에서 남자를 만나면 결국 그렇게 끝나요. 당신도 말했잖아요. 대부분의 사람들은 그런 사이트에서 원하는 게 하나라고. 편하게 만날 수 있는 원 나이트 상대. 섹스. 그게 끝나면 끝난 거죠. 그 이상이 있다고 생각하면 그 사람이 바보죠."

왜 거짓말을 해? 로빈이 묻는다. *내가 보기에 이 사람은 너를 도우려는 것 같은데.*

베일리는 내 시선이 벽난로 쪽으로 향하는 걸 보고 따라서 시선을 옮겼다가 다시 내 쪽으로 돌린다. 또다시 걱정하는 표정으로 미간을 찌푸린다. 내가 불안해 보이는 걸까? 다른 사라진 여자들처럼 문제가 있어 보이는 걸까? 그럴지도 모른다.

그가 말한다. "그자는 가명을 썼어요. 자기가 하는 일, 사는 곳에 대해 거짓말을 했고 프로필을 전부 삭제했어요. 휴대전화는 해지했고요. 그자는 당신에게 원하는 게 있었는데 손에 넣지 못했어요. 아직은. 내 느낌상 당신 곁을 계속 맴돌고 있는 것 같아요. 그러다 연락을 할 것 같아요."

나는 당신이 마지막으로 보낸 문자 중 하나를 기억한다. *일이 생겨서 가야 하게 됐어. 미안해, 렌.*

일이 생긴 건 사실이다. 베일리 커크라는 일이 생겼다. 그건 분명하다.

나는 말한다. "아니면 그 사람은 당신이 얼마나 턱밑까지 추격했는지 알았을 수도 있죠. 그래서 도망쳤을 거예요. 그리고 이제는 영영 사라졌고요."

베일리는 실망하는 표정으로 입을 꾹 다물고 일어나 당신의 흔적을 들고 현관 쪽으로 걸어간다.

나는 그가 일어나줘서 기쁘지만 계속 있어줬으면 하는 마음도 있다. 길고 어두운 밤이 나를 기다리는 것처럼 느껴지는데, 베일리에게서는 강하고 똑바르고 선한 빛이 난다. 그는 당신과 다르다. 모든 인간은 베일을 두르고 있지만 그는 숨기는 게 없어 보인다. 아무튼 썩은 내는 나지 않는다. 다시 눈을 맞추던 우리 둘 사이에서 스파크가 튀지 않았다면 거짓말이다. 내가 먼저 눈을 돌린다.

그가 정적을 깼다. "당신을 생각하면 당신 말이 맞았으면 좋겠어요. 애덤 하퍼라는 자가 내 낌새를 느꼈고, 내가 자기 뒤를 쫓고 있는 걸 알아차렸을지도 몰라요. 그래서 멀리 도망쳤고 다시는 뒤를 돌아보지 않을지도요."

하지만 과연 그럴까 싶다. 당신은 내게서 원하는 게 있었는데 손에 넣지 못했다. 말만 하면 됐다는 걸 몰랐을까? 나는 남의 일에 조언만 잘하는 너무나 외로운 사람이다. 당신에게 뭐든 내주었을 것이다. 어디로든 당신을 따라갔을 것이다. 당신이 내게 물어보려던 게 뭐였을까? 당신과 함께 떠나는 거? 다른 여자들에게도 그걸 물어봤을까?

"하지만 나를 생각하면, 미아와 보니와 멜리사를 생각하면 다른 실마리를 찾을 수 있으면 좋겠어요. 이 아가씨들은 제 발로 사라졌을 수도 있어요. 끌려가서 해코지를 당했을 수도 있고요. 아직 희망이 있을지 몰라요. 내가 바라는 건 그거예요, 그린우드 씨."

내 착각일까? 아니면 베일리가 정말로 그린우드라는 이름을 강조하고 있는 게 맞을까?

나는 말한다. "나도 그러길 바라요. 나도 당신이 미아와 다른 여자들을 찾으면 좋겠고, 그들이 무사하면 좋겠어요. 그리고 그들이 사라진 이유가 애덤이 아니면 좋겠고요."

밖에서 다시, 이번에는 멀리서 사이렌 소리가 들리고 누군가가 빽하고 경적을 울리며 고함을 지른다.

"당신이 뭘 숨기고 있는지 모르겠지만 그걸 공개할 마음이 생기거든 연락주세요. 내가 도울게요. 나는 믿어도 돼요, 그린우드 씨."

나는 믿어도 돼요. 정말 믿어도 될까? 내가 믿어도 되는 사람이 있을까?

나는 명함을 내려다보며 그 위에 손을 얹고 아무 말 없이 보일락 말락 하게 고개를 끄덕인다.

로빈이 말한다. *내가 보기에 저 사람은 너를 돕고 싶어 하는 것 같은데. 너를 안전하게 지켜주고 싶어 하는 것 같아.* 가끔 로빈이 화를 낼 때도 있다. 그럴 만도 하다. 내가 우리 두 사람 모두를 실망시켰으니까.

베일리의 발소리가 단단한 나무바닥에 메아리친다. 그는 밖으로 나가 등 뒤로 조용히 문을 닫는다. 나는 걸어가는 그를 보려고 창가로 다가가지만 이미 사라지고 보이지 않는다.

창가에 서 있는 동안 휴대전화가 웅웅거린다. 모르는 번호가 보낸 문자다.

그 사람이 나에 대해 뭐라고 하든 믿지 마. 내 진실에는 당신이 상상할 수 없을 만큼 많은 겹의 베일이 있어.

문자를 보고 나는 살짝 전율을 느끼며 답장을 보내려고 더듬더듬 휴대전화를 찾는다.

누구세요? 나는 얼른 자판을 두드린다.

그동안 어디 있었어?

미아는 누구야?

설명해봐. 나를 이해시켜봐.

제발.

현관 문 밖으로 나가자 휘몰아치는 찬바람에 오한이 인다.

나는 문자를 보낸다. 이 근처에 있어? 나 보고 있는 거야?

당신이 느껴진다는 생각을 하며 어느 건물 입구나 나무 뒤편에 어두컴컴한 형체는 없는지 길거리를 살핀다. 하지만 도로는 인적이 없다시피 하다. 큼지막하고 무거운 학교 가방을 짊어진 아이 둘만 뭔가에 웃음을 터뜨리며 반대편 길을 걸어가고 있을 따름이다.

당신 왜 이러는 거야?

모르는 번호로 전화를 걸어보지만 신호만 가고 또 갈 뿐, 음성 사서함으로 넘어가지도 않는다.

내 문자에 답장도 오지 않는다.

결국 나는 뻥 뚫린 가슴을 달래며 안으로 다시 들어간다.

16

온라인으로 애덤, 당신은 찾을 수 없을지 몰라도 미아 소프는 찾을 수 있을지도 모른다. 나는 소파에 앉아 노트북을 열고 검색창에 그녀의 이름을 입력한다.

적어도 그녀가 남긴 디지털 흔적은 어렵지 않게 찾을 수 있다.

페이스북 페이지, 인스타그램 피드, '작가가 된 미아'라는 블로그를 통해 벌거벗은 몸을 만천하에 드러내고 있다고 보면 된다. 페이스북 프로필을 죽 훑어보니 예상의 범주에서 벗어나지 않는다. 여자친구들끼리 놀러간 바닷가, 마티니 나이트, 생일 파티와 같은 행복한 순간을 담은 스냅사진 컬렉션이다. 인스타그램에는 읽고 있는 책 설정샷, 창밖 풍경, 커피 잔과 디저트를 찍은 수많은 카페 사진, 자기가 그린 선화 같은 감각적인 사진을 올렸다. 선화는 새나 꽃, 단순한 풍경을 그렸고 추상화도 더러 있는데, 우아하면서도 어째 유치해 보인다. 그녀가 좋아하는 필터는 클래런던이다. 그걸로 자신의 삶을 환하고 예뻐 보이게 한다.

하지만 이건 연출과 엄선을 거친 순간들을 언뜻 들여다본 것에 불과하다. 미아가 세상에 보여주고 싶은 가면이다. 젊고 예쁘고 밝고 근심 걱정 없는 여자. 블로그에서는 좀 더 깊숙이 들어간다. 블로그에 마지막으로 올린 글은 '시커먼 입구'라는 에세이다. 그 글에서 우울증과의 전쟁을 이야기한다.

엄마는 돌아가시면서 엄마 눈에 비친 미아를 같이 데려가신 것 같다. 나는 내 모습에서 그 미아를 다시는 찾을 수 없었다. 엄마에게 나는 특별한 아이였다. 환하고 능력 있고 어여쁜 천사였다. 남들에게는 그냥 평범한 아이였다. 나이에 비해 키가 작고 낯을 가리며 그럭저럭 예쁘고 충분히 똑똑한 아이. 그냥 미아.
가끔 우울증이 시커먼 입구처럼 느껴질 때가 있다. 동굴이 입을 벌리고 기다리고 있다. 나는 그 안으로 들어가면 돌아올 수 없다는 걸 안다.

나도 이게 어떤 느낌인지 안다.
미아의 피드에서 당신의 흔적을 찾아 나선다. 미아가 만난 사람들은 하나같이 그녀처럼 젊고 매력적이며, 환하고 생기발랄하게 웃고 있다. 하지만 그 안에서 당신은 보이지 않는다. 댄스 플로어와 파티장에 모인 사람들 안에서 당신의 그림자를 찾아보지만 거기에도 없다. 그녀는 누굴 만난다는 말도 없고 새로 생긴 남자친구와 찍은 셀카 사진을 올리지도 않았다. 모든 SNS의 포스팅이 비슷한 시기에 끊기는데, 9개월쯤 전이다. 이후로는 인스타그램에 감각적인 사진을 올리지도 않고, 친구들과 함께 밤에 놀러 나가지도 않고, 상심과 절망을 주제로 글을 쓰지도 않는다.
토치에서 나이, 키, 머리색, 성별, 좋아하는 시 검색을 통해 그녀를 찾으러 나선다. 시간이 좀 걸린다. 이 까다로운 조건을 충족하는 여자가 한두 명이 아니다. 하지만 마침내 그녀가 등장한다. 미아의 프로필 사진은 흐릿하다. 북슬북슬한 하얀색 스웨터를 입고 살짝 미소를 머금은 얼굴로 렌즈가 아닌 다른 데를 응시하고 있는데, 금색 곱슬머리가 어깨 위로 반짝이는 폭포처럼 쏟아진다. 비키니 사진도 도발적인 문구도 없고, 부담 없는 만남을 약속하지도 않는다.

일단은 친구를, 이후에 거기서 자라나는 사랑을 찾는 사람.

진작 만났더라면 미아와 나는 친구가 됐을 수도 있겠다. 당신은 원하는 타입이 있는 것 같다. 미아와 나는 외모가 닮지는 않았지만 연관성이 느껴진다. 서로 비슷한 구석이 있다. 어둠에서 빛으로 옮겨갈 방법을 찾는 또 다른 영혼. 베일리 커크가 언급했던 다른 여자들, 정상으로 돌아가는 길을 힘들게 만들어가고 있었던 트라우마의 생존자들을 떠올려본다.

페이스북과 인스타그램에서 미아의 친구들을 검색한다. 그 안에 당신이 있거나 당신에게 이어지는 연결고리나 실마리가 있을지 모르기 때문이다. 하지만 없다. 당신이 그렇게 쉽게 찾을 수 있는 사람이었다면 베일리 커크가 진작 찾았을 것이다.

마지막으로, 미아가 사라진 뒤에 친구들이 남긴 댓글을 읽는다.

어디 간 거야 미아?

제발 집으로 돌아와! 보고 싶어!

사랑해. 제발 우리 곁으로 돌아와줘.

이러지 마, 미아. 예전 일 다시 반복하지 말자. 무사히 잘 지내고 있다고 안부 전해줘. 사랑해.

나는 이걸 보고 스크롤을 멈춘다. 그러니까 미아는 전에도 사라진 적이 있었다는 말이다. 이 댓글을 쓴 재뉴어리 크랜덜이라는 친구의 프로필을 클릭하지만 친구 요청을 받지 않는 비공개 계정이다. 다른 사람에게 메시지를 보내볼까 고민한다. 남들보다 댓글을 더 많이 달고 사진에 가장 자주 등장하는 두어 명이 있다.

하지만 뭐라고 메시지를 보내면 좋을지 모르겠다. *미아와 함께 사라진 제 남자친구를 찾고 있는데요. 미아에 대해, 그 두 사람에 대해 알고 계신 게 있나요?*

너무 해괴하다. 아무도 그런 메시지에 답장을 해주지 않을 거다. 나라면 분명 그럴 거다.

미아의 에세이를 다시 뒤지다 약물 중독과의 투쟁을 다룬 글을 찾는다. 무슨 약인지 밝히지는 않고, 항불안제를 처방받았는데 너무 많이 먹었고 그걸 먹지 않으면 하루도 버티지 못했다고 썼다. 그러다 친구라고 생각한 밀매업자에게 약을 더 구입하기 시작했다고 한다.

내가 복용한 뭔지 모를 약들이 서로 힘을 합쳐 처음에는 내 잠을, 그 다음에는 내 현실을 어지럽혔다. 뭐가 현실이고 뭐가 꿈인지 알 수 없을 때까지. 하지만 어쩌면 그래서 다행이었을지 모른다. 덕분에 중독 이면의 모든 것들에 대해 도움을 청할 수밖에 없게 됐으니까.

베일리도 이 부분에 대해 언급했었다. 애덤, 당신도 전에 사귀던 여자친구에게 문제가 있었다고 했다.

내가 중독자들에 대해 아는 것이 하나 있다면 자꾸 사라지는 습성이 있다는 것이다. 어렴풋하게 희망의 빛이 보인다. 어쩌면 당신은 미아가 사라진 것과 아무 상관없을지 모른다. 어쩌면 당신은 베일리가 생각하는 그런 사람이 아닐지 모른다. 어쩌면 당신의 진실에는 정말로 내가 상상할 수 없을 만큼 많은 겹의 베일이 있을지 모른다.

···

늦은 시각에 초인종이 울린다. 나는 잠들어 있다가 화들짝 놀라서 깨며 하마터면 노트북을 바닥에 떨어뜨릴 뻔한다. 미아 소프를 쫓느라 토끼굴로 들어갔다가 깜빡 존 모양이다.

미아는 내 꿈속에 들어왔다. 나는 그 마지막 날 밤에 로빈을 쫓아갔던 것처럼 나뭇가지에 얼굴을 맞아가며 그녀를 쫓아 넓디넓은 우리 땅을 달렸다. 내가 그날 밤에 로빈을 쫓아간 이유는 그녀는 길을 알고 있었고 아버지가 우리를 바로 뒤에서 쫓아오고 있었기 때문이었다. 그곳에서 아버지는 항상 유리한 입장이었다. 거길 가장 사랑한 사람은 로빈이었다. 하지만 아버지는 거기 있는 집에서 태어났고 숲을 누비며 어린 시절을 보냈다. 어느 누구보다 거길 잘 알았다. 오솔길도. 터널도. 숨을 구멍이 있는 나무도. 우리는 가망이 없었다.

내가 마침내 따라잡아 미아의 뼈만 앙상한 손을 붙잡자 그녀가 고개를 돌린다. 눈빛은 사납고 뾰족한 이빨이 달린 악귀다. *그이는 내 거야.* 그녀가 나지막이 쉿소리를 낸다.

초인종이 다시 울린다. 그러고 나서 키패드에 비밀번호를 입력하는 소리가 들린다.

자정이 지난 시각이다. 당신은 비밀번호를 안다. 나는 비밀번호를 바꾸지 않았다.

베일리가 한 말이 메아리쳐 돌아온다. *그 남자가 당신에게 미련이 남았다면요?*

어느 쪽이 더 무서운지 모르겠다. 당신에게 미련이 남았을 때인지, 남지 않았을 때인지.

나는 현관 문 앞으로 걸어가 문 틈새로 내다본다. 누군가가 바깥 문을 열고 들어오고 있다. 누구일까? 한밤중에 내 집을 찾아온 사람이라니.

하지만 당신이 아니다.

잭스다. 내가 현관으로 나가자 그녀는 숨을 헐떡이며 문을 박차고 들어와 나를 꼭 끌어안더니 손을 놓고 안으로 들어간다. 그녀가 알록달록한 빛깔과 향수, 샴푸, 계피인가 싶은 딱 자기를 닮은 기분 좋은 향의 조합으로 내 감각을 채운다.

거실로 들어가 보니 잭스가 울고 있다. 머리는 스카프 밖으로 흘러내려가 있고 원피스는 칼라가 뜯겼다. 잭스는 원래 울지 않는다. 비상경보가 나를 뒤흔든다.

"왜 그래? 무슨 일 있어?"

내가 다시 끌어안자 잭스는 내게 매달린다.

"어떤 남자를 만났어." 잭스가 말한다.

"토치에서?"

잭스는 고개를 젓는다. "인스타그램에서. 나를 팔로우하는 사람이었고 서로 얘기를 나누게 됐어."

나는 잭스에게서 빨간색 캐시미어 외투와 웬만한 중고차보다 비싼 루이비통 핸드백을 건네받는다.

"그 남자가 어지간히 달라붙었어야지." 그녀는 이렇게 말하며 소파에 앉아서 머리를 묶은 스카프를 푼다. 삼단 같은 머리카락이 어깨 위로 폭포처럼 쏟아진다. "일주일쯤 전에 인스타그램에서 나를 팔로우하더니 내 피드에 '좋아요'를 누르고 지적인 댓글을 달기 시작하더라고. 가족 심리 상담사라는데, 성실해 보였어. 그리고…… 섹시했고. DM을 보냈길래 내 전화번호를 알려주고 계속 대화를 나눴어."

대화는 말하자면 엄청난 거다. 메일이나 문자와는 다르다. 직접 통화를 한다는 건 장난이 아니다.

"오늘 저녁에 그 남자를 만나서 같이 저녁을 먹었어. 분위기는 좋았어. 식사를 마치고 그 남자 집으로 갔거든. 그랬더니, 거칠게 돌변하는 거야."

"그래서 다쳤어?" 나는 그녀의 원피스에 손을 대며 묻는다. 몸을 살피려고 불을 켠다. 하지만 다친 데는 없어 보인다. 손자국이 남은 곳도 멍이 든 곳도 없다. 하지만 잭스는 손을 떨고 있다. 몸도 살짝 떨고 있다. 나는 잭스의 어깨에 담요를 둘러준다.

"나를 난폭하게 밀어붙이는 느낌이었어. 내가 가겠다고 하니까 못 가게 막으려고 하더라고." 잭스는 말을 멈추고 숨을 고르며 자기 어깨를 만진다. "그 남자가 내 원피스를 찢었어."

나는 그녀를 향해 다시 손을 내민다. "괜찮아?"

내가 등을 문질러주자 잭스는 자기 손에 얼굴을 묻는다.

잠시 후 잭스가 눈물이 가득 고인 눈을 든다. "응, 괜찮아."

잭스의 미모는 말로 표현할 수 있는 수준을 넘어선다. 광채가 흐르는 피부, 반짝이는 눈, 근사한 광대뼈. 그녀의 본명은 재스민이다. 디즈니 공주 이름으로 불리기 싫다며 잭스를 자칭하지만, 누가 완벽하게 그려내기라도 한 것처럼 만화 같은 미모를 자랑한다.

"하지만 뭔가 다른 걸 느꼈거든. 그 사람이 좋은 남자인 줄 알았어. 이번에는 진짜인 줄 알았어. 그런데 집으로 들어가자마자 날 덮치지 뭐야."

그녀는 성난 손길로 눈물을 닦고 어깨를 편다. "내가…… 그 집에 같이 들어가지 말았어야 했어. 그냥 술이나 한 잔 하려는 줄 알았는데."

나는 손바닥을 들어 보인다.

"워, 워. 네가 그 집에 들어갔다고 해서 그 남자가 무리한 요구를 해도 되는 건 아니야."

폭행당한 원인을 자신에게로 돌리는 여자들이 많다. 그의 집, 그의 객실, 그의 차에 따라 들어간 자기 잘못이라는 식으로. 하지만 사실 좋은 남자라면, 제대로 된 남자라면 절대 자기 뜻을 강요하지 않는다. 가겠다는 여자를 막지 않는다. 실망할지언정 받아들이고 상대방의 기분도 존중한다. 상대방의 속도에 맞춘다. 나는 각양각색의 여자들에게 종종 건넬 수밖에 없는 이 충고를 잭스에게 되새겨준다. 세상에는 정말로 좋은 남자들도 있다. 그리고 그들은 어떻게 행동해야 하는지 안다. 남자가 자기 뜻을 강요하려 하고 당신의 생각이 바뀐 걸 받아들이지 않으려 하거나 집에 못 가게 하면 그건 폭행이다.

잭스가 말한다. "알아, 알아. 문제는 말이지. 내가 어쩌면 그렇게 심하게 착각할 수가 있었냐는 거야."

좋은 질문이다. 나도 같은 걸 궁금해하고 있는 중이다.

나도 애덤, 당신이 좋은 남자인 줄 알았다. 똑똑하고 재미있는 남자. 자기 일을 열심히 하는 성실한 일꾼, 배려할 줄 아는 연인, 훌륭한 요리사, 상대방의 말에 귀 기울일 줄 아는 사람, 친구. 우리는 함께 웃었고 서로를 공유했다. 일요일이면 침대에서 고전 영화를 보았다. 나는 당신에게 프렌치토스트를 만들어주었다. 딱히 맛있지는 않았지만 그래도 당신은 내 성의에 칭찬과 박수를 보내며 맛있게 먹어주었다.

어쩌면 요즘 우리는 진실을 감지하는 본능이 무디어지다 보니 진실과 거짓을, 진짜와 가짜를 구분하지 못하게 된 걸지도 모른다.

아버지라면 그렇게 얘기했을 것이다.

잭스의 휴대전화에서 딩동 하는 소리가 들린다. 그녀가 휴대전화를 집어 든다. 염소수염을 길렀고 피부는 까무잡잡하며 눈웃음과 다정한 미소를 머금은 남자 사진이 보인다. 그녀가 전송된 문자를 큰소리로 읽는다. "미안해. 제발 용서해줘."

"답장 보내지 마."

잭스는 휴대전화를 내려놓지만 거기서 눈을 떼지 못한다. 다시 딩동하는 소리가 들린다.

"당신이 보낸 신호를 내가 오해했어." 잭스가 문자를 읽는다. 그녀는 나를 쳐다보고는 휴대전화를 집어든다. 새빨간 매니큐어를 칠한 엄지손가락으로 자판을 두드리며 자기가 뭐라고 쓰는지 읽어준다. "나는 당신이 마음에 들었어. 하지만 그렇다고 해서 곧장 당신이랑 자고 싶었다는 건 아니야. 같이 대화도 나누고. 술도 한 잔씩 하고. 다시 만날 수도 있었다고. 당신 집에 들어서자마자 나한테 달려들 필요는 없었잖아."

잭스는 전송을 누른다.

당장 답장이 날아오지는 않는다. 우리는 깜빡이는 점을 쳐다보며 가만히 앉아서 기다린다. 마침내 다시 딩동 하는 소리가 들린다.

"이제 보니 밀당을 좋아하는군." 잭스는 분노로 눈을 번뜩이며 큰소리로 읽는다. "헐, 뭐야, 이게 다가 아니야."

"진짜? 이 남자 혼 좀 내주자."

우리는 남자의 번호를 차단하고 내 컴퓨터로 접속해 잭스의 모든 SNS에서 이 남자를 차단한다. 이렇게 그는 사라진다. 이렇게 유령이 되어버린다. 이제 그는 잭스의 피드에 댓글을 달 수도 없고 전화도 할 수 없다. 없는 사람이 된다.

해야 할 일을 모두 끝내자 우리는 소파에 앉는다. 잭스가 내 무릎 위로 쓰러져 우는 동안 나는 머리를 쓰다듬어준다. 벽난로에 불씨만 남아서 거실이 썰렁해졌다. 오래된 집들이 원래 그렇다. 모든 게 어둡고 슬프고 공허하게 느껴진다.

잭스가 일어나 앉는다. "좋아. 신세 한탄은 이제 끝."

"그래." 나는 그녀의 손을 꼭 잡아준다.

"이제 네 차례야." 잭스가 매니큐어 바른 손가락으로 눈 밑을 문질러 번진 마스카라를 지우며 말한다. "어떻게 된 건지 전부 얘기해봐."

나는 거짓말을 한다. "할 얘기도 없어. 그 남자는 사라졌다. 여태껏 감감무소식이다. 끝."

잭스는 눈을 가늘게 뜨고 나를 본다. "아냐. 뭔가가 있어. 뭐야?"

나도 베일리, 그 신문기사, 사무실, 사라진 여자들, 내가 예전에 몇 년 살았던 할로스라는 마을과의 연결고리에 대해 털어놓고 싶다. 하지만 그러면 잭스가 질문 공세를 퍼부을 것이다. 우리 코너의 고문을 맡고 있는 사설탐정 제이슨에게 연락할 것이다. 그녀의 에너지와 열의로 모든 게 후끈 달아오를 것이다. 지금 당장은 나 혼자 대처하고 싶다. 생각을 좀 하고 싶다.

"진짜야. 가끔 사람들이 그냥 떠나버릴 때도 있잖아. 엿 같고 상처가 되는 일이긴 하지만 떠나겠다는 사람을 붙잡을 수는 없지 않겠어? 잊어버려야지."

"너 꼭 디어 버디처럼 말한다?"

나는 어깨를 으쓱한다. "내가 디어 버디인걸."

"모든 일을 너 혼자 감당할 필요는 없어." 그러니까 내가 뭔가를 숨기고 있다는 걸 안다는 말이다. 그리고 좋은 친구답게 털어놓을 마음의 준비가 될 때까지 모르는 척하겠다는 말이다.

"알아."

나는 차를 끓여주고 잭스를 2층 손님방으로 데려가, 깨끗한 잠옷을 주고 침대 옆 스탠드를 켜준다. 보드라운 담요와 큼지막한 쿠션이 있는, 아늑하고 편안한 방이다. 잭스가 여기서 잔 적이 워낙 많아서 나도 여기를 잭스의 방으로 여길 때가 많다.

잭스가 침대 위로 기어올라 가며 말한다. "내가 생각보다 외로웠나 봐. 이게 진짜인 줄 알았거든. 토치식 원 나이트 스탠드가 아니라."

"나도 어떤 기분인지 알아." 나는 이렇게 말하며 친구 옆에 앉는다. 우리 둘 다 똑똑하고 잘나가는 여자다. 착하고 친절하며 사랑이 넘치는 친구다. 그런데 이게 왜 이렇게 힘든 걸까?

잭스가 말한다. "무슨 일인지 얘기해줘, 렌. 응? 부탁이야. 제발 얘기 해줘."

나는 다시 망설이지만 그녀가 내 손을 잡고 꾹 누른다.

"이거 우리 둘이서 같이 벌인 일이잖아, 응?" 내가 아무 말도 하지 않자 그녀가 말한다. 그래서 나는 간단하게 알맹이만 알려준다. 당신의 프로필이 사라졌고 한 사설탐정이 당신을 찾고 있다고. 당신이 내가 생각했던 사람이 아닐 수도 있다고.

"그럼 그 사람 정체가 뭔데?" 내 이야기가 끝나자 잭스가 조그맣게 묻는다.

숲속을 달리며 미아를 쫓던 꿈이 퍼뜩 생각난다. 다른 날 같았으면 로빈이었을지 모른다. 가끔은 쫓던 사람을 잡고 보면 어린 시절의 나일 때도 있다.

"나도 전혀 모르겠어." 나는 실토한다. 나와 함께 있었을 때 당신은 단순한 허상에 불과했을지도 모른다. 당신이 만들어낸, 아니면 내가 만들어낸.

어두침침한 스탠드 불빛에 비친 잭스는 겁에 질린 어린애 같아 보인다. 평소의 정력녀, 기가 센 여자, 인플루언서, 모든 해답을 알고 있는 씩씩한 권위자가 아니다. 그냥 내 친구다. 내가 그녀의 위로와 사랑을 필요로 하듯 내 위로와 사랑을 필요로 하는 사람. 지금 이 순간에는 나만큼, 조언을 청하러 우리를 찾아오는 모든 사람들만큼 이 미쳐 돌아가는 현대 사회에서 길을 잃은 사람.

애덤, 당신의 정체가 뭔지 전혀 모르겠다.

하지만 이제부터 알아내보려고 한다.

나는 이불을 잘 덮어주고 어린아이에게 하듯 잭스의 정수리에 입을 맞춘다. 그녀는 내가 방을 나서기도 전에 곯아떨어진다.

나도 옷을 갈아입고 내 침대로 들어가 텔레비전을 켠다.

또다시 나쁜 소식투성이다. 그 바이러스가 중국에서 유럽으로 전염되고 있다. 확산 방지를 위해 국경을 봉쇄한다는 이야기가 들린다. 오스트레일리아에서는 산불이 걷잡을 수 없이 번지고 있다. 꿀벌이 점점 사라지고 있는데 아무도 이유를 모른다. 언제부터 뉴스가 인간이 상상할 수 있는 최악의 디스토피아 소설보다 더 끔찍해졌을까?

노트북을 열고 멜리사와 보니의 가상의 삶을 뒤지는데, 세상의 종말을 예언하고 최후의 심판에 대비했던 우리 아버지의 말이 맞았을지도 모른다는 생각이 든다.

17

베일리 커크는 렌 그린우드가 자기를 지켜보고 있을 거라는 생각을 하며 얼른 걸음을 옮겼다. 그는 모퉁이에 주차해놓은 트럭에 올라탔다. 하루 종일 밖에 세워놓은 터라 안이 썰렁했다. 그는 히터를 있는 대로 틀고 환풍구에서 나오는 바람이 따뜻해질 때까지 손을 비볐다.

휴대전화를 확인했다. 듣고 싶지 않은 음성 메시지가 5통 도착해 있었다. 읽기 귀찮은 문자는 11통이었다.

문자를 죽 훑어보았다. 대부분 노라가 보낸 것이고 2통은 다이애나가 보낸 것이었다. 둘 다 그의 상사다. 그는 현재 눈 밖에 난 상황이었다.

서브리나가 보낸 문자도 3통 있었다.

하이, 오늘 저녁에 뭐해요?

뭐 사다가 먹으면서 같이 넷플릭스 볼래요?

뭐야? 잠수 타는 거예요?

마지막 문자 끝에는 잠수하는 이모티콘을 달아놓았다.

그는 자신의 뜻을 퉁명스럽지는 않지만 분명하게 전달할 수 있길 바라며 이렇게 답을 보냈다.

잠수 탄 게 아니라 출장 왔어. 내일 연락할게.

서브리나. 귀엽고 재밌는, 괜찮은 여자였다. 끝내주게 섹시한 빨간 머리에, 웃음소리가 요란하며 몸매는 기가 막혔다. 하지만 그들의 만남은 패착이었다. 회식 때 술을 너무 많이 마시고 아무 생각 없이 저지른 실수. 이후로 그는 서브리나와 관계를 끊으려고 애를 쓰는 중이다.

베일리는 조그만 점이 깜빡이는 화면을 지켜보았다.

알겠어요, 선배. 그럼 그렇게 해요.

그는 뭐라고 답을 보내면 좋을지 고민하다가 생략하고 주고받은 문자를 지웠다. 휴대전화로 받은 사적인 연락은 모두 삭제하는 것이 원칙이었다. 그는 현대 사회의 의사 소통과 인간 관계 안에서 뭐는 되고 뭐는 안 되는지 헷갈릴 때가 많았다. 이해할 수 있는 게 하나 있다면 일뿐이었다.

베일리 커크가 16살이었을 때 어머니가 약혼반지를 잃어버린 적이 있었다. 아버지에게 프러포즈를 받은 이후로 20년 동안 날마다 끼고 있던 반지였다.

아침만 해도 분명히 반지를 끼고 있었다. 설거지를 하는 동안 주방 창문을 통해 쏟아지는 햇빛이 반사되자 벽이 무지개 색으로 어른거렸다. 어머니는 버스가 없는 고등학교까지 베일리와 여동생 엘리를 태워다주고 장을 보고 빨래를 좀 한 다음, 놀리던 텃밭의 봄맞이 준비를 하러 나갔다. 마멋이 올해에는 봄이 일찍 올 거라고 예언한 참이었다.

반지가 헐거워지긴 했다. 탄수화물을 끊고 저녁마다 두 잔씩 마시던 와인을 한 잔만 마시거나 아예 생략한 덕분에 어머니는 살이 좀 빠졌다. 어머니는 평생 호리호리해본 적이 없었다. 건강하고 탄탄하며 힘이 셌고 테니스, 요가, 걷기를 좋아했다. 항상 이 살 아니면 저 살을 줄이거나, 여기 아니면 저기를 뺄 궁리를 하며 살아왔다.

베일리 커크가 보기에 이 세상에 어머니보다 더 예쁜 여자는 없었다. 아버지의 생각도 그와 같았다.

아버지는 어머니에게 종종 큰 소리로 이렇게 외쳤다. *당신은 완벽해. 얘들아, 너희 엄마는 완벽하다.*

말도 안 돼. 어머니는 웃으며 수줍어했다.

반짝이는 갈색 눈은 항상 웃고 있었고 살결은 부드러웠고 따뜻한 두 팔은 항상 안아줄 준비를 하고 있었다. 베일리는 농담이나 익살로 어머니의 웃음보를 터뜨리면 행복해서 가슴이 터질 것 같았다. 어머니가 만드는 바나나 빵은 죽음이었다. 어머니가 성을 낼 때도 있었다. 성적이 안 좋거나 방을 어지럽히거나 말대꾸를 하거나 통금시간을 어기거나 벗은 옷을 바닥에 던져두면 호된 꾸지람을 각오해야 했다. 하지만 어머니가 진심으로 화를 낸 적은 없었다. 소리를 지른 적도 없었다. 심지어 벌도 거의 준 적이 없었는데, 베일리가 정리정돈을 배우지 못한 이유가 그 때문일 수도 있었다. 보이지 않으면 어머니가 찾지도 않을 테니 온갖 잡동사니를 벽장 속이나 침대 밑에 그냥 쌓아놓았던 것이다. 어른이 된 지금은 결벽증에 가까울 정도로 깔끔해졌지만 그때는 뻔뻔한 게으름뱅이였다.

그날 저녁, 어머니는 저녁 메뉴로 온가족이 좋아하는 다진 칠면조 고기를 넣어 만든 베이크드 지티 파스타를 만들고 있었다. 그런데 저녁을 만드는 동안 반지가 사라져버렸다. 결혼반지는 멀쩡히 끼고 있었지만 커다란 2캐럿짜리 다이아몬드가 박힌 약혼반지가 보이지 않았다.

어머니는 2층으로 올라갔다. 약혼반지와 마찬가지로 자잘한 다이아몬드가 박힌 백금의 결혼반지를 손이 부었을 때 빼놓는 접시가 드레스룸 안에 있었다. 반지를 뺀 기억이 없긴 했고, 반지를 하나만 빼는 일도 없었다. 접시에는 아무것도 없었다.

세상이 삐걱거리며 멈췄다. 저녁 준비가 중단됐고 숙제가 끊겼다.

"얘들아, 나 좀 도와줄 수 있을까?"

어머니는 눈물이 그렁그렁 맺힌 눈을 하고 부들부들 떨었다. 베일리, 여동생 엘리, 어머니, 이렇게 셋은 온 집 안과 자동차와 텃밭을 샅샅이 뒤졌다. 자동차 매트 아래와 침대 쿠션 사이도 놓치지 않았다. 엘리는 어머니의 핸드백과 서랍을 살폈다. 베일리는 갈퀴를 들고 어머니가 방금 전에 갈아엎은 흙을 헤집었다. 한 시간쯤 지나자 어머니가 울기 시작했다. 소파에 앉아서 그냥 눈물만 흘렸다. 베일리와 엘리는 반지 찾던 걸 멈추고 그 옆에 앉아서, 친구와 틀어졌거나 괴롭힘을 당했거나 숙제 때문에 좌절했을 때 어머니가 수도 없이 그랬던 것처럼 두 팔로 어머니를 안아주었다.

베일리가 말했다. "걱정 마세요. 제가 찾아드릴게요."

바로 그날, 그 순간에 그는 사라진 것을 찾지 않고는 못 배기는 자신의 성향을 발견했다. 반지가 있을 곳은 정해져 있었다. 집에 청소하는 사람을 따로 두지는 않았다. 그와 엘리가 다 컸으니 베이비시터가 드나들지도 않았다. 암울했던 시절에는 형이 용의자일 수도 있었겠지만 집을 떠난 지 거의 2년째였다. 그날은 배관공이나 전기기사나 기타 외부인이 집에 온 적도 없었다. 그러니까 누가 훔쳐간 건 아니었다. 반지가 헐겁기는 했지만 아주 많이 헐겁지는 않았다. 따라서 베일리가 내린 결론에 따르면, 어머니 모르게 반지가 손가락에서 빠질 만한 상황은 몇 가지로 좁혀졌다.

아버지는 손재주가 좋았고 베일리에게 타이어를 가는 것부터 물이 새는 화장실 수도꼭지를 고치고 막힌 배수구를 뚫는 것에 이르기까지 여러 가지 일을 가르쳐주었다. 베일리가 그걸 항상 귀담아들은 건 아니었다. 비디오 게임이나 축구에 정신을 팔 때도 있었고, 어렸을 때 같이 숨바꼭질을 하고 집 뒤편 개울에서 두꺼비를 잡았지만 이제는 꽃향기를 풍기고 립글로스를 바르는 여자아이들에게 느껴지는 묘한 감정 등 딴 데 정신을 팔 때도 있었다. 하지만 아버지의 설명에 귀를 기울인 적도 있었다. 뭐가 어떻게 돌아가는지 파악하고 일상의 사소한 수수께끼를 해결하는 걸 좋아하기 때문이었다.

베일리는 아버지의 공구상자를 들고 주방으로 갔다. 개수대 아래 배관에 움푹한 지점이 있었다. 어머니가 아침에 설거지를 하다가 반지가 수챗구멍 안으로 빠졌다면 거기에 걸렸을 가능성이 있었다. 그는 개수대로 연결되는 수도를 잠그고 렌치로 배관을 분해했다. 엘리와 어머니가 희망 어린 눈빛으로 지켜보는 가운데 배관을 손바닥에 대고 털었다. 구역질나는 거품투성이 찌꺼기 안에 어머니의 다이아몬드 반지가 있었다.

반지를 건네자 어머니는 흐느껴 울었다. 중요한 건 반지 자체가 아니었다. 가격이나 금전적인 가치도 아니었다. 중요한 건 어머니의 남편이자 베일리의 아버지를 향한 그녀의 사랑, 둘 사이의 역사와 추억, 남편의 사랑을 상징하는 그 반짝이는 선물을 소중히 아끼는 마음이었다. 아버지가 다른 반지를 사줄 수도 있었겠지만 함께한 세월의 모든 기운이 담겨 있는 그 반지를 대신할 수는 없었을 것이다. 베일리는 16살밖에 안 된 아이였고 이 세상과 사람들과 자기 자신에 대해 혼란스러울 때가 수없이 많았다. 하지만 그 반지가 뭘 의미하는지는 알았을 뿐더러 눈부

시도록 선명하게 이해했다. 이 세상의 어떤 것들은 돈으로 값이 매겨지는 그냥 생명 없는 물건이 아니었다. 또 어떤 것들은 사람과 비슷했다. 그리고 모든 물건과 모든 사람은 어딘가에 있을 수밖에 없었다.

그날 이후로 베일리 커크는 답이 없는 질문을 좋아하지 않게 됐다. 잃어버려서 찾을 수 없는 물건을 좋아하지 않게 됐다. 왜냐하면 그가 알건 알지 못하건 답은 항상 있기 마련이었다. 어떤 일이 벌어지면 전후 상황과 이유가 담긴 명백한 진실이 있기 마련이었다. 그리고 사라진 것들은 어딘가에 있기 마련이었다. 반지나 시계나 열쇠나 사람들을 삼켜 존재를 지워버리는 소용돌이 같은 건 없었다. 이 세상과 그 안의 공간들은 유한했다. 갈 데는 몇 군데로 정해져 있었다. 벌어질 수 있는 상황은 몇 가지로 정해져 있었다.

사람은 물건과 달라서 사라지면 감안해야 하는 부분과 가능성이 더 많았다. 무생물은 자기를 찾으러 나선 사람을 피해 숨어 있을 음모를 꾸미지 않았다. 무생물은 기존의 삶을 두고 떠날 이유가 없었다. 그래도 여전히 가능성의 개수가 무한하지는 않았다.

그는 트럭 운전석 선바이저에 넣고 다니는 미아 소프의 사진을 향해 손을 내밀었다.

사라진 다른 여자들도 걱정스러웠다. 하지만 그에게 수사를 의뢰한 사람은 헨리 소프였다. 그리고 의뢰인이 잃어버린 귀한 아이가 미아였다. 거기에는 어떤 기운이 흘렀다. 베일리는 헨리의 상심을 통해 미아와 연결됐다. 미아와 베일리를 잇는 거미줄이 있었다. 그는 거미가 자아낸 명주실을 1밀리미터씩 줄여나가야 미아와 대면할 수 있었다.

트럭을 몰고 한 블록 이동해보니 렌 그린우드의 집 맞은편에 자리가 하나 있었다. 그 집 현관 앞 계단과 1층 창문이 보이는 곳이었다. 그는 좌석을 살짝 뒤로 젖히고 앉아서 지켜보았다.

시간이 꾸물꾸물 흘렀다. 베일리는 두어 번 깜빡 졸았다가 화들짝 눈을 떴지만 렌이 집에서 나갔을까 봐 걱정이 되지는 않았다. 아늑하고 절제된 고급스러움을 자랑하는 저 집이 그녀의 둥지였다. 일이나 친구나 애인과 같은 훌륭한 이유가 생기지 않는 한 저기에서 나올 일이 없을 거라고 장담할 수 있었다. 그리고 그가 생각할 거리를 주고 나왔지 않은가. 렌은 자기 전까지 노트북으로 미아 소프에 대해, 둘이 아는 남자에 대해 알아볼 거라는 데 돈을 걸 수도 있었다.

애덤 하퍼.

레이프 맨스.

그리고 어쩌면 티모시 존스턴.

또 어쩌면 클리프 젠슨.

컴퓨터 속의 유령. 어쩌면 사기꾼이나 도둑. 어쩌면 살인범. 베일리는 그를 실제로 본 적은 없었다. 항상 한 걸음 앞에 있는, 그래서 몇 번이나 정체가 궁금해진 적 있는 남자였다. 베일리에게 그는 디지털 이미지, 사라진 세 여자 간의 공통점에 불과했다. 그들이 공유한 단 한 사람. 여자들에게 다른 공통점은 많았다. 아픔으로 얼룩진 과거, 적지 않은 재산, 온라인에서 사랑을 찾겠다는 적극적인 자세. 그들은 모두 어떤 면에서 연약했다. 그가 생각하기에 미아는 상심으로 무너졌다가 재기했지만 언제든 다시 산산이 부서질 수 있는 존재였다.

여기에는 패턴이, 그들 모두를 연결하는 뭔가가 있었다. 그를 목적지로 인도할 사라진 퍼즐 조각이. 하지만 그 조각들은 이리저리 떠다니기만 할 뿐 딱 하고 들어맞질 않았다. 그래서 당혹스러웠다. 의뢰인은 다급해했다. 그가 띨빵한 척하려고 '엑스'라고 지칭하는 회사 대표 노라가 그날 아침에 진행 상황을 체크했다. "그래서 이 사건은 지금 어떻게 돼가고 있지?"

그의 회사는 노라와 다이애나, 두 대표가 공동으로 설립한 곳이었다. 그들은 FBI에서 경력을 쌓고 돈과 자유가 보장되는 민간영역으로 자리를 옮겼는데, 양쪽 모두 성격이 장난 아니었다. 사격 연습장의 살인자, 컴퓨터의 귀재였다. 다이애나는 체육관에서 베일리를 연거푸 쓰러뜨린 쿵푸 고단자였다. 노라는 피도 눈물도 없는 심문의 고수였다. 그래서 그는 노라를 속이려는 시도조차 하지 않았다. 절대로. 노라 터너와 다이애나 아이브스. 그가 둘 밑에서 일한 지 이제 거의 10년째였다.

노라는 이 사건이 지금 어떻게 돼가고 있는지 알았다. 아무 진전이 없다는 것을. 그는 암호화된 웹사이트에 경과 보고를 날마다 성실하게 올렸다.

베일리는 말했다. "며칠 더 필요할 것 같습니다. 단서를 포착했어요. 아마도요."

노라는 잠깐 동안 아무 말도 하지 않았다. 통화하면서 보고서를 읽고 있는 모양이었다. "이 렌 그린우드라는 여자? 이름은 영 아닌데. 하지만 좋아. 이 여자가 뭘 알고 있는데?"

"뭘 아는 것 같지는 않습니다."

"그런데?"

"그래도 그 남자에게로 저를 안내할 수 있을 거라고 봅니다. 그자를 찾으면 미아를 찾을 수 있을 테고요."

"확실해?"

"네."

"가엾은 미아가 다시 약에 손을 대기 시작해서 저기 어디 마약소굴에 숨어 있는 거라고 생각하지는 않는단 말이지?"

"네."

"헬리콥터처럼 감시하는 아버지가 싫어서 그 남자나 다른 누군가와 도망친 것도 아니고?"

그건 아니라고 생각할 만한 이유가 백 개쯤 됐다. 블로그, 페이스북에 올린 글, 그가 인터넷에서 찾은 사진, 소프의 집에서 본 앨범, 미아가 친구들 SNS에 남긴 댓글을 보면 알 수 있었다. 그녀는 레이프 맨스를 만나기 전만 해도 온전한 삶, 충만하고 행복한 삶을 향해 나아가고 있었다. 그녀가 사람들과 어울리는 데에는 패턴이 있었고, 삶과 행동에는 리듬이 있었다. 다시 약물의 세계로 돌아가고 있지 않았다.

눈을 감고 깊이 생각해보면 베일리는 그렇다는 걸 알 수 있었다. 그의 직감을 노라에게 설명할 필요는 없었다. 노라는 실종된 사람을 찾는 일이 어떤 식인지 알았다. 그 일의 10퍼센트가 실질적인 추적이었다. 나머지 90퍼센트는 감이었다. 전자기기의 지원이 없으면 그랬다. 휴대전화도 신용카드 명세서도, 주유소나 톨게이트에서 찍힌 사진도, 초인종에 달린 CCTV 영상도 없으면 옛날 방식으로 돌아가는 수밖에 없었다.

노라가 말했다. "이삼일은 더 기다려줄 수 있어. 하지만 실질적인 진전이 없으면 헨리 소프에게 타깃이 사라졌다고 알리고, 비용 청구를 중단하는 수밖에 없어. 계속 헛된 희망을 불어넣을 수는 없잖아. 우리가 그런 식으로 돈을 버는 회사는 아니니까."

맞는 말이었다. 터너 앤드 아이브스의 철칙이 '도의'였다.

"알겠습니다." 그는 두 상사 중 누구와도 왈가왈부한 적이 없었다.

"베일리, 이게 말이지……." 노라가 말문을 열었다.

"알아요, 엑스. 찾을 수 없는 사람도 있다는 거."

"그리고 사람들은 그 슬픔을 해소할 필요가 있고."

"그렇죠."

한숨 소리와 책상 두드리는 소리에 이어서 노라가 말했다. "자네의 능력이 필요한 다른 사건이 기다리고 있어. 베일리 커크는 한 명뿐이니까."

"이삼일만 더 기다려 주세요."

"오케이."

"감사합니다."

"그리고 나를 엑스라고 부르지 말고."

이로써 통화는 종료됐다.

베일리도 찾을 수 없는 사람이 있다는 걸 너무나 잘 알았다. 배수관에서 어머니의 반지를 찾은 그날 이후 산전수전을 겪어가며 터득한 진리였다. 그는 형과 남남이 되었다. 가족 모두가 그랬다. 약을 끊게 하려고 수년 간 노력했지만 결국에는 마음을 접는 수밖에 없었다. 형이 어디 있는지 아는 사람이 아무도 없었다. 어머니는 죽을 때까지 형을 찾겠지만, 베일리는 포기했다.

사라진 사람이 계속 사라져 있길 원하면 그러도록 내버려두는 수밖에 없을 때도 있다.

베일리는 앉아서 기다렸다. 원래부터 그는 한자리에 앉아서 숨을 쉬며 정신을 바짝 차리고 감시하는 데 재능이 있었다. 세상이 생생하게 살아났다. 그의 숨소리, 왼편에서 나무를 달려 올라가는 다람쥐, 렌의 집을 밝히는 불빛, 불이 켜졌다가 다시 꺼진 옆집 3층, 전화통화를 하며 조그만 반려견을 산책시키는 남자, 자전거를 타고 지나가는 남자, 스피커에서 울려 퍼지는 음악 소리, 셔터를 내리고 퇴근하는 세탁소 주인이 레이더 안으로 들어왔다.

그러다 자정에서 10분 지났을 때 호리호리한 어떤 형체가 종종걸음으로 길을 달려와 렌의 집 앞 계단을 올라갔다. 순간 희망이 번쩍 고개를 들었다. 뜻밖의 행운이 찾아왔을지 모른다는 생각이 들었다. 애덤 하퍼가 하룻밤을 같이 보내려고 돌아온 것일 수도 있었다. 그는 총이 잘 있는지 글러브 박스를 체크했다. 냅킨, 종이, 찌그러진 담뱃갑, 블랙잭

껌 통, 스니커즈 초코바, 한데 뒤엉킨 헤드폰으로 어지러운 그곳에 시커 먼 9mm 글록이 납작하게 누워 있었다. 어쩌면 그는 커서 결벽증 환자가 됐다고 볼 수는 없을지 몰랐다. 어머니가 보았다면 미치려고 했을 것이다. *베일리! 그거 좀 치워라!*

그는 다시 현관 앞 계단을 내다보았다.

아니다. 애덤 하퍼가 아니었다. 앞으로 다가왔을 때 보니 렌의 절친이었다. 마찬가지로 예쁘고 똑똑하고 젊은 전문직 여자인데, 그가 수집한 정보에 따르면 어떤 이유에서인지 몰라도 온라인 데이트의 위험성을 간파하지 못한 듯했다. 풍기는 분위기로 보아하니 현재 위기 상황이었다. 그녀가 안으로 들어가고 다시 사방이 잠잠해졌다.

그는 기다렸다. 밤새도록. 렌 그린우드가 미아 소프를 찾을 수 있는 마지막 끈이었다.

그래서 렌이 친구를 집에 두고 아침 일찍 집을 나섰을 때, 베일리 커크는 뒤를 밟았다.

야생으로의 귀환

나는 드러내 보이고 싶다.
내 안의 어떤 곳도 닫혀 있지 않게 하리라,
닫힌 곳에서 나는 거짓이니.

라이너 마리아 릴케

멜리사

Melissa

멜리사 패로는 불을 보면 항상, 그야말로 항상 넋을 잃었다. 불이 비틀비틀 꿈틀거리고 허공을 향해 깜빡이며 춤을 추는 것이 보기 좋았다. 과학의 관점에서 보면 불은 사소하지만 정말 놀라운 현상인데, 그걸 아는 사람이 왜 별로 없는지 이해가 되지 않았다. 알맞은 조건이 갖추어졌을 때라야 불은 지펴지고 유지될 수 있었다. 건물도 무너뜨릴 수 있는, 기세등등하고 파괴적인 괴물이었다. 그녀의 아버지는 굳은살이 박인 엄지와 검지로 성냥불을 끌 수 있었다. 하지만 가스레인지나 벽난로 불이 몸이나 옷에 옮겨붙으면 그대로 삼켜질 수도 있었다.

성냥을 가지고 놀다 어머니에게 맨 처음 들켰을 때, 멜리사는 아버지가 마당 한쪽 구석에 쌓아놓은 낙엽더미에 불을 붙여보려 하고 있었다. 그때 그녀는 10살이었고 뉴저지로 온 가족이 놀러갔을 때 바닷가에서 본 모닥불처럼 낙엽들이 솟구치며 타오르는 것을 보고 싶었다. 거대한 불길이 나무 쪼개지는 소리와 함께 별이 반짝이는 하늘을 향해 치솟았다. 하지만 워낙 안전하게 관리되고 있었기 때문에 사람들은 스모어를 만들어 먹으려고 긴 꼬챙이에 마시멜로를 꿰어서 들고 다가갔다. 멜리사도 아버지와 함께 꼬챙이를 내밀고 불 앞으로 다가가자 어머니가 어떤 식으로 그녀의 셔츠 칼라를 붙잡았는지 기억이 났다.

조심해. 어머니는 불안해서 긴장한 목소리로 이렇게 말했다.

괜찮아. 아버지는 멜리사를 내려다보며 다정하게 말했다.

멜리사는 전혀 무섭지 않았다. 바람 비슷한 그 소리, 가면처럼 얼굴을 덮는 열기. 밤에 가끔 불 꿈을 꿀 때도 있었다.

주방 서랍에는 큼지막한 성냥갑이 있었다. 벽난로 장작을 때거나 식탁 위에 놓인 촛불을 켤 때 아니면 오븐이나 난로의 불씨가 꺼졌을 때 쓰는 거였다.

파란 상자 안에 담긴 성냥은 굵었으며 커다랗고 빨간 대가리가 달렸다. 성냥을 잡고 능숙하게 손목을 튕기며 잽싸게 휙 그으면, 조그맣게 폭발하는 소리와 함께 끝에 불이 붙고 귀여운 댄서가 등장했다.

멜리사는 성냥갑을 꺼냈다. 아버지는 출근했다. 어머니는 통화 중이었다. 멜리사는 지난 주말부터 계속 그 낙엽 더미를 떠올리며 불을 붙이면 어떤 식으로 타오를지, 어떤 냄새가 날지 상상했다. 찬장에 마시멜로가 있을지 궁금했는데 있었다. 멜리사는 마시멜로 봉지를 꺼냈다. 나뭇가지는 마당에서 찾으면 될 것이었다. 아버지가 말하길 호텔에서 주는 아주 길고 근사한 꼬챙이가 아니라 나뭇가지에 마시멜로를 꿰어야 진짜라고 했다.

마당으로 나가보니 공기는 시원하고 하늘은 새파랬다. 그날은 무슨 교사 연수가 있었고 저녁에는 학부모 간담회가 있어서 학교에 가지 않았다.

멜리사는 낙엽 더미 앞에 서서 성냥을 하나 꺼냈다. 심지어 성냥갑

마저 서랍처럼 열리는 근사하고 깔끔한 구조였다. 성냥을 한 개, 두 개, 세 개 그었지만 아무 일도 벌어지지 않았다. 그 정도 속도로는 안 되는지, 성냥 대가리만 어설프게 바스러졌다.

멜리사는 한참 만에 드디어 성공했다. 잽싸고 확실하게 한 번 탁 치고 계속 반복했던 것처럼 죽 그었더니 불이 붙었다. 조그맣고 완벽한 불씨가 성냥 끝에서 명랑하게 피어났다. 그것의 가능성은 무궁무진했다. 무엇이든 할 수 있고, 어떤 형체로든 변신할 수 있었다.

"멜리사!"

어머니였다. 어머니가 성냥을 젖은 풀밭 위로 떨어뜨리자 불이 꺼졌다.

"이게 무슨 짓이야? 저 성냥들은 다 뭐고?"

깜짝 놀랐던 어머니의 표정이 금세 분노와 공포로 바뀌려 하자 멜리사는 울음을 터뜨렸다.

"마시멜로 구워먹고 싶었어요."

하지만 그건 거짓말이었다. 멜리사는 뭔가가 타는 걸 구경하고 싶었다. 단단했던 것이 불에 타서 재로 변하는 걸 보면 경이로웠다. 불은 말 그대로 사물의 형체를 바꿨다. 그런 게 바로 기적이었다.

멜리사는 집 안으로 끌려들어가 일장 연설을 들었다. 성냥을 가지고 놀면 안 된다고, 불이 얼마나 금세 걷잡을 수 없이 번지는지 아느냐고, 불길이 거세어지면 그녀를 죽이고 이 집과 옆집까지 태울 수 있다고. 멜리사도 당연히 그 사실을 알았다. 죄송하다고 말했다. 어머니는 우는 그녀를 달래주었다. 이런저런 호기심은 정상이지만 불은 장난감이 아니라고 했다.

멜리사는 속상했다. 낙엽이 타는 걸 보지 못해서, 어머니가 무서워하며 화를 내서, 혼이 나서. 그래도 멜리사는 무섭지는 않았다. 불을 사랑하는 마음이 줄어들지도 않았다.

멜리사는 처음으로 불을 피우려고 했던 그날을 거의 떠올린 적이 없었다. 이후에 삶이 뒤바뀌고 세상이 뒤집히는 사건이 벌어졌기에 그날 오후의 기억은 머릿속에서 사라졌다. 하지만 도시를 버리고, 잿더미로 변한 어린 시절을 딛고 건설한 삶을 버리고 도로를 달리는 지금, 그날의 기억이 되살아났다.

얼마나 금세 모든 걸 두고 떠날 수 있었는지 모른다. 그 사람은 못미더워하는 멜리사에게 그럴 거라며 이렇게 말했다. *그 전화기를 버리면 너를 네 삶에 붙잡아두는 역할을 하는 모든 게 떨어져나갈 거야.*

현금. 일회용 휴대전화. 어디에서 기름을 넣고 잠을 자야 하는지 표시가 된 진짜 종이 지도. 모두 현금을 받고 카메라는 없는 곳이었다.

그는 말했다. *영원히 여기서 살지는 않을 거야. 인생을 리셋한다고 생각해. 다시 돌아오면 우리는 전보다 강해져 있을 거야. 현대 사회라는 이 감옥으로부터 자유로울 테고.*

멜리사는 그가 알려준 중고차 매장에서 현금으로 차를 샀다. 연식이 오래됐고, 그녀가 타고 다니던 레인지로버와는 달랐다. 블루투스와 네비게이션 시스템이 휴대전화와 연결돼 있어서 이메일이 오면 계기판 화면에 바로 뜨고 그러지 않았다.

처음에는 모든 것과 모든 사람을 두고 떠나려니 불안하고 긴장이 됐다. 하지만 그의 말이 맞았다. 멀어지면 멀어질수록 현실감이 점점 떨어졌다. 휴대전화와 이렇게 오랫동안 떨어져 있어본 적은 처음이었다. 알림음과 벨소리와 진동으로 끊임없이 자신의 존재를 알리는 문자와 뉴스 특보에서도. 길을 나서고 처음 한 시간 동안은 휴대전화를 집으려고 손을 한 20번쯤 뻗었을 것이다.

우뚝한 소나무 사이로 길이 구불구불 이어졌다.

멜리사는 라디오를 켜고 다이얼을 이리저리 돌렸다. 요즘 시대에 다이얼이라니! 뉴스 채널 주파수가 잡혔다. 캘리포니아에서 사납게 일어난 불길이 주택가 쪽으로 번지자 사람들이 단 몇 분 만에 집을 버리고 뛰쳐나왔다. 오스트레일리아도 몇 년 동안 가뭄에 시달리다가 집과 자연과 동물을 삼키는 거대한 불길과 싸우고 있었다.

멜리사는 이글거리는 불길을 상상하면 요즘도 짜릿한 스릴 비슷한 걸 느꼈다. 모두에게 함구하다가 그에게만 공개한 비밀이었다. 화재. 화재는 자연스러운 현상이었다. 지구가 그런 식으로 묵은 걸 청소하고 땅에 비료를 주고, 새 생명의 길을 열었다. 그것이 비극이 되는 이유는 딱 하나, 우리 인간이 지은 집이 너무 많고 자연을 너무 심하게 훼손했기 때문이다. 불길에 너무 가까이 서 있었기 때문이다. 우리에게 학대당하지 않는다면 동물들의 개체수도 다시 늘어날 것이다. 우리는 모든 걸 파괴한다며 불에게 화를 내고 욕하지만, 욕을 먹어야 하는 쪽은 인간들이다.

멜리사는 달리고 또 달리다 졸음이 느껴지자 차를 세울까 고민했다. 그가 알려준 대로변 모텔을 찾아가지는 않았다. 대신 캠핑장 주차장에 차를 대고 잠을 잤고 화장실에서 용변을 해결하고 세면대 물로 씻었다. 모텔은 싫었다. 자기만의 공간에 있는 편이 더 좋았다.

멜리사는 다시 길을 나섰다. 이제 얼마 남지 않은 것 같았지만, 도착 시간을 알려주는 내비게이션이 없으니 확실하게 알 길은 없었다.

그녀의 부모님을 앗아간 화재. 그건 100퍼센트 사고였다. 어머니는 성냥갑을 그냥 다시 서랍에 넣고 멜리사에게 다시는 손을 대지 말라고 했다. 멜리사는 착한 아이였다. 올 A를 받는 모범생에 친구도 많았고 축구장의 슈퍼스타였다. 방과 후에 남거나 선생님들에게 혼나는 그런 아이가 아니었다. 부모님도 그녀에게 벌을 줄 일이 전혀 없었다. 멜리사는 다른 친구들처럼 아이패드를 압수당하거나 외출 금지를 당한 적이 없었다. 그랬으니 어머니는 멜리사에게 다시는 성냥갑에 손을 대지 말라고 했을 때 딸이 그 말을 듣지 않을지 모른다고 생각할 이유가 없었다.

사실 포기하지 못한 쪽은 프리스였다. 프리스는 침대 밑에 사는 친구로, 기억조차 나지 않을 만큼 오래전부터 멜리사와 붙어 지냈다. 심지어 부모님조차 프리스를 한 가족처럼 여겼고 크리스마스 때 선물까지 사주었다. 같이 놀아줄 사람이 없을 때, 밤에 무서워졌을 때, 부모님이 싸울 때 곁을 지켜준 친구가 프리스였다. 그녀의 부모님은 자주 싸우지는 않았지만 한번 붙었다 하면 심하게 싸웠다.

그날 밤에는 부모님이 뭣 때문에 옥신각신했었지? 돈 문제였다. 정확히 어떤 문제였는지는 기억조차 나지 않았다. 어머니가 아버지와 의논하지 않고 산 어떤 물건 때문이었다. 아버지는 성격이 불같았고 어머니도 만만치 않았다. 저녁 식탁 앞에서 싸움이 시작됐을 때는 멜리사도 있고 하니 두 사람 모두 언성을 높이지 않고 자제했다. 하지만 그녀가 숙제를 하러 2층으로 올라가자 화가 난 말소리가 거기까지 들렸고 한참 동안 계속 이어졌다.

나중에 어머니가 잘 자라고 인사하려고 방으로 찾아왔지만 울고 난 뒤라 눈이 빨갰고 억지 미소를 짓고 있었다.

"엄마, 괜찮아요?" 멜리사는 어머니에게 물었다. 가끔 어머니가 그녀의 방 바닥에서 잘 때도 있었다. 오늘 밤이 그런 날이 될 수도 있었다.

"괜찮아. 결혼하면 가끔 서로 싸울 일도 생기고 그러는 거야."

"돈 때문에요?"

어머니는 조그맣게 웃음을 터뜨리고 멜리사의 눈을 덮고 있던 머리카락을 쓸어넘겨 주었다. "싸움은 겉으로 드러난 이유가 진짜 이유인 경우가 거의 없어."

멜리사는 그 말이 이해가 되는 동시에 이해가 되지 않았다.

"하지만 걱정 마. 엄마, 아빠는 해답을 찾을 거니까. 늘 그래왔잖니?"

프리스가 침대 밑에 있었다. 숙제를 하러 올라왔을 때부터 그랬다. 멜리사는 나이를 먹을수록 프리스를 만나는 횟수가 점점 줄었다.

고함 소리가 잦아들고 멜리사가 침대에 누운 뒤에도 프리스는 계속 성냥갑을 두고 종알거렸다. 엄밀히 따지면 프리스가 종알거린 건 아니었다. 프리스가 그 생각을 떠올렸기 때문에 멜리사도 그걸 떠올리게 된 거였다. 나중에 멜리사는 수많은 의사들에게 설명을 시도하다가 그래봐야 자기만 이상하게 보일 뿐이라는 사실을 깨닫고, 프리스와 그녀가 떠올리는 생각에 대해 아무에게도 말하지 않기로 마음먹었다.

멜리사는 1층으로 내려가 주방 서랍에서 성냥갑을 꺼내 들고 촛불을 켤까 생각하며 거실로 갔다.

솔직히 멜리사의 선명한 기억은 그 순간으로 끊겼다. 커튼에 불이 옮겨붙자 숨을 토하는 것 같은 끔찍한 소리와 함께 불길이 커튼을 타고 올라갔다. 혼이 날까 봐 비명을 지르지 않았던 기억은 났다. 불길은 어머니가 경고했던 것처럼 여기서 저기로 껑충껑충 번졌다. 그녀는 그렇게 곡예를 벌이며 건드리는 모든 걸 당당하게, 순식간에 삼키는 불길을 그저 넋 놓고 바라보는 수밖에 없었다. 부모님은 그날 밤에 연기 흡입으로 사망했다. 멜리사는 소방관에게 구조됐고 그때 이후로 프리스를 두 번 다시 만나지 못했다.

그 집을 지을 때 무슨 문제가 있어서 석고보드가 불쏘시개 역할을 하게 됐다고 했다. 엄청난 액수의 생명보험금이 지급됐고 할아버지, 할머니는 그 돈을 신중하게 저축하고 투자했다.

그 일을 두고 멜리사를 직접 나무란 사람은 없었다. 정신과의사는 끔찍한 실수이자 사고였다고 했다. 하지만 할머니는 가끔 멜리사가 딴 데를 보고 있다 싶으면, 슬프고 당혹스러워하는 눈빛으로 그녀를 바라볼 때가 있었다. 실수로 자기 외동딸을 죽인 손녀를 키우게 된 할머니의 심정이 어땠을까? 멜리사는 나중에 나이를 먹고 심리치료를 한참 받아 근시안적인 사고방식에서 벗어났을 때 그런 생각을 한 적이 있었다. 하지만 그 즈음에 할아버지, 할머니는 세상을 떠나고 없었다.

멜리사가 토치에서 잭을 만났을 때는 살아 있는 직계 가족이 아무도 없었다. 친한 친구들은 여럿 있었지만 다들 가정을 일군 상태였다. 크리스마스 때 카드를 보내주는 먼 친척들이 있긴 했지만 그녀는 누가 봐도 분명히 외로웠다. 그러지 않고서야 온라인 데이트라는 늪 속에 발을 들일 이유가 없었다.

잭은 말했다. *이 세상은 혼돈이야. 가파른 내리막길을 걷고 있는 게 느껴지지 않아?*

뉴스만 틀어도 그렇다는 걸 알 수 있었다. 대부분의 사람들은 게임, SNS, 스포츠, 음식이나 와인처럼 허용되는 고급스러운 중독에 마비된 채 몽유병 환자처럼 걷고 있었다. 세상이 허물어져가고 있는데, 대부분의 사람들은 귀여운 고양이가 나오는 영상에 더 관심이 많았다.

내가 가 있을 만한 데를 알아. 영원히 거기 있는 건 아니고. 그냥 잠깐 휴식 삼아서.

당연히 멜리사는 좋다고 했다.

센터 콘솔에 둔 콜라 캔을 땄다. 미지근했지만 당분과 카페인이 필요했다.

멜리사는 어두컴컴하고 구불구불한 도로를 계속 달려갔다. 이제 얼마 남지 않았을 것이다.

18
현재

밤새 거의 눈을 붙이지도 못했는데 해가 뜨고 블라인드로 스며든 햇살이 내 방을 분홍빛으로 물들인다. 나는 숨을 들이마시며 휴대전화를 집는다. 당신에게서 온 문자가 더는 없다. 안도감과 상실감이 동시에 밀려든다.

노트북이 펼쳐진 채 옆에 놓여 있다. 노트북을 건드리자 화면이 살아나며 멜리사 패로의 사진이 뜬다. 이번에도 미녀다. 미아나 보니, 나와는 다르지만 어딘지 모르게 비슷한 부분이 있다. 우리를 연결하는 분위기상의 뭔가가 있다. 멜리사는 숱이 많은 갈색 고수머리의 소유자로, 스모키 화장을 한 두 눈에는 동경이 가득 담겨 있다. 어깨에는 까마귀 문신이 있고 검은색으로 온몸을 두른 고스족이다. 그녀의 정보를 얻을 수 있는 곳은 오직 인스타그램뿐이다. 토치에도 프로필을 올렸을 텐데, 지금은 없어졌다.

멜리사가 올린 피드는 단순하다. 대부분 도시의 풍경이나 쓰레기통에 버려진 팔 없는 인형, 길거리에 버려진 신발, 종이상자 안에서 새끼들을 품고 웅크리고 있는 떠돌이 개 같은 특이한 대상, 아니면 외딴 오솔길이나 풍경을 담은 흑백사진이다. 프로필의 소개글 말고는 글이 한 줄도 없다.

당신은 변화무쌍한 형태로 자신을 빚는다 / 아무도 노래하지도 슬퍼하지도 설명하지도 않는 / 우리가 절대 있는 줄도 몰랐던 숲이 그렇듯.

또다시 릴케다.

내 시선을 사로잡은 건 그녀가 막판에 올린 게시물이다. 내가 너무나 잘 아는 곳들의 풍경이다. 묘지. 나무가 우거진 오솔길 입구. 방치돼 쓰러져가는 오래된 집. 소박한 예배당.

멜리사가 올린 마지막 사진 중에 할로스 사진이 있다. 내 어린 시절이 묻힌 곳, 아버지의 어린 시절이 묻힌 곳. 어떻게 보면 거기가 내 고향일 수도 있겠다.

샤워하고 옷을 갈아입는다. 청바지, 검은색 캐시미어 스웨터, 부츠, 가죽 재킷. 옷 몇 벌과 세면용품을 배낭에 넣고 노트북도 챙긴다.

주방으로 내려가 트리플 에스프레소를 내린다. 창가에서 커피를 마시며 검은지빠귀 친구를 찾는다. 하지만 창턱에는 씨앗이 그대로 있고 녀석은 오지 않는다.

우리, 집에 가는 거야? 로빈이 궁금해한다. 오늘 그녀는 오빠의 맨투맨 티셔츠에 찢어진 청바지를 입고 여기저기 긁힌 운동화를 신고 있다. 나와 어린 시절을 함께 보낸 이 유령은 보이지는 않지만 그렇다고 없는 건 아니다. 나는 그녀의 말에 대답하지 않는다. 로빈은 문 앞에서 잠깐 서성이다 사라진다.

잭스를 깨워 이 추악한 스토리의 전말을 털어놓을까 고민한다. 하지만 그러면 같이 가고 싶어 할 텐데, 나는 혼자이고 싶다. 아니, 이번 여행은 혼자 떠나야만 할 것 같은 느낌이 든다. 그래서 대신 메모를 남긴다.

내일 돌아올게. 디어 버디 잘 부탁해.

어떻게 하면 되는지 잭스가 알 거다.

나는 조용히 집 밖으로 나와 경보 장치를 켜고 차를 주차해놓은 주차 건물로 향한다.

사실 어제 베일리 커크에게 그 말을 들은 이후로, 어쩌면 그 전에 당신 소지품 상자에서 그 신문기사를 찾았을 때부터 거기로 돌아가야겠다는 걸 알았다. 집으로 가야겠다는 걸 말이다.

추워서 몸을 웅크리고 하얀 입김을 뿜어가며 종종걸음을 옮긴다. 현관 앞 계단이 예쁜 다른 집들을 지나 번화한 상업가로 접어든다. 이 이른 시각에도 커피와 휴대전화를 들고 전철역으로 향하는 사람들, 조깅족, 유아차를 미는 엄마들, 매트를 둘러맨 요가 수련생들로 거리는 벌써부터 북적댄다.

드레드록스를 하고 파란색 점프슈트를 입은 남자는 이어폰을 끼고 있고 내가 주차권을 건네도 아무 말도 하지 않는다. 도심 주차장의 깊이를 알 수 없는 곳으로 사라졌다가 내 차와 함께 돌아와 열쇠를 건넨다.

그가 알 수 없는 표정으로 나를 지켜보며 말한다. "조심하세요."

나는 고개를 젓는다. "네?"

하지만 그는 몸을 돌려서 조그만 사무실로 다시 들어간다. 내게 한 말이었을까? 아니면 다른 사람과 통화 중이었을까? 그가 사라진 쪽을 잠깐 바라보는데, 그 말이 계속 메아리친다. 언제부터 이렇게 간단한 인사조차 영문을 알 수 없게 된 걸까?

어쩌면 내가 문제일지 모른다.

분명 내가 문제다.

차에 올라타 문을 닫고 가죽으로 된 고요한 내부가 나를 감싸는 것을 느낀다. 여기는 고치다. 내 어깨에서 긴장이 풀리고 숨쉬기가 수월해진다. 도로로 나가서 달리기 시작한다.

당신은 이런 말을 했었다. *자가용이라니. 대중교통을 타고 다니는 검소한 아가씨 이미지와 어떻게 그게 공존할 수 있지?*

아마 공존하지 못할 것이다. 인간은 누구나 사소한 모순들로 가득하다. 그렇지 않아, 애덤?

하지만 모든 게 너무 감당하기 힘들어지면 나는 가끔 이 도시에서 벗어나야 한다. 그것도 도보나 자전거나 열차가 아닌 다른 수단으로. 나의 수많은 비밀, 머리 안팎에서 들리는 소음, 절망으로 몸부림치며 디어버디의 조언을 듣고 싶어 하는 수많은 사람들이 나를 덮치려는 파도처럼 느껴지면 차가 구명정이 된다. 몸을 싣고 둥실둥실 떠내려 갈 수 있는 조그만 배가 된다.

버디에게

유전자 검사를 통해 친어머니를 찾았는데 나를 만나고 싶지 않으시대요. 평생 나를 비밀로 묻어둔 채 새로운 가정을 일구고 다른 아이들을 낳았다고요. 내 존재를 절대 모를 수도 있는 가족이 있다고 생각하니까 너무 외로워요. 어떻게 하면 좋을까요?

버디에게

음주운전을 하다가 사고를 내서 어머니와 오빠를 저세상으로 보낸 아버지를 용서하지 못하겠어요. 아버지가 감옥에 있는데, 남은 가족이 우리 둘뿐이지만 면회를 못 가겠어요.

버디에게

내 삶이 내 것이 아닌 듯한 이 기분을 도저히 떨칠 수가 없어요. 나는 사기꾼이고 인스타그램에 올리는 모든 게시물은 내 본모습이 아니라 얄팍한 허상에 불과한 것 같아요. 인간관계도 이상하게 모두 경쟁적이고 지금 하고 있는 일도 싫어요. 남들도 이런 걸 느끼며 살고 있을까요? 어떻게 해야 진정한 나를 찾을 수 있을까요?

내가 도울 수 있는 사람도 있지만 도울 수 없는 사람도 있다. 그걸 인정하는 것이 힘든 부분이다.

잘 적응하며 행복하게 사는 사람들도 있다는 건 안다. 의미와 목적이 있는 삶다운 삶을 사는 사람들. 남들과 심도 있고 건전한 관계를 맺고, 믿음과 용기를 무기로 삶의 수많은 고난을 헤쳐 나가며, 고통과 비극을 겪고 나면 더 강인하고 지혜로워지며 자기 자신과 타인을 향한 연민이 더 많아지는 사람들.

하지만 이런 사람들은 디어 버디에 사연을 보내지 않는다. 절대로. 사람들이 디어 버디를 찾는 이유는 도움을 받고 싶어서다. 그녀는 어두컴컴한 길을 걸어봤기에 그런 사람들을 빛 속으로 다시 인도하기에 남다른 자격이 있다.

그렇지 않을까?

그럴지도 모른다. 하지만 잿빛 안개가 낀 오늘 아침, 공기에서는 겨울이 감지되고 당신은 사라졌고 과거가 무덤에서 부활하려고 하는 이 순간만큼은 그렇게 느껴지지가 않는다.

오늘은 나도 그들처럼 길을 잃었다. 어쩌면 내가 디어 버디에 편지를 보내야 하는 건지도 모르겠다.

버디에게

나는 어두운 과거로부터 도망쳐 성공적인 삶을 이루었어요. 하지만 나에게는 너무나 많은 겹의 베일이 있어요. 그 당시의 나. 지금 내 일을 하는 나. 몇 안 되는 친구들이 아는 나. 사랑할 수 있을 것 같았던 남자도 알고 보니 베일 속에 깊숙이 파묻혀 있었고, 내가 생각했던 사람이 전혀 아니었던 걸로 밝혀졌어요. 사실 그는 괴물일 수도 있어요. 우리 아버지 같은.

인간은 누구나 비밀과 거짓말로 겹겹이 감싸인 존재일까요?

아니면 나만 그런 걸까요?

나는 사기꾼인 것 같아요. 내 인생이라는 흉가에 사는 유령 같아요.

버디, 내가 어떻게 해야 할까요?

길을 잃은 이 영혼에게 디어 버디는 뭐라고 할까? 아마도 이렇게 말할 것이다. 이제 모든 베일을 벗고 진실을 공개할 때라고, 옥상에서 진실을 크게 외칠 때라고 온 우주가 알려주는 것 같네요. 자기 자신으로 살겠다는 마음을 먹어야 자기 자신을 찾을 수 있어요.

나는 예나 지금이나 조언을 따르기보다 조언하는 걸 더 잘하는 사람이다.

이제 헨리 허드슨 드라이브를 타고 북쪽으로 달린다. 백미러로 보이는 도시의 풍경이 점점 멀어지자 여태껏 잊으려 애를 썼던 공간과 시간의 기억이 물밀듯 밀려온다.

우리 아버지.

내가 어렸을 때만 해도 아버지는 벽에 걸린 제복 사진의 주인공, 컴퓨터 모니터 안에서 말하는 사람이었다. 그러다 어느 날 갑자기 우리 삶으로, 우리 집으로 돌아와 지친 얼굴로 식탁에 앉아 있는 남자, 엄마의 침대에서 자는 나무토막이 되었다. *쉬이잇, 아빠께서 쉬고 계시잖니.*

그 집.

공포 영화에 나오는 마을 이름처럼 들리는 할로스. 그곳의 8만 제곱미터짜리 땅에 얼기설기 건설된 다 쓰러져가는 폐가.

날이 갈수록 살이 빠지고 기운이 없어졌던 우리 엄마.

엄마는 밤에 가끔 내 침대 속으로 몰래 들어와 나를 꼭 끌어안았다. 내가 어렸을 때 무서워지면 엄마를 그런 식으로 끌어안곤 했다.

분위기가 유난히 심각했던 어느 날 밤에는 엄마가 이렇게 속삭였다. *엄마가 사랑했던 너희 아빠는 이런 사람이 아니었어. 괜찮아질 거야. 이 집에서 병을 고칠 수 있을 거야. 예전의 그 남자로 돌아갈 거야. 두고 봐.*

이제는 알겠다. 아버지에게는 도움이 필요했다는 것을. 하지만 아버지는 도움을 받지 않았고 우리는 모두 그 대가를 치렀다.

엄마, 아빠가 얼마나 아픈지 왜 몰랐어요? 엄마에게 이렇게 묻고 싶어도 이제는 물을 수가 없다.

추악하게 일그러진 기억 속에 깊숙이 빠져있을 때 휴대전화 벨이 울린다. 나는 계기판에 달린 버튼을 눌러서 전화를 받는다. 전화를 건 사람은 내가 '여보세요'라고 할 때까지 기다리지도 않는다.

"안부 확인 차 연락했어요. 별일 없죠?" 베일리 커크다.

"네." 나는 무뚝뚝하게 대답한다.

이 남자는 도대체 뭘까? 다시는 볼 일이 없을 줄 알았건만. 그에게 내 연락처를 알려준 기억이 나자 진심으로 후회가 된다.

"운전 중인가 봐요. 어디 가요?" 그가 묻는다.

"며칠 어디 다녀오려고요. 바람 좀 쐬고 싶어서요."

전화선 저편에서 음악 소리가 들린다. 재즈다. 구슬픈 색소폰 연주가 멀리서 쨍그랑거린다.

"바보 같은 짓을 벌이고 있는 건 아니죠? 그 친구를 찾으러 나섰다든지 하는." 그가 묻는다.

내가 당신을 찾으러 나선 걸까? 아니면 당신으로부터 도망치러 나선 걸까? 아마 둘 다일 것이다.

베일리가 묻는 말에 대답하지 않고 전화를 끊으려는 찰나, 그가 묻는다. "렌 그린우드가 본명이에요?"

아니다. 부모님이 지어주신 본명은 아니다. 내 스스로 선택해서 쓰고 있는, 정식으로 개명한 이름이다.

"그럼요." 나는 거짓말을 한다.

정적이 흐른다. 나는 손마디가 하얘질 정도로 세게 운전대를 부여잡는다. 억지로 몸에서 힘을 뺀다.

"그렇다면 신기하네요. 왜냐하면 운전면허증에 적힌 이름은 그게 맞지만요."

내 심장이 철렁 내려앉는다.

"사회보장번호가 부여된 원래 이름은 그게 아니란 말이죠."

눈동자 뒤편이 욱신거리기 시작한다. 침묵. 그것이 최선이다. 하지만 그는 순순히 물러나지 않는다.

"커넥트인에 따르면 당신은 직업이 프리랜서 작가예요. 그런데 최근에 당신 이름으로 발표한 글이 없더라고요."

와우. 폐부를 정말 깊숙이 찌르고 있다.

"그리고 그 집 말이에요. 부실 부동산 경매에서 샀다는 건 알겠지만, 브루클린 하이츠의 주택을 살 수 있는 프리랜서 작가가 몇 명이나 되겠어요?"

나는 뭐라고 대답할지 고민한다. 그에게 디어 버디에 대해 알리고 싶지는 않다. 인기가 워낙 많아서 상상할 수 없을 만큼 엄청난 액수의 광고 수익이 어떤 식으로 쏟아져 들어왔는지에 대해서는 말이다. 《뉴욕 크로니클》로 지면을 옮겼을 때 신문사 측에서 몸값을 아주 후하게 쳐주었고 그건 지금도 마찬가지다. 디어 버디가 그 회사에서 가장 인기 있는 칼럼이자 팟캐스트이기 때문이다. 나는 그 돈을 모으고 굴려서 더 많이 불렸다. 그 집의 현재 시가는 내가 샀을 때에 비해 훨씬 높다. 내가 부자는 아니지만 그래도 지금까지 아주 잘 살아오고 있다.

"뭐라고 대답하면 좋을지 모르겠네요. 우리 집안에 돈이 있었어요. 내가 운이 좋았고요." 나는 아무렇지 않게 둘러댄다.

그것도 어느 정도는 맞는 말이다. 얼마 안 되는 금액이지만 외가 쪽에서 물려받은 유산 덕분에 학비와 생활비를 해결하고 든든한 종잣돈과 함께 사회생활을 시작할 수 있었다. 내 삶의 모든 면이 그렇듯 베일리에게 하는 이야기도 어느 정도는 진실이다. 진실과 거짓이 색모래처럼 층층이 한데 뒤섞여 명암과 색조를 만들고 있다. 그래서 모든 것은 진실이고 또 모든 것은 진실이 아니다.

그가 말한다. "물론 나하고는 상관없는 일이긴 하죠. 이쯤 되면 호기심도 직업병이랄 수밖에요."

나는 말한다. "그러게요. 내 정체와 수입의 출처는 당신이 알 바가 아니잖아요. 당신 의뢰인의 딸이라는 미아 소프와 아무 상관없는 일이 니까요. 당신이 찾고 싶어 하는 그 아가씨 말이에요."

베일리가 귀에 거슬리는 혀 차는 소리를 낸다. "하지만 당신과 미아 가 둘 다 만났던 남자가 열쇠를 쥐고 있거든요."

나도 인정한다. "그럴지도 모르죠. 하지만 나도 미아 소프에 대해서 좀 알아봤거든요?"

그는 한숨을 쉰다. "빌어먹을 구글. 요즘은 개나 소나 사설탐정이죠."

"보아하니 전에도 사라진 적 있나 보던데요."

이번에는 그가 아무 말도 하지 않을 차례다.

"페이스북을 뒤져보니까 걱정된다며 연락해달라고, 집으로 돌아오 라고 친구들이 댓글을 달았더라고요."

"아, 네."

"그리고 이 비슷한 댓글도 있었어요. '예전 일 다시 반복하지 말자. 이번에는 어디 있는지 아무한테라도 좀 알려줘.' 그러니까, 맞아요? 전 에도 사라진 적 있어요?"

"네."

"그때는 어디 갔었는데요?"

"어제 저녁에 얘기했잖아요. 서부의 어느 으리으리한 재활센터에 제 발로 들어갔다고. 하지만 그건 6주 동안이었고 아버지는 딸의 행방을 알 았어요. 이번하고는 전혀 달라요."

"중독자들은 자주 사라져요. 그게 흔한 패턴이에요."

"그리고 당신이 그걸 아는 이유는……."

"누구나 아는 상식이기 때문이죠."

베일리는 헛기침을 한다. 뒤에서 소음이 많이 들린다. 그도 운전 중 인 모양이다. "그런 사람들에게 조언을 하는 데 이골이 나서 그런 게 아니고요?"

젠장.

"걱정 마요, 디어 버디. 내가 당신 비밀을 누설할 일은 없으니까."

경보가 충격파처럼 나를 관통한다. 그가 방금 내 정체를 폭로했다. 사람들이 사설탐정을 괜히 재수 없게 여기는 게 아니다.

나는 애써 어른스러운 목소리를 동원한다. "제가 한 말씀만 드려도 될까요, 커크 탐정님? 이만 꺼져주시죠."

"잠시만요."

나는 손을 벌벌 떨며 통화 종료 버튼을 누른다. 겹겹의 베일을 벗겨내고 진실을 알아낸 사람은 베일리가 처음이다. 그것도 대략 24시간 만에. 물론 사설탐정이라 정보 입수 능력이 보통사람들과 다르겠지만 그래도. 나는 흥분을 달래며 가속페달을 밟는다. 내가 발가벗겨진 기분이고 조금 화도 난다. 전화벨이 다시 울리지만 받지 않는다.

도시의 풍경이 멀어져 백미러에서 완전히 사라지고, 그 안에 있었던 나라는 존재도 더불어 사라진다.

19
과거

"이리 와, 쨱쨱아."

어두컴컴한 안방에서 나지막이 꺽꺽대는 아버지의 목소리가 들렸다. 나는 문 앞 복도에서 걸음을 멈췄다. 간밤에 싸우던 아버지와 어머니의 말소리가 아직까지 복도에서 메아리치는 것 같았다.

"괜찮아. 아빠한테 와서 잘 잤느냐고 인사해야지."

나는 문 앞으로 다가가 섰다. 방 안에서 희미하게 잠 냄새와 담배 냄새가 나는데, 불쾌하지는 않았다.

"좀 더 가까이 와."

나는 삐걱거리는 나무 바닥을 밟고 안으로 들어가 침대 옆으로 가서 섰다. 블라인드가 내려져 있었지만 가장자리로 쏟아져 들어온 햇빛이 방 안을 노르스름하게 물들였다. 아버지는 웃통을 벗고 있어서 문신이 새겨진 두툼한 근육질의 팔뚝이 드러났다. 모래색 머리카락은 제멋대로 헝클어져 있었다.

아버지는 담뱃갑을 집었다가 나를 보고 다시 내려놓았다. "담배 끊어야 하는데."

"건강에 안 좋으니까요." 나는 조심스럽게 말했다.

좀처럼 볼 수 없는 미소. "그렇지."

아버지는 정수리를 문질렀다. "엄마는 어디 계시니?"

"일하러 가셨어요."

엄마는 푼돈이나마 벌기 위해 읍내 식료품 가게에서 일을 했다. 엄마가 덜커덩거리는 픽업트럭을 몰고 출근할 때마다 그 길로 영영 사라질까 봐 불안했지만 그런 일은 없었다. 엄마는 금지 상품을 몰래 들고 항상 돌아왔다. 치토스, 스니커즈, 오레오, 골드피쉬 크래커, 예전에 먹던 이런 과자들이 금지 상품이었다.

아버지는 미간을 잔뜩 찌푸리며 고개를 끄덕였다. 아버지의 얼굴은 어두운 그늘로 뒤덮였고 수많은 가면을 갈아 쓸 수 있었다. 지금은 다정하고 피곤해 보였다. 간밤에 엄마와 싸웠을 때는 험상궂고 무서웠다. 기타를 칠때는 평화로워 보였다. 버럭 화를 내기 전에는 멍하니 무표정했다.

"배고프세요?" 나는 아버지의 지금 상태를 유지하고 싶은 마음에 이렇게 물었다.

아버지는 어깨를 으쓱했다. "조금. 너 뭐 만들 줄 아니?"

"오트밀 만들 줄 알아요. 좀 드실래요?"

아버지는 고개를 끄덕였다. "그러자, 짹짹아. 그거 먹고 나가자. 너한테 보여주고 싶은 게 있어."

아침식사를 마친 뒤에 우리는 구불구불한 오솔길을 따라 숲을 가로질렀다. 오빠와 아버지가 오솔길을 만들어놓았다지만 길이 거의 없는 거나 다름없었다. 아버지와 보조를 맞추느라 나는 거의 뛰어야 했다. 아버지는 걸으며 또다시 설교를 늘어놓았다.

"세계 경제가 무너져서 우리가 알던 사회가 끝장나고 하늘이 화염으로 붉게 물들면 우리 같은 사람들이 살아남을 거다. 우리가 세상의 주인이 될 거다."

"언제예요? 세상이 무너지는 때가?"

학교, 선생님, 두고 온 친구들이 생각났다. 세상이 무너지면 그들은 어떻게 될까? 세상이 어떻게 무너질 수 있을까? 그런 일은 있을 법하지 않았다. 공기, 땅, 하늘, 새. 모두 우리보다 한참 전부터 여기 있지 않았는가 말이다.

"이미 무너졌어. 인간들이 메시지를 파악하지 못했을 뿐."

"어떤 메시지요?"

다시 빙그레 미소. "알 거 없다. 다 왔네."

우리는 큼지막한 철문이 달렸고 가벼운 콘크리트 블록으로 만든 납작한 건물 앞에서 걸음을 멈추었다. 온통 각이 진 그 건물은 둥그스름한 나무, 찰싹이는 바람, 떨어지는 낙엽으로 이루어진 자연이라는 공간과 어울리지 않았다.

"이건 뭐예요?" 나는 차가운 철문에 손을 얹으며 물었다.

"우리 아버지가 지은 건물이란다. 벙커. 방공호지."

아버지는 주머니에서 열쇠뭉치를 꺼내 문을 열었다. 우리는 안으로 들어가 밖에서 새어 들어오는 햇빛을 길잡이 삼아 좁은 콘크리트 계단을 내려갔다. 계단 발치에 다다르자 아버지가 문을 하나 더 열고 안으로 들어가 벽의 갈고리에 매달린 휴대용 랜턴을 켰다.

나는 아버지를 따라 들어갔지만 심장이 쿵쾅거리고 침이 말랐다. 침대 두 개, 의자 네 개가 딸린 테이블, 다 망가진 체크무늬 소파, 책과 게임 무더기가 있었고, 선반이 어둠 속으로 끝도 없이 이어지는 것처럼 보였다. 공기는 습하고 퀴퀴했다.

"여기서 누가 살아요?"

"아무도 살지 않아. 지금은 나중에 필요한 것들을 보관하는 용도로 쓰고 있지."

아버지는 랜턴을 들고 안쪽으로 더욱 깊숙이 들어갔고 나는 그 뒤를 따라 줄줄이 놓인 통조림 앞을 지났다. 엄마와 내가 같이 만든 잼도 있어서 유리병 라벨에 꼼꼼히 적어놓은 엄마의 글씨가 보였다. 블루베리, 딸기, 포도. 참치와 정어리 통조림, 그리고 검정콩, 베이크드 빈, 강낭콩, 병아리콩, 흰강낭콩 통조림 같은 엄청 많은 콩 통조림이 질서 정연하게 일렬로 놓여 있었다. 고구마, 사과 소스, 땅콩 버터는 큼지막한 통에 담겨 있었다. 쌀부대는 플라스틱 보관함에 쑤셔 넣어져 있었다. 여기에 건전지와 물통까지. 여기서 죽을 때까지 살아도 충분할 것 같았다. 이게 다 어디서 났을까? 먼지가 덮인 물건도 있고 새것 같아 보이는 물건도 있었다.

아버지가 다른 문을 하나 더 열었다. 그리고 깊숙한 방 안으로 들어가 랜턴을 들어올렸다.

나는 헉 하고 숨을 들이마셨다. 이번에는 무기였다. 활과 화살, 깔쭉깔쭉한 헌팅 나이프에서부터 날이 넓은 마체테에 이르기까지 각양각색의 칼. 그리고 엄청난 숫자의 총기류. 반자동 총기, 소총, 살상용 무기, 권총, 산더미 같은 탄약. 내 입 안에서 침이 말랐다.

"총이 왜 이렇게 많이 필요해요? 총은 죽일 때 쓰는 거잖아요."

묵직한 손이 내 정수리에 얹어졌다. "결국에는 자신을 보호할 수 있는 사람들만 살아남을 수 있기 때문이지, 짹짹아."

"누구한테서 우리를 보호해야 하는데요?"

나는 아버지를 올려다보며 외계인이나 좀비, 병에 걸린 언데드를 운운하겠거니 생각했다.

"서로한테서."

아버지의 말투, 아버지의 무미건조한 시선 때문에 왠지 모르게 내 온몸이 따끔거렸다.

그날 밤에 나는 좀비와 빨갛게 변해가는 하늘과 정체 모를 악마에게서 도망치느라 숲속을 달리는 꿈을 꾸게 될 것이었다. 나중에 알고 보니 그 악마는 우리 아버지였다.

...

이제 고속도로에서 벗어나자 도로가 점점 좁아지다가 마침내 내가 평생 도망치려 하는 그곳으로 향하는 길이 등장한다.

당신의 소지품이 담긴 상자에 들어 있던 누렇고 쭈글쭈글한 신문기사가 조수석에 놓여 있다.

라디오에서는 데이비드 보위가 하늘의 스타맨에 대한 노래를 부른다.

도로변에 표지판이 서 있다. *할로스에 오신 것을 환영합니다.*

나는 메인 스트리트로 접어들어 예쁘장한 광장을 가로지른다.

할로스는 엽서 사진으로 쓰임직한 마을이다. 도시 사람들이 호박 농장을 구경하고, 사과를 따고, 사과술을 마시고, 황금색과 호박색, 새빨간색과 밝은 주황색으로 불꽃놀이를 펼치는 단풍을 구경하러 주말에 놀러 오는 곳. 그들 눈에는 고풍스럽게 보일 수도 있겠다. 평화롭고. 목가적이고. 이 지역의 공예품과 미술품과 여기에서 깎은 양털로 짠 담요를 파는 멋진 부티크, 하얀색 오크 바닥재를 깔아서 환해 보이는 널찍한 요가 스튜디오, 콜드 브루와 글루텐 프리 스콘을 파는 고급스러운 카페는 매혹적일 것이다. 도시인들이 소박한 삶을 상상할 때 그림직한 곳이다.

하지만 여길 찾을 때 내 눈에 보이는 건 그런 게 아니다. 할로스에는 다른 측면이 있다. 어쩌다 주말에 놀러오는 관광객들 눈에는 보이지 않는 부분. 이 마을에서는 다른 마을보다 나쁜 일이 더 많이 벌어진다. 인터넷 검색만 해봐도 내가 호들갑을 떠는 게 아님을 알 수 있다. 내가 여기에서 나쁜 일을 겪은 것만큼은 분명하다.

내 뱃속에서 뭔가가 똘똘 뭉치고 어깨에 힘이 들어간다. 광장에서 빠져나왔을 때 오른쪽에 블루 하우스 인이 등장하자 나는 숨을 쉬라고 스스로를 다그친다. 블루 하우스 인은 빅토리아풍의 대저택을 하늘색으로 칠해 매력적인 숙박 시설로 개조한 곳이다.

조그만 주차장에 차를 대고 안으로 들어간다. 여름철 주말이라면 미리 연락해 예약했을지 모르지만 휴가철은 끝났고 회색 뚜껑이 마을을 덮었다. 나무들도 옷을 벗고 시커먼 가지만 하늘을 향해 뻗고 있다. 게다가 내 방은 언제 가도 있다. 여기 주인과 나는 오래전부터 알던 사이이다.

겨울에는 오후 3시 30분쯤 되면 어둠이 내리기 시작한다. 여기 오면 항상 더 춥게 느껴지는 이유가 뭘까? 차에서 짐을 꺼내는데, 습기를 머금은 냉기 때문에 오한이 난다.

하지만 손님이 왔음을 알리는 조그만 종소리와 함께 로비로 들어가 보니, 불똥 튀기는 소리를 내며 장작이 타고 있어 따뜻하고 아늑하다. 윙체어와 솜을 잔뜩 넣은 소파가 있고, 벽에는 이 지역의 랜드마크를 그린 유화가 걸려 있으며, 책꽂이가 끝도 없이 이어진다. 벽난로 위에는 멀건 눈으로 세태에 혼란스러워하는 사슴 머리가 달려 있다. 사람들이 저렇게 죽은 동물의 머리를 벽에 걸어도 된다고 생각하는 이유가 대체 뭘까?

안내 데스크에서 안경을 쓴 젊은 여직원이 손님이 왔다는 데 놀라워하며 휴대전화를 보다 말고 고개를 든다. 한쪽 옆에 교재와 노트북이 있다. 그녀가 내려놓은 휴대전화를 보니 토치에서 괜찮아 보이는 남자들 사진을 훑어보고 있었던 모양이다. 나는 말리고 싶지만 혀를 깨문다. 청하지도 않은 조언을 달갑게 들을 사람은 없다. 인간은 누구나 쓰라린 경험을 통해 직접 배우는 걸 좋아하는 법 아니던가.

"33호실 쓸 수 있을까요?" 나는 묻는다. 거실과 벽난로가 있고 창가에는 책상이 놓인 가장 넓은 객실이다.

여직원은 안경을 추어올리며 삐딱하게 미소를 짓는다. "모든 객실을 쓰실 수 있어요."

"아무리 짧아도 며칠은 있어야 하는데요."

그녀는 삐져나온 적갈색의 긴 머리를 귀 뒤로 넘기며 예약한 손님이 없다고 말하고, 내가 알려준 이름을 컴퓨터에 입력한다.

"전에도 오신 적이 있네요. 개인 정보에 변동 사항이 없으신가요?"

나는 그렇다고 대답한다. 그녀는 키보드를 몇 번 두드린 뒤에 금색 열쇠를 내게 건넨다.

"원하는 기간 동안 계속 계셔도 돼요. 체크아웃을 하고 싶으실 때 말씀만 해주세요."

나는 고맙다고 인사하고 가방을 어깨에 짊어진다.

"도와드릴까요?" 직원이 물으며 휴대전화를 다시 흘끗 쳐다본다. 남자 쇼핑이라는 중독성 높은 활동으로 얼른 다시 돌아가고 싶은 것이다.

"아니에요. 괜찮아요."

나는 로비를 가로질러 복도를 걷는다. 마룻바닥이 삐걱거리고 허공에서는 라일락 향이 맴돈다.

객실로 들어가 노트북을 설치하고 휴대전화를 충전하고 짐 가방을 벽장에 넣는다. 스위치를 올려 가스 벽난로를 켜고 잠깐 동안 멍하니 불을 쳐다본다.

디어 버디와 렌 그린우드는 각자의 상자에 넣는다.

'어니언 라우터'라고도 불리는 토어에 접속한다. 토어는 흔적을 남기지 않고 인터넷에 접속하고 싶을 때 쓰는 다크웹 브라우저다.

인터넷에는 두 종류가 있다. 하나는 모르는 사람이 없고 그게 없으면 생활이 되지 않는 인터넷이다. 내가 지금까지 만난 모든 사람과 필요한 모든 정보, 사고 싶은 모든 것이 담겨 있는 곳, 반짝반짝하고 정신없이 돌아가는 곳이다. 이 안에는 환하고 알록달록한 SNS 사이트가 있고, 쿠폰을 돈으로 바꾸는 곳이 있고, 백만 장의 사진을 저장하고 편집하고 출력해 머그잔으로 만들 수 있는 곳도 있다. 이곳은 고해실이다. 전 세계 뉴스의 중심지다. 요리책이자 라디오이자 텔레비전이다. 온갖 질문이 제기되고 거기에 정확도를 장담할 수 없는 답이 달리는 세계로 건너갈 수 있는 포털이다.

그런가 하면 다크웹이라는 신기하고 추악한 지하 세계도 있다. 거기서 나는 당신을 찾아줄 수 있는 사람을 찾으려 한다.

20

나는 어둠 속에서 로빈을 따라간다. 그녀는 말이 안 될 정도로 날렵하고 잽싸게, 토끼처럼 달린다. *같이 가.* 나는 외치고 싶지만 말이 나오지 않는다. 공포에 질리고 숨이 턱 끝에 차서 소리를 낼 수가 없다. 옆구리가 쑤신다. 목은 칼칼하다. 뒤에서 누군가가 이리저리 부딪치며 달려오는 발소리가 들린다. 덩치가 크고 나보다 더 어설픈 사람이 앓는 소리를 내고 있다. 나는 발이 걸려 넘어지는 바람에 한쪽 무릎이 까지지만, 비틀비틀 다시 일어나 계속 달린다.

여기로 올라와.

로빈이 나무집에 들어가 있다. 창문은 어두컴컴한 하늘 같고, 그녀의 얼굴은 거기에 뜬 조그만 달님 같다.

얼른, 들키기 전에.

나는 소리 없이 잽싸게 올라간다. 잠시 후에 남자가 아프고 화가 나서 으르렁거리며 쿵쾅쿵쾅 지나간다. 괴물. 곰. 악귀. 우리 아버지. 그가 몸을 들썩이고 앞뒤로 흔들며, 밤하늘에 대고 내 이름을 울부짖는다. 하지만 절대 위를 올려다보지는 않고 그대로 휘청휘청 사라진다.

그의 목소리가 점점 희미해지다가 마침내 숲에 삼켜진다. 내 거친 숨소리만 들릴 뿐 정적이다. 로빈은 막대기처럼 가느다란 다리와 헝클어진 둥지 같은 머리를 하고 한쪽 구석에 엉덩이를 깔고 앉아 있다.

우리는 나무집에 자연을 고스란히 옮겨놓았다. 유난히 예쁜 낙엽, 재미있게 생긴 돌멩이, 새 둥지와 깨진 파란색 알, 올빼미 토사물, 달팽이 껍데기, 큼지막한 까만색 깃털, 번개를 맞은 나무토막, 쥐의 것인가 싶은 조그만 해골.

이건 아마 까마귀 깃털일 거야. 로빈이 구부러진 반짝이는 깃털을 가리키며 말한다. 나를 딴생각하게 만들려고 그러는 거다. 로빈은 나처럼 그를 무서워하지 않는다.

"그럴지 몰라. 요즘 들어서 까마귀가 많이 보이더라." 나는 떨리는 목소리로 얕은 숨을 몰아쉬며 말한다.

걔네들이 얼마나 똑똑한지 알아? 사람을 기억하고 원한도 품는대. 걔네들은 도둑이야. 특히 반짝이는 걸 좋아하지. 아무거나 잘 먹고 우리처럼 끈질기게 잘 버텨.

로빈이 내게 깃털을 건넨다. 깃털이 달빛을 받고 푸르스름한 검은색으로 빛난다.

너한테는 아무 일 없을 거야. 그녀가 조그맣게 말한다.

우리는 등을 대고 누워서 두근거리는 심장을 달래며 지붕널 사이로 별이 반짝이는 밤하늘을 올려다본다. 어딘가에서 구슬프고 조심스러운 올빼미 울음소리가 들린다.

...

키보드에 침을 흘리며 잠에서 깬다. 머리가 깨질 듯이 아프고 끔찍한 갈망이 나를 감싼다. 그 숲, 그 나무집의 감촉과 냄새가 생생하다.

어떻게 증오하는 공간에 향수를 느낄 수 있을까?

노트북에서 알림이 울리고 있다. 로그인하자 화면이 살아난다.

다크웹은 일종의 야시장이라고 보면 된다. 총에서부터 약물에 이르기까지 온갖 불법용품을 거래할 수 있는 곳, 청부살인업자에서부터 매춘부에 이르기까지 온갖 용역을 이용할 수 있는 곳이다. 그것도 월드와이드웹과는 다르게 추적당할 걱정 없이. 나를 온라인에서나마 다른 사람이 될 수 있게 도움을 준 남자도 여기에서 찾았다. 원칙적으로는 응급상황이 아닌 한 다시는 연락하면 안 되지만, 나는 그의 사이트에 접속해채팅창을 열었다.

내 정체가 탄로 났어요. 나는 이렇게 입력하고 그가 오래전에 내게 준암호명을 밝혔다. 로스트 걸. 그러고는 답을 기다리다가 깜빡 잠이 들었다.

이제 퉁명스러운 답이 화면에 떠 있다.

그래서 어쩌라고. 이 바닥은 원래 A/S가 안 돼.

나는 솔직하게 애원하는 쪽을 선택한다. 부탁이에요, 도와줘요.

원하는 게 뭐야?

내가 원하는 게 뭘까? 좋은 질문이다. 나는 렌 그린우드로 온라인에족적을 남기고 디지털 무덤에 과거를 제대로 묻으려고 했을 때 이 남자를 찾았다. 그러면 아무도 내 과거와 현재를 연결할 수 없을 줄 알았다.

그런데 내 생각대로 되지 않은 모양이었다. 그렇다면 이 시점에서 내가 원하는 게 뭘까?

여보세요? 원하는 게 뭐냐니까?

나는 채팅방에 입력한다. 나를 찾아낸 남자를 찾고 싶은데 도와줄 수 있어요?

너를 찾아낸 남자가 있다고? 이번에는 네가 그 남자를 찾고 싶고?

또다시 좋은 질문이다. 이 일을 그냥 때려치울까 고민이 된다. 하지만 아니다. 이 사람이 도와줄 수 있다면 도움을 받아야 한다. 그래서 이렇게 쓴다. 설명하자면 복잡해요.

요즘은 서로의 관계를 규정하기가 기본적으로 복잡하지.

도와줄 수 있어요?

잘 모르겠는데.

그 남자를 찾으려면 뭐가 필요한데요?

빨간색 커서가 깜빡거린다. 그가 이대로 사라져 내 호출을 영영 무시하는 건 아닌지 걱정이 된다. 이 남자, 실은 남자가 맞는지도 모르겠지만 이 사람과 나는 한 번도 만난 적이 없다. 나는 그의 이름도 생김새도 사는 곳도 모른다. 하지만 그는 내가 다른 인물로 온라인에서 과거를 구축하도록 도와주었다. 이제 그가 응답하지 않으면 내가 할 수 있는 건 사실상 아무것도 없다.

나는 발로 바닥을 두드리며 기다린다. 점점 초조해진다. 밖에서는 해가 저물어가고 하늘은 우울한 짙은 회색이다. 피곤해서 죽을 것 같다. 자정은 된 것 같은 느낌인데 시계를 보면 오후 3시 30분밖에 안 됐다고 한다. 젠장. 디어 버디. 잭스한테 연락해야 하는데.

나는 화면을 쳐다보며 다시 조마조마하게 10분을 기다린다. 막 포기하려는 찰나 그가 답장을 보낸다.

그 남자에 대해 아는 걸 전부 보내줘. 그럼 방법이 있는지 한번 볼게.

그는 오로지 숫자와 한 번도 본 적 없는 서버 이름으로 이루어진 이메일 주소를 알려준다.

나는 채팅창에 쓴다. 고마워요.

아직 고마워할 필요 없어. 그리고 공짜도 아니야.

당연하죠.

그가 액수를 제시하는데 금액이 크다. 내 절박한 심정이 느껴진 모양이다. 나는 깎아보려는 시도조차 하지 않는다.

나는 채팅창에 알았다고 쓴다.

비트코인으로 주면 돼.

그가 비트코인 주소를 알려준다. 나는 비트코인 쓰는 법을 전혀 모른다. 회계사에게 맡겨야겠는데, 그는 알려나 모르겠다. 잠시 후에 퍼뜩 머리가 맑아지자 나는 키보드를 두드린다.

그 남자를 찾으면 입금할게요. 협상을 시도해 본다. 내가 절박할지 몰라도 바보는 아니다.

절반은 지금. 절반은 그 남자 찾으면 줘.

좋아요.

입금하면 작업에 착수할게.

나는 그에게 모든 걸 넘긴다. 나와 만났을 때 당신이 썼던 이름인 애덤, 베일리 커크에게 들은 이름, 당신 회사 이름, 내 수중에 있는 모든 사진, 이제는 쓸모없게 된 당신 SNS와 토치 페이지 링크, 당신이 자기 집인 척했던 공유 숙소 주소. 사라진 여자들 이름. 내게 알려줬던 당신의 모든 신상 정보. 대부분 거짓말이었겠지만 거짓말에도 패턴이 있다.

전송을 마치고 잠깐 가만히 앉아 있는데, 당신이 추락한 디지털의 심연 가장자리에 내가 서 있는 듯한 기분이 든다. 나는 당신을 온라인에서 만났고, 당신이 사라진 지금 내게 남은 건 당신이 전자기기에 남긴 흔적뿐이다. 그리고 난 오로지 다크웹을 통해 소통한 사람에게 도움을 청했다.

그 남자를 찾으면 뭘 어쩌려고? 로빈이 궁금해한다. 그녀는 방구석의 그림자처럼 벽난롯가에 앉아 있다.

"아직 거기까지 생각해보지는 않았어." 나는 말한다.

그냥 그 남자가 사라지게 내버려둬야 하는 거 아닐까?

두말하면 잔소리지만 로빈 말이 맞다.

다시 알림이 들린다. 연락할게.

어떻게요?

채팅창이 닫힌다.

나는 회계사에게 이메일을 보내 비트코인 송금을 부탁한다. 아마도 금세 그에게서 전화가 올 것이다.

다음 차례로 잭스에게 연락한다.

그녀는 전화를 받자마자 인사 대신 이렇게 말한다. "내가 오늘 얼마나 생산적인 하루를 보냈는지 알아? 너도 봤다면 뿌듯해했을 거야."

"진짜? 내가 넷플릭스에 접속해보니까 〈뱀파이어 해결사〉를 정주행하고 있는 것 같던데." 나는 넷플릭스에 접속하지 않았다. 그 정도로 잭스를 잘 알고 있을 뿐이다.

"뭐, 그것도 보긴 했지. 하지만…… 나 혼자서 디어 버디 답장을 완성했어. 내 책 원고도 천 단어나 썼고. 거기다 네일까지 했어."

"잠깐. 디어 버디 답장을 썼다고?"

"워, 워, 흥분하지 마시고요. 리즈한테 보내지는 않았어. 네 전화를 기다리고 있었지."

"좋아. 읽어봐."

이메일을 체크해보니 잭스가 한 시간 전쯤에 디어 버디 답장을 보내놓았다. 그걸 그냥 읽어도 되지만 그녀의 목소리로 듣고 싶다.

잭스가 어떤 사연을 채택했는지 읽어준다. 남편은 떠났고 딸은 만남을 거부한다며 달라지고 싶다는 저장강박증 환자. 여자들에게 계속 차여서 속상한데, 돈이 많이 들고 고생스러운 턱 성형수술을 받으면 문제 해결에 도움이 되지 않을까 생각한다는 젊은 남자. MZ세대 직원들이 하나같이 게으르고 자기밖에 모른다며 하소연을 늘어놓는 여자.

잭스가 이번에는 자기 답장을 읽어준다. 그녀 특유의 정신이 번쩍 드는 표현이 추가됐을 뿐, 솔직히 내가 썼다고 해도 믿길 만큼 고칠 부분이 거의 없다.

저장강박증 환자에게는 심리학적인 측면에서 저장강박증을 설명하고, 심리 치료를 권하고, 따뜻한 응원의 메시지를 전한 뒤 이렇게 말한다. 도움을 받으세요, 자매님. 집을 청소하고 가족들을 집으로 불러 모아요.

우리의 비자발적인 초식남에게는 이렇게 충고한다. 사랑은 자기 본위적이에요. 내면을 다스리고 당신만의 즐거움을 찾으세요. 거기를 삶의 출발점으로 삼으면 천생연분을 만날 수 있을 거예요. 당신의 외모가 아니라 있는 그대로를 사랑해줄 여자를. 몸에 칼 대지 말아요. 그래봐야 효과 없을 거라고 내가 장담할 수 있어요.

그런 다음 억울한 누명을 쓸 때가 많은 MZ세대에게 이런 식으로 애정을 표현한다. 워라밸 측면에서는 그 직원들이 더 훌륭한 삶을 살고 있을지 몰라요. 당신도 가끔 5시에 퇴근하면 부하직원들을 덜 원망하게 될 거예요. 따지고 보면 투쟁의 결과로 얻게 된 게 8시간 근무잖아요?

나는 공유받은 파일을 몇 군데 수정하기는 하지만 기본적으로 거의 손을 대지 않는다.

"네가 디어 버디를 해도 되겠어." 나는 작업을 마친 파일을 리즈에게 보내며 이렇게 말한다.

"말은 고맙지만 사양할게. 이걸 매일 할 자신이 없거든. 힘들어. 괴로워하는 사람들이 너무 많아."

"그렇긴 하지. 맞아."

잭스는 한숨을 쉰다. "어제 그 남자를 불도저라고 부르기로 마음먹었는데, 나한테 하루 종일 문자를 보내고 있어."

"어젯밤에 번호 차단했잖아."

잭스가 냉장고 문을 열고 뒤지는 소리가 난다. 안에 든 거라고는 양상추, 딱딱하게 굳은 피자, 내 입맛에는 별로라 먹다 남긴 타이 어메이징 치킨밖에 없을 것이다. 그리고 방치된 채 썩어가고 있는 싸구려 화이트 와인도.

"내가 차단을 해제했을지도?"

"잭스."

"너 장도 안 봐?" 잭스가 묻는다. "아무튼, 어쩌면 내가 오버한 걸 수도 있잖아. 오해한 걸 수도 있고."

내가 제대로 들은 게 맞는지 의심스러울 지경이다. "뭔 소리야. 그 남자가 네 옷을 찢었잖아."

"그건…… 실수였던 게 아닐까?"

나는 침묵으로 대답을 대신한다.

잠시 후에 잭스가 말한다. "알아. 나도 다 안다고. 다시 차단할게. 약속해."

나는 계속 침묵을 지키다가 묻는다. "설마 그 남자를 다시 만날 생각은 아니겠지?"

"아니야." 하지만 어쩌 애매하게 들린다. "아니라고."

나는 잭스를 비난할 자격이 없다. 나도 이렇게 당신을 찾고 있지 않은가. 최소한 거짓말쟁이고 어쩌면 거기서 한 술 더 떠 흉악범일지도 모르는 당신을. 이유가 뭘까?

"내가 어떻게 그렇게 사람을 잘못 봤을 수 있을까?"

내 심정을 알아차리기라도 한 듯 잭스가 이렇게 묻는다. 그녀는 슬프면 목소리가 부드러워진다.

"인간은 누구나 가끔 보고 싶은 대로 볼 때가 있잖아." 나는 말한다.

다시 깊은 한숨. "너 지금 어디야?"

회계사에게 전화가 왔다는 신호가 뜬다.

"잭스, 전화 끊어야겠다."

"내가 너 위치 추적할 수 있는 거 알지? 친구 찾기 앱이 깔려 있다고."

아, 맞다. 그걸 깜빡하고 있었다. 나도 잭스를 위치 추적할 수 있다.

"널 스토킹할 생각은 없지만. 그래도 말이야, 네가 거기 있는 거 알아. 거긴 도대체 뭐 하러 간 거야?"

"나중에 다시 연락할게."

"너 거기 싫어하잖아, 아니야? 왜 다시 간 건데?"

나는 계속 종알대는 그녀를 버리고 걸려온 전화를 받는다.

내 회계사 마티의 밑에서 일하는 라일이다. 목소리상으로는 나이가 어린 것 같고 말투가 나긋나긋한 남자다. 나는 그에게 정신이 이상해진 것도, 누가 내 머리에 대고 총을 겨누고 있는 것도 아니라고 딱 잘라 말한다. 그는 마티가 비트코인 거래를 별로 좋아하지 않는다며 소극적으로 이의를 제기한 뒤에 알겠다고, 송금하겠다고 한다.

"별일 없으신 거 맞죠? 그린우드 씨답지 않은 요청이라서요."

"아무 일 없어요, 라일. 그냥…… 이럴 때도 있고 그런 거죠."

이게 도대체 무슨 뜻일까? 의뭉스러운 말을 내뱉고 났더니 입맛도 쓰다.

"마티 씨가 통화하고 싶어 하세요. 요즘 주식시장이 조금 어지러운 거 아시죠? 그린우드 씨의 투자금을 지킬 수 있게 약간 변화를 주면 어떨지 상의하고 싶으시대요."

주식시장. 우리 아버지라면 말도 꺼내지 못하게 했을 것이다. 궁극의 범죄, 기업의 탐욕을 조장하는 악마의 계략이라며. 하지만 잭스의 어머니는 우리 둘에게 돈을 모으고 투자하는 법을 가르쳐주었다. *일을 해서 돈을 모아. 그런 다음에는 돈이 돈을 부르게 만들어. 그래야 남자한테 기댈 필요 없이 살 수 있어.* 일리가 있는 말이었다. 우리 엄마를 떠올리면 상황에 갇혀서, 혼자서는 우리랑 먹고 살 방법이 없어서 아버지의 노예로 지냈다는 생각이 든다.

"그냥 알아서 해달라고 전해주세요." 나는 말한다.

"진심으로 상의를 하고 싶어 하셔서요. 언제 시간이 괜찮으세요?" 그는 순순히 물러나지 않는다.

"다음 주에 전화해서 약속 잡을게요."

그때쯤이면 내 삶이 정상으로 돌아가 있겠지.

"그린우드 씨."

"고마워요, 라일. 이제 끊을게요." 나는 계속 뭐라고 말하는 그를 무시하고 무례하게 전화를 끊는다.

이제는 다크웹의 해결사에게 연락이 올 때까지 기다리는 수밖에 없다. 그가 내 비트코인을 들고 영영 잠수를 탈 수도 있지만.

연락이 올 때까지 기다리는 동안 해야 할 일이 몇 가지 있다.

21

모진 바람에 나무들이 휜다. 남은 오후의 햇살이 하늘에서 점점 빠져나가는 가운데, 나는 열린 대문을 지나 포장도로로 진입한다. 부연 유리창과 낙엽으로 뒤덮인 조그만 현관에서 방치된 분위기가 물씬 풍기는 왼편의 조그만 건물을 지나 구불구불한 길을 천천히 달린다. 북쪽 지방의 겨울 황혼녘은 공동묘지를 찾아가기에 완벽한 시간대다. 분위기를 중요하게 여기는 사람의 경우라면 더욱 그렇다. 묘비는 긴 그림자를 드리운다. 마지막 남은 햇살은 벌거벗은 나뭇가지 위에서 하얗고 선명하게 반짝인다.

조심스럽게 줄 맞춰 서 있는 묘비들은 어떤 건 우뚝하고 또 어떤 건 납작하다. 어떤 건 망자에게 바치는 기념비고, 또 어떤 건 석상 아니면 조그만 돌집이다. 군데군데 철제 울타리가 무너진 걸 보면 관리가 부실한 모양이다. 몰래 들어온 10대들이 약이나 술에 취해 절대 죽지 않을 사람처럼 까불까불 웃으며 무덤 사이에서 뛰어노는 광경이 그려진다.

방치돼서 잔디가 웃자란 무덤도 있고, 꽃이 조심스럽게 놓인 깔끔한 무덤도 있다.

차를 주차하고, 시내에서 나오는 길에 시장에서 산 난초를 가지고 나온다. 기온이 떨어지고 하늘은 어두침침하고, 바람이 내 재킷과 머리카락을 때린다. 나는 무덤 사이로 난 길을 따라 걸어간다.

죽은 사람들이 신경 쓰이지는 않는다. 유령이 무섭지도 않다. 살아 있는 사람들이 훨씬 위험하다. 여기에는 아무도 없다. 다른 주차된 차도, 무덤 앞에 무릎 꿇고 있는 사람도 없다. 정적. 고독. 내 기준에서 이 두 단어는 무서운 게 아니라 좋은 거다.

부츠 밑창으로 느껴지는 땅바닥은 차갑고 단단하다. 목적지에 도착하자 무릎을 꿇고 앉아서 첫 번째 묘비에 쌓인 낙엽을 치운다.

우리 엄마, 앨리스. 이제 막 마흔이 됐을 때 세상을 떠났다.

다음은 제이 오빠. 세상을 떠나기 바로 전달에 오빠의 열여덟 번째 생일을 축하했다.

갈퀴를 들고 올 걸 그랬다는 생각을 하며 낙엽과 나뭇가지를 치운다. 갈퀴가 수중에 있었던 것도 아니지만. 쓰레기 안에서 생뚱맞게 하얀 담배꽁초가 튀어나온다. 아무것도 아닐 테고 이 조그만 쓰레기가 여기에 있게 된 데에는 백만 가지 가능성이 있다.

하지만 누군가가 오빠의 무덤을 내려다보며 담배를 피우는 광경이 그려진다. 우리 아버지는 담배를 피웠다. 옷과 입에서 항상 희미하게 담배 냄새가 났고, 집 뒤편 테라스의 재떨이는 담배꽁초로 넘쳐났다. 아버지는 거기서 난간에 기대고 숲을 내다보며 줄담배를 피웠다. 필터 없는 카멜을.

줄이려고 노력이라도 해봐. 어머니는 사정하곤 했다.

알았어. 알았어.

오빠 무덤을 내려다보며 담배를 피운 사람이 있었을까?

로빈이라면 이렇게 말할 거다. *땅을 봐. 땅을 보면 거기서 필요한 모든 걸 찾을 수 있어.*

주변의 땅을 살핀다. 하지만 내 눈에는 아무것도 보이지 않는다. 여긴 철저하게 인적이 끊긴 곳이다. 사람이 있는 광경이 상상되지 않는다. 오빠와 엄마의 죽음을 슬퍼하고 그들을 그리워하며 보러 올 사람은 몇 명 되지도 않고 그중 한 명이 나다.

내가 가장 보고 싶지 않은 곳이 마지막 무덤이다. 겨우 15살에 죽은 로빈의 무덤이다.

그녀의 묘비에는 천사가 새겨져 있다. 셋 중에 유일하게 무늬가 있는 묘비다. 다른 두 개는 소박하다. 깨끗한 검은색 테두리 안에 그냥 이름과 날짜만 평범한 서체로 적혀 있을 뿐, 다른 문구는 없다. 그들이 누군가에게 어떤 존재였는지 소개하지도 않는다. 소박한 비석 하나가 삶의 유일한 증거로 남아 있다.

도구 없이 최대한 깨끗이 주변을 치우고 잡초도 좀 뽑는다. 묘비 구석구석 틈새에 이끼가 벌써 자리를 잡았다.

청소가 끝나자 각 무덤 앞에 난초를 놓는다. 난초는 벌써 시들어 흙으로 돌아갈 준비를 하고 있다.

모든 게 끝나자 익숙한 공허감만 남는다.

여기까지의 과정에는 무의미한 측면이 있다. 이런 피상적이고 형식적인 행위로는 그들과 가까워진 기분을 전혀 느끼지 못한다. 그들의 유해는 여기 있을지 몰라도 그들의 영혼이 위에서 나를 지켜보고 있을 것 같지는 않다. 아무 말도 하지 못한다. 내가 어떻게 지내는지, 어떤 식으로 그들을 그리워하는지, 돌이킬 수 없는 수천 가지 일들을 얼마나 후회하는지. 청바지 속으로 스며드는 차갑고 축축한 습기를 느끼며, 하늘이 조금씩 어두워져가는 동안 그저 무릎을 꿇고 앉아만 있다. 멀리서 나를 본 사람이 있다면 기도하는 줄 알았겠지만 그건 아니다.

바람을 타고 날아온 거친 울음소리에 놀라서 펄떡거리는 심장을 달래며 고개를 들어보니, 까맣고 반질반질한 까마귀가 기울어진 울타리 위에 앉아 있다. 몸집이 거대해서 키는 30센티미터가 넘고 가슴이 넓다. 커다랗고 시커먼 발톱으로 울타리를 움켜쥐고 있다.

까악! 까악! 녀석이 뭐라고 말한다. 나이를 알 수 없는 까만 눈을 반짝거리며 나를 쳐다본다. 이제 가야 할 때가 됐다.

나는 자리에서 일어난다.

"꺼져." 나는 까마귀를 좋아하지 않는다. 위협해서 쫓아버리려고 가까이 다가가지만, 녀석은 무섭지도 않은지 꼼짝하지 않는다. 조금 발칙하다고 할 수 있을 만한 눈빛으로 나를 빤히 쳐다보며 날개를 펄럭여 누가 여기 주인인지 보여준다. 어떤 문화권에서는 까마귀를 죽음의 상징으로 간주한다. 어디서는 까마귀가 영혼을 내세까지 안내하는 새라고 한다. 또 어디서는 까마귀를 변화의 상징으로 간주한다. 살다가 까마귀를 맞닥뜨리면 변화가 생긴다는 것이다.

까악! 까악! 까악! 녀석이 나를 비웃는 것 같다는 생각이 들자 말도 안 되게 분노가 치민다.

그때 뭔가가 눈에 들어온다. 묘지 가장자리에 일렬로 심은 나무 사이로 그림자가 진 곳에서 뭔가가 움직인다.

거기에 누가 있다. 키가 크고 어깨가 넓다. 그 사람이 나를 보며 한 발 앞으로 내딛는다.

"저기요." 나는 큰 소리로 외친다.

반대편으로, 내 차가 있는 안전한 곳으로 도망쳐야 할 것이다. 하지만 나는 그러지 않는다. 나는 그런 사람이 아니다. 오히려 그 사람이 있는 쪽으로 다가간다.

"저기요!"

애덤, 당신일까? 당신이 내 뒤를 밟고 있었을까?

어스름을 가르고 등장한 헤드라이트 불빛에 우리 둘 다 화들짝 놀란다. 차 한 대가 내 쪽으로 구불구불한 길을 천천히 달려오고 있다. 뒤를 돌아보니 시커먼 형체가 움직이며 사라진다.

이번에도 차로 도망쳐야 맞는 순간이다. 숲속에 있는 사람을 피해, 차를 몰고 구불구불 다가오고 있는 누군지 모를 사람을 피해. 하지만 나는 시커먼 형체를 따라 공터를 지나고 나무 사이를 헤치며 시커먼 숲속으로 달려간다. 새하얀 태양은 지평선 아래로 잠긴다.

22

추격전을 벌이면 언제나 로빈의 승리였다. 나는 항상 결리는 옆구리를 부여잡고 숨을 헐떡이며 그녀를 불렀다. 그러는 동안 로빈의 웃음소리는 점점 희미해졌다.

같이 가. 내가 내뱉은 말은 오크나무와 느릅나무, 습한 공기 속으로 사라지곤 했다.

"저기요!" 지금 내가 우렁차게 외치는 이 소리는 나무 사이로 날카롭게 울린다. "잠깐만요!"

아드레날린이 로켓 연료다. 심장이 엔진이다.

그는 육중하고 요란하게, 나보다 훨씬 앞서 달린다. 나는 몸 상태가 괜찮다. 요즘은 달리기를 제법 잘한다. 잭스 덕분이다. 내가 잭스처럼 격한 운동에 푹 빠지거나, 멈추거나 쉴 필요조차 없어 보이는 달리기 선수가 될 일은 없다. 단거리든 장거리든 나는 그녀에게 상대가 안 된다. 잭스는 기계다. 하지만 그녀와 친구로 지낸 덕분에 상상할 수 없었던 수준으로 열심히, 빠르게 달릴 수 있게 됐다.

나는 숲속 깊숙이 들어간다. 얼마나 멀리까지 왔는지, 기운이 다하면 무슨 수로 돌아갈 건지는 생각하지 않는다. 점점 거리를 좁히기만 할뿐 결정적인 부분에 대해 궁금해하지는 않는다. 내가 쫓고 있는 사람은 누구이며 왜 쫓고 있는지는.

발을 헛디뎌서 오른쪽 무릎을 땅바닥에 세게 부딪친다. 하지만 다시 일어난다. 나뭇가지들이 내 얼굴을 때린다. 끊임없이 반복되는 악몽처럼, 놓지 못하는 기억처럼. 나는 여기 온 적이 있다. 나는 여기서 벗어난 적이 없다

이윽고 내 소리만 남는다. 이제 더는 앞에서 시커먼 형체가 보이지 않는다. 내가 쫓고 있던 누군지 모를 사람은 사라졌다. 자욱하고 섬뜩한 정적이 온 사방에 내려앉았다. 머리 위에서 별빛이 첫 선을 보인다. 나는 뜨거운 숨을 몰아쉬며 달리기를 멈춘다. 혈관이 벌떡거리며 목젖을 때린다.

"애덤!" 나는 외친다. 울부짖는 짐승처럼 절박하고 어딘가를 다친 목소리다. 아무 대답도 들리지 않는다. "당신 왜 이러는 거야?"

마지막 몇 마디는 그냥 어린애 비명소리에 가깝다.

너무 힘들어서 속이 메슥거린다. 토하지는 않으면 좋겠다. 숨을 쉬자, 숨을 쉬자, 숨을 쉬자.

당신일까? 나를 피해 달아나고 싶었으면 내 뒤를 밟은 이유가 뭘까? 내 삶의 가장자리에 서 있다가 내 쪽에서 다가가니까 도망친 이유가 뭘까?

답은 누가 봐도 뻔하다. 당신이 아니었다는 거.

아무도 아니고 아무것도 아니었다. 사무실 창가의 그 형체처럼.

로빈처럼.

나는 보고 싶은 걸 볼 뿐이다.

줄무늬올빼미 소리가 비웃음처럼 들린다. 리드미컬한 그 울음소리가 이렇게 묻는 것 같다. *누가 널 찾겠어?* 이 숲과 숲속에 사는 동물들에게는 우리가 얼마나 우습게 보일까. 갈망하고 버둥거리며 쓸데없이 기운을 소진하는 어리석은 우리가.

아니면 떠돌이였을 수도 있다. 아니면 공동묘지를 어슬렁거리다가 모르는 사람의 무덤을 내려다보며 담배를 피우는 데서 쾌감을 느끼는 변태였을 수도 있다.

얼굴이 따끔거리길래 손으로 건드렸다가 떼어보니 피가 묻어 있다. 재킷 밖으로 삐져나온 셔츠 소매단으로 지혈해보려고 하지만 거의 유정 수준으로 피가 나온다. 하얀 소매단이 어둠 속에서 시커멓게 보인다. 얼굴을 좀 더 세게 누르며 바로 옆 나무에 기대고 스르르 주저앉자 거친 나무껍질이 등으로 느껴진다. 나무도, 차갑고 축축하긴 하지만 땅도 왠지 모르게 편안하고 익숙하다. 아무리 추워도 자연의 품속은 편안하다. 아버지라면 분명, 우리가 있을 곳이 바로 거기라고 할 거다.

여기서 나는 눈물을 터뜨린다. 강렬하고 불쾌한 슬픔이 가슴속에서 차오르고 감정이 쓰나미처럼 몰려온다. 상실을 겪을 때마다 나라는 인간을 만든 상실의 기억이 소환된다. 나는 누군가를, 모두를, 심지어 나 자신마저 잃었을 때 빠져드는 미끈미끈하고 한없이 깊은 구멍을 안다. 아주, 아주 오랜만에 당신을 상대로 사랑이라는 모험을 시도한 이유가 그 때문일 것이다.

그렇다, 나는 당신을 사랑했다. 그리고 그 마음은 지금도 여전하다. 그건 스위치를 내려서 끌 수 있는 게 아니다.

나는 어깨를 심하게 들썩이며 모두 토해낸다. 울음이 회오리바람으로 바뀌고 나는 잠시 거기에 붙들려 있다. 그러다가 놓여나자 숨을 쉰다. 흐느낌이 잦아들며 깨끗하게 씻긴 기분이 든다.

내 이름이 바람 속에서 메아리치자 처음에는 새소리나 멀리서 실려 온 어떤 소리를 내가 잘못 들었겠거니 한다. 밤이 되면 숲에서 가끔 그런 현상이 벌어질 때가 있다. 소리가 이리저리 튀고 온갖 희한한 곳에서 빙글빙글 올라온다.

"렌! 렌 그린우드!"

어렸을 때부터 불린 이름이 아니라 내 스스로 지은 이름이다. 어쩌면 그래서 엄마가 지어준 이름보다 더 진짜처럼 느껴지는 건지도 모른다. 이게 내 과거라고 나 자신까지 세뇌하는 이야기 속 주인공의 이름이다. 잿더미에서 태어나 그 잔해로 자신을 빚은 아이.

"렌 그린우드!"

이렇게 외치는 소리가 묘지, 그러니까 내가 지금 있어야 하는 쪽, 내가 쫓고 있던 사람과는 반대 방향에서 들린다. 누굴까? 내가 여기 있다는 걸 아는 사람이?

"렌 그린우드!"

바보 같은 이름이다. 어린애나 지을 법한. 물론 사실이 그렇긴 하다. 내 남은 조각을 대충 짜맞춰 온전한 꼴로 만들고 그걸 내 이름으로 정했을 때 나는 어린애였다. 누덕누덕 꿰맨 헝겊인형이었다.

감정적으로, 육체적으로 너덜너덜해진 몸을 일으켜 목소리가 들리는 쪽으로 걸어간다. 밤이 되자 기온이 뚝 떨어졌고 한참 달리고 난 뒤라 온몸이 벌벌 떨린다. 땀이 나서 옷이 젖었고 숲속 바닥에 앉아 있었더니 엉덩이가 축축하다. 숙소로 돌아가 일주일 동안 잘 수도 있을 것 같다.

누군가가 새하얀 손전등 불빛을 위아래로 까딱이며 내 쪽으로 다가온다. 이번에는 진짜다. 나는 시커먼 형체가 사라진 쪽을 돌아보지만 거기에는 아무도, 아무것도 없다.

그가 내 이름을 다시 부를 즈음에는 거리가 충분히 좁혀져 누구인지 알아차릴 수 있다.

나는 살아오는 동안 놀란 적이 거의 없다. 여태껏 산전수전을 다 겪은 데다 디어 버디로 배달되는 편지를 통해 워낙 별의별 사연을 접하기 때문이다. 인간 군상과 세상 돌아가는 방식에 대해 내가 너무 많은 걸 알고 있다는 생각이 들 때도 있다. 돌발 상황이 애닳도록 그리울 정도다.

하지만 앞으로 다가와 손전등을 아래로 내린 남자를 보고 나는 깜짝 놀란다.

베일리 커크다.

"아니, 뭐예요?" 나는 화가 나고 당황스러운 한편 마음이 놓인다. 어째 불편한 조합이다. "내 뒤를 밟은 거예요?"

"다쳤어요?" 그는 물으며 자기 뺨을 건드린다. 내 뺨에 생긴 상처를 보았는지 안타까워하는 말투다. "피가 나요."

베일리의 목소리는 부드럽고 여기까지 걸어오느라 살짝 숨을 헐떡인다. 그가 내 쪽으로 손전등을 비추자 나는 눈을 가린다. 얼굴에서는 피가 나고 머리에는 낙엽이 붙었고 청바지 무릎에는 흙이 묻었으니 몰골이 말이 아닐 것이다.

네. 한 백 군데는 다쳤어요. 이렇게 대답하고 싶다.

그는 사방에 내려앉은 어둠을 흐트러뜨리며 손전등을 이리저리 비춘다. 그러다 불빛을 다시 내 쪽으로 돌리고 가까이 다가와 내 팔에 손을 얹는다.

"괜찮아요?" 그가 묻는다. 엄지손가락으로 눈물을 닦아주며 내 얼굴을 살핀다. 그의 체온, 그의 박력 때문이었을까. 베일리가 나를 끌어당기자 나는 그대로 몸을 맡긴다. 그에게 몸을 묻고 힘센 두 팔에 폭 안겼다가 당황스러워하며 몸을 떼고 바닥을 내려다본다.

"렌, 생각이 있는 거예요, 없는 거예요? 여길 혼자 오다니."

누가 남자 아니랄까 봐. 자기가 뭐는 되고 뭐는 안 되는지 제일 잘 안다고 생각하는군. 이제 일장 연설을 늘어놓겠지.

"피차 마찬가지 아닌가요?" 나는 묻는다.

베일리의 표정은 해석이 되지 않는다. 그가 나를 지나 어둠 속을 쳐다보자 나도 뒤를 돌아본다. 여전히 겨울나무와, 떠오르는 달빛이 비추기 시작한 땅바닥 말고는 아무것도 없다.

나는 둘 사이에 흐르는 정적을 깨뜨리며 이렇게 말한다. "어떤 사람이 보였어요. 내가 생각하기에는요. 그래서……."

어제 베일리에게 했던 말과 너무 똑같게 들려서 이쯤에서 말을 끊는다. 어제도 맞은편 건물에 어떤 남자가 서 있는 걸 보고 추격전에 나섰는데 남자가 사라지지 않았던가. 게다가 그를 보았다는 사람도 없었다. 베일리 커크도, 책상에 앉아서 일하고 있던 수많은 직원들도. 나만 그 남자를 보았다.

따져보면 애덤, 당신을 본 사람은 아무도 없다. 심지어 잭스조차도. 당신을 아직 내 친구들과 내 삶에 소개할 자신이 없었다. 당신에게 디어 버디에 대해서 알리고 싶지도 않았다. 거기에 대해 거짓말을 하고 싶지도 않았지만. 이제 당신은 내 삶에서 사라졌고, 당신을 만나본 사람은 나밖에 없다.

"맞아요." 베일리가 말한다. 내 첫 번째 질문에 대한 대답인 것 같다. "당신 뒤를 밟고 있었어요. 여기까지 당신을 따라왔어요."

"왜요?"

하나 마나 한 질문이다. 베일리는 내가 당신을 찾고 있다고, 아니면 당신이 어떤 사악한 의도를 가지고 나를 다시 찾아올 거라고 생각한다.

그가 나에 대해서 한 짐작은 맞다. 어쩌면 당신에 대해서 한 짐작도 맞을지 모른다. 내 입으로 그걸 인정할 일은 없겠지만, 아무튼 나는 베일리 커크를 만나서 반갑다. 이 어두컴컴한 곳에서 나 혼자 나가는 길을 찾으며 그림자 속을 헤매고 싶지는 않다.

그는 팔을 내밀며 말한다. "왜냐하면 사설탐정들이 하는 일이 그런 거거든요. 뒤를 밟는 거. 대개는 아주 지루해요. 그냥 앉아서 기다려봐야 아무 일 없을 때가 많거든요. 그런데 당신의 경우, 아직까지는 그렇지가 않네요. 덕분에 바쁘게 움직이고 있어요."

나는 얼결에 베일리의 도움을 받아들이고 그를 꽉 붙잡는다. 우리는 내 차가 있는 쪽으로 길을 거슬러 올라가기 시작한다. 나는 넘어지며 찍힌 무릎이 아파서 살짝 절뚝거린다.

"하지만 미아한테는 한 발짝도 다가가지 못하고 있잖아요."

그는 생각에 잠긴 표정으로 고개를 숙인다. "그건 아직 모르죠. 아직 초저녁이니까요."

숲에서 빠져나와 공터로 들어서 보니 달이 점점 떠오르고 있다. 살진 하얀 달이 무심하게 우리를 내려다본다.

"누구 무덤 찾아온 거였어요?" 그가 묻는다.

그럴 듯한 거짓말로 화제를 얼른 돌릴 방법이 없다. 그래서 나는 침묵을 선택한다. 하지만 그가 헤드라이트를 눈부시게 켜놓고 시동도 끄지 않은 자기 차를 내 차 뒤에 세워놓은 곳까지 가려면 무덤 앞을 지나야 한다.

"나에 대해서 어디까지 아세요, 탐정님?" 나는 로빈의 무덤 앞에서 걸음을 멈추고 묻는다.

로빈은 묘지를 좋아했다. 여기는 기본적으로 야생동물 보호구역이라고 할 수 있다. 어쩌면 수백 년 동안 사람의 손을 거의 타지 않은 나무들. 정적과 평화의 공간, 새들이 망자와 더불어 안전하게 있을 수 있는 곳. 솔새, 울새, 그리고 두말하면 잔소리지만 개똥지빠귀(영어로 '로빈'이 개똥지빠귀라는 뜻이다: 옮긴이).

"미안해요." 베일리는 이렇게 말하며 정수리를 문지른다.

내가 생각하기에 이건 내가 감추려고 애써온 모든 걸 알고 있다는 시인이다. 그래서 그가 조금 미워진다. 하지만 안도감이 밀려오는 측면도 있어서 내 어깨와 목에서 긴장이 사라진다. 거짓말하고 숨고 항상 내가 아닌 다른 사람으로 지내려면 엄청난 에너지가 든다. 그 무게가 해마다 점점 더 커져서 이제는 등에 얹힌 짐이 되어 나를 누르고 있는데 전에는 그런 줄도 모르고 지냈다.

"여기서 그만 나갈까요?" 그가 묻는다. 계속 불안한 표정으로 숲 쪽을 흘끗흘끗 돌아본다. 도시 출신이라 우리가 자연과 죽음과 더불어 사는 존재라는 사실을 잊어버린 것이다. 우리도 언젠가는 나무와 풀, 들꽃, 묘비 사이 이끼, 하늘의 별이 된다는 사실을 말이다.

"내가 아는 술집이 있어요." 내가 말한다.

"출발하면 따라갈게요."

"네. 이제 당신을 달고 다니는 데에도 익숙해져가고 있네요."

어두컴컴한 내 차에 올라타 시동을 건다. 막 출발하려는데 휴대전화에서 알림음이 울린다.

모르는 번호가 문자를 보냈다.

집으로 돌아온 걸 환영한다, 짹짹아.

짹짹아. 나를 그렇게 부른 사람은 아버지뿐이었다. 하지만 이 문자를 보낸 사람은 애덤, 당신일 수밖에 없다. 아버지가 예전에 나를 그렇게 불렀다고 내가 알려주었던가? 내가 여기로 돌아온 걸 당신이 어떻게 알까? 숲속에서 나를 지켜보던 사람이 당신이었을까?

세상이 빙글빙글 도는 느낌이다. 거대한 물레바퀴가 돌아가고 과거가 현재로 한데 뭉뚱그려진다. 당신. 여기. 과거의 나. 현재의 나. 그리고 우리 아버지.

당신이 그랬듯 아버지도 내가 손을 내밀면 슬그머니 사라진다. 어린 시절의 모든 수수께끼처럼. 아버지에 대한 기억은 세월이 많이 지나 누레지고 희미해진 스냅사진처럼 존재한다. 내가 찾았던 사진 속 남자아이처럼 항상 낯설게 느껴진다.

나는 그 낯선 사람을 계속 쫓고 있다.

23
과거

"쨱쨱아. 일어나라."

아버지의 목소리와 내 어깨를 짚는 손이 깊디깊은 잠의 베일을 헤치고 나를 끌어올렸다. 눈을 떠보니 옷을 다 갈아입은 아버지가 묵직한 배낭을 짊어지고 서서 나를 내려다보고 있었다.

"무슨 일이에요?" 나는 요란한 경보를 느끼며 물었다.

오빠도 옷을 다 갈아입고 묵직한 배낭을 짊어진 채 문 옆에 서 있었다. 머리는 자는 동안 다 헝클어졌고 눈빛은 멍한 것이 엄청 피곤해 보였다.

아버지가 눈을 반짝이며 말했다. "저들이 온다면 밤에 올 거야."

"누가 오는데요?" 나는 물으며 아버지에게서 시선을 옮겼다. 창문으로 쏟아져 들어온 환한 보름달 빛이 아버지를 섬뜩한 하얀 빛으로 비추었다. "엄마는요?"

아버지의 뒤에서 오빠가 잽싸게 고개를 저었다. 무슨 뜻인지 읽을 수 있었다. *토 달지 말고 그냥 시키는 대로 해.*

"일어나라. 나는 네가 지금보다 강해졌으면 한다." 아버지가 아까보다 좀 더 엄하게 말했다.

나는 침대 밖으로 기어나가 잠옷 위에 청바지를 입고 맨투맨을 집었다. 오빠에게 물려받은 그 맨투맨은 거의 교복이나 다름없었다. 그리고는 운동화를 신었다.

"우리 어디 가요?" 나는 물었다. 나는 아버지에게 좀 더 귀찮게 매달릴 수 있었다. 오빠는 질문을 너무 많이 하면 뺨을 맞았다. 나는 막내인데다 딸이고 누가 봐도 아버지가 편애하는 아이였기 때문에 허용범위가 좀 더 넓었다. 하지만 아버지는 대답하지 않았다.

밖으로 나가보니 큼지막한 배낭이 하나 더 있었다. 오빠나 아버지가 짊어진 것보다는 작았지만 그래도 엄청나게 컸다. "저들이 오면 이 배낭을 챙겨. 자, 빨간색이야. 내 건 파란색. 네 오빠 건 검은색."

나는 배낭을 들었다.

"엄마는요?"

"저들이 오면 너희 엄마는 할 일이 따로 있어. 그게 뭔지 너희 엄마도 알아."

이 배낭 안에는 뭐가 들어 있을까? 저들이 어디에서 온다는 걸까? '저들'이 한밤중에 쳐들어올 때 내 배낭을 어디서 찾아야 할까? 아버지의 논리에는 항상 커다란 구멍이 여기저기 뚫려 있었다. 그냥 그러려니 하는 편이 나았다. 아버지의 몸에서 팽팽한 긴장감이 전기처럼 뿜어져 나올 때, 아버지가 긴장하고 흥분한 말투를 쓸 때는 특히 그랬다.

아버지의 도움을 받아가며 배낭을 짊어졌을 때 나는 너무 무거워서 하마터면 주저앉을 뻔했다.

엄마는 어디 계실까? 엄마가 옆에 있었다면 '여보, 쟤가 들기에는 너무 무거워'라고 말해줬을 텐데. 하지만 안방 문은 닫혀 있었다. 속절없는 분노와 깊은 피곤이 자리 잡은 곳에서 눈물이 차오르기 시작하는 것을 느낄 수 있었다.

아버지가 말했다. "가자. 나중에는 이럴 시간도 없어. 출발하자."

밖으로 나서자 아버지는 가볍게 뛰기 시작했고 오빠도 따라했다. 나는 배낭이 너무 무거워서 간신히 걷는 게 고작이었다. 나는 최대한 빨리 걸음을 옮기며 어떻게든 오빠와 보조를 맞춰보려고 했다. 오빠가 나를 위해 일부러 천천히 가고 있다는 걸 알 수 있었다. 우리 집에서 벙커까지는 1.5킬로미터가 넘었다. 거기 도착했을 무렵에는 숨이 찼고 허리와 다리의 모든 근육이 비명을 질렀다. 달빛이 너무 환해서 온 사방이 푸르스름한 하얀색으로 젖었다.

나는 콘크리트 벽에 손을 얹고 허리를 숙여 속을 게웠다.

아버지가 내게서 배낭을 벗겼다. "이렇게 해서는 안 돼. 힘이 더 세져야 한다. 더 빨라지고."

나는 잘 보이고 싶어서 안달하는 아이답게 고개를 끄덕이며 다시 구역질이 올라오지 않게 막았다. "네. 그럴게요."

아버지가 벙커 자물쇠를 열었을 때 나는 오빠가 어떤 표정을 짓고 있는지 알아차렸다. 아버지처럼 분노를 감추고 기폭제가 터지기만을 기다리는 표정이었다. 오빠의 눈은 증오라는 시커먼 그늘로 덮였지만, 부모에게 학대당하는 자식만 느낄 수 있는 공포와 갈망이 그 끔찍한 증오를 덮고 있었다.

"저들이 들이닥치면 이 배낭을 들고 여기로 와라. 나는 너희랑 같이 올 수도 있고 여기서 기다리고 있을 수도 있어."

"누가 언제 들이닥치는데요, 아빠? 들이닥친다는 사람들이 누구예요? 네? 누가 오느냐고요." 이렇게 묻는 오빠의 목소리는 분노로 이글거렸다.

하지만 아버지는 아무 대답도 하지 않은 채 자물쇠를 풀고 문을 안쪽으로 밀었다. 우리는 아버지를 따라 안쪽 문까지 계단을 내려갔다.

아버지가 말했다. "들어오면 바깥쪽 문을 잠가. 그런 다음 계단을 내려와서 이 문을 열어라."

안으로 들어가서 아버지가 배낭을 내려놓자 오빠도 따라서 내려놓았다. 배낭은 묵직하니 바닥 위로 축 늘어졌다. 안에 뭐가 들었을까? 나는 그것조차 알 수가 없었다. 주황색 랜턴 불빛이 깜빡거렸다. 나는 낡은 체크무늬 소파에 누워서 자고 싶었지만 쓰러지지 않고 버티며 오빠에게로 다가가 손을 잡았다. 오빠가 나를 밀어낼 줄 알았더니 아니었다. 오히려 내 손을 꼭 잡아주었다.

세상은 어떤 식으로 끝이 날까? 궁금했다. 아버지는 가끔 질병으로 끝이 날 거라고 했다. 아니면 세계 금융 붕괴. 기근. 기후 변화. 수많은 가능성이 있었지만 우리는 이 외딴 곳에서 자급자족하고 있으니 모두 이겨낼 수 있을 것이었다.

"그때가 되면 우리는 다 같이 여기 있을 거다. 안전해질 때까지."

"뭐로부터 안전해질 때까지요?" 나는 용기를 내서 물었다.

아버지는 정수리를 문지르며 사방을 미친 듯이 두리번거렸다. 나는 그때 아버지가 무서워하고 있다는 사실을 깨닫고 충격을 받았다. 무서워하며 점점 다가오는 위협으로부터 우리를 보호할 방법을 강구하고 있었다. 정체는 알 수 없었지만 그래도 대비해야 하는 위협에서.

오빠도 나와 똑같은 사실을 깨달았던 것 같지만, 오빠는 나처럼 연민을 느낀 것이 아니라 넌더리난 표정을 지었다.

"아빠. 맙소사. 이제 보니 아빠 미쳤네요. 완전 제정신이 아니에요." 오빠의 목소리는 애원하는 투였다.

손이 어찌나 번개같이 날아오는지 꼭 뱀이 덮치는 것 같았다. 오빠는 비틀거리며 뒷걸음질 치다가 벽에 머리를 세게 부딪쳤다. 바닥으로 털썩 주저앉은 오빠를 향해 아버지가 다가갔다. 나는 그 사이로 달려 들어가 오빠 앞에 서서 두 팔을 벌렸다. 오빠는 뒤로 슬금슬금 물러나 벽에 등을 대고 두 손에 머리를 묻었다. 아버지가 한쪽 팔을 들고 우리 쪽으로 한 걸음 크게 다가왔다. 나는 아버지에게 달려가 온 힘을 다해 뒤로 밀었다.

"그러지 마세요! 그러지 마세요! 그만하세요!" 나는 큰소리로 외쳤다.

아버지는 팔을 내리고, 분노와 슬픔이 서로 싸우는 표정으로 나를 물끄러미 바라보았다.

나는 다시 말했다. "그만하세요. 오빠는 진심으로 그렇게 생각하지 않아요. 그냥…… 무서워서 그런 거예요."

거짓말이 아니었다. 그렇지 않나? 인간은 누구나 이런저런 것들을 무서워했다.

아버지는 고개를 저으며 뒤로 한 발 물러났고 부드러워진 목소리로 말했다. "정신 차려라, 아들. 이런 곳이 이 세상이다."

정적이 점점 번졌고 내 뒤에서 오빠가 조용히 우는 소리만 들렸다. 오빠가 마침내 자리에서 일어났을 때 보니 양쪽 콧구멍에서 티셔츠 위로 코피가 콸콸 쏟아지고 있었다.

"아버지의 세상이나 그렇겠죠."

아버지가 오빠를 향해 움직이자 나는 달려가 아버지의 호리호리한 허리를 양팔로 붙잡고 말렸다. "참으세요. 참으세요." 나는 조그맣게 속삭였다.

오빠가 계단을 올라가는 발소리가 사방을 울렸다. 나도 따라가고 싶었지만 무언가가 나를 그 자리에 붙잡아놓았다. 아버지는 나를 한 번도 때린 적이 없었다. 그래서 아버지의 폭행이 두렵지는 않았다. 오빠를 보호하는 임무가 내게 맡겨진 이유도 그 때문이었다.

나는 뒤에 남아서 아버지를 계속 붙들고 있었다. 아버지가 팔을 내려 나를 감싸안는 것이 느껴졌다. 공기는 고요했고 팽팽한 긴장감이 맴돌았다.

마침내 아버지가 나를 뒤로 밀어내고 내 얼굴을 들여다보며 말했다. "항상 보면 여자들이 더 강하지. 살아남는다는 건 힘의 문제가 아니야. 참을성, 배짱, 용기의 문제지. 그런 건 여자들의 특징이고."

아버지는 무기 저장고 쪽으로 돌아가 문을 열고 안으로 들어갔다.

줄줄이 늘어선 무기를 따라 이동하는 랜턴 불빛을 바라보는데, 눅눅한 냄새 때문에 콧구멍이 벌름거렸다.

"다음 주에 석궁으로 사냥하는 법을 가르쳐주마."

아버지가 한 석궁 위에 손을 얹었다. 까맣고 뱀처럼 휘었고 활과 총의 희한한 조합으로 이루어져 있었다. 나는 무서운 동시에 호기심이 동했다.

"저는 아무것도 죽이고 싶지 않아요." 나는 말했다. 아버지는 웃으며 내 머리 위에 손을 얹었다.

"하지만 햄버거는 먹을 거잖니? 네가 예전에 좋아했던 치킨 텐더는 어떻고? 그게 다 어디서 났겠어? 누군가가 소를 죽이고 닭을 죽인 거지."

"그거랑은 다르죠."

"다르지 않아. 고기를 먹는다는 게 어떤 뜻인지 알고 나면 전혀 다르지 않아."

부인할 수 없는 논리라는 것을 몸의 찌릿거림으로 느낄 수 있었다.

"걱정 마라. 제대로 명중하려면 한참 시간이 걸릴 테니까. 헛간 옆면이라도 맞출 수 있으면 다행일 거다."

다시 밖으로 나갔을 때 나는 거기 놓여 있는 배낭을 보고 경악했다. 오빠가 자기 배낭을 두고 간 것이었다. 내 걸 다시 들고 가고 싶지도 않았다.

"배낭을 여기 그냥 두면 어때요? 어차피 여기서 쓸 거라면요." 나는 말했다.

아버지도 피곤해졌는지 고개를 끄덕였다. 우리는 터벅터벅 집으로 향했다.

나는 아버지를 따라 새벽길을 나섰다.

그 묘했던 황금빛이 아직까지도 눈에 선하다.

...

그날 오후에 서재에서 책을 읽고 있었을 때 창밖으로 그 아이가 다시 보였다. 머리는 산발하고 다 찢어진 청바지에 너무 작은 꽃무늬 블라우스를 입은 여자아이.

그 아이는 나무 사이 어두컴컴한 공간에 가만히 서 있었다. 우리는 서로 잠깐 쳐다보고 있다가 그녀가 먼저 손을 들어 인사했다. 나도 손을 흔들자 그녀가 자기 쪽으로 오라고 손짓했다. 나는 자리에서 일어나 주저 없이 밖으로 나갔다. 한참 동안 다른 친구를 전혀 못 만났다. 너무 외로웠다.

그 아이는 나무 사이로 사라졌고 나는 따라갔다. 그리고 개울가에서 드디어 만났다. 그녀는 커다란 바위를 내려다보며 쭈그리고 앉아서 손가락으로 바위 표면을 가볍게 쓰다듬으며 반려동물 대하듯 속삭이고 있었다.

"이게 뭔지 알아?" 아이가 물었다. 바위 표면이 녹청색 껍질로 덮여 있었다.

"이끼 아니야?" 나는 반문했다.

그녀는 고개를 저었다. "지의류야." 그러고는 나를 보며 말했다. "살아 있어."

놀랍지 않으냐는 투였다. 나는 자세히 보려고 몸을 숙였다. 그냥 회색 바위 위에 색을 칠한 것 같았다.

아이는 하던 이야기를 계속 이어나갔다. "두 종류야. 균류랑 조류. 그 둘이 서로 힘을 합쳐서 살아가."

나는 조심스럽게 손을 대보았다. 보드랍고 종이 같았다.

그녀가 말했다. "얘네들은 튼튼해. 수백 년 전부터 여기 살았던 지의류도 있어."

개울이 졸졸 흐르고 어딘가에서 딱따구리가 나무를 두드렸다. 나는 두리번거리며 까딱거리는 딱따구리의 빨간 머리를 찾았지만 보이지 않았다.

다시 고개를 돌려보니 아이가 웃는 눈을 반짝이며 나를 쳐다보고 있었다.

"너 어디 살아?" 나는 물었다.

아이는 동쪽을 가리켰다. "저기 저쪽."

나는 우리 땅 밖으로 나가보지는 못했다. 하지만 거기에 다른 집이 있고 다른 사람들이 사는 건 알았다. 남자들 몇 명이 가끔 우리 아버지를 만나러 와서 카드를 치고 늦게까지 대화를 나눴다. 오빠와 다른 나이 많은 남자아이들은 같이 앉아 있어도 됐지만 나는 들어가서 자야 했다. 그래도 상관없기는 했다. 다들 담배를 피우며 욕을 했고 그들이 하는 말은 하나도 이해가 되지 않았으니까.

"이름이 뭐야?" 나는 물었다.

"로빈."

"나랑 이름이 같네?" 내가 깜짝 놀라며 말하자 그녀가 대꾸했다.

"안 되는데. 단짝 친구가 되려면 이름이 같으면 안 되잖아."

일리가 있었다. 그 아이는 발그스름한 턱에 손가락을 대고 나를 쳐다봤다. 들창코에 입은 튀어나오고, 피부는 반투명하고, 꼬챙이처럼 말랐고, 토끼처럼 빠르고 날렵한 요정이었다.

"너를 렌(굴뚝새라는 뜻이다: 옮긴이)이라고 부를게."

마음에 들었다. 새 이름, 새 친구가 생겨서 좋았다.

24
현재

나는 계속 충격을 달래며, 시내에서 벗어나자마자 나오는 주크라는 바의 뒤편 칸막이 자리에 앉는다. 전에도 와본 적 있는 곳인데, 전혀 달라진 게 없어 보인다. 당구대가 있지만 아무도 당구를 치지 않고, 주크박스는 잠잠하며, 바텐더 혼자 손님 몇 명과 노닥거리고 있다. 손님들은 아주 짧게 친 머리와 우람한 어깨, 피곤한 눈빛으로 보건대 근무 시간이 끝난 경찰 같아 보인다. 벽에 걸린 텔레비전에서 미식축구 중계가 흘러나오지만 소리를 죽여 놓았다. 내가 앉은 자리에서 보이지 않는 단체 손님들이 어쩌다 한 번씩 미적지근하게 환호성을 지른다. 나도 화면을 쳐다보고 있지만 미식축구나 텔레비전에 관심이 있어서 그런 건 아니다.

집으로 돌아온 걸 환영한다, 짹짹아.

나를 그렇게 부른 사람은 아버지뿐이었다. 온몸의 신경이 곤두선다.

베일리 커크는 프렌치프라이를 곁들인 베이컨 더블 치즈버거와 루트비어 큰 병을 주문한 뒤로 한마디도 하지 않고 있다. 나도 같은 걸 주문하는데, 주문을 받은 웨이트리스가 몇 년 전에 왔을 때도 이 시간대에 근무하고 있었던 것 같다. 아니면 이런 술집에서는 비슷한 타입의 직원을 쓰는 걸지도 모른다. 가슴이 크고 딱딱한 미소를 지으며 특정 색상의 고동색 립스틱과 파란색 매니큐어를 바른 여자. 그녀의 티셔츠에는 사근사근한 문구가 적혀 있다. '내 태도가 마음에 들지 않으면 1818-1818로 신고해.'

나는 베일리의 수법을 안다. 내가 먼저 말을 꺼낼 때까지 기다리는 거다. 하지만 나는 그가 먼저 말을 꺼낼 때까지 기다린다. 누가 이기나 보자.

마침내 그가 묻는다. "여긴 어쩐 일로 왔어요?"

나는 테이블 위로 몸을 내민다. "저기요. 이거 그만하면 안 될까요? 나는 애덤에 대해서 아는 걸 전부 얘기했어요. 진짜예요. 그러니까 이번에는 당신이 나에 대해 안다고 생각하는 걸 얘기해보지 그래요? 하나도 남김없이 모조리. 어때요?"

웨이트리스가 우리 음식을 들고 온다. 기름 냄새가 스멀스멀 풍기자 갑자기 미친 듯이 배가 고파진다. 마지막으로 뭘 먹은 게 언제였는지 모르겠다.

아, 맛있다. 햄버거는 육즙이 풍부하고 프렌치프라이는 바삭하다. 기운이 조금 나는 게 느껴진다. 루트비어가 내 온몸으로 엔돌핀을 발사한다. 지방과 당분의 신비로운 원기 회복력은 과장이 아니다.

베일리는 햄버거를 한 입 크게 먹고 나서 말한다. "당신의 모든 비밀을 파헤치려는 게 나의 의도는 아니에요. 그냥, 네 명의 여자가 있는데 그중 셋이 사라졌어요. 그래서 당신들 모두가 교차하는 지점을 찾고 있을 뿐이에요. 그걸 찾을 수 있는 유일한 방법이 당신의 삶을 들여다보는 것뿐이라 그러는 거고요."

나는 입 안 가득 햄버거를 채운 채로 말한다. "간단하잖아요. 누가 봐도 뻔하지 않아요? 토치. 우리 모두의 공통점은 그거였어요. 우리가 온라인에서 사랑을 찾을 만큼 절박했거나 외로웠다는 거."

내 입가에 묻은 케첩이 느껴져서 닦는다. 매디슨 스퀘어 가든의 쉐이크 쉑에 마지막으로 갔을 때 당신이 재미있어 하는 미소로 그 진지한 얼굴을 환히 빛내며 냅킨으로 머스터드를 닦아주었던 것이 퍼뜩 떠오른다. 나는 원래 질질 흘리며 먹는 스타일이다. *늑대의 자식으로 큰 것도 아닌데 왜 그러니!* 엄마는 이런 탄식을 늘어놓곤 했다. 차라리 그랬다면 얼마나 좋았을까.

"내가 보기에는 그게 다가 아니에요." 그가 말한다.

"우리들의 연결고리가 그거 하나라면요? 그 사람은 그냥 맹수 같은 인간이고, 그런 인간답게 특정한 먹잇감을 좋아하는 성향이 있다면요? 토치가 그의 사냥터였다면요?"

베일리는 잠깐 동안 아무 말 없이 프렌치프라이를 열심히 먹기만 한다. 그 역시 당당한 대식가다. 그의 체구와 선명한 근육과 자세, 숲속에서 느낀 완력을 보면 열심히 운동한다는 것을 알 수 있다. 하지만 음식을 사랑하는 사람 특유의 말랑한 면이 있다. 그는 칼로리를 따지고 채식을 추구하는 그런 남자가 아니다.

한참 만에 그가 말한다. "하지만 당신들은 딱히 닮지 않았어요. 나이는 비슷하고 모두 미인이지만 분위기가 정말 달라요. 모두 머리가 검은색도 아니고 눈동자 색도 다르고요."

베일리의 칭찬에 내 볼이 빨개진다. 하지만 그냥 던지는 말처럼 들리기에 고맙다고 인사하지는 않는다.

"외모가 아니라 어떤 분위기를 보고 고르는 걸 수도 있죠." 내가 말한다. 이제 루트비어를 다 마셨다. 하나 더 주문해야 할까? 내가 잔을 들자 웨이트리스는 엄지손가락을 들어 보인다. "혹시 다른 여자들 사진도 있어요?"

베일리는 전화기를 꺼내 화면을 밀어서 해제한다. 나를 포함해 네 여자의 레이아웃을 하나의 이미지로 만들어놓았다. 내 건 잭스가 찍어준 토치 프로필 사진이다. 못나온 사진은 아니다. 잭스가 떡을 치는 상상을 하라길래 웃음을 터뜨렸더니 그때 사진을 찍어주었다. 내 눈이 장난기로 반짝거린다.

그는 말을 잇는다. "모두 어느 정도 재산이 있었어요." 그러고는 좀 더 부드럽게 말한다. "모두 어렸을 때 끔찍한 트라우마를 경험했고요."

눈동자 뒤편이 아프게 욱신거리기 시작한다. 나는 관자놀이를 문지르고 접시를 치운다.

"그 여자들이 모두 그 사람과 만났던 게 그냥 우연의 일치일 수도 있지 않을까요? 그들에게 벌어진 일은 그 사람과 아무 상관없을 수도 있지 않을까요?"

"그럴 수도 있지만 가능성은 낮아요. 나는 우연의 일치를 별로 믿지 않아요."

웨이트리스가 루트비어를 새로 한 잔 들고 온다. 한 모금 마셔본다. 왠지 몰라도 첫 잔보다 맛이 없다. 이제는 기분 나쁘게 들큼하다. 기름진 음식을 먹었더니 속이 조금 불편하다.

"오늘 여긴 어쩐 일로 왔어요?" 그가 다시 묻는다.

나는 베일리 대신 거의 다 먹은 햄버거에 시선을 고정한다. 그는 내가 무덤 앞에 무릎 꿇고 있는 걸 보았을 것이다. 그는 내 사연을 안다. 여기는 내게 일종의 고향이라고 볼 수 있다. 아니면 좋겠는 마음이 굴뚝같지만.

하지만 그래서 온 건 아니다. 내가 여길 찾은 이유는 그 신문기사 때문이었다. 멜리사 패로도 이 마을과 연관이 있기 때문이었다. 어쩌면 여기에 해답이 있을지 모른다. 어쩌면 처음부터 해답은 여기에 있었을지 모른다.

"가끔 와요. 여기저기 둘러봐야 하는 데가 있어서. 무덤이랑 집이요."

그것도 맞는 말이긴 하다. 당신을 찾으러 왔다고 실토하고 싶지는 않다. 우리는 둘 다 당신을 찾고 있지만 이유는 전혀 다르다. 베일리가 먼저 당신을 찾으면 나는 원하는 걸 절대 손에 넣을 수 없을지도 모른다.

그리고 또 하지 않은 말이 있다. 나는 여기에 오면 존재한 적 없는 곳에 대한 향수를 주체할 수가 없다는 것. 전에 책에서 읽은 단어가 떠오른다. *솔라스탤지어.* 위안, 쓸쓸함, 향수가 한데 뒤엉킨 괴로운 감정. 글렌 알브레히트가 만든 이 단어는 익숙한 환경이 가뭄, 화재, 홍수, 전쟁으로 심하게 변형됐을 때 느껴지는 괴로움을 뜻한다. 하지만 내 어린 시절에 대해 내가 느끼는 감정이 정확히 그것이다.

"내가 어제 저녁에 이 마을을 언급했을 때는 아무 말도 하지 않았잖아요."

"그랬나요?"

베일리는 또다시 특유의 알 수 없는 표정을 지으며 얼음처럼 차가운 눈을 한 번 깜빡인다.

"알겠어요." 그는 햄버거를 한입 베어물고 자기 휴대전화를 흘끗 쳐다본다. "당신은 나를 못 믿는군요. 인간은 누구나 말하고 싶지 않은 일, 심지어 기억조차 하고 싶지 않은 일들이 있죠. 나는 그냥 당신이 그자의 흔적을 쫓고 있었는지 궁금했을 뿐이에요. 그러니까 아마추어 탐정 놀이를 했는지 말이에요. 어쩌면 멜리사 패로를 찾으러 나섰을 수도 있고."

"아뇨. 그런 거 아니에요." 나는 거짓말을 한다.

"멜리사를 알아요?"

"아뇨. 몰라요."

"하지만 어렸을 때 여기서 살았잖아요. 멜리사도 마찬가지고."

나는 어깨를 으쓱하며 경기가 계속 중계되고 있는 텔레비전 쪽으로 다시 시선을 돌린다. 누군가가 득점을 한다. 다시 환호성이 들린다.

"어렸을 때 여기서 살았다고 하기는 좀 힘들어요. 아버지가 해외로 파병됐다가 귀국했을 때 우리를 데리고 물려받은 집으로 이사했거든요. 대지가 8만 제곱미터였고 나는 홈스쿨링을 했어요. 아버지는 우리를 현대 사회, 아버지 표현을 빌자면 인간들의 세상과 격리시키고 싶어 했어요. 우리는 이 지역 공동체의 일원이라고 볼 수 없었어요."

베일리는 또 천천히 고개를 끄덕이고 있다. 우리의 대화에 완벽하게 몰입하고 있는 것 같아서 묘하게 위안이 된다. "이해해요."

"그러니까 우리 가족은 여기서 살긴 했지만 분리돼 있었죠. 우리 아버지는 정상이 아니었어요. 이제는 그걸 알겠어요. PTSD 치료를 받지 않고 자기 마음대로 약을 먹었고 술을 많이 마셨거든요. 아버지는 해외로 파병되기 전부터도 문제가 있었던 것 같아요. 집안에 양극성 장애 병력이 있거든요."

어느 누구보다 나에 대해 더 많이 아는 잭스에게조차 이런 이야기를 한 적이 있는지 모르겠다. 자세한 정황은 누구에게도 말한 적 없다. 어떤 일이 어떤 식으로 전개됐는지는, 내가 현재 살고 있는 실제 세상과는 아무 상관없는 악몽 속에서 벌어진 일이나 다름없다.

베일리가 말한다. "그 당시에는 PTSD를 겪은 군인들이 대부분 치료를 받지 않았어요. 최근에 와서야 이해가 높아지고 치료가 좀 더 가능해졌죠."

"그렇다 한들 다들 별로 치료할 방법을 찾지 않죠. 여전히 창피하게 여기는 분위기라. 아직도 많은 남자들이 귀환해서 끙끙대며 혼자 이겨내려 하죠. 우리 아버지가 그랬어요. 이해가 안 되는 전쟁을 치르고 돌아와 더 이해가 안 되는 전쟁을 치렀어요. 거기에서 패배했고요."

베일리의 말수가 없어지고 눈빛이 갑자기 바뀐다. 그가 누구 생각을 하고 있는지 궁금해진다. 자기 생각을 하는 건 아니다. 그는 군인의 눈빛이 아니다. 잊어버릴 수 없는 무언가를 본 사람, 삶과 인체에 대해 너무 많은 걸 알아버린 사람의 표정이 아니다.

누군가가 주크박스를 틀었다. 짐 모리슨이 달리라고, 베이비, 달리라고 노래한다.

그가 우리 둘 사이에 놓인 휴대전화를 건드리자 당신이 만난 네 여자의 사진이 뜬다. 내가 알기로는 이 네 명인데, 혹시 더 있을까?

"나는 멜리사 패로와 모르는 사이였어요. 여기에서는 친구가 전혀 없었거든요." 나는 말한다.

베일리는 따지고 들려는 사람처럼 입을 벌리며 팔을 테이블 위에 얹는다. 가까이서 보니 피곤해서 눈 아래에 불그스름하게 그늘이 졌고 입가에는 잔주름이 있다. 눈썹은 뾰족하게 각이 진 아치 모양이고 까칠하게 자란 턱수염은 몇 가닥이 희끗희끗하다. 그는 입을 다물고 몸을 뒤로 기댄다. 무슨 말을 하고 싶은지 몰라도 참기로 한 것이다.

"디어 버디에 대해서는 어떻게 알아냈어요?" 나는 내 과거에서 다른 데로 화제를 돌리고 싶은 마음에 이렇게 묻는다.

"마술사는 자기 수법을 절대 공개하지 않죠."

"당신은 마술사가 아니잖아요."

그는 또다시 한쪽 주먹을 다른 쪽 손바닥으로 감싸고 꾹 누른다. 나지막이 손마디 꺾이는 소리가 난다. "별로 어렵지 않았어요. 당신이 파놓은 무덤이 아주 얕던데요."

그의 비유가 내 가슴을 후벼 판다. 오빠, 로빈, 엄마의 무덤에 들고 간, 이미 시들기 시작한 그 흰색 난초가 떠오른다. 새하얀 꽃잎이 낙엽에 묻혀 새까만 흙 속으로 서서히 가라앉는 광경을 그려본다.

"토치의 정보원을 통해 당신 이름과 주소, 연락처를 입수한 다음 전과를 비롯해 신원 조사를 두어 번 했거든요. 그랬더니 출생 신고서에 적힌 이름을 포함해 당신이 써온 다른 이름이 나왔어요. 당신은 아직 미성년자였을 때 렌 그린우드로 정식으로 개명했더군요."

나는 내가 지어낸 이름 뒤에 안전하게 숨어 있는 줄 알았다. 하지만 그건 지금까지 작정하고 뒤진 사람이 없었기 때문이었을지도 모른다.

애덤, 당신은 내가 옛날 옛적에는 다른 사람이었다는 걸 무슨 수로 알아냈을까?

베일리가 양쪽 손끝을 맞대고 뾰족하게 세운다. 그는 자신이 모든 걸 안다고 생각하지만 그게 아닐 수도 있다.

"당신 비밀은 걱정할 필요 없어요. 나는 안전 금고예요. 당신이 무슨 말을 하건 밖으로 새어나갈 일은 없어요. 나는 당신 인생을 까발리려고 여기까지 찾아온 게 아니에요. 내 유일한 관심사는 미아를 찾는 거죠. 그리고 그자가 당신을 비롯해서 다른 어느 누구도 해치지 못하게 막는 거예요. 그것만큼은 약속할게요."

약속이라. 워낙 쉽게 깨어지는 게 약속 아닌가? 하지만 베일리를 보니, 그를 정말로 유심히 들여다보니 그 말이 진심이라는 걸 알겠다.

나는 같은 말을 반복한다. "정말 다른 게 아무것도 없다면요? 온라인이라는 불모지에서 진정한 사랑을 찾을 수 있다고 믿을 만큼 바보 같았던 거 말고는 우리 사이에 공통점이 없다면요?"

그는 햄버거를 깨끗이 해치우고 루트비어 잔을 비운다. 플라스틱 바구니 안의 종이가 기름에 젖어 반투명해졌다.

"그럼 미아는 사라진 거죠. 깨끗하게. 당신 친구는?" 그의 턱 근육이 움찔거린다. 내가 열차에서도 보았던 신호다. 어떤 감정의 표현일까? 좌절. 결의. "그자 역시 사라진 거고요. 그러면 나는 의뢰인을 다시 찾아가서 그의 기대를 저버렸다고, 따님을 저버렸다고 말해야 해요. 딸이 어떻게 됐는지 끝까지 모를 수도 있다고요."

나도 디어 버디로서 익히 아는 엄청난 부담이다. 타인의 심적 고통을 덜어주려고 애를 쓰다 보면 그것이 어느 정도 내 것이 된다.

"그리고 나는 아직 그러고 싶지 않아요. 아직 포기할 마음이 없어요."

그건 나도 마찬가지다.

"그럼 이제 어쩔 건데요?" 나는 묻는다.

"아직 공개하지 않은 수법이 두어 개 있죠."

"계속 마술사 비유를 쓸 거예요?"

베일리는 내 오른쪽 귀를 겨냥하는 것처럼 테이블 위로 손을 내민다. 나는 무슨 의도인지 몰라서 움찔하며 피한다. 그는 손을 거두고 20 달러짜리 지폐 두 장을 보여주며 활짝 웃는다.

좀 전에 웨이트리스가 액수를 휘갈겨 쓴 계산서를 두고 갔다. 40달러면 두둑하게 팁까지 챙겨주고도 남는다.

"연락할게요." 그가 자리에서 일어나며 말한다.

"그래요." 나가는 그를 지켜보는데, 짜증과 안심이 동시에 느껴진다.

웨이트리스가 다시 우리 테이블을 찾는다.

"친구예요?" 그녀가 묻는다. 이상하다. 모르는 여자가 그런 걸 묻다니.

"어떻게 보면요." 나는 대답한다.

"저 사람, 여기서 지낸 지 좀 됐어요." 그녀는 계산서와 돈을 챙겨서 앞치마 주머니에 넣는다. "시내 바로 옆 모텔 8에서 지내요."

"그걸 어떻게 알아요?" 물어보지 않을 수가 없다. 그걸 나한테 알려주는 이유가 뭐냐고 물어보지는 않는다.

"저 사람이 몰고 다니는 커다랗고 으리으리한 까만 트럭이요. 그게 시내 돌아다니는 거 봤거든요. 거기서 봤어요. 여기 사람이 아니에요."

나도 여기 사람이 아니라고 알려주고 싶다. 하지만 그건 사실이 아니다, 그렇지 않나?

웨이트리스가 말한다. "나라면 저 사람 조심하겠어요. 저 사람 골칫거리예요."

알겠어요, 고마워요. 나는 살짝 뾰족하게 이렇게 말하려고 한다.

하지만 고개를 들어보니 그녀는 이미 바 카운터 뒤편으로 돌아가 있다. 그녀가 바텐더에게 뭐라고 얘기하자 그가 그쪽으로 몸을 기울인다. 둘이 고개를 돌려서 나를 쳐다본다.

소지품을 챙겨서 어둠 속으로 빠져나가는 동안 내게 꽂힌 그들의 시선을 느낄 수 있다.

25
과거

　새소리와 함께 요란하게 밝은 아침이 현관 앞 그네에서 불편하게 잠들어 있던 나를 깨웠다. 낡은 흔들의자에서 보초를 서고 있던 오빠는 어깨가 뻣뻣하게 굳었고 새롭게 뜬 태양에 비친 얼굴은 핼쑥했다. 아버지가 간밤에 식사를 마치고 술을 마시기 시작하자, 아버지는 기타를 치고 어머니는 뜨개질을 하는 것으로 평화롭게 시작됐던 분위기가 험상궂게 변했다.

　험상궂게 변했다는 건 사실 알맞은 표현이 아니다. 그러면 좋았던 게 서서히 나빠졌다는 뜻이지 않은가.

　폭발했다고 해야 맞겠다.

　우리 아버지의 분노는 어떤 구실로든 불이 붙을 수 있는 도화선과 같았다. 그것이 터지면 아버지는 달라졌다. 거대하고 잔인하고 인정사정없어졌다. 한밤중에 벙커에 다녀온 이후로 분위기가 이보다 더 나쁠 수가 없었다. 아버지가 나를 때린 적은 한 번도 없었다. 아마 내가 보이지도 않을 만큼 몸을 웅크리고 나를 작게 만들어서 숨었기 때문일 것이다. 하지만 엄마와 오빠는 저항했다.

내가 얼린 완두콩주머니와 행주로 대충 만든 아이스 팩이 흔들의자 팔걸이에 놓여 있었다. 오빠가 턱을 문질렀다. 아직 어둑어둑한데도 얼굴 옆면이 자주색으로 부어 있는 것이 보였다.

오빠가 간밤에 여기로 나온 이유는 아버지가 돌아올 경우에 대비하기 위해서였다. 나는 오빠 곁을 지켰다. 엄마는 내 방에서 울다 지쳐 잠이 들었다. 아버지는 뭣 때문에 그렇게 화가 났던 걸까? 나는 심지어 기억조차 나지 않았다. 우리가 함께 가꾼 텃밭, 아버지와 함께 먹었던 점심, 그 순간에는 잠잠했던 아버지, 힘이 셌던 아버지, 땅에 대해 모르는 게 없었던 아버지를 떠올려보았다.

"그거 다시 갖다놔." 나는 오빠를 졸랐다. 검은지빠귀가 현관 앞 난간에 내려앉아 나를 향해 고개를 좌우로 까딱였다.

오빠는 간밤에 무기 창고에서 권총을 꺼냈다. 그 총이 오빠의 무릎 위에 놓여 있었다.

오빠가 아무 말도 하지 않자 나는 다시 말을 이었다. "아마도 지금쯤 아빠는 헛간에서 기절했을 거야. 일어나면 간밤에 무슨 일이 있었는지 기억도 못 할걸?"

오빠는 고개를 천천히 돌려서 나를 보았다. 간밤에 오빠의 목소리는 높고 필사적이라 어린애 같았다. *엄마 건드리지 말아요.* 오빠는 이렇게 울부짖었다. 아버지가 오빠를 어찌나 세게 후려쳤던지 내가 턱을 맞은 것처럼 충격을 느끼고 울음을 터뜨렸을 정도다.

검은지빠귀가 날아갔다.

오빠가 말했다. "아버지를 사랑하지 마. 가끔 잘해줄 때도 있고 우리 아버지라 해도 사랑하지 마. 그 인간은 사랑을 받을 자격이 없어."

"사랑하지 않아." 나는 얼른 변명조로 말했다. 하지만 그건 거짓말이었다. 나는 엄마가 '예전의' 그 남자를 사랑했듯이 낮 동안의 아버지를 사랑했다. 사진 속의 제복 입은 남자는 젊고 씩씩하고 강인했다. 얼굴은 화색이 돌고 두 눈은 반짝였다. 이 나라를 위한 헌신에 감사합니다. 가장 좋은 양복을 입고 있는 사진 속 남자아이. 텃밭에서 땀범벅이 된 얼굴로 흙에 두 손을 묻고 있는 남자.

"그거 다시 갖다놔." 나는 같은 말을 반복했다.

나는 오빠가 총을 가지고 있는 한 언제라도 끔찍한 일이 벌어질 수 있다는 걸 알았다. 우리는 공터에 주차된 녹슨 트랙터 위에 아버지가 일렬로 세워놓은 깡통을 조준하고 쏘는 법을 배우고 있었다.

사격의 명수로구나, 아들. 아버지가 오빠에게 한 말이었다. 오빠는 매번 깡통을 놓치는 법이 없었다.

내게는 머리를 토닥여주었다. *우리 꼬마 아가씨는 계속 열심히 연습해라.*

꼬마 아가씨. 아버지는 면박을 주려고 한 말이 아니었지만 내게는 그렇게 느껴졌다. 나는 실력을 늘리기로 다짐했다.

오빠와 나는 이제 눈싸움을 벌였다. 지평선을 가르고 나온 태양이 하늘을 분홍색으로 물들였다. 오빠가 아주 살짝 고개를 끄덕이고 자리에서 일어나자 흔들의자가 삐거덕 소리를 냈다. 오빠는 현관을 넘어 총을 보관하는 지하실을 향해 오솔길을 따라갔다. 총이 없어진 걸 아버지가 알면 큰일이었다.

나는 아침의 불협화음을 들으며 오빠가 돌아올 때까지 기다렸다. 박새, 울새, 개똥지빠귀, 찌르레기, 북부홍관조가 태양에 인사를 건넸다. 예전에 '도시'에서 살 때는 녀석들의 노랫소리를 제대로 들은 적이 없었다. 고요한 곳에서는 새들이 잘 자란다. 소음은 일종의 공해라 자연을 침묵시킨다.

한참 만에 돌아온 오빠가 아무 말 없이 내 옆을 지나 삐걱거리는 문을 쾅 하고 닫으며 집 안으로 들어갔다.

나는 그대로 앉아서 새소리를 들었다. 나무 사이를 들여다보니 로빈이 서 있었다. 나는 현관에서 내려와 그녀에게 다가갔다.

로빈이 내게 말했다. *네가 무슨 수를 써야 해. 안 그러면 상황이 점점 나빠질 거야.*

26

현재

나는 숙소로 돌아가 벽난로를 켠 다음 추리닝을 입고 컴퓨터를 체크한다. 정체 모를 다크웹의 해결사에게서는 아무 연락이 없다. 답장이 금세 올 거라고 기대하지는 않았다. 사실 다시는 연락이 오지 않는다고 해도 놀랄 일은 아니다. 회계사 마티가 보낸 이메일은 있다. 비트코인 입금을 원하는 게 맞느냐고 확인하며 나더러 의논이 필요하냐고 묻는다. 그건 아니다.

당신에게서는 더 이상 문자가 오지 않는다. 하지만 나를 그림자처럼 따라다니는 당신을 느낄 수 있다. 당신, 어디 있는 거야?

오늘 저녁에 숲속에 있었던 사람이 당신이었을까? 아니면 내가 점점 미쳐가고 있는 걸까? 당신이 아니었다면 누구였을까? 그리고 오빠의 무덤가에 있던 담배꽁초. 당신이 담배를 피울까? 그건 아닌 것 같다.

그 문자. *집으로 돌아온 걸 환영한다, 짹짹아.*

당신이 나에 대해 도가 지나칠 정도로 많이 알고 있다는 증거다.

불을 모두 끄고 침대가의 희미한 불만 남겨놓는다. 그건 켜놓고 잘 생각이다. 분홍색 불빛이 그림자를 내쫓아줄 거다. 나는 예전부터 어둠을 좋아한 적이 없었다.

침대 안으로 들어가는데 전화벨이 울리며 잭스의 우뚝한 광대뼈와 함박웃음이 화면에 등장한다. 내가 백만 년 전에 찍은 사진이지만 여전히 그녀의 프로필 화면으로 쓰이고 있다.

내가 전화를 받자 잭스가 말한다. "집으로 돌아올 생각이 없군. 친구 찾기 앱에서 네 파란색 점이 계속 깜빡이고 있어. 아무것도 없는 허허벌판에서."

"오늘 밤에는 여기 있을 거야."

잭스는 한숨을 쉰다.

"내가 너희 집에 있을까?" 그녀가 묻는다.

"그러고 싶으면." 잭스와 집이 서로 친구가 되어주는 그림이 마음에 든다. 내가 좋아하는 사람과 내가 좋아하는 공간. 어쩌면 잭스가 들어와서 같이 살아야 하는 건지도 모르겠다. 집이 워낙 넓다. 그녀는 황당한 월세를 내며 첼시에서 살고 있다.

잭스가 말한다. "걱정 마. 네 아이튠즈, 우버이츠. 장바구니 배달 계정을 폭파하지는 않을 테니까."

"그런데 이미 착수한 것 같아 보이는데?"

하루 종일 내게 알림 문자가 날아왔다. 점심은 피자, 저녁은 중국음식, 크리스마스용 로맨틱 코미디 정주행. 잭스가 헤어진 다음 날에 보이는 아주 전형적인 행태다.

"먹고는 살아야 하잖아."

맞는 말이다.

"그 불도저는 어떻게 했어?" 나는 묻는다.

"연락 씹고 있어."

"잘했네."

"그 남자가 아니더라도 사막에 남은 콜라는 많잖아?" 자기 엄마와 대화를 나눈 모양이다.

"당연하지."

모르겠다. 어쩌면 그가 마지막 콜라일 수도 있다. 나는 현재 사랑에 대해 그다지 낙관하지 않는다. 또는 그 어떤 것에 대해서도. 짙은 먹구름이 나를 덮었다. 이곳, 당신을 찾으러 나선 길, 사라진 여자들, 베일리 커크와의 묘한 관계, 달갑지 않은 기억들. 이것들이 풀 수 없을 만큼 심하게 뒤엉켜 있는 느낌이다. 하지만 잭스까지 기운 빠지게 만들 필요는 없다.

그녀가 말한다. "너 어째 목소리가 이상한데? 그냥 집으로 돌아와. 거기 있으면 우울해진다는 거 너도 알잖아. 그 빌어먹을 집은 팔아버려. 무덤들도 잊어버리고. 무슨 미련이 남은 거야, 렌?"

맞는 말이다. 나도 안다. 내게 무슨 미련이 남은 걸까?

"내일 갈게." 나는 보드라운 시트와 이불 아래로 들어가 벽난로 불을 구경한다.

"약속?"

"응, 약속."

"디어 버디는 어쩔 거야?"

"네가 하면 되잖아, 잭스. 나는 너 믿어. 보수도 줄게."

잭스는 뭔가를 씹고 있다. 중국집에서 포장 주문해온 치킨 로메인일 것이다. "보수는 이미 너한테 받았다고 봐. 테이크아웃 음식과 영화로."

"얼마 받고 싶은지 말만 해."

"그걸 네가 무슨 수로 감당하지는 모르겠어, 렌."

"뭐를?"

"디어 버디. 남의 고민 해결해주는 거 지겹지도 않아?"

왠지 모르게 베일리 커크가 생각난다. 그의 눈 아래에 깃든 피곤, 그가 짊어지고 있는 것처럼 보이는 부담. 자신의 슬픔을 살필 생각을 하느니 타인의 슬픔을 짊어지는 편이 훨씬 가볍게 느껴질 때가 많다. 베일리가 어떤 슬픔을 짊어지고 있을지 궁금하다. 비밀로 가득한 그 눈.

"이 잔인한 세상에서 남을 돕는 사람도 있어야지." 나는 농담 반 진담 반으로 이렇게 말한다.

"맞아." 잭스는 말끝을 길게 늘이며 맞장구친다. "하지만 그게 너일 필요는 없지 않을까?"

장작불이 탁탁거리고 침대 옆 스탠드 불빛이 방 안을 분홍색으로 물들인다. 나는 안전하고 편안하게 자리를 잡은 느낌이다. 그것이 할로스의 다른 측면이다. 내가 비록 여기를 좋아하지 않을지 몰라도 익숙한 데서 느껴지는 편안함이 있다. 마치 여기서 살아도 될 것 같은. 아니면 여기서 살아야 할 것 같은.

"그러게. 나도 모르겠다." 나는 대답한다.

"실은 네가 디어 버디를 그냥 팔아버리는 게 어떨까 하는 생각을 하고 있었거든."

"디어 버디를 판다고?"

"응. 그 왜, 영화 〈프린세스 브라이드〉처럼 말이야. 공포의 해적 로버츠 알지? 그냥 악명 높은 해적 이름이었는데, 다른 사람이 슬그머니 그 역할을 대신하더니 나중에는 위장해서 또 다른 사람한테 물려줬잖아."

"너 넷플릭스를 너무 많이 봤다."

잭스는 한숨을 터뜨린다. "요즘 그게 대세야. 진짜로. 다들 그러고 다녀. 무덤 속에서 계속 작품을 쓰고 있는 작가가 얼마나 많은지 아니?"

그럴 생각은 한 번도 해본 적이 없었다. 디어 버디를 무슨 숄처럼 벗어서 남의 어깨를 덮어줄 수도 있다니 위안이 되는 마음과 겁이 나는 마음이 정확히 반반이다. 디어 버디가 없으면 내가 누구라고 할 수 있을까? 그것조차 모르겠다.

"네가 혹시 디어 버디가 되고 싶어?" 나는 묻는다.

잭스는 깔깔대며 웃다가 말한다. "설마아아아아. 너 제정신이 아니구나. 나는 내 고민거리만으로도 충분해. *회사에서 승진을 안 시켜줘요. 내 존재 의미는 뭘까요? 나는 지금 행복을 향해 가고 있을까요?* 내 블로그에서 날마다 맞닥뜨리는, 이런 문제도 아닌 문제들도 간신히 감당하는 판국에 디어 버디? 거긴 정말 우울한 케이스도 있잖아."

맞는 말이다. 잭스의 블로그는 분위기가 좀 더 가볍고 고민들도 훨씬 실존적이다. 땅을 단단히 딛고 서 있는 사람들의 고민 상담이다. 궁금해진다. 내가 과연…… 디어 버디를 버릴 수 있을까?

"팟캐스트는 어쩌고?"

"너랑 목소리가 비슷한 사람을 찾으면 되지. 디어 버디 목소리는 어차피 네 진짜 목소리도 아니잖아. 네가 다른 사람에게 빙의하는 거지."

"너 고민 많이 했구나?"

잭스는 나지막이 말한다. "좀 했어. 렌, 나는 네가 재밌는 일도 찾고, 여유도 좀 누리고 그러면 좋겠어. 과거에 묶여 있으면 그럴 수 없잖아. 날이면 날마다 남들 속상한 사연을 들어도 마찬가지고."

사는 동안 만날 수 있는 진정한 친구는 많지 않다. 사람들은 항상 사랑을 찾는다. 완벽한 영혼의 단짝을. 사탕, 꽃, 파리 여행, 로맨스를. 그렇지만 세월을 견디는 진정한 우정의 힘과 위안에 대해 이야기하는 사람은 없다. 나를 걱정해주고, 부르면 달려오고, 아프면 수프를 가져다주고, 슬퍼하면 소파에 진을 치는 친구. 그런 친구는 많지 않다. 그런 친구가 있다면 고마워할 일이다. 나는 고마워하고 있다.

나는 말한다. "내 걱정은 하지 마. 괜찮으니까."

"알았어. 앞으로 계속 의논해보자. 아무튼 내일은 내가 대역을 맡을게. 하지만 네가 다시 가져가야 해."

"오케이."

"아, 맞다. 메일이 하나 온 게 있어. 네 이메일을 훔쳐볼 생각은 없는데, 예전 계정에서 전달된 거야. 네가 디어 버디 편지 받으려고 예전에 썼던 블로그 계정에서 말이야. 로그인을 못해서 어떤 내용인지는 보지 못했어."

가끔 예전 이메일 주소로 편지를 보내는 사람들이 있다. 그 주소가 인터넷이라는 영원의 공간 속을 아직도 떠다니고 있다. 계정을 폐쇄해야 하지만 연락을 시도했다가 오류 메시지를 받는 사람이 있을지 모른다는 상상만 해도 싫다. 그래서 주기적으로 그쪽 계정을 체크한다.

"내가 한번 살펴볼게."

잭스는 숨을 들이마셨다가 길게 토한다.

"그 남자는 이제 놓아줘, 렌. 내가 힘을 되찾고 정의를 구현하고 어쩌고 했던 말 취소할게. 잊어버려. 그만 미련을 버려. 거기도 이제 놓아줘. 네가 만들어놓은 삶으로 돌아와. 여기 훌륭하잖아."

"내일 갈게. 약속해."

잠시 정적이 흐른 뒤 잭스가 말한다. "사랑해."

"내가 더 사랑해."

잠을 자보려고 하지만 실패한다. 얼핏 잠이 들 때마다 로빈 아니면 당신을 쫓다가 발이 걸려서 넘어지거나, 손목을 잡고 보니 악귀의 손목이라 화들짝 놀라며 깨어난다.

결국 나는 잠자는 것을 포기하고 노트북을 열어 예전 계정에 로그인한다. 이메일이 딱 한 통 와 있는데, 주소가 특이하다. 숫자뿐이고 서버도 처음 보는 곳이다.

이메일을 열어본다.

버디에게

내가 그럴 줄은 몰랐는데 사랑에 빠졌어요. 미친 사랑이에요. 모든 선택 앞에서 머뭇거리고, 더 나은 남자가 되고 싶다는 생각을 들게 하는 사랑이요. 나는 실수를 저질렀어요. 끔찍한 실수였죠. 사실 절대 용서를 받을 수 없을 만한 실수예요. 후회를 밤낮으로 짐처럼 짊어지고 있어요. 넋을 놓고 있으면 후회가 스멀스멀 나를 덮쳐요. 잠든 나를 깨워요. 나를 절대 떠나지 않아요. 나는 이 여자에게 내 진짜 모습을 공개하려고 했어요. 그녀는 두려움 없이 자신의 영혼을 내게 공개했거든요. 하지만 내가 나를 공개하려던 찰나, 과거가 돌아와 내 발목을 잡더군요.

내가 저지른 짓의 대가를 치르게 하려고 내 뒤를 쫓는 사람이 있어요. 그리고 어쩌면 그게 올바른 일일지도 몰라요. 그런 짓을 저질렀으니 나는 사랑할 자격도 사랑받을 자격도 없을지 몰라요. 하지만 나는 이 여자에게 나를 보여주고 그녀에게 직접 판단하게 할 기회를 누리고 싶었어요. 그래야 내가 이 여자에게 정말 걸맞은 남자인지 알 수 있을 테니까요.

나는 그녀의 곁을 떠나야 했어요. 갑자기, 아무 설명도 없이. 그래서 그녀의 가슴을 찢어놓았다는 거 알아요. 하지만 어쩔 수 없었어요. 나를 찾는 사람들이 바로 턱밑까지 쫓아왔거든요. 그리고 지금 그녀에게 연락하면 내 목숨이, 내 자유가 위험해져요. 나한테 대가를 치르라고 할 텐데, 내가 그 대가를 치를 생각이 있는지 잘 모르겠어요. 세상은 냉혹하고 잔인하지만 자유가 없으면 나는 죽을 거예요. 우리 안에서 살 수는 없어요.

그래서 내 고민은 이거예요, 버디. 그녀에게 내가 있는 곳으로 와달라고 하면, 그녀에게 나의 진짜 모습을 공개할 수 있게 나를 만날 방법을 찾아달라고 하면 그녀가 와줄까요? 아니면 나를 신고하고 밖에서 기다리는 늑대들에게 문을 열어줄까요? 그녀는 내 끔찍한 고백을 듣고 싶어 할까요? 그녀는 나를 용서할 수 있을까요? 여전히 나를 사랑할 수 있을까요?

당신이 하라는 대로 할게요.

— 용서받지 못할 남자

화면 위에서 글자가 빙글빙글 돌고 내 안 깊숙한 곳에서부터 덜덜 떨린다. 애덤, 당신이다. 당신일 수밖에 없다. 당신이 내 사랑을, 내 용서를 구하고 있다. 그리고 또 하나, 당신은 처음부터 내가 디어 버디인 줄 알고 있었다. 여태껏 잘 감추고 있다고 생각했던 내 모든 껍질이 오래전부터 노출돼 있었다. 나는 분노, 슬픔, 공포로 부들거리며 떨리는 손가락으로 자판을 두드린다.

용서받지 못할 분께

이미 저지른 일을 없던 걸로 되돌릴 수는 없죠. 시간을 거슬러 올라가 잘못을 바로잡을 수도 없고요. 실수를 통해 깨달은 지혜를 곱씹고 같은 실수를 다시는 저지르지 않겠다고 다짐하며 전진하는 수밖에는요. 상처를 준 사람들에게 속죄할 수 있어요. 그리고 법적으로 처벌을 받아야 하는 상황이면 그걸 받아들일 수도 있고요.

당신이 이 여자를 사랑하고 그녀도 당신을 사랑한다면 그녀에게는 당신의 모든 것을 알 권리가 있다고 봐요. 아주 흉악하게 들리는 것들조차도, 그녀가 절대 이해하거나 받아들이지 못하는 것들조차도. 그녀가 당신에게 자신을 내주었고 당신이 그녀에게 자신을 내주었다면 이제부터는 오직 솔직해야 해요. 나아갈 길은 진실뿐이에요. 그렇지 않으면 그녀는 절대 당신을 알지 못할 거예요. 그리고 당신을 사랑할 기회도 절대 누리지 못할 테고요. 그녀가 당신을 받아들일 거라고 내가 장담할 수 있을까요? 당신에게 죄의 대가를 치르라고 강요하지 않을 거라고 내가 장담할 수 있을까요? 아뇨. 하지만 그녀에게 연락하지 않으면 둘이서 주고받은 사랑이 진짜인지 알 길이 없을 거예요. 그리고 계속 용서받지 못할 거예요.

— 버디

나는 이메일을 보내고 몇 분마다 새로고침을 누르며 기다린다.

답장은 오지 않는다.

나는 깜빡 잠이 들고 아무 꿈도 꾸지 않는다.

눈을 떠보니 창밖에서 햇볕이 쏟아져 들어오고 노트북 화면은 까매졌다. 나는 두근거리는 심장을 달래며 키보드를 건드린다.

하지만 받은 편지함에는 아무것도 없다.

대신 휴대전화에 문자가 하나 와 있다.

안녕. 왔다는 얘기 들었다. 우리 집으로 와. 얘기 좀 하자.

27
과거

로빈은 내게 사냥감을 추적하고, 흔적을 따라가고, 사냥감이 남긴 흔적을 감지하는 법을 가르쳐주었다. 풀을 뜯어먹은 것이 토끼인지, 다 람쥐인지, 사슴인지 알아내는 법도. 하늘을 빙글빙글 나는 까마귀 떼가 보이면 코요테나 그보다 드문 경우에는 늑대들이 방금 전에 먹잇감을 잡았고, 까마귀들이 뼈를 깨끗하게 발라먹을 차례를 기다리고 있을 가 능성이 크다는 것도. 땅이 로빈에게 알려준 것들이었고 그녀는 내 통역 이었다. 그 당시에 내가 느끼기로는 그랬다.

하지만 사냥하는 법을 가르쳐준 사람은 아버지였다.

"뭔가를 죽이는 건 성스러운 행위다."

우리는 숲속을 걷고 있었다. 체감상으로는 몇 시간은 된 것 같았다. 초목이 점점 빽빽해졌고, 석궁은 내 허리를 묵직하게 눌렀다. 이제 막 해가 뜨기 시작했지만 나는 이미 지쳐 있었다. 그리고 두려움이 내 목젖 을 눌렀다. 나는 사냥에 소질이 없었다. 그걸 알았기 때문에 아버지가 그 사실을 알게 됐을 때 나를 어떻게 생각할지 걱정스러웠다.

"살아남으려면 누군가를 죽여야 하는 것이 자연의 법칙이지."

진짜 그럴까? 진짜인 것 같았지만 올바른 일로 느껴지지는 않았다.

나는 자연 다큐멘터리에서 사자가 임팔라를 쓰러뜨리고 범고래가 물개를 끌고 가고 독수리가 토끼를 낚아채는 광경을 워낙 많이 보았기 때문에 죽음이 삶의 일부라는 걸 알았다. 하지만 동물들은 본능적으로 행동한다. 그들에게는 선택의 여지가 없다. 살아남기 위해 죽이는 동물도 있고 먹잇감으로 태어난 동물도 있다. 인간은 지적 능력 덕분에 고차원이 됐다고들 하지만 말이다.

"말하자면 전쟁처럼요?" 나는 큰 소리를 내면 안 된다는 걸 알기에 조용히 물었다.

아버지는 고개를 돌리더니 놀란 한편 엄청 슬퍼하는 눈빛으로 나를 내려다보았다. "아니. 전쟁하고는 전혀 다르지."

어떻게 다를까? 감히 물어보지는 못했다.

"너와 네 가족의 배를 채우기 위해 동물을 죽이는 건 이 별과 맺은 협정의 일부야."

나는 아무 말도 하지 않았다. 우리가 숨을 쉬는 소리, 나무 사이로 움직이는 소리만 들렸다. "요즘은 사람들이 가져가고 또 가져가지. 이미 너무 많이 가져갔는데도 말이다. 조만간 고지서가 날아올 거다. 그리고 문명이 무너져도 살아남는 법을 아는 우리 같은 사람들은 이 별과 맺은 계약을 계속 지킬 거다. 목숨을 유지하는 데 필요한 만큼만 가져가. 딱 그만큼만."

천천히 움직이는 동안 나는 아무 말도 하지 않았다. 우리의 등 뒤에서 세상이 금세 멀어졌다. 전화도 케이블 텔레비전도 인터넷도 없으니 내가 알았고 진짜라고 생각했던 모든 게 꿈처럼 멀게 느껴졌다. 심지어 친구들 얼굴마저 희미해져가고 있었다.

사슴이 남긴 첫 번째 흔적은 똥이었다. 아직 뜨끈뜨끈한 똥 무더기에 섞인 산딸기 열매가 보였다.

몇 미터 더 걸어가자 누군가가 씹어놓은 나뭇가지가 등장했다. 앞 아랫니에 뜯긴 끝부분이 삐죽빼죽하고 너덜너덜했다. 토끼가 뾰족한 이빨로 씹으면 칼날로 벤 듯한 자국이 남는다. 하지만 사슴이 우적거리면 이파리 가장자리가 갈기갈기 찢긴다.

아버지가 너덜너덜한 나뭇가지를 만지고 손가락을 자기 입술에 갖다 대며 나를 향해 천천히 고개를 끄덕였다.

얼마 안 있어 그 아이가 등장했다. 암사슴이 가막살나무 잎을 평화롭게 씹고 있었다. 황갈색 털과 반짝이는 까만색 눈이 새파란 나뭇잎과 선명한 대조를 이루었다. 나는 평온함에 압도당한 채 그 아이를 지켜보았다. 바람 소리, 새소리, 그 아이가 풀을 먹는 나지막한 소리.

내가 등에 찼던 석궁을 푸는 동안 아버지의 시선은 나를 떠날 줄 몰랐다. 몇 달 동안 연습했기에 석궁의 무게감이 이제는 익숙했다. 통에서 화살을 한 대 꺼냈다. 이제 장전은 손에 익었다. 발로 활을 밟고 랙을 뒤로 당겨 화살을 홈에 넣었다. 아버지는 옆으로 와서 도와주지 않았다.

석궁을 들고 조준기에 눈을 갖다 댔다.

오빠는 애초에 사냥을 거부하며 아버지에게 말했다. *아버지를 위해 뭘 죽일 생각은 없어요.*

그럼 아무것도 먹지 마라. 아버지는 이렇게 말했다. 옥신각신이 폭력 행사로 발전하지 않은, 보기 드문 경우였다.

저는 채식주의자예요.

아버지는 노려보았다. *언제부터?*

지금부터요.

아버지 혼자 믿고 있는 세상의 종말이 찾아오면 아버지에게는 내가 생존의 마지막 희망이었다. 그렇지만 우리 집 냉동고에는 핫도그가 가득 들어 있었다. 그래야 하는 상황이 되면 그걸로 1년은 연명할 수 있을 거 같았다. 엄마는 매주 읍내에서 새로 찬거리를 들고 왔다. 나로 말할 것 같으면 진공 포장된 마카로니 앤드 치즈와 냉동 와플만 먹어도 살 수 있었다. 그러니까 따지고 보면 살아남기 위해 뭘 죽일 필요가 없었다. 이게 이 별과 맺은 계약의 일부였을까?

나는 나뭇잎을 뜯어먹는 암사슴을 지켜보았다. 그 아이는 우리의 존재를 알아차리지 못했다.

나뭇가지를 밟아서 탁 하는 소리를 내기만 해도 그 아이를 도망치게 할 수 있었다.

하지만 위로 젖혀진 활의 긴장감과 아버지의 기대라는 압박감을 느낄 수 있었다. 내 팔은 튼튼해졌고 내 조준은 일정해졌다. 그 아이가 내 사정권 안에 있었다. 내 숨은 아주 느리고 침착했다. 거의 저절로 벌어진 일이나 다름없었다. 발사된 화살이 허공을 가르고 표적을 정확히 찾아가 그 아이의 살 속 깊이 꽂혔다. 그 아이는 공포와 고통으로 눈을 희번덕거리며 몸을 움찔거렸다.

그러다 조용히 쓰러졌다.

아버지가 나를 돌아보았다. 놀라움과 뿌듯함이 두 눈에 가득했다.

그때까지 사는 동안 그보다 더 끔찍한 동시에 그보다 더 기쁜 순간은 없었다.

내 안에서 뭔가가 달라졌다. 절망이 거대한 파도처럼 밀려들었다. 내가 아무 죄 없는 생명을 죽였고, 그건 절대 돌이킬 수 없는 일이었다. 나는 이전의 나로는 돌아갈 수 없었다. 화살이 시위를 떠나 표적에 꽂힌 순간 나는 영원히 바뀌었다.

하지만 마음속 깊은 곳에서는 세상을, 세상의 작동 방식을 새롭게 알게 된 데 따르는 평온을 느낄 수 있었다. 삶과 죽음은 서로 복잡하게 얽힌 채 공존했다. 그 깨달음의 넓이와 깊이에 압도적인 경외가 찾아왔다. 나는 털썩 무릎을 꿇고 조용히 흐느꼈다.

아버지가 내 옆에 서서 내 머리에 손을 얹었다. 내가 아버지를 올려다볼 때까지 그 손을 치우지 않았다. 아버지는 핼쑥한 얼굴로 무언가에 홀린 듯한 표정을 짓고 있었다.

아버지가 조용히 말했다. "알아. 미안하다."

28
현재

숙소를 나선 후 시내로 향한다. 잔뜩 찌푸린 하늘은 금방이라도 비를 뿌릴 듯하다.

그림엽서에 쓰임직한 아름다운 광장을 지나 예쁘장한 가로수가 늘어선 도로를 몇 번 좌회전, 우회전해가며 잠시 동안 달린다. 이윽고 관리가 잘된 집 앞에 차를 세운다. 지붕널은 흰색이고 덧문은 고동색이며 같은 색 현관문에 놋쇠 노커가 달린 집이다. 떨기나무들은 깔끔하게 잘렸고 겨울이라 화단에는 아무것도 없다. 쨍하게 빨갛거나 눈처럼 새하얀 포인세티아 화분 몇 개가 현관 앞 계단에 놓여 있다. 내 기억 속 그대로 따뜻하고 안락한 분위기다. 아지트다.

현대 트라우마의 관점에서 말하자면 나는 활성화된 상태다. 심장이 쿵쾅거리고, 이 세상은 위험하며 내게 벌어지는 일을 어쩔 수 없다는 익숙한 불안감이 점점 고조되고 있다. 숨을 쉰다. 오랫동안 심리치료를 받았지만 실은 그렇게 간단하다. 숨을 쉴 것. 현재에 발을 디딜 것. 지금 여기에 충실할 것. 몇 번 크게 숨을 마시고 내뱉자 곤두섰던 신경이 가라앉는다.

차를 주차하고 당신 소지품 사이에서 찾은 신문기사를 집어 들고 과거를 들여다보며 억지로 헤드라인을 읽는다.

종말 대비자의 땅에서 무기고를 찾은 경찰

빛바랜 흑백사진이 몸속에 새겨진 기억을 소환한다. 총성. 바닥에 가만히 쓰러져 피를 흘리던 엄마. 비명을 지르던 오빠. 성난 목소리로 내 이름을 외치던 아버지. 겁에 질려서 숲속을 달리는 내 얼굴을 후려치던 나뭇가지.

기사 속의 그 경찰 이름은 존스 쿠퍼다. 그가 험상궂은 표정으로 자동 소총 대열 옆에 서 있다.

차에서 내려보니 공기가 점점 차가워지는 느낌이다. 북쪽 지방 특유의 살을 에는 냉기가 돈다. 어제 저녁에 먹은 햄버거가 시멘트 블록처럼 내 뱃속에 얹혀 있고 잠을 설쳐서 신경이 예민하게 곤두서 있다.

나도 모르게 두리번거리며 당신을 찾는다. 나무 뒤에서 시커먼 형체가 걸어나오지 않을지, 곁눈으로 시커먼 형체가 보이지 않을지. 베일리의 말이 맞는 것 같다. 당신은 내게 미련이 남았다. 그 문자와 이메일. 당신은 내게 집적거리고 있다. 가까이서 당신이 느껴진다. 당신이 원하는 게 뭘까?

내가 말뚝 울타리를 지나 '존스 쿠퍼 탐정 사무소'라고 적힌 조그맣고 하얀 화살표를 따라가자 덤불 속에 있던 북부홍관조가 빨간 깃을 번뜩이며 날아간다. 존스 쿠퍼는 오래전에 은퇴하고 사무소를 차렸다. 빈약한 홈페이지에 따르면 베일리 커크처럼 실종자 찾기 전문이라고 한다. 엄청난 충격을 받은 여자아이를 어떤 식으로 사라지게 거들었는지 소개되어 있지는 않다. 그건 우리끼리만의 깜찍한 비밀이다.

고스팅.

요즘은 그 단어가 잠수 탄다는 뜻으로 쓰인다. 하지만 예전에는 세상을 떠난 비슷한 또래의 신원을 가로채는 것을 의미했다. 살아 있는 사기꾼이 슬그머니 죽은 사람의 삶 속으로 들어가 그 사람 행세를 하는 것이다. 이 사람이 저 사람이 되는 것이다.

죽은 사람에게 남은 가족이 없으면 더욱 효과적이다. 그 사람이 태어난 주와 다른 주에서 이른 나이에 죽었고 빚을 진 적도, 월급을 받아본 적도 없으면 남의 탈을 뒤집어쓰기가 좀 더 수월해진다.

요즘 말하는 신원 도용과는 다르다. 중요한 건 남의 정보를 악용해 불법으로 금전적인 이득을 얻는 게 아니라 사라지는 것이다. 삐그덕거렸던 예전의 삶을 버리고 새로운 삶으로 이동하는 것. 지금은 전보다 성공하기가 쉽지 않다. 출생과 사망 신고, 범죄 기록, 지문, DNA 정보와 같은 정부 데이터베이스가 컴퓨터에 저장되어 있고, 과거에는 불가능했지만 이제는 주 정부끼리 서로 연락할 수도 있다.

하지만 그 당시에 나는 악몽 속에서 살아남은 어린애, 상처와 폭행으로 점철된 추악한 과거를 버리고 새롭게 시작해야 하는 어린애였고 외부의 도움을 받았다. 나 혼자서는 그러기가 불가능했을 것이다.

나는 문을 두드리고, 잠시 후에 문이 열린다.

존스 쿠퍼는 나이를 거의 먹지 않았다. 여전히 키가 크고 위풍당당하다. 턱은 각이 졌고 복부는 두툼하다. 머리가 좀 빠지고 눈가와 이마에 주름살이 몇 개 는 것처럼 보인다. 하지만 대체로 전과 비슷해서 고목처럼 편안하고 익숙하다.

"이게 누구야. 이제 숙녀가 다 됐네." 그가 손을 내밀며 말한다.

우리는 악수를 한다. 그는 끌어안고 그러는 성격이 아니다.

"그래요? 제 느낌상으로는 아직 어린애인 것 같은데." 나는 웃으며 반문한다.

"누구든 그렇지. 더듬더듬 길을 찾으면서 앞으로 걸어가고 있을 뿐." 그는 내 어깨를 토닥이며 말한다.

"다들 그렇다니 다행이네요." 나는 이렇게 말하며 그를 따라 안으로 들어간다.

존스를 아는 사람으로서 예상했던 바지만 방에는 가구가 거의 없다. 인테리어 소품이라고 할 만한 건 벽에 걸린 유화뿐이다. 시커멓고 으스스한 입목을 그린 풍경화다.

"매기랑 계속 연락한다며? 잘 지내고 있다고 전해 들었다."

그가 자리를 권하자 나는 딱딱할 것 같이 생겼지만 놀랍도록 폭신한 회색 소파에 몸을 묻는다. 그는 책상 뒤 의자에 앉는다. 책상 위에는 구닥다리 컴퓨터, 유선 전화, 큼지막한 롤로덱스 회전 명함첩이 있다. 존스 쿠퍼의 홈오피스는 시간이 멈춰서 아직 1990년대 후반에 머물러 있는 느낌이다.

"잘 지내고 있어요. 서장님과 매기 선생님 덕분에."

매기 쿠퍼 박사는 나의 심리치료사이자 멘토이자 친구다. 나는 그녀 덕분에 산산조각 난 영혼을 다시 짜 맞출 수 있었고, 요즘도 밀려드는 기억에 압도당하거나 디어 버디를 감당할 수 없을 때면 그녀를 찾아간다. 이번 사건이 평범한 이별이었다면 그녀에게 상담을 받으며 상실감을 달랬을 것이다. 트라우마 생존자들은 항상 겹겹의 상실감 속에 싸여 있다. 하지만 이건 평범한 이별이 아니라 다른 무엇이다.

"문제가 생겼어. 이런저런 것들을 묻고 다니는 사설탐정이 있더라."

존스는 뜸들이지 않는 성격답게 자리에 앉자마자 말한다. 책상을 흘끗 내려다보더니 명함을 하나 집어서 내게 건넨다.

"터너 앤드 아이브스라는 돈 많은 대규모 최첨단업체에서 일하는 베일리 커크라는 사람이던데. 우리 비밀을 일부 알아낸 것 같더구나. 여기 왔었다. 만나지는 못했지만 이걸 두고 갔더라. 나중에 문자를 주고받았고."

깔끔한 흰색 명함을 쳐다보는데, 두려움으로 강도가 덜해지긴 했지만 그래도 분노가 치민다. *나는 당신 인생을 까발리려고 여기까지 찾아온 게 아니에요.* 어제 저녁에는 그렇게 말해놓고.

"과거를 파고 있는 사람이 그 남자 말고 또 있어요." 나는 말한다.

지금까지의 이야기가 뒤죽박죽으로 한꺼번에 쏟아져 나온다. 토치, 당신의 증발, 임대 창고, 베일리 커크, 사라진 여자들, 오빠의 무덤가에 있던 담배꽁초, 숲속에 서 있던 남자. 두서없는 헛소리처럼 들렸을 텐데도 존스는 거무스름한 눈을 내게 고정한 채 맞장구를 쳐가며 턱을 문지른다.

이야기가 끝나자 나는 소파에서 일어나 그에게 신문기사를 건넨다. 그가 접혀 있던 기사를 펼치고 잠깐 쳐다보는 동안 미간의 주름이 점점 깊어진다. 의자가 그의 체중을 받치느라 삐걱거린다.

"느낌상으로는 엄청 오래된 일 같네." 그가 말한다.

100년 전에 벌어진 일 같기도 하고 5분 전에 벌어진 일 같기도 하다. 거기서 벗어난 적 없는 느낌, 내가 아직도 그 순간에 머물러 있는 느낌이다. 시간과 기억은 만화경처럼 빛의 각도가 변할 때마다 수시로 달라지고 왜곡된다.

"이거 어디서 났니?" 그가 나를 흘끗 올려다보며 묻는다.

"애덤이 두고 간 소지품 사이에 있었어요. 제 과거를 어찌어찌 알아냈나 봐요. 저를 만나기 전부터 알고 있었을 거예요. 하지만 무슨 수로 그랬는지 모르겠어요. 엄청 조심했는데."

존스는 의자에 앉은 채 몸을 뒤로 젖히고 당시 상황이 천장에서 상영되고 있기라도 한 것처럼 위를 올려다본다.

"내가 실수를 많이 저질렀지. 그런 식으로 처리하면 안 됐었는데. 미안하다."

"잘잘못을 따지려고 온 게 아니에요. 이제 와서 무슨."

그는 숨을 들이마시고 길게 내뱉는다. 그런 다음 자리에서 일어나 캐비닛 앞으로 걸어가 두툼한 서류 파일을 꺼내더니 책상으로 들고 온다. 표지에 한 단어가 적혀 있다. *그린우드.*

내 온몸이 떨린다. 속에서 화산이 부글부글 끓고 있다.

그날 밤의 기억은 저 깊숙이 묻혀 있다. 트라우마를 겪고 나면 기억상실이라는 축복이 찾아오기도 한다. 거기서 멀어지면 그 사건은 꿈같아진다. 일상에서 희미해진다. 하지만 완전히 사라진 게 아니라 수면 아래로 가라앉았을 뿐이다. 그것이 수면 위로 부상하면 엄청난 감정을 동반한다. 분노. 공포. 바닥이 없는 우물과도 같은 슬픔.

나는 말한다. "저는 지금 퍼즐을 맞추려 하는 중이에요. 여길 다시 찾은 이유가 그 때문이에요. 서장님이랑 얘기를 나눌 수 있을까요? 그날 벌어진 사건에 대해서요."

존스는 파일을 열고 거기 담긴 서류를 뒤적인다. 내가 앉은 자리에서 공식 기록, 복사한 신문기사, 사진 몇 장이 보인다. 하지만 나는 몸을 움직여 좀 더 가까이서 들여다보지는 않는다.

그가 나지막이 말문을 연다. "우리가 그때 실시한 조치는…… 원칙적이지 않았지. 합법적이지도 않았고. 아동보호센터에 연락했어야 옳았겠지만 도저히 그럴 수가 없더구나. 네가 워낙 어렸고 워낙 여려 보였고 엄청난 슬픔으로 뻣뻣하게 굳어버렸으니까. 모든 걸 잃었으니까."

나는 그때로 돌아가지만 기억이 뚝뚝 끊겨 있다. 존스 쿠퍼가 든든한 팔로 어깨를 감싸고 나를 부축해 사람들 고함소리가 들리는 곳과 반대편으로 데려갔다. 나는 충격으로 정신이 없어서 내가 어떤 걸 보고 저지르고 잃어버렸는지 알아차릴 수가 없었다. 귓속은 울렸고 숨은 목에서 걸렸다. 그가 나에게 담요를 둘러주고 큼지막한 SUV 뒷좌석에 앉힌 다음 어딘가로 전화를 걸었다. 조그맣게 웅얼거려서 뭐라는지 들리지는 않았다.

그가 다시 돌아오자 나는 물었다. *오빠는요? 엄마는요?*

그는 진지하지만 다정한 표정을 지으며 묵직한 손을 내 어깨에 얹었다. *힘내라. 우리가 널 책임지고 보호할게.*

그 뒤로 매기가 등장하기 전까지 아무것도 기억이 나지 않는다. 그녀는 내 옆에 앉아 있다가 다른 차로 나를 데려갔다.

매기는 이렇게 말했다. *오늘 밤이 네 인생에서 가장 끔찍한 순간이 될 거야. 하지만 너는 이겨낼 거야.*

나는 차를 타고 가족으로부터, 집으로부터 멀어지는 동안 울고 울고 또 울었다. *제발 집으로 데려다주세요.* 이렇게 애원했던 기억이 난다. 나는 그게 나쁜 꿈이고 깨어나면 될 줄 알았다. 그런데 아니었다.

존스는 하던 이야기를 계속했다. "원래는 안전한 데서 너를 좀 재우고, 다음 날 아침에 아동보호센터에 연락할 생각이었거든. 그런데 그날 밤에 사망자 명단을 보니 네 이름이 있지 뭐냐. 착오가 생긴 거지."

나는 아무 말도 하지 않고 내 기억 속에서 들리는 소리에 귀를 기울인다. 총성. 비명 소리. 내 이름을 고래고래 부르던 아버지. 코를 찌르던 연기와 화약 냄새.

"그때 어떤 생각 하나가 떠올랐지. 차갑고 무정한 시스템에 너를 맡기는 것보다 더 좋은 방법이 있지 않을까 하는. 매기하고 나는 그 안에서 길을 잃은 아이들을 너무 많이 보았거든."

존스는 그게 올바른 선택이었는지 모르겠지만 이제 와 돌이키기에는 너무 늦었다는 걸 아는 사람처럼 어깨를 으쓱한다.

나는 다음 날 아침에 건드리지도 않은 오트밀 그릇을 앞에 두고, 햇빛이 쏟아지는 두 사람의 집 식탁 앞에 앉아 있었던 기억이 난다. 바깥은 잔인하리만치 푸르고 화창한데, 내 삶은 무너진 폐허였다. 나는 멍했고 아무 감정이 느껴지지 않았다. 눈물이 다 말랐고 슬픔은 단단하게 굳어서 껍데기가 되었다.

존스 쿠퍼가 식탁 앞에서 내게 선택권을 주었다. 내 이름을 그대로 쓰면서 다른 곳에서 위탁 보호를 받을 건지, 아니면 이름을 바꾸고 자기들 부부가 찾아주는 안전한 집에서 치료를 받으며 새 삶을 살 건지. 나는 이곳에 남는 쪽을 선택했다.

이제는 나도 알다시피 우리 가족이 워낙 고립된 삶을 살았기 때문에 가능한 일이었다. 할로스 주민들이나 우리 집 주변에 사는 다른 사람들은 내 존재를 몰랐다. 마을 사람들은 우리를 언덕 주민이라고 부르며 피해야 하는 특이하고 정체 모를 대상으로 간주했다.

이제 존스가 다시 말한다. "매기는 반대했지만 결국에는 협조했지. 진실은 절대 피할 수 없는 법이라는 둥 하면서. 너도 매기가 어떤 성격인지 알잖니."

거세어진 바람에 창틀이 덜거덕거린다.

"저들이 시신을 보고 너로 착각한 아이는 너와 같은 나이였고 온 가족이 죽었어. 이 마을 안에서 그 아이나 그 아이의 부모를 아는 사람이 아무도 없었고. 그래서 내가 공문서 담당자에게 협조를 요청했지."

그는 별일 아닌 것처럼 말하지만 따지고 보면 사기극이었다. 어쩌면 다른 데서는 통하지 않았을 수법인지 모른다.

하지만 이곳은 일반적인 원칙이 적용되지 않는 할로스다. 이 마을은 자기만의 원칙에 따라 움직인다. 틀린 선택이 여기에서는 옳은 선택이 되기도 한다. 할로스는 주민들의 비밀을 지켜주는 곳이다.

존스가 말한다. "우리는 그 아이의 출생 신고서와 사회보장번호를 네 것으로 만들었지. 네 스스로 이름을 정하게 한 다음 정식으로 이름을 바꾸었고. 그 아이의 사망 신고는 하지 않았어. 대신 로빈 카슨의 사망 신고서를 작성했지. 그러니까 로빈 카슨은 그날 죽은 거야."

"미성년자가 이름을 바꾸려면 보호자가 있어야 하지 않나요?"

그는 나를 쳐다본다. 나는 그 눈빛에 담긴 의미를 알아차린다. 그가 한 일에 대해 더 이상 꼬치꼬치 캐묻지 않는다.

문득 엄청나게 슬퍼진다. 내 또래 여자아이가 흔적도 없이 사라진 거 아닌가. 우리가 불법적으로 그녀의 이름을 지우자 애초에 존재하지도 않았던 것처럼 사라져버렸다. 우리의 신원 전체가 서류 몇 장으로 압축된다니, 교묘한 속임수나 문서 위조로 하나의 존재를 삭제하고 새로운 존재를 만들어낼 수 있다니 우스울 따름이다.

"제가 렌 그린우드를 선택했죠." 엄마가 선택했음직한 새의 이름이었다. 상상 속의 친구가 지어준 이름이었다. 그리고 떠올리면 가장 평화로워지는 이미지이기도 했다. 바람에 흔들리는 파릇파릇한 나무.

그는 생각에 잠긴 표정으로 고개를 끄덕인다. "잘 어울려."

"그 아이는 이름이 뭐였어요? 죽은 아이요."

존스는 머뭇거린다. 이보다 더 자세한 내용은 언급하기 싫은 것이다. 그의 입장에서 과거는 묻어두는 편이 나을지 모른다. 어쩌면 그 아이의 이름을 입에 담고 싶지 않을지 모른다. 결국 그는 내게 파일을 건넨다.

"전부 이 안에 들어 있다."

"우리가 어떤 일을 저질렀는지 아는 사람이 또 있어요?"

"내 협조 요청을 들어준 공문서 담당자는 고인이 되었어. 러블리 선생님도 마찬가지고." 그는 최후통첩 같은 말투로 이렇게 말한다.

러블리 선생님은 나를 맡아서 안전하고 편안한 거처를 제공해주었던 은인이다.

"그럼 조이 마틴만 남는 것 같구나."

조이 마틴. 할로스 역사협회의 사서이자 러블리 선생님과 가장 가깝게 지냈던 친구였다. 그녀는 이 마을에 대해 모르는 것이 없지만 입이 무겁다.

"과거의 나, 과거의 삶, 과거의 실수는 그냥 잊어버리는 편이 나을 때도 있어." 존스가 말한다.

"그러려고 했는데 계속 발목을 잡네요."

그는 신문기사를 내려다본다.

"베일리 커크에게는 뭐라고 하셨어요?" 나는 묻는다.

"공문서에 적힌 대로 말했지. 너나 우리가 저지른 일에 대해서는 한마디도 하지 않고. 하지만 느낌상 그자는 이미 아는 것 같았어. 그건 이런 조그만 마을에서나 가능한 일이었겠지. 보는 사람들의 눈이 없는 곳이라. ATF(주류, 담배, 화기 및 폭발물 단속국: 옮긴이)나 FBI가 개입했다면 불가능했을 거야. 하지만 소소한 사건이라 전국적인 뉴스로 다루어지지 않았지. 그래도 자세히 들여다보고 서류를 파헤치면 어렵지 않게 알아차릴 수 있었을 거야."

"그 탐정은 저와 사라진 여자들 간의 연관성을 찾고 있어요. 미아 소프를 찾다가 막다른 골목에 다다라서."

존스는 생각에 잠긴 표정으로 고개를 끄덕인다.

"그래, 네가 생각하기에는 어떤 연관성이 있는데?"

"외로움, 토치라는 데이트 앱, 과거에 경험한 트라우마요. 사라진 여자들 중에 한 명도 전에 여기 살았어요. 이름이 멜리사 패로인데, 혹시 아세요? 그 여자나 아니면 그 가족이라도?"

그는 실눈을 뜨고 허공을 바라본다.

"어디서 들어본 이름인데. 화재 사건이었나? 그래, 맞네. 부모가 죽었어. 그 아이는 할머니, 할아버지와 함께 살게 됐고. 오래전에 벌어진 끔찍한 사건이었지."

"서장님께서 그 사건의 파일을 볼 수 있을까요?"

"신임 서장에게 물어보면 보여줄지도 몰라. 그날 밤에 벌어진 사건의 전말을 아는 사람은 이제 한 명뿐이야. 너에 대해서, 너를 보호하기 위해 어떤 조치가 취해졌는지 아는 사람은."

나는 입 안이 바짝 말라서 아무 소리도 낼 수가 없다.

"너희 아버지."

우리 아버지.

창밖에서 아까 봤던 북부홍관조가 울타리 위에 내려앉는다. 나는 녀석의 밝은 빨간색 몸통에 시선을 고정한다. 새가 돼서 훨훨 날아갈 수 있으면 좋겠다는 생각이 든다.

우리 아버지는 아직 살아 있다. 내게는 죽은 사람이지만 여전히 살아 숨 쉬고 있다.

"아버지랑 이야기 나눠봤니?" 내가 아무 말도 하지 않자 존스가 묻는다.

나는 고개를 젓는다. 우리 아버지. 오빠와 엄마를 죽인 남자. 내 덕분에 태어나지도 죽지도 않았지만 그래도 존재했던 이름 모를 여자아이를 비롯해 수많은 다른 사람들의 죽음을 초래한 남자.

그 아이는 나의 유령이다. 아니, 오히려 내가 그 아이의 유령일까?

"할 얘기가 없어서요." 나는 긴장한 목소리로 조그맣게 말한다.

"이해한다." 그는 대답하고 정적이 점점 번지도록 내버려둔다. 그러다 잠시 후에 입을 연다. "우리 아버지도 좋은 분은 아니었어. 거의 평생 동안 남남처럼 지냈지."

"하지만 서장님의 아버지는 괴물이 아니었잖아요. 살인범이 아니었
잖아요."

"세상에는 괴물의 종류가 정말 많지. 인간들이 초래하는 고통의 종
류도 정말 많고"

그건 정말 맞는 말이다. 나도 너무나 잘 안다.

내가 계속 침묵을 지키자 그는 하던 이야기를 계속한다. "아무튼 나
는 아버지가 돌아가시기 전에 뵈러 갔다. 내 기억 속의 아버지는 괴수였
거든. 고통만 주는 거인. 손은 솥뚜껑 같고 얼굴은 분노로 일그러진 거
대한 인간. 나는 무서웠어. 아들까지 둔 중년이었는데도 벌벌 떨면서 아
버지를 만나러 갔지."

그는 책상을 돌아나와 소파 맞은편 끝에 털썩 주저앉는다. 나는 그
쪽으로 고개를 돌린다.

"하지만 결국에는 한 줌밖에 안 되는, 침대 위의 혹밖에 안 되는 인
간이더구나. 창백한 얼굴에 머리는 벗어지고 목소리는 속삭이는 수준
인. 나는 아버지 곁에 잠깐 앉아 있었어. 침대 옆에 놓인 앨범을 뒤적이
면서. 기분이 묘하더구나. 아버지는 내가 어린 나이였을 때 우리를 두고
떠났거든. 그 뒤로 한 번도 소식을 들은 적이 없었지. 그런데 그 앨범은
내 사진으로 가득했어. 내가 미식축구 유니폼을 입은 사진, 경찰학교 졸
업식 사진. 심지어 결혼식 사진까지. 알고 보니 매기가 오랫동안 꾸준히
내 사진을 보냈지 뭐냐. 아버지가 그때 뭐라고 했는지 아니?"

"뭐라고 하셨는데요?"

"내가 잘못했다, 미안하다고."

우리는 잠깐 가만히 앉아 있는다. 마지막 말이 허공에 맴돈다.

잠시 후에 존스가 헛기침을 하고 허벅지 위로 몸을 숙인다. "당연히

너무 늦었고 그 정도로는 어림도 없었지. 그래도 왠지 모르게 치유가 되더구나. 아버지도 실수를 하고, 어리바리하고, 자기 아버지에게 죽도록 두들겨 맞았을지 모르는 인간에 불과했다는 사실에."

나는 내 손을 내려다본다. 존스 쿠퍼의 괴로워하는 표정은 보고 싶지 않다.

위쪽에서 음악 소리가 들린다. 헤비록의 반복 구간이 천장을 뚫고 전해진다. "너희 아버지는…… 환자였어." 존스가 말한다.

"알아요."

"아버지를 용서할 수도 있다거나 심지어 용서해야 한다는 뜻에서 하는 말은 아니다. 그냥 아버지와 대화를 나누면 과거로부터 계속 도망칠 게 아니라 꼬인 매듭을 풀 수 있을지도 모른다는 거지. 과거를 이해하고 받아들일 수 있게 될지도 모른다고."

"이건 그런 문제가 아니에요."

"그래?"

렌 그린우드가 디어 버디에 편지를 보낸다면 뭐라고 쓸까?

버디에게

엄마와 오빠를 죽인 아버지를 용서하지 못하겠어요. 나는 그 끔찍했던 날로부터, 아버지로부터, 나 자신으로부터 계속 도망치고만 있어요.

디어 버디는 그녀에게 아버지를 비롯해 당신을 괴롭히는 원흉을 피하지 말라고 할 것이다. 과거를 직면하고 당신의 이름을 되찾으라고 할 것이다. 나조차 내 조언을 따르지 않으니 이렇게 황당할 수가 있을까.

"들자하니 너희 아버지가 요즘은 남 돕는 일을 하고 있다던데." 존스는 이렇게 말하고는 자리에서 일어나 창문 앞으로 가서 헐거워진 걸쇠를 만지작거린다.

"그게 무슨 말씀이세요?" 내 목구멍과 가슴이 조여온다.

"이제는 교도소 전도사 비슷한 존재가 됐다고 해."

"지금 아버지가 하느님을 알게 됐다는 거예요?"

"뭔가를 알게 된 건 맞아. 마음 챙김과 명상을 가르친대. 조언도 하고, 사형수 상담도 하고."

그 말을 듣자 내 속이 뒤집힌다. 죽었어야 하는 사람은 아버지인데. 엄마와 오빠가 살았어야 하는데. 아버지가 남을 돕는 일로 속죄할 기회를 누리면 안 되는데.

"그걸 어떻게 아세요?"

"내가 멀리 보낸 사람, 내가 도움을 준 사람, 그러니까 내 의뢰인들 소식을 계속 챙기거든. 어떻게 지내는지 알고 싶어서."

"제 소식도 계속 챙기고 계세요?"

"당연하지."

그는 배 위로 팔짱을 끼고 고개를 돌려 서글서글한 미소와 함께 나를 똑바로 바라본다. 창문으로 들어온 햇살에 비치자 내가 맨 처음 생각했던 것보다 그가 얼마나 더 나이를 먹었는지 드러난다. 얼굴의 주름살이 좀 더 깊어지고 턱살이 조금 쳐졌다. 그래도 여전히 잘생겼다. 나이에 비해서는.

"네 경우에는 내 선택이 과연 옳았나 싶다. 법을 어기고 한 아이의 신원을 도용하고 서류를 위조했으니. 부적절한 조치였어."

후회. 누구에게나 언젠가는 후회가 찾아오기 마련이다. 그러지 않았더라면 어떻게 됐을까. 다른 선택을 했더라면 어떻게 됐을까.

"그때 서장님이 생각하시기에 옳은 길을 선택하신 거잖아요. 저는 그랬다는 걸 알아요. 그리고 그건 옳은 선택이었어요. 덕분에 제가 언론에 시달리지도, 집단살인광에게 스토킹을 당하지도, 실제 범죄를 다루는 팟캐스터에게 추적당하지도 않았잖아요. 남들은 제가 그날 밤에 죽은 줄 아니까요. 그리고 어떻게 보면 죽은 게 맞고요. 아무튼 제가 선택한 거예요. 제가 새로운 이름, 새로운 신원을 원했어요."

"하지만 너는 그때 어린애였잖니. 현명한 선택을 할 수 있는 나이가 아니었지."

"그래서 서장님이 원칙대로 했다면 어떻게 됐을까요? 저는 위탁 가정에 맡겨졌겠죠. 불투명한 미래가 저를 기다리고 있었을 테고요."

그는 고개를 숙이고 시선을 떨군다.

"대신에 서장님은 제게 새로운 길을 열어주고, 새로운 이름을 선택할 수 있게 도와주고, 러블리 선생님에게 데려다주셨어요."

러블리 선생님, 블루 하우스 인의 주인. 당시에는 그곳이 아이들을 위한 그룹홈이었다.

내가 살던 세상이 산산조각 났을 때 러블리 선생님은 내게 안전한 거처를 제공하고, 고졸 학력 인증서를 받을 수 있게 홈스쿨링으로 날 가르치고, 이후에는 대학에 지원할 수 있게 도와주었다. 그녀와 함께 지낸 2, 3년 동안 다른 아이들도 왔다가 사라졌다. 버스정거장에서 데려온 가출 소년이 며칠 동안 함께 지내다 러블리 선생님이 부엌 높은 찬장 속에 숨겨놓은 돈을 모조리 들고 도망친 적도 있었다. 어머니는 돌아가시고 아버지는 중독재활센터에 들어간 남자아이도 있었다. 그 아이는 말이 없었고 책을 열심히 읽었다. 거기 머문 기간이 길지 않았고 한 말도 몇 마디 없었다.

나는 그 아이도 그 시절도 거의 기억하지 못한다. 그때 나는 상심이라는 안개에 휩싸여 있었다. 하지만 러블리 선생님은 우리 모두를 상냥하게, 웃는 얼굴로 돌봐주었다. 내게는 요리와 바느질, 군인처럼 침대 정리하는 법을 가르쳐주었다. 이제는 그녀도 저세상 사람이 되었다. 내가 그 집에 들어갔을 때 이미 성인이었던 딸이 이제는 그곳을 물려받아 외부 인력에게 운영과 관리를 맡기고 있다. 그 딸은 할로스에 발을 들여놓은 적이 없다.

"저한테 잘해주셨어요. 러블리 선생님이요. 그리고 매기 선생님도요. 덕분에 제가 상처를 치료하고 새로운 삶을 건설할 수 있었어요."

"그래. 하지만 매기 말이 맞았어. 진실은 피할 수 없는 법이라고 한 거 말이다."

그는 책상 앞으로 다가가 신문기사를 집어서 내게 내민다.

"어쩌면 그럴지도요." 나는 기사를 받아들며 시인한다.

"이제 내가 어떻게 도와주면 되겠니?" 그가 묻는다.

존스 쿠퍼는 할로스 토박이다. 그는 이 마을이 어떻게 돌아가며 역사가 어떻게 되는지, 어떤 식으로 어둠의 경로에 접근하면 되는지 안다. 어쩌면 내가 여길 찾은 이유가 그 때문일지도 모른다. 이 마을에서 필요한 가이드가 그다. 지금 내게 벌어지는 일이 당시 내게 벌어진 일과 연관이 있다면 존스 쿠퍼에게 물어보아야 한다.

나는 그에게 다크웹과 거기서 만난 남자에 대해 설명한다. 온라인상에서 렌 그린우드를 창조하고 과거의 내 모든 흔적을 파묻게 도와준 남자에게 연락해 뭘 알고 있으며 뭘 찾을 수 있는지 물어봤다고. 돈을 입금해놓고 지금 기다리는 중이라고 말이다. 그는 못마땅해 하며 나를 보고 인상을 쓴다.

"다크웹이라. 그게 진짜로 있는 거냐? 도회지의 전설인 줄 알았더니."

"실제로 있는 거예요."

"도무지 이해가 안 되는구나."

우리 둘 사이에는 엄청난 세대차가 존재한다. 나는 테크노 세대다. 그는 마지못해 따라오는 레이트 어답터다. 그의 데스크톱은 모니터가 큼지막하고 흉물스러운 CPU가 바닥에 놓여 있는 구닥다리다. 커피테이블 위에는 고릿적 플립폰이 놓여 있다.

나는 그에게 설명한다. "추적이 안 되는 인터넷이에요. 사파리나 크롬 같은 서버를 쓰는 일반 웹에서는 누구나 찾을 수 있는 디지털 흔적이 남거든요. 하지만 토어를 통해 접속하는 다크웹에서는 내가 거기서 뭘 했는지 아무도 알 수가 없어요. 거기 암시장에서는 뭐든 살 수 있어요. 총. 약물. 청부살인업자. 신원 변경. 뭐든 구해주고 뭐든 해결해주는 사람들이 있어요."

그는 미심쩍어하며 눈썹을 쫑긋 세운다.

"그리고 이 애덤이라는 남자도 온라인에서 만났다고 했지."

"네."

"패턴이 보인다. 실제 현실에서 멀어질수록 점점 더 비밀스럽고 위험해진다는 거."

그 말에도 일리가 있다.

"하지만 요즘은 그게 대세예요."

"그런 게 대세일 필요는 없는데."

"꼭 우리 아버지 같은 말씀을 하시네요. 과학기술과 인간들의 세상에서 탈출하는 게 아버지의 목표였거든요. 인간들의 세상은 무너질 거라고, 전 세계의 종말이 머지않았다고 했어요. 그러더라도 우리는 우리 땅에서 자연과 조화롭게 살아가면 무사할 거라고요."

존스는 생각에 잠긴 표정으로 고개를 끄덕이며 주머니에 손을 넣고 책상에 몸을 기댄다.

"하지만 인간들의 세상은 여전히 건재하잖아요. 무너진 쪽은 우리였지. 우리들 세상이요."

그는 가볍게 고개를 끄덕이며 내게 들은 말을 머리에 담고 곱씹다가 이윽고 말한다.

"그래. 내가 기록해놓은 사건 자료를 다시 들추어보고 신임 서장하고 이야기도 나눠보마. 나도 좀 알아보마."

"뭘 찾아보시게요?"

"찾으면 이거다, 하고 알 수 있는 거."

그 말에 나는 미소가 지어진다. 두 발로 땅을 단단히 딛고 있는 이미지가 그려지는, 그런 식의 현실적인 발상이라니.

존스가 손목시계를 확인한다. "매기가 우리랑 점심 같이 먹으려고 기다리고 있을 거다."

"저 이제 그만 가봐야 해요."

"먹고 가." 그가 말하면서 다정하게 슬쩍 옆구리를 찌른다. "오래된 친구랑 밥 한 끼도 못 먹을 만큼 급한 문제가 세상에 어디 있다고."

여기서는 세상이 더디게 움직인다. 우리 아버지가 그래서 여기를 사랑했다. 시 경계선을 넘으면 숨을 들이마셨다가 천천히 내뱉게 된다. 미친 듯이 돌아가던 현대 사회의 속도가 달라진다.

휴대전화 전파가 잡히지 않는 곳도 많아서 전화가 중간에 끊기거나 아예 오지 않는다. 음성 사서함은 랙이 걸린다. 내 휴대전화는 묘하게 고요해졌다. 이메일을 체크하려면 컴퓨터를 켜야 한다. 이유를 모르겠지만 휴대전화로는 다운로드가 되지 않는다.

대로도 없고 클랙슨이나 사이렌이나 고함 소리도 들리지 않는다. 그대신 무거운 정적이 흐른다. 이 마을의 매력과 가능성을 외면하고 싶지만 그럴 도리가 없다. 아버지가 여기를 사랑한 이유를 알겠다. 여기서는 다른 삶을 살 수 있을 거라고 생각한 이유를.

야생으로의 귀환.

나는 존스에게 알겠다는 뜻에서 고개를 끄덕인다. "맞아요. 먹고 갈게요."

따지고 보면 조바심을 낼 이유가 없다. 어젯밤에 이메일을 보낸 사람이 애덤, 당신이라면, 당신이 용서받지 못할 남자라면 아무 약속도 하지 않는 내 답장에 겁을 먹고 도망쳤을 것이다. 당신은 이미 멀리 사라졌을 테고, 이 추격전은 나 혼자 시작해 나 혼자 끝내게 될 것이다. 가짜 이름 뒤에 숨어 있는 유령이라는 내 상태에는 변함이 없을 것이다.

존스가 잘 생각했다는 듯이 내 어깨를 토닥인다. "배가 부르면 무슨 일이든 좀 더 쉽게 느껴지기 마련이지."

당신이라면 그 말에 맞장구를 쳤을 것이다.

머릿속이 어지럽다. 당신, 우리 아버지, 내 과거, 내게 이름을 내어준 죽은 아이, 베일리 커크, 그가 찾는 사라진 미아, 멜리사 패로, 디어 버디. 하지만 나는 당신이나 그들을 쫓는 게 아니라 존스 쿠퍼를 따라 긴 복도를 걸어간다.

점심 먹을 시간조차 없을 만큼 급한 일은 없다.

29

물레처럼 빙글빙글 돌아가는 과거와 현재 때문에 존스와 대화를 나눈 뒤에도 머릿속이 계속 시끄럽다. 하지만 그들 부부와 점심을 먹는 동안 중심이 잡히고 차분해진다. 존스의 실용주의, 매기의 분별력, 구운 치즈 샌드위치와 토마토 수프. 그들과 시간을 보내고 나자 속이 든든해지고 힘이 생긴다. 그리고 한 가지 사실이 분명해진다. 이제 베일리 커크가 어디까지 아는지 파악할 때가 됐다는 것.

모텔 8은 납작하고 조그만 곳이다. 큼지막한 간판과 빈 방이 있다는 네온사인은 24시간 꺼질 줄 모르고 커튼이 쳐진 회색 문과 네모난 창문이 줄줄이 이어지는, 전형적인 도로변 숙소다.

나는 지금까지 이 앞을 수없이 지났고 그럴 때마다 어떤 사람들이 이런 데서 차를 세울까 생각했었다. 트럭 운전사 아니면 캠핑족, 몇 킬로미터 멀리 있는 강에서 운을 시험해보려는 낚시꾼, 갑자기 늘어난 사슴 개체수를 줄이러 나섰을지 모르는 사냥꾼. 사라진 여자들을 찾느라 흔적을 쫓다 보니 이런 외딴 마을까지 오게 된 사설탐정. 웨이트리스가 베일리의 트럭을 설명하며 커다랗고 까만색이라고 했는데, 보이지 않는다. 주차장에는 차가 두 대뿐이다. 흰색 도요타와 낡아빠진 빈티지 폭스바겐 버스.

내가 어쩌다 여기까지 찾아오게 됐을까? 이 모든 사태가 꿈처럼 현실성을 잃고 있다. 사라진 당신, 존스와의 대화, 아버지에 얽힌 기억, 이 마을, 이 모든 게 내 머릿속에서 놀이공원 회전 컵처럼 돌아간다. 떠나온 세상과 나를 연결하던 끈이 풀렸다.

조수석에서 휴대전화가 진동으로 울린다. 잭스다.

오고 있어?

계속 위치 추적을 하고 있다가 내가 시내에서 나온 걸 본 모양이다. 나는 답장을 보낸다. 아직 출발 안 했어.

조그만 회색 점이 깜빡거리더니 문자가 날아온다. 약속했잖아.

알아. 얼른 갈게.

전화해.

렌, 농담 아니야. 진짜로 전화해.

나는 차에서 내려 내실로 간다. 내가 등장했음을 알리는 조그만 종소리가 들리자 주름이 쪼글쪼글한 영감님이 책을 읽다 말고 고개를 든다. 자외선에 대한 경고를 평생 무시하고 살았는지 얼굴이 포수 장갑 같다. 그가 검은 테 안경을 올려 쓰고 나를 응시한다. 렌즈가 워낙 두툼해서 눈이 만화 주인공처럼 커 보인다.

"어떻게 왔어요, 아가씨?"

"친구를 찾고 있어서요."

그는 책을 내려놓는다. 표지 커버에 과감한 색이 쓰였고 군인의 실루엣이 있는 걸 보니 밀리터리 소설인가 본데, 책등은 쭈글쭈글하고 표지는 찢겼다.

"아가씨 정도 되는 미인이 뭐 하러 여기까지 와서 친구를 찾아요."

요즘 남자들은 하면 안 되는 발언의 대표적인 예다. 걱정해주는 것 같지만 모욕적이다. 하지만 나는 그냥 웃어넘긴다. 상대가 배가 나오고 희끗희끗한 머리카락 몇 가닥만 남은 노인이기 때문이다. 우리들 대부분은 잊어버리고 싶어 하는 언어로 오래전에 쓰인 노인의 낡은 책에서는 이런 식의 발언이 매력적인 것으로 간주될 수도 있겠다. 그를 교육하기에는 너무 늦었을 것이다. 노견에게는 새로운 재주를 가르치지 못한다는 말도 있지 않은가.

나는 말한다. "사실 제가 찾는 친구는 따로 있어요. 베일리 커크라는 남자요."

노인이 카운터에 놓인 장부를 가리킨다. 그의 손가락을 따라가 보니 베일리의 이름이 떨리는 필기체로 적혀 있다.

그가 말한다. "여기 온 지 얼마 되지는 않았어요. 좀 있다 갈지 모른다고 했고. 조용해. 말썽도 안 부리고. 거의 하루 종일 밖에 나가 있어요." 그는 전성기를 훌쩍 넘긴 커피 머신을 턱으로 가리킨다. "아침잠이 없는 스타일이야. 여기 와서 커피를 마시지."

사생활 보호는 개뿔.

이왕 이렇게 된 김에 그가 몇 호실에 묵는지 물어볼까 고민하는데, 노인의 뒤편으로 열쇠 거는 판이 보인다. 빈 칸이 하나뿐이다. 12호다.

"그 사람은 대개 몇 시쯤 돌아오나요?" 나는 대신 이렇게 묻는다.

"잘 모르겠는데." 그는 내 손에 쥐어진 휴대전화를 턱으로 가리킨다. "요즘 애들은 계속 연락을 주고받지 않나? 문자나 뭐 그런 거 보내보지 그래요. 친구라면서."

요즘 애들.

나는 서글서글하게 고개를 끄덕인다. "그러게요. 문자 보내볼게요. 감사합니다."

거기서 나오려는데, 그가 다시 말을 꺼낸다. "오지랖쟁이야."

"네?" 나는 고개를 돌린다.

"물어보는 게 어찌나 많은지 몰라." 나로서는 놀랍지 않은 사실이다.

"어떤 걸 물어보는데요?"

"사람들, 장소들, 여기 사람들은 대부분 잊고 싶어 하는 것들. 과거를 끄집어내고 싶은 사람이 어디 있겠나."

나는 카운터로 돌아간다. 나무판자를 댄 벽에 온갖 낚시도구가 걸려 있다. 낚싯대와 그물, 미끼와 릴. 야외활동을 좋아하게 생긴 남자들이 송어와 농어를 들고 있는 사진이 비뚤어진 부연 액자에 담겨 걸려 있다. 카운터를 지키는 남자가 한 사진 속에 찍혀 있다. 지금보다 훨씬 젊고 정력이 넘칠 때로 월척을 잡고 기뻐하고 있다.

"예를 들면요?"

"예전에 저기서 살았던 사람들 있잖아, 그 종말 대비자. 총소리 나고 경찰 출동하고 사람들 죽고 난리 났던 거. 비극적인 사건이었지."

그는 고개를 저으며 카운터를 돌아 나와 커피를 따라서 스티로폼 컵을 내민다. 나는 다정하게 고개를 끄덕이며 또다시 밀려드는 욕지기를 삼킨다. 원래는 강철 위장을 자랑하는 나이건만.

"그 사람이 뭘 알고 싶어 했는데요?"

그가 컵을 건네준다. 쓰고 탄내가 나는 블랙커피지만 나는 예의상 한 모금 마신다. 아니나 다를까, 완전히 구정물이라 속이 뒤집힌다.

노인은 로비 라운지를 구성하는 보풀이 인 체크무늬 소파에 앉고 나는 맞은편 딱딱한 의자에 앉는다. 그의 대답을 기다리는 중이라 옆구리를 찌르려는 찰나, 그가 마침내 입을 연다. "거기서 누가 살았는지 알고 싶어 했어. 이름을 기억하는지. 그 사건이 벌어진 뒤에 여길 떠난 사람들이 어떻게 됐는지, 그중에 아이가 있었는지. 이 마을에서 아직 사는 사람이 있는지."

"그래서 뭐라고 대답하셨어요?"

그는 컵을 들지 않은 쪽 손으로 무릎을 문지른다. 손마디가 굵고 손가락은 관절염 때문에 굽었다.

"그 땅은 몇 세대 전부터 한 가족의 것이었다고 했지."

거기까지는 나도 안다. 그건 우리 가족의 땅이다. 아니, 내 땅이다. 우리 가족은 모두 사라졌으니까.

"지금은 아무도 살지 않아. 하지만 그때 거기 사람들은 다르게 살려고 했을 뿐이야. 예전처럼 땅에서 난 걸 먹고 필요한 것만 취하면서."

휴대전화가 계속 진동한다. 흘끗 확인해보니 잭스가 연달아 문자를 보내고 있다.

모텔 8은 뭐고 거긴 왜 간 거야?

너 실종되면 실제 사건을 다루는 팟캐스트에서 인터뷰하자고 나를 찾아올 것 같아.

전화해. 안 그러면 너 찾으러 간다.

렌, 나 농담 아니야.

휴대전화를 주머니에 넣고 고개를 들어보니 영감님이 나를 쳐다보고 있다. 이름을 묻지 않았는데, 이제 와서 물어보기도 어색하다.

"그곳은 카슨 집안의 땅이야. 다른 사람들은 이 마을 출신이 아니라 이름을 다 잊어버렸어. 경찰의 급습 사건 이후에 뿔뿔이 흩어졌지. 그 당시 사람 중에 남은 사람은 아무도 없어."

"몇 가족이 거기서 살았어요?" 나는 묻는다. 솔직히 누가 거기서 살았는지 기억이 나지 않는다. 어린애답게 근시안적으로 세상을 바라보며 나만의 필요와 공포, 호불호에 사로잡힌 채 지냈었다. 다른 사람들이 있었던 건 생각나지만 이름은 모르겠다. 얼굴들도 희미해졌다. 심지어 엄마와 오빠의 눈과 목소리도 기억 속 깊숙한 곳을 파헤쳐야 떠올릴 수 있다.

그가 턱을 문지르며 말한다. "카슨 가족이랑 두 가족 더 있었을걸? 자기들끼리만 어울렸지. 거기서 자급자족으로 상당 부분 해결하면서. 그런 식으로 사는 것도 괜찮다고 봐. 총 때문에 문제가 됐지. 누가 그 사람들을 고발했거든."

영감님의 말을 듣고 나는 번쩍 현실로 돌아온다. 이 묘한 모텔의 내실로 돌아온다. 바깥 하늘은 놀라우리만치 환한 파란색이고 초록색 소나무들이 흔들거린다. "경찰이 출동한 게 그 때문이었어. 경찰에서 거길 수색하려고 하니까 누군가가 총을 쏘기 시작했고 아수라장이 벌어졌지. 군대에서 쓰는 표현을 빌자면 개판이 됐다고 할까."

그는 받침대 위에 올려놓은 텔레비전 위쪽을 가리킨다. 이제 보니 시커멓게 서 있는 텔레비전 위로 유리 케이스에 담긴 감색 제복, 다른 케이스에 담긴 훈장, 못에 걸린 인식표가 있다.

노인이 한 손가락을 자기 관자놀이에 대고 천천히 돌리며 말한다. "그 땅 주인이었던 루크 카슨 상태가 이랬거든. 전쟁 때문에. 정신 똑바로 차리지 않으면 머리가 이상해질 수 있어. 가끔 영영 돌아오지 않는 남자들도 있고."

엄마가 어느 날 밤에 내 침대에서 같이 자다가 이렇게 속삭인 적이 있었다. *떠난 남자는 절대 돌아오지 않아. 내가 그이를 고칠 수 있을 줄 알았는데.*

"사람들 말로는 그가 자기 가족을 죽였다지만 믿기 어려운 얘기지."

"그분이랑 아는 사이였어요?"

"어렸을 때야. 정말 햇살 같은 아이였지. 항상 웃는 얼굴이었고 항상 깍듯했던. 그 부모도 좋은 사람들이었고."

할아버지, 할머니는 내게 모르는 사람이었다. 어떻게 보면 아버지도 모르는 사람이었다.

"어머니는 재봉사였고 아버지는 목수였거든. 하지만 그 땅에서 농사도 짓고 사냥도 하면서 자급자족으로 살았지. 루크는 우리 아들이랑 같은 학교를 다녔고. 고등학교를 졸업한 후에 이 마을을 떠났어. 입대했다는 소문이 들렸는데, 다시 만났을 때는 빛이 하나도 남아 있지 않더군. 그 집으로, 그때의 삶으로 돌아가고 싶었던 게 전부였을 거야. 세상이 그걸 허락하지 않았을 뿐."

좀처럼 느낀 적 없었던 아버지에 대한 연민을 어렴풋이 느낀다. 이상과 꿈을 안고 떠났다가 상한 마음과 병을 안고 돌아온, 햇살 같았던 아이. 하지만 나는 그 마음을 망치로 세게 내리친다. 마지막으로 보았을 때 분노로 괴물 같았던 아버지의 얼굴, 피를 뒤집어쓰고 있었던 그 얼굴이 어른거린다. 이 영감님이 기억하는 햇살 같았던 아이를 나는 모른다.

"이런 얘기를 베일리 커크에게 전부 하셨어요?" 나는 묻는다.

그는 고개를 젓는다. "그 친구한테는 사실대로 말했지. 기억나는 게 별로 없고 나보다 더 많이 아는 다른 사람이 있다고."

"그분이 누군데요?"

"할로스 역사협회의 조이. 이 마을의 역사를 기록하는 게 그이에게 는 직업을 넘어선 소명이거든. 그이를 찾아가보지 그러나?"

"사장님 성함을 여쭤보지 않았네요." 나는 일어나 악수를 청하며 말 한다.

"밥 쇼일세." 우리는 악수한다. 놀랍게도 그는 손아귀 힘이 상당하 다. 그의 옷에서 깨끗하고 산뜻한 섬유유연제 향기가 풍긴다.

"저는 렌이에요."

"아가씨가 원하는 걸 찾을 수 있길 바라요." 그는 정적의 한복판에서 이렇게 말하고 카운터 뒤편으로 돌아가 책을 집어 들고 다시 읽기 시작 한다. 나는 그 자리에 잠깐 바보처럼 서 있는다. 묻고 싶은 것들이 목구 멍을 꽉 막고 있다.

나는 여기에 당신을 찾으러 온 게 아니었나?

그게 아니라 다른 걸 찾고 있었나?

밖으로 나와보니 하늘이 갑자기 어두워져 있다.

휴대전화에서 읽지 않은 메시지와 부재중 전화번호가 줄줄이 이어 지는데, 대부분 출처가 잭스고 하나는 회계사 사무실에서 보낸 거다. 모 르는 번호가 보낸 문자도 하나 있다.

나는 빠져나간다, 점점 빠져나간다 / 모래처럼 / 손가락 사이로 내 / 모든 세포는……

릴케다.

나는 숨을 들이마시며 문자를 빤히 쳐다보다가 나도 모르게 주위를 두리번거린다. 모텔 객실, 길 건너편 가로수, 주차된 차. 당신이 여기 있 을까? 나를 지켜보고 있을까? 내 온몸이 싸늘해지고 신경이 곤두서서

근질거린다. 시커멓고 우뚝한 당신의 형체가 나무 뒤에서 아니면 대형 쓰레기통 뒤편에서 스르르 등장할지도 모른다.

빨간 차 한 대가 먼지와 낙엽을 날리며 쌩하니 지나간다.

여기에는 나밖에 없다.

어떤 식으로 답을 한다? 나도 릴케의 시구로 답장을 보낼 수 있겠다.

내 눈을 꺼뜨려도 나는 계속 당신을 볼 테요. / 내 귀를 봉해도 나는 계속 당신의 소리를 들을 테요.

가지 마. 돌아와. 당신의 모든 것을 보여줘.

하지만 나는 두근거리는 심장과 떨리는 손을 달래며 아무 답도 보내지 않는다.

당신은 빠져나가고 있다. 그리고 나는 그렇게 내버려두어야 한다.

하지만 그럴 수도 없고 그럴 생각도 없다. 나는 12호실로 향한다.

30

내게는 평소에는 잘 쓰지 않는 몇 가지 재능이 있다. 나는 총을 쏠 줄 안다. 몇 종류의 총기를 분해하고 청소하고 재조립할 수 있다. 석궁으로 동물을 잡을 수 있다. 텃밭에 채소를 심어서 키울 수 있다. 낚시를 할 수 있다. 잡은 생선의 비늘을 벗기고 다듬을 수 있다. 성냥 없이 불을 피울 수 있다. 우리 아버지가 상상했던 그런 세상이 온다면 나는 아마 별 탈 없이 살 수 있을 것이다.

내가 가장 적응하기 힘든 곳은 바로 현대 사회다.

그런가 하면 단순한 잠금장치를 신용카드로 딸 수도 있다. 이 모텔 객실에 달린 그런 잠금장치라면 말이다. 나는 문 앞에 몸을 바짝 대고 두툼하고 묵직한 아메리칸 익스프레스 플래티넘 카드를 나무와 문설주 사이에 넣는다. 빗장을 찾아 카드를 틈새에 끼우고 빗장을 안으로 밀어 넣자 문이 열린다. 모든 잠금장치가 그런 건 아니지만 이런 스타일은 아예 달려 있지 않은 거나 다름없다.

커튼을 쳐놓아서 객실이 어두컴컴하다. 나는 여기 있으면 안 된다. 이건 나쁜 짓이다. 그럼에도 나는 밥이 보고 있다가 경찰에 신고하지 않길 바라며 안으로 들어가 등 뒤로 문을 닫는다.

조그만 테이블 옆 의자 위에 베일리 커크의 트렁크가 펼쳐져 있다. 트렁크는 소형이고 검은색이다. 안에 든 소지품은 회색 아니면 검은색 아니면 파란색이고, 빈틈없이 직사각형으로 개켜져 있다. 그가 다른 색 옷을 입은 건 본 적이 없다.

침대는 깔끔하게 정리되어 있다. 작은 협탁에 쌓여 있는 책은 다크 웹을 다룬 것, 신원 도용에 대한 두툼한 책, 그리고 《셜록 홈즈 전집》이다. 그걸 보고 나도 모르게 미소가 지어진다. 대부분의 사설탐정들은 자뻑이 심해서 자신을 현재 진행 중인 탐정 이야기의 주인공이라고 상상한다. 하지만 존스 쿠퍼는 아니다. 그는 일과 사람들과 할 일을 제대로 하는 데 열중하는 별종이다. 겉으로 보이는 자신의 모습에는 관심이 없다. 어쩐지 베일리 커크도 그럴 것 같은 예감이 든다. 어쩌면 그 둘은 닮은꼴일지 모른다.

화장실에는 칫솔, 치약, 면도칼, 데오도란트가 정확히 제자리에 담긴 깔끔한 파우치가 있다. 세면대 상판은 깨끗하게 닦아놓았다. 더럽거나 어지럽혀진 흔적이 전혀 없다. 애덤, 당신도 그랬다. 모든 것이 제자리에서 조심스러운 정렬을 유지하고 있었다. 남자들은 대부분 칠칠맞지 못하지만 우리 아버지가 그런 식으로 꼼꼼하고 오빠도 마찬가지였다. 나는 질서 정연한 데서, 용의주도하게 정리된 소지품에서 매력을 느끼는 성격이다. 이 안에서는 아무것도 건드리지 않는다.

베일리의 컴퓨터와 차곡차곡 쌓인 서류 파일이 책상 위에 있다.

의자에 앉아서 노트북을 열어보니 예상했다시피 암호가 걸려 있다. 암호 유추를 시도할 수 있을 만큼 그를 잘 알지는 못하기에 서류 파일을 넘겨본다. 사라진 여자당 파일이 한 개씩 있고 색인표에는 이름이, 표지에는 사진이 있다. 미아가 제일 위다. 그리고 내가 제일 아래다. 내 파일 색인표에는 이름이 두 개 적혀 있다. 렌 그린우드. 그리고 내 본명, 그러니까 부모님이 지어주신 내 이름.

로빈 카슨.

...

인간은 누구나 각기 다른 부분, 각기 다른 면모로 이루어져 있다. 나는 로빈 카슨이다. 태어났을 때 받은 이름이 그거다. 렌 그린우드는 내가 직접 선택한 이름이다. 그런가 하면 디어 버디라는 이름 뒤에 숨어 힘들게 터득한 삶의 지혜를 남들에게 나누어주고 있기도 하다.

애덤, 당신은 이 모든 것에 대해 알고 있을 것이다. 자신을 구성하는 퍼즐 조각을 옮기는 것에 대해서. 나는 살아남기 위해 그랬다. 당신의 의도는 뭘까?

내 이름이 적힌 파일을 연다. 베일리 커크의 객실에 몰래 들어와 그의 소지품과 그가 주도면밀하게 수집한 정보를 뒤적이고 있지만 양심의 가책은 조금도 느끼지 않는다. 내가 왜 양심의 가책을 느껴야 하나?

로빈은 모텔 객실 한쪽 구석에 주저앉아 있다. 커튼 사이로 쏟아져 들어오는 햇살을 적갈색 머리로 맞으며 여기 있는 모습이 생뚱맞아 보인다.

나 가짜 아니야. 그녀가 나무라는 눈빛으로 내게 말한다.

"대부분의 사람들보다 네가 훨씬 더 진짜지." 나는 로빈을 안심시킨다.

그녀는 만족스러워하는 표정을 지으며 빛 속으로 사라진다.

베일리의 파일은 그의 소지품처럼 질서 정연하다.

내 파일 안에는 복사한 공문서가 차곡차곡 들어 있다. 맨 앞 장이 내 원래 출생 신고서다. 그걸 들어서 본다. 로빈 앤 카슨. 그녀는 이제 빛의 농간, 돌아보면 사라져버리는 그림자다. 아버지 루크, 어머니 앨리스. 두 분의 이름이 각각의 네모 칸에 깔끔하게 타자로 입력되어 있다. 한때는 서로 사랑해서 아이를 낳은 두 사람. 그 후 몇 달 만에 남자는 중동의 전쟁터로 떠났고, 돌아왔을 때는 완전히 다른 사람이 되어 있었다.

또 다른 출생 신고서에는 내가 모르는 이름이 적혀 있다. 에밀리 스톤. 그 아이의 이름인가 보다. 내 무덤 안에 누워 있는 아이. 출생 신고서를 잠깐 물끄러미 들여다본다. 생년월일이 나와 같은 해, 나보다 불과 며칠 뒤다. 부모님 이름은 와이어트와 멜바 스톤이라고 되어 있다. 우리 땅에 살았던 다른 가족에 대한 기억을 더듬어보지만 아무것도 생각나지 않는다. 이 아이뿐 아니라 아이의 부모님도 저세상 사람이 되었다.

로빈 카슨의 사망 신고서를 물끄러미 들여다본다. 로빈으로서의 나는 15세라는 어린 나이에 죽었다. 심장의 총상으로 사망했다는 검시 보고서가 있다. 내 가슴에 손을 얹어본다.

그 다음으로 발견한 서류는 에밀리 스톤에서 렌 그린우드로 이름을 바꾸겠다는 개명 허가 신청서다. 누구든 원하면 어떤 이름으로든 개명할 수 있다는 걸 당신이 아는지 모르겠다. 원하면 태어났을 때 받은 이름을 버리고 다른 이름을 선택할 수 있다는 걸 말이다. 내가 렌을 선택한 이유는 로빈이 지어준 이름이었기 때문이다. 그린우드를 선택한 이유는 바닥에 누워 하늘을 올려다보면 중천에 뜬 태양이 숲의 장막 사이로 쏟아지고, 누르스름한 빛기둥이 나뭇잎을 쪼개 눈부시도록 쨍한 초록색으로 반짝이게 만드는 그런 신비로운 순간이 떠오르기 때문이었다. 풀 냄새가 나는 촉촉한 공기와 땅 위에서 어른거리는 햇빛이 떠오르기 때문이었다.

렌 그린우드의 사회보장카드와 운전면허증 복사본도 있다. 그리고 내가 디어 버디의 '저자'임을 폭로하는 거나 다름없는 《뉴욕 크로니클》의 납세 기록도 보인다. 베일리는 무덤이 얕더라고 했다. 주의 깊게 들여다보면 그렇긴 하다. 그가 어떤 식으로 금세 단편적인 정보를 한데 연결했는지 알 것 같다. 하지만 사실 누구든 자기 자신으로부터 숨을 수는 없다. 아무리 열심히 애를 써도 그건 불가능하다.

그리고 로빈 카슨을 세상으로부터 숨기려고 법까지 어겨가며 열심히 애쓴 사람들이 있었다.

다음은 경찰 측에서 그 땅을 급습한 사건을 다룬 신문기사 무더기다. 나는 건성으로 휘리릭 넘겨본다. 거기로 돌아가고 싶지는 않다. 아직까지도 뱃속에 칼이 박히는 듯한 느낌이 소환된다. 하지만 흐릿한 사진 하나가 내 시선을 사로잡는다. 무기창고를 찍은 흑백 사진이다. 벙커 뒤편의 커다란 선반에 총과 탄약과 폭탄이 진열돼 있다.

기사를 대충 읽어본다. 당시 경찰서장이었던 존스 쿠퍼가 이런 말을 남겼다고 한다. 무기가 비축되어 있고 기타 불법 행위가 자행되고 있다는 익명의 제보가 접수됐습니다.

총성이 떠오르자 심장이 쿵쾅거리고 침이 마른 입 안이 풀처럼 끈적해진다. 이 기억은 시커먼 아가리와 같다. 그 안으로 들어가면 나를 삼켜버린다.

파일을 덮고 호흡에 집중하며 현재로 돌아온다. *과거는 지난 일이고 미래는 환상에 불과해. 숨 쉬면서 지금 이 순간만 생각해.* 매기 쿠퍼가 알려준 주문이다. 가끔 이 방법이 효과가 있을 때도 있다.

그녀는 또 이런 말도 했다. *그때로 두 번 다시 돌아갈 필요도 없어. 네가 놓기만 하면 그날 밤은 영원히 지난 일이 돼.*

하지만 그날 밤은 자꾸 나를 찾아와 괴롭힌다.

맨 마지막 파일에는 베일리 커크가 '유령'이라고 적어놓았다.

내가 판 무덤이 얕았다면 애덤, 당신이 판 무덤은 상당히 깊었던 모양이다. 당신의 파일에는 나도 보았던 사진 몇 장밖에 없다. 지금과는 다른, 젊고 어쩌면 더 행복했던 시절의 당신이다. 종이에 출력해놓은 당신의 토치 프로필도 있다. 서로 이름은 다르지만 쓰인 용어는 사실상 동일하다.

출생 신고서나 운전면허증과 같은 공문서는 하나도 없다. 종이에 출력해놓은 에어비앤비 명단도 있다. 여기에는 뭐라고 끼적여놓은 메모가 있는데, 베일리 커크가 쓴 것 같다. 그의 필체는 촘촘하고 딱 떨어진다. 모든 글자에 정성을 쏟아 썼다. *로빈/렌을 통해 입수한 집주인 조의 연락처로 문자를 두 번 남겼지만 답이 없음. 이메일도 마찬가지. 직접 찾아가 보기로 함.*

당신 회사 블랙박스에 대한 메모도 있다. *사이버보안업체. 모든 계정이 해외에 있는 유령 회사. 이것 역시 유령 단서.*

나머지 파일도 훑어본다. 각각 미아, 멜리사, 보니의 파일로 사진, 공문서, 신문기사, 이메일, SNS 프로필, 친구들의 증언이 들어 있다.

하지만 베일리 커크가 좌절한 이유를 알겠다. 파일 검토가 끝나자 그림이 대충 그려지면서 각 여자가 파악은 되는데, 그들을 연결하는 고리가 뭔지 잘 모르겠다. 멜리사와 나 사이에는 할로스라는 공통점이 있으니 그게 힌트일 수도 있겠다. 하지만 그녀와 나는 서로 만난 적이 없다.

버려진 아파트, 자동차, 휴대전화. 그 여자들은 모두 자신의 삶 밖으로 걸어나왔거나 끌려나왔고 디지털 흔적조차 남기지 않았다. 모두 증발했다.

남은 사람이 나 하나뿐이다.

나도 며칠 더 지났다면 다른 여자들이 어떤 운명을 맞이했는지 알게 됐을지 모른다.

당신은 내게 어떤 지시를 내릴 생각이었을까?

애덤, 당신이 나더러 삶을 정리하고 모든 사람과 모든 걸 두고 떠나라고 했다면 나는 그렇게 했을까? 우리 어머니가 아버지를 따라나섰던 것처럼 당신을 따라나섰을까? 우리 아버지가 어머니에게 그랬던 것처럼 세상이 끝장났으니 그곳을 떠나 새로운 삶을 개척하자고 했다면 나는 당신과 함께 떠났을까?

모르겠다.

잭스와 그 가족이 있기에. 디어 버디와 그녀를 필요로 하는 수많은 사람들도 있기에.

잭스와 나누었던 대화가 생각난다. *아무라도 디어 버디가 될 수 있어.* 그 생각을 하면 어느 정도 안심이 된다. 정말 그렇지 않은가? 아무라도 아무개가 될 수 있다. 로빈 카슨이 에밀리 스톤이 될 수도 있고, 에밀리 스톤이 렌 그린우드가 될 수도 있고, 렌 그린우드가 디어 버디가 될 수도 있다. 나는 얕은 무덤을 팠다기보다 거짓말과 사칭으로 이루어진 복잡한 거미줄을 짰던 건지도 모른다. 나는 거미일까 아니면 파리일까?

"원하는 걸 찾았어요?"

남자의 목소리가 전기 충격처럼 나를 강타한다. 고개를 돌려보니 시커먼 형체가 객실 입구를 막고 있다. 순간 나는 그게 당신이라고 생각한다. 그러자 분노와 슬픔과 두려움이 쓰나미처럼 나를 덮친다. 하지만 좀 더 가까이 다가왔을 때 보니 베일리 커크다. 처음 만났을 때보다 더 체구가 크고 어깨가 넓어 보인다. 나는 허둥지둥 사과하지 않고 꿋꿋하게 버틴다.

"아뇨, 전혀요."

그는 방 안으로 들어와 등 뒤로 문을 닫는다. 흥분하지 않고 살짝 미소를 짓는다. 사설탐정이니 누가 자기 공간에 침입하고 자기 소지품을 뒤진다 한들 별로 화를 낼 수도 없지 않을까?

"그렇군요. 내 세계로 들어온 걸 환영해요."

나는 무릎 위에 올려놓았던 파일을 덮어 당신의 얼굴을 가리고 베일리를 쳐다본다. 그는 침대 끝에 걸터앉아 두 손을 허벅지 위에 올려놓는다. 베일리에게는 왠지 모르게 든든한 구석이 있다. 왠지 모르게 편안하고 선한 구석이 있다.

"당신은 나에 대해서 모르는 게 없네요." 나는 말한다.

"그럴 리가요. 서로에 대해 모르는 게 없는 사이가 있겠어요?" 베일리는 부드러운 목소리로 반문한다.

이 파일에 따르면 그는 세상 어느 누구보다 내 과거에 대해 많은 걸 알고 있다. 나의 정체를 간파한 사람이 생겼다. 그 점에 긴장이 풀어지며 일종의 안도감이 느껴진다.

내가 사랑일지 모른다고 생각했던 감정, 묵직하게 나를 누르는 슬픔과 상실, 날카롭게 벼려진 낙심이 이제 비로소 분노로 바뀐다.

"내가 도울게요. 그 사람을 찾을 수 있게 도울게요."

31

밖에서는 해가 지고 객실 안은 점점 어두워진다. 하지만 우리 둘 다 자리에서 일어나 불을 켜지 않는다. 그는 계속 침대에 앉아 있고, 나는 두 팔로 배를 감싼 채 딱딱한 책상 의자에 불편하게 앉아 있다.

나는 이 어두침침한 싸구려 모텔 방에서 베일리에게 말한다. 전쟁에서 돌아온 아버지가 행복한 '도시' 생활을 하던 우리를 끌고 조상 대대로 물려받은 땅으로 이사했다고. 아버지가 인간들의 세상에서 벗어나 자급자족하며 살기 원했기 때문에 오빠와 엄마와 나는 그동안 알고 지낸 모든 것과 모든 사람을 두고 떠났다고.

"그러니까 아버지가 종말 대비자였군요." 베일리가 말한다.

그 단어에는 무게감이 있다. 단어 자체가 무슨 농담처럼 들린다. 세상의 종말을 잘못 예측한 사람, 인간이라면 누구나 집착하는 것들을 모두 버린 정신이상자를 연상시킨다. 하지만 이 세상에는 온갖 종류의 광기가 존재한다. 그리고 현대 사회가 무너지고 있다고 착각한 데 그쳤다면 우리 아버지는 용서받을 수도 있었다.

"아버지는 자칭 붕괴주의자였어요."

"붕괴주의자요?"

"아버지는 먼 미래에 벌어질 일을 대비하는 게 아니었어요. 아버지가 보기에는 세상이 이미 무너져가고 있었어요. 아버지는 자기가 이상주의자로 입대했다가 현실주의자로 제대했다고 했죠. 전쟁, 기근, 재난, 전염병. 요한계시록에 등장하는 네 명의 말 탄 기사. 아버지의 주장에 따르면 그들이 이미 등장했다고 했어요."

베일리는 고개를 끄덕이며 턱을 문지른다. "세상의 종말을 기다리고 있었으니 그 어린 나이에 무서웠겠어요."

"어린아이에게는 무서운 게 많죠. 우리 아버지는 술을 마시면 무서워졌어요. 나는 세상의 종말보다 아버지가 더 무서웠던 것 같아요."

"그래서 어떤 식으로 대처했어요?"

나는 그에게 '로빈'에 대해 알려준다. 숲속에서 나를 찾아와 살아남는 데 필요한 모든 것과, 아버지가 원하는 딸이 되기 위해 필요한 모든 것을 가르쳐준 친구가 있었다고 말이다. 그녀의 정체는 뭐였을까? 내 생각에는 상상 속의 친구였던 것 같다. 매기 쿠퍼 박사에 따르면, 어렸을 때 트라우마를 겪은 아이들 사이에서는 위안과 위로가 되고, 외로움을 덜어주며, 자신을 보호해주는 어떤 존재를 만들어내는 것이 흔한 일이라고 한다. 그러다 나이를 먹고 강해지면 그 존재를 덜 찾게 돼서 서서히 사라진다고 말이다.

나는 실토한다. "하지만 실은 서재에 있던 책을 통해서 배웠어요. 그리고 아버지를 통해서요. 아버지가 생존기술을 많이 가르쳐주었죠. 그리고 나는 모범생이었고요. 나는 아버지가 알려주고 싶어 하는 것들을 귀담아 들었어요. 그 땅에서 살아가는 법, 이런 걸 심지어 자발적으로 배웠어요."

"어머니는 어떤 분이었나요?"

나는 눈을 감고 엄마를 떠올린다. 금색 머리와 다정한 미소, 상상의 친구가 내게는 진짜였고 새로운 삶에 적응하는 데 중요한 역할을 했기에 아무 말 않고 받아주었던 것, 엄마의 웃음소리, 따스함.

"엄마는 아버지를 사랑했어요. 미친 듯이 돌아가는 현대 사회에서 벗어나 그 집에서 자연과 더불어 지내면 아버지가 괜찮아질 거라고 생각했고요. 엄마가 예전에 사랑했던 그 남자로 돌아올 거라고요."

"그런데 아버지가 괜찮아지셨나요?"

"그랬을 수도 있어요. 경찰이 급습하지만 않았다면." 나는 이렇게 말하지만, 진심으로 그렇게 생각하는지는 잘 모르겠다.

베일리가 묻는다. "거기에 살던 다른 가족도 있었죠? 그중에서 기억하는 사람이 있나요?"

"아뇨. 신문기사를 보니까 스톤, 윌슨, 이런 이름들은 알겠더라고요. 하지만 평생을 거기서 지낸 사람들도 있었어요. 대부분 아이가 태어나거나 가족 중에 누가 죽어도 신고하지 않았을 거예요."

"그러게요. 이 마을은 비밀이 많죠, 안 그래요?"

나도 모르게 미소가 지어진다. 많고말고.

"할로스 역사협회에 갔었어요?" 나는 묻는다.

"갈 때마다 문이 잠겨 있더라고요. 거길 관리하는 조이라는 여자분에게 전화해도 감감무소식이고요."

그럴 수밖에 없다. 베일리 커크는 외부인이고 침입자다. 그가 이리저리 쑤시고 다니는 것을 여기 사람들은 알아차렸을 것이다. 조이는 베일리의 의도를 확실히 파악하기 전에는 과거로 건너가는 문을 열어주지 않을 것이다. 그의 의도가 할로스가 지향하는 방향과 맞는지 확인하기 전에는.

"내가 다음으로 찾아가려던 곳이 거기였어요. 나는 조이를 알거든요."

조이는 러블리 선생님의 가장 오래된 친구였다. 매주 목요일 오후에 선생님의 집으로 찾아와 같이 커피를 마시고 케이크를 먹으며 이 마을에 얽힌 이야기와 추억과 일화를 들려주었다. 내 비밀을 아는 몇 안 되는 사람 가운데 한 명으로 우리 아버지 쪽 집안 대대로 물려받은 땅에 대해 항상 이야기했다. *그 땅 관리 잘해라. 지금은 거기로 돌아가고 싶지 않겠지만 언젠가는 돌아가게 될 거야. 그 땅과 너는 떼려야 뗄 수 없는 사이이니까.*

솔직히 내가 보기에 조이는 이 마을과 마을의 역사에 지나치게 집착하는 것 같았다. 그리고 나는 아버지의 집으로 돌아갈 계획이 전혀 없었다. 그런데 알고 보니 그녀의 말이 맞았다. 이제는 그 집의 주인이 나라는 생각이 든다. 거길 놓지 못하겠다.

베일리가 침대에서 일어나 창가로 가서 밖을 내다본다. 희미해져가는 햇빛이 그의 얼굴 위로 쏟아진다. 누가 드나드는지 항상 살피는 것이 사설탐정의 숙명일까. 나는 그에게 묻고 싶어진다. 어렸을 때부터 호기심이 많고 궁금한 게 넘쳐났나요? 나는 인간을 움직이는 원동력에 관심이 많다. 그리고 초연하고 무심한 베일리는 내게 일종의 수수께끼와 같다.

그가 묻는다. "할로스 역사협회에 찾아간들 당신이 모르는 뭔가가 과연 있을까요? 당신은 현장에 있었잖아요. 당신보다 더 잘 아는 사람이 누가 있겠어요? 그리고 이게 그 유령과 무슨 상관이 있고요?"

"유령이요?"

"애덤 하퍼 말이에요."

"그를 유령이라고 부르고 있어요?" 내가 묻는다.

"그럼 뭐라고 불러요? 한 번도 본 적 없고 이름도 없는 남자인데. 가까이 다가갈수록 잽싸게 사라져버리고요."

"당신이 여길 찾은 이유는 뭔데요?"

"당신과 멜리사의 공통점이니까요. 그리고 이제는 단서도 없고 시간도 없으니까요. 내게 남은 확실한 것이 여기 하나예요."

"나도 마찬가지예요."

베일리는 고개를 돌리더니 나를 위아래로 훑어본다. 그냥 나를 쳐다보는 걸까? 아니면 내 말이 진짜인지 살피려는 걸까? "그렇군요."

나는 그의 침대 옆으로 다가가 다크웹을 소개한 책을 집어 든다. 후줄근한 페이퍼북인데, 자비 출간했는지 디자인도 후지고 서체도 어설프다.

잠시 후에 베일리가 부드러워진 목소리로 다시 말을 꺼낸다.

"시간은 점점 바닥나고 그녀는 점점 멀어지고 있어요. 시간은 일종의 간격인 것 같지 않아요? 몸을 돌려서 돌아갈 수 없는 길이기도 하고요."

베일리가 미아를 사랑하게 됐을지 모른다는 생각이 든다. 아니면 둘은 서로 만난 적이 없으니 미아라는 유령을, 그가 생각하는 미아의 이미지를 말이다. 하도 오랫동안 뒤를 쫓다 보니 애착 비슷한 게 생겼을지 모른다. 베일리에게는 끌리는 구석이 있다. 일종의 서글픈 깨달음이지만.

그가 말한다. "우리 회사에서는, 내가 모시는 상사는 수사를 중단하고 의뢰인에게 사건을 해결하지 못하겠다고 통보하길 바라요."

"당신도 그게 맞다고 생각해요?"

"단서라고 할 만한 걸 아무것도 찾지 못했잖아요. 당신 빼고는요."

나는 어떤 이메일과 문자를 받았는지 이야기한다. 그것들은 낚싯대에 매달린 미끼다. 내가 그걸 물기만 하면 그가 나를 낚아챌 것이다.

"이건 게임이 아니에요." 내 이야기가 끝나자 베일리가 말한다. 걱정이 돼서 어두워진 얼굴로 내게 다가온다. 우리는 30센티미터의 거리를 두고 객실 한복판에 서 있다. "그 남자는 위험한 사람이에요. 맹수 같은 자예요. 그자가 당신에게서 원하는 게 뭐라고 생각해요? 당신에게 계속 연락하는 이유가 뭐겠어요?"

"모르겠어요."

하지만 나는 안다. 그 시커먼 어둠이, 치명적인 소용돌이가 나를 끌어당기는 것이 느껴진다. 묘하게도 우리 아버지를 연상시키는 구석이 있다. 아버지가 이 세상과 자연과 인간에 대해 뭐라고 이야기했던가. 그리고 그걸 들으면 어떤 식으로 무서운 동시에 이해가 됐던가. 아버지에게서 도망치고 싶으면서도 가까이 다가가고 싶은 마음이 어떤 식으로 복잡하게 한데 뒤엉켜 있었던가.

베일리가 말한다. "당신이 자기에게 걸려들었다는 걸 그자가 알기 때문이에요. 당신이 자기한테 올 거라는 걸. 그러면 어떤 일이 벌어지겠어요?"

추적에 나선 사냥꾼은 사냥감을 찾지 못할 가능성이 있다는 것을, 아니 그럴 가능성이 높다는 것을 안다. 발자국이나 부러진 나뭇가지 같은 흔적을 따라가더라도 그걸 남긴 생명체와는 만나지 못할 수 있다. 녀석이 시야에 들어오더라도 한 번만 잘못 움직이면 녀석이 쌩하니 도망쳐버릴 것이다. 훌륭한 사냥꾼은 자기가 아무리 애를 써도 자연보다 더 영리하고 빠르고 민감할 수 없다는 걸 안다. 뒤를 쫓던 사냥감을 잡는다면 그건 내 능력으로 이룬 것이 아니라 자연으로부터 받은 선물이다. 하지만 그래도 살아남고 싶으면 계속 사냥을 해야 한다.

"다른 계획이 있어요? 그 사람을 찾을 다른 방법이? 미아가 어떻게 됐는지 알아낼 길이?" 나는 이렇게 묻지만 이미 답을 알고 있다.

베일리는 좀 더 심하게 미간을 찌푸리며 엄지와 검지로 관자놀이를 문지른다.

"아뇨." 그는 지친 투로 시인한다.

내가 들고 있는 책에서 사진 한 장이 떨어진다. 허리를 숙여서 집어

들어 보니 인물 사진이다. 베일리를 빼다 박았지만 좀 더 나이가 많고 살집이 있는 남자와 정이 많아 보이는 검은 머리의 여자, 그 여자와 닮았지만 날씬한 여자아이 사진이다. 세 사람 모두 바닷가를 등지고 서서 바람에 머리카락을 휘날리며 웃고 있다. 그의 가족인가 보다. 부모님과 여동생. 왠지 모르게 베일리에 대한 호감이 조금 커진다.

사진을 다시 책 속에 끼워 넣고 책상 앞으로 돌아가 책을 내려놓는다. 쌓여 있는 베일리의 파일 중에서 '그린우드'라고 적힌 것을 집는다. 그는 내 파일이 맞다는 뜻에서 고개를 끄덕인다. 나는 밖으로 나가서 차에 올라탄다. 그가 곧바로 따라 나와 자기 트럭에 올라탄다.

주차장에서 나오는 나를 보고, 밥이 내실 창문 앞에서 손을 흔든다. 베일리 커크는 나를 따라 시내로 돌아간다.

32
과거

엄마가 다음 날 읍내에 나를 데려갔다. 정말 어쩌다 한 번 있는 일이었다. 엄마는 옆얼굴에 멍이 들었다. 화장과 머리로 교묘하게 가려서 아주 희미하게 그늘이 진 것처럼 느껴졌다. 모르는 사람 눈에는 멍이 아예 보이지도 않았을 것이다.

우리는 낡은 픽업트럭을 타고 시골길을 덜커덩덜커덩 달렸다. 아버지가 좋아하는 기네스 스튜(기네스 흑맥주를 넣어서 만드는 스튜: 옮긴이) 재료를 사러 나선 길이었다. 아버지의 비위를 맞춰서 기분 좋게 만들기 위한 방편이었다. 엄마는 항상 아버지의 화를 누그러뜨릴 방법을 연구했다.

저항하지 않았다는 이유로, 맞서 싸우지 않았다는 이유로, 떠나지 않았다는 이유로 폭력에 시달린 자기 어머니를 증오하게 된 사람들이 많다는 걸 나도 안다. 하지만 나는 그런 적이 없었다. 어머니는 유령을 사랑했다. 유령에 사로잡혀, 과거의 남자가 돌아와 현재의 이 남자로부터 자기를 구해주길 기다렸다. 나도 같이 기다렸다. 엄마가 워낙 철석같이 믿었기에 그 믿음에 나까지 전염됐다.

"아버지가 엄마를 죽일 거야." 오빠는 전날 밤에 내게 이렇게 말했다.

나는 엄마와 함께 침대에 누워 있었고, 오빠는 방문에 등을 기대고 엄마 방 바닥에 앉아 있었다. 아버지가 씩씩대며 집을 박차고 나갈 때까지 오빠는 거기서 그렇게 문을 지키고 있었다. 우리는 아버지가 돌아오길 기다렸지만 감감무소식이었다.

잠이 든 엄마는 한숨을 쉬며 이리저리 뒤척였다.

"그런 소리하지 마." 나는 조그맣게 속삭였다. 무서워서 목구멍이 오그라들었다.

"여길 떠야 해." 오빠는 문가의 시커먼 형체에 불과했다. 야구방망이를 옆에 놓고 그 위에 손을 얹고 있었다.

"엄마는 안 가겠다고 할 거야." 나는 말했다.

"그럼 내가 아버지를 죽이게 될 거야."

"그만해." 흐느낌이 내 목젖으로 치밀어 올라왔다. "그만하라고."

"이런 게 원래 그런 식이야. 폭력 말이지. 점점 심해지다가 결국에는."

"점점 좋아지고 계시잖아." 나는 이렇게 말했지만 나조차 그 말을 믿을 수 없었다. 아버지가 며칠 동안, 심지어는 일주일 동안이나 낮에는 열심히 일하고 밤에는 단잠을 자며 평화롭게 지낼 때도 있었다. 행복하게 지낼 때도 있었다. 그럴 때면 집안에 웃음꽃이 피었고, 집에서 만든 요리를 같이 먹었고, 저녁이면 아버지의 기타 연주가 들렸다. 그날 저녁에도 폭발하기 직전까지 모든 게 거의 훌륭했었다.

"너 꼭 엄마처럼 말한다? 그 인간을 사랑하지 말라고 했잖아." 오빠의 말투는 경멸로 가득했다.

오빠가 내뱉은 말들이 내 귓전을 울리며 겁에 질린 어린아이의 머릿속을 이리저리 들쑤셔놓았다. 아버지가 엄마를 죽이거나 아니면 오빠가 아버지를 죽이게 될 거라니. 그날 읍내로 향하는 내 머릿속은 이 생각뿐이었다. 속이 화끈거렸다. 위산이 역류하는 것처럼 목구멍이 화끈거렸다.

큼지막한 슈퍼에 도착하자 나는 알록달록한 통로를 배회했다. 외출한 게 오랜만이었다. 그래서 미국 슈퍼마켓이 얼마나 정신없고 총천연색으로 이루어진 곳인지 잊고 있었다. 아니면 전에는 미처 몰랐던 건지도 모른다. 반질반질하고 쪼글쪼글한 봉지에 든 과자, 기포가 보글거리는 탄산음료, 기름지고 뽀얀 유제품, 핏자국 없이 깔끔하게 포장된 육류. 나는 감청색 상자에 든 오레오를 집었다. 엄마는 아무 말 없이 그걸 건네받아서 카트에 넣었다.

"가서 소고기 골라와." 엄마가 말하자 나는 고분고분 걸음을 옮겼다. 다른 손님들이 흘끗흘끗 곁눈질했다. 왜 그랬을까? 우리가 머리는 너무 길고 옷은 너무 낡아서 행색이 후줄근했기 때문이었을 것이다. 사람들은 마을 밖에서 자급자족하는 우리를 언덕 주민이라고 불렀던 것 같다. 이제 우리는 남들과 확연하게 다른 기운을 풍겼다.

우리도 당신들과 똑같아요. 나는 그들에게 이렇게 얘기하고 싶었다. 나도 얼마 전까지는 살아 있는 동물을 죽이거나 텃밭을 가꾸게 될 줄은 꿈에도 몰랐다고.

아버지가 말하길 그들, 그러니까 세속적인 인간들, 아직까지 현대 사회라는 꿈속에서 벗어나지 못한 인간들은 몽땅 몽유병 환자라고 했다. 그래서인지 다들 자기만의 생각에 빠져 있는 것처럼 보였다. 우리 쪽을 흘끗거릴지 몰라도 그게 다였다. 아버지는 그들이 우리에게 관심이 없다고 했다. 그들의 관심사는 오로지 자기들의 욕구와 불안과 갈망뿐이라고. 심지어 자기들 머릿속에서 상영되는 영화가 아닌 다른 세상이 있다는 것조차 알지 못한다고.

과연 정말로 그랬을까?

노란색 스티로폼 용기에 담아서 랩으로 단단히 포장한 닭고기, 칠면조 고기, 햄, 각기 다르게 썬 소고기가 한 1킬로미터쯤 진열돼 있는 느낌이었다. 피 한 방울 없이, 악취도 없이 깔끔하게 준비돼 있었다.

내가 사슴을 죽였을 때, 세워놓은 트럭으로 아버지와 함께 사슴을 끌고 갔다. 나중에 아버지가 사슴을 나무에 매달아 피를 뺐다. 암사슴의 몸에서 끈적끈적한 강처럼 쏟아진 피가 양동이 안에 고였다. 나는 토악질을 두 번 했다.

아버지가 말했다. *고기를 먹는다는 게 어떤 의미인지 인간들도 알아야 해. 누군가가 고기를 잡고 씻고 토막 내야 한다는 걸. 항상 괴로움과 공포와 피가 따르지. 그게 삶이야. 그게 죽음이고.*

핏자국 없이 깔끔하게 포장된 육류 진열장에 내 모습이 비쳐 보였다. 지저분한 청바지와 너무 작은 티셔츠를 입고 머리는 산발하고 손톱에는 흙이 낀 야생 소녀였다.

처음에 나는 그게 로빈인 줄 알고 고개를 돌렸다가 잠시 후에 나라는 걸 알아차렸다.

로빈이 내 머릿속에서 속삭였다. *두 사람을 도와줘. 너희 엄마랑 오빠를 도와줘.*

그때 화장실 옆에 있는 공중전화가 내 눈에 들어왔다.

상황은 신속하게 진행됐다. 나는 그래야 한다는 걸 알았기에 얼른 911에 전화했다.

"네, 무엇을 도와드릴까요?"

나는 신고 접수원에게 우리 가족이 위험에 처했다고, 아버지가 아프다고 빠르고 분명하게 설명했다. 우리 땅에 무기가 있다는 얘기도 했다.

"위치가 어떻게 될까? 너희 가족이 사는 데 말이야."

우리 집 주소도 모른다는 사실을 깨달은 순간 내 심장이 철렁 내려앉았다.

"읍내에서 나와서 길을 따라 가다 보면 나와요."

"그건 주소가 아니잖니. 주소를 모르면 도와줄 수가 없는데."

엄마가 나를 찾느라 목을 길게 빼고 이 통로, 저 통로를 걷고 있는 게 보였다.

"이름이 뭐니?"

"제 이름은 로빈 카슨이에요."

나는 전화를 끊고 달려가 고기를 집어 들고 공중전화를 보지 못하게 엄마의 시선을 다른 데로 돌렸다. 안도감으로 온몸이 찌릿거렸다.

내가 우리 가족을 구했다. 내가 아버지로부터 엄마를 구했다. 오빠로부터 아버지를 구했다. 오빠 자신으로부터 오빠를 구했다. 사슴을 죽였을 때 내 안에는 깊은 골짜기가 생겼고 감당하기 힘든 절망의 시커먼 낭떠러지가 입을 벌렸다. 그런데 자기 아버지를 죽이면 어떻게 되겠는가.

경찰이 우리 가족을 찾아내 아버지를 병원에 데려갈 것이다. 그러면 엄마는 자유로워질 것이다. 우리 모두 자유로워질 것이다.

집으로 가는 동안 나는 그렇게 생각했다.

"상황이 점점 좋아지고 있어." 트럭을 몰고 우리 땅으로 들어서며 엄마가 말했다.

"두고 보면 알게 될 거야."

나는 엄마의 고운 손을 잡았다. "저도 알아요, 엄마. 괜찮아요."

하지만 몇 주가 지나는 동안 상황은 점점 안 좋아졌고 아무도 오지 않았다.

33

현재

용서받지 못할 분께

제 답장이 너무 무서웠나요? 그 여자분에게 당신을 보여주세요. 당신의 전부를요. 진정한 사랑은 추악한 외면 너머를, 이 어두운 세상 속에서 인간으로 살아가는 데 따르는 병폐 너머를 볼 수 있게 해주죠. 그녀가 당신의 여자고 당신이 그녀의 남자라면 당신이 어떤 짓을 저질렀든, 당신이 어떤 사람이든 그녀는 당신을 외면하지 않을 거예요. 장담해요.

— 버디

애덤, 당신은 이 메일에 넘어올까? 아니면 실체를 간파할까?

"효과가 있을까요?" 베일리가 묻는다.

베일리 커크는 블루 하우스 인의 내 객실 벽난로 옆에 놓인 윙체어에 앉아서 자기 노트북을 들여다보고 있다. 우리는 서로가 서로에게 필요한 것을 갖추고 있기에 미지근한 협력 관계 비슷한 것을 맺게 되었다.

나는 다크웹의 해결사에게 건넨 모든 것, 그러니까 애덤과 관련 있는 모든 정보를 베일리에게 건네고 그는 그걸 터너 앤드 아이브스의 자기 팀에게 넘긴다. 이제 베일리는 나에 대해서, 그리고 내가 아는 당신에 대해서 모르는 게 없다.

"어쩌면요."

당신은 바보가 아니라 내가 보낸 메일의 실체를 간파할지도 모른다. 덫이라는 걸 말이다.

베일리가 묻는다. "진짜예요? 정말로 진정한 사랑은 모든 걸 용서한다고 생각해요?"

그 질문을 듣자 아버지가 생각난다. 전쟁 영웅. 괴물. 살인범. 존스 쿠퍼에 따르면 교도소 전도사. 딸에게 용서를 구했지만 거부당한 상처 투성이 남자.

"그것도 잘 모르겠네요."

베일리가 자문자답한다. "나는 아니라고 생각해요. 이상적으로는 가능하겠죠. 자식을 사랑하는 어머니는 용서할 수 있을지 모르고요. 하지만 사랑은, 성인 대 성인의 사랑은 조건부일 수밖에 없지 않나요? 그렇지 않으면 자기 자신을 사랑하지 않는다는 뜻이 되잖아요."

나는 여기까지 올 것 없다고, 내 도움 없이 하루 더 디어 버디를 맡을 수 있을 거라고 확신한다고 문자로 잭스를 설득하느라 건성으로 듣는다.

부탁이야, 잭스. 하루만 더 맡아줘.

"아주 심오한 발언이네요, 탐정님."

베일리는 어깨를 으쓱한다. "이런 것들에 대해 생각할 시간이 많아서요."

그는 각진 얼굴로 하얗게 반사되는 빛을 맞으며 노트북 화면을 들여다보고 있다. 이 남자는 속을 모르겠다.

나는 말한다. "아무튼 사실 여부는 중요하지 않잖아요. 그 사람이 그렇다고 믿는지 여부라면 모를까."

베일리는 눈을 깜박이며 나를 흘끗 올려다보다가 다시 화면으로 시선을 돌린다.

"당신이 그렇다고 믿는지 여부도 중요해요." 그가 굵고 낮은 목소리로 말한다.

이제 보니 베일리가 노트북 덮개 위로 나를 쳐다보고 있다. 그는 자세를 바꿔 한쪽 다리를 푹신한 스툴 위에 올려놓는다. 하지만 신발은 닿지 않게 한다. 훌륭한 어머니에게 물건을 소중히 여기고 깨끗하게 쓰는 법을 배웠다는 뜻이다.

"그 사람이 정말로 이 여자들을 해쳤다 하더라도 사랑할 수 있겠느냐는 뜻이에요?"

"그럴 수 있겠어요?"

내 입장에서는 모욕적인 질문이라 대답할 가치조차 없다. *엿이나 드시죠, 탐정님.* 이런 생각이 들지만 입 밖으로 내지는 않는다. 하지만 표정으로 다 드러났는지 베일리가 손바닥을 들어 보인다.

"그냥 궁금해서 물어본 거예요."

어찌어찌 내 휴대전화가 잠잠해졌다. 잭스가 이제 만족한 모양이다. 마티에게는 내일 전화하겠다고 해두었다. 릴케의 시구가 더는 날아오지 않는다. 당신은 사라진 건지도 모른다. 마지막 문자가 작별인사였는지도 모른다. 우리 둘 다 당신을 포기해야 할지도 모른다.

베일리가 탁 소리와 함께 노트북 덮개를 닫고 벽난로를 응시한다.

"전부 신기루 같지 않아요? 우리가 쥐고 있는 모든 정보 말이에요. 가짜 이름, 인터넷 속 사진, 프로필 페이지, 없어진 이메일 계정, 존재하는지 존재하지 않는지 알 수 없는 회사."

"그 사람을 유령이라고 부르는 이유가 그래서잖아요."

"독창성은 부족할지언정 아주 정확한 용어죠. 혹시 그 사람 사진 없어요?"

휴대전화를 뒤진다. 당신은 사진 찍는 걸 싫어했고 나는 그 점이 좋았다. 물론 이제는 당신이 그랬던 이유를 알지만. 잭스와 내가 나이트클럽에서, 마이애미로 떠난 주말 여행에서, 스튜디오에서 온갖 사고를 벌이며 찍은 사진은 수백 장인데 반해 당신과 찍은 사진은 두 장뿐이다. 그중 하나는 브루클린 다리에서 당신의 허락을 받고 찍은 우리 둘의 셀카다. 서로 뺨을 맞대고 사랑에 빠진 바보처럼 웃고 있다. 엄밀히 말하면 내 경우에는 진짜 바보였지만. 또 다른 사진은 내 집 앞에서 찍은 거다. 당신은 검은색 롱코트를 입고 내 집 앞 계단에 우뚝하니 서 있다. 내가 흐릿한 흑백사진으로 편집해놓아서 새까만 머리와 눈이 유령처럼 창백한 피부와 대조를 이룬다. 한 손을 난간에 얹고 중간 어딘가를 응시하고 있는 모습이, 잿빛 빌딩을 등지고 있는 까마귀를 닮았다. 지금 그 사진을 보는데 이런 생각이 든다. *나는 처음부터 당신을 잃을 운명이었네.* 명치가 저려온다.

진정한 사랑은 모든 걸 용서하느냐고?

우리 엄마라면 그렇다고 대답했을 것이다. 엄마는 아버지가 자기와 아들을 죽이고, 도망치지 않았다면 나까지 죽였을 그날 밤까지 아버지를 믿었다.

휴대전화를 베일리 커크에게 건네는데, 이메일 알림음이 울린다.

숫자와 내가 모르는 서버로 이루어진, 다크웹 해결사의 이상한 주소가 눈에 들어온다. 나는 기대감에 두근거리는 심장을 달래며 얼른 이메일을 열어본다.

미안. 당신 친구 말이야. 존재하지 않는 사람이야. 자기 흔적을 아주 꼼꼼하게 지웠어. 이 정도 수준인 걸 보면 전문가야. 심지어 회사도 모든 계정이 해외에 있는 유령 회사라 정보 검색이 불가능해.

베일리가 다가와 내 어깨 너머로 들여다본다.

문득 생각난 건데. 이 남자 CIA 요원 아닌 거 확실해? 당신에게 받은 어떤 이름으로도 제대로 된 정보를 입수할 수가 없거든. 주소지는 물론이고 현재 위치도 전혀 알 수가 없어. 신용카드나 주차딱지를 통해 알아낼 수 있는 예전 주소도 없고.

실망감이 내 가슴을 무겁게 짓누른다.

나는 원래 디지털 흔적을 추적하는 데 제법 솜씨가 좋거든. 하지만 이 자는 흔적을 전혀 남기지 않았어. 당신에게 연락을 받은 뒤로 강박증 환자처럼 매달렸으니 착수금은 그냥 받겠지만 나머지 절반은 넣어두도록 해. 이 자를 찾지 못해서 열받네. 꼭 내기에서 진 것 같거든. 뭐 나오는 게 있으면 다시 연락할게.

"이 사람 누구예요?" 베일리가 궁금해한다.
"온라인상에서 인적 사항을 만들어주는 사람이요. 기본적으로 SNS에 히스토리를 구축해서 사람들이 당신 이름을 인터넷에서 검색하면 당신이 원하는 정보만 뜨게 해요."

"요즘 사람들은 제일 먼저 인터넷에서 검색하고 SNS 계정을 찾아가고 그러니까요."

"그렇죠. 요즘은 모든 과거가 인터넷 안에 들어 있잖아요. 어디서 자랐고 어느 학교를 나왔으며 어떤 글에서 언급된 적 있고 어떤 포스팅에 태그돼 있는지. 온라인에서 아예 하나의 인물을 만들 수 있어요."

"언제 그런 걸 했어요?"

"대학 졸업한 뒤에요. 잭스가 아는 사람이 있었거든요. 그 친구 아이디어였어요. 어느 누구도 내 과거와 현재를 연결하지 못하게 하자고."

"그런 식으로 로빈 카슨을 묻었군요."

"2차로요. 하지만 무덤의 깊이가 부족했나 봐요."

"그 정도면 제법 깊었어요."

베일리가 한 손을 내 어깨에 얹자 온몸이 찌릿거린다. "당신 비밀은 걱정할 필요 없어요. 당신은 나랑 있으면 걱정할 필요 없어요. 나는 당신 인생을 까발리고 싶지 않아요."

그가 나지막이 말한다. 나는 그를 돌아보지 않는다.

"어쩌면 까발려야 할지도요. 내 무덤에는 모두의 기억 속에서 사라진 아이가 묻혀 있거든요."

"그건 당신 좋을 대로 할 문제지만 이것만은 알아둬요. 그 당시에 그런 일이 벌어졌을 때 당신은 새롭게 출발해서 행복한 삶을 살 자격이 있었어요. 그리고 그 삶을 살아냈고요. 아무나 그럴 수 있는 건 아니에요."

"도와주신 분들이 있었거든요." 러블리 선생님, 존스 쿠퍼와 매기 쿠퍼. 그들이 진정한 해결사였다. 그들이 있었기에 나는 산산조각 난 나를 다시 짜맞출 수 있었다.

"다행이네요." 베일리는 계속 내 옆을 지킨다. 내가 자리에서 일어나자 그는 뒤로 한 발 물러나지만 내 팔에 손을 얹는다.

"안타까워요." 그가 탁한 목소리로 말한다.

"뭐가요?" 나는 묻는다. 베일리가 내 손을 잡지만 나는 손을 빼지 않고 가까이 끌어당기는 그에게 그냥 몸을 맡긴다.

"그런 일을 겪었고 지금 이런 일을 겪고 있는 거요. 그리고 우리가 이런 식으로 만나게 된 것도요."

베일리의 손이 내 팔을 타고 올라와 살이 단단한 동시에 여린 목덜미에서 멈춘다. 나는 한 손바닥을 그의 가슴에 대고 그의 체온을, 들썩이는 호흡을 느낀다. 그에게 끌리는 마음을 어쩔 수가 없다. 그가 내 입술에 자기 입술을 포개자 안에서 불이 지펴진다. 처음에는 뜻을 살피는 듯 조심스러웠다가 이내 다급해지고, 그의 두 팔이 나를 단단히 감싼다. 그의 입술이 내 목을 타고 내려가다가 내 이름을 속삭이자 그 안에 깃든 갈망이 느껴진다.

"렌."

나는 몸을 빼고 싶지만 그러지 않는다. 절대 그러지 않는다.

잠시 후에 내 전화벨이 울리자 우리 둘은 화들짝 놀라며 무아지경에서 깨어난다. 당황하고 어색해하며 서로를 쳐다본다. 방금 무슨 일이 벌어진 걸까?

발신자가 누구인지 뜬다. 할로스 역사협회.

베일리가 내게서 몸을 떼고 창가로 가서 서자 그의 온기가 내게서 사라지는 것이 느껴진다.

"조이?" 나는 전화를 받는다.

"그린우드 양." 사람보다 책을 더 편하게 여기는 전문 사학자의 똑부러지는 말투다.

"네. 연락 주셔서 감사해요."

"메시지 확인하고 자료 조사를 좀 해봤어. 내가 찾은 거 와서 볼래?"

"언제가 좋으시겠어요?" 날이 지고 있다. 내일 오라고 할까 봐 불안하다.

"쇠뿔도 단김에 빼라고 하잖아, 그린우드 양."

"지금 바로 갈게요."

34
과거

뭔가를 죽일 때마다 받는 상처가 점점 줄어갔다. 나는 녀석들의 눈빛이 희미해져가다 꺼지고, 몸에서 힘이 점점 풀리다 잠잠해지고, 부르르 떨며 마지막으로 숨을 내뱉는 모습에 익숙해졌다. 내 몸은 힘이 점점 세지고 조준은 점점 정확해졌다. 사냥감을 추적하는 솜씨도 늘었다. 그냥 흔적을 보고 따라가는 수준을 넘어 사냥감의 기를 느꼈다.

"쨱쨱아, 너는 타고난 사냥꾼이로구나." 아버지는 감탄 비슷한 것이 섞인 투로 이렇게 말했다.

아버지는 말없는 조수, 뭘 들어서 나르는 식의 힘쓰는 일을 담당하는 일꾼이 되었다. 피를 빼고 내장을 제거하고 껍질을 벗겨서 고기를 말리고 소금에 절이고 훈제할 수 있게 만들어놓는 지저분한 일도 아버지가 맡았다.

아버지와 함께한 날들은 거의 대부분 자연 속에서 말없이 보냈다. 아무것도 잡지 못한 채 나무에 기대어 앉거나 개울 옆 바위에 앉아서 싸온 점심을 먹는 경우도 많았다. 인정하기는 싫지만 행복한 시간들이었다. 아버지에게 악마가 찾아오는 때는 밤이었고, 대개는 술을 마시고 있을 때였지만 항상 그런 건 아니었다. 해가 지는 것과 연관이 있었을까? 아버지는 두 얼굴의 사나이였다. 낮에 일하거나 내게 공부를 가르치거나 신발을 벗고 개울을 헤치며 걸을 때는 평온했다. 그럴 때면 경찰에 신고했던 것이 후회스러워졌다.

몇 주가 지났지만 아무도 찾아오지 않았다.

엄마는 점점 말수가 없어지고 내성적으로 변했다. 한쪽 팔에 삼각건을 걸고 조심조심 움직였지만 병원에 가지는 않았다. 오빠는 점점 화를 주체하지 못했고 오빠와 아버지 사이에서 폭탄이 터지는 데 걸리는 시간이 점점 짧아졌다.

엄마가 오빠를 읍내로 데려가 고졸 학력 인증 시험을 치르게 했다. 당연히 둘 다 말로 표현하지는 않았지만 엄마가 오빠를 떠나보내려고 한다는 걸 느낄 수 있었다. 그러던 어느 날 오빠와 함께 읍내에 갔던 엄마가 혼자 돌아왔다. 엄마는 나와 아버지 곁을 떠날 리 없었지만 오빠는 집을 나가도 될 만한 나이였다. 군에 입대해도 아버지로서는 어쩔 도리가 없었다.

하지만 오빠는 우리 곁을 떠나지 않았다.

오빠가 떠났더라면 얼마나 좋았을까.

그들이 찾아왔던 그날 밤, 나는 자고 있었다. 꿈이라는 깊은 숲속에서 무기 없이 암사슴의 뒤를 쫓아 덤불을 헤치고 있었다. 사이가 좁혀졌을 때 나는 가만히 앉아서 그 아이가 풀을 뜯는 모습을 지켜보며 그 아이를 죽이지 않아도 된다는 데, 그냥 내버려둘 수 있다는 데 안도했다.

오빠가 우악스럽게 내 어깨를 흔들며 깨우자 파릇파릇했던 숲이 사라지고 어두컴컴한 내 방으로 바뀌었다.

"나무집에 가서 내가 데리러 갈 때까지 거기 있어."

밖에서 날카로운 총성이 또렷하게 두 번 들렸고 고함소리가 밤공기에 실려왔다. 무슨 일인지 직감할 수 있었다. 오빠가 나를 잡아서 일으키고 너덜너덜한 청바지를 내게 던졌다.

"옷 갈아입어."

"내가 불렀어." 나는 잠옷을 벗고 옷을 입으며 말했다. 오빠가 내 속옷 차림을 본다 한들 상관없었다.

"누구를 불렀는데?"

"경찰. 내가 경찰에 전화해서 총이 있다고 했어."

오빠는 그대로 얼어붙었다. 아버지처럼 폭발하려는 건가 싶었는데, 그게 아니라 내 머리에 손을 얹었다.

"잘했네. 똑똑하게 잘했어. 이제 가서 숨어. 다 끝나면 데리러 갈게."

오빠를 끌어안고 싶었지만 참았다. 우리는 그런 사이가 아니었다. 모든 남자아이들이 그렇겠지만 오빠는 뻣뻣하고 서먹서먹했다. 엄마에게 뽀뽀조차 허락하지 않았다. 엄마를 얼마나 사랑하는지 내가 알 정도인데도. 오빠를 붙잡고 끌어안았어야 하는 건데. 이건 내 평생의 후회로 남을 것이다.

"가."

현관 문 앞에서 로빈이 기다리고 있었다. 우리는 같이 좁은 오솔길을 달렸고 나무집이 있는 커다란 오크나무에 다다르자 사다리를 올라갔다. 지붕널 사이로 별이 보였다. 고함소리와 총성이 밤공기를 갈랐다. 나는 쿵쾅거리는 심장을 달래며 로빈과 함께 말없이 가만히 있었다.

나도 로빈이 진짜가 아니라는 걸 알았다. 하지만 충분히 진짜 같았다. 이후에 나는 상상의 친구라는 존재에 대해 조사를 좀 해보았다. 트라우마를 겪은 어린아이의 심리가 만들어낸 생존 기제다. 동물의 형태를 띠는 경우도 있고 혼령이나 천사일 수도 있다. 로빈은 내가 감히 되지 못했던 모든 것의 집합체였다. 숲과 그 안의 모든 것에 대해 모르는 게 없었고 씩씩해서 어둠도 우리 아버지의 분노도 우리 어머니의 나약함도 무서워하지 않았다. 그 모든 걸 현자처럼 차분하게 지켜보았다.

숨이 가빴고 심장은 폭주 기관차 같았다. 오빠와 엄마가 위험에 처해 있을 수도 있는데 나만 이렇게 숨어 있으면 안 되는 거였다.

나는 로빈을 돌아보았다.

로빈이 물었다. *네 석궁 어디 있어?*

...

건물 앞 오솔길을 걸어가 보니 조이가 문 앞에서 기다리고 있다. 그녀는 뼈만 남았을 정도로 앙상하고 단발머리가 희끗희끗하다. 펜슬스커트의 매무새를 바로잡고 빳빳하게 다린 흰색 블라우스 칼라를 당기는 모습이 어느 모로 보나 우아한 사서다. 하지만 내가 다가가자 조이는 다정한 표정을 지으며 팔을 벌린다. 그녀에게서 러블리 선생님과 같은 향이 풍긴다. 둘 다 가벼운 꽃향기를 풍기는 레르 뒤 탕이라는 향수를 썼다. 러블리 선생님의 품속이 부드럽고 포근했다면 조이는 든든하고 힘차다. 그래도 나는 그 안에서 위로를 느끼며 대부분의 사람들을 상대할 때보다 좀 더 길게 안겨 있다.

"두 분이 서로 구면인가 보네요."

조이는 포옹을 풀고 나를 따라온 베일리를 안경 너머로 빤히 쳐다본다. 그를 탐탁지 않게 여긴다는 것을 표정으로 분명하게 드러낸다.

"전화에 회신을 잘 안 하시나 봐요." 베일리가 그 뒤로 이어진 정적을 깨며 말한다.

"해요. 때가 되면."

조이는 이렇게 대답하고는 내 팔짱을 끼고 안으로 데려간다. 베일리는 들어오지 못하게 하는 건 아닌가 싶었는데 다행히 그건 아니다. 건물 안은 원목과 묵은 종이 냄새를 풍긴다. 러블리 선생님과 그 집의 서재를 생각나게 하는 푸근한 냄새. 세상이 디지털화되어 갈수록 나는 나무와 종이처럼 견고하고 단순한 것들을 갈망하게 된다.

조이가 말한다. "언젠가는 네가 궁금해할 줄 알았어. 나이를 먹고 머리가 굵어져서 관점이 달라지면 이런 궁금증은 수면 위로 부상하게 되어 있으니까."

"단순히 그런 문제가 아니에요."

"그럼 뭔데?"

나는 서가 사이 공간에 놓인 길쭉한 나무 테이블 앞에 앉는다. 전에도 여기 와본 적이 있어서 이 역사 도서관에는 책과 기록, 편지나 일기 같은 1차 사료가 있다는 걸 안다. 이 마을의 설립 보고서에서부터 묵은 신문철에 이르기까지 없는 게 없다. 기록을 보존하는 새로운 방식도 있음을 인정하는 마이크로필름실과 컴퓨터실도 있다. 조이 마틴은 이 도서관 안에 마을 역사 관련 자료를 있는 대로 수집해놓았다. 수많은 목소리가 이 마을에 얽힌 저마다의 이야기를 속삭이기라도 하는 듯, 이 안에서는 어떤 기운이 느껴진다.

나는 조이에게 그간의 일을 모두 이야기한다. 그녀는 발로 바닥을 두드리며 열심히 귀를 기울인다. 베일리는 팔짱을 끼고 문 앞에 서 있다. 공간이 워낙 넓어서인지, 말없이 자리를 지키고 있는 시간의 기록 때문인지, 책상 위편에서 재깍거리는 벽시계 때문인지 몰라도 바깥세상으로부터 멀어지는 느낌이다. 내가 내뱉은 말들은 허공을 둥둥 떠다니다 숨결처럼 부드럽게 사라지는 것 같다. 이야기가 끝나자 나는 핸드백에서 신문기사를 꺼내 테이블 위에 내려놓는다.

조이는 신문기사를 집어 미간을 찌푸리고 잠깐 들여다보다 테이블 위에 놓인 빨간색의 하드커버 바인더를 뒤적인다. 카슨 가족 살인사건이라고 라벨이 달린 부분을 펼쳐 페이지를 넘긴다. 찾던 게 나오자 바인더를 펼쳐서 내게 보여준다. 베일리도 가까이 다가와 내 어깨 너머로 내려다본다.

그 페이지에는 아무것도 없다. 조이는 신문기사를 보호하듯 그 위에 손을 얹는다.

"이 기사는 원래 여기에 있던 거야."

나는 빈 페이지를 멍하니 바라보며 무슨 뜻인지 파악해보려고 한다. 당신이 여기서 내 과거를 뒤졌다고? 무슨 수로? 언제? 왜?

"여기 와서 이 사건에 대해 물어본 사람이 있었나요?" 베일리가 궁금해한다.

"언제요? 왜 저한테 연락하지 않으셨어요?" 나는 묻는다.

조이는 한 손을 든다.

"잠깐 기다려봐. 1년 전쯤에 어떤 사람이 와서 묵은 자료를 보고 싶다고 예약한 적이 있어. 이 마을 부동산 중개업자였는데 어떤 손님이 문의한 땅의 역사를 알아보고 싶다고 했지. 그게 네 땅이었고."

"그 땅을 안 팔았어요?" 베일리가 묻는다.

나는 아무 말도 할 수가 없어서 고개만 끄덕인다.

조이가 대신 대답한다. "그 땅은 카슨 집안 대대로 물려받은 곳이에요. 루크 카슨이 감옥에 수감되면서 로빈, 그러니까 렌 그린우드로 정식 개명한 딸에게 양도했죠. 가석방의 가능성이 없는 2회 종신형을 선고받았으니까요."

그렇다, 그녀가 설명한 대로다. 그 땅은 내 것이고 부동산 중개업소에서 사겠다는 손님이 있다며 종종 연락하는 것도 사실이다. 자연의 일부를 소유하고 주말이나마 현대 사회에서 벗어나고 싶어서, 거액을 들여 거기 있는 집을 철거하고 자신의 부를 과시하는 으리으리한 기념물을 건설하려는 대도시 사람들이 있다. 반푼이가 아닌 이상 누구든 진작 그 땅을 팔았겠지만 나는 아니었다. 내 일부가 아직 거기 남아 있기에 놓지 못하고 있다. 예전에 우리 가족은 그 집에 유령이 산다고 생각했다. 하지만 그 땅을 배회하는 건 사실 우리의 유령이다. 그곳이 우리 집이니까. 거기서 보낸 시간을 썩은 팔이나 다리처럼 잘라버려야 하는데 그러질 못하겠다. 꿈속에서 나는 계속 거기서 살며 숲속을 배회하고 새소리를 듣는다. 깨어 있는 동안에는 그 땅에 발을 들이는 상상조차 견딜 수가 없는데 말이다.

"어느 부동산 중개업자였습니까?" 베일리가 묻는다. 나는 경로를 이탈해 과거 속을 헤매고 있었지만 그는 정신을 똑바로 차리고 있다. 처음에는 당신 때문에 시작된 이 일이 지금은 다른 의미가 되었다. 나는 늪에 빠진 기분이다.

"방문자를 기록해놓거든요." 조이는 말하며 자리에서 일어난다. 일부러 구둣발 소리를 내며 열람실 끝에 있는 자기 책상으로 간다. 키보드를 몇 번 두드리고는 안경 너머로 우리를 올려다본다.

"릭 재비츠네요." 그녀가 생각에 잠긴 투로 말한다.

들어본 이름이다. 내가 전화를 받고 무시한 부동산 중개업자 중 한 명인 것 같다. 바버라 어쩌고 하는 여자도 있었다. 얼마 전에도 이 여자가 전화를 했었다. 답신을 해야 할까 보다.

"그 사람 혼자 왔나요?" 베일리가 묻는다.

"아뇨. 거기가 어떤 데인지 보여주고 싶다며 손님을 데리고 왔어요. 사람들이 워낙 역사의 일부를 돈 주고 산다는 식으로 생각하는 걸 좋아하니까요."

"그 사람 이름도 적어놓으셨어요?" 나는 묻는다. 베일리가 조이로부터 정보를 하나씩 캐내느라 짜증이 쌓이고 있다는 걸 알겠다.

"아니, 미안. 릭 재비츠와 고객이라고만 적어놓았어." 조이는 딱딱하게 대답한다.

베일리가 말한다. "그거 참 이상하네요. 다른 건 전부 이렇게 꼼꼼하게 관리하시면서."

그는 자기 말이 무슨 뜻인지 확실히 하느라 도서관 내부를 향해 팔을 획획 휘젓는다.

조이는 짜증이 섞인 고압적인 표정을 지으며 안경 너머로 그를 빤히 쳐다본다. "그 사람이 여기로 이사할 거라고 생각했다면 좀 더 관심을 기울였겠죠."

"하지만 땅을 사려고 나선 사람이었으니 그럴 가능성이 높지 않았을까요?"

"아뇨."

"어째서요?"

"왜냐하면 카슨 집안의 땅은 예나 지금이나 매물로 나온 적이 없으니까요. 로빈이 그 땅을 팔 리 없으니까요."

그런가? 조이가 무슨 수로 그걸 알까?

"저희가 릭 재비츠에게 연락할 방법이 있을까요?" 베일리가 묻는다.

"그이는 부동산 중개업자예요, 커크 씨. 쉽게 찾을 수 있을 거예요. 구글이라고 못 들어보셨어요?"

"와우. 저한테 왜 이러시는지 모르겠네요."

"나는 자기가 이미 답을 알고 있다고 생각하면서 뭘 묻는 사람을 좋아하지 않거든요."

베일리는 눈썹을 쫑긋 세우고 숨을 토한다. "선생님은 사서잖습니까. 뭘 묻는 사람들을 위해 존재하는 직업 아닌가요?"

"솔직한 사람들, 의도가 확실한 사람들을 위해 존재하죠."

조이가 베일리 커크를 싫어하는 이유가 궁금하지만 나는 사실 알고 있다. 조이는 이 마을의 역사와 이 마을에 얽힌 이야기, 그 이야기가 전달되는 방식을 보관하는 사람이다. 베일리 커크는 외부인이자 침입자다. 이곳의 언어를 쓰지 않는다. 나는 양쪽 세상에 한 발씩 걸치고 있는 사람으로서 그 둘이 절대 한데 어우러질 수 없는 이유를 안다. 바깥세상의 일원이면 우리 아버지처럼 그곳을 떠나고 싶어 하는 사람들을 이해할 수 없다.

조이가 내 옆으로 와서 앉더니 내 손을 잡으며 말한다.

"지금 이 시점에서 중요한 건 너야. 산전수전을 다 겪은 네가 뭘 찾고 싶어서 내려온 거니?"

뭘 찾고 싶어서 내려온 걸까? 나는 당신을 찾고 있는 줄 알았다. 하지만 실은 나 자신을 찾고 있는 건지도 모른다.

"관장님께서 기억하고 있는 부분을 들을 수 있을까요? 저희 땅, 저희 아버지, 그 급습 사건에 대해서요. 여기에 기록으로 남은 것뿐 아니라 관장님께서 확실하게 아는 부분에 대해서요."

조이는 안경 너머로 잠시 나를 물끄러미 바라본다. 눈이 폭풍이 부는 날 하늘과 같은 회색이다. 그녀가 앉아도 좋다는 뜻에서 베일리를 향해 고개를 끄덕이자 그는 한숨을 쉬며 자리에 앉는다.

조이는 첫 번째 바인더를 펼치며 사건이 맨 처음 시작되는 부분부터 자신이 아는 대로 이야기를 시작한다.

3
부

내가 폭풍이다

. . . .

당신은 미래
동이 트기 전 붉은 하늘
시간이라는 벌판을 덮은 그것.

라이너 마리아 릴케

보니

Bonnie

살아가는 동안 만나는 사람을 모두 좋아할 수는 없지만 그들 모두를 친절하게 대할 수는 있다.

보니의 어머니가 그 말을 몇 번쯤 했을까? 백 번, 천 번은 될 것이다. 보니가 더그를 절대 놀리지 않은 이유가 그 때문이었다. 같은 반의 다른 아이들은 주로 점심시간이나 체육시간처럼 선생님의 감시가 느슨할 때면 득달같이 달려들어 더그를 괴롭혔고 다른 시간에도 멀찌감치 거리를 두었지만 보니는 그러지 않았다.

딱하게도 더그가 별로 깨끗하지 않은 건 사실이었다. 냄새를 풍길 때가 많았고 떡이 진 머리가 눈을 덮고 있었다. 성격도 별로 좋지 못했다. 다혈질이었고 열받으면 얼굴이 시뻘게졌다. 똑똑하긴 했지만 과학시간에 아무도 실험 짝꿍이 되려 하지 않았다.

하지만 보니는 묘하게 더그에게 끌렸다. 화학시간에 조를 정할 때가 되면 꼭 더그를 선택했다. 절친인 제시와 에비도 같은 반이라 이미 정해진 자기 조에 더그를 끼우면 앓는 소리를 내며 눈을 부라렸지만, 보니는 아무도 보는 사람이 없다고 생각할 때 짓는 그 아이의 슬픈 표정이 싫었다. 그리고 더그가 실험 짝꿍으로서 훌륭하다는 건 제시와 에비도 인정하는 사실이었다. 그 둘도 더그에게 잘해주었다. 보니와 친구들은 못된 여자아이들의 반대편을 자처했는데, 항상 느끼는 거지만 '못된'이란 표현은 말이 좀 안 됐다. 보니는 하루 종일 못되기만 한 사람은 본 적이 없었다.

아무튼 더그는 그들과 같이 있을 때면 조용한 순둥이가 되었다. 그는 노트 필기를 잘했다. 그리고 이해가 빨랐다. 보니는 해결이 안 되는 문제가 있으면, 그럴 때가 한두 번이 아니었지만, 도서관으로 더그를 찾아갔다. 더그가 자습 시간이나 쉬는 시간은 물론, 방과 후에도 도서관에 있는 경우가 많았기 때문이었다. 생김새로 보나 소리로 보나 금방 주저앉게 생긴 낡은 트럭을 형이 몰고 늦게 데리러 올 때까지 그 애는 거기 있었다. 찾아가면 그는 항상 도와주었다.

밸런타인데이가 되면 보니는 조그만 사탕 봉지를 더그에게도 꼭 챙겨주었다. 학년이 끝날 때면 거의 공란이다시피 한 더그의 앨범에 꼭 한마디씩 적었다. 재미있는 여름방학 보내, 더그! 너는 정말 좋은 친구야!

보니는 더그와 유치원 때부터 알고 지냈다. 굳이 따지자면 제시나 에비처럼 밖에서도 만나는 친구는 아니고 학교에서만 만나는 친구였다. 더그는 그들과 영화관이나 경기장이나 축제에 같이 가지 않았다. 가끔 그런 데서 더그가 보일 때도 있었지만, 혼자이거나 형과 함께였다. 그의 형은 마리화나를 피우고 팔기도 한다고 소문이 나 있었다.

어느 날 오후에 더그가 보니의 수학 문제를 풀어주다가 뜬금없이 이렇게 말한 적이 있었다. "우리 형, 총이 있다?"

말투 때문인지 몰라도 보니는 그 말을 듣고 마음이 불편해졌다. 그래서 더그의 노트를 보려고 바짝 붙어 앉아 있었지만 살짝 떨어져 앉았다.

"오, 그래? 우와."

"형이 사격 연습장 데리고 가서 총 쏘는 법 가르쳐줬어."

보니는 남자아이들이 가끔 그럴 때가 있다는 걸 알았다. 멋져 보이려고 거짓말을 하거나 뻥을 치는 것이다. 보니의 오빠가 늘 그랬다. 축구할 때 실은 어시스트를 한 것에 불과했으면서 골을 넣었다고 한다든지, 어떤 여자애가 자기를 좋아한다고 한다든지. 그 여자애는 오빠라는 존재 자체를 모르는 눈치인데 말이다. 그래서 보니는 더그도 그런 거라고 생각했다.

보니는 수학으로 다시 화제를 바꾸었고 더그는 총 얘기를 다시 꺼내지 않았다. 만약 그녀가 대단하게 여기는 듯한 인상을 풍겼다면 쉴 새 없이 그 얘기를 늘어놓았을 것이다. 남자아이들이 워낙 그렇지 않은가.

그 사건이 벌어진 건 영어 시간이었다. 그녀의 옆자리에는 제시가 앉아 있었고 에비는 생리통으로 교실에 없었다. 얼음이 요란하게 깨지는 것 같은 소리가 들리자 모두들 자리에서 얼어붙었다. 브레넌 선생님도 칠판에 어떤 문장을 쓰다 말고 멈췄다.

이번에는 아까보다 더 크고 총성에 가까운 소리가 들렸다.

그때를 되돌아보면 보니는 알고 있었다. 상상조차 한 적 없는 일이 벌어졌지만 그게 무슨 일인지 알 수 있었다. 더그라는 걸 알 수 있었다.

브레넌 선생님이 애써 명랑한 척하느라 긴장한 목소리로 말했다. "자, 얘들아. 겁먹지 말고 책상 밑으로 들어가라, 알겠지?"

책상 밑으로 들어가라고? 보니와 제시는 서로 쳐다보았고 제시는 울음을 터뜨렸다.

보니는 친구를 붙잡아서 바닥으로 끌어내렸다. 브레넌 선생님은 문 앞으로 걸어가 불을 껐다. 선생님이 문을 잠그려고 하는 게 그녀의 눈에 보였지만 걸쇠가 걸리지 않았다. 선생님은 들릴락 말락 하게 욕을 하고, 돕겠다고 벌떡 일어난 브루스와 함께 테이블을 들어서 문을 막았다. 그러고 나서 선생님이 손가락을 입술에 갖다 대자 모두 쥐 죽은 듯 조용해졌다. 제시 혼자 보니의 어깨에 대고 나지막이 훌쩍였다.

더그는 문에 달린 좁은 창문 앞에 다다랐을 때 보니를 한눈에 찾은 듯했다. 그녀의 자리가 문과 일직선상에 있었다. 얼굴이 새하얗게 질렸고 까만 머리는 온통 헝클어졌고 눈빛이 흐리멍덩하고 이상해서 더그가 아니라 더그의 껍데기를 쓴 괴물 같았다. 보니는 그를 보며 애써 슬픈 미소를 지어 보였지만 온몸이 부들부들 떨렸고 입 안에는 솜이 가득 든 것 같았다.

"어떡해어떡해어떡해." 제시가 조그맣게 속삭였다. "제발안돼그러지마."

보니는 살짝 고개를 저었다. *이러지 마, 더그. 이러면 안 돼.* 이런 메시지를 텔레파시로 그에게 보내려고 했다.

더그는 문을 밀어서 열려고 했지만 무거운 테이블에 가로막혔다. 그의 얼굴이 벌게졌다. 멀리서, 너무 멀리서 아주 희미하게 사이렌 소리가 들렸다.

거기서 더그가 일을 저질렀다.

그는 보니의 눈을 똑바로 쳐다보며 총을 자기 머리에 대고 방아쇠를 당겼다.

그 소리. 그 광경. 그 순간. 그것들이 그녀의 머릿속에, 그녀의 영혼 속에 각인됐다.

그 광경은 앞으로 계속 그녀의 머릿속에서 재연될 것이다. 그녀의 꿈과 생각 속으로 난입할 것이다.

뭐가 됐든 요란한 소리가 들릴 때마다 그때 기억이 되살아날 것이다. 그날부터 편두통이 그녀를 괴롭힐 것이다. 더그는 베키 존슨, 에이미 윗슨, 채드 마커스, 마티 도일, 윌 존스, 이렇게 5명의 아이들을 죽이고 캐럴 선생님과 비치 선생님을 죽인 다음 자기 생을 마감했다. 보니가 생각하기에 더그는 일부러 그녀를 찾아왔다. 자신에게 관심을 보였던 유일한 사람, 자신의 비극적인 죽음의 증인이 되어줄 사람을 찾아서.

제시 말로는 보니가 비명을 지르고 또 질렀다는데, 그녀는 기억이 나지 않았다.

나중에 장례식이 열리고 기나긴 수사가 시작됐다. 몇몇 학부형은 학교를 상대로 소송을 제기했다. 잠글 수 없는 교실 문이 많았는데, 경찰에서 문을 잠갔으면 인명 피해를 막을 수 있었을 거라고 생각했기 때문이었다. 누구나 브레넌 선생님처럼 빠른 판단력을 발휘해 장애물로 문을 막는 생각을 할 수 있었던 건 아니었다.

아이를 잃은 가족에게는 거액의 보상금이 지불됐다. 보니처럼 정신적인 충격을 받았거나 제임스 스미스처럼 총에 다리를 맞았거나 한 피해자들의 경우에도 마찬가지였다. 보니의 부모님은 그 돈을 교육비 통장에 넣었다. 운용이 잘돼서 그녀가 대학을 졸업했을 무렵에는 제법 두둑한 종잣돈으로 불어났다.

하지만 상관없었다. 보니의 인생은 그날 더그의 손에 박살 났다.

그리고 그 많은 사람들이 죽은 이유는 그녀 때문이었다.

도서관에서 총 얘기를 들었을 때 보니는 거기에 대해 아무 말도 하지 않았다. 사실 제시 엄마의 SUV에 올라타 피자, 영화, 파자마 파티가 기다리는 제시 집을 향해 출발한 순간 곧바로 잊어버렸다. 솔직히 그녀는 전에도 더그 생각을 전혀 한 적이 없었다. 더그가 바로 앞에 있거나 도움을 받을 일이 생겼을 때만 예외였다. 그리고 그 아이에게 잘해주었던 이유도 오로지 모든 사람을 친절하게 대해야 한다고 엄마에게 배웠기 때문이었다.

어쩌면 그 말이 맞았을지 모른다. 만약 보니가 친절하게 대하지 않았다면 더그 손에 죽었을 수도 있었다. 그는 마지막으로 딱 한 개 남은 총알을 자기에게 썼다. 어쩌면 문을 열 수 없어서 그랬을 수도 있다. 아니면 사이렌 소리를 들었기 때문에 그랬을 수도 있다.

하지만 보니의 일부가 더그 손에 죽은 건 맞았다. 세상은 좋고 안전한 곳이며, 사람들은 대개 도움을 베풀고 친절하며, 미래는 수많은 가능성으로 밝게 빛나고 있다고 믿었던 부분이. 그리고 보니는 대학과 대학원을 졸업하고 부모님이 계속 살고 있는 고향집과 그리 멀지 않은 곳에 있는 조그만 사립대학의 영어 교수가 되었지만, 그녀의 일부분은 그날, 그 순간에 머물러 있었다. 그것이 그녀가 짊어진 짐이었고 벗을 수 없을 것처럼 느껴지는 시커먼 망토였다. 부모님이 걱정한다는 건 알았다. 친구들은 전부 파티와 더불어 20대를 보내다 '천생연분'을 만나 결혼하고 아이를 낳았다. 보니는 아니었다. 그녀는 계속 영어 수업 시간에 남아 더그가 자기 머리를 쏘는 광경을 보았다. 몇 번이고 보고 또 보았다.

당연한 일이지만 심리 치료사를 한 부대쯤 만났다. 잠깐 동안 약물 치료도 받았다. 심지어 좋아하는 상담 코너에 편지를 보낸 적도 있었다. 도움이 됐다. 모든 조치가 도움이 됐다, 어느 정도는. 그녀는 상처를 일부 치유하고 앞으로 나아가 충분히 생산적인 삶을 살았다. 그럼에도 인생에 적극적으로 가담하고 우정을 쌓고 데이트를 하는 데 여전히 어려움을 느꼈다. 굳건하게 절친의 자리를 지키고 있던 제시가 보니를 토치에 가입시킨 이유가 그 때문이었다. 그리고 토치에서 그녀는 손을 만났다.

"당신은 어둠이 뭔지 아네요." 처음 만난 날 그가 한 말이었다. 그들은 약속 장소였던 바에서 나와 공원 벤치에 앉아서 보름달이 비추는 호수를 바라보며 대화를 나누었다. "그렇다는 게 당신한테서 보여요."

그의 선언에 놀란 보니는 솔직히 털어놓았다.

"맞아요." 그녀는 시인하고, 학교에서 어떤 충격 사건을 겪었는지 대충 설명했다.

"나도 마찬가지예요." 숀은 끔찍한 어린 시절을 보냈다고 했다. 여동생을 잃었다는데 자세한 정황을 밝히지는 않았고 그녀도 캐묻지 않았다. "어둠은 삶의 일부예요. 두려워할 필요 없어요. 그걸 인정하면 받아들일 수 있게 돼요."

그는 릴케를 인용했다. "너는 폭풍의 위력에 놀라지 않는다……."

그러자 보니의 안에서 뭔가가 풀어지면서 더그가 죽는 걸 본 그날 이후 처음으로 그녀를 진심으로 이해하는 사람을 만난 듯한 기분을 느낄 수 있었다. 그녀는 이때까지 어둠이 무엇을 기다리는지 아는데 무슨 수로 살아갈 수 있을지 궁금해했었다. 숀을 만나고 그 모든 것을 깨달았다. 빛과 어둠, 삶과 죽음은 끔찍하고도 아름답게 섞여 있고, 중요한 건 그냥 살아 있을 때 잘 사는 것이었다.

보니는 그의 안으로 사라졌다. 그는 보니의 모든 첫 경험이 되었다. 첫사랑, 처음으로 나눈 진한 키스, 처음으로 더듬거리지 않고 어색해하지 않고 아주 조금만 불쾌했던 성관계.

부모님은 전에는 보니가 너무 아무도 만나지 않는다고 걱정하더니 숀을 마음에 들어하지 않았다.

어머니는 조심스럽게 말했다. "걔는 보니, 너를 마음대로 조종하려 들고 분위기가 어두워 보여. 걔가 너한테 어울리는 상대인 거 맞니? 너는 예나 지금이나 밝은 성격이잖아."

보니는 부모님을 사랑했다. 하지만 질식할 것 같아서 숨 돌릴 틈이 필요했다.

이제 그녀는 밤과 구불구불한 도로의 최면에 빠진 상태로 차를 달렸다. 목적지까지 얼마 남지 않았기에 아무 생각도 하지 않았다. 휴대전화를 버리고 계좌 잔고를 깨끗하게 비우고 그가 준비해놓은 지도만 따라갔다. 어디로 가는지 아무에게도 알리지 않았다. 무슨 모험을 떠나는 기분이었다.

"내가 가 있을 만한 데를 알아. 영원히 거기 있는 건 아니고. 잠깐 동안 현대 사회의 광기에서 벗어날 수 있는 곳이야. 당신은 거기서 글을 써. 내 일이야 어디에서든 할 수 있으니까. 피정이라고 생각해. 그러고 나서 세상으로 복귀하면 당신은 더 강해져 있을 테고, 광기에 잠식당하지 않고 좀 더 잘 대처할 수 있을 거야."

일리가 있었다. 세상은 미쳐 돌아가고 있었다. SNS가 사람들을 나르시시스트로 바꿔놓았고, 학교 총격 사건은 전보다 잦아졌고, 오래전부터 탐욕스러운 기업에게 혹사당한 이 별은 각종 화재와 끔찍한 폭풍으로 분노를 표출하고 있었다. 어쩌면 잠시 피정을 다녀와야 할 시점인지도 몰랐다. 한때 그녀는 글을 쓰고 싶었다. 시 아니면 소설을.

부모님 생각을 하면 마음이 안 좋았다. 하지만 숀의 말이 맞았다. "당신은 성인이잖아. 당신의 주인은 당신이야. 더 이상 두 분의 아이가 아니라고."

좀 더 강해진 것 같으면 부모님에게 편지를 쓸 것이다. 두 분은 화를 내고 상처를 받으시겠지만 보니에게 마침내 치유가 필요한 부분이 이 지점이라는 걸 아마 이해해줄 것이다.

마지막 모퉁이에 다다랐다. 구불구불한 시골길 위에 빨간색 반사경이 세 개 달린 편지함이 삐딱하게 서 있었다. 그가 여기서 기다리고 있겠다고 했다. 자기가 먼저 가서 그녀가 도착하기 전에 집을 완벽하게 준비해놓겠다고 했다.

보니는 망설였다.

그녀의 인생, 부모님, 일, 친구들. 저 모퉁이를 돌면 다시는 돌아갈 수 없을 것 같은 예감이 드는 이유가 뭘까?

가슴을 두드리는 심장이 느껴졌다. 어쩌면 그녀가 잘못 생각했을지도 몰랐다. 마지막에 기름을 넣은 주유소로 돌아가 엄마에게 전화를 해야 할지도 몰랐다.

하지만 숀이 생각났다. 따뜻하고 다정하며 그녀의 몸과 마음을 속속들이 아는 사람. 보니는 보는 사람이 아무도 없는데도 불구하고 깜빡이를 켜고 새로운 삶을 향해 돌진했다.

35
과거

석궁을 놔둔 곳은 집 근처 헛간이었다. 아까보다 조용해졌지만 멀리서 총성과, 나무 사이로 누가 고함을 지르는 소리가 들렸다.

걸려 있던 석궁을 내려서 화살을 메기고 아버지의 목소리가 들리는 곳으로 다가갔다.

나는 그날 밤에 어린아이에 불과했지만 여러 모로 실제 나이보다 어른스러웠고 힘이 셌다. 아버지가 집으로 돌아오기 전처럼 계속 살았다면 이렇게까지 힘이 자라지는 못했을 것이다. 겁이 났지만 공포라면 익숙했고, 어떻게 하면 그걸 깊숙이 밀어 넣고 호흡에 집중하며 혼란스러운 머릿속을 정리할 수 있는지 알았다. 아버지에게 사냥을 배웠을 때 같이 배웠다.

"신고한 사람이 누구야?" 현관 앞 계단을 올라가는데, 아버지가 이렇게 고함을 지르는 소리가 들렸다. "내가 이렇게까지 애를 썼는데, 이렇게까지."

아버지의 목소리는 분노와 슬픔으로 사나운 폭풍 같았다. 부엌까지 긴 복도를 걸어가는 동안 온몸의 신경이 쭈뼛 섰다. 맨발이라 단단하고 차가운 나무 바닥이 발바닥으로 고스란히 느껴졌다. 나는 소리가 나지 않도록 조심스럽게 걸음을 옮겼다.

"엄마 건드리지 말고 꺼져요! 우리 건드리지 말고 꺼지라고요!" 오빠의 목소리는 울부짖음이었다.

문 앞에 다다르자 현장이 단편적으로 드러났다.

오빠는 나를 보았지만 내 쪽으로 시선을 돌리지 않았다. 내 쪽을 등지고 선 아버지는 화가 나서 넓은 등을 들썩였다. 엄마는 바닥에 미동도 없이 누워 있는데, 그 아래로 피가 웅덩이처럼 고여 있었다. 난로에 닿은 머리가 비정상적인 각도로 꺾여 있었다.

내 머릿속이 몽롱해졌다. 꿈을 꾸는 기분이었다. 엄마가 그 정도로 꼼짝하지 않는 건 있을 수 없는 일이었다. 나는 그런 상태에 대해 너무나 잘 알았다. 오빠의 얼굴은 벌겠고 눈물범벅이었다.

"누구냐니까?" 아버지가 고함을 질렀다.

나는 석궁을 들어 개머리를 어깨에 댔다. 아버지가 입은 셔츠의 빨간 부분이 조준기를 가득 채웠다.

"저예요. 제가 경찰에 신고했어요."

내 목소리가 들리자 아버지는 몸을 홱 돌려서 나를 마주보았다. 사격 연습할 때 애용하는, 납작하고 까만 반자동 권총을 손에 들고 있었다. 아버지는 오빠처럼 표적을 놓치는 법이 거의 없었다. 내 가슴 정중앙을 겨누는 총구가 후끈하게 느껴지는 것 같았다.

"너라고?" 아버지가 숨을 토하듯 반문했다. 그 한마디에 놀라움과 분노와 슬픔이 담겨 있었다. "왜?"

"총 내려놔요, 아빠." 나는 제대로 자세를 취하고 제대로 조준하고 있었다. 하지만 진심으로 아버지를 쏠 생각이 있었는지, 그건 잘 모르겠다. 내 손에 쥐어진 석궁이 흔들렸다.

아버지가 말했다. "이제 네가 어떻게 될지 모르겠니? 저들에게 끌려가 저들의 일원, 저들의 정부의 일원, 저들이 만든 이 역겨운 세상의 일원이 될 거야."

"총 내려놔요."

잠시 후에 아버지가 흐느끼기 시작하자 내 심장이 천 갈래, 만 갈래로 찢어졌다.

아버지가 내 쪽으로 다가왔다. "도대체 무슨 짓을 저지른 거냐, 쨕쨕아?"

눈앞이 빙글빙글 돌았다. 너무나 끔찍하고 너무나 추악한 순간을 이해해보려고 내 머리는 안간힘을 썼다.

"아빠. 총 내려놔요." 이렇게 말하는 내 목소리는 내 것처럼 들리지가 않았다. 힘이 세고, 어쩔 수 없는 상황이 되면 누굴 죽일 수도 있는 젊은 여자의 목소리였다. "저도 이러고 싶지 않아요. 제발요."

그때 오빠가 전사의 함성을 지르며 뒤에서 아버지를 덮쳤다. 아버지가 바닥으로 쓰러지자 총이 멀리 날아갔다. 나는 한데 뒤엉켜 씨름하는 두 사람을 겨눈 채 그대로 얼어붙었다.

오빠가 비명을 질렀다. "당신이 엄마를 죽였어. 엄마를 죽였다고."

내 시선이 엄마에게 닿았다. 후광처럼 펼쳐진 금발, 앞을 멍하니 응시하는 개똥지빠귀 알처럼 파란 눈, 쏟아져 나온 시커먼 피. 엄마는 내가 죽였던 그 암사슴처럼 아름답게 힘없이 누워 있었다.

거기에는 대부분의 사람들은 알지 못하는 평화로움이 있다. 해방감. 하지만 그 당시 나에게는 그렇지가 않았다.

내 입에서 고통으로 얼룩진 끔찍한 비명이 터져나왔을 때 아버지가 총을 집었고, 오빠와 둘이서 그걸 사이에 두고 엎치락뒤치락했다. 아버지가 오빠를 떨치고 몸을 일으켰다. 내가 방아쇠를 당겨 화살을 쏘았을 때 총이 발사됐다. 총성과 시큼한 화약 냄새가 사방을 가득 채우며 내 귀를 울렸다.

오빠와 내가 서로 한참 쳐다보는 동안 아버지는 그 자리에서 휘청거렸다. 등 한쪽에 꽂힌 화살의 초록색 깃털이 흔들거렸다.

순간 온 세상이 숨을 들이마셨다가 내뱉었다.

아버지가 신음소리와 함께 옆으로 쿵 쓰러지며 총을 떨어뜨렸다. 나는 달려가 총을 멀찌감치 발로 찼다. 그때 오빠의 흰색 티셔츠 위로 꽃처럼 번지는 혈흔이 보였다. 나는 석궁을 내팽개치고 쓰러진 오빠에게 달려가 피가 쏟아지고 있는 심장 바로 위를 손으로 눌렀다. 피를 오빠의 몸속에 다시 넣으려고, 흐르는 피와 시간을 거꾸로 돌리려고 죽을힘을 다했다.

"안 돼. 안 돼." 나는 조그맣게 속삭였다.

오빠가 공포로 눈을 희번덕거리며 다급하게 내 손목을 붙잡았다. 하지만 더는 아무 말도 하지 못했다. 내가 오빠의 가슴에 머리를 대고 마지막 숨결이 떠나는 소리를 듣고 있다가 눈을 들었을 때 오빠의 눈에서 모든 빛이 스러졌다.

분노와 슬픔을 담아 비명을 지르는 것 말고는 내가 할 수 있는 일이 아무것도 없었다. 그 소리가 집 안과 내 머릿속을 쩌렁쩌렁 울렸다.

아버지가 내 발목을 잡고 자기 쪽으로 끌어당겼다. 등에 화살이 꽂혀 있는 끔찍한 상황에서도 힘이 넘쳐났다. 나는 아버지의 턱을 있는 힘껏 발로 차 손을 놓게 했다. 엄마와 오빠를 놔둔 채 떠나고 싶지 않았지만 어쩔 수 없었기에 석궁을 집고 문 쪽으로 뒷걸음질 쳤다.

"이게 다 너 때문에 생긴 일이야." 아버지는 말하고 울부짖으며 자기

등에 꽂힌 화살을 단박에 잡아 뺐다. 분노와 통증으로 취객처럼 비틀비틀 일어나 화살을 내동댕이쳤다. "이게 다 너 때문에 생긴 일이야."

나는 그 어린 나이에도 그건 아니라는 걸 알았다.

"아뇨. 아빠 때문에 생긴 일이죠."

아버지가 얼굴을 일그러뜨리며 나를 향해 돌진했다. 나는 쫓아오는 그를 피해 달렸다.

로빈이 《이상한 나라의 앨리스》의 흰 토끼처럼 앞에서 길을 안내했다. 사방에서 고함과 총성이 들렸다. 전쟁터가 그렇지 않을까 싶은데, 그곳이 실제로 전투가 벌어지고 있는 전쟁터였다. 나는 이 전투에서 이미 패배했고 목숨을 부지하기 위해 몸부림치고 있었다. 우리 위에서 나무들이 흔들리고 별빛이 반짝거렸다.

이쪽으로. 로빈이 계속 내게 외쳤다. *이쪽으로.*

아버지가 내 이름을 수없이 부르는 소리가 들렸다. *로빈. 로빈. 로빈.*

나는 존스 쿠퍼에게 그대로 달려가서 부딪쳤다. 그는 큼지막한 원통 같은 가슴과 넓고 튼튼한 품으로 나를 받아서 자기 뒤로 숨기고 어둠을 향해 총을 겨누었다. 아버지가 요란한 소리와 함께 나무를 헤치며 달려오는 소리가 들렸다. 그는 존스와 자신을 향해 겨누어진 총을 보자마자 그대로 걸음을 멈추었다.

존스가 말했다. "그대로 스톱. 무릎 꿇고 손들어."

그는 소리를 지르지는 않았다.

하지만 누가 들어도 목소리에서 권위가 풍겼고 명령이 당연하게 느껴졌다. 부상병이자 패잔병으로 전락한 아버지는 숨을 헐떡이다가 기운이 다한 사람처럼 갑자기 고분고분해졌다. 무릎을 꿇더니 흐느끼며 바닥 위로 엎드렸다. 그는 육체적으로 위압감을 풍기는 거한이었지만, 그 순간에는 자신이 살아온 삶과 자신이 보고 저지른 일로 인해 다치고 망가진 어린애가 되었다. 그중에 내 잘못은 없었다. 하지만 전부 그의 잘못도 아니었다. 존스 쿠퍼가 아버지에게 수갑을 채우는 동안 나는 털썩 주저앉아 커다란 나무에 몸을 기댔다. 아버지의 눈을 똑바로 쳐다보며 그 안에 담긴 깊은 고통과 분노와 슬픔을 느꼈다.

그 모든 걸 보았지만 그래도 아버지가 미웠다. 그래도 절대 용서할 수 없었다.

그날 밤의 나머지 시간과 그 뒤의 몇 주는 상상할 수 없었던 죽음으로 괴로워하고 슬퍼하느라 어떻게 지나갔는지 기억이 가물가물하다.

"오늘 밤이 네 인생에서 가장 끔찍한 순간이 될 거야." 매기 쿠퍼는 엄청난 충격으로 머릿속이 하얘진 나를 담요로 감싸고 다른 데로 데려가며 이렇게 말했다. 나는 그녀의 차 뒷자리를 생생하게 기억한다. 벨벳처럼 부드러웠던 좌석 커버, 가벼운 꽃향기, 서늘한 차창. 나는 아무 말도 생각해낼 수가 없었다. 머릿속에서 고통의 사이렌만 울려퍼졌다. "하지만 너는 이겨낼 거야."

그건 장담이라기보다 명령에 가까웠다. 살고 싶지 않다고 생각했던 기억이 난다. 나는 엄마, 오빠, 그리고 내가 맨 처음 죽인 암사슴이 떠난 곳으로 따라가고 싶었다. 빛이 스러지면 가는 곳으로 가고 싶었다.

...

조이의 이야기를 듣는 동안 그때로 돌아가지 않으려고 애를 쓰지만 그날 밤의 광경과 소리와 냄새가 생생하게 되살아난다. 아무리 애를 써도 절대 잊을 수 없는 기억이 있기 마련이다. 과거는 지나간 시간이고 우리에게 있는 건 현재뿐이라는 말은 맞는 얘기다. 하지만 내 경우에는 과거가 끊임없이 나를 괴롭힌다.

내가 모든 걸 잃어버린 날 밤까지 조이가 먼 길을 돌아가자 베일리는 좀이 쑤셔서 무릎을 들썩인다. 이제 우리 사이에서 긴장감과 어색한 분위기가 감돌지만 나는 애써 모르는 체한다.

"그 땅에서는 세 가족이 살고 있었어. 너희 가족은 거기 주인이었고, 스톤과 윌슨 가족은 다른 건물에 세 들어 살았는데, 양쪽 건물 모두 아무것도 없는 거나 다름없었지. 스톤 씨네는 낡은 헛간을 제법 살 만한 곳으로 개조했고 우물물을 끌어다가 정화조를 설치했어."

조이는 그 땅의 측량도를 앞에 펼쳐놓고 있다. 거기에 그려진 본채, 헛간, 우물, 정화조가 보인다. 다른 가족들이 세입자였던 걸 나는 몰랐다. 그들이 돈을 냈을까? 아니면 물물교환을 했을까? 나는 조이에게 물어보지만 그녀는 고개를 젓는다. 그녀도 답을 모른다.

나는 식량이 **빽빽하게** 저장되어 있었던 벙커를 떠올린다. 큼지막한 통에 들어 있던 쌀, 밀가루, 설탕, 과일 통조림과 기타 여러 가지 물품, 총, 탄약. 나는 그게 다 어디서 났는지 물어볼 생각을 하지 못했다.

조이는 측량도상으로 아무 건물도 없는 공터를 가리킨다. "윌슨 씨네는 여기서 살았어. 통나무집을 지어서. 물론 무허가 건물이었지만 내가 찾아가서 두 눈으로 직접 확인했거든. 튼튼하게 잘 만들었더라. 발전기도 있고 태양 전지판도 몇 개 달아놓았고."

나는 그날 밤 이후로 본채에는 한두 번 다녀온 적이 있지만 로빈이 자기를 따라오라고, 나무집에 다시 가보자고 아무리 애원해도 그 주변 땅에는 두 번 다시 발을 들인 적이 없었다.

"그들도 전부 문명과 거리를 두고 살았나요?" 베일리가 묻는다.

"전기는 들어갔어요, 그걸 묻는 건지는 모르겠지만. 하지만 루크 카슨은 태양 전지판으로 상당히 정교한 시스템을 구축해놓았죠. 발전기도 두어 개 있었고요. 그 땅에는 우물물을 끌어다 쓰는 정화조 탱크도 두 개 있어요."

"하지만 자급자족하면서 생활했죠?"

"그런 셈이었죠. 로빈의 어머니는 읍내 슈퍼에서 일했어요. 항상 미소를 잃지 않는 사랑스러운 분이었는데. 하지만 윌슨과 스톤 가족은 이 마을 주민들의 표현을 빌자면 이른바 진정한 '언덕 주민'이었어요. 거의 전적으로 그 땅에서 거둔 식량으로 살아가고, 아이들 공부는 집에서 가르치고, 출생 신고도 하지 않고, 누가 죽으면 자기들 손으로 묻고."

"종말 대비자로서요." 베일리가 말한다. 그는 그 단어를 마음에 들어 하는 눈치다. 내가 보기에 그건 누군가가 선택한 생활 방식을 쉽게 이해할 수 있게 하는 일종의 약칭과 같다.

조이는 고개를 살짝 저으며 안경을 추어올린다. "이 사람들은 사회가 이미 무너졌다고 생각했어요. 자기들은 거기서 빠져나왔다고 생각했죠."

내가 옆에서 거든다. "인간들의 세상에서요. 아버지가 입버릇처럼 하던 말이에요. 종말이 이미 시작됐다고."

"살다 보면 그 말에 반박하기 힘들 때도 있긴 하지." 조이가 말한다.

나는 걷잡을 수 없는 화재, 확산되는 바이러스, 해안 지대를 유린하는 초강력 허리케인, 전 세계에서 진행 중인 전쟁, 기근, 가뭄을 떠올린다. 어쩌면 아버지 말이 맞았을지도 모른다.

조이는 하던 이야기를 계속한다. "아무튼 그들은 거기서 평화롭게 살았어요. 그 땅에서 거둔 식량으로 살아가며 남들에게 신경 쓰지 않았고, 남들도 그들에게 신경 쓰지 않았죠. 그런데 어느 날 거기에 무기가 비축돼 있다는 신고가 경찰서에 접수된 거예요."

베일리가 말한다. "사법당국으로서는 누가 개인적으로 비축한 무기가 있다고 하면 싫겠죠. 그게 좋은 일에 쓰이는 경우가 거의 없으니까요. 그러니 거길 급습했을 수밖에요."

조이는 고개를 젓는다.

"그들의 의도는 급습이 아니었어요. 왜 그렇게들 생각하는지 모르겠지만. 그들은 그냥 조사차 찾아간 거였어요. 투명성 확보와 협조를 바라면서. 그런데 경찰이 출동했다는 소식이 들리니까 거기 남자들이 무장을 한 거예요."

"어쩌다 그런 소식이 전해진 겁니까? 경찰 내에서 유출됐나요?"

조이는 한숨을 쉰다. "그건 나도 잘 모르겠네요. 아무튼 폭력 사태가 발생했어요. 끔찍한 비극이."

"그날 밤에 죽은 사람이 누구누구예요?" 내가 묻는다.

"네 엄마랑 오빠." 조이는 이렇게 말하고 내 손을 잡는다. "그리고 스톤 씨네 가족. 와이어트, 멜바, 에밀리, 조지프가 죽었지. 윌슨 씨네는 도망쳤고."

"윌슨 씨네 가족은 몇 명이었나요?" 베일리가 묻는다.

조이는 다른 바인더를 열고 페이지를 넘긴다.

"제섭과 리나 부부, 그리고 내가 기억하기로는 아이가 둘이었어요. 할로스에 출생 신고는 하지 않았고요. 하지만 집에서 낳은 아이가 더 있었을지 몰라요."

아무리 열심히 애를 써도 나는 아무도 기억이 나지 않는다. 가끔 아버지와 만난 남자들은 희미하게 생각이 난다. 한 명은 검은 머리에 얼굴에 흉터가 있었고, 다른 사람은 민머리에 문신이 많았다. 오빠 또래의 뚱하고 말이 없었던 남자아이도 있었던 것 같다. 부인들이나 내 대신 묻힌 에밀리는 본 기억이 없다. 어린애 특유의 근시안적인 태도가 이런 것 아닐까. 자신에게 직접적으로 영향을 미치는 것만 보는.

"제섭 윌슨과 리나 윌슨이 어디로 도망쳤는지 혹시 알 수 있을까요?" 베일리가 다시 묻는다. 실마리를 계속 찾고 있는 것이다.

조이는 어깨를 으쓱한다. "문명과 거리를 두고 살 만한 다른 데를 찾아갔겠죠. 우리는 이방인들이 이 마을을 떠나면 그냥 그러려니 해요."

상당히 뾰족한 말투다. 나는 베일리가 왜 이리 미운털이 박혔을까 생각하며 웃음이 나오려는 걸 참는다.

내 시선이 베일리의 휴대전화에 닿는다. 이제 보니 그가 대화를 녹음하고 있다. 나와 나누었던 다른 대화도 전부 녹음했는지, 그래서 아무것도 받아 적지 않는 건지 궁금해진다. 나는 아무 말도 하지 않지만, 그는 내 시선이 향한 곳을 발견하자 눈썹을 들어 보인다. *맞아요, 그래서 뭐요.*

"너와 네 가족이 겪은 일이 지금 벌어지고 있는 일과 연관이 있다고 생각하는 거니?" 조이가 조심스럽게 묻는다.

"이걸 보지 못했다면 그런 식으로 생각하지 않았을 거예요." 나는 신문기사 위에 손을 얹는다. 조이가 이미 바인더의 원래 있던 자리에 다시 끼워놓았다. "저에 대해서 아는 사람이 있을 줄은 몰랐거든요."

나는 바인더를 넘기며 《할로스 가제트》 기사, 측량도, 집문서 복사본을 슬쩍 훑어본다. 뜻밖에도 자부심이 솟구친다. 내 과거, 내 가족, 내 땅. 추악하고 달갑지 않을지언정 그것들은 모두 내 것이다.

휴대전화를 무음으로 해놓았지만 진동이 느껴지기에 주머니에서 꺼낸다. 모르는 번호가 문자를 보냈다.

나는 당신이 꾸는 꿈.

당신이 눈을 뜨고 싶어지면 내가 그 마음.

릴케의 《시간의 서》는 일종의 기도서이자 연서이자 신과 나누는 일방적인 대화다. 나는 시구를 빤히 쳐다보며 뼛속 깊이 그 의미를 느낀다.

인정하기 싫지만 당신을 향한 갈망으로 내 몸이 펄떡거린다.

　잠시 후.

　그자와 헤어지면 내가 찾아갈게. 그자를 떼어내지 않으면 나를 영영 만나
　지 못할 거야.

　방 안이 빙글빙글 도는데, 베일리와 조이는 모르는 눈치다.

　베일리가 묻는다. "패로 씨네 가족은요? 이 셋 중 아무 가족하고라
도 연관이 있었나요?"

　조이는 기억을 더듬는 표정으로 고개를 젓는다.

　"패로 씨는 고등학교 수학 선생님이었어요. 패로 부인은 유치원 선
생님이었고요. 집에서 벌어진 화재로 두 사람이 세상을 떠나자 그 집 딸
은 불과 몇 킬로미터 떨어진 곳에서 지내던 할아버지, 할머니와 함께 살
았어요. 하지만 고등학교를 졸업한 뒤에 여길 떠나서 돌아오지 않았죠."

　"어째 이상하지 않은가요? 이 사건과 연관 있는 두 여자가 이 마을
출신이라는 게. 게다가 둘 다 과거에 비극적인 사건을 겪었고 같은 남자
와 엮였어요."

　"그냥 우연의 일치일 수도 있죠."

　"저는 우연의 일치를 믿지 않습니다."

　"당신이 믿지 않더라도 존재하는 것들이 한두 가지가 아닐 텐데요.
아무튼 당신은 할로스만의 특이한 습성을 모르잖아요. 어쩌면 그건 미
끼였을 수도 있어요. 로빈을 집으로 불러들이려는 수작이요."

　어렴풋한 미소가 베일리의 입가를 장식한다. "누가 들으면 할로스가
어떤 공간이 아니라 인간인 줄 알겠습니다."

　"나름의 힘과 기운을 가지고 있는 공간도 있어요." 조이가 말한다.

나는 정말로 그렇다는 걸 알기에 토를 달지 않는다. 심지어 로빈도 내 안에 계속 머무르며 집으로 돌아가라고 옆구리를 찌르는 할로스의 일부분과 연관이 있다. 여길 모르는 사람은 그게 무슨 말인지 이해가 되지 않겠지만.

조이는 베일리를 싫어하지만 베일리는 조이를 좋아하는 것 같다. 적어도 그녀에게 호기심을 느끼는 것 같다. 나는 계속 베일리를 바라보며 입맞춤과 그의 품에 안겼을 때 느낌이 어땠는지 떠올린다. 당신의 문자. 당신에게로 향하는 내 마음. 나는 고개를 저으며 떨쳐버린다.

베일리는 자리에서 일어나 크게 한 바퀴 돌며 벽에 걸린 사진을 구경한다. 이 마을의 설립자, 오래된 교회, 맨 처음 건설된 학교 사진이다. 이 마을의 설립 보고서는 벨벳이 깔린 유리 케이스 안에 놓여 있다.

내 휴대전화가 다시 진동한다.

오늘 밤.

베일리가 말한다. "그러니까 이것이 선생님의 삶이로군요. 이 마을에서 벌어진 일들을 기록하는 것이."

그가 건방지게 굴거나 무시하는 뜻에서 꺼낸 말은 아니다. 베일리 커크는 이런저런 것들을 이해하고 알고 싶어 하는 사람이다.

조이는 선뜻 대답한다. "맞아요. 인간에게는 누구나 천직이 있죠. 당신은 잃어버린 것들을 찾고 싶어 하고. 카슨 양은 살아가다 어둠을 만난 사람들이 길을 찾을 수 있게 돕고 싶어 하고. 그리고 나는 산간벽지에 있는 이 조그만 마을의 역사를 보존하고 싶어 하고."

베일리는 그녀를 보며 미소를 짓고 존경을 담아서 고개를 숙인다. 두 사람이 겉으로는 반목하지만 그 이면에는 이해 비슷한 것이 있다. 묘하다.

"그 천직을 항상 우리가 선택하는 건 아니죠." 그가 말한다.

"맞아요. 그렇지 않을 때도 있죠." 조이가 약간 딱딱하게 대답한다.

베일리는 문가를 지킨다. 어쩌면 여기에서는 아무 도움도 얻지 못하겠다고, 나의 개인적인 비극이 벌어진 오래전 그날 밤의 묵은 기록은 있을지 몰라도 그게 다라고 결론을 내렸을 수도 있겠다. 과거로의 여행은 떠날 수 있을지 몰라도 미아 찾기라는 미래에 대한 실마리는 없다고 말이다.

조이가 말한다. "이제 자리를 비워드릴 테니까 마음껏 둘러보세요. 도움이 필요한 부분이 있으면 알려주시고요."

그녀는 자리에서 일어나 밖으로 사라진다. 나지막이 딸깍하는 소리와 함께 문이 닫힌다.

"연락 왔어요?" 베일리가 내 휴대전화를 턱으로 가리키며 묻는다.

"잭스예요." 나는 거짓말을 한다.

그는 생각에 잠긴 표정으로 미간을 찌푸린다. 어쩌면 그것이 베일리의 기본 표정일지 모른다. 하지만 내 거짓말을 간파당한 듯한 느낌이 든다. 그랬다 한들 그는 티를 내지 않고 서가 앞으로 걸어가 책을 한 권 집어서 펼친다.

나는 베일리 커크에게 강한 끌림을 느끼고 그의 품에 안겼을 때의 느낌을 아직까지 기억하고 있지만 그를 배신할 것이다. 그것도 대차게. 그러면 안 된다는 건 안다. 나를 미끼 삼아 당신을 찾을 수 있게 돕겠다고 불과 몇 시간 전에 약속하지 않았던가. 게다가 당신과 단둘이서 만날 생각을 하면 절대 안 된다.

하지만 솔직히 당신을 마지막으로 만날 수 있는 기회를 날리고 싶지 않다. 그건 절대 안 된다. 나는 당신과, 당신이 저지른 짓을 이해해야 한다. 그래야만 할 것 같은 검은 욕망이 내 몸 속 깊은 곳에서 꿈틀거린다.

이번에 당신을 놓치면 두 번 다시 만나지 못할 것이다.

"나는 이 서류들을 훑어볼게요." 나는 애써 명랑하게 말한다.

"그래요. 나는 릭 재비츠를 찾아가서 그가 데리고 왔다는 고객에 대해 알아볼게요."

내가 탐정은 아니지만 그럴 듯한 돌파구 같다. "그럼 가봐요."

베일리의 시선이 내게 머문다. 할 말이 있는 듯한 눈빛이다. 그가 두 손을 주머니에 넣는다. "우리 서로…… 음…… 대화를 나누어야 할까요?"

"뭐에 대해서요?" 우리는 대화를 나누어야 한다. 두말하면 잔소리다. 하지만 지금은 아니다. 베일리 커크에 대한 뭔지 모를 감정 때문에 내 목표가 흔들리면 안 된다.

베일리는 천천히 고개를 끄덕이고는 잠시 후에 말한다. "계속 연락해요, 렌."

마치 경고처럼 들린다. 그는 그렇게 나를 내 과거와 함께 남겨두고 빠져나간다. 나는 문을 빤히 쳐다보며 따라 나가고 싶은 마음을 꾹 누른다. 그에게 상황을 설명하고 도움을 청할 수도 있다. 하지만 아니다. 이건 나 혼자 처리해야 하는 일이다.

베일리의 트럭이 덜커덩거리며 사라지자 나는 모르는 번호로 답장을 보낸다.

그 사람 갔어.

당장 답장이 오지만 에러 메시지다. 다시 한 번 보내봐도 마찬가지다. 지금까지 받은 문자를 위로 스크롤하며 내가 놓친 힌트가 있는지 살핀다. 하지만 군더더기 하나 없는 문장에서는 어떤 단서도 보이지 않는다. 목구멍 깊숙한 데서 좌절의 맛이 느껴진다. 이 게임이란. 당신은 낚싯줄을 늘어뜨리고는 내가 손을 내밀면 홱 하니 치워버린다.

바인더 하나를 펼치며 과거로의 여행을 시작하지만 뭘 찾는지는 모르겠다. 나. 당신. 과거와 현재를 연결하는 어떤 조각. 우리 가족의 과거 속으로 빠져든다. 오래된 사진, 출생과 사망 신고서, 결혼 증명서. 삶의 한 단락을 표시하는 종잇조각, 동결 보관된 순간의 이미지. 심지어 할아버지가 참전 중에 할머니에게 보낸 편지까지 있다. *매일 해가 뜨면 참상이 벌어지지만 매일 해가 지면 당신 꿈을 꾼다오.*

얼마인지 모를 시간이 지났을 때 휴대전화가 다시 진동한다.

일련의 지시와 간단한 명령이 이어진다.

받아 적어. 당신 문자에서 내 흔적을 모두 삭제할 것. 휴대전화를 없앨 것.

조이가 남기고 간 메모지에 지시 사항을 받아적는데, 온몸이 따끔거린다. 펜을 종이에 갖다 대는 행위에서 뭔지 모를 고요함과 궁극이 느껴진다. 나는 메모지에서 그 장을 뜯어낸다.

그런 다음 조이에게 작별 인사도 하지 않은 채 차에 올라타 출발한다.

36

"베일리, 이제 그만 들어왔으면 좋겠는데."

노라는 그에게 짜증이 났고, 그도 이유를 알 수 있었다. 베일리는 그녀의 기대를 저버렸다. 의뢰인의 기대를 저버렸다. 어느 모로 보나 맹수 같은 인간의 먹잇감이 되었을 가능성이 큰 아가씨를 찾는 데 실패했다.

"단서를 잡았어요. 믿을 만한 단서예요."

"그게 뭔데?"

그는 부동산 중개업자와 카슨 집안의 땅을 사겠다고 했던 손님에 대해 설명하고, 주소를 알아내 바로 지금 그 중개업자의 집 앞에서 문을 두드리려던 참이었다고 했다.

"12시가 다 됐는데?"

"언제부터 그런 데 신경을 쓰셨어요? 여자가 실종됐고 째깍째깍 시간이 흐르고 있는데."

노라는 한숨을 쉬었다. "저기, 있잖아." 자동차 스피커로 그녀의 목소리가 작게 들렸다. "헨리 소프가 우리 모가지를 잘랐어. 다른 사람한테 일을 맡겼다고. 그러니까 공식적으로 따지면 자네는 지금 내 돈을 쓰고 있는 셈이야."

노라는 이런 부분에 대해 신경 쓰지 않았다. 그도 마찬가지였다.

"하루만 더 주세요. 24시간만요."

정적이 흘렀다.

"휴가로 처리할게요."

그가 찾아온 동네는 소박했다. 아담한 집들은 깔끔했고 가로수가 줄줄이 이어졌다. 특별한 부분은 없었다. 으리으리한 저택도 다 쓰러져가는 판잣집도 없었다. 농구 골대가 보였고 집 앞 진입로에는 최신형 차량들이 서 있었다. 계획 단지 같은 분위기를 풍겼다. 골목 파티, 조화에 신경 쓴 길거리 장식, 어쩌면 크리스마스이브에는 갈색 봉투에 담은 양초를 길가에 일렬로 늘어놓을 수도 있었다. 그런 양초를 뭐라고 하더라? 맞다, 루미나리아. 이곳은 베일리의 어린 시절을 연상시키는 구석이 있었다. 자전거를 타고 친구를 만나러 나갔다가 가로등이 켜지면 집으로 돌아가고, 토요일에는 축구를 하고, 바닷가로 소풍과 휴가를 떠나는, 이런 식의 너무나도 미국적인 양육 환경. 릭 재비츠의 집은 말뚝 울타리가 있고 손바닥만 한 앞마당이 딸린, 조그맣고 깔끔한 크래프츠맨 스타일(넓은 지붕 돌출부, 커다란 박공지붕, 비대칭적인 디자인이 특징인 스타일: 옮긴이)이었다.

노라가 다시 말했다.

"자네도 알다시피 자기 자신 때문에 이런 사건에 휘말리게 되는 경우도 있잖아. 더는 의뢰인이 중요한 게 아니라 우리 안의 뭔가를 해결하는 게 목적이 되는 거. 그리고 그런 사태가 벌어지면 상황이 혼탁해지지."

"그건 이미 했던 얘기잖습니까." 베일리는 밤늦게 노라와 통화할 때가 종종 있었는데, 그럴 때마다 그녀가 회색 실크 잠옷 위에 캐시미어

가운을 입고 와인을 마시고 있다고 상상했다. 이유는 알 수 없었다. 잠옷을 입은 노라의 모습은 본 적도 없건만.

"이게 렌 그린우드하고는 어느 정도 연관이 있는 거야?" 노라가 물었다.

짜증 섞인 당혹감이 밀려왔다. "그녀가 위험한 상황이에요."

"그건 자네도 모르잖아."

"그자가 그녀를 다시 찾아올 거예요. 원하는 걸 손에 넣지 못했는데, 그런 남자들은 포기를 모르거든요."

"그녀에게 어떤 감정이 생겼나?"

"그런 거 아닙니다."

렌을 한동안 지켜보며 삶의 베일을 한 꺼풀씩 파헤치게 돼서 그런 건 아니었다. 그녀 생각을 멈출 수가 없어서 그런 건 아니었다. 모텔 방에서 그녀를 맞닥뜨렸을 때 전율 비슷한 걸 느껴서 그런 건 아니었다. 그녀에게 아무 일 없도록, 이 괴물이 만들어놓은 블랙홀에 그녀는 빠지지 않도록 확실히 챙기고 싶은 마음이 한결같아서 그런 건 아니었다.

"그럼 뭔데?"

"렌 그린우드는 좋은 사람이에요. 지금 같은 상황에서는 옆에서 보살펴주는 사람이 있어야 하는데, 그럴 사람이 저 말고는 아무도 없어서요."

다시 정적이 흘렀다.

베일리는 하던 얘기를 계속했다. "그녀는 악몽을 겪었어요, 아시죠? 그런데 그 악몽이 인생을 망가뜨리도록 방치하지 않고 디어 버디라는 역할을 통해 사람들을 도우려 하고 있어요. 그런 사람이 이런 일을 겪는 건 옳지 않아요."

"우리 의뢰인도 아니잖아."

"검사실에서는 뭐래요? 제가 보낸 물품에서 뭐 나온 거 없대요?"

"스웨터에서 DNA가 발견됐지만 CODIS(종합 유전자 색인 시스템)나 NDIS(국가 유전자 색인 시스템)에 일치하는 게 없대."

그는 살짝 기운이 빠졌다. 렌이 공유 숙소에서 회수한 물품에 엄청난 기대를 걸고 있었건만.

노인 한 명이 조그만 흰색 개를 산책시키느라 길을 걸어가지만 베일리가 있는 쪽은 돌아보지 않았다.

그가 말했다. "딱 하루만 더요. 만약 그자가 렌에게 돌아오면 제가 현장을 지키고 있다가 미아를 찾을 수 있을지도 몰라요."

"헨리 소프가 우리 모가지를 잘랐다는 얘기를 내가 했던가?"

"네."

"이건 이제 우리 사건이 아니야. 들어와."

"알겠습니다."

"베일리."

"알겠다고요. 들어갈게요."

베일리는 돌아갈 생각이 전혀 없었다. 돌아가지 않더라도 노라는 그를 용서할 것이다. 그 회사에 그보다 더 훌륭한 탐정은 없었다. 이건 무언의 합의 사항이었다. 왜냐하면 노라도 베일리와 똑같았다. 이 일에서 중요한 건 사건과 수임료가 아니라 사람이었다. 그리고 누군가의 사건을 맡으면 그들이 내 사람이 되고, 그들에게 벌어지는 일에 마음이 쓰이기 마련이었다. 노라의 파트너인 다이애나는 얘기가 달랐다. 그녀는 재무 담당으로 회계 장부를 맡았다. 이 시점에서 따져보면 미아 소프 사건은 수지 타산이 맞지 않았다. 솔직히 베일리도 그렇다는 걸 알았다.

하지만 렌 그린우드가 있었다. 무모하고 섬세하며 고집스럽고 친절한 여자. 그녀에게는 불같은 면과 부드러운 면이 공존했다. 베일리는 그녀를 생각했다. 너무 자주 생각했다.

"거기서 연애하지 마. 내가 전에도 경고했지?" 노라가 그의 생각을 읽었는지 이렇게 말했다. 그녀가 가끔 자기 머릿속을 들여다보는 것처럼 느껴질 때도 있었다.

전에 그 경고를 들었을 때 베일리는 코웃음을 쳤었다. 그는 누군가를 진심으로 사랑해본 적이 없었다. 누군가에게 자신을 바쳤다가 헤어진다는 게 뭔지 몰랐다. 훌륭한 부모님의 사랑을 받고 자란 아이, 헌신적인 여동생을 둔 오빠답게 영원히 풍성하게 유지되는 사랑만 알았다. 들불처럼 모든 걸 태워버리는 사랑에 대해서는 몰랐다.

"그럴 일은 없습니다."

"누굴 따라 절벽에서 뛰어내릴 작정을 하는 게 아니라 중심을 잘 잡고 있으면 애정을 쏟아도 상관없긴 하지."

"내일 뵐게요, 대표님."

"잘 자, 베일리."

베일리는 계기판에 달린 시계를 확인했다. 늦은 시각이었다. 모르는 사람을 찾아가기에는 너무 늦은 시각일지 몰랐다. 이러니저러니 해도 그는 경찰이 아니었다. 그리고 째깍거리는 시계 소리는 베일리와 헨리 소프의 귀에만 들렸다. 하지만 시간이 없는 건 맞았다. 그는 시동을 끄고 트럭에서 내려 그 집으로 다가갔다.

검은 고양이 한 마리가 현관 앞 그네에 앉아 있었고, 빨간색 문은 빼꼼 열려 있었다. 텔레비전 소리가 들렸다. 베일리는 걸음을 멈추고 귀를 기울였다.

이 작고 특이한 마을 사람들은 요즘 같은 때에도 문을 잠그지 않는 모양이었다.

그가 보기에는 바보 같은 짓이었다. 오만한 짓이었다. 가뜩이나 통계상으로도 이곳은 방화, 어린이 납치, 실종, 살인 같은 흉측한 사건이 많이 벌어지는 마을이었다. 그는 짐을 싸서 여기를 탈출할 순간을 기다렸다.

문을 두드리자 문이 스르르 열렸다. 불법에 가까운 무례한 행동이었지만 베일리는 안으로 들어가 삐걱거리는 나무 바닥을 밟았다.

그는 이번에는 이미 활짝 열려 있는 문을 다시 한 번 두드렸다.

"재비츠 씨, 실례하겠습니다. 베일리 커크 수사관입니다."

거짓말은 아니었다. 경찰이 아니라 사설업체 소속이기는 했지만 그걸 매번 밝힐 필요는 없었다. 그는 사람들의 어림짐작에 호응했다. 사람들은 그가 경찰이겠거니 했고 그러면 그는 그냥 그런 척하고 넘어갔다.

"재비츠 씨의 고객에 대해 여쭤볼 게 있어서 왔습니다."

베일리는 요란한 텔레비전 소리가 들리는 곳으로 좀 더 다가갔다. 뉴스 채널인 것 같은데, 요즘은 안 좋은 소식뿐이었다.

중국에서 치명적인 바이러스가 걷잡을 수 없는 수준으로 맹위를 떨치고 있습니다. 관계당국에서는 유럽과 미국으로까지 확산되는 것은 시간 문제라고 하는데, 우리는 과연 대비가 되어 있을까요?

머리가 벗어진 살찐 남자가 리클라이너에 앉아 있었다. 고개를 한쪽으로 기울인 채 입을 벌리고 코를 골고 있는 것 같았다. 텔레비전 소리 때문에 코고는 소리는 들리지 않았지만. 베일리는 이번에는 거실 문을 다시 한 번 두드렸다. 아담하고 깔끔하며, 큼지막한 소파가 놓인 편안한 공간이었다. 벽난로는 어두컴컴했고 난로 선반에는 가족 사진, 바닥에는 장식용 스태퍼드셔 개가 한 쌍 놓여 있었다. 대형 벽걸이 텔레비전에서는 병상에 일렬로 누운 환자들을 보여주었다. 한 여자는 울고 있었고, 성별을 알 수 없는 사람들이 방호복을 입고 길거리에 소독약을 살포하고 있었다.

베일리는 언성을 높였다. "재비츠 씨."

베일리는 홈페이지에서 릭 재비츠의 얼굴을 확인했지만, 흠잡을 데 없이 머리를 빗고 양복을 입고 뻣뻣하게 보정한 그 사진 속의 인물은 레이지보이 소파에 앉아서 꾸벅꾸벅 졸고 있는 이 중년의 한심한 인간과 닮은 구석이 거의 없었다.

베일리는 뒤에서 무언가가 움직이는 것을 본 것 같았지만 뒤돌아보니 어두컴컴한 문간 말고는 아무것도 없었다. 요즘에는 집에 총을 사놓는 사람이 의외로 많았다. 겁에 질린 부인이 리볼버를 꺼내들고 닥치는 대로 총부터 쏘고 보는 불상사를 피하려면 조심해야 했다.

베일리는 릭 재비츠에게로 다가갔다. 거리가 가까워지자 몸이 찌릿찌릿하기 시작했다. 재비츠의 목 각도가 이상했다. 좀 더 가까이 다가가보니 릭 재비츠의 가슴팍의 시커먼 것은 그림자가 아니었다. 잠옷 윗도리가 피로 물들어 있었다. 눈을 감고 자고 있는 게 아니라 멀건 두 눈을 휘둥그레 뜨고 있었다.

"젠장." 베일리는 나지막이 중얼거리며 휴대전화를 꺼내려고 했다.

"커크 씨."

베일리가 몸을 홱 돌려보니 온몸을 검은색으로 감싼 키가 크고 시커먼 남자가 어두컴컴한 문간에서 스며 나오듯 등장했다. 온라인에서 본 사진이 있기에 한눈에 그자를 알아볼 수 있었다.

사진으로 보았을 때는 그 미모의 여성들이 코도 크고 입도 크고 체구는 거대한, 솔직히 못생긴 쪽에 가까운 이 남자의 어떤 면에 매력을 느꼈는지 이해할 수가 없었다. 그런데 이제는 알 것 같았다. 그에게서는 어떤 힘과 야생의 남성미가 느껴졌다.

"이걸 그냥 포기할 수가 없는 모양이네요?"

아주 오래전부터 추적했던 이 남자를 만나다니 베일리는 꿈을 꾸는 느낌이었다. 남자는 검은색 롱코트를 입고 소음기가 달린 총을 들고 있었다.

"우리 얘기 좀 합시다." 베일리는 말하며 한쪽 손바닥을 들어 보이고, 다른 쪽 손은 견대에 찬 권총을 향해 뻗었다. 어쩌다 이렇게 말 그대로 눈앞이 캄캄한 상황에 놓이게 됐는지 지난 한 시간 동안 저지른 실수를 최소 세 개는 꼽을 수 있었다.

"싫은데요."

베일리 커크는 총이 발사되는 소리조차 듣지 못했다. 총구의 섬광을 끝으로 어둠이 찾아왔다.

37

장작. 바닥에 떨어진 낙엽 냄새. 햇빛을 받고 반짝이는 새까만 까마귀 깃털. 들꽃을 찾아다니는 꿀벌 소리. 빛을 내며 맥없이 날아다니는 여름밤의 반딧불이. 로빈의 쩌렁쩌렁한 웃음소리.

나는 당신이 가르쳐준 대로, 내 삶과 도시와 디어 버디로부터 점점 멀어지는 것처럼 느껴지는 구불구불한 뒷길을 달려서 그곳으로 돌아간다.

오랜만에 그곳으로, 그런 삶의 방식으로 돌아오라는 외침을 느낀다. 평화롭고 고요하며 단순한 그곳. 오로지 나와 그날 하루만이 존재하며 요리와 청소, 텃밭 가꾸기와 사냥으로 살아가는 것과 생존이 유일한 과업인 곳. 시간을 순식간에 삭제하며 전 세계의 비참한 뉴스로 공습을 퍼붓는 텔레비전은 없다. 시끄럽게 울리고 삑삑거리는 기기도 없다. 소음공해 자체가 없는 곳이다.

우리 아버지 같은 사람을 지칭하는 단어는 많다. 종말 대비자, 저장강박증 환자, 은둔자, 생존주의자 같은 단어들. 온갖 편의시설이 갖추어져 있고, 부유한 선진국의 풍요로움이 당연시되며, 서로에게 그리고 우리 사회라는 소비 기계와 과도하게 연결된 현대 사회에 사는 사람들 눈에는 그들이 이상하게 보일 것이다. 숲속에서 작물을 재배하고 먹이를 직접 잡으며 최소한의 생존 조건으로 살아가는 인간들. 그런 식으로 살고 싶어 하는 이유가 뭘까? 하지만 착각하고 있는 쪽은 그들이 아닐지도 모른다.

사실 아버지는 온갖 소음을 잠재우고 싶은 마음뿐이었을 것이다. 끝없이 이어지는 요구사항, 영혼이 없는 매매, 어떤 게 바람직한 모습인지 그를 계속 세뇌하려는 메시지. 아버지는 해외에서 본 것과 자기가 저지른 행동으로 인해 괴로워했다. 그래서 자기가 아는 안전하고 행복한 마지막 장소, 그곳에서의 자기 모습으로 돌아가고 싶었을 것이다.

하지만 내가 세상을 그곳으로 다시 불러들였고 그로 인해 우리 모두는 파멸에 이르렀다.

우리 지금 뭐하는 거야?

조그맣고 희끄무레한 로빈이 조수석에 앉아서 어둠 속을 내다보고 있다.

우리 지금 어디 가는 거야?

나는 대답하지 않는다. 솔직히 그녀의 등장이 조금 당황스럽다. 로빈이 진짜처럼 느껴진다는 것이, 꾸준히 등장한다는 것이. 대부분의 사람들은 상상의 친구와 어린 시절에 헤어진다. 하지만 로빈은 내 곁에 남았다. 여전히 행색이 허름하고 주변의 모든 세상에 눈을 동그랗게 뜨고 감탄하는, 길들여지지 않는 아이다. 내가 행복한 시간을 보낼 때는, 일과 사생활로 바쁠 때는 로빈이 거의 등장하지 않는다. 예전 기억이 찾아와 떠날 줄 모르거나 외롭거나 디어 버디의 무게가 감당하기 힘들거나 해서 우울할 때는 로빈이 잭스만큼 실질적인 친구가 된다.

하지만 로빈에 대해 아는 사람은 매기 쿠퍼 박사뿐이다. 2, 3년 전에 눈을 돌리는 곳마다 로빈이 있는 것처럼 느껴지던 시기에 그녀에게 상담을 신청한 적이 있었다.

"로빈이라는 존재가 뭐 그리 이해하기 어렵지는 않아." 그때 매기는 이렇게 말했다. 가끔 전화로 상담할 때도 있었지만 직접 만나고 싶어서 찾아간 길이었다. "어렸을 때는 로빈이 네가 새로운 삶을 살아나가는 데 필요한 모든 것이었지. 때로는 그 땅의 길을 가르쳐주는 선생님이었고. 때로는 강제로 헤어지게 된 예전 친구들을 대신하는 친구였고. 사춘기 시절에는 친구가 아주 중요해. 친구들을 통해 나는 누구이고 어떤 사람이 되고 싶은지 깨닫게 되거든. 로빈은 불안한 너희 집에서 위안이 되는 존재였지."

"그건 알겠어요." 나는 푹신한 소파에 몸을 묻으며, 방에서 느껴지는 온기와 창문으로 쏟아져 들어오는 햇볕에 감사했다. "하지만 아직까지 등장하는 이유가 뭐예요?"

"네가 인생이 뒤바뀌는 트라우마를 겪지 않았다면 새로운 삶 속에서 길을 찾아가는 동안, 나이를 먹고 네 스스로 이런저런 결정을 내리는 동안 로빈이 서서히 희미해졌을 거야. 이런 식의 정신적인 조형물에게 예비된 전철을 밟았겠지."

문득 궁금해진다. 상상의 친구들이 가는 곳이 있을까? 불안한 어린 마음이 만들어낸 이런 '조형물'을 위해 마련된 천국 비슷한 곳이 있을까? 그들이 만나서 같이 놀 수 있는 곳. 그런 곳이 있으면 좋겠다.

"로빈의 경우 특이한 점은 뭔가 하면 예나 지금이나 똑같다는 거야." 매기는 중얼거렸다.

"그게 왜요?"

"왜냐하면 이런 친구들은 어른이 될 때까지 남아 있으면 대개……."

그녀는 이쯤에서 말을 멈추고 특유의 진지한 눈빛으로 나를 바라보았다. "사악해지거든. 괴롭히고 집착하고 지배하려 드는 경우도 있어. 아이를 놓지 못하는 부모처럼."

로빈은 사악하지 않았다. 절대 그렇지 않았다. 온통 환했다. 나는 매기에게 그렇게 말했다.

"로빈이 너한테 뭘 요구한 적이 있니? 주고 싶지 않은 걸 달라고 한 적 있어?"

나는 열심히 기억을 더듬었다.

"로빈은 집으로 돌아가고 싶어 해요. 그 땅으로, 나무집으로. 어떤 의미에서는 로빈도 우리 아버지가 원했던 방식으로 살면 더 행복할 거예요."

"너도 그러고 싶니?"

"오빠랑 엄마가 아버지 손에 죽은 곳으로 돌아가 거기서 살고 싶으냐고요? 아뇨."

"그런데도 이렇게 돌아와 있네. 왜지?"

"선생님이랑 대화를 나누고 싶었으니까요."

"로빈 문제로." 그녀가 정곡을 찔렀다.

"네."

매기는 생각에 잠긴 표정으로 고개를 끄덕였다. "이참에 자아성찰을 좀 해야겠다. 지금 너에게 로빈은 어떤 존재일까? 뭘 상징할까? 로빈은 네 마음이 만든 조형물이야. 그 아이가 네 자신에 대해서 너에게 뭐라고 얘기하니?"

계속 차를 달리는 동안 로빈은 사라지고 내 곁에 아무도 남지 않는다.

전화벨이 울리자 나는 핸들에 달린 버튼을 눌러서 전화를 받는다.

"걱정 마. 아무 일 없어."

"그래?" 잭스다.

나는 휴대전화를 버리지 않았다. 나는 다른 여자들처럼 당신의 거미줄에 완전히 걸려들지 않았다. 당신이 손짓하는 어두컴컴한 공간 속으로 따라 들어가기 위해 계좌의 돈을 모두 인출하지도, 지금까지 일군 모든 걸 등지고 떠나지도 않았다. 당신도 내가 그럴 거라고 생각하지 않았을 것이다. 나는 그 여자들을 보았다. 그들의 얼굴과 반짝이던 두 눈을. 안타깝지만 그들은 무너졌다. 나는 아니다. 나는 악착같이 살아남았다.

당신이 알아차릴지 모른다는 걱정은 하지 않는다. 내가 지시를 따르지 않았다는 게 밝혀졌을 때 당신이 사라질지 모른다는 걱정도. 내가 당신에게 중독된 것처럼 당신도 내게 중독됐을 것이다. 그러지 않았다면 당신은 예전에 사라져 뒤도 돌아보지 않고 다음 사냥감을 찾아 나섰을 것이다.

잭스가 말한다. "있잖아, 네가 거기서 떠나면 알려달라고 시리한테 부탁해놨거든. 네 위치 추적을 할 수 있으니까 그게 돼."

"잭스."

"그런데 어째 네가 여기로 돌아오는 게 아니라 반대편으로 가고 있는 것 같아 보인단 말이지. 내가 잘못 본 거지?"

"잘못 본 거 아니야."

한숨.

"이유나 들어보자."

나는 전부 털어놓는다. 내 과거와 베일리 커크, 실종된 다른 여자들, 당신의 문자에 대해 모두 다. 이야기가 끝나자 무거운 정적이 이어진다. 잭스가 전화를 끊었나 아니면 내가 주저리주저리 말을 늘어놓느라 연결이 끊겼는데도 몰랐나 하는 생각이 든다.

하지만 잠시 후 잭스가 말한다. "내가 제대로 들은 거 맞아? 멀쩡한 남자를 차버리고 못된 놈의 꽁무니를 쫓아가고 있다고? 도대체 왜 그러는 거야?"

이 말을 듣고 나는 갑자기 멍해진다. 잭스는 모든 헛소리를 생략하고, 시뻘겋게 펄떡거리는 문제의 심장을 찌르는 데 일가견이 있다. 말문이 막히다니 나답지 않은 일이다.

"릴케를 살짝 흘리고 호기심을 살짝 자극하면서 미끼를 던지니까 이렇게 달려간다고? 디어 버디라면 뭐라고 하겠어?"

"음." 나는 바보처럼 우물쭈물한다. 디어 버디의 마인드를 까맣게 잊고 있었다. 심지어 잭스가 보낸 사연조차 읽지도 않고 그냥 리즈에게 넘기라고 했다. 내 머릿속에서 들리던 그들의 목소리를 꺼버리자 생각지도 못했던 자유로움이 찾아왔다. 오랜만에 내 목소리를 들을 수 있게 된 느낌이었다.

저 소리 들려?

아니, 아무 소리도 안 들리는데.

이게 바로 정적이야.

"디어 버디라면 충동을 돌아볼 필요가 있다고 할 거야. 위험한 행동을 저지를 것 같으면 그걸 분석할 필요가 있다고. 가만히 앉아서 이유를 생각할 필요가 있다고."

"나는 지금 그러고 있는 게 아니야. 그 남자 꽁무니를 쫓아가고 있는 게 아니라고."

"그럼 뭔데?"

너무 섬뜩하게 들릴 수 있기에 나는 대답하지 않는다.

사실 나는 당신을 사냥하러 나선 참이다.

당신을 잡고 나서 어떻게 할지는 당신이 그 여자들을 어떻게 했는지에 따라 달라진다. 하지만 잭스는 나의 그런 측면에 대해 모른다. 심지어 가장 친한 친구조차 렌 그린우드의 모든 면모를 보지 못했고 로빈 카슨은 아예 만난 적도 없다.

나는 다정하게 말한다. "가야 해. 하지만 아무 일 없을 거야. 조만간 연락할게."

"렌."

"걱정 마. 나 대신 집이랑 디어 버디나 잘 지켜줘."

"너 지금 말투가 정말 마음에 안 든다."

"사랑해."

"렌, 전화 끊을 생각은 하지 마."

하지만 나는 전화를 끊는다. 그런 다음 한 손으로 친구 찾기 앱을 비활성화하고 휴대전화 전원을 끈다. 더는 딴 데 정신 팔면 안 된다.

누군가를 추적할 때는 집중과 침묵이 필수다.

내 앞에서 펼쳐지는 어둠이 전조등의 언저리에서 춤을 춘다.

당신이 알려준 길의 마지막 모퉁이를 돈다. 나는 최종 목적지도 주소도 모른다. 그저 무슨 길을 따라가다가 어디에서 방향을 틀고 어떤 표지를 찾아야 하는지만 알 뿐이다. 오래된 헛간, 붉은색 농가 앞길의 콘크리트 벽돌 위에 얹힌 녹슨 픽업트럭.

길이 울퉁불퉁하고 어두컴컴하다. 달이 구름 뒤로 숨는다.

나는 계속 달린다.

38

베일리 커크는 인간에게 벌을 내리고 노발대발하는 신의 존재를 믿지 않았다. 아버지는 무신론자였지만 어머니는 모든 사람과 모든 사물 안에 신이 깃들어 있으며, 그렇기에 자기 자신과 이 별과 서로를 사랑하고 존중해야 한다고 믿었다. 온 가족이 다함께 교회에 다니지는 않았지만 어머니는 명상을 하고, 자연과 더불어 오래 걷고, 선행을 베풀고, 세이지 스틱과 싱잉볼을 가지고 이런저런 의식을 치르며 영적인 수행을 쌓았다.

엄마 또 세이지 스틱 태운다. 여동생은 응석을 받아주듯 눈알을 굴리며 이렇게 말하곤 했다.

어머니 말로는 그 냄새가 집 안을 가득 채우면 묵은 기운이나 안 좋은 기운이 사라져서 집이 깨끗해지고 좋은 기운을 불러들이고 주어진 축복에 감사의 뜻을 표현할 수 있다고 했다. 세이지 스틱 태우는 냄새를 맡으면 그는 당장 어린 시절로 돌아갔다. 예전의 따뜻하고 안전했던 공간과 시기로 돌아갔다.

지금 그 냄새로 그의 콧구멍이 화끈거렸고 혓바닥 안쪽에서는 진하고 싸한 맛이 느껴졌다.

눈 떠, 베일리. 어머니의 목소리가 들렸다. *일어나, 아들.*

그가 그 냄새를 따라 겹겹의 어둠을 뚫고 눈을 떠보니 어머니의 집이 아니라 남의 집 거실 바닥이었다. 처음 보는, 아니 어디서 본 적 있었던 것 같은 남자가 걱정으로 미간을 찌푸리고서 옆에 무릎을 꿇고 앉아 있었다. 베일리는 몸을 일으키려다 어깨에서 격렬한 통증이 팔을 타고 번지는 바람에 비명을 질렀다.

베일리보다 나이가 많아 보이는 남자가 말했다. "그래. 천천히 일어나봐."

이제 세이지 태우는 냄새는 나지 않았고 따뜻하고 안전한 공간에 있는 느낌도 오래전에 사라졌다. 놀라우리만치 힘이 센 남자가 베일리를 부축해 소파로 데려갔고, 허리를 숙여 상처를 살폈다.

"운이 좋았네. 총알이 관통한 것 같구먼. 피는 좀 흘렸지만."

베일리는 여러 가지 감정을 느꼈지만 그중에 운이 좋았다는 느낌은 없었다.

릭 재비츠는 여전히 리클라이너에 앉아 있었다. 마지막 안식처인 그곳에서 핏기를 잃고 점점 뻣뻣해져가는 몸으로 눈앞을 멍하니 응시하고 있었다. 이쯤 되자 베일리도 인정하는 수밖에 없었다. 그래, 운이 좋았네.

키가 크고 어깨가 넓고, 청바지에 워크 부츠를 신고 반 재킷을 걸친 남자가 고개를 저으며 시신 앞으로 다가갔다.

"좋은 친구였는데. 누가 이런 짓을 저질렀나?"

세상이 곤두박질치고 기우뚱거렸다. 베일리가 바닥에 토악질을 하자 팔을 타고 다시 통증이 로켓처럼 발사됐다.

시야의 가장자리에서 별이 왔다 갔다 했다. 이러다 다시 정신을 잃을 것 같았다.

안 돼. 안 돼. 정신줄 단단히 잡아, 베일리 커크.

베일리는 뱃속 깊은 곳에 집중하며 억지로 천천히 숨을 쉬었다. 견딜 만한 수준이 될 때까지 통증에 집중했다. 통증은 일종의 프로그램에 불과했다. 얼마든지 해킹할 수 있었다. 그에게 싸움을 가르친 사람에 따르면 그랬다. 꽉 누를 것. 따로 떼어놓을 것. 무시할 것.

"어이, 젊은이. 누가 이런 짓을 저질렀냐니까."

어이, 젊은이라고? 실화야? 도대체 이 사람은 누구이길래? 잠시 후에 베일리는 알아차렸다. 카슨 농가 급습 사건을 다룬 기사에서 이 남자를 본 기억이 있었다. 그때보다 살이 찌고 머리가 세었지만 당시 급습을 진두지휘한 경찰이었다. 둘은 문자를 주고받긴 했지만 실제로 만나는 건 처음이었다.

"제가 쫓고 있던 남자요. 본명은 모릅니다. 레이프 맨스로 아는 사람도 있고 애덤 하퍼로 아는 사람도 있어요. 유령이에요."

거구의 남자가 말했다. "총을 든 유령이란 말이지. 자네가 베일리 커크겠군. 사설탐정."

"맞습니다. 선생님은……?"

"존스 쿠퍼일세. 렌의 친구지. 우리 집사람이 뉴욕에 사는 렌의 친구 중에 잭스라는 아가씨의 전화를 받았어. 약간 히스테리 환자처럼 자기 친구에게 문제가 생긴 것 같다고 했다더군."

"아, 네."

잭스라면 제일 가까운 친구였다. 베일리는 여자들이 히스테리 환자라고 불리는 걸 싫어하고, 자기들을 그렇게 부르는 남자를 싫어한다는 걸 알았다. 하지만 이 남자의 운영 체제는 케케묵은 버전이었다. 새로운 소프트웨어를 아직 다운받지 않은 것 같았다.

존스는 말을 이었다. "잠시 후에는 할로스 역사협회의 조이 마틴이 나한테 전화해서 자네가 여기 간 것 같다고 하더군. 어쩌면 렌이랑 둘이서 같이. 조이도 렌에게 문제가 생겼다고 보았고."

"렌은 지금 어디 있습니까?"

"그게 문제야. 잭스라는 친구 말로는 렌이랑 서로 위치 추적을 허용했는데, 렌에게 차단을 당했다지 뭔가. 마지막으로 위치를 추적했을 때는 렌이 이 마을에서 벗어나긴 했는데, 뉴욕이 아니라 좀 더 북쪽으로 이동하고 있었다고 해."

"왜요?"

"그 친구 말로는 자네가 말한 유령을 쫓는 것 같았다는데."

"젠장." 베일리는 자리에서 일어났다가 통증 때문에 힘이 풀려서 주저앉고 말았다. 그는 마음을 단단히 먹고 다시 일어났다. 차까지 가야 했다. 거기에 구급상자와 진통제가 있었다. 그는 전에도 혼자 대충 부상을 치료하고 일을 계속한 적이 있었다.

남자는 조금 재미있다는 듯이 미간을 찌푸리며 그를 바라보았다. "지금 뭘 어쩌려고 그러나?"

"렌의 차에 위치 추적 장치를 달아놨어요." 베일리는 모텔에서 그녀의 차를 보았을 때 그 틈을 타서 바퀴 덮개 안쪽에 위치 추적 장치를 부착했다. 이제 휴대전화상의 앱을 열어보기만 하면 됐다. "그걸 보고 따라갈 겁니다."

"그 몸으로는 운전 못할 텐데."

그의 말에도 일리가 있었다.

"선생님은 할 수 있지 않을까요?"

존스 쿠퍼가 그런 남자였다. 경찰, 군인, 응급 의료요원은 어디서든

티가 났다. 그는 현장의 사나이, 뭐가 옳고 어떻게 해야 하는지 본능적으로 파악하는 사람, 왈가왈부하거나 몸을 사리지 않고 그걸 행동으로 옮기는 사람이었다.

그가 말했다. "일단은 이 사건을 신고하고 현장을 지킬 사람이 출동할 때까지 여길 지켜야 해. 하지만 뭐, 가자고. 내 차에 구급상자가 있다네."

두말하면 잔소리였다.

존스가 베일리의 어깨를 능숙하게, 단단하지만 너무 단단하지는 않게 붕대로 감싸자마자 경찰이 도착했다. 압박 붕대 덕분에 고통이 덜어졌고 바이코딘 두 알을 삼키자 정신이 흐려지기는 했지만 그래도 머리가 돌아가지 않을 정도는 아니었다. 베일리는 존스의 차 조수석에 앉아 휴대전화 앱을 켰다. 렌 그린우드에 해당하는 조그만 파란색 점이 북쪽으로 슬금슬금 움직이고 있었다.

존스는 순찰차에서 내린 두 경찰과 아는 사이인 듯했다. 그들은 계속 고개를 끄덕여가며 잠시 대화를 나누었다. 그런 다음 존스가 차로 걸어와 운전석에 올라타자 체중 때문에 차가 한쪽으로 기울었다.

"이따 자네를 데려가서 심문을 받게 하겠다고 약속했네."

"저희가 범행 현장을 훼손했네요."

존스 쿠퍼는 고개를 끄덕였다. "우리가 집 어디에 있었고 무엇을 했는지 알리고 릭은 건드리지 않았다고 얘기했네. 용의자의 여러 가명과 인상착의를 서장에게 문자로 설명한 다음 잡아오겠다고 했고. 이 지서가 예산이 부족하거든. 우리가 도와주면 반가워할 걸세."

"전에 여기 경찰서장님이셨죠."

"그렇지." 존스는 말하고 기어를 바꿔 차를 출발시켰다. "지금은 일개 사설탐정이지만."

"기사에서 봤습니다."

《할로스 가제트》에는 존스 쿠퍼에 대한 기사가 많았지만 칭찬 일색은 아니었다. 그는 어떤 스캔들로 인해 자리에서 '물러나' 개인 사무소를 차렸고, 도중에 심령술사와 손을 잡은 적도 있었다.

존스 쿠퍼는 그를 무미건조하게 바라보았다. 베일리가 어떤 기사를 읽었고 거기에 대해 어떻게 생각하는지 관심 없는 눈치였다. "어디로 가면 되겠나?"

그가 휴대전화를 내밀자 존스는 눈을 가늘게 뜨고 지도를 들여다보았다. "181번 지방도라. 어딘지 알지."

존스는 고개를 끄덕이고 쌩하니 출발해 나이가 있으니 서행하겠거니 생각한 베일리를 놀라게 했다. 이 큼지막한 SUV는 개조했는지 엔진을 으르렁거리며 그들 앞에 펼쳐진 어두운 길을 잡아먹었다.

베일리는 조수석에 앉아 있는 상황이 못마땅했지만 병원에 있는 것보다는 나았다. 그는 애써 똑바로 앉아 전면의 도로를 주시하며 파도처럼 밀려드는 통증, 분노, 두려움과 싸웠다.

어두컴컴한 문간 앞에 총을 들고 서 있었던 시커먼 형체가 문득 생각났다. 주황색으로 번쩍이던 총구. 맙소사, 그렇게 바보 같았다니. 그렇게 경솔했다니. 노라 때문에 딴 데 정신이 팔려서 주변을 제대로 체크하지 않았다.

그리고 렌은 또 어떤가. 그녀가 단독으로 그자를 잡으러 나설 줄 왜 예측하지 못했을까?

베일리는 휴대전화 위에서 깜빡이는 파란색 점을 지켜보았다. 점 주변에는 아무것도 없고 나무를 의미하는 초록색뿐이었다. 그가 만약 운전대를 잡고 있다면 가속페달을 끝까지 밟아 두 차의 간격을 좀 더 빠르게 좁혔을 것이다. 앞으로 몸을 내밀자 안전벨트가 불편하게 상처를 눌렀다.

"우리가 따라잡을 거야. 그 아이를 찾을 거야." 그에게서 풍기는 분위기를 읽었는지 존스는 이렇게 말하고 속도를 높였다. 베일리는 다시 의자에 기대앉았다.

존스가 말했다. "그럼 이제 이게 어떤 사건인지 설명해보게. 처음부터 차근차근."

베일리 커크는 없어진 물건을 좋아하지 않았다. 그 유령을 다시는 놓치지 않을 작정이었다. 그와 함께 미아 그리고 렌도.

39

도로는 굽이굽이 펼쳐지는 검은색의 거대한 리본 같고, 엔진은 내 머릿속에서 나지막하게 웅웅댄다. 이 모든 게 수면제라 졸지 않으려면 기를 써야 한다. 휴대전화는 전원을 꺼서 넣어두었다. 당신의 요청, 아니 요구에 대한 응답이라고 할까? 당신은 내가 시키는 대로 하지 않았다는 걸 알고 나타나지 않을 수도 있다. 아니면 이건 그냥 당신이 나를 상대로 벌인 게임일 수도 있다. 내가 그 여자를 어디까지 오게 할 수 있을까? 그 여자가 어디까지 쫓아올까? 내가 가는 데마다 따라올까?

엄마는 아버지를 어떤 식으로 만났는지 귀에 못이 박이도록 들려주었다. 어느 날 저녁에 엄마가 웨이트리스로 일하던 식당에 아버지가 친구들과 함께 들어왔다. 대부분 같은 건설현장에서 일하던 사이였다. 그들 일당은 시끄럽고 재미있었고 야한 멘트와 추파를 던졌지만 떼 지어 다니는 일부 남자들처럼 무례하지는 않았다. 그들은 음식을 산더미처럼 시켰다. 햄버거, 큼지막한 서브 샌드위치, 프렌치프라이, 어니언 링, 그리고 대부분 밀크셰이크.

어렸을 때 나는 그 광경을 상상하며 즐거워했다. 내 상상 속에서 그 식당은 환하고 반짝거리는 곳이었다. 빨간색 칸막이와 큼지막한 메뉴판이 있고, 쇼케이스에서는 디저트 접시가 천천히 돌아가며, 빈티지풍의 광고와 지글거리는 그릴이 있는 알록달록하고 대중적인 식당. 아마 실상은 전혀 그렇지 않고 화물 자동차 휴게소의 허름한 식당에 불과했을 것이다. 하지만 내 상상 속에서는 잘 닦은 테이블이 반짝거렸고 주크박스에서는 비틀즈의 노래가 흘러나왔다.

우리 엄마는 그날 마음이 울적했다. 돈이 없어서 커뮤니티 대학을 중퇴해야 했고 몸이 아픈 우리 할머니를 보살펴야 하는 신세였던 것이다. 엄마는 할아버지 얼굴을 본 적이 없었다. 엄마가 태어나기도 전에 집을 나갔기 때문이었다. 할아버지가 가끔 크리스마스 카드를 보낼 때도 있었지만 받자마자 쓰레기통에 던져버렸다. 엄마는 우울해하거나 그러지 않는 성격이었지만, 앞으로 어떤 미래가 펼쳐질지 갈피를 잡지 못하고 방황하고 있었다.

"나는 너희 아빠를 한눈에 알아봤어. 다 같이 들어와서 칸막이 자리에 나눠 앉았는데, 잠깐 서로 눈이 마주쳤거든? 그 순간 알아차렸지. 여기로 느낄 수 있었거든."

엄마는 이렇게 말하면서 항상 심장 위에 손을 얹었다.

주문을 받고 음식을 갖다주는 동안 남자들이 농담을 건네고 툭툭 쳤지만 엄마는 그저 웃으며 일에 집중했다. 그중에서 손버릇이 나쁜 한 남자가 자기 옆에 서 있던 엄마의 허리를 한 팔로 감싸안자 아빠가 나섰다.

"예의를 좀 갖춰라." 아빠가 친구에게 말하자 그는 야구모자를 살짝 들고 멋쩍게 씩 웃으며 엄마에게 사과했다.

예의를 좀 갖춰라.

엄마는 이 말에 감동을 받았다. 돈이 없는 젊은 여자, 아등바등 학비를 조달하다가 그마저도 못하게 된 학생으로서 항상 천대를 면치 못하던 참이었다. 그 당시에도 팁을 받으려고 일하는 웨이트리스에 불과했지 않은가. 예의는 딴 세상 이야기였다. 엄마는 얼굴을 붉히며 민망해했다. 손을 가만히 두지 못했던 남자도 나쁜 뜻은 없었을지 몰랐다.

잠시 후에 아버지가 자리에서 일어나 카운터를 지키고 있던 엄마에게 다가와 말했다.

"아까 내 친구가 그랬던 거 미안해요. 나쁜 녀석들은 아니에요. 그냥 뭐랄까, 사내 녀석들이라 그런 거지."

"괜찮아요." 엄마는 말했다. 실제로 괜찮았다. 그 당시 엄마가 생각하기로는 좋은 남자도 있고 나쁜 남자도 있는 법이었다. 할아버지처럼 상처를 입히고 떠나버리고 마음을 아프게 하는 남자는 나쁜 남자였다. 하지만 엄마는 우리 아빠와 그 친구들을 좋은 남자로 분류했다. 시끄럽고 철이 없을지 몰라도 위험하거나 잔인하지는 않았다.

"내가 지금 수작을 걸려는 건 아니지만······."

"아니지만 뭔데요?" 엄마가 웃어 보이자 아빠는 볼을 빨갛게 물들이며 계집애처럼 얼굴을 붉혔다. 수줍은 표정으로 시선을 떨구며 두 손을 주머니에 넣었다.

"일 언제 끝나요? 내가 아이스크림 사줘도 돼요?"

아빠는 로키 로드. 엄마는 초콜릿 칩 민트. 한 달도 안 돼서 할머니의 약혼 반지와 함께 이루어진 프러포즈. 뒷마당에서 가족과 친구들을 불러놓고 치른 결혼식. 들꽃과 행복의 눈물. 이후에 엄마는 오빠를 임신했다. 계획 임신은 아니었지만 그래도 두 사람은 그 소식에 기뻐했다. 이후에 아버지가 1차로 파병됐다. 이야기는 그렇게 흘러갔다. 나중에 아버지가 휴가를 나왔을 때 내가 들어섰다.

동화 같은 이야기는 아니었지만 두 사람의 이야기였다.

엄마는 항상 아버지가 폭발한 날 밤에, 겁에 질린 우리를 두고 아버지는 잠이 든 날 밤에 이 이야기를 꺼냈다. 일종의 기도문이자 아버지의 내면 어딘가에 착한 남자가 있고 엄마는 전에 그걸 본 적 있다는 기억 자극제였다. 엄마가 그 남자를 사랑했다는.

어렸을 때 나는 그 이야기를 사랑했다. 우리가 태어나기 전, 아빠가 해외로 떠나기 전 두 사람을 상상했다. 그러다 막판에는 질색했다. 이건 더 이상 존재하지 않는 남자를 그린 판타지였다. 엄마는 그 남자가 돌아오길 간절히 바랐을지 몰라도 그는 영영 사라졌다. 이제 그걸 생각하면 분노가 목젖으로 치민다. 엄마가 포기했다면 아버지가 어떤 인간으로 변해버렸는지 보았을 것이다. 그랬다면 엄마가 우리 모두를 살릴 수 있었을 것이다.

대신에 우리는 다 같이 아버지를 따라나섰고, 아버지가 누누이 엄마를 폭행해도 떠나지 않았다.

디어 버디라면 뭐라고 할까?

과거를 용서하라고, 자기를 폭행하는 사람을 사랑하고 우리를 데리고 떠나지 않은 엄마를 용서하라고 할 것이다. 엄마는 할 줄 아는 걸 했을 뿐이니까.

이건 달갑지 않은 위로다.

...

달도 별도 보이지 않는다. 나무와 겹겹의 어둠뿐이다. 저 앞에 보인다. 빨간색 반사경이 세 개 달린 삐딱한 나무 기둥. 여기서 우회전을 해야 한다. 나는 잠깐 차를 멈춘다. 한 시간 동안 다른 차는 한 대도 보이지 않았다. 지금 이 도로는 인적이 완전히 끊겼다. 창문을 열어서 바람 소리를 듣고 솔향기를 맡는다.

여긴 뭘까?

보니, 미아 그리고 멜리사도 이 길의 갈림길에 다다라 모퉁이를 돌았고 그 길로 영영 소식이 끊겼을까?

어쩌면 그분은 고통을 자처했을지 몰라. 로빈이 말한다. 우리 엄마 애기다. *사랑이 그런 거라고 생각했을지 몰라.*

그녀는 헝클어진 머리카락 사이에 잔가지를 꽂고 미간을 찌푸린다. *너도 그렇게 생각하고 있을지 모르고.*

"아니야." 나는 말한다.

그 남자한테서 그걸 느끼지 않았어? 그녀는 새까맣게 반짝이는 까마귀 깃털을 들고서 이렇게 묻는다.

"아니." 나는 거짓말을 한다.

이쯤에서 나는 차를 돌려 베일리 커크를 찾아가고 경찰에 신고해야 한다. 누가 봐도 이건 오만하고 무모한 행동이다. 하지만 내 심장과 당신의 심장을 잇는 거미줄이 있기라도 한 듯 되돌아갈 수 없다고 내 명치를 앞으로 잡아당긴다.

모퉁이를 돌자 어두컴컴한 밤이 더 깊어진다. 나는 계속 달린다.

...

아버지가 처음으로 연락했을 때 나는 로어이스트사이드의 방 두 개짜리 아파트, 엘리베이터가 없는 건물 4층에서 잭스와 함께 살고 있었다. 그 무렵에 나는 《빌리지 보이스》에 서평을 쓰고 시 전문 잡지사에서 임시직으로 근무하는 동시에, A 애비뉴의 인기 많은 음식점에서 웨이트리스로 일하느라 항상 기진맥진 피곤에 절어 지냈다. 하지만 행복했다. 내가 내 삶의 주인이었다. 블로그도 이제 막 인기를 얻기 시작해 구독자가 날마다 늘고 있었다.

그리고 되도록 내가 번 돈으로 생활하려고 애쓰고 있었지만 물려받은 유산이 있었다. 엄마가 우리 남매의 교육비로 꽤 많은 액수를 모아놓았던 것이다. 엄마도 할머니의 생명보험사에서 받은 유산이 조금 있었다. 아주 거금은 아니었지만 오빠 몫까지 내가 받았으니 수입이 얼마 되지 않을 때 월세를 충당할 수 있는 편안한 완충제 역할을 했다. 아버지는 그 땅과 더불어 돈도 전부 나에게, 그러니까 렌 그린우드에게 넘겼다. 아버지 나름의 속죄의 방편이었을 것이다.

그때 우리 집에는 유선전화가 있었다. 잭스의 어머니가 응급상황이 벌어지면 911에 연락해야 된다고 우겨서 설치한 전화였다. 잭스는 브루클린의 대가족 출신이었다. 시끄럽고 재밌고 사랑이 넘치는 형제, 사촌, 숙모, 삼촌이 넘쳐났다. 잭스의 어머니는 먹을 것을 들고 예고도 없이 불쑥 찾아오곤 했다. 딸이 잘 지내는지 체크하기 위해서였다. 세월이 지나면서 나는 그 집안의 명실상부한 수양딸이 되었고 모든 명절을 그 가족과 함께 보냈다. 잭스는 어머니가 우리가 커플인 줄 안다고, 자기가 아무리 아니라고 해도 소용이 없다고 했다. 내가 이사했을 때는 우리가 헤어진 줄 알았는지 잭스의 어머니가 내게 연락했다.

"너는 우리 가족이야. 그걸 알아주면 좋겠다."

나는 잭스와 내가 제일 친한 친구고 앞으로도 그 사실에는 변함이 없을 거라고 설명했다. 그러자 잭스의 어머니가 말했다.

"알지, 알고말고. 괜찮아. 너도 알지? 우리 집 식탁에는 언제든 네 자리가 마련돼 있다는 거."

잭스가 외출한 그날 밤, 한 번도 울린 적 없었던 유선전화 벨소리가 잠든 나를 깨웠다.

나는 잠이 덜 깬 채로 전화를 받았다. 하이워터 카운티 교도소에서 온 컬렉트 콜이었다.

정신이 번쩍 들었고 심장이 입 밖으로 튀어나올 듯이 쿵쾅거렸다. 나는 멍하니 수신을 수락했다.

"로빈."

하도 오랜만에 듣는 이름이라 거짓말 같았다. 두 눈에 눈물이 고이고 목이 메었다.

"지금은 다른 이름을 쓰고 있지? 어쩌면 잘된 일인지도 모르겠다. 네가 누군지 기억하고 있기만 하면."

"아빠." 그 단어가 내 목젖을 눌렀고 슬픔과 배신의 맛이 느껴졌다. 오빠는 경고했다. *아버지를 사랑하지 마. 그 인간은 사랑을 받을 자격이 없어.* 하지만 나는 아버지를 사랑했다. 그 모든 일이 벌어진 뒤에도. 눈물이 폭포처럼 쏟아졌다. 다리에 힘이 풀려서 바닥에 주저앉았다. 나는 그때로 돌아가 아버지와 함께 텃밭을 가꾸고 숲속을 걷고 있었다.

"잘 지내고 있니? 어디 아픈 데는 없고?"

"네." 나는 겨우 대답했다.

"내가 저지른 짓에 대해서는 할 말이 없다. 돌이킬 방법도 없고. 하지만 앞으로 나아갈 길은 찾았다고 알려주고 싶었어. 날마다 네 생각을 한다는 것도. 그리고 후회가 내 변함없는 친구라는 것도."

나는 아무 말도 꺼낼 수가 없었다. 하지만 흐느낌이 저절로 터져 나왔다.

"강해져라. 그 땅은 그 자리에서 항상 널 기다리고 있어. 인간들의 세상이 너를 실망시키면 그곳이 두 팔을 벌리고 너를 맞이할 거야."

분노가 치밀어 올랐다. 내가 좀 더 정확하게 조준했더라면, 떨지 않고 그의 심장을 제대로 맞췄더라면 좋았을 뻔했다는 생각이 들었다.

"나를 실망시킨 사람은 아빠예요. 세상이 아니라."

"알아. 나를 용서해주기 바란다." 아버지의 목소리는 속삭임에 불과했다.

우리는 얼마나 오래인지 모를 시간 동안 아무 말 없이 수화기만 들고 있었다. 증오와 사랑과 그리움과 상심이 마구 뒤엉켰다. 매기는 전부터 용서가 아버지를 위한 것이 아니라 나를 위한 것이라고 했다. 아버지의 잘못을 눈감아주거나 받아주는 것이 아니라 내 마음속의 괴로움을 해소하는 방편이라고 했다. 하지만 나는 그때 그런 경지에 다다르지 못했다. 지금은 그 말뜻을 좀 더 이해할 수 있지만 아직도 마찬가지다.

그리고 잠시 후. "잘 지내라, 짹짹아."

아버지는 전화를 끊었고 나는 이 클럽, 저 클럽을 전전하던 잭스가 돌아올 때까지 그 자리에 앉아 있었다. 우리는 거의 해가 뜰 때까지 뜬 눈으로 지새우며 내가 그때까지 아무에게도 공개하지 않은 것에 대해 이야기했다. 그 이야기를 두 번째로 들은 사람이 당신이었다.

이 길은 끝이 없다. 잭스에게 전화하고 싶어서 미칠 것만 같다. 잭스라면 어떻게 해야 하는지 알 것이다. 하지만 나는 당신의 뒤를 쫓아서 계속 달린다.

40

파란색 점이 깜빡거렸다. 존스 쿠퍼는 12시와 2시 방향으로 핸들을 잡고 전방에 시선을 고정한 채 빠르게 안정적으로 달리는 동안 거의 한 마디도 하지 않았다. 베일리는 수다의 필요성을 느끼지 않는 이 남자가 고마웠다. 메슥거림과 통증과 싸우며 간신히 정신을 유지하고 있는 지금 같은 상황에서는 더욱 그랬다. 베일리는 존스에게 사건과 관련된 모든 정보를 전달했고 그가 기계처럼 분석하고 있다는 걸 느낄 수 있었다. 하지만 존스는 급습 당시 그들이 실수를 저질렀다고, 다르게 처리했더라면 상황이 걷잡을 수 없는 방향으로 치닫지 않았을지 모른다고 실토했을 뿐, 다른 말은 거의 하지 않았다.

"그런 기억은 평생 안고 가는 수밖에 없지. 내 실수로 인해 인명 피해가 발생한 경우의 기억은."

"저도 압니다. 이런 일에 실패하면 다치는 사람이 생기죠. 자기 자신뿐 아니라 다른 사람들도요."

존스는 사실이라고 인정하는 눈빛, 수긍하는 눈빛으로 그를 흘끗 쳐다보았다.

베일리는 렌에게 다시 전화를 걸어보았다. 어디로 가고 있는 걸까?

지금껏 여러 번 전화를 걸었지만 응답 없이 음성 사서함으로 곧장 넘어갔다. *렌 그린우드, 도대체 뭐하는 거야?*

점이 갑작스럽게 멈추더니 계속 깜빡거렸다.

"차가 멈췄어요." 그는 존스에게 말했다. 존스는 그럴 줄 알았다는 듯이 고개를 끄덕였다.

"내 기억이 맞다면 저 앞에 주유소가 있거든."

하지만 도로는 어두컴컴하고 아무것도 없었다. 한 시간 동안 집도 회사도 다른 차도 보인 적 없었다. 베일리는 모든 곳이 혼잡하고 절대 혼자일 수 없는 도시에서만 살았다. 남들이야 현대 사회와 그 폐단에 대해 뭐라고 하건 시끌벅적한 사람들과 문화, 음식과 에너지, 건물이 그리웠다. 이 일대의 공허가 부담스럽게 느껴지기 시작했다. 이 어두컴컴한 데서 뭐라도 등장한다는 것이 상상이 되지 않았다.

하지만 오른쪽으로 저 앞에 희미하게 불을 밝힌 간판이 보였다.

안도감이 파도처럼 베일리를 덮었다. 누구든 가끔 차를 세우고 기름을 넣어야 하는 법이었다. 사법당국과 사설탐정 입장에서는 주유소와 톨게이트에 달린 CCTV야말로 최고의 선물이었다. 비록 미아의 경우에는 아무 도움이 되지 않았지만. 그녀는 아파트를 떠난 뒤 반경 500킬로미터 이내 그 어디에서도 카메라에 찍히지 않았다. 고속도로에서도, 주유소에서도, 모텔에서도. 신용카드도 쓰지 않았다. 휴대전화는 두고 갔다. 이제는 사람들을 놓치지 않는 용도로 쓰이는 그 전자망을 빠져나갔다.

사라진 사람들은 숨어 있고 싶으면 계속 숨어 있을 수 있다.

여전히 여기저기 구멍이 뚫려 있다. 마음만 먹으면 별 어려움 없이 그 사이로 빠져나갈 수 있다.

이번에는 아니었다. 이번에는 베일리가 렌의 차 바퀴 덮개에 위치 추적기를 붙여놓는 기지를 발휘했다.

그들은 자갈투성이로 변한 갓길을 타이어로 으드득 밟아가며 점을 향해 다가갔다.

"바로 저기 오른쪽이에요."

존스가 대형 SUV 속도를 늦추고 주유소 안으로 들어갔다. 영업이 끝나서 조그만 사무실의 셔터는 닫혀 있었고 어두컴컴했다. 주유기가 조명을 받고 반짝거렸다.

공중전화 옆에 차가 딱 한 대 세워져 있었다. 검은색 밑칠만 남은 폐차 직전의 머스탱이었다.

"저건 그 아이 차가 아닌데." 존스가 말했다.

"그러게요." 베일리가 말했다.

존스가 가까이 SUV를 대고 운전석에서 내렸다. 베일리는 자리에 앉아서 점을 응시했다. 렌은 여기에 있었다. 여기에 있을 수밖에 없었다. 하지만 어디에 있을까? 그는 주유소와 주변을 에워싼 나무를 살피다 차에서 내려 검은색 머스탱 앞으로 다가갔다. 존스가 보닛에 손을 올려놓고 있었다.

"아직 따뜻해."

그들이 차 안을 들여다보다가 손잡이를 당겨보니 문이 열렸다. 안에는 아무것도 없고 깨끗했다.

"트렁크 열어봐."

베일리는 뒤로 돌아가 숨을 한 번 들이마신 다음 버튼을 누르고 트렁크 뚜껑을 들었다. 고맙게도 스페어타이어 말고는 아무것도 없었다. 안도감으로 온몸이 찌릿거렸다.

베일리는 주유소 주변을 한 바퀴 돌고 화장실로 향하며 잘 보이지 않는 어딘가에 검은색 레인지로버가 주차돼 있지는 않은지 찾았다.

그 유령이 저 머스탱을 타고 여기까지 그녀를 쫓아왔을 수도 있었다. 베일리는 기억을 더듬어보았다. 전에도 저 차를 어딘가에서 본 적이 있었던가? 모텔에서? 릭 재비츠의 집 앞 도로에서? 머릿속이 어지러웠고 어깨와 팔은 불이 난 듯 화끈거렸다. 머리가 잘 돌아가지 않았다. 기운도 없었다. 여기 이렇게 있으면 안 되는 거였다. 그도 그렇다는 걸 알았다.

베일리는 주유소 건물을 한 바퀴 돌고 나서 허리를 숙이고, 존스가 듣지 못하게 조용히 다시 한 번 속을 게웠다. 존스 쿠퍼 같은 냉혈안 앞에서는 약한 모습을 보이지 않는 편이 상책인데다, 그는 이미 한 번 토악질을 한 전적이 있었다. 차가운 콘크리트 벽면에 잠깐 기댔다가 계속 걸음을 옮겨 부지를 완전히 한 바퀴 돌았다.

렌의 차, 큼지막하고 반짝반짝하고 어마어마하게 비싼 레인지로버는 여기에 없었다.

화장실 문은 잠겨 있었다. 빛바랜 팻말에 '열쇠는 직원에게 문의하세요.'라고 적혀 있었다. 문이 튼튼하고 묵직했다. 그는 무의미하게 그 문을 세게 쳤다. 정적만 메아리쳤다. 좌절의 쓴맛이 느껴졌다.

당신 어디 있는 거야?

다시 머스탱 앞으로 돌아가 보니 존스가 바퀴 덮개를 살피고 있었다. 그가 오른쪽 뒷바퀴에서 뭔가를 떼어냈다.

"이게 자네 위치 추적기인가?"

베일리는 까만색의 조그만 기기를 건네받았다. 그의 위치 추적기가 맞았다. 렌의 차에서 여기로 옮겨 붙여진 게 분명했다. 위치 추적기가 그의 손바닥 위에서 시커멓게 번뜩거렸다.

"렌이 사라졌네요." 그는 말했다. 분노가 치밀었고 통증으로 주변 세상이 다시 펄떡거렸다.

존스 쿠퍼는 끝 간 데 없어 보이는 도로를 내려다보았다.

"망할." 그가 나지막이 중얼거렸다.

"제가 그녀를 놓쳤네요."

41

얼마나 달렸을까? 이 길이 꿈처럼 느껴지기 시작했다. 그리고 로빈은 이 정신 나간 짓거리를 나 혼자 감당하도록 버려두고 떠났다.

마침내 기나긴 진입로가 끝나고 우뚝한 철책 울타리가 등장한다. 희미해진 팻말이 삐딱하게 걸려 있지만 눈부신 전조등 불빛 때문에 뭐라고 적혔는지 보이지 않는다. 하지만 테두리가 빨간색이고 느낌표가 여러 개인 걸 보면 접근 금지 경고인 것만큼은 분명하다.

나는 시동을 켠 채 이제 어떻게 할지 고민한다.

이대로 차를 돌려 세상으로 돌아가 도움을 청하고 당신으로부터 멀어질 좋은 기회가 또다시 찾아왔다. 내가 그러기로 마음먹은 찰나, 리모컨으로 움직이는지 문이 철커덩철커덩 끼익거리며 서서히 열린다.

그 너머로 밤이 이어진다. 나는 차를 돌리는 대신 열린 문을 지나간다. 내 뒤에서 문이 철커덩거리며 닫힌다.

타이어에 자갈이 으스러지고 전조등은 어둠을 길게 가른다. 잠시 후

집 한 채가 눈앞에 등장한다. 본 적 있는, 아는 집이다. 어디서 보았더라?

어렸을 때 찍은 몇 장 안 되는 사진에서 보았나? 눈에 띄지 않는 납작한 지붕, 큼지막하고 각이 진 창문, 높은 현관문이 달린 집이 현대적인 분위기를 풍기며 나무 사이에 자리 잡고 있다. 진입로 옆쪽에 한데 엮인 태양 전지판이 놓여 있다. 모든 게 새것 같아 보이고, 딱 집을 지을 수 있는 공간밖에 없어서 태양 전지판과 진입로는 숲을 밀어서 만들기라도 한 것처럼 풍경은 황량하고 자유분방하다. 잔디밭도 관목도 없이 나무 사이에 집만 있다. 납작한 돌이 현관문까지 밟고 가는 보도 역할을 한다.

안에 불이 켜져 있다.

시동을 끈다. 조수석 너머로 몸을 내밀어 은색의 리볼버가 위협적으로 놓여 있는 글러브 박스를 연다. 묵직하고 차가운 리볼버가 내 재킷 주머니에 딱 맞게 들어간다. 차에서 내려 개머리판에 손을 얹고 집을 향해 걸어간다.

여기에 천 번쯤은 왔었다. 느낌상으로는 그렇다. 내 집 같다.

심장이 가슴을 때리고 있다.

잠시 후에 문이 천천히 열린다. 처음에는 어둠뿐이다.

하지만 잠시 후에 그 안에서 기다리고 있는 애덤, 당신이 등장한다.

당신의 형상이 문간을 가득 채우고 당신이 환한 곳으로 나서자 그 삐딱하고 사악한 미소와 의기양양하게 번뜩이는 눈빛이 보인다. 잠깐 서서 바라보는 동안, 30센티미터밖에 안 되는 우리 둘 사이의 간격이 엄청 멀게 느껴진다.

줄무늬올빼미가 유령 같은 울음소리를 내며 묻는다. *누가 널 찾고 있지? 누가 널 찾고 있지?* 그러자 다른 새가 대답한다. 이번에는 나지막하고 구슬픈 소리로.

당신은 내가 당신을 용서하러 온 줄 안다.

당신의 어둠을 내게 공개하도록 허락하러 온 줄 안다.

하지만 내가 여길 찾은 이유는 그게 아니다.

나는 단숨에 총을 꺼내 조준하고 쏜다. 총소리가 밤을 가르며 진동하고 나무에서 새들이 날개를 퍼드덕거린다. 당신은 놀라서 눈을 동그랗게 뜨고 입을 떡 벌린다. 쿵 하고 나무 바닥 위로 쓰러진다.

내가 가까이 다가가는 동안 당신은 쏟아지는 피를 막으려고 손을 든다. 오빠가 죽던 날 밤에 그랬던 것처럼 흰색 셔츠에 끔찍한 꽃이 피었다. 나를 향해 손을 뻗는 당신의 눈에서 빛이 점점 사라지는 것을 위에서 내려다본다. 그러다 잠시 후에 좀 더 가까이서 들여다본다.

당신이 아니다. 우리 아버지다.

내가 비명을 지르며 깨어나자 홱 하니 도로에서 벗어난 차가 한쪽으로 기우뚱하게 도랑으로 처박히고, 세게 부딪치며 멈추어 선다. 터진 에어백이 내 모든 감각을 채우고 나를 좌석 쪽으로 밀어낸다. 운전하다가 잠깐 존 모양이다. 어두컴컴한 도로에 다른 차가 없긴 했지만 오른쪽으로 핸들을 튼 게 천만다행이다. 맙소사. 내가 왜 이럴까?

숨을 헐떡이며 우왕좌왕 비틀비틀 차에서 내린다. 차가운 어둠이 나를 맞는다. 당신의 얼굴, 아버지의 얼굴이 어른거린다. 내 모든 분노와 두려움과 좌절이 가슴을 할퀴며 올라와 울부짖음으로 터져 나오지만 무심한 나무와 머나먼 하늘에 삼켜진다. 뜨끈한 보닛에 기대고서 기진맥진할 때까지 밤의 정적에 대고 비명을 지르고 또 지른다.

에어백과 급정거의 충격으로 머리가 욱신거린다.

이제 어쩔 거야? 이제 어쩔 거야?

그래, 숨을 쉬자. 집중하자.

몇 미터를 걸어가 모퉁이를 돈다. 꿈에 나왔던 그 울타리가 보인다.

희미해진 경고판이 걸려 있는 철책 울타리다. 가까이 다가가 본다.

재생지. 사유지. 출입 금지.

대기업에 의해 훼손되고 오염되고 버려진 땅을 회복하자는 이 운동이라면 나도 안다. 개인이 이런 지역을 매입해 복원하고 치유해 다시 살 만한 곳으로 만드는 운동이다.

경고판이 걸린 이 철책은 당신이 알려준 길에 있었다. 그래서 뒤죽박죽이 된 머리가 그걸 꿈속에 등장시켰을 것이다. 차로 돌아가 전화기와 총을 챙겨야 할 텐데, 나는 그러지 않는다.

내가 속해 있던 세상이 이미 내게서 멀어져가고 있다. 공기와 나무와 정적이 나를 부른다. 잡아당기는 그 힘을 거부할 수가 없다.

나는 지금 비몽사몽이다. 머리를 부딪친 걸까. 어쩌면 아직도 꿈을 꾸고 있는 걸지 모른다.

대문이 잠겨 있지 않을 거야. 그걸 당겨서 열고 오솔길을 따라와. 이제 얼마 남지 않았어. 차는 두고 걸어서 와.

로빈이 오솔길에서 기다리고 있다. 나더러 따라오라고 말할 필요도 없다. 따라올 거라는 걸 아니까. 마침내 자유의 몸이 된 그녀가 쌩하니 달려간다. 뉴욕의 집에서는 항상 답답해하며 전에 살던 곳으로 돌아가고 싶어 몸을 들썩였던 로빈이 어둠과 나무에 삼켜져 시야에서 사라진다.

훼손된 땅의 복구라는 발상이 마음에 든다. 파괴된 이 별의 일부분을 선택해 치유한다니, 다시 살 만한 곳으로 만든다니 아버지도 이런 발상을 좋아했을 것이다. 심지어 체르노빌처럼 심하게 파괴된 곳도 시간이 지나면 치유돼 동물들이 돌아오고, 초목이 버려진 건물을 뒤덮고, 마룻바닥 사이로 들꽃이 자란다. 옐로스톤 국립공원은 예전에 엄청난 화재로 거의 30퍼센트가 소실됐지만 지금은 그 어느 때보다 건강하다. 이 별은 자기 스스로 고치고 치유한다. 가해자인 우리가 그걸 도와서 쓰레기를 치우고, 버려진 건물에 동물과 새와 토착 식물 보호구역을 만들 수 있다는 발상이 마음에 든다. 이 별에 흉터를 남기는 것이 아니라 이 별과 공존하는 집을 건설하는 것이다.

다음 모퉁이를 돌자 집이 기다리고 있다.

꿈속에서 본 그곳은 아니지만 비슷하게 생겼다. 이번에도 전에 와본 적 있는 느낌이 든다. 큼지막한 창문과 길쭉한 쌍여닫이 현관문이 달린, 야트막하고 모던한 건물이다. 나는 돌이 깔린 길을 지나 현관까지 좁은 계단을 올라간다. 재활용한 나무는 일부러 그럴 듯하게 흠집을 새겨 고풍스러운 분위기를 풍기게 했다. 문도 헛간 같은 다른 건물에서 쓰던 걸 떼어 온 느낌이다. 손잡이에 손을 얹자 문이 휙 열리고 나는 안으로 들어간다.

탁 트인 거대한 공간이 나를 맞는다. 주방, 거실, 식탁, 의자가 현관에서 전부 보인다. 뒷벽에는 유리문이 줄줄이 달렸다. 밖이 어두컴컴하지만 그 문을 열면 나무로 둘러싸인 나무 테라스가 나올 것이다.

애덤, 당신을 꼭 닮은 집이다.

단순하고 우아하다. 모듈 소파는 튀지 않는다. 테이블과 긴 의자는 모두 구제해 용도 변경한 소재로 만들어진 것 같다. 벽은 보라색이 은은하게 도는 옅은 회색이다. 주방은 대리석 상판과 레스토랑급의 전기레인지와 오븐으로 이루어져 있다. 거대한 스테인리스 스틸 냉장고가 은은하게 반짝인다. 개수대 옆에 놓인 아무 무늬 없는 흰색 카드에는 이렇게 적혀 있다. *여기서 우리가 음식을 만들 거야.*

어두침침한 등불이 사방을 부드러운 장밋빛으로 감싼다. 거실의 커피 테이블에는 책이 높다랗게 쌓여 있다. 미술, 건축, 가구를 다룬 큼지막한 천 표지로 된 책들이다. 석조 벽난로 옆에 또다시 카드가 놓여 있다. *여기서 우리가 저녁 시간을 보낼 거야.*

내 온몸이 감전된 것처럼 찌릿찌릿하다.

내 머릿속에서 이성의 목소리가, 나와 잭스와 잭스의 어머니 목소리가 사이렌을 울리며 꿈에서 깨어나 여기서 나가라고 다그친다. *무기도 없이 휴대전화도 없이 어쩔 작정이야?* 하지만 나는 굽도리널에 달린 조명이 은은하게 비추는 기다란 복도를 지나 맨 첫 번째 방으로 문을 열고 들어간다.

바닥에서부터 천장까지 책꽂이가 설치됐고 책이 어마어마하게 많이 꽂힌 서재다. 평생 수집한 소설과 시집, 교재와 학술지다. 표지는 매끄럽고 부드러우며, 가죽도 있고 천도 있고 종이도 있다. 제목과 저자를 살펴보지는 않는다. 그러기에는 책이 너무 많다. 딱 하나뿐인 유리창이 어둠 속의 거울 역할을 한다. 그 거울에 비친 내가 서재 한복판으로 걸어간다. 거기에는 옅은 색의 소박한 나무 책상과 인체공학적인 디자인을 자랑하는 의자가 있다.

여기서 당신이 글을 쓸 거야. 거기 놓인 카드에는 이렇게 적혀 있다. 모든 정적 속에서 이 많은 낱말에 묻혀 노트북을 펼쳐놓고 앉아 있는 내 모습이 그려진다. 그렇다, 눈앞에 선하다.

복도 끝에 다다르자 입구에서 제일 멀리 있는 방문을 연다.

여기는 소박한 플랫폼 침대가 놓인 침실이다. 이 집의 다른 공간처럼 한쪽 벽면은 완전히 유리로 이루어져 있다. 바닥은 흰색 오크나무다. 구석에는 임스 의자가 한 개 있고 그 옆에는 다리 세 개짜리 수수한 테이블이 있다. 폭신폭신한 이불 위에 다시 카드가 놓여 있다. *여기서 우리가 사랑을 나눌 거야.*

당신의 필체는 꼼꼼하다. 완벽하게 잉크를 묻힌 검은 글씨가 두툼한 종이 위에 적혀 있다. 내 손에 쥐어진 카드가 묵직하다. 침대 위에 앉아보니 구름처럼 푹신하다. 내 몸을 천천히 훑는 당신의 손길, 내 살에 부딪치는 당신의 살결, 당신의 욕망이 발산하는 부드러운 힘을 상상한다.

바로 그때 현관문이 열렸다가 쿵 하는 소리와 함께 마침내 닫힌다. 그 소리가 파도처럼 내 몸을 덮친다. 내 지각이 움찔하고 깨어난다.

바로 이 순간, 애초부터 당신은 이럴 계획이었음을 너무 늦게 깨닫는다.

미아, 보니, 멜리사. 당신은 그들을 납치하지도, 삶에서 떼어내지도 않았다. 그들을 여기로 꾀어냈다. 그리고 그들은 자발적으로 따라왔다. 이런 식으로. 당신은 그들에게서 돈을 뺏지 않았다. 그들이 제 손으로 주었다. 나도 조만간 그럴 테지만.

내가 그랬듯 그 여자들도 가장 음울한 충동을 따라나섰을 뿐이다.

결국 나는 사냥꾼이 아니다.

암사슴이다.

42

당신.

당신은 거의 진짜처럼 느껴지지 않는다. 지난 며칠 동안, 고작 며칠이었다는 게 믿기지 않지만, 당신은 연인이었고 떠난 사람이었고 수수께끼였고 악마였다. 슬그머니 사라졌다가 내 삶에 침투했을 때 이용한 정체불명의 어두컴컴한 문을 통해 다시 돌아온 유령이었다.

그런데 이제 이렇게 내 앞에 선 남자가 되었다. 두 손을 양옆으로 벌린 채 상기된 얼굴로 숨을 쉬며 기대에 찬 눈빛으로 두 눈을 반짝이고 있다.

"렌." 당신이 침실 문 앞에서 말한다. 내가 직접 선택한 그 이름의 소리마디가 울린다.

나는 당신의 얼굴을 안다. 적어도 내가 생각하기로는 그랬다. 당신은 열심히 생각하면 미간을 살짝 찡그린다. 잠이 들면 눈가와 입가의 근육이 풀리며 어린애처럼 부드럽고 숨김없는 표정이 된다. 욕망으로 굶

주려 있을 때는 까만 눈으로 나를 태울 듯이 노려보며 찾고 또 찾는다. 화를 내는 건 본 적이 없다. 당신은 잔잔한 바다처럼 침착하고 평온한 사람이다. 하지만 당신 안에 분노가 있다는 건 안다. 그것이 지금 보인다. 당신의 가면 바로 아래에는 항상 그게 자리 잡고 있었다. 하지만 당신의 어둠, 당신의 병이 나를 사로잡은 가장 큰 매력이었다고 생각하고 싶지는 않다.

"아니면 로빈이라고 불러야 하나?"

나는 문이 열렸다 닫히는 소리를 들은 뒤로 단 1센티미터도 움직이지 않았다. 내가 덫에 걸렸다는 걸 모를 만큼 어리석지는 않다. 뒷문은 없다. 창문은 열리지 않는다. 나는 주변을 탐색하는 먹잇감처럼 제자리에서 꼼짝하지 않는다.

아무 말도 하지 않는다.

"아니면, 디어 버디라고 부르는 게 더 좋겠어?"

휴대전화. 총. 차. 그 모든 걸 두고 왔다. 왜 그랬을까?

그는 나지막이 으르렁거리는 목소리로 다시금 정적을 깬다. "나 혼자 거짓말한 건 아니잖아, 안 그래? 나 혼자 비밀을 간직하고 있는 것도 아니고."

내 허파가 숨으로 가득 차 부풀어 오르고 귀로 피가 쏠리는 게 느껴진다.

당신은 다정한 미소를 지어 보인다. "지금 이런 것들에 대해서 궁금해하고 있을까?"

당신은 재킷 주머니에서 산산조각 난 내 휴대전화를 꺼낸다. "두고 오라고 했잖아. 이런 것들은 첩자나 다름없어, 안 그래? 우리의 모든 걸 알고 있다고."

당신은 부품을 바닥으로 와르르 떨어뜨린다. 박살 난 화면, 금이 간

395

케이스, 내장돼 있던 반짝이는 구리와 철사.

"아니면 이거?"

당신의 손에 쥐어진 내 총이 작게 보인다. 당신이 엄지손가락으로 멈치를 누르자 탄창이 떨어지며 열린다. 꽃잎처럼 떨어진 여섯 개의 총알이 요란한 소리와 함께 단단한 마룻바닥에 부딪쳐 이리저리 굴러간다. 그 중 하나가 데굴데굴 굴러와 내 발 앞에 멈춘다. 나는 내려다본다. 총알이 불빛을 받고 반짝거린다.

"그리고 이거?"

당신은 내 차, 집, 사무실 열쇠를 들어 보이더니 주머니에 쑤셔 넣고, 총알을 뺀 총은 테이블에 올려놓는다.

"이런 거는 아무것도 필요 없어. 이제 여기가 당신 집이니까."

나는 생각한다. *아니야. 집은 내가 선택하는 곳이라야지.*

하지만 내가 왈가왈부할 정도로 어리석지는 않다. 그리고 어떻게 보면 내가 선택한 것이기도 하다.

나는 토를 다는 대신 침대에서 일어나 천천히 앞으로 걸어간다. 당신은 놀란 표정을 짓지만 뒤로 물러나지 않고 손을 내민다. 나는 그 손을 잡는다. 손가락이 서로 맞닿자 찌릿한 전기가 당신에게서 내게로 흐른다.

뜨거운 당신의 몸이 계속 나를 부른다. 당신이 나를 끌어당기자 나의 그 어떤 부분도 저항하지 않는다. 나는 당신의 안으로 쏟아져 들어가고 잠시 후에 당신은 나를 집어삼킨다. 당신의 입술이 내 입과 목에 닿고, 당신의 숨결이 내 쇄골과 귀 뒤를 간질인다. 내 뒷목, 어깨, 눈 사이에 둥지를 틀고 있던 긴장이 풀린다.

든든한 당신의 품속에 나를 맡긴다. 나는 당신의 모든 근육과 굴곡을 안다. 당신의 입맞춤에 나를 맡긴다. 나는 당신의 모든 느낌과 모든 꺼풀을 안다. 당신의 갈망이 나를 관통하며 강렬한 욕구를 깨운다. 당신의 손길은 다급하다.

당신은 나를 안아서 침대로 데려가 천천히 눕히고 당신의 무게로 나를 누른다.

"나는 당신의 모든 것을 알아. 모든 어두컴컴한 베일을. 남들은 모르는 모든 모습을. 그 전부를 원해." 당신은 눈을 반짝이며 말한다. 내 귀에 대고 나지막이 으르렁거린다.

잠시 후에 우리는 알몸이 된다. 옷은 바닥에 아무렇게나 떨어져 있다. 내가 당신의 위로 올라가 두 손으로 당신의 넓은 가슴과 부드러운 머리카락을 훑는다. 당신은 절대 눈을 떼지 않고 그 눈빛으로 나를 계속 응시한다.

우리는 정말 깊숙이 파고든다. 두 사람 모두에게 아무것도 남지 않을 때까지 천천히 넓은 원을 그리듯 반복되는 쾌감을 느끼며 사랑을 나눈다. 당신 말이 맞다. 여기가 집이다.

나중에 우리는 어두컴컴한 방 안에 나란히 눕는다. 나는 흥분이 가라앉을 줄 모른다.

"그 사람들은 어떻게 됐어?" 나는 묻는다.

"누구?"

"보니. 멜리사. 미아."

그들의 이름이 허공에 맴돈다. 그들도 여기 왔을까? 당신의 품속에, 당신의 침대 위에? 당신은 나를 원했듯이 그들을 원했을까? 당신의 욕구는 아무 먹잇감으로든 충족시킬 수 있을까?

하지만 당신은 대답하지 않는다. 공기가 점점 무거워진다.

"당신도 전에 사귀었던 남자에 대해서 이야기한 적 없잖아. 대학교 때 사귀었던 남자에 대해서." 당신이 받아친다.

그때의 기억이 맹렬하게 되살아나자 나는 추워진다. 이불을 당겨 알몸을 덮는다. 또 한 꺼풀이 벗겨졌다.

"얘기하고 말고 할 것도 없어."

"그건 아니지 않아?"

정적이 사방으로 번진다. 아무리 좋은 창호를 써도 도시에서는 완벽한 정적이 존재하지 않는다. 항상 거리의 소음, 아래로 요란하게 열차 지나가는 소리, 자동차 경적 소리, 누군가가 고함을 지르는 소리가 들린다. 여기에는 어둠을 채우는 정적 특유의 높낮이와 진동이 있다.

아무래도 우리가 모든 걸 까발리게 된 것 같다.

"잭슨. 경제학 수업에서 만난 애였어. 걔가 보고서 쓰는 걸 도와달라고 하면서 사귀게 됐지."

멀리서 요란한 엔진 소리가 들리는 것 같은데 맞나? 희망이 샘솟는다. 베일리 커크가 계속 내 뒤를 쫓고 있을지 모른다. 내가 그를 따돌렸고 내 전화기는 산산이 부서져 바닥에 떨어졌지만. 어쩌면 그가 내 위치를 추적할 방법을 알아냈을지도 모른다. 당신도 그 소리를 들었을까? 잠시 후 다시 정적이 이어진다.

"사랑이었어? 그 친구를 사랑했나?"

"모르겠어. 가족을 잃은 뒤로, 러블리 선생님의 그룹홈이라는 안전한 곳을 떠난 뒤로 맨 처음 접근을 허락한 사람이긴 했는데."

"그 친구의 어떤 점이 매력적이었는데?"

나는 잭슨의 환한 표정, 상큼한 체취, 고난이나 상실이라는 단어를 모르는 사람 특유의 천하태평한 분위기에 끌렸다. 머리카락은 금실 같았고 두 눈은 흔치 않은 바다색이었다. 오빠의 눈처럼.

"오빠를 조금 닮았던 것 같아. 야외 활동을 좋아했고."

"그 친구가 당신을 숲으로 다시 데려갔지?"

그렇다. 우리는 차를 타고 도시를 벗어나 북쪽에서 하이킹을 했다. 나는 내 몸이 초목과 바람에 흔들리는 나뭇잎의 속삭임, 새소리, 숲의 땅바닥에서 나는 냄새를 그리워하는 줄도 몰랐었다.

"응."

"그 친구를 사랑했나?" 당신이 다시 묻는다.

"그때는 사랑이 뭔지 잘 몰랐을 거야. 하지만 응, 어쩌면. 그때까지 느낀 적 없는 감정을 느꼈으니까. 욕망이 아닌 다른 감정을. 하지만 참았어. 육체적으로는."

"그때까지 경험이 없었지?"

나는 순순히 시인한다. "맞아. 어떻게 알았어?"

"그 정도야 쉽게 알아맞힐 수 있지. 그런 일을 겪은 사람이 쉽게 자기 자신을 내줄 수 있겠어?"

어쩌면 절대 내줄 수 없을지도 몰랐다. 우리의 스킨십은 하고 나면 양쪽 모두 괴로워지는 간절한 지경에 이르렀다. 하지만 나를 잭슨에게 줄 수가 없었다. 그런 식으로 나를 보여줄 수가 없었다. 그 부분을 그에게 내어줄 수가 없었다. 나중에는 그보다 훨씬 덜 사랑하고 덜 원하는 사람들에게 내어줄 수 있게 됐다. 하지만 당시에는 소중한 모든 걸 단단히 지켰다.

나는 말을 이었다. "걔가 어느 날 밤에 취했어. 같이 어떤 파티에서 놀다가 걔가 사는 아파트로 갔는데, 난폭하게 굴지 뭐야. 내가 자기를 가지고 놀고 있다면서. 나는 영문을 모르겠더라고. 걔는 힘이 셌고 엄청 화를 냈어. 취하니까 딴 사람이 되더라."

"당신 아버지처럼." 당신과는 뭐든 수월하다. 나를 이해하기에.

"맞아."

"그래서 어떻게 됐는데?"

"몸싸움을 벌였지. 나는 내가 힘이 세고 빠른 줄 알았는데, 걔가 훨씬 더 힘이 세더라고. 그에 비하면 나는 어린애나 다름없었지."

당신의 심장이 몸속에서 쿵쾅거린다. 그 펄떡거림을 느낄 수 있다.

"그래서 어떻게 했어? 그 친구에게 성폭행을 당했나?"

"그럴 뻔했지."

"그런데?"

"뭔지 모를 원초적인 게 솟구쳐 올랐어. 내 안에 있는 줄도 몰랐던 분노가. 날것 그대로의 힘이. 무기를 찾으려고 손을 내밀었는데, 정동석으로 만든 뾰족하고 무거운 북엔드가 손끝에 닿더라고. 그걸로 걔의 머리를 내리쳤지. 세게. 나는 걔가⋯⋯."

당신의 가슴이 올라갔다가 내려온다. 나는 그 분노의 느낌이 좋았다. 공포보다 나았다. 공포를 느끼면 몸을 웅크리고 애원하게 된다. 분노하면 칼을 들고 맞서 싸우게 된다.

"나는 걔가⋯⋯."

"걔가 뭐?"

"나는 걔가 죽은 줄 알았어. 꼼짝하지 않았거든. 좀 전까지만 해도 길길이 날뛰던 애가 한순간에 잠든 어린애처럼 연약하고 조용해지더라고."

"그러고 나서 어떻게 했어?"

내가 뭘 어쩔 수 있었을까? 도움을 요청하고 그에게 폭행을 당했다고 신고하고 경찰이 출동할 때까지 기다릴 수도 있었다. 누가 봐도 정당방위였다. 내 셔츠가 찢어졌고 내 팔에는 이미 시커멓게 그의 손자국이 남아 있었다.

"소지품을 챙겨들고 죽게 내버려두고 나왔어."

그날의 기억이 생생하게 되살아난다. 창밖의 가로등 불빛만 비추던 어두컴컴했던 방 안, 잭슨의 몸과 입에서 풍기던 퀴퀴한 술 냄새, 그의 옆통수에서 시커먼 실타래처럼 흘러나오던 피. 디지털 시계의 초록색 불빛. 남자라는 존재에 대해, 원하는 건 차지하고야 마는 그 철부지들에 대해, 나라는 인간에 대해 제대로 폭로하는 시간과 공간이라 원래는 그때의 기억을 거의 떠올리지 않는다. 나는 잭슨이 살았는지 죽었는지 상관하지 않고, 얼마나 가차 없이 그를 방치하고 떠났던가. 분노가 소진되자 무관심만 남았다. 죽느냐 죽이느냐의 문제만 남았다.

"하지만 그 친구는 죽지 않았지." 당신이 말한다. 뒷조사를 제대로 한 모양이다.

"학교를 그만두고 고향으로 내려갔다고 들었어. 나 때문에 머리를 심하게 다치긴 했지만 맞아, 완전히 회복했어. 지금은 유부남이야. 페이스북에서 나랑 맞팔을 하고 있고."

"그랬더라. 불편하지 않았어? 그 친구는 당신을 성폭행하려고 했잖아. 당신은 그 친구를 죽일 뻔했고. 서로 계속 친구처럼 지낼 만한 사이는 아니지 않나?"

그렇다, 서로 친구처럼 지낼 만한 사이는 아니다. 잭슨은 이제 회계사고 결혼해서 행복하게 잘 살고 있는 것 같지만, 모를 일이다. SNS가 워낙 믿을 수가 없으니. 그는 아들이 뛰는 라크로스 팀의 코치고 결혼기념일에는 아내와 카보산루카스에 다녀온다. 그날 밤에 우리 둘 사이에서 벌어졌던 일은, 피로 얼룩진 원초적이었던 그 사건은 우리 삶의 밑바닥 어딘가에 새겨져 있지만 거의 파헤쳐지지 않은 채로 남아 있다.

"어떤 식인지 알잖아. 걔는 무슨 일이 있었는지 기억하지 못하거나 기억하고 싶지 않은 거야. 나도 사실 별로 기억하고 싶지 않고. 말하자면 헐렁한 관계라고 할까. 이런 관계는 어찌나 멀게 느껴지는지 거의 지어낸 이야기 같지 않아?"

"요즘은 모든 인간관계가 지어낸 이야기나 다름없지. 엄선과 여과를 거친 화면 위의 게시물을 통해 우리 자신에게 속삭이는 이야기니까. 진실과 진정한 인간관계는 가감이 없고 지저분하고 복잡하잖아."

그들이 모두 여기 있다. 그들의 망령이 허공에서 맴돈다. 지난 며칠 동안 나는 미아, 보니, 멜리사의 사연을 속속들이 알게 되었다. 이제 그들이 어떻게 생겼는지, 어떤 책과 스무디를 좋아하는지, 인스타그램 필터로 뭘 선택했는지 안다. 미아는 환해 보이는 클래런던, 보니는 드라마틱한 러드윅. 멜리사는 차분한 라크를 좋아했다. 나는 진지한 블로그에서, 페이스북의 시끌벅적한 친구 그룹에서, 감동을 주는 파스텔 색상의 밈에서 빛을 찾고 싶어 하는 미아의 절박한 심정을 느낄 수 있었다. 보니는 유니콘, 비눗방울, 성인용 컬러링 북 같은 어린 시절에 집착했다. 자연을 촬영한 사진과 고독을 논한 문구가 많은 걸 보면 혼자 있길 좋아하는 성격이었다. 친구들과 밤에 만나서 논 사진이나 유쾌한 셀카나 남자친구 사진이나 낭만적인 데이트 사진은 없지만 다른 집 아이들의 귀여운 사진은 많았다. 멜리사는 다른 둘보다 온라인 활동을 열심히 하지 않았다. SNS에서 자기 목소리를 내고 자기 아바타를 창조하는 데 익숙하지 않은 것 같았다.

이들 모두가 육신을 갖춘 인간이었는데, 지금은 모두 사라져버렸다.

"그 사람들은 어떻게 됐어, 애덤?"

그게 당신의 본명일까? 그마저도 잘 모르겠다. 당신에 대해, 당신이 뭘 할 수 있었는지에 대해 알고 싶지 않다. 솔직히 말하면. 마음속 한구석에서는 아무것도 모르는 이 중간 세계 속에서, 우리 둘이 만든 허구의 세계 속에서 이런 식으로 영원히 당신과 함께 머물 수 있겠다는 생각이 들기도 한다.

"그들에게도 여길 보여주었어. 현대 사회와 멀리 떨어진 이 안전한 곳을. 저 밖은 너무나 추악하고 거짓으로 얼룩져 있어. 여기 이곳은 자유롭지."

"그랬더니?"

"그들이 거부했어."

당신의 목소리에 힘이 들어간다. 화가 났다는 첫 번째 징조다. 로빈은 내가 그의 어두운 면을 간파했는지 궁금해했었다. 간파했던 것 같다. 그 부연 사진에서, 인용해놓은 릴케의 시구에서 맨 처음 느꼈던 것 같다. 하지만 거기에 끌렸던 것 같으니 더 기함할 일이다.

"그래서 어떻게 했는데?" 나는 애써 명랑한 투를 유지한다.

공기가 후끈해진다. 나는 머릿속에 이 방의 배치도를 그려놓았다. 총은 테이블 위에, 총알은 방바닥에, 열쇠는 침대 발치에 벗어놓은 당신 바지 주머니 안에 있다. 에어백이 터졌어도 차가 문제없이 작동될까? 모르겠다. 다른 때 같으면 당장 인터넷 검색을 하겠지만 내 휴대전화는 폐품이 됐다.

나는 내 비밀을 공개한 날 밤에 그랬던 것처럼 당신의 가슴에 머리를 올려놓고 있다. 당신의 눈을 들여다본들 아무것도 알 수 없다는 걸 나는 안다. "놓아주었어."

"놓아주었다고?"

"응." 당신은 손바닥을 들었다가 내 엉덩이 위로, 내 어깨 위로 다시 손을 내려놓는다. "어쩌겠어? 사랑은 놓아주는 거잖아, 렌. 붙잡지 않는 거잖아."

하지만 내가 아는 남자들의 사랑은 꼭 붙잡는 사랑이다. 숨 막히는 사랑이다. 당연히 나는 당신의 말을 믿지 않는다.

나는 조심스럽게 말을 꺼낸다. "그런데 다들 사라졌잖아. 그 뒤로 그들 소식을 아무도 듣지 못했어."

"나도 듣지 못했어. 내 곁을 떠났거든. 이런 삶이 싫다면서. 처음에는 이런 삶을 살고 싶다고 했는데 결국에는 세상에, 세상과 연결된 끈에 이끌려 돌아갔어. 모든 인간이 그렇게 세상을 등질 수 있는 건 아니야. 당신도 알겠지만."

"그러니까 그들을 그냥 떠나보냈구나." 나는 말한다.

"있고 싶지 않다는 사람을 붙잡을 수는 없잖아. 시도해볼 수는 있겠지만 그것 때문에 나를 미워하게 될 테니까. 당신 어머니도 막판에는 아버지를 미워하지 않았어?"

두 분 이야기가 송곳처럼 나를 찌른다.

나는 대답한다. "미워하지는 않으셨을 거야. 엄마가 맨 처음 사랑했던 그 남자로 돌아올 거라는 희망을 끝까지 포기하지 않았던 것 같아. 깊숙이 숨겨진 아버지의 본모습이 엄마의 눈에는 끝까지 보였던 것 같아."

"하지만 세상이 그 남자를 파괴하고 그 자리에 괴물을 앉혀놓았지."

괴물. 내 이름을 미친 듯이 부르던 악귀.

"아버지는 괴물이 아니었어." 나는 아버지를 그렇게 불러놓고 이제 와서는 이렇게 속삭인다. "사악했던 게 아니라 망가진 거였으니까."

"그 둘이 뭐가 다른데?"

"지금 철학적으로 토론하자는 거야?"

"세상만사가 철학 토론 아닌가?"

나는 대답하지 않는다. 당신이 이런 식으로 나오면 인식과 현실을 주제로 몇 시간 동안 깊은 대화가 이어질 수 있다는 걸, 그 거울의 집이 시작될 수 있다는 걸 알기 때문이다.

"렌? 전에 내가 당신한테 뭘 물어볼 생각인지 알고 싶어 했지?" 당신이 침묵을 깨며 묻는다.

"응."

"세상을 등지고 나랑 같이 여기서 살래?"

그러고 싶어 하는 내 안의 일부에게, 그 은밀하고 비밀스러운 일부에게 대답을 맡긴다.

"당연하지. 당연히 그럴 거야."

당신은 두 팔로 나를 꼭 끌어안는다. 당신은 내 말을 믿는다. 나도 하마터면 믿을 뻔한다.

"후회하지 않을 거야, 렌. 사랑해."

"나도 사랑해, 애덤."

나의 이 말은 진실성 있게 느껴진다. 왜냐하면 슬프게도 진실이기 때문이다. 나는 어둠을 사랑한다는 것, 누군가로 인한 고통을 사랑한다는 것, 추악한 이면에 숨어 있는 인간을 갈망한다는 것이 뭔지 안다. 그건 익숙한 감정, 내가 선택한 집이다.

이윽고 당신이 나지막이 코를 골기 시작한다. 나를 끌어안고 있던 당신의 팔에서 힘이 풀린다. 깊이 잠든 것처럼 보이지만 나는 당신이 얼마나 잠귀가 밝은지 안다.

조용히 자리에서 일어난다. 어둠 속에서 내 옷과 총과 총알 한 개를 얼른 챙긴다. 철커덕거리는 소리가 나지 않도록 조심해가며 당신 주머니에서 내 열쇠들을 꺼낸다. 밖으로 나와 꼼지락거리며 옷을 입고 조용히 복도를 따라 걷는다. 마룻바닥이 삐걱거리지만 계속 걸음을 옮긴다. 재킷을 주섬주섬 입으며 거대한 거실을 가로지른다. 신발을 찾을 겨를이 없어서 맨발이다. 상관없다.

문 앞에 다다라 보니 잠겨 있다. 빗장이 질러졌고 열쇠가 있어야 열 수 있는 자물쇠가 걸려 있다. 새장 속에 갇힌 새와 같았던 심장이 철렁 내려앉는다. 문에 몸을 기대자 얼마나 튼튼하고 얼마나 묵직하며 바깥 공기 때문에 얼마나 차가운지 느껴진다.

문틈을 따라 손으로 더듬어본다. 꼭대기에 열쇠가 있을지 모른다. 없다, 당연히 없다. 당신은 그런 타입이 아니다. 당신이 자고 있는 방으로

405

돌아가 당신 주머니를 뒤져야 한다. 거기 열쇠가 있을지도 모르겠지만.

벽을 따라 삐걱거리는 마룻바닥을 게걸음 치며 다시 복도를 되짚어 간다. 겁에 질린 호흡을 가다듬지만 숨이 가슴을 부풀렸다가 코로 거칠게 나오는 소리가 너무 크다. 당신은 여전히 고요하고 평화롭게 잠을 자고 있다. 나는 쭈그리고 앉아 당신 옷이 있는 곳까지 기어간다. 내 한쪽 주머니에서 총이 삐죽 고개를 내민다. 총알은 다른 쪽 주머니에 들어 있다. 아직 시간이 없어서 장전하지 못했다. 열쇠를 찾으면 장전할 필요가 없을 것이다.

당신 청바지 주머니에 차가운 열쇠가 하나 들어 있다. 나는 그 열쇠를 손바닥에 대고 움켜쥔다.

잠이 든 당신을 죽일 수도 있다. 그런 뜻밖의 생각이 내 머릿속에 떠오른다. 머리나 가슴에 한 방이면 된다.

당신을 그냥 살려두면 나를 쫓아올까? 인터넷의 어두컴컴한 골목길을 따라 내 뒤를 밟을까? 맹수답게 나를 그림자처럼 따라다닐까? 나는 계속 공포에 떨며 살아야 할까? 아니면 당신은 나를 놓아줄까?

나는 침대 발치에 쭈그리고 앉은 채 주머니에서 총을 꺼내 탄창에 총알을 넣고 공이와 정렬을 맞춘다. 할 수 있을까? 나를 믿으며 두 팔을 활짝 벌리고 누워 있는 당신을 피도 눈물도 없이 죽일 수 있을까?

나는 이미 답을 알고 있다.

일어나 총을 들고 보니 침대에 아무도 없다.

뒤에서 당신이 느껴진다. 어떻게 그럴 수가 있을까?

나는 저항할 틈도 없다. 당신의 두 손이 내 손목을 세게 누르자 나는 총을 놓는 수밖에 없다. 총은 쿵 하는 가망 없는 소리와 함께 바닥으로 떨어진다. 이윽고 당신의 두 팔이 나를 감싼다. 나는 심지어 몸부림칠 수도 없다. 당신의 힘이 워낙 세다.

"렌." 당신의 슬픔과 실망과 분노가 그 한 단어 안에서 모두 느껴진다. 내가 쏜 화살에 맞은 날 밤, 아버지의 얼굴이 떠오른다. "당신을 믿었는데. 당신은 나를 배신했어. 그들 모두가 그랬듯이."

"놓아줘." 나는 조그맣게 속삭인다. 당신의 얼굴이 내 얼굴 바로 옆에 있다. 분노로 눈빛이 험상궂어졌다.

하지만 나는 당신이 뭐라고 했는지 기억하지 못한다. 당신이 내 한쪽 손목을 놓자마자 아프게 따끔거리는 느낌에 이어서 한쪽 팔이 이쪽 끝에서 저쪽 끝까지 화끈거린다. 세상이 휘청거리고 눈앞이 점점 깜깜해지기 시작한다.

로빈은 구석에 몸을 웅크리고 동그랗게 뜬 눈으로 나를 지켜보며 울고 있다.

미안해. 로빈이 속삭인다. *정말 미안해.*

그리고 잠시 후 아무것도 남지 않는다.

43

베일리 커크는 회계사무소의 고급스러운 로비에서 자신의 어리석고 충동적인 행동으로 지끈거리는 머리를 달래며 기다렸다. 안내 데스크 직원의 시선이 어쩌다 한 번씩 그에게 머무는 것을 느낄 수 있었다. 거기서 기다린 지 꽤 됐기 때문이다. 베일리가 직원 쪽으로 다시 시선을 돌려보니 전화를 받고 있었다. 눈이 부시도록 새빨간 머리에 짙은 파란색 눈, 윤기가 흐르는 입술, 풍만한 몸매. 한물 간 미인, 핀업 걸이었다. 쨍한 파란색 안경테가 눈과 입술을 강조하는 역할을 했다. 그녀는 눈을 들어 다시 베일리를 쳐다보지 않았다.

베일리의 팔은 천천히 낫고 있었지만 어제 받은 물리치료 때문에 욱신거렸다. 총상을 입은 지 6주가 지났지만 계속 삼각건을 매고 있는 상태였다.

무지근하지만 고집스럽게 사라질 줄 모르는 통증은 그가 저지른 모든 실수와 잘못을 일깨우는 의식의 백색 소음이었다.

끔찍했던 그날 이후로 베일리는 일자리를 잃었다. 엄밀히 말하면 병가 중이었지만 그게 그거였다. 그는 의뢰인 헨리 소프의 기대를 저버렸다. 그의 딸을 찾는 일은 조금도 진전이 없었다. 유령은 사라졌다. 렌 그린우드와 미아, 보니, 멜리사와 함께. 유령이 세상에 뚫어놓았다가 빠져나간 구멍이 그들 모두를 삼켜버렸다.

그리고 그날 이후로 베일리는 술을 너무 많이 마셨다. 진통제를 너무 많이 먹었다. 어머니가 걱정하기 시작했다. 그녀는 약물과 알코올로 한 아이를 잃은 적이 있기에 문제가 생기면 어떤 징조가 나타나는지 알았다.

"집으로 들어와. 네 목소리가 어째 이상해. 우리가 돌봐줄게." 어머니가 말했다.

거부하기 힘든 유혹이었다. 베일리의 방은 그대로 남아 있었다. 벽에는 라크로스 팀의 삼각 깃발이, 트윈 매트리스 위에는 감색 침대보가 있었고, 그가 숙제를 하거나 딴 짓을 했던 책상과 묵은 연감이 꽂힌 책꽂이가 있었다. 놀러갔을 때나 명절 때 그 방에 들어가면 어머니가 빨래를 해주고 아침을 차려주었던 10대 시절로 돌아갔다. 그러면 좋았다. 푸근했다. 삶의 바닥을 헤맬 때면 받아주고, 다시 일어설 수 있을 만큼 튼튼해지면 놓아주는 부모님이 있다는 건 축복이었다.

하지만 안 될 말씀이었다. 베일리는 대학생 때부터 혼자 지냈고, 여동생이나 형처럼 다시 집으로 들어가지 않았다. 부모님께 동전 한 닢 달라고 한 적이 없었다.

"끈질기시네요." 누군가의 목소리가 생각에 잠겨 있던 그를 깨웠다.

오랫동안 렌의 재무를 담당한 마티 프리드먼은 연락이 쉽게 닿지 않았고 고객의 정보를 절대 공개하지 않았다. 이제 체구가 아담한 노년의 신사가 딱 떨어지는 양복에 동그란 안경을 쓰고 그의 앞에 서 있었다.

마구 헝클어진 백발이 구름처럼 머리를 덮었고 귀는 너무 크고 코는 뭉뚝해서 재무 설계사라기보다 〈반지의 제왕〉에 나오는 등장인물 같았다. 베일리는 아무리 전화를 해도 답신을 받지 못하자 무작정 찾아와 안내 데스크 직원에게 프리드먼 씨가 시간이 날 때까지 기다리겠다고 했다. 중요한 일이라고, 만나줄 때까지 거기 있겠다고 했다.

데스크 직원이 경비를 부르거나 경찰에 연락하면 나가는 수밖에 없었다. 하지만 그녀는 아무도 부르지 않고, 짙은 파란색 눈으로 베일리를 쳐다보더니 기다리라고 했다.

마티가 턱을 문지르며 말했다. "내가 당신 회사로 전화했어요. 터너 앤드 아이브스로. 당신이 병가 중이라고 하더군요. 당신이 수사하던 사건은 이제 당신 손에서 떠났다고 하고요."

"그렇습니까?"

남자는 모직 바지 주머니에 손을 넣었다. 선이 딱 떨어지고 우아하게 몸을 감싸는 그 양복은 베일리의 한 달 월급보다 비쌀지 몰랐다. 그의 체구로 보건대 맞춤복일 것이다. 반면에 베일리는 청바지에 오래된 가죽 재킷, 후줄근한 회색 티셔츠 차림이었다. 솔직히 간밤에 이 차림으로 잤다가 그대로 입고 나왔다. 요즘은 잠도 제대로 자지 못했지만. 그는 나가달라는 말을 들을 것이다. 누가 봐도 뻔했다. 고분고분 제 발로 걸어나가지 않으면 끌려 나갈 것이다. 이번이 처음도 아니었다.

"젊은 양반이 안색이 좋지 않네요." 마티가 정적을 깨며 말했다. 이 정적은 베일리에게만 어색하게 느껴졌을 수 있었다. 상대방은 그를 위아래로 훑어보고 있었다. "물이나 커피를 가져다달라고 할까요?"

"렌 그린우드에 대해서 여쭤보고 싶은 게 있어서 왔습니다." 베일리는 말했다.

"전화상으로 얘기했잖아요. 나는 고객의 정보를 함부로 누설할 수 없다고."

"그녀가 실종됐습니다. 프리드먼 씨. 집과 친구와 자기 일을 두고 사라졌어요."

"그건 당신 생각이고요"

"선생님 생각은 다르십니까? 렌에게 연락을 받으신 적 있습니까?"

상대방은 그를 물끄러미 바라보았다. 창밖에서 들어온 햇빛이 동그란 안경알에 반사돼서 눈이 보이지 않았다. 베일리는 안내 데스크 직원이 전화기 위에 손을 올려놓고 있는 것을 보았다. 경비를 호출할 준비를 하는 것이었다.

하지만 마티는 두 사람의 예상을 깼다.

"내 사무실로 갑시다. 베스 양, 커크 씨에게 물 한 잔 가져다주겠어요?"

뭐지? 여기는 1950년대인가? 하지만 베스 양이라고 불린 안내 데스크 직원은 얼른 고개를 끄덕였다. "알겠습니다, 소장님."

베일리는 마티를 따라서 두툼한 유리문을 통과하고 푹신한 감청색 카펫을 지나 대저택의 서재에 가까운 사무실로 들어갔다.

가정적인 남자. 열렬한 독서 애호가. 자선사업가. 학자. 베일리는 개인적인 공간으로 사람을 만나러 가는 걸 좋아했다. 공간을 보면 그 사람의 많은 걸 파악할 수 있기 때문이었다. 반짝이는 유리 케이스 안에 정교한 범선 모형이 들어 있었다. 뉴욕 주 롱아일랜드에서 조립을 마쳤다고 배꼬리에 적혀 있었다. 눈이 크고 뺨이 통통한 여러 아이들 사진이 각기 다른 모양의 은색 액자에 들어 있었다. 책꽂이에는 업계에서 받은 트로피와 상장, 세이프 하우스라는 가정 폭력 피해 가족 쉼터에 거액을 기부했다는 인증서가 진열돼 있었다. 그리고 커다란 지구본과 초콜릿색 래브라도 리트리버 그림도 있었다. 찰리 2000-2013.

베스가 회사 로고가 새겨진 높은 유리잔에 물을 담아서 들고 들어왔다. 베일리는 잔을 건네받고 고맙다고 인사했다. 물을 마시자마자 거의 당장 컨디션이 좋아지는 걸 느낄 수 있다. 베스는 그에게 깍듯하게 미소를 지어 보이고는 문을 닫고 사라졌다.

"앉으세요." 마티가 말했다.

베일리는 마티가 기다리고 있는 편안한 응접 세트 쪽으로 건너갔다. 소파가 푹신해서 앞쪽에 걸터앉았다. 곯아떨어지기 직전이라 차마 소파에 몸을 묻을 수가 없었다. 정신을 똑바로 차리고 있어야 했다.

"고객의 프라이버시를 존중할 의무가 있다는 건 저도 압니다. 하지만 렌 그린우드에게 마지막으로 연락을 받으신 게 언제였나요?"

마티는 안경을 벗고 주머니에서 손수건을 꺼내 안경알을 닦았다. 손수건에는 당연하게도 그의 이니셜이 수놓아져 있었다.

"경찰에 진술한 부분까지는 알려드릴 수 있습니다. 나는 그때 며칠 전부터 그린우드 씨와 통화를 시도하고 있었어요. 그녀가 현금으로, 또 비트코인으로 두어 번 수상한 인출을 요청했거든요. 나는 장기적인 관점에서 포트폴리오를 어떤 식으로 운용하면 좋을지 의논하고 싶었어요. 아시다시피 최근에 벌어진 전 세계적인 사태로 인해 주식시장이 타격을 입었거든요. 그녀도 상당한 손실을 감수해야 했고요."

그렇다. 중국에서 발병한 바이러스의 확산으로 유럽의 몇 개 나라에서는 록다운을 실시했고 국경을 봉쇄했다. 항공기 운항이 취소됐고 유가가 곤두박질치면서 주식시장도 붕괴됐다. 모든 뉴스가 공포와 혼란이었다. 베일리는 그러거나 말거나 관심이 거의 없었다. 그는 주식을 믿지 않았기 때문에 모든 돈을 예금 계좌에 넣어두었고 일 말고는 아무것도 하지 않았기 때문에 잔고가 계속 늘어났다. 지금이야 빈둥거리며 곰곰이 생각하거나 렌과 그 유령의 흔적을 찾느라 인터넷이나 검색하고 있으니 얘기가 달라졌지만.

그리고 베일리가 생각하기에 지평선 위에는 항상 먹구름이 도사리고 있었다. 안 좋은 세계 뉴스가 들릴 때마다 공포 반응을 일으키면 문을 걸어 잠그고 집 안에서만 살아야 했다.

마티는 하던 이야기를 계속 했다. "만나서 의논하기로 약속을 잡았는데, 그때 그녀가 전화를 했어요." 그는 휴대전화를 꺼내 언제 전화가 왔었는지 날짜와 시각을 알려주었다.

"제가 마지막으로 렌을 본 다음 날, 그녀의 차량을 추적하다가 놓친 다음 날이네요."

"그렇군요. 그때 그녀가 현금을 있는 대로 이체해달라면서 내가 모르는 계좌번호를 알려주었어요. 이체 관련 서류는 경찰에 제출했습니다."

"저도 한 부 복사해서 받을 수 있을까요?"

마티가 자리에서 일어나 자기 컴퓨터 앞으로 가서 키보드를 몇 번 두드렸다.

"드릴 수는 있지만 별 도움은 안 될 겁니다. 계좌가 비트코인 주소거든요. 추적이 전혀 불가능해요. 어느 회사 또는 누구의 계좌인지 전혀 알 수가 없어요. 사실 그게 비트코인을 쓰는 이유이긴 하죠. 무정부주의자가 선호하는 화폐라고 할까요."

그는 책상 옆에 놓인 프린터에서 출력된 종이를 들고 다시 돌아왔다. 백지에 숫자만 몇 개 적혀 있었다. 아무 의미가 없었다.

"일반적으로 우리는 고객들에게 비트코인 거래를 권장하지 않습니다. 우리 회사에서는 이런 자산에 투자를 하지 않으니까요. 하지만 고객의 뜻을 존중해야 하죠. 당연하죠, 그분들의 돈이니까요. 하지만 문제가 있는데, 정부에서 비트코인을 싫어하는 이유가 그겁니다. 그 계좌의 비밀번호를 아는 사람 말고는 돈의 행방을 전혀 알 수 없다는 거."

비트코인. 베일리는 비트코인이 뭐고 어떤 식으로 쓰이는지 전혀 몰랐다. 어두컴컴한 방 안에서 노트북 앞에 웅크리고 있는 해커의 이미지가 떠올랐다.

"이후에 그녀와 통화하신 적이 있습니까?"

"아뇨. 평소에도 그린우드 씨는 연락이 잘 되지 않아요. 그런데 경찰에 따르면 가장 친한 친구에게도 같은 말을 했다던데, 나한테 그랬어요. 잠깐 숨 돌릴 시간이 필요하다고. 일과 현대 사회의 압박으로부터 벗어날 시간이 필요하다고. 나중에 연락할 테니 그때까지 남은 돈은 내가 알아서 관리해달라고 했습니다."

"남은 돈이요."

"이체해달라고 한 건 있는 현금뿐이었어요. 불이익을 감수해야 인출할 수 있는 장기 계좌는 건드리지 않았죠."

"남은 돈이 있다는 걸 아는 사람이 또 있습니까?"

"저와 그린우드 씨와 그녀가 직접 얘기한 사람들뿐입니다."

"남은 돈도 인출하고 싶으면요?"

"나한테 전화를 해야 합니다."

"이메일이나 문자로는 안 되고요."

"네. 내가 목소리를 확인해야 합니다."

"통화했을 때 말투가 어떻게 들리던가요?"

"협박당하고 있는 것처럼 들렸냐는 말씀인가요?"

"그렇습니다."

"평소와 다를 게 없었어요. 차분하고 침착하고 어쩌면 조금 거리를 두는 말투였죠. 심지어 내 쪽에서 물어봤어요, 무슨 일 있느냐고. 무슨 문제가 생긴 거냐고. 그랬더니 그냥 당분간 멀리 떠나고 싶을 따름이라고 하더군요. 솔직히 그녀답지 않았죠. 내가 알기로는 쉰 적도 없고 필요한 생활비 말고는 돈을 인출한 적도 없거든요."

베일리는 지갑에서 명함을 꺼내 나무로 된 커피 테이블 위에 놓고 마티 쪽으로 밀었다.

"다시 전화가 오거든 연락을 부탁드려도 될까요?"

마티는 명함을 쳐다보기만 할 뿐 집지는 않았다.

"당신이 찾고 있더라고 전할게요, 커크 씨."

그들은 잠시 서로 쳐다보며 불편한 시간을 보냈다. 베일리에게 숨기는 게 있는 걸까? 아니면 그저 렌의 프라이버시를 보호하려는 걸까?

"걱정이 되지 않으십니까?" 베일리는 물었다.

"되죠. 하지만 그린우드 씨의 신뢰를 저버릴 수는 없습니다."

"네 명의 여자가 데이트 앱에서 한 남자를 만났습니다. 네 명 모두 어떤 토끼굴 속으로 사라졌고 그곳은 닫혀버렸어요. 그들은 집과 가족과 친구와 평소의 삶을 등지고 떠났고 돈이 모두 증발했습니다."

베일리는 휴대전화를 꺼내 유령의 사진을 마티 프리드먼에게 보여주었다.

"이 남자를 아십니까?"

마티는 허리를 숙이고 안경을 위로 올린 다음 눈을 가늘게 뜨고 사진을 보았다. 알아보는 듯한 기미가 언뜻 그의 얼굴을 스치고 지나간 게 맞을까?

"아뇨. 미안합니다. 처음 보는 얼굴이네요."

마티가 이렇게 말하고 뒤로 기대앉자 그의 휴대전화에서 조그맣게 알람이 울렸다. "회의가 있어서요. 더는 도움을 드리지 못해서 미안합니다."

이제 그만 나가달라는 뜻이었다. 베일리는 종이를 접어서 주머니에 넣으며 자리에서 일어났다.

"배웅은 생략하셔도 됩니다."

"그린우드 씨가 평소와 다르게 느껴졌느냐고 하셨죠? 굳이 찾는다면 목소리가 전보다 행복하고 더 느긋하게 들렸어요. 어쩌면 그녀가 제발로 떠난 거라고 인정해야 할지도요. 사람들이 가끔 그냥 사라지기도 하잖아요. 그냥, 모든 게 지긋지긋해서요. 커크 씨는 그런 적 없나요?"

아, 있죠. 바로 지금 같은 경우요.

안내 데스크 직원은 자리에 없었다. 하지만 밖으로 나가보니 그녀가 건물 모퉁이 근처에서 담배를 피우고 있었다. 검은색의 짧은 레인코트에 하이힐을 신은 모습이 멋져 보였다.

그는 손을 흔들어 인사하고 지하철 역 쪽으로 걸음을 옮겼다.

"커크 씨." 베스가 담배를 비벼서 끄고 그의 이름을 외치며 쫓아왔다.

"그린우드 씨의 친구, 잭스 모리스 씨요. 매일 전화하세요. 소장님은 더 이상 통화하지 않으려고 하지만 그분은 걱정하고 계시거든요. 그분도 그린우드 씨가 스스로 떠났다고 생각하지 않아요."

그녀는 접은 쪽지를 건넸다. "그분 번호예요. 연락해보실래요?"

"그럴게요." 베일리는 이미 잭스와 날마다 연락하고 있었다. 그들은 비공식적으로 한 팀을 이뤄서 렌을 찾고 있었다.

베일리는 휴대전화를 집어서 그 사진을 다시 띄웠다. 도대체 몇 번째 이러고 있는 걸까?

"이 남자 아세요?"

베스는 전화기를 보고 입술을 깨물며 고개를 모로 꼬았다. "토치에 있는 남자예요?"

희망이 번쩍 고개를 들었다. 유령이 다시 그물을 치기 시작한 걸까?

"거기서 본 적 있어요?"

그녀는 실눈을 뜨고 베일리를 쳐다봤다. "아마도요."

"최근에요?"

"네. 한 이삼일 전에요."

"당신이랑 매치가 됐나요?" 베스를 미끼로 쓰려고 이렇게 물어봤을까? 맞다, 그렇다. 노라가 알았다면 판단이 흐려져서 이 지경이 됐다고 할 것이다. 하지만 노라는 모르는 일이었다.

"아뇨오오오." 베스는 한쪽 손바닥을 들어 보였다. 손톱이 완벽한 오팔 색 정사각형이었다.

"왜요?"

"제 타입이 아니에요. 저는 어둡고 생각이 많은 사람은 별로거든요. 솔직히 잘생기고 아무 생각 없고 막 달려드는 남자가 좋아요. 광란의 파티, 주말 여행……. 지금 당장은요."

가까이서 보니 베스가 얼마나 어린지 알 수 있었다. 피부는 매끈하니 보송보송하고 두 눈은 아무것도 모르는 장난꾸러기처럼 반짝였다. 그녀는 디지털 세상 안에 어떤 남자가 있는지, 마음에 드는 아바타 뒤편에 어떤 현대판 맹수가 알맞은 먹잇감을 기다리고 있는지 몰랐다.

"여자들이 원하는 건 그냥 재밌게 즐기는 거잖아요?" 베일리가 아무 말도 하지 않자 그녀가 덧붙였다.

그게 1980년대 노래 가사라는 건 알까?

"뭐, 조심해요." 베일리는 투덜이 영감님처럼 이렇게 말했다.

"그럼요." 그녀는 세상을 잘 아는 것처럼, 세상의 모든 함정과 힘든 결말을 다 아는 것처럼 명랑하게 말했다. "그리고 커크 씨, 그린우드 씨가 소장님께 연락하면 제가 알려드릴게요. 사람들이 항상 친절하지는 않거든요. 특히 안내 데스크 직원에게는요. 하지만 그린우드 씨는 항상 저한테 잘해줬고 제 이름을 기억했고 크리스마스 때는 초콜릿을 보내주셨어요. 그분에게 아무 일도 없으면 좋겠어요."

베일리가 명함을 건네자 그녀는 웃으며 한쪽 눈썹을 쫑긋 세웠다.

"베일리 커크, 사설탐정. 엄청 멋진데요?"

베스는 이 말을 끝으로 뱅그르르 몸을 돌려 유리문 안으로 사라졌다.

베일리가 짊어지고 다녔던 피로가 좀 덜어진 듯했다. 그는 거의 뛰다시피 브루클린행 지하철을 타러 갔다.

44

"인간들의 세상. 그건 덫이야."

날은 맑고 상록수 나무 위로 보이는 하늘은 새파란 색이다. 공기는 차갑지만 춥지는 않다. 우리는 나무 아래에 앉아서 아침에 내가 일어나기도 전에 아버지가 싸놓은 치즈 샌드위치를 먹고, 스테인리스 물통에 담아온 물을 나눠 마신다. 나와 함께 여기 이 숲속에 있을 때 아버지는 차분해지고 집중한다. 아버지의 눈은 소년의 눈이다. 오늘은 녹갈색이지만 가끔은 푸른빛이 돌고 짙은 속눈썹이 달려 있다. 사흘 동안 깎지 않은 넓은 턱수염이 햇빛을 받고 금색으로 반짝인다. 아버지는 자세가 구부정하다. 손은 솥뚜껑만 하다. 아버지는 나를 때린 적이 없다. 하지만 엄마와 오빠에게는 노상 주먹을 휘둘렀기에 나는 아버지를 사랑하고 싶은 만큼 무서워했다.

"거기 있으면 너는 노예가 돼. 그들은 점점 더 많은 걸 원하도록 너를 세뇌시키지. 빚을 져가며 더 넓은 집, 더 큰 차, 더 좋은 옷을 사라고 부추기고. 그러면 너는 갖추어야 하는 것들을 사느라 그들의 회사에서 점점 더 많은 일을 해야 해. 쳇바퀴를 도는 다람쥐처럼 살게 되는 거야. 어디로 가는지 알지 못한 채. 늘 부족해하면서."

나는 그 말에 동조하고 싶지만 아버지의 턱과 어깨에 자리 잡은 분노를 이해하지 못한다.

"이런 것만 있으면 되는데 말이지. 넉넉한 음식, 물, 비바람을 피할 곳, 자연 속에서 보내는 시간."

영화관과 비디오 게임, 파자마 파티, 친구, 학교, 배달 피자로 이루어진 세상. 워낙 먼 옛날의 기억이라 거의 꿈같았다. 나는 아버지처럼, 로빈처럼 땅을 사랑하는 사람, 그곳에서 지내는 우리의 삶을 사랑하는 사람이었다.

"내가 떠나면 여기는 너와 네 오빠 것이 될 테지만, 네 오빠는 거부할 거다. 아마 네가 관리하게 될 거야."

"어디로 가실 건데요?" 나는 물었다.

"내가 죽으면 말이다."

그 말에 충격이 나를 관통한다. 아버지는 내 표정을 보고 그렇다는 걸 안다.

"지금은 아니고 나중에."

"나중에요."

"딸, 인간은 누구나 죽는다. 때가 오면 땅으로 돌아가는 거야. 내 유해는 여기 이 땅에 뿌려주렴. 알았지?"

"알겠어요."

우리는 사냥을 하다 보니 죽음을 가까이서 접했다. 이론상으로는 나도 인간은 누구나 죽는다는 걸 알았다. 그래도 이런 대화를 나누다 보니 심장이 철렁 내려앉았다.

"그리고 땅을 팔지 마라. 돈 많은 씨부럴 놈이 들어와서 땅 위에 대저택을 짓게 하지도 말고, 어떤 회사가 자기들 필요에 따라 쓰게 하지도 마. 약속할 거지?"

"약속할게요."

우리는 한참 동안 앉아 있다. 그러다 내가 깜빡 졸았는지 아버지의 목소리가 들린다.

딸, 정신 차려. 일어나야지. 너무 많이 잤어. 이제 출발해야지. 이러다 해 떨어지기 전까지 집에 못 들어가겠다. 일어나라, 쨱쨱아.

겹겹이 싸인 잠의 베일을 헤치고 올라가 보니 사방이 어두컴컴하다. 머리는 지끈거리고 몸은 욱신거리고 움직일 수가 없다. 손이 등 뒤로 묶여 있고 나는 단단하고 차가운 바닥에 누워 있다.

맙소사, 여기가 어디지?

목이 어찌나 쓰라린지 꼭 불을 삼킨 것 같다. 그래도 목소리가 나오지 않을 정도는 아니다. 그리고 지금 내가 어떤 상황인지 퍼뜩 파악이 된다.

"애텀, 애텀, 지금 뭐하는 거야?" 나는 비명을 지른다.

손목을 비틀자 묶고 있던 끈이 더 단단히 조여져서 내 여린 살 속을 더욱 잔인하게 파고든다.

맙소사. 얼마나 됐을까? 내가 여기 쓰러져 있은 지 얼마나 됐을까? 흐느낌이 뱃속에서부터 목구멍을 향해 스멀스멀 올라오자 나는 눈물을 흘린다. 공포와 절망으로 내 식도가 화끈거린다. 눈물이 마르자 나는 가만히 누워서 거친 숨을 몰아쉰다. 마음을 가라앉히고 지적인 능력을 동원한다.

어둠에 적응되자 간이침대, 흔들의자, 책꽂이, 동그란 러그가 보인다. 어딘가에서 빛이 들어오고 있다. 가려진 창문 틈새인가?

방 안이 검은색에서 암청색으로 점차 바뀐다. 나는 일어나 앉아보려고 몸을 움직인다. 그때 바닥과 가까운 쪽 벽에 시선이 닿는다. 어떤 문구가 돌에 새겨져 있다.

내가 폭풍이다.

그 문구. 격렬한 동시에 절박하고, 용감한 동시에 의심스러워하는, 희망의 완벽한 특징. 전에 본 적이 있는데. 어디에서 봤더라? 어디였더라? 기억이 난다. 미아가 인스타그램에 올린 힘이 되는 메시지였다. 우주가 전사에게 속삭인다. "너는 폭풍을 물리칠 수 있을 만큼 강한 존재가 아니야." 그러자 전사가 하는 말. "내가 폭풍이다."

슬픔이 내 명치를 가격한다. 눈물이 다시 날 것 같지만 꾹 참는다.

내가 폭풍이다. 나는 속으로 중얼거리고 다시 한 번 반복한다. *내가 폭풍이다.* 새로운 힘이 생기고 멀리서 희망의 빛이 보인다. 나는 아직 살아 있다. 아직 싸울 힘이 남아 있다. 이건 의미가 있다. 미아의 메시지가 시간을 지나 내게 닿다니. 나는 그 희미한 빛에 매달린다.

마침내 어둠 속으로 얇은 빛줄기가 등장하더니 점점 넓어진다. 문이 열린 것이다. 이윽고 당신이 시커먼 판지를 오려서 만든 위협적인 형체처럼 그 빛을 완전히 가리며 등장한다. 삐걱거리는 계단을 내려온다.

나는 당신에게 손을 내밀며 애원하고 싶다. 당신인 줄 알았던 남자에게. 하지만 엄마가 생각난다. 이미 오래전에 사라진 사람, 어쩌면 처음부터 아예 없었을지 모르는 그 사람에게 항상 손을 내밀었지만 어떻게 됐던가? 그건 환상일 뿐이다.

당신이 계단 맨 밑바닥에서 슬픈 목소리로 말한다. "렌, 이럴 필요는 없었는데 말이지. 우리 얘기 좀 할까? 이 문제를 해결할 겸?"

어쩌나 천진하게 묻는지 누가 들으면 사소하게 다투고 화해해야 하는 줄 알겠다. 그 문제를 바라보는 내 관점은 달랐다. 내가 폭행을 당하고 묶여서 아무것도 하지 못하는 상태로 여기 쓰러져 있는 이유가 그 때문이다. 이제 나는 다급해서 못 견딜 지경이다.

"그래, 얘기 좀 해." 나는 너무 냉큼 대답한다.

"좋아. 잘 생각했어." 안도의 한숨. "나도 당신 더는 다치게 하고 싶지 않아."

당신은 다가와 아주 간단하게 피할 수 있는 일이었는데 이렇게 됐다는 듯이 못마땅한 표정으로 고개를 젓는다. 그러고는 내가 마치 어린애라도 되는 듯 가뿐하게 들어서 불빛이 비추는 곳으로 계단을 올라간다. 나는 눈이 부셔서 실눈을 뜬다. 두통이 작렬한다. 복도를 지나 침실로 가는 동안 눈이 빛에 적응한다. 당신은 수염을 길렀다. 머리는 길고 형클어졌다. 전보다 덩치가 더 커 보인다. 힘은 믿기지 않을 정도로 세다. 나를 안고 계단을 올라왔는데도 숨소리가 거의 달라지지 않았다. 당신은 우리가 사랑을 나누었던 침대 위에 조심스럽게 나를 내려놓는다. 그게 언제였을까? 여기에서는 시간의 시작도 끝도, 밤도 낮도 없다. 끔찍한 뫼비우스의 띠, 고통의 회전목마다.

당신이 주머니에서 철사 절단기를 꺼내 끈을 잘라주자 묶여 있던 두 팔이 자유로워지지만 너무 저리고 시큰거려서 거의 움직일 수가 없다. 당신은 나를 침대 위에 그냥 두고 사라지는데, 잠시 후에 샤워기 물소리가 들린다.

당신이 다시 와서 말한다. "일어설 수 있겠어?"

당신이 손을 내밀자 나는 그 손을 잡고 다시 일어난다. 실오라기 하나 걸치지 않은 알몸으로 흔들흔들 휘청거린다. 당신이 내 옷을 가져다 어디 뒀는지 모르겠다. 당신이 나를 부축해 욕실로 데려간다.

"프라이버시를 보장해줄게."

이 얼마나 황당한 발언인가. 여기 도착한 뒤로 나에게서 모든 걸 빼앗아간 사람이.

내가 뭐라고 대답할 겨를도 없이 당신이 문을 닫는다. 나는 샤워기에서 쏟아지는 온수로 점점 따뜻해지고 있는 욕실에 혼자 남는다. 누군지 모르겠는 여자가 거울에 비친다. 까만 머리는 헝클어졌고 몸은 멍투성이고 두 눈은 겁에 질렸다. 여자가 어깨를 오므려 두 팔로 배를 감싼다. 그녀의 갈비뼈와 쇄골이 창백한 살갗 아래에서 서로 가까워진다.

샤워기 아래로 들어가 따뜻한 물줄기를 맞으며 티크 접시에 담긴 비누로 천천히 몸을 씻는다. 코코넛 비누 냄새를 맡자 감각이 조금 되살아난다. 하지만 내 몸은 무겁고 머릿속은 몽롱하며 생각들은 복잡하게 엉켜 있다가 겁에 질린 새처럼 이리저리 날아간다. 나는 하얀 타일에 기대고 힘을 쥐어짠다. 오늘 밤에 무슨 수를 써서라도 여기서 탈출할 것이다.

내가 폭풍이다.

하지만 그건 그냥 문구일 뿐이다. 나는 육체적으로나 정신적으로나 힘이 없다.

로빈이 구석에 웅크리고 있다. 나는 회색 돌바닥에 쭈그리고 앉아 등으로 물줄기를 맞으며 그녀와 서로 바라본다.

"어떻게 하면 여기서 탈출할 수 있을까?" 나는 로빈에게 묻는다.

그녀가 조그맣게 답을 속삭이지만 나는 이미 알고 있다.

당신을 죽여야 한다. 여기 온 첫날 밤에 그랬다면 나는 지금 여기 없었을 것이다. 오빠가 아버지를 죽이겠다고 했을 때 말리지 않았으면 그들은 지금까지 살아 있었을 것이다. 세상에는 맹수 같은 인간들이 있다. 그들은 남을 해치기만 한다. 죽이느냐 죽느냐의 문제일 때도 있다.

빗장 푸는 열쇠는 그 사람 주머니 속 고리에 달려 있어. 로빈이 말한다.

우리가 복도를 지나왔을 때 주머니에서 짤랑거리는 소리가 들렸다.

네가 들고 온 총은 장전돼서 침대 옆 서랍 안에 있고.

이건 그냥 넘겨짚는 거다. 맞길 바라면서.

당신이 욕실 안으로 들이닥쳐 샤워기 아래 바닥에 쭈그리고 앉은 나를 본다. 수증기를 헤치며 들어와 샤워기를 끄고 나를 부축해 일으킨다. 넓은 대리석 세면대 아래 나무 선반에 개켜진 수건이 있다. 당신은 이걸로 내 어깨를 감싸고 방 안으로 데려간다. 이보다 단단할 수가 없다. 이보다 다정할 수가 없다. 이제는 당신의 손길이 닿으면 혐오와 공포가 파도처럼 내 몸을 덮친다.

당신은 침대 위에 검은색의 심플한 모직 시프트 원피스와 내가 추워할 게 분명하니 캐시미어 랩 카디건과 내게 딱 맞게 생긴 레이스 속옷을 준비해놓았다.

"저녁 만들고 있었어. 준비 다 되면 주방으로 와."

"고마워." 나는 조그맣게 속삭인다.

"우리, 오늘 밤에 새롭게 시작하자."

"그래."

당신은 나를 계속 쳐다보며 문을 닫는다. 문이 닫히자 나는 곧장 침대 옆 탁자로 돌진한다. 하지만 당연히 서랍 안에는 아무것도 없다. 나는 로빈을 찾지만 보이지 않는다. 여기에서는 그녀도 나처럼 능력의 한계가 있다. 어떻게 하면 당신과의 사투에서 이길 수 있을지, 과연 그럴 수는 있을지 우리 둘 다 알지 못한다. 딱하게도 로빈은 딱 나만큼만 힘이 세고 딱 나만큼만 머리가 좋다. 나는 어렸을 때부터 늘 그걸 알고 있었던 것 같다.

욱신거리는 몸과 쿵쾅거리는 심장을 달래며 천천히 옷을 입는다. 당신이 고른 레이스 속옷은 섹시하지만 부드럽다. 원피스를 입어보니 완벽하게 맞는다. 달라붙어야 하는 곳은 달라붙고 헐렁해야 하는 곳은 헐렁하다. 랩 카디건은 포근함, 그 자체다. 나는 벨벳 플랫 슈즈에 발을 넣는다. 모르는 디자이너 제품이지만 비쌀 것이다. 당신은 지미 추, 루부탱, 샤넬, 발렌티노 같은 요란한 브랜드를 경멸한다. *자기 스타일이 없는 사람들이나 그런 브랜드로 자기 부를 과시하지. 디자인이나 예술성과 상관없이. 나를 봐, 내가 이런 걸 살 수 있는 사람이라고, 그냥 이런 식이야.*

복도로 나가 거실로 향한다.

나는 문이 두 개뿐인데 양쪽 다 잠겨 있고 열리는 창문은 없다는 걸 안다. 이중창이고 아르곤 가스를 채워 넣은 강화 유리라, 시속 320킬로미터의 강풍이 불고 바람에 이런저런 물건이 날아오더라도 끄떡없다는 것도 안다. 그러니 의자를 던지거나 미친 듯이 창문을 두드려도 소용없을 것이다. 이 또한 내가 비싸게 터득한 교훈이다.

반경 몇 킬로미터 이내에 다른 건물이 없다는 것도 안다. 여기까지 나를 찾으러 올 사람이 없다는 것도. 할로스에서 몇 시간 거리에 불과하지만 여기는 달나라나 다름없다. 당신은 내 차를 없앴다. 출입문은 잠겨 있다. 이 집은, 이 일대는 레이더를 철저하게 피할 수 있다.

그리고 나는 이제 보니와 멜리사, 미아가 어떻게 됐는지 알겠다.

그것이 나의 미래가 될 테니까.

내가 식탁에 앉자 당신이 와인을 두 잔 들고 와 각자의 접시 앞에 놓는다. 와인은 핏빛이고 크리스털 잔은 영롱하게 반짝인다. 부엌에서 황홀한 냄새가 풍기자 뱃속에서 주인의 속도 모르고 천둥소리가 난다.

와인잔을 식탁에 내리쳐 뾰족하게 만든 다음 유리 조각을 들고 당신에게 돌진하고 싶지만 참는다. 당신이 나보다 훨씬 힘도 세고 빠르다. 게다가 이제는 나를 믿지 않아서 경계 중이다. 여러 번의 반복 학습 끝에 내가 터득한 또 하나의 쓸쓸한 교훈이 이거다. 드디어 완전히 체득하게 된 교훈. 나는 아무것도 모르는 여학생처럼 말을 잘 듣는다는 거.

내 손이 떨린다.

당신은 촛불을 켜고, 비밀스러우면서 다정한 눈빛으로 나를 흘끗 쳐다본다.

당신이 좋아하는 쇼팽의 녹턴이, 마침 알맞게 음울한 그 음악이 뒤에서 나지막이 흐른다.

창밖에서 들여다본 사람이 있었다면 우리가 정성스럽게 준비한 식사를 함께 먹는 우아하고 다정한 커플인 줄 알았을 것이다. 이 광경을 SNS에 올리고 이렇게 태그를 달 수도 있겠다. #로맨스 #집에서하는데이트. 그러면 모든 팔로어의 질투를 독차지할 수 있을 것이다.

당신은 맛있게 구운 안심과 정성스럽게 썰어서 구운 감자, 베이컨과 함께 볶아 아이올리 소스를 뿌린 방울양배추가 담긴 접시를 들고 돌아와 내 앞에 놓고 당신 자리에 앉는다.

"우리의 새로운 출발을 위하여." 당신은 말하고 잔을 든다.

"응." 나는 속삭이듯 말한다.

우리는 와인을 마신다.

나는 기도한다.

45

베일리가 초인종을 누르자 잭스가 남은 기운을 모두 소진한 표정으로 문을 열어준다. 숱이 많은 검은 머리는 높게 쌓아서 곱창밴드라는 요물과 핫핑크색 헤어밴드로 고정했다. 검은색 티셔츠가 내려와 윤곽이 뚜렷한 어깨가 드러났다. 영화 〈플래시댄스〉와 비슷한 광경이 펼쳐지고 있었던 모양이네. 베일리는 혼자 생각한다.

잭스는 아무 말도 하지 않고 보라색 레깅스를 잡아당기며 베일리가 렌의 집 안으로 들어올 수 있게 옆으로 비켜선다.

디어 버디의 고문을 맡고 있는 선사 벤과 사설탐정 제이슨이 식탁 앞에 앉아 있다. 제이슨은 손을 들고 베일리는 고개를 까딱여 인사한다. 세 친구는 렌의 식당을 전략 회의실로 개조해 모든 표면을 컴퓨터, 흩뿌린 사진, 토지 측량도, 경찰 보고서로 뒤덮어 놓았다. 장기간에 걸쳐 소모적인 친구 수색 작전을 벌이고 있는 터라 다들 조금 신경이 날카롭고 눈가가 충혈됐고 풀이 죽어 보인다.

어서 와, 여기가 내가 속한 세상이야. 베일리는 생각한다.

"뭐 좀 알아낸 거 있어요?" 잭스가 책상다리를 하고 소파에 앉으며 묻는다.

베일리는 마티와 베스와 어떤 대화를 나누었는지 복기하고 유령이 토치에 다시 등장했다는 소식을 전한다. 충격을 받은 잭스의 눈이 휘둥 그레지고 몸을 움츠린 것처럼 느껴진다.

그녀가 조그맣게 속삭인다. "그게 무슨 뜻일까요? 그자가…… 다음 먹잇감으로 넘어갔다는 뜻일까요?"

베일리는 그 질문의 무게를 느끼며 고개를 젓는다. "모르겠어요. 하지만 좋은 생각이 있어요."

"좋은 생각이요?"

"그자가 관심을 보일 만한 매치 상대를 만듭시다."

잭스는 헉 하고 숨을 들이마셨다가 천천히, 길게 내뱉는다.

"내가 할게요. 내가 미끼 역할을 맡을게요."

"안 돼요." 벤과 베일리가 동시에 외친다.

두 남자는 서로 쳐다본다. 베일리는 이들 모두가 좋다. 잭스는 진득하고 믿음직한 친구고 벤은 인정이 넘치고 성실한 사람이다. 제이슨은 젊고 IT에 빠삭한 사설탐정이다. 이들은 모두 렌을 사랑한다. 셋이 힘을 합쳐 디어 버디를 관리하고 렌의 실종이 야기한 언론의 폭풍 공격에 대처하며 자기들만의 수사에 착수했다. 터너 앤드 아이브스가 베일리의 사건과 그를 포기한 이후에 이들이 베일리와 비공식적으로 한 팀이 되었다.

마지막으로 대화를 나눴을 때 노라는 이렇게 말했다. "자네를 자르고 싶어서 이러는 게 아니야, 베일리. 자네만큼 훌륭한 수사관은 본 적이 없으니까. 나는 자네를 돕고 싶어서 그래. 누구에게나 그런 사건이 하나씩 있거든. 나도 그렇고 다이애나도 마찬가지야. 생각하면 너무 가슴이 아픈 사건, 모든 프로세스를 마비시켰던 사건. 이게 자네한테는 그런 사건인 거지. 잘 정리하고 돌아와. 그때 가서 다른 사건을 진행하자고."

"지금 저더러 지나치게 관심을 기울이고 있다는 겁니까? 무슨 그런 말도 안 되는 소리를 하세요." 그는 상처를 받았고 화가 났고 좌절감이 명치에 똬리를 틀었다.

노라는 숨을 마셨다가 내뱉었다.

"내 말은 자네가 지금 착각하고 있다는 거야. 이 사건을 해결할 사람은 자네가 아닌데 말이지."

"그럼 누군데요?"

"헨리 소프가 일을 맡길 다음 사람이지. 의뢰인에 대해서 잊었나? 돈을 대는 사람이 누군지? 내가 하고 싶은 말은 그거야."

베일리는 의뢰인에 대해서 잊고 있었다. 그의 머릿속은 온통 유령과 렌 생각뿐이었다.

"이 사건은 잊고 정신 차려." 노라가 이 말을 끝으로 전화를 끊자 정적이 이어졌다.

하지만 그는 멈추지 않았다. 잭스의 연락처를 알아내 무료로 도움을 자처했다. 그리고 이렇게 6주가 지났다.

베일리가 말한다. "당신은 안 돼요. 그자는 당신의 정체를 알아차릴 거예요. 렌에 대해서 모르는 게 없을 테니까."

벤은 잭스의 옆에 가서 앉고 그녀의 손을 잡는다. 베일리가 보기에 이 둘은 서로 어울리지 않는다. 잭스는 에너지가 넘치고 열정적이며 기가 세다. 벤은 부드럽고 안색이 창백하고 새치가 하나둘 늘고 있으며, 치노 팬츠에 편한 신발을 신고 다닌다. 잭스의 반응은 격하고 빠르다. 벤은 천천히 고개를 끄덕이며 턱을 문지른다. 그런데 뭔가가 잘 맞는다.

음과 양처럼.

"그럼 어쩌죠?" 벤이 묻는다.

"그자의 조건에 걸맞은 사람을 하나 만들어요. 젊고 매력적이고 돈이 많고 어린 시절의 트라우마가 있는. 그가 미끼를 물면 데이트 약속을 잡는 거예요. 우리가 가짜로 만든 사람은 바람을 맞게 하고 우리가 기다리고 있다가 그의 뒤를 밟는 거죠." 잭스가 말한다.

"그런 작전이 성공할 가능성이 얼마나 될까요?" 제이슨이 식탁에서 묻는다. 제이슨은 키가 크고 비쩍 말랐으며, 검은 머리는 빗자루 같고 수염을 길렀다. 안경을 썼고 모니터만 너무 들여다보느라 얼굴이 허옇고 어깨는 굽었다.

"지난주 내내 들여다보고 있었던 정보를 다시 한 번 검토하느니 그 편이 낫지 않을까요? 우리 수중에는 아무것도 없잖아요. 뭐, 거의 아무것도요." 베일리는 말하고 주머니에서 접은 종이를 꺼내 제이슨에게 건넨다.

"이게 뭐예요?"

"렌이 이체를 부탁한 비트코인 계좌요. 이거 가지고 뭐 할 수 있는 거 있어요?"

"비트코인의 핵심이 추적이 불가능하다는 거예요." 제이슨은 생각에 잠긴 표정으로 거의 백지나 다름없는 종이를 들여다본다. "그래도. 아는 사람을 만나볼게요."

그는 자리에서 일어나 손을 흔들며 잽싸게 현관 쪽으로 걸어간다. "나중에 연락할게요."

"조심해요." 잭스가 눈으로 그를 쫓아가며 말한다. 누가 집에서 나갈 때마다 이 말을 한다. 벤이 어깨를 주물러주자 그녀는 그에게 기댄다.

"무슨 수로 사람을 만들죠?" 잭스가 묻는다.

"도움이 될 만한 사람을 알아요. 도움을 받을 수 있을지도 모르는 사람이에요. 맨땅에 헤딩하지 않아도 될지 몰라요."

"그럼 연락해봐요." 잭스가 말한다. 그녀는 비공식 의뢰인이자 렌을 찾기 위해 모인 이 팀의 대장이다. "얼른. 렌이 점점 멀어지는 것 같아요. 느껴져요."

베일리는 고개를 끄덕이고 잭스의 눈물샘이 터진 걸 모르는 체한다. 멀찌감치 자리를 옮겨서 전화를 건다.

"여보세요." 누군가가 허스키한 목소리로 전화를 받는다. 서브리나다. "선배, 여기 지금 골치 아프게 됐어요."

"알아."

"왜 전화했는지 내가 알아맞혀 볼까요? 삐딱선을 타고 보니 사설탐정 일이 쉽지가 않죠? 마음대로 동원할 수 있는 IT팀이 있고 모니터에 코 박고 사는 MZ세대가 한 부대 대기 중인 시절에 비하면 말이에요. 그중 누군가는 회사 크리스마스 파티에서 술을 너무 많이 마시면 선배랑 잘 수도 있을 텐데."

"서브리나."

"그리고 선배는 심심풀이 땅콩 삼아 가끔 걔를 만날 수도 있고요."

"그런 거 아니야." 그는 말투를 부드럽게 바꾸며 미소를 짓는다.

"그런 다음 몇 달 동안 연락을 끊었다가."

"그만해."

"필요한 일이 생기면 전화할 테죠."

"와우."

"내 말이 틀렸어요?"

"아니." 베일리는 솔직하게 인정한다. "우리가 친구라는 사실을 빼먹은 거만 빼면 안 틀렸어. 우린 영화도 같이 보고 포켓볼도 같이 치고 그

때 소풍도 같이 갔었잖아. 심심풀이 땅콩 아니었어."

서브리나는 혀를 두 번 찬다. "떡치기 전에는 항상 깍듯한 서론이 선행하기 마련이죠. 맞아요. 선배, 그거 잘해요. 내가 이용당한 기분 느낀적 없으니까."

머리카락을 몇 가닥 잡고 뱅뱅 꼬는 그녀의 모습이 그려지는 듯하다. 마지막으로 만났을 때는 머리가 보라색이었는데 지금은 무슨 색인지 모를 일이다. 반쯤 감긴 두 눈, 다 알고 있다는 듯이 미소를 머금은 반짝이는 입술. 서브리나는 베일리보다 거의 스무 살 어리고 싱그럽고 풍만하며 섹시하고 똑 부러진다.

그녀가 묻는다. "어떻게 지내요? 진짜로."

"괜찮아졌어."

"다쳤어요?"

"아니, 멀쩡해."

"거짓말 같은데요? 세상에, 거짓말을 이렇게 못할 줄이야."

"그게 무슨 소리야?"

"아무것도 아니에요. 그냥, 선배는 여러 겹의 베일을 두르고 있잖아요. 복잡하다고요. 아무튼 내가 알아맞혀 볼게요. 우리의 표적이 토치에다시 등장했다는 걸 알게 된 거죠?"

"알고 있었군."

"당연하죠, 나도 지켜보고 있었는걸요. 나도 선배 못지않게 그놈을잡고 싶다고요."

"네가 프로필을 올려주면 좋겠는데."

"이미 선수 쳤죠." 베일리의 휴대전화에서 알림음이 울린다. 그는 문자에 첨부된 링크를 엄지손가락으로 클릭한다. 눈이 크고 적갈색 머리를 뿌리만 남겨놓고 금발로 탈색한 여자의 흐릿한 사진이 뜬다. 서브리나의 얼굴인데 이름은 에인절이다. 좋아하는 것: 고독, 어둠, 폭풍우. 싫어하는 것: 멍청한 인간, 악플러, 쓰레기. 좋아하는 밴드: 바우하우스. 좋아하는 영화: 〈요리사, 도둑, 그의 아내 그리고 그녀의 정부〉. 시? 당연히 릴케.

"이미 히스토리도 있어요. 인스타그램을 만들었거든요. 페이스북이랑 트위터는 됐다 그래요. 그건 밥맛이랑 늙다리들이나 하는 거니까."

"어렸을 때 겪은 트라우마는 뭐고?"

"13살 때 교통사고로 부모님이 돌아가셨어요. 몰래 파티장에 간 그녀를 데리러 가다가. 신문기사를 먼저 찾았어요. 진짜 벌어진 사건으로. 그런 다음 그녀를 만들었죠. 토치의 에인절로 정보를 검색하면 그게 뜰 거예요. 실제 주인공은 돈이 많아요. 그리고 나를 많이 닮았고요. 내가 실제 주인공을 따라서 헤어스타일을 바꿨어요. 그자가 아주 유심히 들여다보거나 아주 열심히 뒤지지 않는 이상, 토치의 에인절이 그 기사의 주인공인 줄 알 거예요. 에인절이라는 인물을 유령의 미끼로 던지는 거죠."

"진짜 에인절도 토치에 등록돼 있나?"

"아뇨. 이미 체크했어요. 그나저나 이거 날림이에요. 그자가 열심히 뒤지면 토치의 에인절이 진짜 에인절이 아니라는 걸 알아차릴 수도 있어요."

"오케이. 훌륭하네. 잘했어."

"내가 그자의 프로필에 '좋아요'를 눌렀어요. 이제 그자도 나를 마음에 들어할지 기다려봐야죠."

"반응을 보이면 데이트 날짜를 잡아. 당장."

"노라 대표님이 좋아하지 않을 텐데."

"대표님은 모를 텐데 뭐, 안 그래?"

"저는 이 일이 좋아요."

"잘릴 일 없어. 대표님도 이자를 우리만큼이나 간절하게 잡고 싶어하거든. 내 말 믿어도 좋아. 다이애나 대표님 앞에서 아닌 척하려고 그러는 거야."

"선배는 잘렸잖아요."

"나 지금 병가 중인데?"

서브리나는 콧방귀를 뀐다. "아하, 회사에서 그렇게 얘기했어요?"

베일리는 그 말을 못 들은 척한다. 그는 자신이 잘렸다고 생각하지 않는다. 하지만 그렇다 한들 상관없다. 온갖 장난감과 IT에 빠삭한 MZ세대를 한 부대 거느리고 있으면 좋겠지만 대안을 찾을 수 있을 것이다. 그리고 매인 데 없이 일하는 것도 괜찮을 것이다. "그리고 날짜를 잡으면 나한테 알려줘."

서브리나가 키보드를 두드리는 소리, 뒤에서 웅얼대는 사람들 목소리, 울리는 전화벨 소리가 들린다.

그녀가 말한다. "내가 갈게요. 내가 미끼가 될게요."

"말도 안 돼. 아무도 나갈 필요 없어. 그자가 자리를 뜨면 내가 뒤를 밟을 거야."

"하지만 그자가 의심을 품으면요? 함정이라고 생각하고 몸을 사리면요? 그럼 그자를 영영 놓칠 수도 있어요."

그 말에도 일리가 있다. "매치가 되면 그때 가서 얘기하자고."

잠깐 정적이 이어지다가 그녀가 입을 연다. "저기요, 베일리 선배."

베일리는 서브리나가 좋다. 둘은 재밌는 시간을 함께 보냈다. 그녀를 이용하고 있다고 생각하고 싶지는 않다. 여자를 이용하는 그런 남자는 되고 싶지 않다. 두 사람의 관계는 그런 거 아니었을까? 가볍고 재미있는 일종의 친구 사이. "응."

"조심해요. 어쩐지 위험한 일에 휘말린 느낌이에요."

그도 그런 느낌이다. 그것도 아주 깊숙이 휘말린 느낌이다. 렌 때문이다. 이성의 끝자락에 매달려 그녀를 향해 손을 내밀고 있지만 렌은 점점 더 멀어지고만 있다.

"걱정 마, 별일 없을 테니까." 그는 이렇게 대답하지만 진짜 그럴지 잘 모르겠다. "저기, 서브리나. 정말 나한테 이용당하는 것처럼 느껴지는 건 아니지?"

그녀는 웃음을 터뜨린다. 그 걸걸하고 요란한 웃음소리를 듣자 베일리도 덩달아 미소가 지어진다. "무슨. 굳이 따지자면 내가 선배를 이용하고 있죠. 성욕 해소용으로."

"나는 그래도 상관없어."

"어련하실까." 그녀는 계속 쩌렁쩌렁하게 웃으며 전화를 끊는다.

한 시간도 안 돼서 서브리나의 문자가 도착한다.

매치가 이루어졌어요. 내일 이스트빌리지의 술집에서 만나기로 했어요. WCOU 라디오 바. 그자가 정한 곳이에요.

그는 답장을 보낸다. 나가지 마. 내가 상대할게.

하지만 서브리나는 답이 없다. 베일리도 알다시피 그녀를 말릴 방법은 없다. 아무리 애를 써도 다른 사람이 하려는 일을 말리는 건 불가능하다. 형이 그랬듯. 렌이 그랬듯. MZ세대인 이 친구도 마찬가지다. 어쩌면 그 안에 삶의 교훈이 있을지 모른다. 어쩌면 언젠가는 그도 그걸 알게 될지 모른다.

46

밤공기는 차갑고 퍼스트 애비뉴에는 가벼운 눈이 내린다. 전에는 이스트빌리지에서 모래가 밟히고 악취가 풍겼다. 하지만 요즘은 으리으리한 부티크와 근사한 식료품점, 전자담배를 피우는 힙스터, 스타일리시한 술집과 음식점 일색이다. 베일리는 디즈니 영화처럼 변하기 이전의 뉴욕이 더 좋다. 지저분하고 위험하며, 개성과 엉뚱함과 예술성으로 무장한 지하 클럽이 넘쳐나던 그때가. 바워리에서는 강도를, 10번가에서는 마약상을, 미트패킹 지구에서는 매춘부를 만날 수도 있었던 그 시절에 반해 지금은 모든 게 비슷해지고 고급스러워졌다. 더 안전하고 예쁘고 인스타그램에 올릴 만해졌다. 더 좋아졌다고 단언할 사람도 있을 것이다. 하지만 어딘지 모르게 진정성이 없다. 어딘지 모르게 포장된 상품 같다. 뉴욕이라는 이미지, 그 도시의 꿈이라는.

"저 여자분이에요?"

잭스가 SUV 조수석에 앉아 있다. 베일리가 부른 건 아니었다. 차에

민간인을 태워서 정신이 산만해지고 막중한 책임을 짊어지는 사태는 피하고 싶었다. 솔직히 따라오지 말라고 그녀에게 대놓고 말했다. 하지만 잭스는 안 된다고 한다고 해서 순순히 물러서는 성격이 아니었다. 그녀의 블로그에는 이런 문구가 있었다. *이번 인생에서 원하는 게 있으면 가지자. 허락을 구하지 말자. 내 지금 모습에 대해 어느 누구에게도 미안해하지 말자.*

언행일치가 뭔지 몸소 보여주고 있다는 것만큼은 인정할 수 있었다.

"네, 저 여자예요." 그는 대답한다.

"뭐 입고 있는 거예요? 가죽 캣슈트 맞아요?" 잭스가 묻는다.

"그런 것 같네요." 그는 시인한다. 서브리나는 '신비롭다'는 게 뭔지 모르는 걸까?

하이힐, 빅백, 눈에 확 띄는 빨간색 랩 카디건. 좌우를 두리번거리며 잽싸게 걸어오는데 입술을 어찌나 빨갛게 칠했는지 반 블록 멀리서도 보일 정도다.

전부 틀렸다.

유령이 좋아할 만한 타입이 아니다. 너무 화려하고 너무 자신만만하다. 그게 중요한 건 아니지만.

어쩌면 그자가 금세 흥미를 잃고 일어나버리는 편이 더 나을지 모른다. 약속 장소에 나타나기는 할지 모르겠지만. 일이 계획대로 되지 않는 경우는 너무 많았다. 한두 번이 아니었다. 그것이 탐정이라는 직업의 감추고 싶은 비밀이다. 아무 일도 벌어지지 않는데 계속 앉아서 기다려야 하고, 할 얘기도 없는데 몇 시간씩 걸려가며 사무실로 들어가 보고를 해야 한다는 것. 적어도 지금은 보고서를 작성할 일이 없으니 다행이랄까.

그래도 노라는 오늘 전화를 세 번이나 했다. 그는 수신을 거부하고 음성 사서함 메시지도 듣지 않았다.

베일리는 가벼운 눈이 내리는 것을 바라본다. 마침내 휴대전화에서 알림음이 들린다. 서브리나다.

도착했어요.

그가 원격감시 앱을 켜자 서브리나의 휴대전화가 카메라와 도청기로 바뀐다. 부모가 아이들 위치를 추적하고 뭘 하는지 감시하고 모든 문자와 전화 통화를 검열할 때 쓰는 앱이다. 전에는 SF 영화에서나 볼 수 있었던 이런 최첨단 스파이 장비가 이제는 한 달에 19달러 99센트만 내면 쓸 수 있는 일상용품이 되었다.

앱이 작동되기 시작하자 베일리는 술집 안으로 공간 이동한다. 나지막한 재즈가 흐르고 조명은 어두침침하다. 손님이 꽉 찼지만 서브리나는 어찌어찌 구석의 조용한 자리를 차지한 모양이다.

"그 사람이 안 오면 어떻게 해요?" 그녀가 조그맣게 묻는다. 베일리에게 자기 목소리가 들린다는 걸 알고 묻는 것이다.

휴대전화 카메라가 그녀의 목과 턱, 새빨간 입술을 비춘다.

그는 문자를 보낸다.

쉿. 가만히 기다려. 연약한 분위기를 풍기면서.

"나 지금 연약한 거 맞는데요." 서브리나가 조그맣게 속삭이고 눈을 찡긋거리자 반짝이는 아이섀도를 바른 눈꺼풀이 보인다.

"이제 보니 어처구니없는 작전을 짰네. 어린애잖아요. 아니 지금, 몇 살이에요?" 잭스가 베일리의 어깨 너머로 몸을 숙이며 짜증 섞인 투로 묻는다.

당연한 이야기지만 잭스의 말이 맞다. "괜찮을 거예요. 이래봬도 전문가니까." 베일리는 그녀를 안심시킨다.

하지만 사실이 아니다. 서브리나는 현장 경험이 없는 IT 전문가다.

"전문가 같아 보이지는 않는데요."

그들은 기다린다. 잭스는 가만있지 못하고 몇 초마다 꼼지락거리지만 시선은 술집 출입문에 고정돼 있다. 약속 시간까지 10분 남았다. 베일리가 짐작하건대 유령은 일찍 오지도 늦게 오지도 않을 것이다. 시간에 딱 맞춰서 올 것이다. 그는 섬광이 터지던 총구와 어둠 속에서 걸어 나오던 형체에 대해 생각하지 않으려고 애를 쓴다. 어깨가 아프다.

잭스가 묻는다. "당신은 이러고 있는 이유가 뭐예요? 우리를 돕는 이유가. 당신이 맡은 일도 아니고 돈을 받는 것도 아닌데."

그녀는 갈색 눈으로 베일리를 빤히 쳐다보며 살짝 미간을 찌푸리고 있다. 거의 24시간 내내 그 표정을 짓고 있다고 보면 된다. 그는 곰곰이 생각하고 대답한다.

"나는 거의 1년 동안 이 사건에 매달렸어요. 사라진 네 여자의 연결 고리인 것 같은 이 남자를 쫓으며. 이 일은 끝났고 우리 회사는 잘렸어요. 그런데도 놓을 수가 없네요."

잭스는 그 시선을 거두지 않는다. "진짜 이유요. 이유 아래에 숨겨져 있는 진짜 이유요."

베일리는 그녀가 뭣 때문에 그런 말을 하는지 안다. 인간은 누구나 원하는 것이 있고 그 욕구에 따라 행동한다. 자기가 원한다고 생각하는 것, 자기가 원한다고 말하는 것과 실제로 원하는 건 전혀 다를 수 있다.

그는 말한다. "나는 답이 없는 질문을 좋아하지 않아요. 찾을 수 없는 걸 좋아하지도 않고요. 말이 안 되잖아요. 누구든 어딘가에는 있을 수밖에 없는데."

술집의 음악 소리, 웃음소리가 둘 사이에 놓인 전화기 너머에서 조그맣게 들린다.

"그럼 렌은 뭐예요?"

렌. 그는 요즘 다른 생각은 거의 한 적이 없었다. 그녀는 심지어 꿈속에까지 파고들었다. 노라가 주장한 것처럼 그의 판단을 흐려놓았다. 그는 유령을 쫓고 있었지만 렌을 쫓는 것이기도 했다.

"렌은…… 내가 아끼는 사람이죠."

커다랗고 속눈썹이 짙고 영리하며 속을 꿰뚫어보는 잭스의 눈이 그의 얼굴을 살핀다. 거기서 뭘 보았는지 몰라도 마음에 들었는지 자기가 이미 알고 있던 사실을 확인한 듯 얼른 고개를 끄덕인다.

"렌은 우리 가족이에요. 한 핏줄처럼 발전하는 친구도 있잖아요. 렌은 우리 집에서 명절을 같이 보내요. 내가 전화했을 때 한 번도 안 받은 적이 없고요. 그런 일을 겪은 사람들은 대부분 미쳐버리거나 추악해지거나 우울증이나 분노 장애를 앓잖아요. 하지만 걔는 남을 돕고 자기한테 편지를 보내는 사람들을 돕는 데 모든 걸 쏟아부어요. 얼굴도 모르는 사람들을 돕는 데." 이렇게 말하는 잭스의 눈에 눈물이 고인다.

"렌을 찾을 수 있을 거예요." 베일리는 말하며 그녀의 어깨에 손을 얹는다. 그는 그럴 거라고 믿는다. 그렇게 믿어야 한다.

"내 잘못이에요." 잭스가 말한다. 이제는 고였던 눈물이 흐른다. 그녀는 매니큐어를 바른 손끝으로 눈가를 두드린다. "토치에 등록하게 한 사람이 나였어요."

"요즘은 다들 토치에 등록하잖아요. 그자가 맹수 같은 놈이죠. 당신은 잘못한 게 전혀 없어요."

그녀는 두 팔로 배를 감싸안고 창밖으로 술집을 내다본다. "나는 걔를 집으로 꼭 데려와야 해요, 알겠죠?"

"알겠어요."

잭스는 고개를 끄덕이고 그를 곁눈질하며 다시 고개를 끄덕이더니 숨을 토한다. "좋아요."

베일리가 먼저 그자를 본다. 그에 반응하듯 팔이 욱신거리기 시작하자 욕을 내뱉는다. 그는 빌어먹을 환자처럼 보이고 싶지 않아서 삼각건을 내팽개쳤다. 하지만 팔에는 아직 힘이 없고 뻣뻣해서 몸싸움을 벌일 형편이 못 된다. 베일리 자신도 그렇다는 걸 안다. 그것이 현장에 있으면 안 되는 이유이기도 하다.

"저기 오네요." 베일리는 말한다.

정확히 제시간이다. 유령은 머리와 수염을 길렀다. 먹는 양을 늘리고 열심히 운동을 했는지 전보다 덩치가 좋아진 것 같다.

베일리는 밖으로 뛰쳐나가 그를 붙잡고 두들겨 패서 답을 듣고 싶지만 온 힘을 다해 참는다. 분노가 뱃속에서 단단히 똬리를 트는 것을 느끼며 숨을 고른다.

유령은 느긋하게 움직인다. 거의 인적이 끊긴 인도를 꺽다리 한 명이 걷고 있다. 밖을 나다니는 사람이 별로 없는 조용하고 추운 밤이다. 노숙자가 어느 건물 앞 계단에 웅크리고 앉아 있고, 서로 바짝 끌어안은 커플이 깔깔대며 쌩하니 지나간다. 눈이 쌓이지는 않았지만 길은 미끄럽고 질척질척하다. 유령은 술집 앞에서 걸음을 멈추고 창문 안을 들여다보며 머뭇거리는 기미를 보인다. 베일리의 몸에 힘이 들어간다. 이상한 낌새를 느낀 걸까? 그대로 발길을 돌리려나?

아니다.

안으로 들어간다.

"왔어요." 서브리나가 전화기에 대고 속삭인다.

47

"사진하고 다르네요."

"그래요? 칭찬인지, 욕인지?" 서브리나는 저음의 허스키한 목소리로 서글서글하고 명랑하게 되묻는다.

"미인이시네요. 당신도 알겠지만."

"말로 들으면 항상 기분 좋더라고요."

"뭐 드릴까요?" 젊은 남자의 목소리. 머리를 반질반질하게 뒤로 빗어 넘기고 일부러 수염을 깎지 않고 까칠하게 남긴 호리호리한 웨이터가 테이블 위에 놓여 있을 게 분명한 휴대전화 카메라에 이상한 각도로 등장한다.

오늘은 제임스 로리라는 프로필 이름을 쓰는 유령은 블랑톤 버번을 온더록스로 주문한다. 서브리나는 올리브를 추가한 더티 마티니를 달라고 한다. 베일리는 그녀가 그걸 진짜로 마실 생각은 아니길 바란다. 웨이터가 사라지자 그자가 묻는다. "데이트 자주 해요?"

베일리는 상대 남자의 얼굴을 볼 수 있게 휴대전화를 옮겨달라고 서브리나에게 텔레파시를 보낸다.

"아뇨, 그렇지는 않아요." 서브리나는 웃으며 말한다.

마침내 그녀가 휴대전화를 살짝 움직인다. 그자가 대문짝만하게 등장한다. 얼굴은 유령답게 창백하고 턱은 넓고 까만 눈은 이글거린다. 코는 크고 굽었다. 잘생기지는 않았다. 여자들을 꾀어내 삶을 내팽개치게 만들 타입 같아 보이지 않는다. 하지만 어쩌면 외모가 다가 아닐지 모른다. 그는 여자들에게 다른 것, 그들이 갈망하지만 그런 줄도 몰랐던 것을 주었을지도 모른다.

"그런데 왜 토치에 가입했어요?" 유령이 묻는다.

"친구가 이제 나도 누군가를 만날 때가 됐다며 등을 떠밀길래요. 요즘은 다들 이걸로 만나잖아요. 안 그래요?"

음악 소리가 조금 시끄럽다. 베일리는 귀를 쫑긋 세운다.

"그렇긴 하죠. 회사 동료는 안 만나요?"

"네. 회사가 좀 작아서요. 그리고 문제가 복잡해질 수 있잖아요? 같은 회사 직원을 만나는 건 좀 별로지 않아요?"

"자료 조사원."

"네?"

"당신 직업란에 그렇게 되어 있던데요."

"맞아요. 작가들 대신해서 자료 조사해요. 당신은 IT 쪽 일을 하죠?"

"맞아요."

대화가 밋밋하고 재미없다.

잭스가 말한다. "저 여자가 마음에 들지 않는 거예요. 충분히 망가지지 않은 여자라. 그걸 느낄 수가 있는 거예요. 저런 맹수 같은 남자들은 본능적으로 알아요."

"그녀를 마음에 들어 하지 않아도 돼요. 우리가 뒤를 밟을 수 있게 자리에서 일어나기만 하면 돼요."

주문한 술이 나오고 지루한 대화가 이어진다. 그가 어디에서 사는지, 고향은 어디인지. 아마 모두 거짓말일 것이다. 서브리나는 긴장이 되는지 너무 많이 웃는다.

"가족은요?"

서브리나는 눈썹을 쫑긋 세우며 슬픈 표정을 지어 보이려고 하지만 설득력이 없다. "모두 돌아가셨어요."

"저런."

"나는 과거에 연연하지 않으려고 해요. 그건 이미 지나간 일이잖아요. 나는 현재에만 집중해요."

말투가 너무 가볍다. 명언을 너무 많이 읽기만 하고 체화하지는 않은 사람이 생각 없이 내뱉는 말 같다.

그가 말한다. "그렇군요. 현명하네요."

서브리나가 묻는다. "그거 흉터예요? 목에 있는 그거?"

베일리는 유령의 눈빛이 험상궂어지면서 한쪽 손이 목으로 향하는 것을 본다.

그가 말한다. "나도 과거에 대해서 이야기하는 걸 좋아하지 않아요."

"그렇군요."

"그럼 이제 미래에 대해서 이야기하기로 하죠. 여기서 나갈까요?"

"어디 가려고요?"

"그냥 좀 걷죠. 나는 눈 내리는 도시의 밤을 좋아하거든요. 괜찮아 보이는 다른 데 찾아봐요."

"좋아요." 서브리나가 대답한다.

"저 여자, 어쩌려고 저래요?" 잭스가 계기판을 부여잡으며 나지막이 쏘아붙인다.

"그러게요." 베일리는 말한다.

유령은 테이블 위에 50달러짜리 지폐를 놓고 서브리나가 외투를 입을 수 있게 돕는다. 서브리나가 휴대전화를 주머니에 넣자 연결이 자꾸 끊긴다. 두 사람의 말소리가 뭉개진다.

"젠장."

이제 그들은 밖으로 나와 도심 반대 방향으로 이동한다. 유령이 한쪽 팔로 서브리나의 어깨를 감싸안는다.

"운전할 줄 알아요?" 베일리는 묻는다.

"당연하죠. 내가 뭐 12살인 줄 알아요?" 잭스가 짜증 섞인 투로 쏘아붙인다.

"나 따라와요."

"잠깐! 뭐라고요?"

베일리는 차에서 내려 도보로 두 사람의 뒤를 밟는다. 가벼운 달음박질로 길을 건너 이제 막 세인트 막스 플레이스로 접어든 두 사람을 따라잡는다. 감시 앱 연결이 끊기지는 않았지만 아무 말소리도 들리지 않는다. 도시의 소음과 그들 옆을 지나가는 구급차 사이렌 소리와 고함 소리, 어느 술집에서 나오는 음악 소리뿐이다.

그들이 갑자기 걸음을 멈추자 베일리는 어느 건물 입구로 얼른 숨지만, 그 전에 유령이 고개를 돌리고 둘의 시선이 만난다. 그들은 서로를 알아보고 동시에 경악한다.

흐릿하게 뒤틀리는 찰나의 순간, 베일리는 멍하니 바라보다가 달리기 시작한다. 유령은 서브리나를 바짝 당겨서 꽉 끌어안더니 잠시 후에 옆으로 밀치고, 입가에 차가운 미소를 살짝 머금은 채 베일리를 계속 쳐다보며 뒷걸음질 친다.

베일리는 다리를 휘청거리며 고개를 뒤로 젖히고 쓰러지는 서브리나를 향해 달려간다. 콘크리트에 부딪치지 않게 말랑말랑한 몸을 두 팔로 받으며 그녀와 함께 바닥으로 넘어진다. 여러 조각으로 반짝이는 그녀의 파란 눈에서 고통과 공포가 보인다. 그녀가 베일리의 이름을 부르려고 하자 입에서 왈칵 피가 쏟아진다.

"아, 안 돼. 서브리나, 제발."

너무 젊잖아. 안돼안돼안돼.

베일리가 주머니에서 휴대전화를 꺼내 911을 누르는 순간 잭스가 끼이익 하는 소리와 함께 SUV를 길바닥에 그냥 세워두고 그들을 향해 달려온다. 길이 막히자 뒤에서 경적이 울린다. 운전자들이 창문을 내리고 소리를 지른다.

"어떻게 된 거예요? 맙소사, 그놈은 어디 있어요?" 잭스의 목소리는 절규에 가깝다.

그가 서브리나의 겁에 질린 두 눈에서 고개를 들어보니 유령은 다시 사라지고 보이지 않는다.

48

우리 아버지는 이제 쭈글쭈글하게 야윈 노인이다. 수염은 하얗고 뺨은 움푹 들어갔다. 눈빛에는 힘이 없다. 슬퍼서 그런 건 아니고 너무 많은 걸 봐서 지쳐 있다.

"내가 실수를 저질렀다, 로빈. 너무 많이. 내가 잘못한 게 너무 많아."

우리는 삐죽 튀어나온 바위에 앉아서 콸콸 흘러가는 개울 위로 맨발을 대롱대롱 늘어뜨리고 있다. 숨을 쉴 수가 없다. 가슴은 답답하고 공기는 너무 희박하다. 아버지에게 뭐라고 말을 하고 싶지만 목소리가 나오지 않는다.

묵은 대화, 지금은 할 수 없는 대화다. 내가 해야 하는 일이 있는데, 그게 뭔지 모르겠다. 공포가 가슴속에서 퍼덕거린다.

"기회가 있었을 때 나를 죽였어야지."

"그러려고 했는데 조준을 잘못했어요." 나는 쉰 목소리로 꺽꺽댄다.

"긴장해서 실수한 거야."

"이미 엎질러진 물이잖아요. 둘 다 저세상 사람이 됐는걸요."

"이번에는 실수하지 마라."

"이미 늦었다니까요."

"아니야." 아버지는 이렇게 말하며 내 손을 잡는다. 필사적이라고 할 수 있을 만큼 다급한 눈빛이다. "아직 늦지 않았어."

나는 헐떡거리며 목에 걸린 내 숨소리를 듣는다.

"쨱쨱아." 아버지가 내 두 손을 잡고 꼭 쥔다. "일어나서 도망쳐라."

눈을 떠보니 아무것도 없고 그저 회색이다. 온 사방의 공기가 뻑뻑하다. 숨을 잘 쉴 수가 없다. 탁한 공기 속으로 손을 내밀어보니 손끝에 비닐이 닿는다. 공포가 파도처럼 덮치자 나는 있는 힘껏 몸부림치지만 허파가 점점 옥죄어온다. 아무리 발길질하고 허공을 할퀴어도 비명을 지를 만한 공기조차 없다.

맙소사맙소사. 모든 게 다시 밀려온다.

안 돼. 안 돼. 죽고 싶지 않다. 지금 이렇게는 싫다. 이 세상. 내 인생. 잭스. 디어 버디. *네가 삶을 건설했잖아. 훌륭한 삶을. 거기로 돌아와.*

보인다. 한 점의 불빛. 마음을 가라앉히고 거길 향해 손가락을 내밀자 지퍼 이빨이 만져진다. 온 힘을 다해, 온 집중력을 다해 밀고 또 밀자 지퍼가 움직이기 시작한다. 귀하디귀한 공기가 쏟아져 들어온다. 점점 더 많이. 빛. 별. 나무집처럼 환한 달빛을 맞으며 흔들리는 나무 꼭대기.

나는 울부짖으며 고치를 찢고 나와 근사한 공기를 가슴속 가득 들이마신다. 들어가 있던 시체 가방에서 기어나와 손바닥으로 흙을 느낀다.

당신.

당신이 날 죽은 줄 알고 버리고 갔다. 나는 두 손을 목에 갖다 댄다. 멍이 들었고 아프다. 당신이 내 눈을 똑바로 쳐다보며 두 손으로 목을 졸랐던 것, 숨이 막혀서 버둥거리며 몸부림쳤던 것이 기억난다. 위에서 나를 누르던 당신의 어마어마하게 묵직한 몸.

우리는 모든 걸 가질 수도 있었어. 사방에서 빛이 점점 사라져가고 있었을 때 당신은 이렇게 속삭였다. 눈앞에서 하얀 별이 왔다 갔다 했다. 나는 더 이상 당신의 손가락을 내 목에서 떼어내려고 하지 않았다. 당신의 손아귀는 죔쇠와 같았고 두 눈에는 나의 고통과 공포를 목격하는 희열 말고는 아무것도 없었다. *그런데 네가 다 내동댕이쳐버렸어.*

로빈이 옆에 쭈그리고 앉아 있다.

그 사람 없어. 가버렸어. 지금이 기회야. 그녀가 조그맣게 속삭인다.

로빈은 몸을 부들부들 떨며 울고 있다.

매기는 이렇게 말했다. *언젠가는 로빈이 더 이상 필요 없어지는 날이 올 거야. 그날이 오면 놓아줘. 그런다고 로빈이 사라지는 건 아니야. 네 안의 일부분이 되는 것일 뿐이지.*

나는 욱신거리는 허파를 달래며 로빈에게로 기어가 눈을 가린 형클어진 머리카락을 쓸어 넘겨준다.

로빈이 말한다. *미안해. 뭘 어쩌면 좋을지 모르겠어.*

"괜찮아. 내가 아니까." 나는 말한다. 로빈은 그저 빛과 공기일 뿐이다.

나뭇잎 부스럭거리는 소리, 한밤중을 가르는 구슬픈 울음소리가 들린다. 구름 뒤에 숨어 있던 달이 고개를 내민다. 그리고 이 어두컴컴한 숲속에는 나 혼자 있다. 집으로 돌아온 셈이랄까. 눈을 떴다고 해야 할까. 나는 여기서 항상 혼자였다. 그래도 괜찮다. 심지어 그게 옳다.

내가 누워 있던 가방이 입을 떡 벌리고 있다. 나는 검은색의 얇은 시프트 원피스를 입은 채 앉아서 벌벌 떨며 내 몸을 만져본다. 무지막지하게 다쳐서 움직일 때마다 고통스럽기는 하지만 온전하고 살아 있다.

내 옆에는 대충 만들어놓은 무덤이 세 개 있고, 아무 무늬 없는 나무 십자가마다 이름이 새겨져 있다. 미아, 멜리사, 보니다.

나는 앉아서 그들을 위해 눈물을 흘린다.

당신은 이렇게 말했다. *나는 그들에게 자유를 선물하겠다고 했어. 하지만 다들 받지 않으려 들더군. 너는 다를 줄 알았는데. 너는 내가 찾던 여자인 줄 알았는데.*

와인 안에 뭐가 들어 있었는지 몰라도 눈앞이 휘청거렸다. *자기 스스로 선택해야 진정한 자유인 거야.*

그 말이 떨어진 순간 내 턱으로 주먹이 날아왔다. 나는 한 손을 들어 아픈 턱을 건드려보다가 그들의 무덤 앞으로 기어간다. 그들에게 뭐라도 해주고 싶지만, 꽃을 남기든 사과를 하든 여기서 구해주든 그러고 싶지만 해줄 게 아무것도 없다. 그들에게는 뭐든 이미 늦었다. 하지만 나는 아니다.

그때 진입로를 달려오는 자동차 전조등 불빛이 보인다.

당신이 돌아온 것이다.

나는 도로로 도망쳐 집으로 돌아갈 방법을 찾을 수도 있다. 하지만 그러지 않는다. 이대로 도망쳐 남은 평생 동안 어깨 너머를 계속 흘끗거리며 살 수는 없다. 그걸로는 안 된다. 우리 모두의 원수를 갚으면 모를까.

이제 내가 당신보다 먼저 거기 가 있어야 한다.

나는 남은 힘을 모두 쥐어짜내서 달린다.

49

실패와 상실의 쓴맛이 역류처럼 베일리 커크의 목구멍을 타고 스멀스멀 올라온다. 쓴맛이 입 안에 맴돌고 귓전을 두드린다. 그는 렌의 집 앞에서 잭스를 부축해 차에서 내린다. 그녀는 울음을 멈추지 못한다. 병원에서도, 경찰서에서도. 집 안에서 달려 나온 벤이 베일리에게 잭스를 건네받자 그녀는 그에게로 쓰러지며 매달린다.

"너무 속상하네요." 그는 말한다. 길거리에는 아무도 없다. 좀 전에 내리던 눈은 그쳤고 나뭇가지와 주차된 차 위에 조금 쌓였다. 공기가 살을 엔다.

벤이 잭스를 부축해 안으로 들어가고 베일리도 따라 들어간다.

제이슨이 식탁 앞에 앉아 있다. 베일리는 기대를 품고 그를 바라보지만 그는 고개를 젓는다.

"계좌를 추적할 방법이 없어요. 죄송해요. 비트코인의 핵심이 그거예요. 아무 흔적도 남기지 않는다는 거. 무슨 방법이라도 찾을 수 있을 줄 알았는데…… 없었어요."

"렌이 일을 맡겼던 다크웹의 해결사는요?"

"그자도 유령이에요. 렌이 다크웹에 접속했을 때 썼던 컴퓨터로 연락을 해봤거든요. 그런데 답이 없어요."

절망이 그들 위로 내려앉는다. 악귀가 구석에서 산소를 전부 빨아들이고 있다.

잭스가 소파에서 말한다. "렌은 사라졌어요. 다른 여자들처럼. 흔적도 없이 사라졌어요. 아무도 그 여자들을 찾지 못했잖아요. 우리가 이제 와서 무슨 수로 렌을 찾을 수 있겠어요?"

베일리는 대답하지 않는다. 대답할 수가 없다. 그의 수중에는 아무 답도 없다. 공포에 질린 서브리나의 두 눈만 계속 어른거릴 뿐이다. 베일리가 같이 구급차를 타고 갔고 잭스가 그의 차를 몰고 따라왔다. 둘이서 대기실에서 기다리는 동안 서브리나의 부모님이 도착했고 노라도 오는 길이라고 했다. 이제 그는 노라가 방금 전에 보낸 문자를 반복해서 읽는다.

피를 많이 흘렸대. 하지만 견뎌내겠지. 이게 다 베일리, 자네 책임이야.

술이 있어야겠다. 온 세상이 암전될 때까지 술을 마셔야겠다.

누군가가 세게 문을 두드리는 소리에 그들 모두 화들짝 놀란다. 베일리와 제이슨이 동시에 자리에서 일어난다. 베일리가 본능적으로 총에 손을 얹고 문 쪽으로 다가간다. 시커먼 형체가 현관 앞 계단에 서 있는데, 몸집이 크고 미동도 하지 않는다.

"누구십니까?" 제이슨이 그의 뒤에서 묻는다.

베일리는 단박에 그 사람을 알아보고 문을 연다.

존스 쿠퍼가 파카를 입고 털모자를 쓰고 추운 바깥에 서 있다. 겨드랑이춤에 두툼한 봉투를 끼고 있다.

"자네 회사 대표가 여기 있을 거라고 하더군. 자네 위치를 추적하고 있는 모양이야."

그럴 만도 하다.

"그럴지도요. 저 차가 회사 거라서요."

"묵은 파일을 뒤지고 있었거든. 뭘 찾은 것 같아서."

존스가 식탁 앞에 앉아서 사진과 묵은 신문에서 오려낸 기사, 측량도와 땅문서 같아 보이는 출력물을 펼쳐놓는 동안 그들은 주변으로 모인다.

"카슨 농장 급습 사건 당시 거기에 몇 가족이 살고 있었어. 그중 한 가족이 그날 밤에 도망쳤는데, 이 아이가 그중 한 명이었다네."

그는 신문기사 속 어느 사진을 가리킨다. 호리호리하고 머리와 눈이 까만 남자아이 사진이다. "이름은 애덤 윌슨."

잭스가 말한다. "애덤. 제 친구는 그게 본명일 거라고 믿었어요."

"그 가족은 문명사회와 거리를 두고 산 지 몇 년 됐었어. 납세가 됐든 취업이 됐든 학교가 됐든 남은 기록은 전혀 없었고. 그런데 이 아이가 몇 년 뒤에 등장해. 장학생으로 MIT에 입학한 모양이야. 홈스쿨링을 하다가 SAT를 봤는데 거의 만점을 받았어. 전액 장학생으로 선발됐지."

존스는 학교 인장이 찍힌 증명서를 꺼내 보여준다.

"나중에 자기 회사를 차렸지. 블랙박스라는 인터넷 보안업체."

국세청에 등록한 사업 신고서가 있다. 그가 또 다른 종이를 꺼내자 다들 한 발 더 다가간다.

"그 회사가 기재한 사업장 주소지가 여기야."

베일리는 서류를 빤히 쳐다본다. 이건 그가 찾아냈어야 하는 정보다. 노라의 말이 맞았다. 그는 집중력을 잃었다. 판단력이 흐려져서 결정적인 부분을 놓쳤다. 덕분에 풋내기 회사 동료가 하마터면 목숨을 잃을 뻔했다.

존스가 서류를 옆으로 치우고 대지 측량도를 보여준다. "여기는 공공시설이 갖추어져 있지 않은 곳이야. 원래 그 자리에 있었던 화학약품 회사 때문에 상당 부분 폐허로 방치된 상태였어. 정부와 손잡고 못 쓰게 된 땅을 치유해 다시 쓸 만한 땅으로 만들려는 개인에게 매각하는 사업 대상 부지로 선정됐지."

베일리의 마음속에서 희망이 샘솟는다.

"전기도 상하수도 시설도 설치되지 않은 곳이야. 그런데 이 항공 사진을 보면 그 땅에 어떤 건물이 있는 것 같단 말이지."

그가 수천 제곱미터에 달하는 숲 사진을 꺼낸다. 나뭇잎에 가려진 지붕처럼 보이는 곳에 빨간 동그라미를 쳐놓았다. 그는 다른 동그라미들도 가리킨다. "발전기와 태양 전지판으로 보여. 우물도 있을 것 같은데 상수도와 정화조 설치 허가증은 못 찾겠더군."

디지털 세상은 그들을 실망시켰다. 하지만 렌을 아끼는 퇴직 경찰이 한 조각씩 조심스럽게 연결한 이 일련의 문서 증거야말로 몇 달 만에 손에 쥐어진 유일한 실질적인 단서였다. 진짜로 존재하는 곳, 현실 속의 목적지였다.

"갑시다." 베일리가 말한다.

"자네가 이렇게 나올 것 같아서 이 정보를 이미 자네 회사 대표와 경찰에 넘겼지." 존스가 말한다.

"가요." 잭스가 외투를 집어 들고 눈물을 닦으며 말한다. 벌써 문 앞에 서서 그들 두 사람을 돌아본다. 존스 쿠퍼는 잠시 고개를 숙였다가 시선을 들어 그들을 바라본다.

"렌이 사라진 지 한참이 지났는데. 어떤 결론을 맞닥뜨리게 될지 마음의 준비가 됐나?"

잭스의 눈에 눈물이 고이지만 그녀는 결연하게 입을 다물고 턱을 내민다. 베일리는 자리에서 일어난다. 존스는 그 둘을 번갈아 쳐다보다가 체념한 듯 고개를 끄덕이고 일어난다.

"운전은 내가 하겠네." 그가 말한다.

50

식탁에 앉아 있는 나를 보고 당신은 놀란 표정을 감추지 못한다. 그야말로 흠칫하며 방금 전에 들어온 문 쪽으로 뒷걸음질 친다. 시체 가방속에 날 넣은 다음, 납치해 죽인 다른 여자들 무덤 옆에 두었는데 내가이렇게 살아 돌아왔으니.

얼마나 당황스러울까.

당신은 왜 나를 그들 옆에 묻지 않았을까? 왜 시작한 일을 마무리 짓지 않았을까? 딴 데 정신이 팔렸나? 무덤 파기가 힘든 일이기는 하다.당신은 기운이 달렸을지 모른다. 당신을 사랑했던 여자를 또 한 명 죽일마음이 생기지 않았을지 모른다. 피곤했을지도 모른다.

나는 확실히 피곤하다.

당신의 미간에는 깊은 주름이 잡혀 있고 안색은 창백하다. 힘든 밤을 보낸 듯한 얼굴이다.

"렌."

"애덤."

나는 조금 뒤진 끝에 냉장고 위 찬장에서 내 총을 찾았다. 총알이 전부 들어 있었다. 그리고 아버지 말이 맞았다. 내 조준은 정확하다. 옛날의 그날 밤에는 정말이지 내가 실수를 저지른 거였다. 두 번 다시 그럴 일은 없을 것이다.

당신은 문 앞에 서서 마음을 추스른다. 당신도 무기를 챙겼을까? 아마 그랬을 것이다.

당신도 분명 나처럼 느끼고 있을 것이다. 당신의 운이 다해가고 있다는 것을.

나는 총을 앞에 두고 그 위에 손을 얹은 채 식탁 상석에 앉아 있다.

"애덤이 당신 본명이야?" 나는 묻는다. 바보 같은 질문이다. 그래도 알고 싶다.

당신은 항복한 듯 어깨를 으쓱한다. 하지만 나는 당신이 문을 향해 달릴 수도 있다고 생각한다. 내가 잡을 겨를도 없이 사라질 수도 있다고 생각한다. 아닐 수도 있지만. 인간은 누구나 자길 봐주는 사람이 있길 바라지 않나? 꽁꽁 숨을 방법을 열심히 연구하면서도 속으로는 자신의 참모습을 드러내고 싶어 하지 않나?

"맞아. 애덤 윌슨."

어디선가 들어본 이름이다. 나는 기억 창고를 뒤지지만 헛수고다. 디어 버디에 편지를 보냈었나? 나는 베일리 커크가 알아내지 못한 다른 희미한 연결고리를 찾았다. 손이 묶인 채 알몸으로 누워 있다 보면 이런저런 생각이 나기 마련이다. 기억과 생각의 밑바닥을 파헤치기 마련이다. 미아, 보니, 멜리사, 이 셋은 모두 디어 버디에 편지를 보냈었다.

그리고 나는 그들 모두에게 답을 해주었다. 상실과 고통과 자기 비난을 딛고 나아갈 방법을 찾으라고. 당신도 그 사연을 들었을까? 블로

그에서 읽었을까? 신문에서 봤을까? 팟캐스트를 들었을까?

당신이 말한다. "내가 누군지 모르겠어? 여전히 상황 파악을 제대로 하지 못했군."

"누군데?"

"우리 가족은 너희 아버지에게 땅을 빌려서 북쪽 끝에서 살았어. 우리 아버지가 직접 복구한 집에서. 그날 밤 급습을 당했을 때까지."

깨달음이 나를 강타한다. 아, 맞다.

"도망친 가족. 윌슨 씨네."

"맞아." 당신은 말하며 한 발 다가온다. 내가 총을 들자 당신은 걸음을 멈춘다. "도망쳤지만 갈 데가 있어야 말이지. 그날 이후로 집을 잃고 차에서 살았어. 아버지가 일자리를 찾는 대로 전국을 돌아다니면서. 대개는 농장이었지만. 아버지는 술을 좋아했고 우리 부모님은 갈라섰어. 결국 우리 남매는 플로리다에서 할아버지, 할머니와 살게 됐지."

당신이 딱하다는 생각은 들지 않는다. 전혀.

당신이 말한다. "우리 가족을 기억하지 못하는군. 나는 너 봤는데. 너희 아버지랑 텃밭에서 일하고 나무집에 올라가고 그랬던 거. 우리 아버지가 남자들끼리 모여서 최후의 계획을 세우려고 너희 집에 가면 나도 따라갔고."

나는 고개를 젓는다. 나는 나만의 세상에 빠져 지냈고 내가 기억하는 친구는 상상의 친구뿐이었다. 그 땅은 어마어마하게 넓었다. 우리는 어느 누구와도 어울리지 않았다. 당신이 정말 거기서 살았던들 나는 본 적이 없었다.

"너희 부모님은 어떻게 됐지?"

"자포자기해서 막 살다가 돌아가셨지. 아버지는 술집에서 벌어진 싸움으로. 그보다 더 졸렬한 죽음이 있을까? 어머니의 사인은 옥시콘틴

과다복용이었어."

당신은 혐오스럽다는 듯이 콧잔등을 찡그린다. 셔츠에 어지럽게 묻은 핏자국이 눈에 들어오자 나는 충격을 받는다. "누나하고는 연락하지 않아. 소식이 끊긴 지 10년 됐어. 가끔 SNS 피드를 들여다보는데 잘 사는 것 같아. 남편, 애들이랑 전업주부로. 평범하게. 시시하게."

"그게 그렇게 후진 거야?"

당신은 멍한 눈빛으로 어깨를 으쓱한다. 여자들을 폭행함으로써 자신의 고통을 덜려하는 또 한 명의 망가진 남자다.

"어쩌면 아닐지도. 상대적인 거지."

금속 재질의 총이 내 손 안에서 따뜻해졌다.

"내가 기억하기로 너희 집안의 땅에서 보낸 시절은 천국 비슷했어. 평화롭고. 편안한. 우리 어머니는 천생 선생님이라 수월하게 우리들 공부를 가르쳤지. 아버지는 농사일을 좋아했고. 우리는 양을 몇 마리 키워서 털을 팔았어. 텃밭. 과일나무. 거기 근사하지 않았어?"

"내가 기억하는 거랑은 다르네. 우리 가족한테는 천국과는 거리가 멀었거든."

"늘 그렇지는 않았을 거 아냐. 좋았던 날도 있었겠지."

"좋은 날이야 항상 있기 마련이지." 나는 시인한다.

당신은 숨을 마셨다가 내쉬며 한 발 더 다가온다.

"전에 그분께 편지를 보냈어." 당신은 말한다. 어렴풋하게 미소를 짓고 있다.

"누구?" 나는 묻지만 누군지 이미 알고 있다.

"너희 아버지. MIT를 졸업한 뒤에 사이버보안 소프트웨어 투자를 유치해 승승장구하고 있었을 때 그분께 교도소로 편지를 보냈지. 그런 시간과 공간을 선물해줘서 감사했다고."

그런 짓을 저지른 아버지에게 감사의 편지를 보냈다니. 혐오감에 내 뱃속이 요동친다.

"아버지는 내 오빠랑 엄마를 죽인 살인범이야."

당신은 손바닥을 들어 보인다. "그분은 과거의 행동을 후회하고 계셔. 나도 마찬가지고."

그렇게나 쉽게 내 아버지와 자기 자신을 용서하다니, 내 뱃속을 뜨겁게 달구고 있던 분노의 불길이 시시각각으로 거세어진다.

"다행이네." 이 말이 내 혓바닥을 더럽히는 독극물처럼 느껴진다.

"당신답지 않게 왜 빈정거리고 그래."

"뭐가 나답고 나답지 않은지 함부로 정하지 마. 총을 쥐고 있는 쪽은 나니까." 나는 부드럽게 말한다.

입꼬리를 냉큼 올리며 짓는 미소. 음울하고 잔인하다.

당신이 말한다. "당신이었지? 경찰을 부른 사람이."

"맞아."

나는 이미 자책을 할 만큼 했고, 그때로 돌아간들 몇 번이고 같은 선택을 할 거라는 결론을 내렸다. 나는 그게 우리 가족을 구하는 길이라고 생각했다. 도움을 받는 길이라고 생각했다. 사태가 의도와 다른 방향으로 흘러갔던 건 내 책임이 아니다. 아버지의 책임이다. 그 부분에 있어서 생각을 명확하게 정리할 수 있었던 건 매기 덕분이다.

"네가 거길 망가뜨렸어. 경찰이 출동하지 않았다면 네 오빠랑 어머니는 아직까지 살아 있었을 거야. 우리 가족도 망가지지 않았을지 모르지. 우리는 좀 더 일찍 만났을지도 모르고."

당신은 애초부터 지킬 수 없었던 약속을 깨뜨렸다고 심술부리는 어린애 같은 말투다. 우리 모두 그곳에 머물러 있었다면 어떻게 됐을까 하는 상상 속에서 살고 있다.

나는 말한다. "우리는 그때로 돌아가지 않아. 과거는 바꿀 수 없어."

당신은 미간을 더 심하게 찡그리지만 아무 말도 하지 않는다.

"그 여자들은 어떤 경로로 선택했어?" 나는 묻는다.

당신은 내 질문에 놀라워하며 눈썹을 쫑긋 세운다. "당연히 디어 버디를 통해서였지. 학교를 막 졸업했을 때 당신 블로그를 우연히 알게 됐거든. 가장 역사가 오래된 팬이었다고."

당신은 좀 더 살짝 앞으로 다가온다. 나는 총을 쥔 손에 더욱 힘을 준다.

"내가 가진 재능이 있다 보니 퍼즐을 맞추는 데, 디어 버디가 렌 그린우드라는 사실을 파악하는 데 그리 오래 걸리지 않았어. 그리고 당신을 온라인에서 찾았을 때 단박에 알아보았지. 당신 아버지는 당신이 아직 살아 있다고 알려주지 않았거든. 당신을 보호하느라. 그건 당신도 인정해야 해. 하지만 내가 알아냈지."

"용서받지 못할 남자."

"맨 처음 보낸 편지가 그거였지. 한참 동안 읽기만 하다가."

당신의 눈썹이 슬픔으로 꿈틀거린다. 눈에 눈물이 고이고 턱에 힘이 들어간다. 내가 당신에게 연민을 느낄 거라고 생각하는 걸까? 내가 당신 손에 죽지 않은 건 오로지 운이 좋았기 때문이다. 나는 무덤 앞까지 갔다가 살아서 돌아왔다. 나와 같은 처지였던 다른 세 여자는 그만큼 운이 따라주지 않았다. 그래도 나는 애써 중립을 유지한다. 이 사태는 추악하게 막을 내릴 수밖에 없지만 그 전에 파악해야 하는 것들이 너무 많다.

"어느 쪽이 먼저였어? 토치랑 디어 버디랑 둘 중에."

당신은 계속 조금씩 내 쪽으로 다가오고 있다. 내가 모른다고 생각하는 모양이다.

"당연히 디어 버디지. 자기들이 흘리고 있는 줄도 모르는 사소한 정보를 가지고 누군가를 찾아내고, SNS와 토치 프로필을 알아내고, 어둠을 갈망하는 사람이 매력을 느낄 만한 인물을 창조하기가 얼마나 쉬운지 알아? 당사자들은 자기가 어둠을 갈망하는 줄도 모르고 자기를 아무도 모른다고 생각하지만 신상이 파악되는 사소한 정보를 얼마나 많이 흘리는지 몰라. 이건 요술도 아니야. 그냥 알고리즘이지."

나는 한 손가락을 방아쇠 위로 옮긴다.

"디어 버디 편지, 토치 프로필. 그런데도 매치가 이루어지지 않으면?"

당신은 손바닥을 들고 다시 한 걸음 다가온다. "매치가 이루어지지 않으면 연결이 안 되는 거지."

"당신이 쳐놓은 그물을 빠져나간 사람도 있었어?"

"몇 명은."

"멜리사와 할로스의 관계는 어떻게 된 거야?"

당신은 내 뒷조사에 감명을 받았는지 눈썹을 쫑긋 세운다. "그건 뜻밖의 발견이었어. 내가 보기에는 우리 둘이 만날 운명이라는 증거였지. 할로스가 얼마나 종잡을 수 없는 곳인지 당신도 알잖아. 그런데 알고 보니 멜리사는 거기를 싫어했더라고. 까다로운 여자였어."

이제 당신의 분노가 느껴진다.

"사실 예전에 만났던 여자들은 모두 자기들이 문명의 이기를 버리고 좀 더 단순하게 살고 싶어 한다고 생각했어. 다들 말로는 이 세상을 떠나고 싶다고 했지. 그런데 막상 뚜껑을 열고 보니 아니더라. 정말로 그렇게 살 수 있는 여자가 없더라."

그들을 떠올리자 내 몸에 한기가 돈다. 당신은 그들을 여기로 유혹해 감금해놓았고 그들이 떠나려고 하자 영원히 여길 떠날 수 없게 만들었다.

"당신은 그들을 설득하려고 했겠지."

"맞아."

"그런데 설득이 안 통하니까?"

당신은 눈곱만큼씩 계속 다가오고 있다.

"원래는 이런 식으로 끝날 게 아니었어. 나는 그들을 해치고 싶지 않았어. 내 나름의 방식으로 그들을 사랑했다고. 렌, 당신도 해치고 싶지 않았어. 나는 당신을 사랑해."

"왜 결국에는 나였어?"

이제 당신은 살짝 웃음을 터뜨린다. "처음부터 당신이었지. 처음부터 당신을 만나고 그 땅으로 돌아갈 방법을 찾고 있었으니까."

나는 신문기사를 떠올린다.

"당신이었지? 릭 재비츠의 손님. 그 땅을 사고 싶다고 했던."

당신은 울상을 짓는다. "하지만 당신이 팔려고 해야 말이지. 렌, 당신이 여기서 나랑 같이 살겠다고 할 줄 알았어. 당신은 세상을 떠날 준비가 된 줄 알았어. 거긴 너무 어둡고 너무 춥고 삶과 희망도 전혀 없으니까. 다른 누구도 아닌 당신이라면 우리가 얼마나 망가졌는지 틀림없이 알 거야. 날마다 배달되는 편지. 디지털 악마가 득시글거리고 영혼 없이 화려하기만 한 세상. 우리를 착취하고, 우리를 현실과 분리시키는 곳. 나는 당신이 아버지가 원했던 삶을 살 준비가 됐다고 믿었어. 당신의 편지에서 그렇다는 걸 느꼈는데. 우리의 때가 된 줄 알았는데."

나는 계속 아무 말도 하지 않는다. 할 말이 없다. 당신은 자기 마음대로 나를 창조하고 착각했다.

당신은 말을 계속 잇는다. "당신 아버지, 당신은 붕괴주의자라고 불렀던 그분은 세상이 이미 끝나가고 있다고 믿었지. 주변을 둘러봐. 그분의 생각이 틀렸는지."

아버지의 생각이 틀렸을까?

나는 인정한다. "아니. 틀리지 않았어. 이 세상은 엉망진창이야. 위험하고 잔인해. 이 별은 죽어가고 있어."

"이 땅도 그랬어." 당신은 말하며 계속 조금씩 다가온다.

나는 손에 좀 더 힘을 주고 다시 총을 든다. 당신의 시선이 거기에 닿는다.

당신은 하던 얘기를 계속한다. "내가 치유했지. 수십만 달러를 들여서 땅을 파고 스스로 회복이 되게 놀려가며. 몇 년이 걸렸는지 몰라. 그런 다음 복원된 땅에 이 집을 지었지. 당신 아버지의 농장처럼. 당신 여기서 사냥할 수 있어. 나랑 같이 농작물을 직접 키울 수도 있어. 여기는 회복된 천국이야. 이 별에 자행된 범죄를 번복한. 인간들의 세상의 악영향으로부터 멀리 떨어진."

시작됐다. 아버지의 주문이다.

하지만 내가 이해하게 된 것이 있다.

이 세상은 엉망진창이지만 중요한 건 그게 아니다. 이 세상에는 예전부터 화재가 끊이지 않았다. 중요한 건 화재를 모면하는 것보다 그 충격을 극복하도록 서로 돕는 것일지 모른다. 서로 버팀목이 되어주고, 함께 돕고 고치고 협력하고 사랑하고 용서하는 것. 그냥 세상을 떠나면 되는 게 아니다. 그냥 어떤 공간을 만들고 거기 숨어서 무서운 모든 게 사라질 때까지 기다리면 되는 게 아니다.

인간들의 세상, 남자들 그리고 여자들의 세상이 내 세상이다. 나는 거기서 살고 싶다. 거기서 사람들을 돕고 싶다.

하지만 당신 같은 사람은 이해하지 못할 거다.

상대가 주지 않으면 빼앗는 당신 같은 사람은. 깨뜨리고 짓밟고, 거짓말하고 죽이는 당신 같은 사람은.

아버지는 사냥을 가르쳐주면서 이렇게 말했다. *기회가 오면 잡아라.*

망설이면, 단 1초라도 늦으면 놈은 사라져버릴 거다. 너와 네 의도를 감지하고서. 네가 한 번이라도 숨을 쉬거나 머뭇머뭇 발을 내딛는 걸로 두려움을 드러내면 놈은 나무 사이로 사라져버릴 거다.

아버지의 가르침. 그중 몇 가지는 내가 아주 잘 배워놓았다.

그래서 나는 신속하게 움직인다.

부드러운 한 번의 동작, 그러고 나서 작렬하는 섬광, 폭발하는 소음.

이후에는 항상 표적을 맞췄는지 확신할 수 없는 긴장의 순간이 몇 초 동안 이어진다.

그 찰나에 우리의 시선이 만난다. 공포가 있고 항상 그랬듯 안도가 있다. 그리고 사랑이 있다. 당신은 나를 사랑했고 나는 당신을 사랑했다. 당신의 일부에 불과했을지언정.

나는 표적을 맞췄다. 당신 심장에 총알을 꽂았다.

당신은 무릎을 꿇으며 쓰러진다. 나는 사냥감 대하듯 가까이 다가간다. 당신은 입을 벌렸다가 다문다. 옆으로 기우뚱하자 나는 달려가 붙잡아서 바닥에 조심스럽게 내려놓는다. 당신은 뭐라고 말을 하려고 하지만 하지 못한다. 당신의 피가 셔츠에 이미 묻어 있던 출처 모를 피와 섞인다. 애덤, 오늘 밤에 또 누굴 해친 거야? 그 여자가 마지막이 될 거야.

당신의 손이 내 손목을 감싸자 얼마나 고통이 심한지 알 것 같다. 이제 그것도 끝이다.

아버지는 말했다. *빛이 꺼지는 걸 지켜봐라. 그동안 옆을 지켜. 그게 최소한의 예의야.*

그래서 나는 그렇게 한다. 당신과 눈을 맞추며 그 암흑 안에서 온 우주와 반짝이는 은하계와 모든 걸 삼키는 블랙홀과 팽창한 적색 거성과 아직 밝혀지지 않은 모든 신비를 본다. 당신이 내 품 안에 묵직하게 안긴 채 앞을 멍하니 응시하고서 그곳으로 돌아가는 것을 지켜본다.

그리고 나는 슬픔을 전혀 느끼지 않는다. 죄책감이나 후회도.

나는 사냥꾼이 아니다.

암사슴도 아니다.

나는 폭풍이다.

51

집에서 뛰쳐나와 죽음을 맞이할 뻔했던 곳으로 달려간다. 시체 가방 옆에 여러 번 썼던 흔적이 남은 묵직한 삽이 있다. 때가 되면 그 삽으로 내 무덤을 파려고 했었나 보다. 그걸로 미아를 찾아보려고 하지만 땅이 단단하게 얼어서 별로 진전을 보지 못한다. 잠시 후에 사이렌 소리가 들린다.

멜리사, 보니, 미아의 이야기의 결말을 알고 싶다. 그가 그들에게 무슨 짓을 했는지, 각자 어떤 식으로 죽음을 맞이했는지. 하지만 절대 알 수 없을 테고 알 수 있는 건 이것뿐이다. 나는 오로지 운이 좋았던 덕분에, 그리고 애덤만큼이나 음울했던 어떤 남자에게 배운 몇 가지 기술 덕분에 같은 운명을 모면할 수 있었다는 것. 수많은 단점에도 불구하고 사랑할 수밖에 없었던 우리 아버지 덕분에 말이다.

사방에서 나무들이 한숨을 쉰다. 자연은 변함없이 굳건하다.

영화에서는 항상 극적이고 유혈이 낭자하는 전투가 벌어진다. 점점 어두워져가는 하늘을 배경으로 끔찍한 죽음이 잇따른다. 악이 승리하고 영웅이 쓰러지는 것처럼 보이는 순간이 항상 존재한다. 하지만 모든 걸 잃은 듯 보이는 바로 그 순간 지원군이 들이닥쳐 상황을 정리한다.

하지만 현실에서는 자기 일은 자기가 해결해야 한다. 그리고 크고 작은 수백 개의 전투가 계속 이어진다. 선과 악, 옳은 것과 그른 것, 더없는 행복과 더없는 고통이 고맙고도 끔찍하게 한데 뒤엉켜 있다는 것이 현실의 묘미다.

나무를 헤치고 들이닥친 잭스와 존스 쿠퍼, 베일리 커크가 나와 맞닥뜨린 곳이 거기다. 나 자신의 음울한 충동으로부터, 어느 누구보다 그걸 정확하게 간파한 남자로부터 스스로 탈출해 어느 누구도 도울 수 없었던 여자의 무덤가에 무릎을 꿇고 앉아 있을 때.

제일 먼저 도착한 베일리가 내 옆에 털썩 주저앉아서 나를 품에 안는다. 그가 내 목에 얼굴을 묻자 나는 그를 감싸안는다.

베일리가 나를 꼭 끌어안고 숨을 토한다. "아, 렌, 당신을 영영 못 만나는 줄 알았어요. 하느님, 감사합니다. 하느님, 감사합니다."

그의 눈에는 별빛이 가득하다. 환희, 안도, 두려움, 슬픔, 사랑으로 반짝거린다. 온갖 것으로 반짝거린다. 당신처럼 멍하지 않다. 삶과 빛을 빨아들이는 블랙홀이 아니다. 어떻게 내가 그걸 못 봤을까? 어쩌면 보았지만 내가 원했던 게 그거였을지도 모른다. 하지만 이제는 아니다. 너는 그렇지 않다.

베일리가 조그맣게 속삭인다. "다쳤네요. 렌."

그렇다고 그에게 말하고 싶다. 하지만 그 모든 일을 겪고 이보다 더 좋을 수는 없다고. 살아 있다고. 튼튼하다고.

또 하루를 싸울 준비가 되어 있다고.

52

버디에게

우리 아버지는 환자였어요. 정신 질환이 우리 집안의 내력이었죠. 아버지는 군대에서 겪은 일로 너덜너덜해졌어요. 술로 시름을 달래겠다고 폭음을 일삼았어요. 어머니는 아버지를 사랑했어요. 결혼 당시 반했던 그 남자가 아니었는데도, 망가지고 부서져가는 중독자였는데도. 아버지가 가족을 데리고 자기 고향집으로 내려가고 싶다고 했을 때 어머니는 그러자고 했어요. 어머니, 오빠, 나와 함께 현대 사회를 등지고 자연으로 돌아가 전기도 수도도 없이 살자는 게 아버지의 계획이었죠.

어머니는 그러자고 했어요.

가는 길은 멀고 날은 우중충하며 나는 피곤하다. 이제는 풍경이 대부분 평지로 바뀐 지 좀 됐다. 드문드문 등장하는 나무는 은회색 하늘에 그려진 시커먼 선처럼 보이고 땅에는 눈가루가 살짝 뿌려져 있다.

이윽고 그곳이 어렴풋이 등장한다. 높고 하얀 담과 빨간 지붕이 덮인 망루 때문에 교도소라기보다 성에 더 가까워 보인다. 차를 세우는데 손과 어깨는 긴장이 돼서 힘이 들어가고, 불안해서 속은 울렁거린다. 하마터면 차를 돌려서 그냥 돌아올 뻔한다. 그런 경우도 많을 것이다. 마주 보고 용서하러 면회를 왔다가 그럴 자신이 없어진 경우가.

하지만 나는 빈 자리를 찾아서 차를 대고 잠깐 앉아서 감시탑과 커다란 문을 물끄러미 바라본다. 고통스럽고 처량한 분위기가 느껴진다. 여기는 이 주를 통틀어 가장 위험한 범죄자도 수용되어 있는 1급 보안 교정시설이다. 다시는 저 문 밖으로 걸어 나올 수 없는 수감자도 많다.

내가 여길 찾아온 이유가 뭘까?

내 어린 시절 기억 속의 아버지는 아주 다양한 모습으로 존재해요. 어머니의 침대 옆 액자에 담긴 사진에서 군복을 입은 젊고 잘생긴 남자. 침대에 다 같이 옹기종기 모여서 어머니의 오래된 노트북으로 영상통화를 했던 화면 속의 모르는 남자. 거대한 몸을 이끌고 기진맥진 집으로 돌아와 거의 하루 종일 침대에 누워 있거나 텔레비전 앞에 웅크리고 있던 남자. 그 사람은 절망 비슷한 것이 담긴, 무언가에 씐 듯한 눈빛으로 나를 보았어요. 그래서 무서웠어요. 그런가 하면 사냥, 고기잡이, 텃밭 가꾸기, 겨울 식량 준비, 총을 장전하고 석궁 쏘는 법을 가르쳐준 남자도 있었죠. 그는 말이 없고 세심하고 다정하고 현명했어요. 나는 그 사람을 사랑했죠. 그런가 하면 우리 오빠와 어머니를 해친 괴물도 있었어요. 때리고 소리를 지르고 그러다 결국 그들을 죽인 괴물. 나는 그 남자를 증오했어요. 지금도 마찬가지예요. 내 마음속에서 그는 용서받지 못할 사람이에요.

나는 심문과 수색을 참고 견딘다. 이런 일을 하기에는 너무 예쁘고 어린 여교도관이 내 몸을 더듬고 핸드백을 헤집는다. 수천 번은 반복됐을 기계적인 과정이다. 건물 안은 회색이고 서늘하며 이따금 묵직한 철문이 스르르 열렸다가 철커덩 하고 닫힌다. 안으로 들어갈수록 돌아가고 싶은 마음이 커진다.

이건 판단 착오였다.

젠장.

잭스는 결사반대했다. 그녀는 어두운 과거는 싹둑 잘라버려야 한다는 주의다. 돌아가지도 돌아보지도 말아야 한다고 생각한다. 매기는 전적으로 내가 결정할 일이라며 의견을 내지 않았다. 결국 내 옆구리를 찌른 사람은 존스 쿠퍼였다. *괴물은 우리의 상상 속에서나 존재할 수 있지. 환한 태양 아래에서는 우리 모두가 이 세상을 살아가려고 버둥거리는, 흠 많고 망가진 영혼일 뿐인걸.*

마침내 나는 칸막이 공간으로 안내된다. 맞은편 의자는 비어 있고 두툼한 유리가 중간에 놓여 있다.

이제 나는 자책하지 않아요. 하지만 그날 밤에 벌어진 일에 대해 나 몰라라 하지도 않아요. 내가 경찰에 연락해 무기가 잔뜩 쟁여져 있다고 알렸어요. 나는 어린아이였고 그로 인해 생각지도 못했던 사건이 벌어졌죠. 사실 나는 우리 가족을 구하려고 그랬어요. 경찰이 와서 그 사람을 데려갈 줄 알았어요. 일이 그렇게 될 줄 몰랐어요. 우리 어른들도 앞일은 예측할 수 없잖아요?

하지만 다른 선택지도 많았죠. 오빠가 아버지를 죽이도록 내버려둘 수도 있었고, 숲으로 사냥을 하러 나갔을 때 내가 아버지를 죽일 수도 있었어요. 식은 죽 먹기였을 거예요. 아버지는 나를 믿었거든요. 그날 밤에 내가 아버지를 죽일 수도 있었지만, 마음이 약해서 제대로 조준하지 못했어요. 그러니까 내가 경찰에 신고한 것 때문에 오빠와 어머니가 살해당했고, 우리 가정은 그야말로 망가졌고, 아버지는 2회 연속 종신형을 선고받고 교도소에 수감됐고, 애덤 윌슨이라는 또 다른 괴물이 탄생하게 된 거예요. 나는 러블리 선생님의 집에서 지내게 됐어요. 대학생 때는 사랑한다고 생각했던 남자와의 사이에서 다른 폭행 사건이 불거졌고요. 그러다 마침내 잭스와 그 가족을 만났어요. 새로운 삶을 일궜어요. 천직을 찾아냈고 남들을 도우면서 치유할 수 있게 됐어요.

내 앞에 앉은 남자가 잠깐 낯설게 보인다. 착오가 생겨서 다른 사람이 호출됐나 싶다. 어쩌나 말랐는지 팔꿈치는 튀어나왔고 광대뼈 아래로 퀭하게 그늘이 졌다. 수염은 깨끗하게 깎았다. 하지만 이 노인의 눈을 들여다본 순간 아버지와 만난다. 눈빛은 맑고 따뜻하며, 폭풍이 부는 바다처럼 회색이 섞인 초록색 눈동자는 오빠를 닮았다. 온몸으로 누가 봐도 평화로운 분위기를 풍긴다. 아버지가 옆에 놓인 전화기를 집는다. 평생 나를 기다려왔지만 나를 보고 놀라지는 않은 듯 입가에 따스한 미소를 머금고 있다. 나는 망설이다 수화기를 집는다. 수화기에서 소독약 냄새가 난다.

"왔니, 짹짹아." 지직거리는 잡음과 함께 아버지의 목소리가 들린다.

"네, 아빠."

"오랜만이구나. 우리 딸 예쁘네. 내가 지금까지 본 것들 중에 제일 예뻐."

뭐라고 대답하면 좋을지 모르겠다. 눈물이 고여도 나는 당황하지 않는다. 흘러내리도록 내버려둔다.

"네 용서는 바라지 않는다." 아버지가 앞으로 몸을 숙이며 말한다. 내 기억 속의 모습과 전혀 다르다. 연약하고 모든 걸 아는 듯한 눈빛이며 수도승처럼 평온하다.

아버지를 용서하려고 온 건 아니다. 하지만 수많은 잘못을 저질렀고 증오와 공포의 대상이었던 아버지를 마주하고 이렇게 유리 상자 안에 앉아 있으니 생각지도 못했던 뭔가가 내 안에서 느껴진다. 나는 다시는 아버지를 만져보지 못할 것이다. 다시는 아버지의 팔을 더듬거나 손을 잡지 못할 것이다.

버디, 난 용서로 향하는 길을 못 찾겠어요. 그런 짓을 저지른 아버지를 무슨 수로 용서할 수 있겠어요? 나에게서 가족과 어린 시절과 행복을 앗아간 사람을, 오빠와 어머니에게서 목숨을 앗아간 사람을. 나는 그의 죄를 용서할 입장이 못 돼요. 그가 마음의 평화와 앞으로 나아갈 길을 찾았다는 사실도 위안이 되지 않네요. 오빠와 어머니는 죽었고 나는 그의 만행으로 인해 너무나 많은 고통을 겪었는데 왜 그가 그런 행운을 누려야 하나요?

아버지가 유리에 한 손을 갖다 댄다. 나는 잠시 망설이다가 똑같이 따라한다.

아버지가 저지른 행동이 우리 둘 사이를 갈라놓고 있다. 하지만 그가 걸어온 여정이 보인다. 아버지 역시 얼마나 고통받았는지. 인간들의 세상, 전쟁, 남편과 아버지로서, 남자로서 부족했던 부분들로 인해 그가 얼마나 망가지고 붕괴됐었는지 보인다.

아버지가 말한다. "그 둘을 해칠 생각은 없었어. 그것만은 알아주면 좋겠다. 걷잡을 수 없는 분노로 눈이 멀어버렸던 거야."

이해한다. 진심이다. 하지만.

"용서하지는 못하겠어요. 아빠를 사랑해요. 하지만 용서하지는 못하겠어요."

아버지는 고개를 숙이고 깊은 숨을 토한다. 잠시 후 고개를 들자 눈물 한 줄기가 흘러내리고 있다. "사랑이면 충분하다, 로빈. 충분하고도 남지."

오빠는 말했다. *아버지를 사랑하지 마. 그 인간은 사랑을 받을 자격이 없어.*

하지만 우리는 모두 사랑을 받을 자격이 있다. 아무리 망가지고 뒤틀린 인간이라도 최소한 사랑만큼은 받을 자격이 있다. 그리고 사랑이 늘어난다면 우리가 함께 살아가는 이 세상은 훨씬 살 만한 곳이 될 것이다.

나는 배 위에 손을 얹는다. 배가 제법 나오기 시작해서 지금 입고 있는 원피스에도 간신히 몸을 욱여넣었다.

"뭐 할 말 있니?" 아버지가 다정하게 묻는다.

나는 모조리 털어놓는다. 우리 땅과 아버지와 아버지에게 배운 것들에 대한 기억, 그것들이 어떤 식으로 내게 남았으며 끔찍했던 그날 밤 이후로 내가 어떻게 살아왔는지. 애덤, 당신에 대해서도 이야기한다. 당신이 나를 어떤 식으로 스토킹하고 어떤 식으로 죽일 뻔했는지. 당신이 나처럼 무거운 죄책감과 수치심과 분노를 짊어진 채 사랑을 찾던 다른 세 명의 여자, 보니와 멜리사와 미아를 어떤 식으로 죽였는지. 내가 어쩌다 그들을 돕지 못했는지. 오빠와 엄마한테 그랬던 것처럼 어쩌다 너무 늦어버렸는지. 당신이 어떤 식의 괴물이었고 잔인한 맹수였는지. 그리고 내가 어떤 식으로 당신을 끝장냈는지.

버디, 내가 궁금한 게 뭔가 하면, 내게 잘못을 저지른 사람을 용서하지 않고 무슨 수로 삶의 다음 단계로 넘어갈 수 있느냐는 거예요. 그러면서 자신의 단점과 악한 행실은 무슨 수로 용서할 수 있을까요? 용서 없이 무슨 수로 건강하고 행복하고 온전한 삶을 살 수 있을까요?

하지만 내 안의 현명한 부분에 해당하는 디어 버디에 묻지 않아도 해답을 알 수 있다.

그러고 나서 아버지에게 애덤, 당신의 아이를 품고 있다고 말한다. 이 아이는 건강하고 무사할 것임을, 이 세상에서 안전하게 살아갈 것임을 내가 어떤 식으로 확신하는지도.

내가 그 안전한 장소를 만들 테니까.

주머니에서 초음파 사진을 꺼내 유리 칸막이에 갖다 댄다. 아버지는 내 이야기를 듣고 심란해졌을지라도 티를 내지 않는다. 묵묵히 받아들인다.

"아이 이름은 뭐라고 할 거니?" 아버지가 묻는다.

"에밀리라고 할 거예요. 로빈의 무덤에 누워 있는 그 애 이름을 따서."

"그럴 듯하구나. 환생이라 이거지."

"그렇죠."

"지난 일은 지난 일이다, 쩍쩍아. 앞으로 걸어가라. 뒤는 돌아보지 말고."

희한하다. 디어 버디도 꼭 그렇게 말했을 것 같다.

53

결국 우리에게 남는 건 서로뿐이다.

집으로 돌아가는 길은 멀고 힘들어서 집에 도착했을 무렵에는 기운이 하나도 없다. 계단을 올라간 순간 현관문이 벌컥 열리고 잭스가 두 팔을 벌리고 기다리고 있다. 나는 가장 친한 친구이자 이번 주부터 한집에서 살게 된 그녀에게 가서 안긴다. 파촐리와 레몬그라스 향이 난다. 잭스의 두 팔은 포근하고 단단하다.

"왜 전화 안 했어. 집으로 오는 동안 전화하기로 해놓고."

"생각할 시간이 필요했어."

"내가 위치 추적했잖아."

"알아."

잭스는 살던 아파트를 세놓고 내 집으로 들어왔다. 오래전부터 장난처럼 얘기했다시피 우리 둘이 결혼할 일은 없겠지만 그녀가 내 가족, 우리 가족이 될 것이다. 이 아이를 잘 키울 수 있게 도와줄 것이다. 그리고 나는 잭스가 책을 잘 쓸 수 있게 도와줄 것이다. 그녀는 계속 디어 버디 팟캐스트의 고정 게스트로 활약할 것이다. 그리고 어쩌다 한 번씩은 직접 디어 버디가 될 것이다. 나보다 좀 더 터프하고 화끈하게. 그녀와 벤은 목하 열애 중이다. 앞으로 둘 사이가 어떻게 될까? 그건 전혀 알 수 없다. 한 번에 하나씩만 생각하기로 한다.

벤이 식탁에서 내일 팟캐스트에서 소개할 디어 버디 사연을 훑어보고 있다가 나를 보고 일어나서 안아준다.

"이야기할 상대 필요해요?" 벤이 묻는다. 그는 특유의 분위기가 있다. 부드럽지만 강하고, 조용하고 편안하게 곁을 지킨다. 잭스와 정반대지만 여러 모로 그녀와 잘 어울린다.

"나중에요."

"저기." 잭스가 속삭이는 수준으로 언성을 낮추고서 말한다. "그 사람이 부엌에 있어. 너 혹시 기다렸어? 장을 봐왔더라? 그리고 너무 간절하게 여기 있고 싶어 하더라? 그래서 내쫓지 못했어."

베일리 커크. 나는 그를 기다리고 있었다. 그가 보고 싶었다.

"아마도…… 요리하는 중인 것 같은데?" 잭스는 이렇게 말하며 미소를 짓는다.

못 말리는 남자다. 나도 따라서 씩 웃어 보인다.

내가 잭스 쪽으로 다시 몸을 돌리자 그녀가 내 배 위에 손을 얹는다. "우리 애기는 어쩌고 있어?"

나는 그녀의 손 위에 내 손을 얹어서 깍지를 낀다. "잘 지내고 있어." 아이 얘기이자 내 얘기이기도 하다. "건강하게. 아픈 데 없이."

내 절친은 당신의 아이를 낳겠다니 말도 안 된다고 생각하더라도 아무 말도 하지 않았다. 잭스의 어머니는 나를 째려보긴 했지만 이내 온갖 수프와 스튜와 라자냐와 캐서롤로 냉동실을 채우기 시작했다.

삶이 이긴다.

사랑이 이긴다.

사랑과 삶이 항상 이긴다.

부엌에 들어가 보니 베일리가 레인지 앞에 서 있다. 요리를 할 줄 아는 남자일 줄은 몰랐건만. 하긴 잘린 뒤에도 수사를 포기하지 않고 존스 쿠퍼와 잭스와 함께 나를 찾으러 올 사람으로 보이지도 않았다.

"뭐 만들어요?" 나는 아일랜드 식탁에 앉으며 묻는다. 허리가 아파서 얼른 잠옷으로 갈아입고 침대 속으로 기어들어 가고 싶다.

"판체타(삼겹살로 만든 이탈리아식 베이컨: 옮긴이)를 넣고 매콤하게 끓이는 흰강낭콩 수프요." 마늘, 양파, 올리브 오일 냄새가 부엌을 가득 채우고 있다.

"말만 들어도 행복하네요."

"냄비 안에 담긴 행복이죠. 다 됐어요. 잠깐 뭉근하게 끓이기만 하면 돼요."

베일리는 행주에 손을 닦고 식탁을 돌아서 내게 다가온다.

"어땠어요?" 그가 묻는다.

"기분이 이상하고 슬펐어요." 나는 이렇게 대답하는데, 가슴이 아리다. 사랑이 늘 행복하기만 한 건 아니다. "하지만 다녀오길 잘했어요. 과거잖아요. 너무 오랫동안 아버지와 그날 밤과 그곳을 피해 도망치고 있었어요. 이제 당당히 마주할 때도 됐죠."

베일리가 나를 찾으러 온 그날 밤 이후로 우리 둘은 서로 빙빙 맴도는 중이다. 그는 그날 계속 내 곁을 지켰다. 구급차를 같이 탔고 내가 눈을 떠보면 항상 옆에 있었다. 의사에게 임신 소식을 들었을 때도 병실 안에 그와 잭스가 있었다. 집으로 퇴원했을 때도 우리는 그의 도움을 받았다. 그 뒤로 베일리는 저녁을 먹으러 두 번 여기에 왔다.

매일 아침마다 그는 문자를 보낸다. 세상이 끝났나요?

그러면 나는 답장을 보낸다. 아직이요.

그와의 입맞춤은 내 기억 속에 남아 있다. 그의 팔의 감촉도, 그가 내 뱉은 내 이름의 느낌도.

베일리는 터너 앤드 아이브스에서 사직하고는 제이슨과 의기투합해 회사를 차렸다. 내가 보기에는 신세대 탐정과 구세대 탐정의 훌륭한 조합이다. 서로에게서 배울 점이 많을 것이다.

그도 아이를 낳겠다는 내 결정에 대해 한 번도 의문을 제기하지 않았다. 며칠 전에 베일리의 차를 세워놓은 데까지 배웅하러 나갔을 때, 그가 내 손을 건드린 적이 있었다. 그러자 우리 둘 다 감전된 것처럼 손을 얼른 뺐다. 그리고 나는 며칠째 계속 거기에 대해 생각하는 중이다.

그 인간은 너한테 홀딱 빠졌어. 잭스가 경고했다.

그만해. 나는 말했다.

뭐야, 너 장님이야?

이러지 마. 나는 하자 있는 인간이잖아.

잭스는 노발대발했다. 나를 호되게 나무랐다. *그런 소리는 입에 담지도 마. 절대. 정말로. 그게 얼마나 개뼈다귀 같은 소린지 몰라? 여태껏 겪은 모든 일이 지금의 너를 만들었고 그래서 아름다운 거야. 너는 악착같이 버틴 사람이라고.*

내가 폭풍이다?

두말하면 시브럴 잔소리지.

"내가 잠깐 들러서 괜히 불편하게 한 거 아니죠?" 베일리가 묻는다. 우리는 첫 댄스 파티를 앞둔 10대처럼 긴장하고 어색해서 어쩔 줄 몰라 하고 있다.

나는 어찌어찌 대답한다. "들러줘서 고마워요. 생각해보니까 고맙다는 인사도 제대로 못했지 뭐예요. 미아 일이 그렇게 돼서 안타깝다는 말도. 그리고 서브리나 일도. 나를 도우려다가 애덤 손에 하마터면 죽을 뻔했잖아요."

베일리는 고개를 숙인다. "헨리 소프에게 그 소식을 전하면서 얼마나 가슴 아팠는지 몰라요. 하지만 노라 말이 맞았어요. 아버지로서 당연히 상황을 종료하고 제대로 슬퍼해야죠. 내가 적어도 그런 자리는 마련해줄 수 있어서 다행이었어요."

그는 고개를 든다.

"그리고 서브리나는…… 괜찮아졌어요. 하지만 내 잘못이었죠." 후회로 그의 표정에 힘이 들어간다. "내 판단력이 흐려졌어요. 당신을 놓치고 어두운 터널 속을 헤매느라. 애초부터 문제가 있던 계획에 서브리나가 끼어드는 걸 말리지 못했어요."

"당신은 최선을 다했어요. 내가 당신을 따돌렸는걸요. 그냥 같이 있었으면 당신이 총에 맞거나 내가 그의 계획에 놀아나거나 서브리나가 다칠 일은 없었을 텐데."

베일리는 고개를 젓는다.

"당신이 유령을 따라가지 않았더라면 미아, 보니, 멜리사가 어떻게 됐는지 절대 알 수가 없었겠죠. 그들의 가족은 평생 행방을 궁금해하며 끝까지 미련을 버리지 못했을 테고요."

나는 베일리의 말이 내 안에 스며들도록 기다린다. 그렇다, 우리는 미련을 버릴 줄 알아야 한다. 하지만 그게 가장 어렵다.

그가 정적을 깨고 말을 잇는다. "우리는 습관처럼 자책하지만 이 사건의 책임을 져야 하는 사람은 딱 한 명이에요."

"그리고 그 사람은 죽었고요."

당신은 죽었다.

베일리가 위험할 정도로 바짝 붙어 있다. 그의 체온이 느껴진다. 그가 양손을 내밀자 나는 몸을 돌려서 그를 마주본다. 그의 눈빛은 맑고 정직하며 입가에 살짝 미소를 머금고 있다. 장난기가 묻어나고 환하다. 기다리고 있는 그의 손바닥에 내 손을 얹자 두 팔을 타고 찌릿한 전기가 흐른다. 베일리가 앞으로 다가와 나를 끌어당기자 나는 그의 가슴에 고개를 묻는다. 그가 두 팔로 나를 꼭 끌어안는다.

"쉽지 않을 거예요." 나는 조그맣게 속삭인다.

베일리는 나지막이 허스키하게, 조금은 삭막한 웃음을 터뜨린다. "의미 있는 일은 다 그렇죠."

눈을 감자 마지막으로 본 당신의 표정이 떠오른다. 분노, 당황, 공포, 안도.

언젠가는 당신에게서 빛이 빠져나가는 광경이 떠오르지 않고, 내 품에 안겨 있던 당신의 몸에서 생명의 기운이 떠날 때의 느낌이 생각나지 않는 날이 올 것이다.

언젠가는 내 상처가 낫고, 슬픔이 희미해지고, 어두운 그림자가 보이거나 요란한 소리가 들릴 때마다 흠칫 놀라지 않는 날이 올 것이다. 모든 인파 속에서, 모든 어두컴컴한 골목길에서 당신이 보이지 않는 날이 올 것이다. 내가 이걸 아는 이유는 전에도 끔찍한 악몽을 딛고 악착같이 버틴 적이 있기 때문이다. 그리고 생명이 있는 것들은 새롭게 자라난 것으로 상처를 덮으며 성장하는 법이다. 앞으로도 새로운 폭풍과 화재와 파괴와 치유가 반복될 것이다. 그것이 삶이다.

눈을 떠보니 베일리의 웃는 얼굴이 보인다. 생기와 희망과 웃음기로 가득한 그 얼굴이. 그는 오빠를 많이 닮았다. 그래서 마음이 편안하다.

언젠가는 내가 당신의 아이를 낳는 날이 올 것이다. 그 아이는 피를 뒤집어쓰고 고통 속에 울며 이 세상에 태어날 것이다. 당신이 세상을 떠났을 때 그랬던 것처럼. 그러면 나는 기쁨의 눈물을 흘릴 것이다.

나는 그 아이가 어떤 사람으로 자랄지, 아니면 당신을 얼마나 닮을지 걱정하거나 불안해하지 않고 사랑을 쏟을 것이다. 내 모든 것과 지금까지 살아오면서 곁에 모아둔 모든 사람들을 그 아이를 위해 바칠 테니까. 그거면 충분할 테니까.

나도 어둠 속에서 태어났지만 빛으로 나아가는 길을 찾았다.

내가 그 아이에게 길을 가르쳐줄 것이다. 우리가 그 아이에게 길을 가르쳐줄 것이다.

그 길은 곧 사랑이다.

감사의 말

...

신기하게도 열아홉 번째 작품이 첫 번째 작품보다 절대 쉽지는 않다. 사실 어떤 면에서는 더 어렵다. 하지만 그래도 괜찮다. 의미 있는 일은 뭐든 쉽지가 않으니까. 그리고 어느 날 책상 앞에 앉았는데 '오케이, 이 정도는 껌이지' 이런 생각이 든다면 이제 이 일을 그만둘 때가 됐다는 뜻일지도 모른다. 하지만 원고 집필은 적어도 초고 단계에서는 나 혼자 헤쳐 나가야 하는 여정일지 몰라도 출간은 다행히 팀 프로젝트다. 그리고 나는 이보다 더 훌륭할 수 없는 사람들에게 도움을 받고 있는 최고의 행운아다.

내 모든 작품은 남편 제프리와 우리 딸 오션 레이에게 바친다. 그 둘은 내 용기를 북돋워주고 응원을 아끼지 않으며 나를 웃게 하고 이성의 끈을 놓지 않게 해주며 내 삶을 사랑으로 채워주는 홈팀이다. 작가와 한 집에서 사는 것이 쉽지만은 않다. 감정의 기복이 어찌나 끝내주는지! 미안! 하지만 두 사람을 어느 누구보다 사랑한다. 이 정신없는 롤러코스터를 신나게 함께 타주어서 고마울 따름이다. 그리고 항상 내 발치나 옆자리를 지키며 얼른 일 끝내고 공놀이를 하자고 텔레파시를 보내는 사랑하는 우리 멍멍이, 래브라두들 잭잭도.

배려가 넘치고 생각이 깊고 현명한, 거기다 인내심까지 겸비한 담당 편집자 에리카 임란이에게도 진심으로 감사를 보낸다. 그녀와 같이 작업한 작품들이야말로 내 인생 최고의 걸작이 아닐까 한다. 꾸준히 갈 길을 제시해줘서 고마웠어요, 에리카. 그런가 하면 하퍼콜린스/할리퀸/파크 로 북스는 꿈의 출판사다. 천상의 능력을 갖춘 교열 담당자에서부터 환상적인 미술팀, 용감무쌍한 영업팀에 이르기까지 미국, 캐나다, 영국의 훌륭한 팀원들에게 경의를 표한다. 진정한 리더십과 열정이 무엇인지 보여준 로리애나 사실로토 부사장님과 마가렛 마버리 편집이사님께도 특별한 감사를, 탁월한 홍보 전문가 록산 존스에게도 감사의 말을 전한다.

라이터스 하우스의 에이전트 에이미 버코워와 그녀의 비서 메리디스 비겟은 지칠 줄 모르는 투사이자 작가 생활이라는 험난한 바다 위의 거침없는 항해사다. 그들의 응원과 지혜와 유머 감각은 언제나 힘이 된다.

내 곁에는 좋은 날에는 응원의 함성을 지르고 궂은 날에는 손을 내밀어주는 훌륭한 친구들이 있다. 에린 미첼은 첫 번째 독자이자 지칠 줄 모르는 기획자이자 이메일 정리의 달인이자 지혜의 화신이자 친구다. 앨러페어 버크와 캐린 슬로터하고는 인생과 글쓰기와 업무의 모든 면에 대해 꾸준히 문자를 주고받는다. 그러면서 항상 위안을 얻고 웃음을 터뜨린다. J. T. 엘리슨, 헤더 구든카우프, 메리 큐비카가 속해 있는 #오서톡스 팀은 환상적인 필력과 삶의 지혜로 똘똘 뭉친 최강의 팀이다. 직업, 창의력, 작가 생활을 주제로 그들과 함께 나누는 대화를 내가 얼마나 사랑하는지! 나의 영원한 베프 헤더 미케셀은 매의 눈을 자랑하는 독자다. 그 친구에게 검사받기 전에는 일을 끝냈다고 할 수가 없다. 사랑하는 친구 제니퍼 맨프레이는 '상담을 진행'하거나 강박의 이해를 돕기 위해 항상 옆에서 대기 중이다. 내가 "저기, 내가 좀 알아봤는데……."라고 운을 뗄 때마다 전화를 끊지 않아줘서 어찌나 고마운지 모른다.

전직 사서였던 우리 엄마는 내게 이야기에 대한 애정을 물려주셨다. 그런가 하면 나의 가장 열혈 독자이기도 하다. 이번 작품에서는 엄마를 위해 변경한 부분이 있는데, 뭘 말하는지 엄마는 아실 거다! 그리고 그렇게 변경해서 참으로 다행이라고 생각한다. 우리 아빠와 오빠는 각각 오프라인 홍보담당과 온라인 홍보담당을 자처하며 블로그 홍보와 매대 진열과 증정본 발송에 열을 올린다. 그들의 꾸준한 응원이 얼마나 힘이 되는지 모른다.

내 작업에서는 자료 조사가 항상 큰 부분을 담당한다. 이 작품을 쓸 때 많은 도움을 받은 참고 도서가 있었다. 도널드 칼셰드가 쓴《트라우마와 영혼: 심리적 영적 관점에서 바라보는 인간의 발달과 발달 저해Trauma and the Soul: A Psycho-Spiritual Approach to Human Development and Its Interruption》는 트라우마를 경험할 때 나타나는 심리적인 반응을 심층적으로 분석한 책이다. 나는 이 안에 담긴 지혜의 깊은 우물을 수시로 찾으며 영감을 얻고 이해의 틀을 넓힌다. 폴 레젠데스가 쓴《추적과 포착의 기술: 동물이 남긴 발자국과 흔적 읽는 법Tracking and the Art of Seeing: How to Read Animal Tracks and Sign》에서는 실용적인 동시에 철학적인 시각에서 자연과 함께하고 자연을 이해하고 존중하는 법을 이야기한다. 스티븐 모스가 쓴《자연 대백과사전: 신나는 야외 활동을 위한 설명서The Bumper Book of Nature: A User's Guide to the Great Outdoors by》는 사실 딸아이와 내가 한참 동안 보고 또 보았던 어린이 활동책이다. 하지만 그 안에 담긴 보석과도 같은 깨알 지식과 자연 세계에 대한 깊은 이해가 종종 떠올라 영감을 주곤 한다. 늘 그렇듯 모든 오류와 자의적인 수정, 불편한 진실의 각색은 오롯이 나의 몫이다.

마지막으로 독자 여러분께 깊은 감사를 드린다. 첫 작품부터 함께 해준 많은 분들이 있다. 이메일, 내 SNS 계정, 온라인과 오프라인 행사장에서 독자들과 소통하는데, 내 이야기와 캐릭터와 문장이 독자 여러분의 가슴과 머릿속에서 보금자리를 찾았다는 생각을 하면 얼마나 큰 힘이 되는지 모른다. 내 작품을 구입하고 도서관에서 대출하고 서평을 올리고 친구들과 함께 감상평을 공유하고 입소문을 내주시니 감사하지 않을 도리가 있을까. 작가는 독자가 없으면 아무것도 아니다. 여러분 모두, 감사합니다! 재미있게 읽어주세요!

고스팅:
그가 사라졌다

지은이 리사 엉거
옮긴이 이은선
펴낸이 정규도
펴낸곳 황금시간

초판 1쇄 발행 2024년 8월 5일

편집 유나래, 허윤영
디자인 최예원
조판 김예지

황금시간
Golden Time

주소 경기도 파주시 문발로 211
전화 (02)736-2031 (내선 523)
팩스 (02)738-1713
인스타그램 @goldentimebook

출판등록 제406-2007-00002호
공급처 ㈜다락원
구입 문의 전화 (02)736-2031 (내선 250~252)
팩스 (02)732-2037

한국 내 Copyright © 2024, 황금시간

ISBN 979-11-91602-48-7 (03840)